Harper
Collins

Adele Parks

Bei deinem Leben

Roman

Aus dem Englischen von
Birgit Salzmann

HarperCollins®
Band 100148

1. Auflage: Juli 2018
Deutsche Erstausgabe
Copyright © 2018 für die deutsche Ausgabe by HarperCollins
in der HarperCollins Germany GmbH, Hamburg

Copyright © 2018 by Adele Parks
Originaltitel: »The Image of You«
Erschienen bei: HEADLINE REVIEW, London

Published by arrangement with
HEADLINE PUBLISHING GROUP

Umschlaggestaltung: Bürosüd, München
Umschlagabbildung: Rich Legg, Dan Black_ EyeEm / Getty Images
Lektorat: Carla Felgentreff
Satz: GGP Media GmbH, Pößneck
Printed in Germany
Dieses Buch wurde auf FSC®-zertifiziertem Papier gedruckt.
ISBN 978-3-95967-197-2

www.harpercollins.de

Werden Sie Fan von HarperCollins Germany auf Facebook!

Für meine Freunde
Colleen LaFontaine und Tara Pinches.
Von Herzen.

PROLOG

Wie sollen wir dieses Jahrzehnt überhaupt nennen?

Die Siebziger, Achtziger und Neunziger sind leicht auseinanderzuhalten, die Nullerjahre sind auch klar, aber wo sind wir jetzt? Ich sag es euch. In den Teenies. Na super. In diesem Jahrzehnt werde ich hoffentlich meinen emotionalen, beruflichen und sexuellen Zenit erreichen, und sein Name erinnert mich an verpickelte, stotternde Sechzehnjährige. Herzlichen Glückwunsch. Dieses Jahrzehnt ist eine grausame Katastrophe. Wirklich. Wollt ihr wissen, was damit nicht stimmt? Abgesehen von seinem Namen? Kein Problem. Ich habe eine ganze Liste.

1. Großraumbüros. Keiner kann irgendwelche Geheimnisse haben, man kann nicht mal heimlich einen Schokoriegel essen.
2. Die Kommunikation. Sie besteht zu neunzig Prozent aus Textnachrichten, E-Mails, Mitteilungen über soziale Netzwerke; deshalb wird sie zu fünfzig Prozent missverstanden. Und das ist eine zurückhaltende Schätzung.
3. Facebook. Es macht uns neurotisch und verleitet uns zum Lügen. Ich meine, im Ernst, haben wirklich alle so viel Spaß? Und so viele Babys?
4. Der Mangel an persönlicher Verantwortung und die wachsende Kultur der gegenseitigen Schuldzuweisung. Menschenskinder, kümmert euch um euer eigenes katastrophales Leben!
5. Die Leute reden im Kino und im Theater. Manchmal gehen sie einfach mittendrin raus oder, schlimmer noch,

ziehen sich die Schuhe aus. Bah! Wie tief seid ihr nur gesunken!

6. Und dann noch folgende seltsame Angewohnheit. Die Leute posten ein Profilbild, das sie dabei zeigt, wie sie vor dem Spiegel stehen und ein Foto von sich machen, während sie sich das Handy vors Gesicht halten. Warum?!

Die Liste ist noch lange nicht zu Ende, aber unsere Geduld wahrscheinlich schon, denn:

7. Die Leute sind nicht mehr so geduldig wie früher.

Ihr versteht, was ich meine.

Ein positiver Aspekt ist allerdings, dass dies das Jahrzehnt ist, in dem Overalls salonfähig wurden. Das reißt es vielleicht ein bisschen raus, denn es gibt nichts Schöneres, als es sich in einem kuscheligen, bequemen Einteiler vor dem Fernseher gemütlich zu machen.

Aber wisst ihr, was das Allerschlimmste an diesem Jahrzehnt ist? Was mich wirklich wahnsinnig macht? Kein Mensch, und ich meine *kein einziger*, rechnet noch damit, einen anderen Menschen kennenzulernen, indem sein Blick dessen Blick in der Menge trifft. Das. Passiert. Einfach. Nicht. Nicht mehr. Wir schließen unsere Bekanntschaften online, und das finde ich traurig. Ich bin einunddreißig Jahre alt und mein ganzes Leben lang so was von ehrlich gewesen. Nicht eine einzige zweideutige Textnachricht an einen Mann, solange ich noch mit einem anderen zusammen war. Ich bin die Treue in Person. Ich halte Treue für die tragende Säule jeder Beziehung, für den Sauerstoff, der sie am Leben hält. Anders als Männer. Männer sind treulose, egoistische Schweine ohne Herz, und zwar jeder Einzelne von ihnen. Das garantiere ich euch.

Seine Körperhaare hatten sich aufgerichtet. Er schwitzte, seine Haut war feucht und heiß und gleichzeitig eiskalt. Er streckte die Hand aus, um sich abzustützen. Seine Handfläche auf dem Spiegel. Seine Hand in ihrem Blut. Ein perfekter Abdruck. Mist. Er griff nach dem Wasserglas, in dem wahrscheinlich noch vor Kurzem Zahnbürste und Zahncreme gestanden hatten. Das hier war nicht real. Unmöglich, dass das gerade passierte. Er füllte das Glas mit Wasser aus dem Hahn, es war lauwarm. Er kippte es hinunter, aber seine Kehle blieb trotzdem ganz trocken. Zugeschnürt. Es war, als schluckte er Sand. Er sank auf den Badezimmerboden, mit dem Hintern in ihr Blut. Die Nässe drang ihm durch die Hose an die Haut.

So etwas passierte jemandem wie ihm doch nicht. Er war ein guter Mensch. Oder zumindest ein ziemlich guter. Das hatte er jedenfalls immer geglaubt.

Aber er gehörte auch zu denen, die auf Datingseiten logen, um sich eine schnelle Nummer zu erschleichen, er hatte schmutzigen Sex in Hotelzimmern, in Seitengassen, auf Toiletten.

Er wusste nicht, was für ein Mensch er war. Vielleicht passierte so etwas doch Menschen wie ihm. Menschen, die eben nicht gut genug waren. Wahrscheinlich. Man konnte es in der Zeitung lesen. Zweifelhafte Typen, die in unmöglichen Situationen landeten.

Da war so viel Blut. Seine Gedanken wollten sich nicht schärfen, nicht klarer werden. Sie waberten ihm durch den Kopf. Er roch das Eisen in ihrem Blut. Er starrte auf seine Hand. Die damit bedeckt war.

Das hier war kein übler Scherz. Es war die Wirklichkeit. Er wusste es. Irgendwie wusste er es einfach. Er spürte es: Sie war tot. Er rappelte sich hoch, wandte sich dem Waschbecken zu, das mit ihrem Blut verschmiert war, und übergab sich. Das schicke kleine Becken mit dem schmalen Abfluss war für so etwas nicht gemacht. Sein Erbrochenes blieb darin stehen, er erkannte die

Überreste des Abendessens. Spinat. Möhren. Wie konnte es sein, dass er noch die Mahlzeit verdaute, die sie zusammen gegessen hatten, während sie schon tot war? Er musste seinen Mageninhalt mit den Fingern wegschieben, den Hahn laufen lassen. Unwillkürlich fing er an, das Wasser über das Becken zu spritzen und auch ihr Blut abzuwaschen.

Er hatte keine Wahl. Er war ein Mensch, der allzu oft die Wahl gehabt hatte und plötzlich so tief gefallen war, dass ihm nun keine mehr blieb.

1

Anna

Zoe bekam sich vor Lachen kaum ein, als sie Annas Onlinedating-Profil las. War ja klar. Sie konnte so gemein sein. Manchmal war es wirklich verletzend. »Das kannst du doch nicht schreiben. Das geht einfach nicht«, prustete sie los. Ihre Stimme kam von weither und dröhnte doch so laut in Annas Kopf, dass sie alles andere übertönte.

Wie so oft bereute Anna, Zoe angerufen zu haben. Wenn sie sich nicht meldete, würde Zoe sich dann jemals bei ihr melden? Anna schob den Gedanken beiseite. Sie hatte jetzt keine Lust, ihre verzwickte Beziehung zu analysieren. Jeder wusste, dass Familien kompliziert und schwierig sein konnten. Anna war überzeugt, dass man trotzdem weitermachen musste. Seine Freunde konnte man sich aussuchen, seine Familie aber nicht. Man musste sie trotz allem lieben. Das waren nun mal die Regeln.

»Warum kann ich das nicht schreiben?«, antwortete sie deshalb. »So fühle ich mich eben.«

»Fühlen?«, wiederholte Zoe und legte reichlich Verachtung in das Wort.

Manche Menschen kommen als Romantiker auf die Welt und bleiben es ein Leben lang, aber die sind rar gesät. Die meisten werden nach und nach durch eine Reihe abgesagter Verabredungen, furchtbarer Verabredungen, weißer Lügen und ziemlich schwarzer Lügen ernüchtert. Sie werden gefühllos. Kalt. Zoe wurde schlicht und einfach so geboren. Hart wie Granit. Manchmal war es schwer zu glauben, dass sie und Anna demselben Keim, demselben Mutterleib entstammten. Sie waren sogar monochorial-monoamniotische Zwillinge. Die allerseltenste Art, die nur ein Prozent der eineiigen Zwillinge überhaupt ausmacht. Nur um Haaresbreite entfernt von siamesischen Zwillingen. Ihre Nähe zueinander war wissenschaftlich erwiesen, sie hatten sich eine Fruchtblase und eine Plazenta geteilt. Es hatte nur eine Nachgeburt gegeben. Anna sagte sich immer, sie wären ihr jeweiliges Yin und Yang. Sie glichen einander gegenseitig aus. Nur dass sie sich in diesem Moment nicht ausgeglichen, sondern überfordert fühlte.

»Schreib doch, du wärst neunundzwanzig«, beharrte Zoe.

»Das bin ich aber nicht. Ich bin einunddreißig. Ich möchte nicht lügen.«

»Sieh den Tatsachen ins Auge. Männer stehen nun mal auf jüngere Frauen, Anna-Baby«, argumentierte Zoe mit leicht geheucheltem Bedauern.

»Ich weiß, aber machen denn zwei Jahre einen Unterschied?«

»Ja, wenn du jenseits der magischen Drei-Null bist, schon. Alarmglocken. Panikanfälle. Angstzustände.«

Auch wenn Zoe Anna überredete, ihr wahres Alter zu verbergen, war das nichts, worüber sie persönlich sich im Geringsten sorgte. Zoe war keine Sklavin der tickenden biologischen Uhr, sie hörte sie nicht einmal schlagen. Die Sache mit dem Kinderkriegen hatte sie noch nie interessiert. Anna hingegen dachte viel darüber nach. Sie war früher immer am glücklichsten gewesen, wenn sie mit ihren Puppen spielen konnte, während Zoe auf Bäume kletterte oder mit halsbrecherischem Tempo auf ihrem Rad davonsauste, natürlich ohne Helm. Anna blieb gerne zu Hause und richtete es sich gemütlich ein, während Zoe stets auf Abenteuer aus war und das Risiko suchte. Dennoch war Zoe bisher immer diejenige, die Männer in ihrem Leben hatte. Sie lagen ihr praktisch zu Füßen, während Anna in Herzensdingen wenig erfolgreich war.

Dabei dürfte es doch nicht so schwer sein. Alles, was sie wollte, war, einen geeigneten Mann kennenzulernen – einen treuen, liebevollen, einfühlsamen Mann. Wenn er dazu noch gut aussähe und Humor hätte, wäre das umso besser. Wenn er sich eine Horde von Kindern wünschte, nichts lieber als das, aber solange es wenigstens zwei waren, war Anna zufrieden. Vermögen wäre großartig, aber Anna war nicht geldgierig. Wenn er nur ein bescheidenes Einkommen hätte, aber alle anderen Kriterien erfüllte, wäre sie immer noch glücklich. Hauptsache, er war ein anständiger Kerl und sie konnte ihm vertrauen.

Anna wusste genau, was eine perfekte Hochzeit ausmachte. Das Kleid musste ein Traum aus Spitze sein, mit schmaler Taille und weitem, fließendem Rock. Kate Middleton hatte den Nagel auf den Kopf getroffen – was konnte prinzessinnenhafter sein als das Kleid der Prinzessin selbst? Mit eng gebundenen weißen Rosen lag man nie falsch. Sechs Brautjungfern wären wunderbar, und dazu zwei Blumenmädchen. Die Speisekarte würde sie auf Tortenspitze drucken lassen, sie plante ein Feuerwerk, weiße Tauben, ein Streichquartett, eine Liveband. *My Baby Just Cares For Me* von Nina Simone würde ihr erster Tanz sein. Ihre Kinder würden sie Freddie und Maggie taufen.

Sie hatte alles genau vor Augen. Den Antrag, die Hochzeitstage, die Geburten und die ersten Schultage.

Nur wie der Bräutigam aussehen würde, wusste sie noch nicht. Oder wie er hieß. Oder wo er war. Aber irgendwo auf diesem Planeten musste er schließlich sein, oder?

Soweit Anna wusste, hatte Zoe noch nie einen Gedanken an ihren Hochzeitstag verschwendet. Höchstens um festzustellen, dass die Ehe nichts anderes als männlich dominierte Sklaverei sei und sie sich lieber die Hand abbeißen würde, als sich einen Ring auf den Finger stecken zu lassen. Und natürlich war Zoe diejenige, nach deren Pfeife die Männer tanzten und die reihenweise Herzen brach.

»Hast du denn nie Angst davor, einsam zu sein?«, fragte Anna.

»Nein. Allein sein und einsam sein ist schließlich nicht dasselbe. Abgesehen davon habe ich doch dich, oder?«

»Ja, klar.«

»Wir haben uns. Für immer und ewig.«

Der Gedanke war irgendwie tröstlich und beängstigend zugleich.

»Es kommt mir einfach falsch vor, bei meinem Alter zu lügen. Was ist das denn für ein Anfang für eine Beziehung?«

Zoe lachte ihr leicht manisches, mitleidloses Lachen. »Was? Einen Haufen Online-Versager auf einer Datingplattform anzulügen, findest du verwerflich? Ich würde sagen, es geht gar nicht anders.«

»Wie bitte? Versager? Muss ich dich daran erinnern, dass ich gerade dabei bin, mein eigenes Profil hochzuladen und mich ihnen anzuschließen?«

»Sorry, hab ich Versager gesagt? Ich meinte Fremde. Hör zu, Anna, keiner von denen wird jemals die Wahrheit schreiben. Der Typ, der behauptet, er sei 1,85 groß, misst nur 1,75. Der Typ, der sagt, er würde wandern, gerne Ski und Mountainbike fahren, hat sich bis auf die Ausübung der Missionarsstellung noch nie körperlich betätigt. Obwohl, vergiss es, in Wahrheit schafft er es nicht mal da nach oben.«

»Hör auf, Zoe. Kannst du mich nicht mal ein bisschen unterstützen?«

»Tu ich doch, indem ich dir rate, nicht die Wahrheit über dein Alter zu schreiben. Wenn du mit der Sache Erfolg haben willst, solltest du besser lernen, wie der Hase läuft. Regel Nummer eins: Männer bevorzugen jüngere Frauen.«

Es folgte ein Moment angespannten Schweigens. Anna zählte bis zehn und versuchte, Ruhe zu bewahren. Zoe überlegte vermutlich, wie sie ihre nächste Stichelei formulieren sollte.

»Außerdem kannst du dein Profil nicht mit den Worten *Meine Freundinnen sagen, ich sei romantisch, zurückhaltend, zuverlässig und ehrlich* beginnen.«

»Das sagen sie aber.« Beziehungsweise hatten sie gesagt. Ihre amerikanischen Freundinnen.

Hier in England hatte Anna noch nicht viele gefunden. Selbst mit Skype, Facetime, Facebook und E-Mails war es nicht leicht, den Menschen nahe zu bleiben, die sie vor zwei Jahren in New York zurückgelassen hatte. Obwohl sie fortgegangen war, schienen seltsamerweise ihre Freundinnen in Manhattan diejenigen zu sein, die sich weiterentwickelt hatten. Sie machten nicht mehr länger in High Heels die Stadt unsicher und tranken Mojitos. Die meisten von ihnen hatten in den letzten Jahren geheiratet, waren vom Antrag zur Hochzeit zur Schwangerschaft gesprintet und jetzt damit beschäftigt, den Kindergarten für ihren Nachwuchs auszusuchen. Das Tempo, mit dem diese Frauen so viel erreicht hatten, verursachte Anna Schwindel. Schwindel und, na ja, Neid. Sie gab sich Mühe, dieses Gefühl zu unterdrücken. Neid passte nicht zu einem »netten Mädchen«, und das war sie, wirklich. Zweimal hatte sie für teuer Geld den Atlantik überquert, um an Hochzeitsfeiern teilzunehmen, hatte gefühlte tausend Geschenke zu Verlobungen, Eheschließungen und Taufen verschickt, zu denen sie nicht fliegen konnte, hatte mit ihren Freundinnen über Facetime kommuniziert und dabei zugesehen, wie sie Kartoffelbrei in die kleinen rosa Münder ihrer Erstgeborenen schoben. Sie hatte es versucht, aber mit der Zeit war es immer schwieriger geworden, das Interesse für die überschwänglichen (anstrengenden!) E-Mails über die Farbe von Brautjungfernkleidern und Babykacke aufrechtzuerhalten. Das hatte sie Zoe gegenüber einmal erwähnt, worauf die mit den Schultern zuckte und irgendwas von Hochzeit, Nachwuchs, Alimente murmelte. »Erst wenn sie beim Unterhalt ankommen, sind sie als Freundinnen wieder zu gebrauchen.«

Anna hatte ein finsteres Gesicht gemacht. Sie wollte nicht, dass irgendeine ihrer Freundinnen sich scheiden ließ. Über diese Seite der Medaille wollte sie nicht nachdenken. Was immer die Statistik auch sagte.

In London neue Freunde zu finden, war leider nicht so einfach, wie Anna gehofft hatte. Londoner, so musste sie feststellen, begrüßten ihre neuen Nachbarn nicht mit Bergen von Keksen und Muffins. Sie erinnerte sich noch daran, wie ihre Familie nach Bridgeport, eine Autostunde nördlich von New York, gezogen war, als sie und Zoe neun waren. Die herzliche Begrüßung hatte sie überwältigt. Ihre neuen Nachbarn waren alle ganz versessen darauf gewesen, ihre Freunde zu werden, und hatten sie mit Selbstgebackenem, Zahnarztempfehlungen, Hinweisen auf die beste Reinigung und den besten Frisör, Einladungen zu Grillpartys und Abendessen förmlich überschwemmt. Zoe war der festen Überzeugung gewesen, dass die Leute sich nur wegen ihres nordenglischen Tonfalls für sie interessierten oder wegen der angesehenen Jobs ihrer Eltern oder weil eineiige Zwilling nun mal faszinierend waren. Und dass ihr Interesse irgendwann nachlassen würde. Sie irrte sich. Bald schon verband die Familie Turner eine feste Freundschaft mit den liebenswürdigen amerikanischen Nachbarn. Inzwischen verspeisten sie seit über zwanzig Jahren gemeinsam fette Truthähne und dicke glasierte Kürbisse an Thanksgiving, bestaunten an jedem 4. Juli das Feuerwerk, das schillernd in der schwarzen Nacht verglühte, und die Zwillinge waren an jedem Halloween mit den Nachbarskindern von Tür zu Tür gezogen, um haufenweise Süßigkeiten einzusammeln.

Auch in schweren Zeiten waren diese Freunde für sie gewesen. In schrecklichen, kaum zu ertragenden Zeiten.

Seit Anna nach London gezogen war, wohnte sie hingegen ganz allein in einer Wohnung im dritten Stock in der Nähe der U-Bahnstation Tooting Bec. Auf ihrer Etage wohnte auch noch ein Paar in ihrem Alter. Sie hatte auf eine Einladung zum Abendessen gehofft, aber bisher beschränkte sich ihr Umgang auf verlegene Begegnungen an der gelben Tonne. Freundschaften zu schließen erforderte Zeit, Ausdauer und Energie. Anna besaß zwar alles drei im Überfluss, aber sie setzte es lieber für ihren Job ein – und für ihr Projekt, einen potenziellen Ehemann zu finden. Außerdem hatte sie ja Zoe. Die, obwohl sie nicht einmal in England lebte, doch so viel Raum einnahm.

Anna versuchte, ihr Profil zu verteidigen. »Aber meine Freunde sagen wirklich, ich sei romantisch, zurückhaltend, zuverlässig und ehrlich.«

»Ja, sagen sie. Leider.«

»Also, ich schreibe jedenfalls nicht, ich sei sexy, anspruchsvoll und ungeduldig. Das wäre dann eher dein Profil.«

»Ich habe nicht wirklich etwas gegen diese Adjektive, obwohl ich nicht unbedingt glaube, dass es die geeignetsten für dieses Vorhaben sind. Mein Einwand zielt auf die Worte: *Meine Freundinnen sagen*. Das zeigt einen Mangel an Selbstbewusstsein. Du müsstest dich doch selbst besser kennen als jeder andere. Du müsstest dich ohne diese Einleitung präsentieren können.«

Anna schreckte vor diesem Gedanken zurück. Wie hätte sie *Ich bin romantisch, zurückhaltend, zuverlässig und ehrlich* schreiben können? Das klang so arrogant.

»Und was den nächsten Absatz betrifft, bin ich mir auch nicht sicher«, fuhr Zoe fort. »*Ich mag lange Spaziergänge (besonders am Strand), ich gehe gern ins Kino (von Blockbuster bis Avantgardefilm), und ich liebe nichts mehr als ein gemütliches Wochenende mit Zeitunglesen und traditionellem Sonntagsbraten im Pub.*«

»Was ist denn daran verkehrt?«

»Du bist Vegetarierin, also ist das am Schluss schon mal gelogen. Macht deine Behauptung, ehrlich zu sein, ziemlich zunichte.«

17

Anna errötete. »Es ist nicht wirklich gelogen. Ich gehe gern in den Pub, um da einen Nussbraten zu essen, aber wenn ich Nussbraten schreibe, na ja, dann klingt es völlig anders.«

»Ja, da hast du ausnahmsweise recht. Du solltest auf keinen Fall schreiben, dass du Vegetarierin bist. Dann antworten bloß dürre, blasse Typen. Aber was ich eigentlich meine, ist, du könntest genauso gut schreiben: *Ich gucke zu viele Liebesschnulzen und glaube fest an das ewige Glück. Besonders liebe ich den Teil, wo sie sich kriegen.* Echt schaurig.«

Anna war mit ihrem Latein am Ende. Sie glaubte wirklich an das ewige Glück. »Was würdest du denn schreiben?«

»Keine Ahnung. *Ich würde mich gern mal fesseln lassen und bin neugierig, wie es ist, einen Dreier zu haben,* vielleicht.«

»Zoe! Bleib ernst.«

»Das bin ich. Du würdest garantiert bergeweise Antworten kriegen.«

»Ja, aber von ganz furchtbaren Menschen.«

»Menschen, die Sex mögen, sind nicht furchtbar, Anna.«

Anna wusste nicht, was sie antworten sollte. Sex machte ihr Angst. Na ja, nicht direkt Angst, aber er verwirrte sie. Sie hatte schon Beziehungen gehabt, drei, um genau zu sein, und der Sex war ganz schön gewesen, nachdem sie sich einmal daran gewöhnt hatte. Manchmal sogar ziemlich angenehm. Aber am liebsten mochte sie immer das Kuscheln hinterher, wenn sie das Glück hatte, dass es stattfand. Sie genoss noch nicht einmal das Vorspiel, weil es, nun ja, so offensichtlich zu etwas Bestimmtem führte. *Dazu.* Und das verunsicherte sie.

Sie war bestimmt nicht besonders gut beim Sex. Sie mochte ihn eben nicht sonderlich. Was in der Zeit, in die sie hineingeboren wurde, eine ziemliche Katastrophe war. Im Viktorianischen Zeitalter, in dem von einer Frau nichts weiter erwartet wurde, als dass sie sich zurücklehnte und an England dachte, wäre ihre Schüchternheit, die sich in mangelnder Fantasie im Bett manifestierte, sicher ein Qualitätsmerkmal gewesen. Heutzutage erwartete man von Frauen, dass sie selbstbewusst, experimentierfreudig und verdorben waren. Da gab es sicher irgendein geheimes Talent – so wie das intuitive Wissen beim Tennis, wie man den Schläger hält und wann man ihn schwingt –, das sie dummerweise nicht besaß. Und man konnte schließlich nicht irgendeinem Club beitreten und Sexunterricht nehmen. Glaubte sie jedenfalls. Selbst wenn, wäre sie viel zu schüchtern, um davon Gebrauch zu machen. Überzeugt davon, dass alle anderen enormes Wissen daraus schöpften, das ihr fehlte, hatte sie versucht, *Fifty Shades of Grey* zu lesen. Doch dass *diese* Ana schon multiple Orgasmen bekam, wenn Grey sie nur ansah, hatte sie nur noch mehr verstört. Wie sollte das gehen? *Wie?* Sie hatte erst mehrere beruhigende Onlinebesprechungen über das Buch lesen müssen, um zu erfahren, dass andere das auch lächerlich fanden.

Anna war eine Spätentwicklerin gewesen. Sie hatte eine sehr elitäre Mädchenschule besucht. Ihre Mutter hatte die Zwillinge zur Schule gefahren, bis sie achtzehn waren, die Gelegenheiten, Jungen kennenzulernen, waren also rar gesät, zumindest für sie. Die eigensinnige Zoe hatte es irgendwie geschafft. Aber Anna hatte sich an die Regeln gehalten, sich darauf konzentriert, gute Noten zu bekommen und ihre Sehnsüchte auf irgendeinen unerreichbaren Sänger der gerade aktuellen Boygroup beschränkt.

Glücklicherweise gab es in ihrer Collegeclique einige Mädchen, die ziemlich religiös waren und Sex vor der Ehe ablehnten. Zoe hatte das nur für einen Trick gehalten, um das Interesse der Männer noch mehr anzuheizen. »Schließlich mag jeder die Herausforderung.« Aber Anna hatte auf diese Weise immerhin ein paar Leute gehabt, mit denen sie ausgehen konnte, ohne dass sie von ihr erwarteten, ein Dutzend Sexualpartner zu haben, bevor sie ihren Abschluss machten. »Von wegen ausgehen, eher sich einigeln«, hatte Zoe geschimpft.

Dann verliebte Anna sich. Unsterblich. Sie konnte nicht essen, nicht schlafen, kaum sprechen, wenn sie in seiner Nähe war. Als er anfing, ihr Beachtung zu schenken, wurde alles nur noch schlimmer. Sie verabredeten sich, wurden ein Paar. Sie konnte ihr Glück kaum fassen. Er hatte sich für sie entschieden. Er hatte eine unerschöpfliche Auswahl, und doch liebte er sie!

Eine Weile.

Dann nicht mehr.

Selbst jetzt musste sie bei dem Gedanken daran noch blinzeln, um die Tränen zurückzuhalten.

Als sie sich trennten, machte plötzlich ein fieses Gerücht die Runde. Man munkelte, sie hätte es im Bett einfach nicht drauf. Irgendwer behauptete, ihr Ex hätte gesagt, der Sex mit ihr sei, als schliefe man mit einem Stück Holz. Was für eine Demütigung. Die Erinnerung an diese Unterhaltung trieb ihr noch immer die Hitze ins Gesicht. Ließ ihre Augen brennen. Ihr Herz plötzlich rasen. Deshalb hatte er sie verlassen. Natürlich. Gelähmt durch das überwältigende Gefühl, unfähig zu sein, hatte Anna Mühe gehabt, wieder Tritt zu fassen. Es dauerte lange, und den nächsten Mann, den sie kennenlernte, mochte sie nicht einmal besonders, obwohl alle anderen das taten; ihre Mutter, ihr Vater, ihre Freundinnen. Nur Zoe nicht. In Zoes Augen war keiner gut genug für Anna. Es hielt viel länger, als es hätte halten dürfen, ging deutlich weiter, als sie beabsichtigt hatte. Sie wollte gar nicht daran denken. Eine Verschwendung ihrer Zeit und ihrer Gefühle. Es war eine Qual. Die irgendwann aufhörte. Ja, er war untreu. Welch eine Überraschung. Mistkerl. Wichser. So nannte Zoe ihn. Rücksichtsloser, mieser, verfluchter Wichser. Anna verstand, dass fluchen durchaus befreiend wirken konnte, obwohl sie selbst immer versuchte, es nicht zu tun.

Sie war so lange enthaltsam, dass Zoe schon meinte, sie sei wohl inzwischen »komplett drüber weg«. In den vergangenen paar Jahren hatte sie hin und wieder Männer kennengelernt, aber ihr Selbstvertrauensproblem führte zu einem Vertrauensproblem. Sie wollte immer erst ein paar Monate abwarten, bevor sie sich auf etwas Körperliches einließ. Bis dahin hatte sie jedoch meistens irgendwelche Nachrichten von willigeren Damen auf den Handys ihrer Partner gefunden. Es war kein Wunder, dass sie deren Handys oder E-Mails checkte, schließlich wurden ihre Befürchtungen ausnahmslos bestätigt. Folglich hatte sie viele kurze Beziehungen. Und doch wenig Erfahrung.

Wäre sie *in dieser einen Sache* ein bisschen besser gewesen, hätten sich ihre drei Liebhaber und ihre verschiedenen Bekanntschaften, die den Liebhaberstatus erst gar nicht erreichten, vielleicht nicht *alle* als untreue Mistkerle entpuppt. *Allesamt.* War das nicht schrecklich? Die grausame Wahrheit war, dass sie sich immer nur mit Männern einließ, die sie irgendwann betrogen. Es musste ihre eigene Schuld sein. Es fiel ihr schwer, über diese tiefe Unsicherheit zu sprechen. Über das furchtbare Gefühl der Scham und des Versagens. Sogar mit Zoe, *vor allem* mit Zoe. So nah sie sich auch standen – und sie waren auf vielfältige Weise unzertrennlich –, Zoe würde es nicht verstehen. Sie besaß eindeutig dieses geheime Talent. Und das schon, seit sie mit vierzehn die ersten Jungen verführt hatte. Anna fand ihre Zwillingsschwester unmöglich und bewundernswert zugleich.

»Und über die nächste Stelle wirst du auch wieder lachen, ja?«

»Welche Stelle?«

»Die, an der ich schreibe, *meine Freunde und meine Familie bedeuten mir alles.*« Anna kannte Zoes Direktheit nur zu gut, und obwohl Zoe behauptete, sie wollte Anna nur abhärten, bevor jemand anderes sie fertigmachte, war sie manchmal schwer zu ertragen. Also versuchte Anna häufig, sich über sich selbst lustig zu machen, bevor Zoe es tat. »Du willst doch sicher sagen, der Satz sei sinnlos, und dass jeder seine Freunde und seine

Familie wertschätzt, wenn er nicht ein kompletter Psychopath ist, und ich nicht meinen begrenzten Platz verschwenden soll, um etwas so Offensichtliches zu schreiben.«

»Nein, eigentlich gefällt mir die Stelle«, antwortete Zoe. Immer für eine Überraschung gut.

»Ach.«

Anna genoss gerade den seltenen Moment, einmal Zoes Zustimmung gefunden zu haben, als die plötzlich losschnaubte und »Aber der Schluss ist wirklich lächerlich« hinzufügte. »*Ich bin auf der Suche nach einer ernsthaften, langfristigen Beziehung. Fremdgeher und Betrüger unerwünscht.* Geht's noch?!«

2

Nick

»Also, warum Onlinedating?«, fragte Nick und nahm die Flasche Wein (einen hervorragenden weißen Pouilly-Fuissé Le Clos 2012) in die Hand. Im Großen und Ganzen bevorzugte er Rotwein, aber er hatte sich kürzlich die Zähne bleachen lassen und wollte Verfärbungen vermeiden. Er neigte den Kopf in Richtung ihres Glases und wartete auf ihr zustimmendes Nicken. Sie erteilte es, und er goss ein. Die Onlinedating-Frage war, obwohl unvermeidbar, nicht die erste, die er gestellt hatte. Er hatte bereits in Erfahrung gebracht, dass sie einen amerikanischen Akzent hatte (mit kaum merklichem nordenglischem Einschlag), dass sie mit der (glücklicherweise unverhofft leeren) U-Bahn gekommen war und dass sie die nassen, dunklen Februartage ganz furchtbar fand und kaum das Frühjahr erwarten konnte. Jetzt aber zur Sache.

»Du tust es doch auch, also weißt du, warum«, antwortete sie und lächelte ihn schüchtern an. Er merkte, dass sie ihn nicht herausfordern wollte, sondern nur Verständnis suchte. Er zuckte mit den Schultern, eine bewusst vieldeutige Geste. Ihr seine Gründe zu nennen wäre für den Verlauf des Abends eher nachteilig, katastrophal sogar. Für ihn war Onlinedating nämlich ein bequemer Weg zu einer unverbindlichen Nummer, und er bezweifelte sehr, dass sie das hören wollte. Seit ein paar Monaten war er auf mehreren Datingseiten registriert, außerdem war er auf Tinder. Er hielt diese Portale für ziemlich nützliche Quellen. Man konnte innerhalb von Minuten fünfzig potenzielle Zielobjekte prüfen. In einer Bar dauerte das Stunden. Ein

23

Mann hatte schließlich seine Bedürfnisse. Genau wie Frauen, wie er immer wieder erfreut feststellte. Viele sogar. Es war ein Irrglaube, dass alle weiblichen Personen auf diesen Webseiten nach etwas Ernstem und Dauerhaftem suchten, viele von ihnen ließen keinen Zweifel, dass sie schnellen Spaß wollten. Sie wollten in teure Restaurants gehen, in laute Clubs, in angesagte Bars, und sie wollten entspannten Sex. Eine absolute Win-win-Situation.

Diese Schönheit in Person vor ihm war jedoch nicht nur auf Spaß aus. Da war ihr Profil ziemlich eindeutig. Er war ein bisschen erschrocken, als er es endlich gelesen hatte. Typisch für ihn, wieder mal auf den letzten Drücker; er war einfach nachlässig, was Beziehungen betraf. Im Job würde ihm das nie passieren. Er hätte sich besser über sie informieren sollen, bevor er sie zum Abendessen einlud, aber er hatte einfach auf *Zwinkern* geklickt, weil sie so scharf aussah. Nachdem er das Profil dann gelesen hatte, zog er kurz in Erwägung, ihr abzusagen, aber sie hatten einen Tisch im Villandry St James, einem seiner Lieblingsrestaurants, und ein Mann musste schließlich essen.

Außerdem war sie wirklich ausgesprochen hübsch.

Na gut, sie träumte von der großen Liebe, womöglich von Hochzeit und zwei, drei Kindern. Nichts für ihn. Irgendwann einmal, ja. Heute, morgen, in absehbarer Zukunft? Nein. Trotzdem konnte es nicht schaden, sie zum Abendessen einzuladen. Schließlich war es nur ein Essen.

Es wollte ihm allerdings partout nicht in den Kopf, warum sie den Umweg übers Onlinedating nehmen musste, um das alles in Gang zu bringen. Attraktiv, freundlich, offensichtlich intelligent, hatte sie doch sicher genug Freunde, um es auf die altmodische Weise anzugehen, und er hatte irgendwie das Gefühl, dass sie das eigentlich auch vorziehen würde. Obwohl es inzwischen zugegebenermaßen immer verbreiteter war, dauerhafte Partner online zu suchen (und sogar zu finden), die Statistiken waren beeindruckend. Er mochte Zahlen. Konnte sie sich gut merken, fand es angenehm, mit ihnen umzugehen. Über neun Millionen Briten hatten schon Datingportale benutzt, was sich jährlich in erfreulichen dreihundert Millionen Pfund für die englische Wirtschaft widerspiegelte. Der Finanzminister hätte vor lauter Dankbarkeit eigentlich sofort Steuermäßigungen für Singles verkünden müssen (wenngleich Nick glaubte, dass so einige von den Männern auf diesen Webseiten gar keine Singles waren). Seine Generation bestand aus technikaffinen Einzelgängern, die regelmäßig irgendwelche Geräte benutzten, um mit Freunden und Familie in Verbindung zu bleiben. Onlinedating war da nur der natürliche nächste Schritt.

Trotzdem wurde er den Gedanken nicht los, dass es im Grunde nur der letzte Ausweg der Verzweifelten war, oder eine skrupellose Methode für Schlampen jedes Geschlechts.

Er jedenfalls fiel in letztere Kategorie. Ob sie wohl zur ersteren gehörte?

»Na ja, *meine* Motive kenne ich«, bohrte er weiter, »aber deine Beweggründe sind mir, ehrlich gesagt, ein Rätsel. Ich meine, du bist so …« Er entschied sich, es einfach auszusprechen. Warum nicht ihr den Abend versüßen? »Schön.«

Sie lächelte wieder, ein strahlendes, entzücktes Lächeln. Überrascht stellte er fest, dass er ihr nicht einmal etwas vormachte. Er war zurückhaltender als bei den Frauen, die er sonst traf. Taktvoller vielleicht. Sie trug anscheinend kein Make-up, bis auf etwas Lipgloss. Unglaublich eigentlich. Er kannte sich mit Frauen gut genug aus, um zu wissen, dass normalerweise nicht mal die natürlichsten Schönheiten das Haus verließen, ohne wenigstens getönte Tagescreme und Wimperntusche aufzulegen (und trotzdem beim Leben ihrer Mütter schworen, sie seien völlig ungeschminkt).

»Ich hätte gedacht, du müsstest dir die Männer gewaltsam vom Hals halten.«

»Leider nicht die richtige Sorte Männer.« Sie stieß einen kleinen, flachen Atemzug aus. Fast ein Seufzer.

»Was wäre denn die richtige Sorte?«

»Na ja, ich würde sagen, ich fühle mich leider hoffnungslos von Männern angezogen, die gern fremdgehen.« Sie trank einen Schluck von ihrem Wein.

»Verstehe.«

»Ich möchte aber etwas anderes.«

»Verständlich.«

Sie sah ihn an und legte fragend den Kopf zur Seite. Offensichtlich versuchte sie abzuschätzen, welche Sorte Mann er eigentlich war. Er hielt ihrem Blick stand und hoffte, sie würde seinem ausweichen. Er fiel nicht nur eigentlich, sondern eindeutig in die Kategorie der Fremdgeher. Nicht immer, aber ab und an.

Der Kellner unterbrach sie und fragte, ob sie gern bestellen würden. Sie warf einen kurzen Blick auf die Speisekarte und orderte rasch zwei Gänge. Er tat dasselbe. Erleichtert registrierte er, dass sie nicht zu denen gehörte, die Theater wegen irgendwelcher Zutaten machten. Er passte sich gerne bestimmten Ernährungsgewohnheiten an, wenn jemand eine Unverträglichkeit hatte. Aber Frauen, die behaupteten, eine Allergie gegen Kohlehydrate zu haben, nichts Rotes essen zu können oder täglich mindestens fünf exotische Gewürze zu brauchen, um ihre Denkfähigkeit zu stimulieren, ödeten ihn dermaßen an. Diese Anna war da erfrischend anders. Als der Kellner sie zufrieden verließ, nickte Nick zum Zeichen, dass sie weitersprechen sollte.

»Onlinedating ist nur vernünftig. Ich habe die Hoffnung aufgegeben, die Liebe meines Lebens in lauten Bars oder Nachtclubs zu finden, oder gar durch Freunde.« Sie errötete, bereute wahrscheinlich, das L-Wort benutzt zu haben. Da hätte sie auch gleich mit einem Plakat aufkreuzen können, auf dem stand: *Ich bin auf der Suche nach dem Traumprinzen, nicht nach Zeitverschwendern.*

Er grinste, als wollte er sagen: *Schon gut. Enthusiasmus erschreckt mich nicht.* Er hatte nicht unbedingt vor, ihr etwas vorzumachen. Es war eher so, dass er nicht anders konnte, als den Charmeur zu spielen. Reine Gewohnheit. Sie lieferte schnell eine Erklärung, sicher in der Hoffnung, er hätte ihren Ausrutscher nicht bemerkt.

»Ich meine, ich dachte, an der Uni ergäbe sich eine Gelegenheit. Es ist unbestritten, dass Menschen andere Menschen in Yale kennenlernen, aber bei mir hat es einfach nicht geklappt.«

Hatte er richtig gehört? Yale? Alle Achtung.

»Na ja, eigentlich dachte ich, das hätte es. Fast drei Jahre lang, dann kam ich dahinter, dass der Mann, dem ich mein Herz geschenkt hatte, freizügig bestimmte Teile seines Körpers ungefähr jeder anderen Frau auf dem Campus zur Verfügung stellte.« Sie versuchte zu lachen, aber er merkte, dass es noch schmerzte.

Nach all dieser Zeit. Unglaublich. Umso mehr fiel es ihm auf. War er gewarnt. Verletzte, komplizierte Frauen waren nicht sein Ding. Aber da streckte sie den Rücken und schob das Kinn hervor, und er spürte etwas in seinem Inneren erweichen, irgendwie schmelzen. Sie war tapfer. Außerdem faszinierte ihn die Tatsache, dass sie es nicht fertigbrachte, Schwanz zu sagen. Nicht einmal Penis bekam sie über die Lippen. *Teile seines Körpers.* Niedlich.

»Ich habe ihn zur Rede gestellt.« Sie wollte deutlich machen, dass sie nicht so leicht unterzukriegen war.

»Und dann?«

»Stellte er mich als naiv und langweilig hin«, gab sie schulterzuckend zu. »Er beharrte darauf, dass wir nie über Exklusivität gesprochen hätten, und tat so, als sei *er* von *mir* enttäuscht.

Und ich hatte gedacht, das sei selbstverständlich. Fast drei Jahre lang.«

Er hörte sie laut und deutlich. Warnung Nummer zwei. Trotzdem sah er sich nicht veranlasst, seinem Kumpel Hal eine Nachricht mit der Zahl 8 zu schicken. Das war ihr Zeichen, daraufhin würde Hal ihn anrufen, und Nick würde sich mit einem Notfall entschuldigen. Er würde seiner Verabredung sagen, sie könne eine Freundin herbestellen und sie dürften ordern, was immer sie wollten. Er würde alles bezahlen, aber er müsse leider gehen, sein Freund bräuchte ihn dringend. Es war eine idiotensichere Ausstiegsstrategie, und Nick bildete sich etwas darauf ein, dass er nie vorgab, aufs Klo zu müssen, um seine nervige Verabredung dann einfach sitzen zu lassen, wie manch anderer Mann das tat.

»Und nach der Uni?« Er stellte sie auf die Probe. Sie sah aus, als gehörte sie zu denjenigen, die sämtliche Dating-Ratgeber gelesen hatten, und obwohl er selbst keinen einzigen kannte, war Nick klar, dass diese Bücher davon abrieten, beim ersten Treffen allzu viele Details seiner Beziehungsvergangenheit preiszugeben. Mit all den Geistern vergangener Partnerschaften an einem Tisch zu sitzen war ein Stimmungskiller. Wie würde sie also reagieren? Bewegte sie sich innerhalb des normalen Rahmens an Trauer, oder erwies sie sich als verbittert und nachtragend? Er war seltsam erleichtert, als sie locker über seine Frage hinwegging.

»Es kommt ja öfter vor, dass Menschen mit Kollegen zusammen sind, aber das kam für mich nie infrage. Wenn man allerdings mit dem Job sehr ausgelastet ist – und wer ist das heutzutage nicht –, bleiben nicht mehr so viele Möglichkeiten, jemanden kennenzulernen.«

Er nickte zustimmend. War froh, dass sie nicht gezögert hatte. Auch er hatte es immer vermieden, etwas mit jemandem im Kollegenkreis anzufangen.

»Es gab anderes, worauf ich mich konzentrieren musste«, fuhr sie fort. »Dann schienen plötzlich alle Partner übers Internet zu finden, und ich dachte, warum nicht? Ich kaufe schließlich alles Mögliche online. Bücher, Schuhe, Essen, sogar Jeans.«

»Sogar Jeans. Wirklich?« Er hob scherzhaft die Braue, um sein Erstaunen auszudrücken. Nur die eine, genau wie James Bond.

»Ja, obwohl es gar nicht so leicht ist, eine Jeans zu finden, die anständig sitzt«, antwortete sie und grinste.

»Tatsächlich.«

»Man muss echt viele anprobieren, bis man endlich eine hat, die passt. Ich schicke ständig Sachen zurück. Ich stehe auf Du und Du mit dem Postboten. Vielleicht sollte ich mal mit ihm ausgehen.«

Er lachte über ihren Witz, in angemessenem Maß, nicht zu laut, er wollte ja nicht unverschämt sein.

»Ich dachte«, fuhr sie fort, »wenn ich passende Jeans im Internet finden kann, warum …«

»Warum nicht auch einen Mann?«, beendete er ihren Satz.

»Genau. Im Internet gibt es von allem eine größere Auswahl. Warum sollte ich da etwas so Wichtiges wie die Liebe dem Zufall überlassen?«

Er sollte schnellstens das Weite suchen. Das L-Wort zweimal in fünf Minuten. Sie verfolgten unterschiedliche Ziele. Sie war eindeutig auf der Suche nach einem Ehemann, während er noch nicht bereit war, eine Familie zu gründen. Aber wenn er das wäre, würde er wahrscheinlich nach genau so einem hübschen Mädchen Ausschau halten, das errötete und ihn verzauberte. Eines, das seinen Magen Purzelbäume schlagen ließ, wenn sie den Rücken streckte und ihr Kinn nach vorne schob. Er blieb sitzen.

Sie lächelte ihn mit schüchternem Augenaufschlag an. Er erwiderte ihr Lächeln, herzlich, vage. Immerhin, musste er sich eingestehen, war sie nicht darauf aus, jemanden hereinzulegen.

»Und du, Gus?«

»Ich?« Ja, Gus.

»Was hat dich dazu bewegt, es mit dem Onlinedating zu probieren?«

Nick zögerte und versuchte, sich etwas Beeindruckenderes einfallen zu lassen als die Wahrheit. Der Kellner kam mit dem ersten Gang, was ihm einen Augenblick Aufschub verschaffte.

»Ach, das Übliche, meine Freunde hielten es für eine gute Idee«, antwortete er ausweichend.

»Sie waren wohl besorgt um dich?«

»So was in der Art.«

»Bist du …« Sie verstummte. »Ach, das geht mich nichts an.« Sie schwenkte die Hand, als wollte sie den halb ausgesprochenen Gedanken wegschieben, und doch verharrte er zwischen ihnen neben dem Brotkorb.

»Sag es ruhig. Du kannst mich alles fragen.« Er musste ihr ja nicht antworten.

Sie legte den Kopf wieder zur Seite. Irgendwie erinnerte sie ihn an den King Charles Spaniel, den er als Junge einmal hatte. Coco, ein süßer kleiner Kerl. Nur dass Annas Zunge nicht heraushing. Ihre Lippen waren feucht, einladend, sinnlich. Bei einer anderen hätte er sie sofort als Blowjob-Lippen eingestuft, aber diese Frau strahlte eine spezielle Art von Unschuld aus, die derartige Gedanken unmöglich machte. Sie duftete nach Weichspüler und (das bildete er sich wahrscheinlich nur ein) nach Buttercreme.

»Ich habe mich bloß gefragt, ob du dich vielleicht gerade erst getrennt hast.« Ihr Gesichtsausdruck wurde plötzlich verlegen. »Tut mir leid. Dummes Thema. Ich dachte nur, weil deine Freunde sich sorgen, dass vielleicht gerade jemand dein Herz gebrochen hat.«

Er hatte Anna digital zugezwinkert, weil sie große braune Augen hatte, die strahlten, und große pralle Brüste, die verlockten, aber sie hatte noch mehr. So viel konnte er schon mit Sicherheit sagen. Sie war ehrlich und voller Hoffnung. Es war ein bisschen abschreckend. Na ja, nicht wirklich abschreckend. Erdrückend. Eigentlich beschämend. Schließlich hatte er im Internet nicht einmal seinen richtigen Namen benutzt, während sie ein offenes Buch war. Sie war eindeutig auf der Suche nach jemandem, dem sie vertrauen konnte. Er hatte ein bisschen Mitleid mit ihr. Außerdem überkam ihn eine Spur Beschützerinstinkt, er war plötzlich verärgert über die ganzen Betrüger da draußen, die sich ihre Profile zusammenlogen, um jemanden rumzukriegen. Ihn selbst eingeschlossen. Er kam sich schäbig vor.

»Nicht gebrochen. Verletzt.« Das war nicht wahr, aber es war das, was sie hören wollte. Wenn er antwortete, sein Herz sei taub, aber nicht vor Schmerz oder Enttäuschung, sondern aus Langeweile, würde ihr das sicher nicht gefallen.

»Verstehe.«

Sie nickte, und er war erstaunt, dass eine so unscheinbare Bewegung bei ihm das Bedürfnis zu schlucken auslöste, das Bedürfnis, sich mit der Zunge über die Zähne zu fahren. Sein Mund war völlig trocken.

»Das muss dir nicht peinlich sein, Gus. Ich bin neunundzwanzig, du dreißig, es ist unmöglich, dieses Alter zu erreichen, ohne ein gewisses Maß an Enttäuschung auf dem Kampfplatz der Liebe zu erfahren.«

Im Ernst? Kampfplatz der Liebe? Er hätte am liebsten laut losgelacht. Nicht über sie. Mit ihr. Sie war sichtlich nervös, und das war entzückend.

Sie nahm ihre Serviette und vergrub das Gesicht darin.

»Was ist nur los mit mir? Wer in der Geschichte der Menschheit hat je diesen Ausdruck benutzt, ohne es ironisch zu meinen? Oder überhaupt?«, sprudelte es aus ihr heraus. Er zog sachte an der Serviette, sie ließ sie lachend los, dann griff sie rasch nach ihrem Weinglas, nippte kurz daran und fügte hinzu: »Natürlich habe ich auch ein gewisses Maß an höchstem Glück erlebt.«

Plötzlich war er neugierig. Wer hatte sie glücklich gemacht? Wie? Ihr Strahlen wurde noch ein wenig heller, was er nicht für möglich gehalten hätte. In diesem Moment konnte er sich nicht vorstellen, dass ihr je ein Mann wehtun würde, ihr das Herz brechen, sie betrügen. Warum sollte er? Als könnte sie seine Gedanken lesen, füllte sie die leeren Stellen ihrer Liebesgeschichte.

»Leider musste ich die Erfahrung machen, dass Männer ihn einfach nicht in der Hose lassen können.«

Er verschluckte sich fast an seinem Getränk.

»Nicht dass ich meine, sie sollten ihn *generell nicht* aus der Hose holen«, fügte sie hastig hinzu. »Ich bin keine Nonne oder so. Ich suche lediglich einen monogamen Mann, und – weißt du, was? – ich fürchte, die sind so selten wie Einhörner.«

Nick rutschte verlegen auf seinem Stuhl hin und her. Er hätte sich selbst gern als treu betrachtet, aber er war es nicht. Nicht wirklich. Am angemessensten ließ es sich damit beschreiben, dass sich bei ihm die Zeitfenster zwischen einer zu Ende gehenden und einer neu beginnenden Beziehung gelegentlich überlappten. Und manchmal kam es zu kleinen Missverständnissen, was die Ausschließlichkeit betraf. Na ja, er verlangte sie nicht, warum sollte er sie dann gewährleisten? Aber er war bestimmt nicht der mieseste Kerl in der Weltgeschichte. Männer neigten nun mal zum Fremdgehen. Wahrscheinlich war eben etwas dran an der Theorie, dass es was Genetisches war. Dass die Männer dazu ausersehen waren, ihren Samen weit zu streuen und so weiter, zum Wohle der menschlichen Rasse. Monogamie war unrealistisch. Warum war das Internet erfunden worden, wenn Männer monogam leben sollten? Als er jetzt jedoch in Annas riesige Augen mit dem Welpenblick sah, war er sich nicht mehr sicher, was stimmte. Oder zumindest, was fair war. Er kam sich ein bisschen gemein vor.

Einen Moment lang konzentrierten sie sich beide auf ihr Essen, gaben leise anerkennende Laute von sich und kauten zufrieden.

»Und wie läuft es bisher bei dir? Hattest du schon viele Verabredungen?«, fragte er. Und zwar nicht nur aus Höflichkeit.

»Ein paar.«

Offensichtlich war keine von ihnen ein weltbewegender Erfolg gewesen. Schließlich war sie mit ihm hier, oder? Sie hatte ihren Traumprinzen noch nicht gefunden.

»Und, irgendwas Bemerkenswertes dabei?« Er fragte sie aus.

»Nicht wirklich. Ich kenne die Karte im Starbucks inzwischen ganz gut.«

Er verzog das Gesicht zum Zeichen seiner Enttäuschung über den mangelnden Einfallsreichtum seiner Vorgänger.

»Außerdem habe ich einen Mann zu einem Rundgang in der National Gallery getroffen, mit einem Minigolf gespielt, und ich war im London Eye.« Sie zuckte mit den Schultern und lächelte gleichzeitig. Dem Schulterzucken glaubte er mehr. »Ich komme ganz schön rum in der Stadt.«

»Was war denn verkehrt an diesen Männern?«

»Nichts eigentlich. Es war eher so, dass sie nicht richtig genug waren.«

»Punkte?«

»Wie bitte?«

»Auf einer Skala von eins bis zehn?«

»Die meisten waren eine fünf oder sechs.«

Er verzog das Gesicht zu einer übertriebenen Grimasse, die ihm ein Kichern einbrachte.

»Hat die Chemie nicht gestimmt?«

»Genau. Und bei dir?«

Er hatte durch Tinder und andere Webseiten Dutzende von Verabredungen gehabt. Und den Überblick verloren. Meistens waren sie am Ende im Bett gelandet. Und Sex nach einem Date hieß mindestens sieben von zehn Punkten, denn Sex war Sex. Von den Frauen waren einige so scharf gewesen, dass er sie glatt mit neun bewertet hätte. Was er ihr natürlich nicht sagen konnte.

»Das Gleiche, eigentlich«, murmelte er. »Irgendwelche Katastrophen?«

»Keine Axt schwingenden Psychopathen. Ich bin ziemlich wählerisch bei meiner Entscheidung, mit wem ich mich treffe. Es ist relativ einfach, Spinner und Idioten auszusortieren. Davon gibt's echt viele.«

»Wirklich?«

»Oh ja.«

»Erzähl«, ermunterte er sie scherzhaft. Und dachte daran, dass katastrophale Verabredungen immer ein gutes Licht auf ihn selbst warfen.

»Einer schrieb, er sei besessen von Füßen und könne es kaum erwarten, an meinen zu riechen.«

»Nein!«

»Doch. Dann war da noch der, der mir die Haare mit einer Bürste kämmen wollte, die einmal seiner Mutter gehört hat.«

»Schräg.«

»Die tot ist.«

»Scheiße.«

»Dann war da noch der Typ, der sich erkundigte, ob er seine Mutter mitbringen dürfte, um mich kennenzulernen.«

Nick fing an zu schmunzeln. Er war sich nicht sicher, ob sie ihn aufzog.

»Einer teilte mir mit, er trüge Damenhöschen, während er

mir schrieb, weil er sich dann besser in mich hineinversetzen könne.«

Jetzt lachte Nick lauthals los.

»Ein anderer sang *I want Your Sex* von George Michael, als wir das erste Mal telefonierten.«

Schallendes Gelächter. Sie machte ihm etwas vor. Ganz sicher. Anna trank einen Schluck Wein, zwinkerte ihm zu und strahlte ihn an, weder bestätigend noch dementierend.

»Ich muss dir etwas gestehen.«

»Ach.« Sie wirkte sofort misstrauisch.

»Ich heiße nicht Gus.«

»Bitte?«

»Mann nennt mich nicht Gus.«

»Dann heißt du Angus?«

»Nun ja, schon. Das ist mein zweiter Vorname. Eigentlich nennt man mich aber Nick. Nicholas Angus Hudson.«

»Und warum steht in deinem Profil dann Gus?« Sie hielt inne, sodass die Gabel kurz vor ihrem sinnlichen Mund in der Luft schwebte. Sie wirkte traurig. Enttäuscht.

Er zuckte verlegen mit den Schultern. »Ich weiß nicht. Ich wollte wohl nicht, dass Menschen, die mich kennen, wissen, dass ich im Internet suche.«

»Menschen, die du kennst? Du meinst, so jemand wie eine Ehefrau?«

»Himmel, nein!«, entgegnete er so laut, dass sich die Leute im Restaurant umwandten. Er näherte sich mit dem Kopf ihrem, sah sie fest an und versuchte, möglichst aufrichtig zu wirken. Es war ihm plötzlich wichtig, dass sie ihm glaubte. Auch wenn er sie anlog. »Ich meine die Menschen, mit denen ich arbeite, meine Kunden, meinen Chef. Diese Menschen.«

»Dein Chef ist auf Datingportalen?« Sie zog die Augenbrauen hoch.

Er musste lächeln. »Vielleicht. Man kann nie wissen.«

35

»Dafür braucht man sich doch nicht zu schämen.«

»Nein, das weiß ich jetzt. Aber du hast selbst gesagt, dass du mehr Spinner als normale Männer kennengelernt hast. Ich wollte nicht, dass die Leute über mich reden.« In Wahrheit benutzte er den Namen Gus schon lange, weil es dann hinterher schwieriger für die Frauen war, ihn zu finden. Wenn Anna später nach ihm suchen würde, hätte er jedoch gar nichts dagegen. Er hoffte sogar, sie würde mit ihm in Kontakt bleiben wollen. Es war ihm unerklärlich.

Sie sah ihn an, versuchte, schlau aus ihm zu werden. »Du bist kein Spinner und auch kein Idiot«, murmelte sie schließlich. »Andererseits, normal bist du auch nicht.« Er wirkte perplex und dann erleichtert, als sie fortfuhr: »Ich glaube, du bist etwas ganz Besonderes, Nicholas Angus Hudson.«

3

Anna

»Er war nicht auf Sex aus?« Zoe klang erstaunt.

»Nein, er hat mich nur auf die Wange geküsst und dann Gute Nacht gesagt.« Es war ein warmer, sanfter Kuss gewesen. Er hatte angenehme Lippen. Weder zu feucht noch zu trocken noch zu kühl. Genau richtig.

»Und das war vor deiner Wohnung?«

»Ja, habe ich dir doch gesagt. Wir haben uns ein Taxi geteilt, aber er ist nicht ausgestiegen, sondern anschließend weitergefahren.«

»Hast du ihn gefragt, ob er auf einen Kaffee mit raufkommt?«

»Ach, komm schon, Zoe. Du weißt, das ist nicht meine Art. Diese Frage stellt man nicht ohne Hintergedanken, zumindest nicht nach einem Date. Da hätte ich genauso sagen können, dass Peitsche, Maske und Kondome oben warten.«

»Tun sie das etwa?!« Jetzt klang Zoe aufgeregt, beinahe beeindruckt.

»Nein, natürlich nicht«, murmelte Anna leicht beleidigt.

»Falls du sie nicht bei deinem letzten Besuch irgendwo gebunkert hast.«

Zoe seufzte. »Dann steht er wohl nicht besonders auf dich«, meinte sie dann.

»Sehr freundlich von dir.«

»Ist er vielleicht schwul?«

»Nein.«

»Du scheinst ja ziemlich überzeugt zu sein. War er schlecht angezogen?«

»Nein, sehr modisch sogar. Elegant.«

»Elegant!« Zoe wiederholte das Wort mit so viel Abscheu, dass Anna sich fragte, ob sie versehentlich *Er hatte Herpes* gesagt hatte. »Also ein Weichei? Hatte er einen laschen Händedruck? Schwitzige Handflächen?«

»Nein. Sein Händedruck war fest und trocken.«

»Was könnte denn sonst die Erklärung dafür sein?«

Anna seufzte. »Ich nehme an, er ist ein Gentleman.«

»Die existieren nicht, jedenfalls nicht außerhalb von Doris-Day-Filmen. Wie kannst du nur immer noch an diesen Unsinn glauben?«

Aber Anna glaubte daran. Sie glaubte an Gentlemen, an Ritter in glänzender Rüstung, an *den* Richtigen, die Liebe auf den ersten Blick und an ewige Treue. Die ganze Palette. Allerdings war ihr Glaube in letzter Zeit ziemlich auf die Probe gestellt worden. Angesichts zunehmender Beweise für das Gegenteil war es schwierig, daueroptimistisch zu bleiben. Aber das Zusammentreffen mit Nick gestern Abend, nun ja, das hatte ihr wieder Hoffnung gegeben.

Es war ein perfekter Abend gewesen. Zehn von zehn Punkten. Sie bildete sich nicht besonders viel auf sich ein, aber Zoe irrte sich, er stand sehr wohl auf sie. Da war sie sich ziemlich sicher. Sie hatten sich ausgesprochen gut verstanden. Sie hatten den ganzen Abend nicht aufgehört, sich zu unterhalten, und sie hatten drei Gänge plus Kaffee gehabt. Außerdem war er keiner von denen, die immer nur über sich selbst redeten. Sie hatten auch viel über sie gesprochen. Er wollte wissen, womit sie ihren Lebensunterhalt verdiente. Wenn sie erzählte, dass sie in einem Zentrum für Hilfsbedürftige und Obdachlose arbeitete, erntete sie gewöhnlich eine von zwei Reaktionen. Die meisten sagten, sie sei eine Heilige, ließen sich darüber aus, wie beruhigend es doch sei, zu wissen, dass es Orte für »diese Art Menschen« gäbe, um dann anzumerken, dass sie selbst so eine Arbeit nie machen könnten, und anschließend zuzugeben, dass sie sich für ihre eigene Branche schämten, vor allem, wenn sie in Berufen tätig waren, in denen es eher locker oder lustig zuging.

Paradoxerweise schüchterte Annas Job – den ihre Eltern als Verschwendung ihrer Ausbildung und ihres Intellekts betrachteten – die Leute ein. Die zweite Reaktion bestand darin, dass die Leute feststellten, wie schlecht die Arbeit doch sicher bezahlt würde und dass es nun wirklich keine Obdachlosen geben müsste. »Nicht hier im Süden von England jedenfalls. Ich sehe ständig Aushänge in den Schaufenstern, auf denen Jobs angeboten werden. Arbeite, zahle deine Rechnungen, kümmere dich selbst um dich. Ganz einfach.« Sie wusste, dass es sinnlos war, solchen Leuten die Komplexität psychischer Erkrankungen erklären und ihnen das Ausmaß des Drucks und der Hilflosigkeit klarmachen zu wollen, denen die Betroffenen ausgesetzt waren. Trotzdem konnte sie sich nie zurückhalten. Auch hier war sie eine hundertprozentige Optimistin. Nicht dass ihre Vorträge über soziale Benachteiligung, seelische Verletzungen, häusliche Gewalt oder fehlende Chancen je einen Unterschied machen würden. Häufig kam die Unterhaltung sogar ganz zum Erliegen, wenn sie offen sagte, womit sie ihr Geld verdiente, weil die Leute dann annahmen, sie sei eine selbstgefällige, Grünzeug futternde Öko-Triene.

Nick hingegen hatte genau die richtige Dosis Interesse gezeigt. »Und was passiert da? Erzähl mir, wie ein gewöhnlicher Arbeitstag bei dir abläuft.«

»Nun ja, wir bieten praktische Hilfe an, einschließlich subventionierter Mahlzeiten, dem Zugang zu ärztlicher Versorgung, der Möglichkeit, Wäsche zu waschen oder zu duschen«, erklärte Anna. »Grundlegende Dinge, die der Rest von uns für selbstverständlich nimmt«, fügte sie hastig hinzu. »Mein Traum ist im Grunde, dass wir eines Tages so weit kommen, dass wirklich *jeder* das alles für selbstverständlich nehmen kann.«

Er hatte verständnisvoll genickt und sie ermuntert, weiterzusprechen. »Wir bieten auch Beratung in Sachen Wohnen und Unterstützungsleistungen an. Dazu kommt extra ein Mitarbeiter vom Sozialamt ins Haus, der uns auch in rechtlichen Angelegenheiten berät.« Sie fragte sich, ob das alles womöglich ein bisschen heftig klang. »Und wir haben einen Fahrradclub, der bezahlbare Räder und Reparaturen anbietet.«

»Und was ist deine Aufgabe?«

»Ich bin für die Verwaltung zuständig und gleichzeitig so etwas wie ein Mädchen für alles. Wenn ich nicht gerade mit Neuanmeldungen, Freiwilligen- oder Personalfragen beschäftigt bin, helfe ich aus, wo immer ich kann. In der Küche, beim Putzen, Telefonate erledigen, Briefe schreiben oder wenn es darum geht, ein offenes Ohr für jemanden zu haben. Was gerade anfällt.« Es fiel eine Menge an, aber sie konnte nur ihren kleinen Teil dazu beitragen. Langsam lernte sie, das zu akzeptieren. Sie konnte nicht jedem helfen und nicht alles in Ordnung bringen. »Das Zentrum ist ein wichtiger Ort für die Obdachlosen in der Gemeinde und für die Alten, die alleine leben. Es ist schlimm, sich vorzustellen, dass, während wir hier sind«, sie verstummte kurz, um eine Handbewegung durch das Restaurant voller gesättigter Anzugträger zu machen, »nur ein paar Kilometer die Straße herunter Menschen ohne Essen und einfachste Unterkünfte leben.«

»Ein ernüchternder Gedanke.« Er trank einen Schluck Wein, und sie merkte, dass er über die Probleme nachdachte, sich aber nicht durch sie einschüchtern ließ.

Es konnte einen nämlich ganz schön mitnehmen. Die Kunst bestand darin, das nicht zuzulassen, denn wenn man mutlos und deprimiert war, war man für niemanden eine Hilfe.

Sie lächelte wieder. »Es wird einem wirklich gelohnt. Das Zentrum heißt Drop In. Unsere Gäste machen immer Witze darüber, dass es eine Art Insider-Club für Outsider ist. Einen gewissen Sinn für Humor sollte man sich bewahren. Was ist mit dir? Was machst du beruflich?«

»Ich arbeite im Bankenviertel. Als einer dieser grässlichen Investmentbanker, über die man so viel spricht. Ich bin bei Herrill Tanley angestellt. Von denen hast du wahrscheinlich schon gehört. Eine der weltgrößten Anlagebanken.«

Er hatte den Test bestanden. Weder abgeschreckt durch ihren Job noch verlegen wegen seines eigenen Ehrgeizes. Er war stark und stolz, und das gefiel ihr.

»Und wie sieht dein Tag so aus?«

Natürlich antwortete er, das sei zu langweilig, um groß davon zu erzählen. Das sagten alle Banker, aber sie sah das anders. Es war bestimmt total spannend. All dieses Geld hin- und herzuschieben, all dieses Geld zu vermehren oder zu verlieren. Nur weil sie ihre Tage in einem Beratungszentrum für Alte und Hilfsbedürftige verbrachte, hieß das noch lange nicht, dass sie Wohlstand nicht zu schätzen wusste. Sie hatte etwas gegen Klischees. Sie verachtete die Reichen nicht, nur weil sie sich einen Job ausgesucht hatte, der aufdeckte, wie viel Armut in der Stadt herrschte. Sie gab keinem Einzelnen die Schuld, sie gab nicht einmal dem System die Schuld. Eigentlich sah sie keinen Sinn darin, überhaupt irgendwen zu beschuldigen. Sie zog es vor, die Dinge anzupacken. Das sagte sie ihm und ermunterte ihn, ihr ausführlich zu berichten.

»Was genau macht so ein Investmentbanker? Erzähl schon, ich möchte etwas lernen.«

»Du warst in Yale. Ich glaube kaum, dass ich dir etwas beibringen kann.«

Er hatte sich den kurzen Hinweis auf ihre Universität gemerkt und war offensichtlich beeindruckt. Das war mal eine nette Abwechslung. Viele Männer schüchterte es ein, wenn sie hörten, wo sie studiert hatte. Um auf Nummer sicher zu gehen, entschied sie sich trotzdem, ihm zu schmeicheln. Sie wollte ihn ja nicht verschrecken.

»Ich habe Geisteswissenschaften studiert. Wenn es um Wirtschaft geht, habe ich keine Ahnung.«

Also setzte er zu einer Erklärung an. »Investmentbanker bieten eine Vielzahl von Dienstleistungen für Unternehmen, Institutionen und Regierungen an. Sie kümmern sich um so etwas wie Fusionen, Ankäufe, Anleihen und Aktien, Kredite und Privatisierungen, IPOs?« Er wartete ab und sah sie erwartungsvoll an. Offensichtlich fragte er sich, ob sie ihm folgen konnte.

»IPOs – Initial Public Offerings, also Börsengänge?«

»Ja.« Er war überrascht. »Unternehmens-Investmentbanker beraten auch bei Managementübernahmen, beschaffen Firmenkapital, geben ihren Kunden strategische Empfehlungen und sichern neue Geschäftsabschlüsse.«

Sie gab sich wirklich Mühe, es zu verstehen, merkte aber, dass es sie doch nicht so sehr interessierte. Es war in der Tat ein kleines bisschen langweilig. Nicht so interessant wie mit Menschen zu arbeiten jedenfalls. Geld war letztlich eben nur Geld. Es ging ihm nie schlecht, es brauchte nie Hilfe. Vielleicht lag darin ja der Reiz. Immerhin hatte sie guten Willen gezeigt. »Und in welchem Bereich arbeitest du genau?«, erkundigte sie sich vorsichtig. Man musste sich doch sicher spezialisieren.

»Ich bin im Equity-Capital-Markets-Team tätig, das heißt, ich beschäftige mich mit Eigenkapitalfinanzierung. Ich berate die Kunden mittels Analyse von Märkten und Produkten darin, wie viel Kapital sie beschaffen sollen, von woher und zu welchem Zeitpunkt.«

»Ach.« Was immer ihn glücklich machte. Das war ihre Lebensphilosophie.

Außer über die Arbeit unterhielten sie sich auch noch über Freunde und Urlaube, über Filme, die sie gesehen oder verpasst hatten, über Bücher, die ihnen gefallen oder nicht gefallen hatten. Sie mochten beide Musik, obwohl sie gerne klassische

Konzerte hörte, während er eher auf Rockmusik stand. Sie sprachen darüber, wie oft sie Sport trieben, und waren sich einig, dass sie beide mehr tun könnten, dass dies aber eine Zeitfrage war. Sie sprachen über alles Mögliche.

Nur nicht über ihre Familien.

Anna hatte die Erfahrung gemacht, dass Männer selten über ihre Geschwister redeten, wenn man nicht nachfragte, und das hatte sie nicht vor. Manchmal erwähnten sie beiläufig ihre Eltern, aber die meisten konzentrierten sich in Unterhaltungen auf ihre Karrieren oder ihr Sozialleben. Das kam Anna nur gelegen. Falls sie und Nick sich näherkämen, müsste sie Zoe irgendwann vorstellen, aber sie war nicht gewillt, ihr bei einem so gut gelaunten Treffen irgendwelchen Raum einzuräumen. Zoe verdarb immer alles. Nicht absichtlich. Sie konnte einfach nicht anders. Es war auch schwierig, von ihren Eltern zu erzählen, ohne Zoe zu erwähnen. Schließlich hatte ihre eigene (angespannte) Beziehung zu ihnen mit ihrer Beziehung zu Zoe zu tun. Der Abend war bisher so nett gewesen, sie wollte ihn nicht verderben, indem sie auf irgendetwas davon einging.

Nick war gut aussehend und humorvoll. Nur wenige Männer verdienten das Adjektiv gut aussehend. Er schon. Dunkeläugig, rau, maskulin. Er hielt Messer und Gabel ordentlich, schloss den Mund beim Kauen. Er betrank sich weder, noch machte er sexistische oder rassistische Witze. Die Tatsache, dass er im Taxi nicht über sie hergefallen war, bedeutete sicher nicht, dass sie ihm nicht gefiel, es lag bestimmt daran, dass er sie respektierte. Er hatte versprochen, sie am nächsten Morgen anzurufen. Sie beschloss, das Zoe gegenüber vorerst nicht zu erwähnen. Sie würde ihr alles nur vermiesen. Fehler an ihm suchen, Zweifel in Anna säen.

»Ich bin müde. Ich muss ins Bett. Wie viel Uhr ist es jetzt bei dir?« Anna konnte sich den Zeitunterschied nie merken.

»Sieben.«

»Hast du heute gearbeitet?« Davon konnte man nie ausgehen.

»Jepp. Ich hatte ein paar Aufnahmen für einen Werbeprospekt.«

»Was für einen Werbeprospekt?«, fragte Anna und war sich nicht sicher, ob sie die Antwort hören wollte. Job war Job, aber manchmal nahm Zoe Modeljobs an, die Anna ein bisschen zu weit gingen. Für Bademoden zum Beispiel. Oder für Dessous. Von neuartigen Spielzeugen für Erwachsene ganz zu schweigen.

»Für einen edlen Möbelladen.«

»Das ist ja großartig!«

Zoe gab einen Laut von sich, der ausdrückte, dass sie diese Arbeit alles andere als großartig fand. Sie wäre am liebsten Schauspielerin geworden und kein Model, aber wenn sie schon modeln musste (und das musste sie, wenn sie ihre Miete bezahlen wollte), dann hielt sie Aufnahmen für Kataloge oder Werbebroschüren nicht gerade für das Gelbe vom Ei. Ihrer Ansicht nach müsste sie *das Gesicht* irgendeiner Luxusmarke sein. Überzeugt von sich war sie, so viel stand fest.

Anna war beeindruckt von Zoes Modeljob, auch wenn diese nur im Hintergrund irgendwelcher Broschüren für ein Möbelgeschäft zu sehen war. Die Chancen, dass Zoe *das Gesicht* eines Hautpflegeprodukts oder eines Luxuslabels wurde, standen angesichts ihres Alters gleich null. Es gab einmal eine Zeit, da wäre es vielleicht möglich gewesen, aber Zoe hatte es sich selbst vermasselt. Ihre Kontakte gekappt, ihr Aussehen verhunzt. Annas Ansicht nach konnte sie inzwischen froh sein, überhaupt Jobs zu bekommen. Vor allem solche, bei der sie ihre Kleider anbehalten durfte. Anna konnte noch immer kaum fassen, dass Zoe Model war und tatsächlich bezahlt wurde, nur weil die Leute sie anschauen wollten. Die Vorstellung war schon verrückt genug, wenn man dabei an eine Fremde dachte, aber umso verrückter, weil Anna und Zoe eineiige Zwillinge waren. Wenn die Leute Zoe schön genug fanden, um Model zu sein, dann war sie es logischerweise auch. Sie hatten dieselben großen braunen Augen, dieselbe breite Stirn, dieselben hohen Wangenknochen und dasselbe niedlich spitze Kinn. Selbst die Haare trugen sie momentan in der gleichen Länge, gerade bis über die Schultern. Anna, weil es eine gute Länge war, um sie zu einem praktischen Pferdeschwanz zusammenzunehmen, und es auch gut aussah, wenn man sie trocken föhnte. Zoe, weil ihr Agent ihr dazu geraten hatte. So konnte sie Extensions anbringen oder sie schnell hochstecken, je nachdem, was die Stylistin brauchte.

Äußerlich glichen sie einander, aber alles andere unterschied sich. Zoe hatte im Gegensatz zu Anna Selbstvertrauen, Sex-Appeal, Ausstrahlung. Die Franzosen würden wahrscheinlich schulterzuckend feststellen, sie habe eben das gewisse Etwas. Was immer das auch war, es war jedenfalls der Unterschied zwischen einer Verwaltungsangestellten in einer Tageseinrichtung für Alte und Obdachlose und einem Model mit Schauspielambitionen in New York. Es war der Unterschied zwischen jemandem, dessen liebster Teil am Sex das Kuscheln war, und jemandem, der einen Dreier als Vorspiel betrachtete.

»Es hat sich ewig hingezogen. Die Aufnahmen dauerten viel länger als geplant. Ich sollte gegen vier wieder draußen sein, aber sie hatten offenbar noch nicht, was sie brauchten, also musste ich noch ein paar Stunden länger bleiben.«

»War das denn deine Schuld?«

»Meine Schuld?« Zoe klang fassungslos.

»Ich dachte nur, wenn sie noch nicht hatten, was sie brauchten, lag es vielleicht –«

»Nein, es war nicht meine Schuld«, zischte Zoe. »Es lag an diesem bekloppten Fotoassistenten. Er hatte keinen Spiegel mitgebracht, um das Licht zu reflektieren, also musste er zurück in die Stadt, um einen zu holen. Alle waren mit ihrer Geduld am Ende. Als sie endlich so weit waren, verlangte ich, für meine Überstunden bezahlt zu werden. Ich sagte ihnen, sonst würde ich gehen.«

Anna sagte sich, es sei doch bewundernswert, dass Zoe ihren eigenen Wert kannte und bereit war, eine angemessene Bezahlung einzufordern. Die Hochglanzmagazine waren voll von Artikeln, in denen Frauen ermutigt wurden, sich höhere Gehälter zu erstreiten, allerdings war Anna sich nicht ganz sicher, ob es dasselbe war, wenn Zoe mehr Geld für eine Arbeit verlangte, deren Honorar vorher schon fest vereinbart war. Die Artikel richteten sich an Frauen, die eine Diskrepanz zwischen ihrer Bezahlung und dem Gehalt ihrer männlichen Kollegen festgestellt hatten, nicht an patzige Möchtegernschauspielerinnen, die dafür bezahlt wurden, ausgeprägte Wangenknochen zu haben.

»Was ist passiert?«

»Wie zu erwarten, machten sie einen auf verarmt und behaupteten, das Budget gäbe nichts mehr her.«

»Na ja, wenigstens hast du's versucht.«

»Ich habe mir ein paar von den Möbeln geben lassen, die sie fotografiert haben. Ich habe ihnen weisgemacht, ich würde ihnen einen Gefallen damit tun, weil jeder, der ihre blöden Teile in meiner Wohnung sähe, sie haben wollte.«

»Sind die Möbel denn hässlich?«

»Nein, obwohl sie nicht mein Geschmack sind. Ich verkaufe sie auf eBay. Bestimmt kriege ich einiges dafür.«

Anna wusste, dass sie diese Unterhaltung beenden und ein bisschen schlafen sollte. Mit Zoe zu sprechen war anstrengend. Manchmal sogar deprimierend, aber das würde sie ihr nie sagen. Unmöglich. Auf jeden Fall wollte sie nichts mehr von Zoes aggressivem Anspruchsdenken hören, nicht heute Abend. Sie wollte schlafen gehen und an Nick denken. Vielleicht, wenn sie Glück hatte, von ihm träumen. Nicholas Angus Hudson. Mr. Hudson. Mrs. Hudson. Anna Hudson. Zugegeben, das war vorschnell. Trotzdem. Sie gähnte demonstrativ und verabschiedete sich. Sie hoffte, ihr Unterbewusstsein würde mitspielen, Zoe aus ihren Gedanken verdrängen und stattdessen Nicholas Angus Hudson hineinschieben.

4

Nick

Es war schon Ende April, als der Frühling sich endlich seinen Weg in die schmutzigen, verlassenen Straßen und die dankbaren, empfänglichen Gemüter der Londoner bahnte. Gelegentlich schien die Sonne, und entschlossene Knospen, die rasch zu Blättern wurden, sprossen an den Bäumen. Nick betrachtete das milde Wetter als gutes Omen. Er hatte Anna gleich am nächsten Tag angerufen, wie er es versprochen hatte. Und am Tag danach. In der ersten Woche nach ihrem Kennenlernen hatten sie sich dreimal getroffen, und diese Regelmäßigkeit behielten sie auch in den darauffolgenden Wochen bei.

Ein bisher einmaliges Ereignis.

»Dann bist du also mit ihr zusammen?«, fragte Hal.

Nick und Hal kannten sich erst seit anderthalb Jahren, aber weil ihre Arbeitsplätze direkt nebeneinanderlagen, hatten sie das Gefühl, sich ziemlich gut zu kennen. Keiner von ihnen war von Natur aus verschlossen, und selbst wenn, das Großraumbüro machte jede Form von Privatsphäre unmöglich. Nick kam eigentlich mit den meisten gut aus, aber er war froh, dass Hal derjenige war, neben dem er täglich von sechs Uhr früh bis abends um sieben saß, oftmals sogar länger. Hal war wie er ein netter Mensch und wusste als solcher, wie viel Anstrengung es kostete, ständig nett zu sein. Zusammen konnten sie sich entspannen. Sie konnten ziemlich un-nett sein, wenn es sie überkam, ohne dass es negative Folgen hatte.

»Ich habe der Sache keinen Namen gegeben.«

Nick hielt den Blick auf seinen Bildschirm gerichtet; genau wie Hal. Das war kein Zeichen männlicher Scham, weil es um Gefühle ging, es lag einfach daran, dass es im Nu ein paar Hunderttausend Pfund kosten konnte, wenn sie sich abwandten.

»Der Sache?«

»Unserer Beziehung. Ich habe unserer Beziehung keinen Namen gegeben.«

»Warum nicht?«

»Weil ich nicht muss. Sie hat nicht darum gebeten.«

»Nicht?« Hal konnte seine Überraschung nicht verbergen.

Keiner von ihnen war es gewohnt, Frauen zu begegnen, die so etwas locker nahmen. Dieses Jahrhundert produzierte eher Frauen, die sich bei der Partnersuche entweder als vorsichtig, verletzt oder verklemmt erwiesen oder sowieso nicht infrage kamen.

»Nein.« Nick grinste.

Äußerlich ähnelten die beiden Männer sich. Geschniegelt und gebügelt, jung und reich, kerngesund; bei ihnen lief alles rund. Beide trafen sich so häufig mit Frauen, dass man sie in einer anderen Generation als Schürzenjäger bezeichnet hätte. Jeder von ihnen ging davon aus, dass Frau und Kinder und ein Haus auf dem Land zu seinem Lebensplan gehörten. Der Unterschied war allerdings, dass Hal aktiv nach einer Partnerin suchte, mit der er sein Ziel umsetzen konnte. Manchmal beneidete er seine verheirateten Freunde insgeheim um die wohltuende Nähe und selbstverständliche Fürsorge, die zwischen Ehemann und Ehefrau herrschten. Für Nick was das bisher eine vage Vorstellung in ferner Zukunft geblieben.

Bis ihm Anna begegnete.

Es war ein ruhiger Tag an den Märkten; wenn mehr los gewesen wäre, hätte Hal keine Zeit gehabt, sich mit Nicks Frauengeschichten abzugeben.

»Du siehst sie häufiger?«

»Ja.«

»Wie lange läuft das jetzt schon? Sechs Wochen?«

»Zwei Monate.«

»Du scheinst ja wirklich verliebt zu sein.«

Das war er. Vielleicht. Wahrscheinlich. Ziemlich sicher sogar, aber wer sprach das schon laut aus? »Sie ist nett.«

Hal nickte. »Triffst du dich noch mit einer anderen?«

»Keine Zeit, Kumpel.«

»Sie nimmt also deine ganze Zeit in Anspruch?«

Nick antwortete nicht gleich. Sie nahm nicht seine ganze Zeit in Anspruch, er konnte sich nur nicht vorstellen, mit irgendwem sonst Zeit verbringen zu wollen. »Kann sein.«

»Klingt aber ziemlich nach fester Beziehung, Loser.«

Plötzlich fing Hal an, wie wild auf seine Tastatur einzuhämmern. Nick überflog seinen Bildschirm, um festzustellen, was er verpasst hatte. Er wusste, dass Hal Leute mit festen Freundinnen nicht wirklich für Loser hielt. Im Gegenteil. Es war einfach nur die Art, wie sie miteinander sprachen. Beiläufige Beleidigungen wurden durchs Büro geschleudert wie die farbigen Geschosse auf einer Paintball-Party. Loser war da noch die harmloseste, einige davon würden jedem Bauarbeiter die Röte ins Gesicht treiben. Sie waren Banker, da mussten sie sich wie Arschlöcher benehmen, das erwartete die Allgemeinheit schließlich von ihnen. Logisch, dass sein Kumpel ihn aufzog, wenn Nick eine feste Beziehung hatte.

Hatte er das? Eine feste Beziehung? Er vermied dieses Wort normalerweise. Genau wie er es möglichst vermied, die Eltern der Frauen kennenzulernen, mit denen er sich traf. Oder ihre Freundinnen. Er verabredete sich nie an zwei oder drei aufeinanderfolgen Tagen, er ließ nie seine Zahnbürste in ihrer Wohnung. Er wollte keinen falschen Eindruck vermitteln. Aber er konnte nicht leugnen, dass das mit Anna etwas anderes war. Ihre Eltern hatte er zwar auch noch nicht kennengelernt, doch das lag daran, dass sie in Amerika lebten. Sie waren jedoch mit ein paar Leuten aus ihrem Spanischkurs etwas trinken gegangen. Und er war inzwischen, genau wie sie, stolzer Besitzer zweier elektrischer Zahnbürsten. Das war einfacher, als ständig eine zwischen ihren beiden Wohnungen hin- und herzukarren. Hal trank einen Schluck von seinem Kaffee und zuckte zusammen, weil er kalt war. »Ich dachte, du willst nur eine lockere Nummer.« Er überflog mit dem Blick weiter seinen Bildschirm.

»Ja, das wollte ich anfangs auch.«

»Das ist es aber nicht, oder? Ich meine, du bist letzten Samstag den ganzen Weg nach Stratford gefahren, um *King Lear* anzuschauen. Es gibt einfachere Wege, seinen Schwanz einzulochen, als an den Avon zu fahren, mehrere Stunden unverständliches Englisch zu ertragen und irgendeinem Schauspieler dabei zuzusehen, wie er vorgibt überzuschnappen.«

So hatte Nick es nicht gesehen. »Wir sind auch noch Boot gefahren«, erwiderte er.

»Und der Sex? Wie ist er?«

Nick wusste, dass Hal nichts weiter als eine Zahl erwartete. So machten sie es immer. Erwachsene Männer – mit ihrer Hochschulausbildung, einem sechsstelligen Jahresgehalt, mit Müttern und Schwestern – reduzierten Frauen auf eine Punktzahl. Er hätte einfach irgendeine nennen können, dann wäre die Sache erledigt gewesen. Hal hätte vielleicht das Thema gewechselt. Aber welche Zahl sollte das sein? Er hatte keine Ahnung. Er konnte ihr keine Bewertungspunkte geben. Das hatte Anna nicht verdient.

Es war nicht das, was er erwartet hatte. Na ja, er hatte nichts Besonderes erwartet, nicht mehr und nicht weniger als eine lockere Nummer, wie Hal ganz richtig festgestellt hatte. Er hielt nichts von dem ganzen Ich-träume-von-einer-gemeinsamen-Zukunft-Scheiß. Das war etwas für Frauen und Typen, die Mühe hatten, welche zu finden. Selbst wenn er sich vorher ein bisschen *Was wenn?* gestattet hätte, er hätte sich nie vorstellen können, dass es erst beim neunten Treffen zum Sex kommen und er überhaupt so lange das Interesse behalten würde. So lange und noch viel länger. Gerade weil sie zögerte. Schließlich wollte jeder haben, was er nicht kriegen konnte. Es war wieder wie als Teenager. Küssen, Zungenküssen, seine Hände auf ihrer Brust auf ihren Kleidern, dann ihr Oberteil und ihren BH abstreifen. Ja! Mit den Händen über ihre Oberschenkel streichen, mit den Fingern unter den Spitzenrand ihres Höschens gleiten. Es war weder ein Spiel noch eine Strategie. Sie brauchte einfach nur Zeit.

Das Überraschende war, dass er sie ihr gab. Zeit und Zuwendung und Verständnis.

Er hatte nicht vorhersehen können, dass der Sex, als er dann endlich stattfand, nicht einfach eine Nummer war. Es war viel komplizierter. Viel – und er zögerte, diesen Ausdruck zu benutzen, fand aber keinen anderen – *bedeutsamer*, vermutlich. Er konnte es nicht richtig beschreiben. Ehrlich gesagt war es nicht gerade der beste Sex, den er je hatte. Weit gefehlt. Sie war weder obszön noch gewagt, so viel hatte er schon während der acht Treffen gemerkt, die dem Ereignis vorausgegangen waren. Aber sie war ehrlich, leidenschaftlich und intelligent, und das reichte irgendwie bis in den Sex. Es war … erstaunlich. Sie war recht zurückhaltend und offensichtlich nicht sehr erfahren, aber er war sich ziemlich sicher, dass er ihr dazu verhelfen konnte, sich besser zu entspannen und mehr Selbstbewusstsein auf diesem Gebiet zu entwickeln. Er wollte sich aber keinesfalls beschweren. Ihre Zurückhaltung machte die Sache irgendwie besonders, sie trieben es nicht wild und heftig, ihr Sex war eher schlicht und einfach. Nicht langweilig. Sondern unkompliziert. Einfach gut. Er war – ja, er kam wieder auf dieses Wort zurück – bedeutsam. Es lag eine ganz besondere Leidenschaft darin.

»Komm schon, Kumpel«, drängte Hal, der scharf darauf war, sämtliche schlüpfrigen Details zu hören. Nick schüttelte den Kopf. Die Punktzahl war unwichtig, weil Sex nur ein Teil des Ganzen war. Anna war lustig, liebevoll, eine großartige Gesprächspartnerin. Er fand ihren Job interessant, und sie war nicht übertrieben anhänglich. Wenn er mal lange arbeitete oder ein paar Bier mit seinen Freunden trinken wollte, dann nickte sie und beschäftigte sich alleine. Es gab immer irgendeine Galerie, die sie besuchen, oder irgendwen, mit dem sie sich treffen wollte. Sie war auch keine, die ihm ständig an den Lippen klebte. Das gefiel ihm an ihr.

Hal hob vielsagend die Brauen. Er hatte Nick zweifelsohne mit Absicht genau an diesen Punkt der Selbsterkenntnis gebracht.

»Und wie war *King Lear*?«

Diese Frage zu beantworten fiel Nick deutlich leichter.

»Großartig! Eine Inszenierung von verbaler Brillanz und visueller Erhabenheit.«

Hal sah ihn verständnislos an.

»Sie haben es mit nördlichem Akzent gespielt, und der alltägliche Umgangston verlieh dem ganzen familiären Konflikt fast die Atmosphäre einer Seifenoper. Die Typen kamen einem alle irgendwie bekannt vor«, schwärmte er.

Hal fing an zu kichern.

Nick fuhr empört fort: »Wirklich. Genial, wie eine vierhundert Jahre alte Geschichte über Familienzwist und Herrschaftsanspruch einen durch die Mischung aus Dichtung und Spiritualität, unterbrochen von Gelächter, immer noch in Bann halten kann.«

»Sind das Annas Worte?«

Plötzlich war Nick unheimlich beschäftigt damit, auf seine Tastatur einzutippen.

5

Zoe

Mein Bauchgefühl, was diesen Nick betrifft? Abneigung. Sorry, aber so ist es nun mal. Ich bin mir sicher, dass er ein 1a-Dummschwätzer ist. Erstens sind das die meisten Männer. Zweitens waren das bisher *alle* von Annas Liebhabern. Drittens beginnt sein Onlinedating-Profil mit: *Ich bin noch ziemlich neu hier, aber dann mal los.*

Ja, ich habe ihn gegoogelt. Natürlich. Anna blickt diese Dinge einfach nicht. Sie ist krankhaft romantisch und lernt nie aus ihren Fehlern. Als sie sich auf dieser Datingseite angemeldet hat, beschloss ich, das Gleiche zu tun. Nicht etwa, dass ich es nötig hätte, auf diese Weise Männer kennenzulernen (ich bin immer noch der Meinung, dass Onlinedating was für Loser ist – sorry, aber so ist es). Ich will bloß ein Auge darauf haben, mit wem Anna es zu tun hat. Sie ist nämlich kaum in der Lage, selbst auf sich aufzupassen.

Die erste Zeile sagte mir schon alles, was ich über dieses Arschloch wissen musste. Dieses scheinbar schüchterne Gelaber kotzt mich so an. Es ist arrogant. Und unverschämt. Wenn er schreibt, er sei neu beim Internetdating, dann meint er eigentlich: *Huch, was mache ich eigentlich hier? Ich bin ja so verdammt scharf, wer hätte da gedacht, dass ich mal hier lande? In der Regel lerne ich Menschen auf die normale, altmodische Art kennen.* Ziemlich clever von ihm. Ein starker Einstieg und eine wirkungsvolle Art, andere, die sich unsicher fühlen, in falscher Sicherheit zu wiegen. Denn so tapfer Anna auch tut, ich bin mir sicher, dass sie furchtbar unglücklich ist, niemanden auf die herkömmliche Art kennengelernt zu haben. Ganz sicher. Sie ist nämlich eine von der altmodischen Sorte. Sie würde wer weiß was darum geben, einfach jemanden auf einer Party zu entdecken oder in einer überfüllten Bar oder in sonst einer Menschenmenge, wo Blicke sich treffen, und dann, peng, zack, erwischt, verliebt. Närrin. Anna behauptet immer, Datingseiten seien ein Fortschritt, sie seien praktisch und sinnvoll, aber in Wahrheit findet sie sie erniedrigend. Das weiß ich genau. Anna gehört garantiert zu denen, die auf diesen pseudo-bescheidenen Schwachsinn reinfallen.

Alles Quatsch, natürlich. Durch ein bisschen Nachforschen habe ich rausgefunden, dass sein Profil schon seit Monaten online ist, und zwar auf verschiedenen Websites. Nicht mal die Formulierung hat er geändert. Er ist eindeutig ständig auf der Suche nach Frischfleisch. Ach, Anna. Sein Profil ist übrigens auch jetzt noch online. Nicht in dem Portal, in dem ihr euch kennengelernt habt, aber auf Tinder und ein paar anderen Seiten. Wichser.

Allerdings ist er verdammt heiß. Das muss ich zugeben. Umso mehr Grund, misstrauisch zu sein. Warum ist er auf einer Datingseite? Er könnte in jeder Bar sämtliche Köpfe verdrehen, und ist er nicht auch noch Banker? Komm schon, gut aussehend und steinreich, warum sollte er Probleme haben, Frauen zu finden? Dieser Onlinekram ist garantiert nur seine Reserve. Nichts weiter als sein Datenbestand für die Nummer zwischendurch. Ich lese weiter.

Ich bin jemand, für den das Glas immer halb voll ist, und ich lache gern. Was du nicht sagst, Klugscheißer. Wer lacht denn nicht gern? Selbst wenn das Lachen zum Nachteil anderer Leute ist. Außerdem hat er nicht kapiert, worum es geht. So ein Profil soll der Einstieg in eine Unterhaltung sein. Da kann man nicht sagen: *Ach, ich sehe, Sie lachen gern, wie interessant. Ich gehe nämlich jeden Mittwoch zum Lachen in diese kleine Bar.*

Andere kommen da nur zum Schmunzeln hin, aber ich lache immer laut los. Wollen Sie mich nicht mal begleiten? Hätte er geschrieben, dass er Kabarett mag, oder den Mumm gehabt, ein paar Komiker zu nennen, die ihm gefallen, dann hätte mich das eher beeindruckt. *Ich denke, ich bin hier, um mich ein bisschen nett zu unterhalten.* Also, das hätte eine rote Ampel für Anna sein müssen. Ein Zeichen, das ihr sagt: *Ich bin nicht auf der Suche nach etwas Festem. Ich bin hier, weil ich Spaß haben will.* Im Grunde ist er also bindungsunfähig.

Als ich den Teil lese, von dem Anna weiche Knie bekam und der sie zu dem Schluss veranlasste, sie würden gut zueinander passen, würde ich mir am liebsten die Haare raufen: *Meine Familie und meine Freunde bedeuten mir viel.* Wirklich zum Totlachen. Na bitte, wenn das kein Alleinstellungsmerkmal ist. Ich fände es toll, wenn einer von diesen Idioten mal den Mumm hätte zu schreiben: *Meine Eltern haben mich verstoßen, und seit ich heroinabhängig bin, breche ich ständig das Gesetz und ihre Herzen. Die einzigen Freunde, die ich noch habe, sind die anderen armen Säue von Drogensüchtigen.*

Obwohl es durchaus passieren könnte, dass ein Typ das schreibt, und Anna trotzdem noch den Zwinker-Button anklicken und was mit ihm anfangen würde. Sie steht einfach auf hoffnungslose Fälle.

Es ist ausgesprochen unterhaltsam, diese Profile zu lesen. Eigentlich wollte ich heute Abend ausgehen. Hemmungslos tanzen und literweise Wodka trinken. Stattdessen bin ich nun zu Hause geblieben und amüsiere mich köstlich über diese erbärmlichen Selbstbeschreibungen, die die Leute posten. Kapieren sie es denn nicht? Sie sollen sich gut verkaufen. Das ist ihr Moment, die Welt zu erleuchten, zu zeigen, dass sie einzigartige kleine Schneeflocken sind, die die Macht haben, eine Lawine auszulösen. Ich habe zehn Männer gezählt, die behaupten, es gefiele ihnen, *auszugehen oder zu Hause zu bleiben.* Herrgott, wie aufregend ist das denn? Es gefällt ihnen zu existieren? Öde. Öde. Noch mal öde. Andererseits sind diese Leute nicht ganz so abstoßend wie dieser Schnösel, der behauptet, er würde nie fernsehen. Oooh bitte. Da hätte er genauso gut schreiben können: *Ich finde mich unheimlich cool und unsagbar originell.* Wahrscheinlich strickt er und hört Chormusik aus dem 16. Jahrhundert. Wer bitte will denn nicht über *Game of Thrones* reden? Ich wäre auch gespannt auf den gut aussehenden Kerl mit gepflegtem Bart, der angibt, er würde gern Vorträgen im Victoria & Albert lauschen und hätte vor, Schuhmacher zu werden. Komm schon, Prinzessin, tu dir einen Gefallen und steh dazu. Du kommst vom anderen Ufer, dich kann ich nicht glücklich machen. Was, das kannst du mir glauben, mir das Herz bricht, denn mir gefällt die Vorstellung, dass ich alle Männer glücklich machen kann.

Ich lehne mich über die Bettkante und nehme die Flasche Wodka, die auf dem Boden steht. Der Metalldeckel schrammt über das Glas. Ich trinke einen Schluck, es brennt im Rachen. Eigentlich stehe ich nicht so auf Wodka, was mich aber nie daran hindert, mich besinnungslos damit zu betrinken. *Ich bin auf der Suche nach einer Frau fürs große Abenteuer.* Wenn sie das nur ernst meinten. Tun sie aber nicht. Sie meinen genau das Gegenteil. Ich greife nach meinen Zigaretten. Jedes Mal, wenn ich das tue, höre ich förmlich, wie Anna nach Luft schnappt.

Diese Dummchen lassen sich ja so was von einfach zum Narren halten. Leichte Beute. Ich verstehe das einfach nicht. Ich kann eine Verabredung kriegen, wann immer ich will. Ich habe keine Skrupel, Männer direkt zu fragen, ob sie mit mir ausgehen wollen. Sie sagen selten Nein. Welcher Mann lässt sich schon die Gelegenheit entgehen, heißen Sex mit einem Model zu haben? Und weil ich nicht das Bedürfnis habe, dass sie mich je wieder anrufen, bin ich niemals enttäuscht. Wenn ich das Gefühl habe, sie könnten mich anrufen und wiedersehen wollen, gebe ich ihnen eine falsche Nummer.

Wahrscheinlich habe ich eine masochistische Ader. Diese Profile ärgern mich, und doch kann ich meinen Laptop nicht zuklappen. Ich meine, seht euch das an: *Aufrichtiger Mann sucht ebensolche Frau.* Gleich muss ich kotzen. Warum sind überhaupt alle so scharf darauf, sich zu paaren? Warum wollen sie nicht in die Welt hinausziehen und etwas erschaffen oder auch zerstören, irgendetwas Beeindruckendes hinterlassen? Warum wollen alle nur das tun, was alle um sie herum tun, was alle vor ihnen getan haben, was alle bis in alle Ewigkeit tun werden?

Sich fortpflanzen.

Seltsam nur, dass dieser weitverbreitete Wunsch so unzureichend zum Ausdruck gebracht wird. Es scheint fast, als verfügten die meisten nur über einen eingeschränkten Wortschatz und wären nicht in der Lage oder willens zu sagen, was sie von der Liebe erwarten. Und Tatsache ist, dass nur sehr wenige Männer sich zu sagen trauen, was sie vom Sex erwarten.

Da ich Zugriff auf Annas Profil und Chronik habe, weiß ich, wem sie zugezwinkert, mit wem sie sich unterhalten und mit wem sie sich schließlich verabredet hat. Ich habe sie überredet, mir aus Sicherheitsgründen ihr Passwort zu geben, anstatt meine brennende Neugier einzugestehen. Damit wenigstens einer weiß, mit wem sie sich trifft. Man hört immer wieder, dass Menschen verschwinden. Dass Schlimmes passiert. Ich versuche nur, auf Anna aufzupassen.

Ich mag ihn nicht. Traue ihm nicht.

Ich werde nicht zulassen, dass er Anna wehtut. Es ist meine Aufgabe, sie zu beschützen.

6

Anna

Kino?

Anna sah auf die Nachricht und lächelte. Es war nicht gerade die wortreichste Einladung, aber sie war Teil einer längeren Unterhaltung darüber, was sie an diesem Abend unternehmen sollten. Sie hatten sich den ganzen Tag schon gegenseitig Vorschläge geschickt, obwohl Nick sein privates Handy auf der Arbeit eigentlich nicht benutzen durfte und Anna versuchte, im Hilfszentrum nicht so oft aufs Handy zu schauen.

Welcher Film?

Innerhalb von Minuten schickte Nick eine Liste mit Filmvorschlägen und Anfangszeiten: ein Actionthriller, ein Gerichtsdrama und eine Liebeskomödie. Sie schrieb zurück, dass ihr die Liebeskomödie am liebsten wäre.

Die läuft im Electric. Bei dir in der Nähe. Soll ich dich abholen? Ich würde gerne sehen, wo du arbeitest.

Es wurde Zeit, dass er das Hilfszentrum sah. Normalerweise schlossen sie um fünf, und Nick würde sicher nicht vor sechs da sein, aber sie hatte noch genug Büroarbeit zu erledigen. Anna war sehr zurückhaltend, was Besuche von Fremden im Drop In betraf. Es gab zwar keine gesetzliche Verschwiegenheitsverpflichtung wie zwischen Anwälten und Klienten oder zwischen Ärzten und Patienten, aber es bestand eine stille Übereinkunft, dass die Menschen, die von der Hilfe des Zentrums Gebrauch machten, ein höchstes Maß an Diskretion erwarten konnten. Deshalb war es auch kein Ort, an den man seine Freunde auf eine Stippvisite einlud. Was wirklich schade war, denn Anna war unglaublich stolz auf das Drop In. Schließlich leistete es wertvolle Dienste. Es gab nichts Beglückenderes, als einen ruhigen Nachmittag mit den Besuchern zu verbringen, während sie Brettspiele spielten, plauderten, Kaffee tranken oder einem der Gastredner lauschten, den ihre Chefin Vera von Zeit zu Zeit einlud. Sie war sich ziemlich sicher, dass es Nick gefallen würde und er stolz auf sie wäre. Käme er andererseits an einem Tag, an dem sie gerade dabei wären, einen ihrer Gäste zu entlausen, wäre er bestimmt nicht erfreut. Ohne Nick kritisieren zu wollen. Die meisten Menschen hätten ihr Problem mit den unangenehmeren Aufgaben, die sie und Vera so selbstverständlich erledigten. Es war auf jeden Fall besser, dass Nicks erster Besuch im Zentrum auf einen Zeitpunkt fiel, an dem sonst niemand da war.

Sie hatte gedacht, der Tag würde sich ziehen – tatsächlich flog er jedoch vorbei. Rechtschaffen empört und mit dem entsprechenden Vokabular bewaffnet beschäftigte sie sich lange damit, zwei syrischen Frauen zu helfen, einen Beschwerdebrief über ihren unverschämten Vermieter an den Gemeinderat zu schreiben.

Vera ging um Punkt fünf. »Und es macht dir nichts aus abzuschließen?«

»Ganz und gar nichts.«

»Schade, dass ich keine Zeit habe, dazubleiben und deinen Traumprinzen kennenzulernen. Vielleicht kommt er ja auf seinem weißen Pferd angeritten.«

Anna kicherte. »Wie lange wartest du schon darauf, diesen Satz zu sagen?«

»Seit du mir von ihm erzählt hast.«

Anna wusste es zu schätzen, dass Vera sich bemühte, sich für sie zu freuen. Als alleinerziehende Mutter zweier wilder Jungs, dessen Vater sich als schreckliche Enttäuschung erwiesen hatte (er hatte eine innige Beziehung mit dem Familiengericht, aber nicht mit seinen Söhnen), fiel es ihr schwer, ihren Zynismus zu verbergen, wenn es um Männer ging. Wie Vera das sah, war Nick ein Mann, und das hieß automatisch Ärger, obwohl Anna momentan glücklicher schien als zu dem Zeitpunkt, als sie sich kennengelernt hatten. Widerwillig musste sie also eingestehen, dass er nicht nur von Übel sein konnte, wenngleich sie ihm nie trauen würde, bevor die beiden nicht goldene Hochzeit feierten. Anna ließ sich davon nicht beirren. Vera meinte es schließlich nur gut mit ihrer Sorge.

»Ich muss noch ein paar Unterlagen abheften, dann räume ich die Bücherecke auf. Und für den Fall, dass mir die Aufgaben ausgehen, habe ich etwas zu lesen dabei.«

»Ich kann mir nicht vorstellen, dass dir hier jemals die Aufgaben ausgehen.«

Es stimmte, der Kampf für das Gute hörte nie auf. Anna und Vera waren beide so großartig in ihrem Job, weil sie während der Öffnungszeiten wie verrückt arbeiteten und trotzdem die Fähigkeit entwickelt hatten, mehr oder weniger abzuschalten, sobald sie die Tür hinter sich zumachten. Das mussten sie, sonst hätten die Qual und das Leid, die sie jeden Tag sahen, sie erdrückt.

Als sie mit ihrer Büroarbeit fertig war, machte Anna es sich in der Bücherecke bequem und sah aus dem Fenster. Sie beobachtete, wie sich das Tempo des Tages veränderte. Anzug tragende Berufstätige hasteten zur U-Bahn und verschwanden, Nachtschwärmer tauchten langsam auf. Es war keine vornehme Straße, in der das Hilfszentrum lag, aber, wie so viele andere in London, war sie recht belebt, und es gab vier Lokale in Sichtweite. Die Luft in der Umgebung war geschwängert mit dem Geruch nach Zimt-Donuts und überquellenden Mülltonnen, die dringend geleert werden mussten. Um zwanzig nach sechs sah Anna Nick kommen. Sie sprang auf, lief zur Eingangstür und wollte sie gerade öffnen, um ihn zu begrüßen, als sie plötzlich Ivan entdeckte, der von der gegenüberliegenden Straßenseite auf sie zukam. Er zuckte heftig. Sie schloss schnell die Tür auf.

»Aaa-Arschloch!«, rief Ivan und warf den Kopf hin und her.

»Schon gut, Ivan. Was ist denn los?«

»Aaa-Arschloch!«, rief er wieder und schleuderte den Kopf noch heftiger herum.

»Magst du eine Tasse Tee?«

»Arschloch«, wiederholte er noch einmal.

»He! Immer langsam, Freundchen, das reicht jetzt.« Nick hatte Ivans Kraftausdrücke gehört und rannte, Wut und Abscheu im Gesicht, auf sie zu, um einzuschreiten.

Anna war sich nicht sicher, was er tun würde, ihr die Ohren zuhalten, weil er sie für ein sensibles Prinzesschen hielt, oder Ivan eins überziehen. Seinem Gesichtsausdruck nach zu urteilen hatte er tatsächlich vor, ihm einen Fausthieb zu verpassen. Ivan reagierte, indem er den Kopf einzog, noch heftiger zuckte und dabei »Scheiße, scheiße, scheiße!« schrie. Anna trat zwischen die beiden Männer.

»Alles gut«, sagte sie und hielt Nicks Arme fest. Dann wandte sie sich über die Schulter hinweg an Ivan: »Also Ivan, was sollst du jetzt tun?«

Ivan starrte sie verwirrt und wütend an. »Geht schon wieder.« Dann griff er mit noch immer krampfendem Körper nach seinem Geldbeutel, nahm eine Karte heraus und reichte sie, ohne ihn anzusehen, Nick.

Der wich einen Schritt zurück, blieb aber immer noch in Alarmbereitschaft. Als er las, was auf der Karte stand, merkte Anna, wie sich seine Schultern langsam senkten. »Sie haben Tourette?«

Ivan nickte. »Scheiße.« Ein weiteres Zucken.

»Was hat dich denn so aufgeregt?«, fragte Anna und rieb Ivan die Schultern.

»W-w-wieder eine beschissene Absage. Scheiße«, antwortete Ivan stotternd.

»Ivan bewirbt sich gerade um Arbeitsstellen«, erklärte Anna Nick. »Ivan, das hier ist mein –«

»Neuer Freund«, soufflierte Nick.

»Mein neuer Freund, Nick«, bestätigte Anna lächelnd.

Ivan hob den Blick zu Nicks Gesicht.

»Freut mich, Sie kennenzulernen«, sagte Nick. »Tut mir leid wegen der Absage. Was war es denn für ein Job?«

Ivan nahm Nicks ausgestreckte Hand und schüttelte sie. »Büroreiniger. Scheiße.« Er fing wieder an zu zucken, aber diesmal verzog Nick keine Miene.

Anna war stolz auf ihn. So viele wichen erschrocken zurück. Selbst die regelmäßigen Gäste im Drop In deuteten Ivans neuropsychiatrische Erkrankung, die durch Tics wie Muskelzuckungen und verbale Laute gekennzeichnet war, oft falsch und hielten ihn für aggressiv und bedrohlich. Die Menschen neigten eben dazu, voreilig zu urteilen. Wie sollten sie auch anders? In einer Welt, in der Neuigkeiten meistens im 140-Zeichen-Modus über Twitter verbreitet wurden?

»Wollen wir nicht alle reingehen und eine Tasse Tee trinken?«, schlug Anna vor. Ivan nickte, und Nick sah, was sie ihm hoch anrechnete, nicht einmal auf die Uhr, obwohl eine Tasse Tee bedeutete, dass sie es nicht mehr wie geplant in die angesagte Cocktailbar schaffen würden, bevor sie ins Kino gingen.

»Hast du denn auch Kekse?«, fragte er stattdessen.

»Ich hätte ein paar Rich Tea da.«

Nick und Ivan sahen sich an. »Scheiße«, antworteten sie im Chor.

»Dann sause ich schnell mal los und besorge uns ein paar Schoko-Hobnobs«, schlug Nick vor. »Die haben den Namen Keks wenigstens verdient.«

7

Nick

Wenn er mit Anna zusammen war, wollte er dafür sorgen, dass sie es genoss. Ihre Treffen sollten denkwürdig sein, unvergesslich. Perfekt. Er legte Wert darauf, dass sie immer den besten Blick hatte, dass sie nicht neben der zugigen Tür saß, dass er sie vor dem Regen beschirmte, ihr die Taxi- und Restauranttür aufhielt. Das volle Programm. Nach dem simplen Restaurantbesuch bei ihrem ersten Date bemühte er sich, Abwechslung in die Sache zu bringen. Sie waren bowlen gegangen und hatten den Londoner Zoo besucht. Sie hatte ihn mit zu einem klassischen Konzert in die Royal Festival Hall genommen, und es war nicht mal schrecklich gewesen. Er hatte sie zu einem Rugbyspiel nach Twickenham eingeladen, und sie hatte ihr Bestes getan, um die Regeln zu verstehen. Er hatte Hip-Hop-Karaoke in der Portland Street vorgeschlagen, sie einen Abend in Wimbledon, an dem sie lernten, Sushi zu machen. Er reservierte einen Tisch im Sexy Fish, angeblich das extravaganteste Restaurant in London überhaupt, in das die Leute gingen, um gesehen zu werden. Sie zeigte ihm ein indisches Lokal, in das man seine eigenen Getränke mitbrachte, sich die Sitzbank mit anderen teilte und aß, was immer der Koch gerade zubereitete, ganz ohne Speisekarte. Und überall verlebten sie wunderbare Abende. Es gab keinen Streit, keine Forderungen, keine Ultimaten. Sie war einfach erfrischend anders.

Er wusste, dass Frauen Männern in nichts nachstanden – natürlich nicht. Seine Mutter und seine Schwester waren intelligente, bewundernswerte Frauen, und er hatte mit unzähligen

Frauen gemeinsam studiert und gearbeitet, die in so manchem besser waren als er selbst: Geschäftsabschlüsse aushandeln, Small Talk machen, den London Marathon laufen. Ehrlich gesagt fiel ihm absolut nichts ein, was nicht irgendeine Frau aus seinem Bekanntenkreis besser könnte als er. Frauen waren großartig. Das glaubte er wirklich. Leider hatte er die Erfahrung gemacht, dass die Frauen selbst das nicht so sehr glaubten. Es hatte fast den Anschein, als würden sie sich selbst selten mögen.

Unsicherheit war zuweilen lähmend. Viele von ihnen hatten die nervige Angewohnheit, ihre Leistungen kleinzureden oder herunterzuspielen. Was ihn langweilte, denn dann verlangte das gute Benehmen, dass er sie in ihrer völligen Gleichwertigkeit bestärkte und ihre Verdienste besonders lobte – Verdienste, die offensichtlich hätten sein müssen und Anlass zu Stolz. Alles Zeitverschwendung. Ihm fiel auf, dass er in der Vergangenheit zwar mit unglaublich intelligenten, leidenschaftlichen und schönen Frauen ausgegangen war, aber nicht mit vernünftigen. Annas vernünftige Haltung war neu und erfreulich.

Er hatte eigentlich keine großen Erwartungen gehabt, aber das, nun ja, das war doch womöglich etwas.

Seit er Hal heute Morgen erzählt hatte, dass er den Abend mit Ivan verbracht hatte statt im Kino, amüsierte sich dieser, indem er *Here Comes the Bride* vor sich hin summte. Haha, sehr witzig.

Sie war wundervoll gewesen gestern Abend. So gelassen, so ruhig. Ihm war aufgefallen, dass er nicht nur an sie dachte, wenn sie zusammen waren, sondern auch, wenn sie gar nicht in der Nähe war. Ehrlich gesagt dachte er die ganze Zeit an sie. *Always on My Mind.*

Nick holte tief Luft. Hatte er das gerade wirklich gedacht? Hatte er in Gedanken genau diese Worte gesagt? Oh Mist, jetzt dachte er schon in Songtiteln! Er würde sogar behaupten, dass er ein gewisses Verständnis für die Texte entwickelte, und er meinte nicht die Songs, die durch die Bars und Clubs dröhnten, die er besuchte – die über Schlampen und Mistkerle –, er meinte diese sentimentalen Schnulzen, die durch ihr Haus geschallt waren, als er noch ein Kind war. Die Erkenntnis traf ihn wie ein Schlag.

Er war gerade dabei, sich zu verlieben. Oder? Verdammt.

Natürlich hatte Nick schon Beziehungen gehabt. Ein paar. Schließlich war er dreißig, nicht dreizehn. Aber keine dieser Erfahrungen hatte ihm besonders viel bedeutet. Irgendetwas war sicher dran an der Liebe, schließlich gab es unendlich viele Filme, Songs und Theaterstücke darüber. Menschen betranken sich deswegen, spielten, setzten Haus und Hof und Job aufs Spiel, manche wurden sogar ganz verrückt vor Liebe. Nur hatte er ihre Wirkung noch nie so gespürt. Seine Mutter scherzte öfter (ein bisschen verzweifelt), dass er wohl ohne den Teil des Gehirns auf die Welt gekommen wäre, der für eine funktionierende, dauerhafte Liebesbeziehung zuständig sei. Und er musste zugeben, dass ihm die Vorstellung, alles zu teilen, von seiner Espressomaschine bis hin zu seinen Gedanken und seinem Bankkonto, schon immer unglaublich schwerfiel. Oder ein bisschen präziser, er fand es schwierig, sich vorzustellen, all das für den Rest seines Lebens mit nur einer Person zu tun. Er wusste, dass seine Mutter sich nach Enkelkindern sehnte, und auch wenn sie sich nur einmal im Jahr erlaubte, das zuzugeben (Weihnachten, nach einem Gläschen zu viel), machte sie keinen Hehl daraus, dass sie nicht verstehen konnte, warum es keinerlei Anzeichen dafür gab, dass Nick ihr eines Tages welche schenken würde. Wegen seiner Schwester Rachel sorgte sie sich weniger. Die war momentan zwar Single, hatte aber wenigstens in der Vergangenheit schon ein paar ernsthafte Beziehungen gehabt.

»Dein Vater und ich haben uns doch immer Mühe gegeben,

ein gutes Beispiel zu sein«, murmelte sie stets. »Es war nicht immer leicht, aber von nichts kommt nichts. Wir haben nie aufgegeben, und das ist es, was zählt.«

Sie hatte keine Ahnung, wie sehr diese alljährliche Ansprache dazu beitrug, dass Nick die Liebe für eine Mogelpackung hielt. Soweit er das beurteilen konnte, lebten seine Eltern eher in einem Zustand resignierter Nachsicht als in ewig glühender Leidenschaft, ganz anders als eigentlich verhießen.

Wenn seine Freunde verkündeten, sie hätten die Traumfrau gefunden, mit der sie zusammenziehen, sie vielleicht sogar heiraten wollten, glaubte er immer, sie täten das aus rein praktischen Gründen – steuerliche Vorteile und so. Das Leben in Gemeinschaft war für manche offensichtlich ein Anreiz, nur nicht für ihn. Er war rund um die Uhr von Menschen umgeben. Lauten, gierigen, aufdringlichen Menschen, ziemlich genau solchen, wie er selbst einer war. Er mochte es, allein zu sein, Zeit für sich zu haben. Er brauchte Freiraum. Er beobachtete auch, dass manche Männer auf Göttinnen des Haushalts standen, was durchaus gewisse Vorteile hatte. Diese Frauen füllten den Kühlschrank, kümmerten sich um die Garderobe des Mannes und gaben eindrucksvolle Dinnerpartys. Aber Nick ging gern in Restaurants und verdiente genug, um seine Hemden zu Hause abholen, reinigen und zurückliefern zu lassen. In seinem Haushalt lief alles bestens, vielen Dank auch, und das Ganze war in keiner Weise mit Sex oder Gefühlen verknüpft. Zugegeben, fortpflanzen konnte er sich nicht alleine, aber damit hatte er keine Eile.

Sein privates Handy summte. Er warf einen Blick auf das Display. Es war sein Vater.

Er begann die Unterhaltung wie immer. »Hallo, Dad. Im Moment ist es gerade ungünstig.«

»Schon klar, Junge. Ja, ja, natürlich.« Sein Vater klang, als wäre er unheimlich weit weg. Und irgendwie abgelenkt.

Waren sie etwa im Urlaub? Hatte Dad den Zeitunterschied vergessen? Das würde erklären, warum er während der Bürozeit anrief.

»Tut mir leid, Nicholas, entschuldige, dass ich dich bei der Arbeit störe. Aber es geht um deine Mutter. Sie ist gestürzt. Sie ist ... Sie sagen ... Es ist ziemlich schlimm.«

8

Zoe

Es ist nicht leicht. Es bleibt immer ein Rest schlechtes Gewissen. Tatsache ist, dass ich mich ziemlich zugedröhnt habe, als man Anna in Yale zum ersten Mal das Herz brach. John Jones. Der Name dieses Mistkerls hat sich mir fast so tief ins Hirn gebrannt wie Anna. John Jones. Was für langweiliger, durchschaubarer Name. Er hätte Anna das niemals antun dürfen.

Er hat sie gebrochen.

Nicht nur ihr Herz. Ihre Seele, ihre Selbstachtung, ihre Ideale. All das zersplitterte in tausend Stücke. Sogar ihr moralischer Kompass fing plötzlich an, unkontrolliert zu wirbeln. Ohne den Glauben an das ewige Glück, wusste Anna nicht mehr, wie sie durch den Alltag steuern sollte. Es war unschön, hässlich. Eine Verschwendung. Sie vertraute ihm völlig. Sie missinterpretierte ausgeprägte Wangenknochen, hübsche Augen und zerzauste Haare als etwas Tiefgründiges, Bedeutendes, wo sie doch nichts weiter als die Produkte eines günstigen Genbestandes waren. Es war demütigend. So vor allen Leuten. Kein Wunder, dass Anna das Gefühl hatte, ihren Abschluss nicht zu schaffen. Rückblickend kann ich (inzwischen älter und, wenn auch nicht weiser, doch immerhin erfahrener) erkennen, dass der Mann nicht wirklich böse war.

Er war einfach gedankenlos.

Sie ging nach Hause, verkroch sich im Bett und gab auf. Und zwar nicht nur ihren Abschluss (auch wenn das schon schlimm genug war – ihr hättet mal sehen sollen, wie unsere Eltern auf die Nachricht reagierten), sie hatte ziemlich lange Mühe, überhaupt irgendetwas hinzubekommen. Die Tage, an denen sie sich die Zähne putzte und die Haare kämmte, waren schon ein Sieg. Sie igelte sich völlig ein. Es dauerte drei Jahre, bis sie sich wieder mit einem Mann verabredete. Und das ist ein Kapitel für sich (ein genauso beschissenes). Sie fand einen einfachen Bürojob bei einer Teppichreinigungsfirma. Nicht gerade, was sie sich erträumt hatte.

Ich bereue wirklich selten etwas, aber manchmal habe ich ein schlechtes Gewissen, weil ich damals so oft nicht da war. Vielleicht hätte ich verhindern können, dass sie ihm so maßlos nachtrauerte. Vielleicht wäre aber auch einfach nichts zu machen gewesen. Sie war schon immer unheimlich sensibel.

Es gibt eine allgemein anerkannte Methode, zu bestimmen, wie lange man seinen Ex vermissen sollte. Man teilt die Dauer der Beziehung durch zwei. Teilen, nicht verdoppeln. Anna wollte sich nicht an diese Regel halten. Wollte nicht? Oder konnte nicht? Ich gebe zu, dass die Formel etwas einfach ist. Also gut, ein bisschen Abweichung sollte erlaubt sein, in Anbetracht der Tatsache, dass sie ihn so sehr liebte und dass er derjenige war, dem sie ihre Unschuld geschenkt hatte (was für Anna ein Riesending war), und dass die Sache damit endete, dass sie ihn dabei erwischte, wie er gerade eine andere vögelte – in *ihrem* Bett.

Sogar ich verstehe, dass das schmerzt.

Sie schaffte es also nicht, sich an den Trauerzeitplan zu halten, der vorsah, dass sie nach spätestens anderthalb Jahren wieder zurück im Spiel war, und das frustrierte sie noch mehr. Sie kam sich schlecht und erbärmlich vor, weil sie so fühlte, wie sie fühlte, auch noch, als jeder längst schon von ihr erwartete, dass sie wieder nach vorn blickte. Ehrlich gesagt hielten die meisten ihre Trauer um diese Beziehung für übertrieben. Irgendwann riefen ihre Freundinnen nicht mehr an. Sie waren zu sehr damit beschäftigt, ihr eigenes Leben weiterzuleben. Sicher, sie schickten Karten zu den Festtagen, aber irgendwie fühlte sie sich dadurch nur noch schlechter, weil diese Karten voller Neuigkeiten über Beförderungen, Verlobungen, Hochzeiten und Nachwuchs waren. Fortschritt. Wahrscheinlich war sie ganz schön einsam. Aber he, ich bin doch nicht ihr Babysitter. Wir sind keine siamesischen Zwillinge. Wenn der Mensch, der ihr auf der ganzen Welt am nächsten steht, das sagt, erscheint das vielleicht grausam, aber ich fand ihr Verhalten anstrengend und unangemessen. Trotzdem verstehe ich es irgendwie.

Anna ist tiefgründig.

Extrem.

Das erkennen die Leute nicht. Sie lassen sich durch ihre guten Manieren und ihre aufgesetzte Fröhlichkeit täuschen. Das ist ihre Rolle. Ich bin die Unausstehliche. Die Leute neigen zur Faulheit, sie sehen nur, was sie sehen wollen. Idioten. In Wahrheit ist sie nicht so einfach gestrickt. Sie ist kompliziert. Sie überließen sie einfach ihrem Liebeskummer, taten so, als sei das ganz normal, taten so, als ginge es ihr sicher bald besser. Also wurde eine Depression daraus, und schließlich ist sie völlig durchgedreht. Damit meine ich, irgendwann zog sie wieder in die Welt hinaus und verfolgte eifriger denn je ihr Ziel, den Mann fürs Leben zu finden, ihre große Liebe, den Ritter in der glänzenden Rüstung.

Alle halten ja mich für die Verrückte, aber verdammt, *ich* bin nicht diejenige, die an dieses Märchen glaubt.

Ich denke immer noch, wenn irgendwer ein bisschen mehr Zeit und Anstrengung investiert hätte, Mum und Dad zum Beispiel oder einige von Annas sogenannten Freundinnen, dann hätten sie gemerkt, dass sie nie mehr dieselbe sein würde. Die Trennung hat sie traumatisiert. Sie wurde zu einem Menschen, der nicht noch mehr Schlimmes im Leben ertragen kann. Aber es gibt natürlich immer Schlimmes im Leben. Deshalb braucht sie mich. Ich passe jetzt auf sie auf.

Ich habe damals diese Untersuchung von der Universität in Berkeley gelesen, um zu verstehen, was sie durchmachte. Darin hieß es, dass sich das Gehirn, wenn man verliebt ist (vorausgesetzt, man glaubt an diesen Unsinn), auf eine Belohnung einstellt, nämlich die wechselseitige Beziehung mit dem Objekt seiner Zuneigung. Wenn man sich trennt und seinen Liebsten nicht mehr sieht, bekommt man die Belohnung nicht, aber das hindert das Gehirn nicht daran, sie weiter zu wollen. Kann ein ganz schön fieses Ding sein, so ein Gehirn. Vermutlich hat sie einen ziemlich qualvollen Entzug durchgemacht. Das verstehe ich.

Es fühlte sich wahrscheinlich an, als würde ihr kaltes, sterbendes Herz ihr grobe, graue Asche durch die Adern pumpen und ihr ganzes Blut mit Enttäuschung und Verzweiflung vergiften.

Oder so.

9

Nick

In der Zeit zwischen dem Anruf seines Vaters und bevor er seine Mutter in der Chirurgie erreichte, googelte Nick ihre Verletzungen. Man hatte ihm gesagt, sie habe mehrere Schnittwunden und Prellungen, eine Gehirnerschütterung und eine gebrochene Hüfte. Die gebrochene Hüfte machte ihm am meisten Sorgen. Sein Vater hatte gesagt, der Bruch sei am Oberschenkelknochenkopf direkt in der Hüftgelenkpfanne. »Sie müssen heute noch operieren«, hatte er ängstlich gemurmelt und Nick mit der Vorstellung von Metallplatten, Schrauben und Knochenzement zurückgelassen. Und Schmerz.

Als er seine Mutter schließlich am Apparat hatte, versicherte sie ihm, wie zu erwarten, dass er sich weder zu sorgen noch aufzuregen bräuchte und dass es ganz sicher nicht nötig sei, den ganzen Weg nach Bath auf sich zu nehmen, um sie zu besuchen.

»Du bist ein viel beschäftigter Mann, Nicholas, Schatz. Ich will nichts davon hören.« Ihre Worte waren bestimmt, nur ihr Tonfall passte nicht dazu. Sie versprach ihm, sie hätte die besten Ärzte, die sich mit Experten berieten. Nein, es sei absolut nicht nötig, dass er sich auch noch in London erkundigte, sie sei in Bath in den allerbesten Händen.

Er war keineswegs beruhigt. Er wusste genau, dass ihre eigenen Bedürfnisse immer ganz weit unten auf der Liste der Notwendigkeiten standen, wenn sie diejenige war, die die Liste führte. Eine Krankenschwester hielt ihr den Hörer ans Ohr. Sie hatte sich zwar nicht den Arm gebrochen, hatte aber so starke

Schmerzen, dass sie nicht in der Lage war, ihren Oberkörper zu bewegen.

»Sie wollen mich innerhalb der nächsten Stunde operieren.«

»Eine normale Narkose?«

»Nein, Schatz, eine Epiduralanästhesie. Übers Rückenmark, weißt du, wie sie es manchmal machen, wenn jemand ein Baby bekommt.« Sie versuchte zu lachen, aber der Laut war voller Beklommenheit.

Ihre Tapferkeit imponierte Nick und erschreckte ihn zugleich. Er wollte nicht, dass es einen Grund für sie gab, so tapfer zu sein. »Was hast du dir nur dabei gedacht, Mutter?« Normalerweise nannte er sie Mum, aber die Sorge machte ihn zornig.

»Na ja, die Dachrinne musste sauber gemacht werden. Wir dachten, da wäre ein Nest.«

»Warum habt ihr nicht jemanden bestellt oder gewartet, bis ich zu Besuch komme?« Ehrlicherweise musste er zugeben, dass das keine echte Option war. Er hatte keine Ahnung, wie man Dachrinnen reinigte, er hatte seinen Eltern noch nie bei irgendwelchen sonderbaren Arbeiten rund um Haus und Garten geholfen. Nicht dass er etwas dagegen gehabt hätte, es war ihm nur noch nie in den Sinn gekommen, dass sie ihn in dieser Beziehung brauchen könnten. Schließlich waren sie *seine* Eltern, sie kümmerten sich um alles. Wann waren sie plötzlich verletzlich und unsicher geworden?

»Dein Vater und ich haben das immer hinbekommen.« Seine Mutter klang entnervt. Vielleicht von sich selbst, vielleicht vom Älterwerden an sich. »Er hält die Leiter, und ich klettere hinauf.«

Nick konnte nicht verstehen, was in seine sonst so vernünftigen Eltern gefahren war, dass sie so stur darauf bestanden, das selbst zu erledigen.

»Vielleicht hätten wir jemanden bestellen sollen. Aber, weißt, man hört immer so schreckliche Dinge. Über Männer, die mit ihren Leitern kommen, aber nicht die Dachrinne säubern, sondern das Anwesen auskundschaften. Ich habe darüber in der Zeitung gelesen. Schwindler.«

Nick wäre es lieber gewesen, man hätte das Haus komplett ausgeräumt, als seine Mutter in diesem Zustand zu wissen. Er fühlte sich schrecklich, weil seine Eltern sich von diesen üblen Gaunergeschichten hatten einschüchtern lassen. Er fürchtete sich jetzt schon vor der Zeit im Leben, in der er selbst hinter jeder Ecke eine Bedrohung sehen und sich unfähig fühlen würde, diese zu besiegen.

Seine Mutter sprach weiter. »Der Arzt hat gesagt, dass eine schnelle Operation und ein spezielles Reha-Programm die Lebensqualität eines Menschen deutlich verbessern können.«

Was sollte das denn bedeuten? Offensichtlich doch, dass ihre bisherige Lebensqualität infrage stand.

Dieses verfluchte Internet. Ihm wurde ganz übel davon, was er da über Hüftfrakturen las. Er erfuhr, dass derartige Brüche unglücklicherweise sehr häufig bei älteren Menschen vorkamen und angesichts der immer älter werdenden Bevölkerung als eines der größten Gesundheitsprobleme in der Gesellschaft eingestuft wurden. Es war ihm auch kein Trost, dass die Statistik besagte, dass es allein in Großbritannien jährlich über 75.000 Hüftfrakturen gab. Er wurde ungehalten, fühlte sich betrogen. Seine Mutter war erst zweiundsechzig. Das Durchschnittsalter für diese Art von Verletzungen betrug achtzig. Er las, dass der Heilungsprozess schwierig und langsam war. Es bestand außerdem die Gefahr von Infektionen, Thrombosen und Druckgeschwüren.

Einer von drei Menschen starb innerhalb der ersten zwölf Monate nach einem Hüftbruch.

Er legte auf und rief sofort Anna an.

Sie hörte ihm zu, ohne ihn zu unterbrechen. Erst nachdem er die ganze Situation erklärt hatte, fragte sie: »Also fährst du jetzt gleich los?«

»Nun ja, Mum besteht darauf, dass ich mir nicht extra freinehme. Ich soll mich nicht verrückt machen. Sie meint, ich wäre sowieso nur im Weg.« Er machte eine Pause.

»Soll ich dich begleiten?«

»Ja, bitte.«

Nick holte Anna vor ihrer Wohnung ab. Sie wartete draußen auf ihn, weil sie keine Zeit damit verschwenden wollten, dass er einen Parkplatz suchte. Sie warf rasch ihren kleinen Koffer auf die Rückbank und sprang in den Wagen. Er war dankbar, dass sie ihm so schnell zur Seite stand.

Sie beugte sich zu ihm herüber und nahm sein Gesicht zwischen die Hände. »Alles wird gut. Ich bin bei dir.«

Es war nicht nur ihre Unkompliziertheit, die ihm guttat, auch ihre Zärtlichkeit war ein Trost.

Der Verkehr auf der M4 rollte, wie zu erwarten, quälend langsam, und Nick trommelte ungeduldig mit den Fingern aufs Lenkrad. Er versuchte während der ganzen Fahrt krampfhaft, sich nicht vorzustellen, wie seine Mutter betäubt auf dem Operationstisch lag, nicht an das grelle Licht und den Chirurgen mit seinem kalten, scharfen Messer zu denken. Und doch dachte er an nichts anderes. Anna bewegte sich auf dem schmalen Grat zwischen aufmunternder Konversation und Schweigen, um ihm seinen Gedanken zu überlassen.

Nick hatte eher selten harte Zeiten durchgemacht. Er war ein Kind der Mittelklasse, Sohn zweier liebender Elternteile, George und Pamela. Seine jüngere Schwester Rachel und er hatten die örtliche Gesamtschule besucht, die von der Schulbehörde als herausragend eingestuft wurde. Er war Mannschaftsführer im Sport gewesen, was ihm allgemeine Beliebtheit einbrachte, und hatte schon immer eine Gabe für Mathematik und Naturwissenschaften gehabt, was ihm einen guten Abschluss bescherte. Er hatte eine Zeit der Enttäuschung erlebt, als drei der fünf Universitäten, die er auf der Bewerbung bei der zentralen Vergabestelle für Studienplätze angegeben hatte, ihn ablehnten, ohne überhaupt ein Auswahlgespräch mit ihm zu führen. Obwohl jeder ihm versicherte, dass er doch nur eine einzige Zusage bräuchte, kam er sich wie ein Versager vor. Alle seine Freunde bekamen Angebote aus aufregenden, weit entfernten Städten. Er verkroch sich in seinem Zimmer, bis endlich ein Umschlag mit einer Einladung zum Auswahlgespräch eintraf. Schließlich sicherte er sich einen Platz an der London School of Economics. Einer äußerst renommierten Universität und sowieso seine erste Wahl. Am Ende war alles in Ordnung. Trotzdem erwies sich diese frühe Enttäuschung als prägend. Von da an reagierte Nick in unglücklichen oder unsicheren Momenten immer auf dieselbe Art. Er verkroch sich und stand die Sache alleine durch. Ob nun die Märkte einbrachen oder eine Sportverletzung nicht heilen wollte, er legte keinen Wert auf die gut gemeinten (oft lächerlichen) Ratschläge der Leute. *Man muss das Leben nehmen, wie es ist. Auf lange Sicht hat es sicher sein Gutes. Kopf hoch.* Leere Worte, gegründet auf falschen Wahrheiten. Er zog es vor, allein zu sein.

Bis jetzt.

Jetzt fand er Trost darin, dass Anna ihn begleitete. Er sah dauernd nach links, und jedes Mal, wenn sein Blick auf ihr Lächeln fiel, fühlte er sich ein bisschen besser. Ihr Parfum erfüllte den Wagen, irgendetwas altmodisch Blumiges; es gefiel ihm. Am liebsten hätte er sie ganz und gar mit der Atemluft eingesogen.

Sie fuhren direkt ins Krankenhaus und kamen glücklicherweise eine halbe Stunde vor dem Ende der Besuchszeit dort an.

Auf dem Weg zur Station trafen sie ein paar eindeutig orientierungslose Patienten, die umherirrten und nach der Toilette oder dem Getränkeautomaten suchten. Nick fühlte sich äußerst unwohl. Er umgab sich gern mit schönen, starken Menschen in der Blüte ihres Lebens, arbeitete hart in einer Branche, die ihm Luxus, Überfluss und Lebensgenuss ermöglichte. Mit billigen, harten Plastikstühlen, endlos langen Schläuchen, die die Menschen mit Maschinen verbanden, und dem penetranten Geruch nach Desinfektionsmitteln konnte er nicht umgehen.

Ja, er hatte Glück gehabt. Seine Mutter hätte tot sein können. Aber er war nicht froh, er hatte Angst. Wie ein hilfloses Kind. Er wollte einfach nur an ihr Bett. »An welch schrecklichen Ort habe ich dich nur mitgenommen«, flüsterte er Anna zu.

»Nein, nein, gar nicht. Ich bin froh, dass ich hier bin, um dir zur Seite zu stehen. Darum geht es doch schließlich.«

Er sah sie fragend an.

»Am Ende, oder?«

Er traute sich nicht, sie zu fragen, was sie damit genau sagen wollte. Wahrscheinlich meinte sie Liebe, Sex, Freundschaft. Letztlich ging es doch darum, jemanden zu finden, mit dem man das alles teilen konnte. Das Leben. Und den Tod. Sie drückte seine Hand. Er war nicht allein.

Als sie ans Bett seiner Mutter traten, hatte sie die Augen geschlossen. Aber sie schlief offenbar nicht, dazu war ihr Körper zu angespannt. Diese runzelige alte Dame, die da, um ihre Hüften abzustützen mit einem Kissen zwischen den Knien, in dem Krankenhausbett lag, sah kein bisschen aus wie seine rüstige, energiegeladene Mutter. Nick schoss plötzlich eine Erinnerung in den Kopf an den Tag, an dem er und seine Schwester Rachel ein Vogelküken in ihrem Garten gefunden hatten, das aus dem Nest gefallen war. Es hatte nackt und zappelnd auf dem Erdboden gelegen. Sie hatten es aufgehoben und mit ins Haus genommen, fest entschlossen, es zu füttern und aufzupäppeln. Der kleine Vogel war gestorben. Er ärgerte sich über sich selbst, weil er daran dachte. Plötzlich hatte er das Bild vor Augen, wie das Vogelküken aus dem Nest fiel, obwohl er gar nicht gesehen hatte, wie das passiert war. Dann sah er seine Mutter, mit Ar-

men und Beinen rudernd, wie in Zeitlupe durch die Luft fliegen. Er hörte einen Knacks, als sie aufprallte. Sich die Knochen
brach. Spürte es selbst. Er schüttelte den Kopf. Wie konnte es
sein, dass eine Spezies, die Menschen auf den Mond geschickt
hatte, Theorien der Relativität und der Quantenmechanik auf-
stellte, nicht in der Lage war, die eigenen Gedanken zu kont-
rollieren?

Er hätte seine Mutter gern umarmt, traute sich aber nicht,
weil er fürchtete, ihr wehzutun. Er wagte es nicht einmal, ihre
Hand zu nehmen, weil sie die eine verbunden hatte und in der
anderen eine Nadel steckte, an der ein Schlauch hing. Er setzte
sich auf einen Stuhl neben ihr Bett.

Ihre Lider öffneten sich flatternd, und sie sah ihn auf den
Schlauch starren. Sie zuckte mit den Schultern. »Nur ein
Schmerzmittel, Nicholas. Äußerst wirksam. Langsam verstehe
ich, warum die Leute Drogen nehmen.« Sie lächelte über ihren eigenen Witz, versuchte, typisch Mutter, verzweifelt, ihn
aufzuheitern. Ihre normalerweise zarte, rosafarbene Haut war
heute, abgesehen von den rot aufgeschürften Stellen, grau und
fahl. »Du hättest nicht den ganzen Weg zu kommen brauchen,
Schatz. Das habe ich dir doch gesagt«, schimpfte sie, obwohl
man ihr ansah, dass sie es nicht so meinte.

Er merkte genau, dass sie insgeheim froh war, ihn zu sehen. Seine Schwester wohnte in Edinburgh und arbeitete als
Lehrerin. Sie würde erst am Wochenende nach Bath kommen
können.

»Wo ist Dad?«

»Du musst ihn gerade verpasst haben. Ich habe ihn nach
Hause geschickt. Er ist sehr müde. Hat den ganzen Tag hier bei
mir gesessen. Willst du heute bei uns zu Hause übernachten?
Hast du ihm Bescheid gesagt, dass du kommst?«

»Nein, eher nicht, wir nehmen uns lieber ein Hotel.« Bei
dem Wort »wir« wurde seine Mutter auf Annas Anwesenheit

aufmerksam. Sie neigte vorsichtig den Kopf. »Wer ist denn das?«, fragte sie mit einem freundlichen Lächeln.

Anna ging sofort auf die andere Bettseite und setzte sich. Um dann ganz sanft die verbundene Hand seiner Mutter zu ergreifen. »Ich bin Anna Turner, Mrs. Hudson. Eine Freundin Ihres Sohnes.«

»Eine ganz besondere Freundin, hoffe ich«, antwortete seine Mutter mit einem völlig unangemessenen Kichern. Offenbar fand sie, ihr Zustand sei Entschuldigung genug, um taktlos zu sein.

Anna errötete lächelnd. »Kann ich Ihnen etwas zu trinken holen? Ein bisschen Wasser vielleicht oder eine schöne Tasse Tee aus der Cafeteria? Da gab es gegen sechs bestimmt Tee, als Sie noch bewusstlos waren.«

Seine Mutter lachte. »Stimmt genau. Und jetzt bin ich am Verdursten. Woher wussten Sie das?«

»Ich kenne mich mit den Abläufen in Krankenhäusern ganz gut aus«, antwortete Anna heiter. »Wir fragen die Schwester, ob sie einen bekommen. Haben Sie kalte Füße? Soll ich Ihnen vielleicht ein paar Socken anziehen?«

»Oje, das kann ich doch nicht von Ihnen verlangen.«

Aber Anna war schon aufgestanden und kramte im Nachttischschrank. »Hat Ihnen denn jemand Socken gebracht? Ah, da sind sie ja.« Sie bewegte sich flink ans Fußende des Bettes, schob die Decke zur Seite und fing an, ganz sachte einen Socken über Pamelas rechten Fuß zu ziehen.

Nicks Mutter war entzückt. »Würdest du bitte mal gehen und nach dem Tee fragen, Nicholas? Damit ich in Ruhe deine neue Freundin kennenlernen kann.«

»Aber bring ihn in einer richtigen Tasse. Keiner trinkt gern Tee aus Plastikbechern«, fügte Anna noch hinzu.

Nick war schwer beeindruckt. Völlig hin und weg. Es musste an der Erfahrung durch ihre Arbeit liegen, dass Anna so praktisch und besonnen agierte. Vielleicht war sie aber auch von Natur aus so und deshalb in einem Pflegeberuf gelandet. Er wusste zwar nicht, was zuerst da war, das Huhn oder das Ei. Aber er wusste, dass er ihr für ihr Einfühlungsvermögen und ihre positive Art unendlich dankbar war.

Sie blieben die ganze Woche, einschließlich des Wochenendes, und übernachteten doch bei Nicks Eltern. Anna meinte, sein Vater könnte Gesellschaft und Unterstützung brauchen, weil seine Mutter sicher noch eine ganze Weile im Krankenhaus bleiben müsste und er es nicht gewohnt sei, alleine zu sein.

Sie wurden in separaten Zimmern untergebracht, so waren seine Eltern nun einmal. Nick wohnte in seinem alten Zimmer, dem Heiligtum seiner Kindheit voller Rugby-Pokale und Postern der Konzerte, die er besucht hatte. Anna schlief im Gästezimmer. Er bedauerte das, und es überraschte ihn, dass es nicht einmal der Sex war, der ihm nachts fehlte. Er vermisste es, sie im Arm zu halten. Sein Körper wollte sich an ihren schmiegen. Er sehnte sich so sehr danach, dass er den Unmut seines Vaters riskierte. Wie ein Teenager schlich er sich in der Nacht heimlich in ihr Zimmer. Er hob die Decke an, und sie machte ihm Platz. Ganz einfach.

10

Anna

Anna fand Nicks Eltern fast genauso liebenswert wie ihn. Sie
verbrachte ein paar wunderbare Tage. Natürlich waren die Umstände ihres Zusammenseins unglücklich, trotzdem: Jedes Unglück hatte auch sein Gutes. Daran glaubte sie schon immer.
Wäre die arme Pamela nicht von der Leiter gestürzt, hätte es
wahrscheinlich Monate gedauert, bis Nick dazu bereit gewesen
wäre, Anna seinen Eltern vorzustellen – womöglich Jahre! Jetzt
war Pamela auf dem Weg der Besserung, und Anna war eine
Hilfe, so viel stand fest. Sie war quasi in ihrem Element. Krankenhäuser, sich um Menschen kümmern, das war ihr Ding.
Zoe hatte Krankenhäuser in ihr Leben gebracht. Anfangs hatte
Anna sich davor gefürchtet – da war dieser merkwürdige Geruch nach Desinfektionsmitteln und Angst –, doch dann hatten
ihre Eltern ihr erklärt, dass die Menschen ins Krankenhaus kamen, damit sie gesund wurden. Normalerweise. Und sie hatte
ihnen vertrauen müssen.

Anna fühlte sich bei den Hudsons wie zu Hause. Nicks Mutter war tapfer und dankbar, man konnte sich gut mit ihr unterhalten, und sie hatte viel von dieser unerlässlichen Eigenschaft,
die Anna so bewunderte: Sie konnte vergnügt sein, auch wenn
die Lage noch so schwierig war. Annas eigene Eltern waren nie
fröhlich, ihre ganze Unbeschwertheit war verloren gegangen.
Sie waren voller Trauer, hingen der Vergangenheit nach. Und
machten sich jede Menge Vorwürfe. Nicks Vater war stiller als
seine Frau, strahlte aber dennoch einen entschiedenen Optimismus aus. Er war einmal ein sehr gut aussehender Mann ge-

wesen, das verrieten seine strahlenden Augen und seine edle, schlanke Nase. Er ging stets aufrecht, nicht gebückt, er verweigerte sich dem Gebeugtsein genauso wie dem Alter. Anna stellte sich unwillkürlich vor, dass Nick so ähnlich aussehen würde, wenn er in das entsprechende Alter käme. Würdevoll. Auf die besondere Weise eines älteren Herrn attraktiv.

Der einzige Wermutstropfen war Nicks Schwester Rachel. Sie schien sich nicht sonderlich zu freuen, dass Anna half. Wäre Anna kein so positiver Mensch gewesen, hätte sie behauptet, sie hätte etwas gegen ihre Anwesenheit. Rachel zeigte sich ihr gegenüber kalt und förmlich, obwohl sie zu anderen eher freundlich war. Anna wollte keinen Ärger, also beachtete sie ihre kühle Art nicht weiter oder bewahrte zumindest Stillschweigen darüber. Die Hudsons hatten schon genug am Hals, es war besser, weiterhin freundlich und heiter zu bleiben. Zoe wäre bestimmt nicht so nachsichtig, sie würde sich über Rachel ärgern und es garantiert zu irgendeiner Machtprobe kommen lassen. Sie würde nicht merken, dass Rachels Verhalten nur die Folge des Schreckens über den Unfall ihrer Mutter war. Um Annas willen beleidigt, würde sie Rachel schnell als Feindin abstempeln.

Anna jedoch hatte Mitleid mit Nicks großer Schwester. Irgendwie war es zwischen ihnen von Anfang an schiefgelaufen, und das bloß, weil Rachel am Samstag die Vormittagsbesuchszeit versäumt hatte und enttäuscht war. Alles, was sie wollte, war, ihre Mum zu sehen.

Sie begegneten sich zum ersten Mal auf dem vollen Krankenhausflur. Nick zog seine Schwester sofort in eine innige Umarmung und sagte, als sie sich wieder trennten, strahlend: »Rachel, das ist meine Freundin Anna.«

»Das dachte ich mir.«

Anna war es inzwischen gewohnt, Nicks Eltern bei der Begrüßung zu umarmen, also breitete sie die Arme weit aus. Doch

83

Rachel streckte ihr nur steif die Hand entgegen und demonstrierte, dass sie keine Lust auf solche Vertrautheit hatte. Sie wirkte mitgenommen. Sicher war sie mit ihren Gedanken nur bei ihrer Mutter gewesen und hatte das Erstbeste aus dem Kleiderschrank gegriffen. Ihr T-Shirt hatte unter den Armen gelbliche Flecken, und ihre Jeans spannte an Bauch und Po. Sie war das komplette Gegenteil ihres Bruders. Nick war schlank und durchtrainiert. Regelmäßig Sport zu treiben war ihm wichtig. Sogar diese Woche hatte er die Zeit gefunden, laufen zu gehen, während Anna das Frühstück machte.

»Wie geht es Mum?«, wandte Rachel sich an Nick. Da Anna sich inzwischen bei ihm untergehakt hatte und so nah bei ihm stand, dass es beinah so aussah, als wären sie eine Person, erforderte es eine gewisse Entschlossenheit, sie auszublenden. Rachel schaffte es trotzdem. »Sie wollen mich nicht zu ihr lassen, sie sagen, ich soll heute Nachmittag um zwei wiederkommen.«

»Sie sind ziemlich streng hier, was die Besuchszeiten anbelangt«, erklärte Anna mit verständnisvollem Gesichtsausdruck. »Wir sind schon seit neun hier, sie hatte also reichlich Gesellschaft, du brauchst dir keine Sorgen zu machen.« Rachel schien Anna nicht zu hören, vielleicht sprach sie ja in einer Tonlage, die Rachel nicht wahrnehmen konnte. Dennoch fuhr sie fort. »Besuchszeit ist von neun bis zwölf und dann wieder von zwei bis halb sechs. Und dann darf man jederzeit zwischen halb sieben und neun Uhr abends wiederkommen.«

Rachel würdigte diese hilfreiche Information mit keiner Silbe. »Wie geht es ihr?«, fragte sie stattdessen Nick.

»Na ja, eine gebrochene Hüfte ist nicht zu unterschätzen, wie ich am Telefon schon sagte, aber die Operation verlief gut.«

»Hat sie Schmerzen?«

Anna versuchte, die angespannte Atmosphäre mit einem Scherz aufzuheitern. »Sie ist schon ganz high von den vielen Schmerzmitteln.«

Es war, als hätte sie gar nichts gesagt. Rachel hielt den Blick weiter stur auf Nick gerichtet. »Wie lange muss sie im Krankenhaus bleiben?«

»Dienstagnachmittag darf sie nach Hause. Anschließend muss sie eine ganze Zeit lang täglich zur Krankengymnastik.«

»Wie soll Dad das nur mit dem Hin- und Herfahren schaffen?«

»Kannst du dir vielleicht freinehmen?«, fragte Anna. Anscheinend war sie nun endlich zu Rachel durchgedrungen. Die blitzte sie an. »Nein. Ich bin Lehrerin. Ich habe nur in den Schulferien frei.«

Nachdem Anna einen von Rachels bösen Blicken abbekommen hatte, überlegte sie, ob ignoriert zu werden wohl doch die angenehmere Variante war.

»Du wirst dir freinehmen müssen«, wandte Rachel sich an Nick.

Nick zuckte bedauernd mit den Schultern. »Ich weiß nicht, ob das geht. Ich hatte schon dreieinhalb Tage Urlaub. Am Montag muss ich erst mal ins Büro. Ich stehe kurz vor einem großen Geschäftsabschluss. Wir könnten vielleicht eine Hilfe engagieren.«

»Das wird Pamela aber nicht gefallen«, entgegnete Anna. »Und George sicher auch nicht.«

Nick nickte traurig.

»Ich könnte noch eine Woche hierbleiben und mich um sie kümmern«, bot sie dann an.

Woraufhin beide Hudson-Geschwister sie überrascht ansahen. Nick noch liebevoller, Rachel noch ärgerlicher.

»Das ist sehr freundlich, aber musst du nicht auch zurück zu deiner Arbeit? Du arbeitest doch, oder?« Rachels Tonfall deutete darauf hin, dass sie anscheinend glaubte, Anna gehörte zu den Frauen, deren Daddy für alles aufkommt, bis der Ehemann übernimmt.

»Anna arbeitet in einem Hilfszentrum für Kranke und Obdachlose«, erklärte Nick triumphierend. Es war ihm offensichtlich nicht entgangen, was seine Schwester hatte andeuten wollen. Rachels Gesichtsausdruck veränderte sich kaum merklich. Sie wirkte widerwillig beeindruckt. »Ach. Na ja, deine Arbeitgeber müssen ja sehr verständnisvoll sein, wo du doch schon die ganze Woche über hier bist.«

»Ja, das sind sie. Ich habe ihnen gesagt, es handele sich um eine familiäre Notlage«, antwortete Anna lächelnd.

»Aber wir sind nicht deine Familie«, zischte Rachel, während ihr vor Empörung fast die Luft wegblieb.

»Nein, aber ich bin diejenige, die freibekommen kann.«

Rachel starrte auf ihre Füße.

Nick nahm Anna fest in die Arme. »Gott, du bist einfach wunderbar! Wenn du dir sicher bist.« Er wandte sich an seine Schwester. »Die Eltern lieben sie. Das musst du sehen.«

»Ich kann es mir vorstellen«, murmelte Rachel.

»Dann ist es abgemacht.« Nick war erleichtert. »Danke, Anna. Vielen Dank. Ich wüsste nicht, was wir ohne dich tun sollten.« Er beugte sich vor und küsste sie, so lange, dass Rachel es für angebracht hielt, sich anstandshalber abzuwenden.

In dieser Nacht wartete Anna schon darauf, dass sich Nick wieder in ihr Zimmer schlich. Sie respektierte den Wunsch seiner Eltern, dass sie in getrennten Räumen schliefen, aber es gefiel ihr sehr, dass er für sie die Regeln brach. Um viertel vor zwölf schob er sachte die Tür auf. Sie rutschte im Bett zur Seite und hob einladend die Decke.

»Ich komme mir vor wie ein Teenager«, flüsterte er, während er neben sie glitt.

»Hast du solche Sachen gemacht, als du ein Teenager warst?« Anna war es unmöglich, nicht schockiert zu klingen.

»Ich war ein ziemlich böser Junge.«

»Ich glaube, die Einzelheiten will ich gar nicht wissen.«

»Wirklich nicht? Würde dich das nicht vielleicht anmachen?«
Er begann, sie sanft aufs Ohr zu küssen, dann auf den Hals.

»Eher verstören wahrscheinlich.«

»Niedlicher Schlafanzug übrigens. Sind das etwa Kätzchen?« Anna war sich nicht ganz sicher, ob er sie aufzog. Der Schlafanzug war nicht gerade sexy. Zartrosa Kätzchen auf gelben Wolken. Er gehörte zu den Kleidungsstücken, die man eigentlich nur zu Hause trug, um sehnsuchtsvoll an seine Kindheit zurückzudenken, während man einen Becher Eiscreme verdrückte.

»Ja«, gestand sie ein.

»Hübsch, aber überflüssig.« Nick fing an, die Knöpfe aufzumachen.

Anna fasste sich rasch an den Kragen.

»Dad schläft wie ein Murmeltier, falls dir das Sorgen macht«, murmelte Nick und platzierte mehrere Küsse auf ihrem Schlüsselbein.

»Auf der anderen Seite der Wand liegt deine Schwester«, flüsterte Anna.

Nick grinste. Rachels Nähe schien ihn nicht sonderlich zu stören. Er schob seine Hand unter Annas Schlafanzugoberteil, umfasste ihre rechte Brust und umkreiste sanft mit dem Daumen die Brustwarze.

»Hör mal, Anna, es tut mir leid, dass Rachel heute ein bisschen abweisend zu dir war.«

»War sie das? Ist mir gar nicht aufgefallen«, log Anna.

Die unterkühlte Stimmung war im Lauf des Tages noch deutlich eisiger geworden. Anna war sich nicht sicher gewesen, ob Nick das richtig mitbekommen hatte – er hatte ja genug andere Sorgen –, aber sie war froh, dass er sie jetzt beruhigte. Rachel hatte verhindert, dass Anna noch einmal ins Krankenhaus kam, weder am Nachmittag noch zur Abendbesuchszeit. Sie bestand darauf, dass sie und Nick etwas Freizeit bräuchten, um durch die Geschäfte in Bath zu bummeln und vielleicht irgendwo nett Tee zu trinken. Vordergründig ein freundliches, gut gemeintes Angebot, aber Anna hatte jahrelange Erfahrung mit Zoe, und so gern sie an diese scheinbare Liebenswürdigkeit geglaubt hätte, überkam sie doch der Verdacht, dass Rachel Hintergedanken hatte. Sie wollte ihre Mutter für sich haben. Das war verständlich. Völlig in Ordnung. Außerdem hatten Anna und Nick einen wunderbaren Nachmittag verbracht. Sie liefen Hand in Hand durch die gepflasterten Straßen und sahen sich in den kleinen Läden und Boutiquen um. Nick erwies sich als äußerst großzügig. Kaum gab Anna einen Kommentar über irgendetwas Hübsches ab, bot er an, es ihr zu kaufen. Eine wunderschöne, schwere Silberkette, eine modische Wildlederjacke, eine hübsch geblümte Teekanne. Selbstverständlich ließ sie ihn nicht. Sie brauchte kein Dankesgeschenk, weil sie ihm mit Pamela half. Sie machte das gerne.

Während Rachel und George an diesem Abend Pamela besuchten und Nick sich mit ein paar dienstlichen E-Mails beschäftigte, kochte Anna Abendessen für alle. Sie legte sich noch einmal richtig ins Zeug, denn es war der letzte Abend, bevor Nick wieder nach London musste, und er sollte etwas Besonderes werden. Sie schmorte Rindfleisch in Rotweinsoße und wollte dazu cremiges Kartoffelpüree servieren. Als Rachel und George nach Hause kamen, erklärte Rachel jedoch, sie würde sich nur ein Sandwich machen und auf ihr Zimmer gehen, was zur Folge hatte, dass die anderen schweigend aßen, während keiner verbergen konnte, wie unwohl er sich fühlte.

»Einfach unverzeihlich, wie unhöflich sie heute Abend war.«

»Vielleicht war sie wirklich müde, und es war ihr einfach zu viel, sich noch lange zu unterhalten«, antwortete Anna.

Nick sah sie mit unverhohlener Bewunderung an. »Wie kannst du nur so verständnisvoll sein? Sie hat sich wie eine totale Zicke benommen. Ich habe keine Ahnung, warum sie so schwierig ist.«

»Ist sie das? Na ja, sie hat viel um die Ohren.« Anna wollte nicht wahrhaben, dass es irgendein Problem zwischen ihr und Rachel gab. Sie liebte Nick. Sie wollte nicht, dass der erste vertrauenswürdige, attraktive, liebevolle Mann, den sie seit … nun ja, den sie *überhaupt jemals* kennengelernt hatte, mit irgendwelchen Wenns und Abers daherkam. Sie verdrängte diesen Gedanken. So etwas war meistens eine Frage des Willens. »Wie auch immer, du hast jedenfalls nicht das Monopol auf schwierige Schwestern.«

»Hm?«

»Nein«, seufzte Anna. »Nur fürs Protokoll, wie deine Schwester sich benommen hat, war nicht mal im Messbereich von schwierig. Nicht in dem Bereich jedenfalls, denn ich gewohnt bin.«

Nick stützte sich interessiert auf den Arm. »Du hast eine Schwester?« Er war offensichtlich baff.

Sie sah, wie sein Blick hin- und herzuckte, während er versuchte, sich zu erinnern. Überlegte, ob sie diese Unterhaltung schon geführt hatten, die, in der man nach der Familie des jeweils anderen fragte.

Tatsächlich hatten sie das nicht getan.

Anna hatte nicht gewusst, wie sie das Thema ansprechen sollte. Zoes Existenz nur nach und nach in seine sickern zu lassen war bestimmt die beste Vorgehensweise. Sie mussten noch so viel voneinander erfahren. Es war wirklich merkwürdig, sie waren sich so vertraut, dass sie manchmal vergaß, wie jung ihre Beziehung noch war. Es fühlte sich an, als kannte sie ihn schon ewig und als wüsste er schon alles über sie. Er wusste, dass sie ihren Tee schwarz trank, dass sie gut darin war, Akzente zu imitieren, dass sie ein perfektes Rad schlagen konnte, dass sie immer die letzte Seite eines Romans zuerst las, weil sie gern wusste, wohin alles führte. Und dass sie es mochte, wenn er ihr in die Kniekehlen pustete. Aber es gab offensichtlich noch mehr zu entdecken.

»Wusste ich, dass du eine Schwester hast?«, fragte er.

»Kann sein, dass ich sie mal erwähnt habe, vielleicht aber auch nicht. Es fällt mir schwer, über sie zu reden.« Anna wich seinem Blick aus. »Sie ist ... Es ist kompliziert.« Sie verstummte.

Es fiel ihr wirklich nicht leicht, über Zoe zu sprechen. Sie wollte sie nicht in dieses freundliche, gemütliche Zimmer holen. Sie würde ihnen den schönen Abend verderben. Nick lag neben ihr, einladend, nur in seiner Unterwäsche. Sie beugte sich zu ihm hinüber und küsste ihn zärtlich. Es war ziemlich leicht, ihn abzulenken. Er erwiderte ihren Kuss, zuerst sanft, dann entschieden und voller Leidenschaft. Seine Lippen waren warm, weich und fest, immer abwechselnd; genau richtig. Er berührte sanft ihre Wangen, dann glitten seine Finger ihren Hals entlang bis zum Schlüsselbein. Sie fühlte sich sicher, geborgen. Er ließ seine Hände über ihren Körper gleiten, behutsam und zugleich entschlossen. Anna entspannte sich etwas. Langsam wurde es einfacher.

Eine Zeit lang vergaßen sie ihre Schwestern, seine Eltern, dünne Wände, Kätzchenschlafanzüge und bevorstehende Krankengymnastiktermine. Sie vergaßen alles außer sich selbst. Er riss sie in einer ungewohnten, aber wohltuenden Welle des Verlangens mit. Nick war anders als die anderen Männer, mit denen sie zusammen gewesen war. Er war aufmerksam, ehrlich, wunderbar. Er wollte sie glücklich machen, und sie wollte ihn glücklich machen. Was sie bei ihm spürte, war um Längen besser als das, was sie von ihren vorherigen Liebhabern kannte. Ihm gefiel es anscheinend auch. Er seufzte, ächzte und stöhnte genau in den richtigen Momenten.

Hinterher hielt er sie fest in den Armen. Sie legte ihm die Hand auf die Brust und spürte seinen Atem ruhig hinein- und wieder herausströmen, hinein und heraus. Er schien rasch in einen tiefen Schlummer zu fallen, was sie ermutigte, die Dunkelheit etwas zu fragen: »Hat es dir gefallen, Nick?«

»Natürlich«, murmelte er und drückte sie noch fester.

»War es, ähm ... War es gut? Für dich, meine ich.«

Er küsste sie zärtlich auf den Kopf. Dann spürte sie seine Lippen am Ohr. »Mach dir keine Sorgen. Diese Dinge brauchen manchmal etwas Zeit. Es war nett.«

Nett? Diese Dinge brauchen manchmal etwas Zeit? Mach dir keine Sorgen? Anna erstarrte. Das konnte nicht gut sein. Oder? Nein. *Mach dir keine Sorgen?* Natürlich machte sie sich Sorgen. Sie merkte, wie seine Lider sich vollends schlossen und seine Atmung noch ein bisschen gleichmäßiger wurde. Wie konnte er nur schlafen? Er hatte praktisch gesagt, der Sex zwischen ihnen sei furchtbar gewesen. Eine Enttäuschung. *Sie* sei furchtbar und eine Enttäuschung gewesen! Ruhelos und voller Scham starrte Anna an die Decke, sie war unfähig zu schlafen.

»Ich rufe meine Schwester an und sage ihr, dass ich noch eine Woche hierbleibe«, flüsterte sie.

»Jetzt?«, murmelte er, kaum bei Bewusstsein.

»Sie lebt in den Staaten. Bei ihr ist es noch nicht spät.«

Anna schlich sich nach unten. Sie machte kein Licht, um Rachel und George nicht zu wecken.

»Bei seiner Schwester musst du aufpassen. Klingt, als wäre sie ein ziemliches Biest«, zischte Zoe.

Anna überkam sofort der Wunsch, mehr für sich behalten zu können. Zoes Blick auf die Dinge war immer so ernüchternd. Sie hatte insgeheim gehofft, Zoe würde ihr sagen, Rachel sei einfach nur müde gewesen, und sie bräuchte sich keine Sorgen zu machen.

»Du bleibst noch eine Woche? Quasi als unbezahlte Haushaltshilfe?«

»Ich tue ihnen einen Gefallen.«

»Du bist ein Dummkopf.«

»Ich tue nur das, was jede Frau für ihren Freund tun würde. Außerdem sind seine Eltern nett. Ich bin gerne bei ihnen.« Anna blickte sich im Wohnzimmer der Hudsons um. Selbst im Dunkeln waren die glänzenden Möbel zu erkennen, die vielen bunten Decken und Kissen und die unzähligen Fotorahmen, in denen Familienbilder steckten.

»Komisch, wo es dir nicht schnell genug gehen konnte, zu deinen eigenen Eltern auf Abstand zu gehen.«

»Das ist etwas anderes. Sie sind anders.« Anna verstummte. Sie sprach nicht gerne über ihre Eltern, sie dachte noch nicht einmal gerne an sie. Unglaublich, dass Zoe von ihnen angefangen hatte, denn sie waren nicht gerade gut aufeinander zu sprechen. Normalerweise ätzte sie nur gegen die beiden. Plötzlich fühlte Anna sich müde. Sie wusste nicht mehr, wieso sie eigentlich ihre Zeit hier unten mit Zoe verschwendete, wo sie doch kuschlig warm neben Nick im Bett liegen konnte. Sie wünschte, sie würde sich nicht immer so verpflichtet fühlen, sich bei Zoe zu melden. Sie sehnte sich nach mehr Unabhängigkeit. Die brauchte sie zweifellos.

»Wie ist der Sex?«

»Ach, Zoe.«

Es war fast, als hätte ihre Schwester direkten Zugang zu den hintersten Ecken ihres Hirns. Anna wünschte, das wäre nicht so. Manches sollte man für sich behalten dürfen. »Gut, danke«, antwortete sie bestimmt.

»Gut?« Zoes Stimme war voller Verachtung und Mitleid.

Anna benutzte Nicks Ausdruck: »Nett.« Er klang leer. So leer wie er geklungen hatte, als er das Wort zu ihr sagte. »Der Sex ist nett«, wiederholte sie.

»Das klingt nicht gut.«

»Es geht ja auch nicht immer nur um Sex, Zoe. Es gibt noch andere Dinge, die wichtig sind.«

Zoe gab ein gekünsteltes Lachen von sich. Es klang wie ein dumpfes, beinah grausames Bellen. »Klar, bleib nur dabei. Eines Tages glaubst du es vielleicht noch selbst.«

11

Nick

Pamela wurde angehalten, nach der Operation so schnell wie möglich aufzustehen und herumzulaufen. Anfangs hatte sie ziemliche Beschwerden, ihre Beine und Füße waren geschwollen. Sie bekam täglich eine Spritze, um einer Thrombose, und Antibiotika, um einer Infektion vorzubeugen. Eine sehr gesprächige Physiotherapeutin zeigte ihr ein paar sanfte Übungen, um ihre Hüfte zu kräftigen, und sie erhielt Anweisungen, wie sie sich bücken und hinsetzen sollte. Nachdem man ihnen versichert hatte, dass Pamela, wenn auch langsam, wieder ganz gesund werden würde, hatte Nicks Besuch zu Hause, der anfangs angst- und panikbeladen gewesen war, sich in eine Art netten Wochenendausflug verwandelt.

Annas Anwesenheit war einfach gottgesandt. Die Eigenschaften, die Nick bereits erahnt hatte, kamen jetzt erst richtig zum Vorschein. Sie war immer fröhlich, packte gern mit an und hatte auf alle einen positiven Einfluss. Sie fügte sich wie von selbst in die Familie Hudson ein, sodass niemand das Gefühl hatte, sie bewirten zu müssen, erkannte aber gleichzeitig die unsichtbaren Grenzen und setzte nie zu viel Vertrautheit voraus. Vormittags begleitete sie Nick ins Krankenhaus, und an den Abenden ließ sie ihn und seinen Vater alleine hingehen, damit sie Zeit hatten, sich über die ärztliche Versorgung, die Krankengymnastik und die Reha-Maßnahmen auszutauschen. Anna blieb dann zu Hause und bereitete herzhafte, leckere Mahlzeiten zu. Shepherd's Pie, Lasagne und Würstchen im Teigmantel. Da Pamela im Krankenhaus lag, konnte sie die

Küche übernehmen, ohne jemandem sein Reich streitig zu machen.

Nick merkte, dass seinem Vater der Schrecken über den Beinah-Verlust seiner Frau noch zu schaffen machte. George gehörte nicht zu denen, die aus jeder Notlage ein Drama machten, aber das Paar war seit fast neununddreißig Jahren verheiratet, da versetzte ihn der Unfall natürlich in Sorge. Als sie am Sonntagnachmittag vom Krankenhaus nach Hause fuhren, fiel ihm auf, dass sein Vater besonders schweigsam war.

George hielt den Blick fest auf die Straße gerichtet und hielt offenbar Ausschau nach Radfahrern oder Füchsen, die ihnen unvermittelt vor den Wagen springen könnten. »Ich kann mir nicht helfen«, murmelte er. »Ich muss ständig daran denken, was hätte passieren können. Wenn sie nur ein paar Sprossen höher auf der Leiter gestanden hätte ...«

»Hat sie aber nicht«, antwortete Nick.

»Stell dir mal vor, sie wäre auf die Veranda gestürzt, womöglich durch das Glasdach des Wintergartens.«

»Dad, mach dir nicht solche Gedanken. Das bringt doch nichts.«

»Es hat nur nicht schlimmer geendet, weil sie auf dem Rasen aufkam.«

Nick wandte sich zu seinem Vater und erschrak, als er sah, dass diesem die Tränen in den Augen standen. Er hatte ihn noch nie weinen sehen. George, dem das bewusst war, drehte sich rasch weg und sah aus dem Beifahrerfenster. Sie hielten vor einer Ampel. Nick drückte auf den Knopf, um seine Scheibe herunterzufahren. Die nachmittäglichen Geräusche der Stadt strömten in den Wagen, wirr und erwartungsfroh zugleich. Nächste Woche begann der Mai. Paare, die sehnsüchtig auf den Sommeranfang warteten, saßen vor Kneipen auf Bänken. Gelächter und Zigarettenrauch schwebten durch die Luft.

»Ich könnte ohne sie nicht sein, Nicholas. Ich könnte mir ein Leben ohne sie nicht vorstellen. Verstehst du, was ich meine?«

Nick wusste nicht, was er sagen sollte, also schwieg er. Er wünschte, Anna wäre bei ihnen im Auto. Sie hätte gewusst, was man darauf antwortete.

Während der restlichen Fahrt sagte keiner der Männer mehr etwas. Jeder war in seine eigenen Gedanken über die Frauen in ihren Leben versunken.

Sie waren froh, die Haustür zu öffnen und von einem köstlichen Duft, einem hübsch gedeckten Tisch und den Melodien von Duke Ellington begrüßt zu werden. Anna hatte mitbekommen, dass George gerne Jazz hörte und Duke Ellington einmal live erlebt hatte, als er noch jung war. Auf einer dieser Reisen, die man nie vergisst. Seitdem war er Georges Lieblingsmusiker.

Und genau das, was sie jetzt brauchten.

12

Alexia

Ich erinnere mich noch, wie man mir sagte, dass ich Zwillinge bekäme, als wäre es gestern gewesen. Es war Ende Januar. Eine schrecklich trübe Jahreszeit. Wir wohnten damals in Manchester, und ich mochte diese Stadt, ich werde sie immer mögen. Freundlich, lebhaft, gute Einkaufsmöglichkeiten, nur Ende Januar sieht es dort nicht besonders ansprechend aus, aber das tut es nirgends. Ich weiß noch, wie ich die Zeit vor dem Ultraschalltermin totschlug. Ich schleppte meinen schwerfälligen Körper von Laden zu Laden und war unzufrieden mit mir selbst, weil ich so früh in der Schwangerschaft schon so einen dicken Bauch hatte. Die Geschäfte schienen mir trostlos und leer geräumt. Nur ein paar jämmerliche Ständer mit Schlussverkaufsware, die Frühjahrskollektion wirkte noch wenig überzeugend, albern und übertrieben optimistisch. Auch die Arbeit bereitete mir in der Zeit wenig Freude. Meine Schüler waren alle müde und schlecht gelaunt, angesichts der Tatsache, dass der Frühling in weiter Zukunft lag und sie erst noch ihre Prüfungen überstehen mussten. Ich hatte schon ungefähr einen Tag nach der Empfängnis gewusst, dass ich schwanger war, zumindest kommt es mir rückblickend so vor. Von Anfang an hatte ich unter schrecklicher Morgenübelkeit gelitten. Ich freute mich auf den ersten Ultraschall, denn das hieß, näher an der magischen Zwölf-Wochen-Grenze zu sein, ab der man sich angeblich wieder besser fühlen sollte.

Zwillinge. Damit hatte ich nicht gerechnet.

Zwei winzige Wesen, die wie kleine Seepferdchen in mir herumschwammen. Ich war nicht etwa aufgeregt. Ich hatte Angst. War besessen von dem Gedanken: *Wie sollen die da nur herauskommen?* Ein Baby war schon Furcht einflößend genug, aber zwei! Dieser ganze Vorgang mit dem Kinderkriegen ist meiner Meinung nach ziemlich ungerecht. Es ist mir ein Rätsel, warum die natürlichste und notwendigste Sache der Welt so unangenehm sein muss. Es fängt so einfach, erotisch und wunderbar an und endet so unschön und schmerzhaft. David war völlig begeistert von der Vorstellung von Zwillingen. Aber er war ja auch nicht derjenige, der die Erfahrung würde machen müssen, gleich zwei Wassermelonen aus sich herauszupressen. Wie schon gesagt, es ist ungerecht. Ich frage mich, was wohl mit der Weltbevölkerung passieren würde, wenn es gesetzlich vorgeschrieben wäre, dass wir uns beim Kinderkriegen abwechseln müssten. Das erste Kind wird von der Mutter ausgetragen, das zweite vom Vater und so weiter. Ich tippe darauf, dass es dann ziemlich viele Einzelkinder geben würde und keine einzige Familie mit vier Nachkommen.

Am Ende war die Geburt gar nicht so schlimm. Da Zoe eine Steißlage war, riet der Arzt zu einem Kaiserschnitt. Worüber ich froh war. Die wenigsten Zwillinge werden bis zum Ende ausgetragen, meine hielten bis zur siebenunddreißigsten Woche durch. Das war gut. Anna kam zuerst auf die Welt, fünf Minuten vor ihrer Schwester, und wog genau 3.000 Gramm. Zoe wog 2.700 Gramm. Sie mussten einige Zeit auf die Frühchenstation, es war aber nichts Besorgniserregendes. Eine Geschichte aus dieser Zeit hören die Leute immer wieder gern. Anfangs wurden beide Babys nebeneinander in kleine Wärmebettchen gelegt. Da Anna jedoch ein gutes Gewicht hatte, brachten sie sie schnell wieder zu mir. Ich sollte möglichst bald mit dem Stillen anfangen. Aber da wurde Zoe plötzlich ganz unruhig. Sie überprüften die Schläuche, die Infusionen, ihre Medikamente. Alles in Ordnung, trotzdem war sie nicht zu beruhigen. Es war, als spürte sie, dass ihre Schwester fort war. Also bat ich – aus einem Bauchgefühl heraus – die Schwestern, Anna zurück ins Frühchenzimmer zu bringen und wieder neben Zoe zu legen. Kaum hatten sie das getan, beruhigte Zoe sich, und ihr Puls wurde wieder normal. Nach einer Weile brachten sie Anna wieder zu mir, es hätte ja sein können, dass das Ganze nur ein Zufall war. Aber Zoe begann sofort, wieder zu strampeln und zu schreien. Erneut legten sie Anna zurück in das Bettchen, wieder war Ruhe. Dasselbe passierte ein drittes Mal. Ein viertes Mal versuchten sie es nicht. Niemand sieht schließlich ein Baby gern leiden.

David war ganz aus dem Häuschen. »Das lässt sich wissenschaftlich nicht erklären!«, sagte er dauernd.

Ich war froh, dass es jemand geschafft hatte, Zoe zu beruhigen, aber ich wünschte, ich wäre es gewesen. Damals, als meine Babys noch nicht einmal vierundzwanzig Stunden alt waren, wurde mir klar, dass sie mich nie so sehr brauchen würden wie andere Kinder ihre Mütter. Eigentlich sollte eine Mutter der wichtigste Mensch im Leben eines Babys sein. Ich war das nicht. Ich war für beide weniger wichtig als sie füreinander. Ich versuchte, mich nicht zurückgesetzt oder ausgeschlossen zu fühlen. Zu akzeptieren, dass niemand je zwischen sie kommen würde. Aber, ehrlich gesagt, war das nicht leicht.

Mutter von Zwillingen zu sein ist ziemlich beängstigend. Und anstrengend. Ich kann kaum beschreiben, wie müde ich in den ersten Monaten war. David tat anfangs sein Bestes. Das Architekturbüro, in dem er arbeitete, zeigte sich sehr verständnisvoll, als er fehlte, um mir zu helfen. Er nahm sich zwei Wochen frei, was damals als großzügig bemessener Vaterschaftsurlaub galt. Wahrscheinlich hätten sie ihm sogar noch mehr zugestanden. Aber er war, glaube ich, gar nicht erpicht darauf. Seine Begeisterung über die Zwillinge war doch eher theoretisch. Er meinte, ich hätte ja meine Mutter als Hilfe. David ist kein

Macho, ganz und gar nicht. Er ist wunderbar rund ums Haus, er respektiert meine Ansichten über alles, angefangen bei Filmen, über Politik bis zu der Frage, wie man bei Regen auf der Autobahn einen Reifen wechselt. Er ist hocherfreut, wenn ich eine dickere Lohntüte mit nach Hause bringe als er. Er war nur nicht geeignet, sich um kleine Babys zu kümmern. Ich eigentlich auch nicht. Aber mir blieb keine Wahl. Ich habe studiert. Ich mag Bücher, Intellekt, wissenschaftlichen Diskurs. Ich hatte kein Interesse an Babys. Ich erinnere mich noch genau an das Gesicht meiner Mutter, als sie die beiden das erste Mal sah. Sie war voller Ehrfurcht, uneingeschränkter, reiner Bewunderung. Sie nannte sie dauernd »Engel« oder »Lieblinge« und betonte fortwährend, wie unglaublich niedlich sie doch seien. Sie war praktisch hin und weg vor Entzücken. Wenn ich die Mädchen betrachtete, sah ich nichts als erdrückende Verantwortung. Ich sah winzige, bedürftige Schützlinge. Die mir das Gefühl gaben, ungeeignet zu sein.

Versteht mich nicht falsch. Ich liebte sie, innig, aber auf eine urwüchsige, instinktgesteuerte Art, womit ich meine Probleme hatte. Ich hatte mich immer so sehr auf meine Vernunft verlassen, nun war ich ein Fisch auf dem Trockenen. Ich hatte und habe seitdem eine Menge Bücher zum Thema Zwillinge gelesen und weiß, dass es für die überforderten jungen Mütter nicht ungewöhnlich ist, wenn sie Bindungsprobleme haben. Gerade bei Mehrfachgeburten ist man ja ständig mit Füttern, Beruhigen, Windelwechseln, Füttern, Beruhigen, Windelwechseln … beschäftigt. Es bleibt keine Minute, um sich einfach mal hinzusetzen und Luft zu holen.

Ich habe oft an diese Zeit zurückgedacht und mich gefragt, ob ich meinen Kindern damals irgendwie geschadet habe. Ob ihnen etwas fehlte. Und sie das vielleicht bis heute nicht überwunden haben. Es ist schlimm, so etwas mit sich herumzutragen. Hätte ich den Lauf der Dinge womöglich ändern können?

Könnte ich es jetzt? Denn wenn ich könnte, würde ich nicht eine Sekunde zögern. Das müsst ihr mir glauben. Ich habe über die Jahre sehr viel mit verschiedenen Therapeuten darüber gesprochen, und die allgemeine Auffassung ist bis heute dieselbe: Nein. Ich sei nicht daran schuld, weil ich in diesen ersten Wochen nicht in der Lage war, eine richtige Mutterbindung herzustellen. »Machen Sie sich keine Vorwürfe«, sagen sie mir stets. »Geben Sie nicht sich die Schuld.« Aber wem soll ich sie sonst geben? Den Zwillingen selbst doch auf keinen Fall.

Wie auch immer, alles ändert sich so schnell, wenn sie noch klein sind. Man hat das Gefühl, sie werden nie durchschlafen, und dreht vor Schlafentzug fast durch. Oder man erstickt unter einem Berg schmutziger Windeln. Man könnte schreien, weil man gezwungen ist, in aller Öffentlichkeit seine Brüste zu entblößen, um die Brustwarze wieder einmal in einen heißen, fordernden kleinen Mund zu stecken.

Und plötzlich schlafen sie doch durch. Am nächsten Tag stehen sie auf und können laufen, brauchen keine Windeln mehr, essen richtiges Essen und genießen es offenkundig. Zoes Gesicht, als sie zum ersten Mal Bananen aß! Annas Freude, als sie Schokolade probierte! Ehe man sichs versieht, entwickeln sie ihre eigene Persönlichkeit, werden zu kleinen Menschen. Damit konnte ich etwas anfangen. Meine Liebe veränderte sich. Wurde spürbarer. Sie war nun mehr als nur ein Bauchgefühl, sie kam aus meinem Herzen und meiner Seele.

David war auch ganz vernarrt in die beiden. Wir waren gute Eltern. Wenigstens dachten wir das. Wir taten unser Bestes.

Es war nur nicht gut genug.

13

Pamela

Jedes Mal, wenn Pamelas Blick auf Anna fiel, dachte sie: Was für ein nettes Mädchen. Nick hatte noch nicht so viele Frauen mit nach Hause gebracht, dass sie hätte vergleichen können, also musste Anna für sich selbst beurteilt werden. Als ihr Sohn noch jünger war, traf Pamela manchmal Mädchen im Flur, wenn er sie gerade herein- oder hinausdrängte. Keine von ihnen blieb lange genug, um einen Eindruck zu hinterlassen. Im Großen und Ganzen waren sie austauschbar. Sie kicherten ständig, lächelten dauernd und versuchten, liebenswert zu sein. Sie taten ihr leid. Sie hätte diesen Kandidatinnen am liebsten erklärt, dass die normalen Regeln hier nicht galten, dass es sinnlos war, sich bei ihr, der Mutter, einzuschmeicheln, weil er, der Sohn, doch machen würde, was er wollte. Anfangs hatte sie sich keine Gedanken über seine mangelnde Entscheidungsfreude gemacht. Irgendwann würde schon die Richtige kommen. Doch dann war er dreißig geworden und hatte noch immer keine besondere Vorliebe gezeigt. Und Pamela fragte sich langsam, nach was genau er eigentlich suchte. Und ob er es jemals finden würde.

Und jetzt Anna. Was für eine Überraschung. Viel ernsthafter, als Pamela gedacht hätte, und viel sympathischer. Pamela hatte gewusst, dass ihr Sohn sich eine schöne Frau aussuchen würde, aber sie hatte eher mit einer Art Diva gerechnet. Sie hatte erwartet, er würde sich für einen schwierigen, komplizierten Typ entscheiden. Die meisten der Frauen in seinem Facebook-Account fielen in diese Kategorie. Viele davon äußerlich und im übertragenen Sinn. Er hatte über tausend Freunde auf Facebook. Wie konnte er nur so viele Menschen kennen? Sie hatten alle gerade, weiße Zähne, glänzende Haare und beeindruckende Brüste (die Männer und die Frauen!). Pamela überprüfte manchmal die Facebook-Accounts ihrer Kinder, wenn sie eine Woche oder länger nichts von ihnen gehört hatte. Rachels war immer beruhigend. Sie hatte ungefähr hundert Freunde, von denen Pamela viele von früher kannte. Sie postete Berichte zu Bildungsthemen oder Fotos von pädagogischen Wochenenden. Nicks Account war das Gegenteil. Seine unglaublich glamourösen Fotos von Frauen mit tiefen Ausschnitten und jungen Männern mit Bier- oder Champagnerflaschen in den Händen waren oft mit Sprüchen wie *Man lebt nur einmal!* oder *Kannst auf mich zählen, Kumpel* überschrieben. Wahrscheinlich wählte er diese Schnappschüsse aus, um ein Leben voller Erfolg und Reichtum zu demonstrieren. Sie als seine Mutter sah darin nur Unstetigkeit. Anna war da eine willkommene Überraschung. Angenehm anzuschauen und angenehm um sich zu haben. Pamela war stolz und erleichtert, dass ihr Sohn doch mehr Verstand hatte als befürchtet.

Das Angebot, in Bath zu bleiben und ihre Genesung zu überwachen, war so großzügig von Anna, sie musste diese Aufmerksamkeit einfach genießen. Pamela war noch unsicherer auf den Beinen, als sie zugeben wollte, und dankbar für Annas freundliche und zugleich nützliche Anwesenheit. Anna sorgte dafür, dass sie ihre Termine wahrnahmen, sie achtete darauf, dass das Licht neben ihrem Bett hell genug zum Lesen war, dass der Tee nicht zu lange zog. Sie war fast schon zu wunderbar, um wahr zu sein. Die Woche nach Pamelas Entlassung aus der Klinik war sehr hektisch gewesen, deshalb war es umso schöner, dass sie am Freitag den Vormittag plaudernd im Garten verbringen und alte Fotos betrachten konnten, während George ein Nickerchen auf dem Liegestuhl machte.

»Unser Hochzeitsalbum haben wir schon seit Jahren nicht mehr durchgeblättert«, sagte Pamela mit einem fast entschuldigenden Kichern. Sie wusste nicht genau, ob es ihr peinlich war, dass sie es so lange nicht angeschaut hatte oder dass sie jetzt so nachgiebig war, es aufzuschlagen. Sie tat es auch nur, weil Anna sie dazu gedrängt hatte. George und sie sahen aus wie Kinder. Sie hatten 1979 geheiratet, als die Röcke kurz und die Haare lang waren. Pamela hatte einen Schlapphut mit breiter Krempe getragen.

»Oh mein Gott, warst du schön«, murmelte Anna. »Nicht, dass du jetzt nicht mehr … ich meine, du siehst immer noch sehr …«

Pamela schmunzelte. »Ach, meine Liebe, gib dir keine Mühe. Ich bin zweiundsechzig, ich weiß, wie ich aussehe. Und wie ich aussah. Du hast ganz recht, ich war hübsch. Hätte ich nur damals schon um die Macht gewusst, die einem das verleiht.«

»Und so jung.«

»Vierundzwanzig.«

Anna stieß einen deutlich hörbaren Seufzer aus.

Pamela verstand. Mit ihren neunundzwanzig Jahren glaubte Anna sicher, die Zeit liefe ihr langsam davon. Pamela sah das anders. Die Jugend dauerte ewig. Wenn die Jungen das nur wüssten! Aber sie verstand, dass man als Frau irgendwann nervös wurde. Wenn sie zu denen gehörte, die eine Familie wollten, fing sie womöglich an, ein bisschen zu rechnen. Ein, zwei Jahre verliebt sein, ein Jahr verlobt, vielleicht ein Jahr verheiratet und es genießen (was Pamela von Herzen befürwortete. Sie und George hatten Jahre gewartet, bis sie daran dachten, sich das Trappeln von kleinen Füßchen beziehungsweise das schrille Geschrei eines Bauchweh geplagten Babys ins Haus zu holen), ein bisschen Zeit, um schwanger zu werden, und dann noch mal neun Monate.

Sie hätte Anna am liebsten die Hand getätschelt und ihr versichert, dass alles noch hinkäme, aber das wäre aufdringlich gewesen. »Früher war das anders«, sagte sie stattdessen. »Heutzutage hat man einfach mehr Möglichkeiten. Keiner hat mehr das Bedürfnis, unabhängig zu werden, indem er heiratet. Zu meiner Zeit war Heiraten die einzige Möglichkeit, seinen Eltern klarzumachen, dass man erwachsen war.«

Anna hielt den Blick weiter auf das Album gerichtet. »Heutzutage ist das Problem eher die gegenseitige Abhängigkeit«, sagte sie. »Keiner will sich mehr binden. Wir sind alle so unheimlich gut darin, selbstständig zu sein, dass wir niemanden an uns heranlassen wollen.« Röte stieg ihr in die Wangen. »Zumindest ist das meine Erfahrung.«

Pamela war realistisch genug, um zu wissen, dass auch ihr eigener Sohn in die Kategorie Beziehungsfeind fiel.

Anna schien sich wieder zu fassen. »Ich glaube, ich hole das Mittagessen nach draußen. Ich habe uns eine Quiche gebacken«, sagte sie mit einem gezwungenen Lächeln.

»Wie nett. Ja.«

Es war ein spontaner Einfall. Schon während sie in ihrer Tasche nach dem Handy kramte, dachte Pamela, dass sie eines Tages zurückblicken und ihre Medikamente dafür verantwortlich machen würde. Trotzdem wählte sie seine Nummer. Was das Liebesleben ihres Sohnes betraf, hatte sie sich immer streng an die Regel des Nichteinmischens gehalten, aber war das überhaupt klug gewesen? Oder richtig? Immerhin war sie seine Mutter. Sie liebte ihn. Sie wollte das Beste für ihn. Es war Eile geboten. Anna würde jeden Moment mit einem vollen Tablett wiederkommen. Wenn sie das hier tun wollte, dann musste sie die Gunst ihrer Abwesenheit sofort nutzen.

Sie hielt sich nur ganz kurz mit Vorreden auf und beantwortete rasch die Frage, wie es ihr ginge. »Wunderbar, mein Liebling. Man kümmert sich sehr gut um mich. Anna ist ein Engel.«

105

Dann kam sie zur Sache. »Nicholas, Schatz, ich bitte dich nicht oft um etwas«, sagte sie eindringlich. »Aber jetzt bitte ich dich, Folgendes zu beherzigen.«

»Was denn, Mutter?«

Da war es wieder, dieses »Mutter«. Na ja, wenigstens zeigte es, dass er den Ernst der Lage erkannte.

»Ich möchte dir nur sagen, lass dir eine so wunderbare Frau nicht durch die Lappen gehen, Nicholas. Um meinetwillen und um deiner selbst willen, bedenke die Sache ernsthaft.«

Sie hörte, wie ihr Sohn ein Lachen unterdrückte. Er klang amüsiert und erleichtert; wahrscheinlich hatte er gedacht, sie riefe ihn mit irgendeiner Hiobsbotschaft über ihren Gesundheitszustand an. Er hüstelte. »Mum, keine Sorge. Wir haben noch jede Menge Zeit. Wir haben uns doch gerade erst kennengelernt.«

»Das ist eben dein Problem, Nicky«, sie nannte ihn selten bei seinem Kosenamen, »immer denkst du, du hättest noch Zeit, aber –« Sie brach ab, damit es wirkungsvoller klang. »Wenn dieser Sturz mich eins gelehrt hat, dann, dass man Zeit nicht als selbstverständlich nehmen kann.« Sie wusste, dass das ein bisschen gemein war. Fast schon emotionale Erpressung. Sie nutzte seine Sorge darüber aus, wie viel Zeit ihr wohl noch auf dieser Erde blieb. Aber sie hatte auch Sorgen. Ganz realistische. Sie liebte ihren Sohn. Sie wollte nicht, dass er alleine blieb. Sie versuchte nur, ihn ein bisschen in die richtige Richtung zu schubsen.

14

Nick

Nick hatte es in der vergangenen Woche geschafft, die Unterschrift für ein gewaltiges Aktiengeschäft zu bekommen, das eine unanständig hohe Summe Geld für seinen Kunden und einen ordentlichen Bonus für ihn selbst einbrachte, und er hatte es hinbekommen, sich weder zu sehr um seine Mutter zu sorgen noch ständig an Anna zu denken.

Obwohl er ziemlich oft an sie dachte. Er merkte, dass er sie nicht ganz aus seinen Gedanken vertreiben konnte, und er merkte, dass er das eigentlich auch gar nicht wollte. Was sie tat, war großartig. Er dachte dauernd an sie im Haus seiner Kindheit, stellte sich vor, wie sie Küchenschränke öffnete, Teetassen hinaus in den Garten trug. Ganz normale Dinge. Nichts Besonderes. Er sah sie grinsen, als sie zum ersten Mal den Klopapierhut bemerkte. Es war ein gehäkelter Cupcake. Seine Mutter stellte diese Toilettenpapierhüte in größeren Mengen her und verkaufte sie auf Wohltätigkeitsbasaren. Allein der Gedanke an Annas Lächeln ließ auch ihn lächeln. Und ihr Lachen. Sie hatte ein wunderbares Lachen, überraschend laut für eine relativ zurückhaltende Frau wie sie. Es war durch die Krankenhausstation geschallt und hatte alle erfreut. Es musste unterdrückt werden, als es drohte durch die Gästezimmerwand zu dringen.

Doch im Moment ging Nick nur das im Kopf herum, was seine Mutter am Telefon gesagt hatte.

Wie kam sie darauf? Was dachte sie sich nur? Nun ja, es war offensichtlich, was sie dachte. Die Botschaft war angekommen, laut und deutlich. Seine Mutter mochte Anna offenbar sehr. Hatte sie recht damit, dass er Zeit als zu selbstverständlich nahm? Er war doch noch jung. Gerade mal dreißig. Kein Grund zur Eile. Und doch begannen die Grenzen zu verschwimmen. Sein Sexleben war nicht länger völlig von seinem Familienleben getrennt – eigentlich gar nicht mehr. Außerdem fühlte er sich mit diesem Ausdruck nicht mehr wirklich wohl. Sexleben. Nicht seit er ihn auch in Bezug auf Anna benutzte, er war einfach zu hart für sie. Sein Gefühlsleben? Das klang altmodisch. Hal würde es wahrscheinlich sein »Liebesleben« nennen.

Er stand irgendwie neben sich. Wahrscheinlich der Schlafmangel. Verständlich. Ein Geschäft abzuschließen war schon anstrengend genug, und dass seine Mutter krank war, brachte ihn noch zusätzlich aus der Spur. Er fühlte sich nicht wirklich gestresst. Eher innerlich aufgewühlt. Vielleicht wurde er ja krank. Eine Erkältung. Im Mai? Wohl kaum. Heuschnupfen?

Hal hatte es auch bemerkt. Er hatte am Morgen ein paar dicke Schinkensandwiches mitgebracht, wie er es ungefähr einmal pro Woche tat, und eins davon auf Nicks Schreibtisch gelegt. Während Nick seines sonst immer gierig verschlang, biss er heute nur lustlos hinein, schaffte gerade mal die Hälfte und versenkte den Rest im Mülleimer.

»Machst du dir Sorgen um deine Mum?«, fragte Hal. Selbst Banker sorgen sich um ihre Mütter.

»Nein, ich glaube nicht. Ich meine, es geht ihr ganz gut.«

»Was dann?«

Nick zuckte mit den Schultern.

Hal sah ihn plötzlich beunruhigt an. Dann ungläubig. Schließlich stabilisierte sich sein wechselnder Gesichtsausdruck zu heller Aufregung.

»Mein Gott. Es ist Anna.«

»Nein. Nein, ist es nicht.«

»Du kannst nicht schlafen?«

»Nein, aber –«

»Du bist dauernd abgelenkt.«

»Ach, komm schon.«

»Das Letzte war keine Frage, sondern eine Feststellung.«

»Ich habe wahrscheinlich eine Erkältung.«

»Hast du Fieber?«

»Nein.«

»Tut's dir irgendwo weh?«

»Nein.«

»Du bist verliebt«, stellte Hal fest und verfiel in ein breites, zufriedenes Grinsen.

»Sei kein Idiot.«

Nick konzentrierte sich demonstrativ auf den Bildschirm vor sich, obwohl er die Zahlen, die dort standen, beim besten Willen nicht erkennen konnte. Sie hüpften frech hin und her. Vielleicht brauchte er eine Brille. Ja, das war es wahrscheinlich. Er sollte einen Sehtest machen. Plötzlich sah er ihr Gesicht, hörte ihre Stimme. Verrückte Sachen, die sie gesagt hatte, schwebten durch sein Bewusstsein, verweilten dort. Sie war beglückend. Was für ein albernes, altmodisches Wort, und doch perfekt für Anna.

Was war das nur? Doch nicht etwa Liebe? Guter Gott, er war doch nicht verliebt, oder?

»Woran würde ich es denn merken?«, fragte er.

»Was merken?« Hal lachte und wollte, dass Nick es aussprach.

Nick blitzte ihn an. »Woran merke ich, dass ich verliebt bin?«

»Du merkst es eben einfach.«

Das war eine wenig erhellende Antwort. Nichtssagend und doch bestimmt.

Er dachte an seine Freunde, die geheiratet hatten. Normale Draufgänger, die sich in liebestrunkene Narren verwandelt

109

hatten, sich auf Hochzeitsfeiern qualvoll durch schlecht gegliederte Reden stammelten, fest entschlossen, die Tiefe ihrer Gefühle auszudrücken. Nicht etwa, dass er schon an Hochzeitsreden dachte. Er war weit entfernt davon, einen Antrag zu machen. Das wäre ja verrückt. Aber. Na ja. Andererseits.

Er war offensichtlich dabei, sich zu verlieben. Ja. Teufel noch eins. Das war er.

Er wusste es, weil plötzlich alles stimmte. Ihm war nicht einmal bewusst gewesen, dass vorher etwas nicht gestimmt hatte. Er war damit beschäftigt gewesen, sein Leben zu genießen, ziemlich sicher, dass man ihm die beste Mahlzeit überhaupt aufgetischt hatte. Jetzt kam es ihm so vor, als hätte man eine weitere Zutat hinzugefügt und das Gericht sei noch hundertmal köstlicher geworden. Anna. Alles war schöner, einfacher, bedeutungsvoller, seit er sie kennengelernt hatte. Das Essen, das er vorher verspeist hatte, sein altes Leben voller unverbindlicher Beziehungen, unverbindlichem Sex, bedenkenlosen Lügen, war nicht nur fade und geschmacklos gewesen, sondern auch ein bisschen abstoßend. Das lag hinter ihm.

Eigentlich hatte er vorgehabt, lange im Büro zu bleiben, ein bisschen von dem aufzuarbeiten, was letzte Woche liegen geblieben war, und am nächsten Tag wieder nach Bath zu fahren. Dort würden sie bis Sonntag bleiben, dann würde er Anna wieder mit zurück nach London nehmen. Aber er konnte sich einfach nicht auf den Papierkram konzentrieren, verließ seinen Schreibtisch um Punkt fünf und rief sie an.

»Wie läuft es?«

»Ach, großartig.« Er konnte sie praktisch lächeln hören. Man stelle sich das mal vor, ein Lächeln hören. »Wir hatten einen wunderbaren Tag heute. Ich habe es deiner Mutter im Garten bequem gemacht.«

»Ach ja, wie denn?«

110

»Du kennst doch den Sessel mit der hohen Lehne, in dem sie im Wohnzimmer immer sitzt? Den habe ich nach draußen gezogen. Von den Liegestühlen war keiner geeignet. Keine Stütze für ihren Rücken und ihre Hüfte. Die Sonne hat sich wirklich angestrengt, durch die Wolken zu dringen, aber ich habe ihr trotzdem noch eine Decke über die Beine gelegt. Ich glaube, ihr Kreislauf ist noch nicht ganz so, wie er sein sollte. Wir haben Quiche und Salat gegessen. Und dein Vater war ein bisschen beschwipst vom Cidre.«

»Fantastisch.«

»Ich meine nicht betrunken, nur ... entspannt. Ein bisschen Alkohol zum Mittag hat diese Wirkung.«

Er hatte nicht seinen beschwipsten Vater gemeint, *sie* war fantastisch.

»Wir sind den ganzen Nachmittag draußen geblieben. Und jetzt haben wir gerade Schinkensandwiches und Erdbeertorte zum Tee verputzt.«

»Ich bekomme Hunger.«

»Die Torte war gekauft.«

»Du machst das prima mit ihnen.«

»Na ja, ich fand es wichtig, sie so schnell wie möglich wieder in den Garten zu bekommen. Ich wollte vermeiden, dass es zu einem Problem für sie wird. Wo sie mir doch erzählt hat, wie viel Freude ihr der Garten immer macht.«

»Und, ist es jetzt ein Problem für sie?« Nick wäre nie darauf gekommen, dass der Sturz auch psychische Folgen haben könnte. Dazu war er viel zu pragmatisch veranlagt.

»Nein, gar nicht. Sie war ganz begeistert von der Idee. Jedenfalls, nachdem ich sie überzeugt hatte, dass ich ihren Sessel nach draußen ziehen kann, ohne mir wehzutun. Der Garten ist wirklich wunderschön. Dann haben wir uns alte Fotoalben angeschaut und geplaudert.«

»Geplaudert, worüber denn?«

»Die beiden haben mir erzählt, wie sie sich kennengelernt haben. Das ist wirklich eine nette Geschichte, oder?«

Nick konnte sich nicht mehr genau daran erinnern, obwohl er noch wusste, dass es etwas mit einem Tanzlokal zu tun hatte. Er versuchte zu raten.

»Das Palladium.«

»Das Plaza. Deine Mutter trug einen himbeerroten Jumpsuit. Deine Großmutter hatte ihn genäht, nach einer Vorlage aus der Vogue. Dein Vater trug Schlagjeans und einen Rollkragenpullover. Kannst du dir das vorstellen?«

»Das ist nicht mehr so leicht heute.«

»Sie haben bestimmt eine gute Figur gemacht damals.« Sie klang ganz verträumt.

Eine gute Figur machen. Wer sagte denn so etwas? Aber irgendwie mochte er ihre drollige Ausdrucksweise. »Wie haben sie sich noch mal genau kennengelernt? Hilf mir auf die Sprünge.« Er war sich ziemlich sicher, dass seine Eltern ihm das schon hundertmal erzählt hatten, aber plötzlich interessierten ihn auch die Einzelheiten.

»Es war ein Ball zum Valentinstag. Deine Mutter wollte nicht hingehen. Sie war Single und dachte, es würde sie deprimieren, weil da lauter Paare wären. Das kann ich gut verstehen.« Anna kicherte. »Ist der Gedanke nicht ulkig, dass Eltern genau dasselbe durchleben wie wir? Du weißt schon, Unsicherheit, Erwartung und Aufregung.«

»Ich denke schon.«

»Also, ihre Freundin wollte jedenfalls unbedingt hin und hat deine Mutter mitgeschleppt. Sie sagte, es war laut und voll und noch schlimmer, als sie erwartet hatte. Sie bekam Kopfweh und hatte wirklich gar keine Lust auf das Ganze. Normalerweise wurde sie dauernd zum Tanz aufgefordert und willigte gerne ein, doch an diesem Tag versteckte sie sich zwischen den Mauerblümchen …« Anna hielt kurz inne.

Sicher stellte sie sich, genau wie Nick, die Szene gerade vor. All diese Möglichkeiten, die durch den Ballsaal wirbelten, der Beginn so vieler Romanzen, Familien, Geschichten.

»Dein Vater entdeckte sie aber trotzdem. Er meint, der himbeerrote Anzug war daran schuld. ›Ich hätte sie nicht übersehen können, selbst wenn ich gewollt hätte‹, hat er gesagt. Er habe sie so lange angestarrt, bis sein Blick Löcher in ihr Bewusstsein bohrte.«

»Das hat er gesagt?«

»Ja, ein heimlicher Romantiker, dein Dad.«

»Das kannst du laut sagen.«

»Irgendwann hat sie ihn dann gesehen und … Na ja, rate mal.«

»Sie hat zurückgestarrt?«

»Sie hat den Blick nicht mehr von ihm abgewandt, bis er sich durch die tanzende Menge geschlängelt hatte und bei ihr ankam. Er sagte, er habe einfach ihre Hand genommen und sie seitdem nie mehr losgelassen.« Anna seufzte, nicht traurig, sondern anerkennend. »Ist das nicht eine wunderbare Geschichte, Nick?«

»Tut mir leid, dass unsere Kennenlerngeschichte nicht so romantisch ist«, sagte er.

Und bereute es gleich wieder. Er wollte nicht, dass sie das Gefühl hatte, ihr gemeinsamer Anfang sei schäbig gewesen. Denn das war er nicht, er war nur modern. Oder zumindest war der schäbige Teil daran, nämlich die Tatsache, dass er eigentlich nur auf eine schnelle Nummer aus gewesen war, etwas, das sie nie erfahren würde. Und zugegeben, ihre Blicke hatten sich zwar nicht in einem überfüllten Saal getroffen, aber immerhin hatten sie sich aus einer riesigen Menge an Möglichkeiten ausgewählt. Und was spielte das auch schon für eine Rolle? Sie würden ihre Geschichte später sowieso nicht irgendwelchen Kindern und deren Partnern erzählen.

Oder doch?

Der Gedanke war nicht ausgeschlossen. Nur merkwürdig. Sie waren doch erst seit ein paar Wochen zusammen. Na ja, zwei Monate und zwei Wochen. Viel zu kurz. Oder lange genug?

»Irgendwie wünschte ich, wir hätten uns in einer Bar oder in einem Club kennengelernt«, räumte er ein. Und meinte es plötzlich auch so.

»Wirklich? Warum denn?«

»Ich weiß nicht. Ich glaube, es wäre die Art Geschichte gewesen, die du dir gewünscht hättest. Es hätte dich sicher glücklich gemacht.«

Anna kicherte. »Ich bin doch glücklich, du Dummkopf. Die Hauptsache an der Geschichte deiner Eltern ist nicht, wie sie sich kennengelernt haben, sondern die Tatsache, dass er bis heute ihre Hand hält. Meinst du nicht?«

»Wahrscheinlich.« Er war froh, dass sie diese Unterhaltung am Telefon führten, denn er spürte plötzlich die Haut unter seinen Augenhöhlen brennen. Er wurde rot. Richtig rot. Noch nie in seinem Leben war er errötet. Nicht einmal als Kind. Er war immer äußerst selbstsicher gewesen, einer von denen, die über ihre eigenen Fehler und Dummheiten nur lachten und nie Opfer von Verlegenheit, Scham oder Scheu wurden.

Anna hatte ein großes Herz, aber sie war nicht verwirrt oder gefühlsgesteuert, weit gefehlt. Sie war ruhig und besonnen. Sicher, sie neigte dazu, die Dinge nur aus kurzer Distanz zu betrachten, während er darin geübt war, das große Ganze zu sehen, trotzdem trafen sie sich irgendwie in der Mitte, glichen einander aus. Er verbrachte seine Tage damit, Hunderttausende Pfund zu bewegen und zu verdienen, sie schlief manchmal mit der Sorge ein, ob das Hilfszentrum in der Lage sein würde, am Ende der Woche die Lebensmittelrechnung zu bezahlen. Sie war unkompliziert, nicht so überdreht oder voller Neurosen und Paranoia wie so viele andere Frauen.

Zugegeben, eine Menge dieser Probleme rührten von Männern her, aber trotzdem machte es keinen Spaß, damit auszukommen. Mit Anna auszukommen machte Spaß. Sie verwandelte die gewöhnlichsten Dinge in etwas Besonderes. Sie hatte stets Süßigkeiten in der Tasche und schnitt die Sandwiches immer diagonal. Die Schinkensandwiches seiner Eltern heute waren garantiert dreieckig gewesen. Es war nur eine Kleinigkeit, aber plötzlich konnte er sich gar nicht mehr vorstellen, je wieder rechteckige Sandwiches zu essen.

Hatte er das wirklich gerade gedacht?

Ihre Welt unterschied sich so sehr von seiner, war so voller kaputter und schutzloser Menschen. Dieses dauernde Elend hätte einen anderen sicher hart und abgestumpft werden lassen, nicht jedoch Anna. Sie war sanftmütig und mitfühlend. Und trotzdem stark. Daran hatte er keinen Zweifel. Sie fand ihre Welt noch nicht einmal trostlos, für sie war es ein Privileg, helfen zu dürfen. Das bewunderte er.

So fühlte es sich also an, wenn man verliebt war. Wenn man jemanden liebte.

Er musste es ihr sagen. Er musste die Worte aussprechen. Nicht jetzt am Telefon, denn er wollte ihre Reaktion sehen. Vielleicht dasselbe von ihr hören. Ja, bestimmt, sie liebte ihn doch auch? Die Möglichkeit, sie würde es nicht tun, wie unwahrscheinlich auch immer, versetzte ihm einen Stich. Er musste es wissen.

Er beendete das Gespräch und nahm die U-Bahn nach Hause. Ohne sich die Zeit zu nehmen, hineinzugehen und sein Laptop abzulegen, sprang er ins Auto und fuhr schnell, wahrscheinlich zu schnell, los, und sagte sich selbst, dass jede Geldbuße, die er womöglich zahlen müsste, es wert sei. Er hielt nicht an, um eine Pinkelpause zu machen oder einen Kaffee zu trinken. Er fuhr immer weiter und dachte die ganze Zeit an Anna und dieses neue, tiefe Gefühl, das er für sie empfand.

Als er nur noch ein paar Kilometer vom Haus seiner Eltern entfernt war, begann er zu überlegen, wie er es ihr sagen sollte. Er hatte diese Worte noch nie ausgesprochen. Na ja, jedenfalls nicht, wenn sie ihm nicht im Anschluss an besonders guten Sex herausgeplatzt waren. Er hatte sie jedenfalls noch nie *davor* gesagt und auch wirklich gemeint. Am besten, er sagte es ihr sofort und ohne große Einleitung. Sie würde die Tür öffnen, und er würde sagen: *Hallo, Anna, ich liebe dich.*

Er parkte gekonnt und mühelos direkt vor dem Haus und klingelte an der Vordertür. Sonst ging er immer hintenrum. Doch er wollte diesem Augenblick eine gewisse Förmlichkeit verleihen. »Ich mach schon auf«, hörte er sie seinen Eltern zurufen.

Sie öffnete schwungvoll die Tür und war einen Moment ganz perplex, weil sie ihn erst am nächsten Tag erwartet hatte. Dann legte sich dieses typische strahlende Lächeln über ihr Gesicht. Herrgott, war sie schön. Er hatte die Worte noch nicht richtig parat. Er hatte das Ganze überhaupt nicht durchdacht. Es sollte einen Strand oder einen Sonnenuntergang oder wenigstens Blumen geben. Und plötzlich fiel ihm auf, dass er ja auch einen Ring brauchte. Er hatte gar nichts. Nichts, bis auf ein spontanes Gefühl.

Er kniete nieder und fragte: »Willst du mich heiraten?«

15

Zoe

»Du hast *was* gemacht? Verdammt, Anna. Was hast du dir dabei gedacht? Du kennst den Mann doch kaum.«

Anna bleibt stumm. Sie kann überraschend stur sein. Und dumm offensichtlich.

Ich würde sie am liebsten anschreien: *Kapierst du es denn nie?* Ich versuche, meine Wut zu zügeln, damit sie wenigstens antwortet. »Na ja, du ziehst es jedenfalls durch, das muss man dir lassen.«

»Ich ziehe gar nichts durch«, antwortet sie und wird garantiert ein bisschen rot.

Anna läuft ungefähr zwanzigmal am Tag rot an. Sie wird rot, wenn jemand furzt, wenn sie etwas fallen lässt oder wenn ihr irgendwer ein Kompliment macht. Wer immer sie jetzt sehen würde, würde denken, sie schämt sich, aber ich kenne ihr Erröten. Dieses gerade befindet sich unterhalb ihres Wangenknochens und bedeutet, dass sie wütend ist. Auf mich. Ist mir scheißegal. Als ihre Schwester ist es meine Aufgabe, sie zu beschützen. Und wenn das bedeutet, ein paar unbequeme Wahrheiten auszusprechen, dann sei's drum.

»Anna, echt jetzt, du hast diesen Mann doch gerade erst kennengelernt.«

»Wozu warten? Wenn man begriffen hat, dass man den Rest des Lebens zusammen verbringen will, dann will man, dass der Rest des Lebens so schnell wie möglich beginnt.«

Das stammt noch nicht mal von ihr. »Hast du etwa gerade aus *Harry und Sally* zitiert?«

Sie kichert ungeniert. »Stimmt, hab ich.«

»Verdammt, Anna«, murmele ich noch einmal. Es kommt nicht oft vor, dass mir die Worte fehlen, aber sie strapaziert meine Geduld gerade im Übermaß. »Wie lange kennt ihr euch jetzt?«

»Fast drei Monate.«

Das ist geschönt, und wir wissen es beide. Zehn Wochen.

»Wie gut kennst du ihn?«

»Ich weiß alles, was ich wissen muss.«

»Und wie gut kennt er dich?«

»Wir haben noch ein ganzes Leben, um uns kennenzulernen.«

Mein eisiges Schweigen trifft auf ihr Gekicher. »Ich weiß, ich weiß, es ist auch ein bisschen verrückt, aber –«

»Es ist total verrückt«, unterbreche ich sie.

»Aber er hat mir nun mal einen Antrag gemacht. Ich habe Ja gesagt. Er will es. Und ich will es auch.« Sie hält inne und fügt dann mit sehnsüchtiger Stimme hinzu: »So sehr. Das ist doch alles, was zählt, oder?«

Oh Mann. Ich hasse es, wenn sie das tut, wenn sie mich anfleht, an den Mist zu glauben, an den sie glaubt. Das ist so peinlich für uns alle beide. Sie ist die lebendig gewordene Aschenputtel-Story. Wir verstummen. Keine von uns hat mehr etwas zu sagen, was die andere hören möchte.

»Zoe, kannst du dich denn gar nicht für mich freuen?«, fragt sie schließlich mit einer Stimme, die kaum mehr als ein Flüstern ist.

»Nee.«

»Aber du musst doch besser als jeder andere verstehen, dass ich so viel Liebe zu geben habe.«

Es verschlägt mir den Atem. Diese Ehrlichkeit. Diese blanke Sehnsucht.

»Vielleicht vermisst du Amerika, Anna. Deine Freundinnen,

deine Familie.« Ich zögere kurz und sage dann: »Mich. Du bist einsam.«

Sie will das nicht hören. Die Wahrheit tut weh.

Sie fängt sich. Etwas bestimmter antwortet sie: »Das mit der Partnersuche hat für mich in den Staaten nicht funktioniert. Das weißt du doch. Und ja, ich bin einsam, zumindest war ich das, bevor ich Nick traf. Aber jetzt bin ich es nicht mehr, und ich dachte, du würdest dich für mich freuen.«

Ihr Job ist auch keine Hilfe. Ich bezweifle, dass es einer Frau wie ihr guttut, an so einem Ort zu arbeiten. Umgeben von Leuten, die mit einem Fuß im Grab stehen, quasi schon tot sind. Sie haben ihre eigenen Liebesbeziehungen schon hinter sich, und jetzt haben sie nichts Besseres zu tun, als verklärend zurückzublicken oder sich in die Angelegenheiten anderer Leute zu mischen. Wenn ich jedes Mal einen Dollar bekäme, wenn irgendwer Anna fragt: »Immer noch auf der Suche nach dem Traumprinzen, meine Liebe?« oder »Wie kommt es, dass eine schöne Frau wie du keinen Freund hat?«, wäre ich inzwischen steinreich und trüge nur noch Luxusklamotten. Was soll das? Warum fragen die Leute nicht so was wie: »Immer noch auf der Suche nach einem Heilmittel für Krebs, meine Liebe?« oder »Wie kommt es, dass eine intelligente Frau wie du noch keinen Doktortitel hat?«.

»Ich weiß nicht, was du dagegen einzuwenden hast, Zoe. Er ist nett, zuvorkommend und sieht gut aus.«

Ja, das lässt sich nicht leugnen, er ist verdammt heiß. Und das macht mich misstrauisch. »Warum war er denn dann noch Single?«, frage ich.

»Dreißig ist doch noch jung für einen Mann, nur für eine Frau nicht.«

»Denkst du das wirklich, Anna? Frauen haben sich einst angekettet, damit du heute das Stimmrecht hast.«

»Ich meine, biologisch gesehen. Das sollte kein politisches Statement sein.«

Ich suche nach eventuellen Hindernissen, die es geben könnte. »Hat er vielleicht irgendwo ein paar Kinder versteckt?«

»Nein. Keine früheren Ehen, keine Kinder, keine Beziehungsvergangenheit.«

»Keine ernsthafte Beziehung vorher?«

»Nein.«

Ich stoße einen tiefen Pfeifton aus.

»Was?«

»Er ist ein Bindungsphobiker.«

»Das ist er ganz sicher nicht. Er hat mir schließlich gerade einen Heiratsantrag gemacht. Wahrscheinlich hat er nur auf die Richtige gewartet, und jetzt hat er mich gefunden.« Anna versucht, entschieden zu klingen, aber ich kenne sie so gut wie mich selbst. Ich höre den Schmerz und die Sorge in ihrer Stimme, wie sehr sie auch versucht, sie zu verbergen.

»Ich hoffe, es ist wenigstens ein ordentlicher Klunker.«

»Oh ja, das ist er«, schwärmt sie.

»Na ja, dann kannst du immerhin den Ring versetzen, wenn es schiefgeht.«

Anna kichert.

Aber ich scherze nicht. Ich weiß nicht, was ich tun soll. Kurz davor, ihr besagten Ring vom Finger zu reißen, sage ich nur: »Dann wollen wir doch mal sehen, was Mum und Dad zu der Sache meinen.«

»Ich bin kein Kind mehr, Zoe. Ich bin neunundzwanzig.«

Das bringt mich fast zum Lachen. »He, hast du vergessen, mit wem du sprichst? Du bist einunddreißig. Dein Verlobter ist derjenige, der glaubt, du wärst jünger.«

»Und wessen Schuld ist das?«, fragt sie beleidigt.

»Na, wessen wohl?«

16

Anna

Ihren Eltern von der Verlobung zu erzählen lief nicht wirklich gut, aber Anna versuchte, es positiv zu sehen – das war sowieso immer das Beste. Es hätte auch schlimmer kommen können.

Sie war nicht dumm, sie hatte genau gewusst, was sie sagen würden; dasselbe wie Zoe und noch mehr.

Das geht viel zu schnell.

Wir kennen ihn noch nicht einmal.

Bist du dir sicher?

Dein Urteil in diesen Dingen war noch nie besonders gut.

Sie hatte sie förmlich vor sich gesehen, wie sie abwechselnd und immer wieder von Neuem ihre Einwände vorbringen würden.

Warum zieht ihr nicht einfach erst mal zusammen und seht, wie es läuft?

Niemand hat es eilig mit deiner Hochzeit.

Da lagen sie allerdings falsch. Sie hatte es eilig.

Selbstverständlich vertrauen wir dir, wir machen uns nur Sorgen.

Vielleicht wäre es besser gewesen, wenn sie das unvermeidliche Bombardement aus Skepsis und Sorge alleine über sich hätte ergehen lassen, selbst wenn es bedeutet hätte, dass sie sich dabei abgelehnt und bevormundet vorgekommen wäre. So hätte Nick zumindest nichts davon mitbekommen. Nick jedoch hatte da andere Vorstellungen. Er konnte es gar nicht erwarten, ihre Eltern kennenzulernen und sei es nur per Videoanruf; er bestand darauf, dass sie ihnen die Neuigkeit gemeinsam verkündeten.

»In einer idealen Welt hätte ich bei deinem Vater um deine Hand angehalten«, führte er an.

»Welche Welt sollte das denn sein?« Anna hatte gelacht. »Das 19. Jahrhundert?« Insgeheim freute sie sich jedoch ein bisschen, dass er sich der altmodischen Formalitäten zumindest bewusst war. Das war ein gutes Vorzeichen für die Art Hochzeit, auf die sie sich einigen würden, nämlich eine traditionsreiche voller Rituale und Romantik.

Also hatten sie sich Händchen haltend nebeneinandergesetzt und gewartet, während der Computer mit leisem Surren die Verbindung herstellte. Plötzlich erschien das Gesicht ihrer Mutter auf dem Bildschirm. Leicht überrascht und etwas abgelenkt. Sie hatte ein Blatt Papier in der Hand und einen Bleistift in ihren Dutt gesteckt. Eindeutig am Arbeiten. Sie nahm ihre Brille ab.

»Hallo, Schatz. Ist irgendwas Schlimmes passiert?« Das war häufig ihre erste Frage, und da Anna außerhalb der gewohnten Zeit anrief, unvermeidbar auch jetzt.

»Nein, nichts Schlimmes«, beruhigte Anna sie. »Eher das Gegenteil.«

»Aha.« Nicht überzeugt. Sie wartete, wie immer, auf die Bombe, das Problem, die Sorge.

Jahrelang war Anna diejenige gewesen, die ihre Eltern angerufen hatte, um ihnen schlechte Nachrichten zu überbringen. Zoe habe einen Streit gehabt, nun säßen sie im Büro der Schuldirektorin, ein Elternteil müsse vorbeikommen und die Angelegenheit klären; sie sei mit Zoe und deren Begleiter auf eine Party gegangen, und nun sei Zoe betrunken und der Typ verschwunden, sie müssten abgeholt werden. Kaum waren sie volljährig, gaben sich die Mädchen auf allen offiziellen Formularen gegenseitig als nächste Angehörige an, also bekam Anna die Anrufe aus dem Polizeirevier, oder schlimmer noch, aus dem Krankenhaus, wenn Zoe in Schwierigkeiten steckte. Dann war es ihre Aufgabe, ihre Eltern zu informieren. Es war also nur verständlich, dass sie oft argwöhnisch reagierten, wenn Anna anrief. Verständlich und traurig.

»Wer ist das?«, fragte ihre Mutter barsch.

Anna wünschte sich, sie wäre etwas freundlicher, aber das war nicht ihre Art. Nicht mehr. Jeder Rest Herzlichkeit in ihr war aufgebraucht. Ebenso wie ihre Hoffnung und ihre Zuversicht.

»Das ist Nick. Ich habe dir von ihm erzählt, erinnerst du dich?«

Alexia nickte langsam. Irgendwo klingelte etwas. Anna fragte sich häufig, wie sehr ihre Mutter ihr überhaupt zuhörte, wenn sie anrief. Sie schien in Gedanken immer woanders. In ihre Arbeit vertieft oder in die Vergangenheit, womöglich sogar in die Zukunft, aber selten im Augenblick. In der Gegenwart zu verweilen fiel ihr am schwersten.

»Schön, Sie kennenzulernen, Mrs. Turner. Wenn auch nur virtuell«, sagte Nick.

Anna wartete darauf, dass ihre Mutter darauf bestand, sie Alexia zu nennen. Aber sie bot es nicht an. Sie nickte ihm bloß zu.

»Ist Dad auch da?«

»David! David, Anna ist auf Skype«, rief Alexia, statt zu antworten.

Kurz darauf erschien das Gesicht ihres Vaters auf dem Bildschirm, er strahlte sie an. Augenscheinlich war auch er besorgt, aber er gab sich Mühe, gut gelaunt zu wirken. Anna war nicht sicher, welche Reaktion schlimmer für sie war: die unverhohlene Sorge oder die aufgesetzte Fröhlichkeit.

»Hallo, Prinzessin. Was macht die Kunst?«

Anna hielt es für das Beste, direkt zum Thema zu kommen. Sie streckte die linke Hand vor die Kamera, sodass der Brillant

123

groß im Bild war. Und wartete auf freudigen Applaus, aufgeregtes Nach-Luft-Schnappen, überschäumende Glückwünsche. Auf die übliche Reaktion, wenn eine Tochter ihre Verlobung verkündet.

Schweigen. Ihre Mutter und ihr Vater wechselten einen Blick und wandten sich wieder zum Bildschirm. Nick drückte ihren Oberschenkel.

»Ist das ein ... Ist das ...«

»Ein Verlobungsring? Ja!«, beendete Anna den Satz ihrer Mutter.

»Aha.« Ihre Mutter fasste sich erschrocken an Kehle. Sie hatte hübsche Finger. In den letzten Jahren war Alexia deutlich gealtert, ihre Hände waren jedoch unvermindert schön.

»Verstehe.« Ihr Vater lächelte weiter, doch insgesamt drückte sein Gesicht Besorgnis aus.

Nick meldete sich zu Wort. »Das ist sicher eine Überraschung für Sie.«

»Eher ein Schock«, erklärte Annas Mutter schlichtweg.

»Es kommt ein bisschen plötzlich«, versuchte ihr Vater zu beschwichtigen.

»Wir sind sehr glücklich«, versicherte Nick ihnen.

»Sehr verliebt«, schob Anna hinterher.

»Oh ja«, bestätigte Nick.

Anna war es gewohnt, mit schwierigen Situationen umzugehen, deshalb fuhr sie tapfer fort, ohne sich um die Angst und Verwunderung ihrer Mutter oder die Sorge ihres Vaters zu kümmern. Sie begann, davon zu erzählen, dass Nicks Mutter gestürzt war und dass sie sich entschieden hatte, in Bath zu bleiben und bei der Nachsorge zu helfen. Sie lachte darüber, wie sehr Nick und sie sich vermisst hatten und wie sie ständig miteinander telefonierten. Sie erzählte, wie Nick über die M4 gerast war und wie verrückt an die Haustür geklopft hatte, um ihr dann einen Antrag zu machen. Nick mischte sich von Zeit zu Zeit ein. Sie gaben sich alle Mühe, das Telefonat am Laufen zu halten.

»Und wie sehen eure Pläne nun aus?«, fragte Alexia.

»Wir werden heiraten«, kicherte Anna.

»Ja. Das habe ich verstanden. Aber wann?«

»Wir haben keine Eile. Wir genießen erst einmal den Augenblick«, sagte Nick.

Annas Eltern atmeten erleichtert auf, gleichzeitig und deshalb unüberhörbar. Nick und Anna taten trotzdem, als hätten sie es nicht gehört.

»Also gut«, sagte David, was nicht viel zu bedeuten hatte.

Einen kurzen Moment glaubte Anna, der Bildschirm sei eingefroren und die Verbindung unterbrochen, aber dann bemerkte sie das verräterische Zucken unter dem Auge ihres Vaters. Sie griff nach der Flasche Champagner, die neben ihr in einem Eiskübel stand. »Die mache ich jetzt auf. Habt ihr irgendwas im Kühlschrank? Wir könnten gemeinsam anstoßen, auch wenn ihr so weit weg seid.«

»Hier ist es gerade erst Mittag«, antwortete Alexia.

»Entschieden zu früh für uns, um Alkohol zu trinken«, fügte David hinzu.

»Und auch ziemlich früh für euch, würde ich meinen«, ergänzte Alexia steif.

»Wir feiern«, sagte Nick. Er strahlte sie mit seinem umwerfenden Lächeln an, mit dem er gewöhnlich seine Kunden, seinen Chef, seine Assistentin sowie sämtliche Kellnerinnen und Barkeeper herumbekam.

Alexia und David hoben ihre Kaffeetassen. »Herzlichen Glückwunsch«, brummten sie.

Nachdem sie die Verbindung getrennt hatten, drehte Nick sich zu Anna um, zwinkerte und sagte: »Na, das ist ja super gelaufen.« In einem Tonfall, der deutlich ausdrückte, dass er genau das Gegenteil dachte.

125

Anna bekam einen Lachanfall. Trotz der Missbilligung ihrer Eltern oder ihrer Besorgnis oder was sonst immer, fuhren sie unbeirrt fort, sich genüsslich mit Champagner zu betrinken, und waren sich sicher, dass fünf Uhr nachmittags keinesfalls zu früh war, um etwas so Bedeutendes wie ihre Verlobung zu feiern.

17

Nick

Nick war überrascht, wie zielstrebig Anna die Hochzeitsvorbereitungen anging. Er hatte angenommen, sie sei weniger entscheidungsfreudig. Immerhin hatte er sie mit seinem Antrag ziemlich überrumpelt, und sie hatte keinerlei Zeit gehabt, sich heimlichen Tagträumen über eine Hochzeit hinzugeben. Er hatte vermutet, sie könnte durch die vielen Entscheidungen, die getroffen werden mussten, womöglich überfordert sein: kirchliche oder standesamtliche Trauung? Menü oder Büfett? Band oder DJ? Schlichtes oder aufwendiges Brautkleid? Es gab eine Menge zu überlegen. Aber er täuschte sich, Anna hatte eine *sehr* klare Vorstellung davon, was sie wollte. Klar, entschieden, detailliert. Dann kam ihm der Gedanke, dass manche Frauen schon über diese Dinge nachdachten, bevor sie überhaupt ihren Bräutigam kennenlernten, geschweige denn sich verlobten. Der Gedanke missfiel ihm allerdings – das war irgendwie unpersönlich, verletzend –, und er verdrängte ihn. Die Hauptsache war, dass ihre ausgefeilten Pläne für die perfekte Hochzeit glücklicherweise mit seinen vagen Vorstellungen übereinstimmten.

Sie wollten beide eine große, traditionelle Feier in einem englischen Herrenhaus. Fräcke und Fliegen, ein Streichquartett, Champagner in Strömen; wenn schon, dann richtig. Nick hatte bereits genug Hochzeiten von Freunden miterlebt, um zu wissen, dass es nicht so schnell gehen würde, den perfekten Ort für eine solche Feier zu finden. Sie rechneten mit einer Verlobungszeit von ein oder zwei Jahren. Was ihn nicht weiter störte. Nicht nur Alexia und David hatten bei ihrer Ankündigung die

Augenbrauen hochgezogen. Seine Mutter und sein Freund Hal hatten sich erkundigt, ob Anna schwanger sei (Hal erstaunt, seine Mutter mit etwas mehr als nur einem Schimmer unangemessener Hoffnung in den Augen). Drei seiner Verflossenen hatten auf seiner Facebook-Seite dieselbe Frage gestellt (und hinzugefügt, dass sie sich nicht vorstellen könnten, was einen verantwortungslosen Egoisten wie ihn sonst zu einem solchen Schritt bewegen könnte – zum Glück hatte Anna kein Interesse an sozialen Medien). Eine lange Verlobungszeit würde ihnen Gelegenheit geben, allen zu beweisen, wie sicher sie sich mit ihrer Entscheidung waren. Auch wenn sie diesen Beweis für sich selbst nicht brauchten. Nick hatte seit dem Antrag nicht einen Moment lang Zweifel gehabt. Er war ein selbstbewusster, entschlossener Mann. Und wenn es eins auf der Welt gab, wovon er wirklich überzeugt war, dann waren das seine Entscheidungen.

An diesem Abend verließ er sein Büro um Punkt sechs, weil er Anna seinen alten Uni-Freunden vorstellen wollte; er freute sich darauf. Sie würden sie mögen. Es waren nette Typen. Sie würden begeistert von der Neuigkeit sein, dass er sich verlobt hatte, und sich einen Teufel darum scheren, ob es überstürzt oder wohlüberlegt passiert war. Sie würden es schlicht als Rechtfertigung nehmen, ein paar Drinks mehr hinunterzukippen. Es gefiel ihm, im Mittelpunkt zu stehen. Bis er Anna kennenlernte, hätte er sogar schwören können, nichts mehr zu lieben.

»Hallo, mein Liebster! Du wirst unser Glück nicht glauben.« Sie war ganz außer Atem, als sie sich vor der U-Bahn-Station trafen, und hopste von einem Fuß auf den anderen wie ein aufgeregtes Kind.

Er verhinderte zunächst, dass sie ihre Neuigkeiten loswurde, indem er sie küsste.

»Ich glaube unbedingt an unser Glück«, sagte er mit einem

selbstsicheren Grinsen. Er legte ihr den Arm um die Schultern, und sie machten sich auf den Weg zu dem Pub, in dem sie verabredet waren. Er roch ihr zartes, blumiges Parfum und ihre frisch gewaschenen Haare; am liebsten hätte er die Nase darin vergraben und an ihr geschnuppert wie ein junger Hund an seinem Herrchen.

»Erinnerst du dich noch an Claydon Manor? Dieses georgianische Herrenhaus vom National Trust, das ich dir im Internet gezeigt habe? Meine Lieblingslocation?«

»Ich glaube ja. Das ist in Surrey, oder?«

»Nein, West Sussex.«

»Hmm.« Er erinnerte sich nicht mehr genau. Schließlich hatte sie ihm ungefähr neun fast identische Häuser gezeigt, die ihr gut gefielen. Da war es schwierig, den Überblick zu behalten. Wenn er sie erst einmal in Wirklichkeit gesehen hätte, würde sich das natürlich ändern.

»Also, ich habe heute da angerufen, du weißt schon, nur um mal nach freien Terminen zu fragen, und rate mal, was?«

»Was?«

»Sie können uns den 19. August anbieten, das ist ein Samstag.«

»Klingt prima.«

»Dieses Jahr!«

»Was?« Er blieb stehen und wandte sich zu ihr. »Wie kann das sein? Sind die guten Lokalitäten denn nicht alle ausgebucht?«

»Es hat jemand abgesagt. Den Grund wollten sie nicht nennen. Und ich glaube, ich möchte ihn auch lieber nicht wissen. Sicher eine schreckliche Sache für irgendjemanden, aber für uns ist es großartig. Einfach fantastisch.« Sie strahlte übers ganze Gesicht.

»Aber wir haben es uns doch noch gar nicht angesehen. Was, wenn es nicht den Bildern auf der Website entspricht?«

»Sie haben mehrere Videos online. 360-Grad-Aufnahmen von jedem Raum. Es sieht traumhaft aus! Wir fahren natürlich am Wochenende zusammen hin und schauen uns alles an, nur um ganz sicherzugehen, aber ich bin überzeugt, es wird uns gefallen. Es ist das schönste Anwesen von allen. So elegant, weißt du?« Sie sah ihn überglücklich an. Sie meinte es ernst.

August. Dieses Jahr. Donnerwetter.

Das war ein bisschen schneller als gedacht. Er rechnete rasch nach. Nur noch elf Wochen. Krass. Elf Wochen.

»Freust du dich nicht auch?« Einen Moment wirkte sie zögerlich. Runzelte besorgt die Stirn. Vielleicht ein Spiegelbild seines eigenen Gesichtsausdrucks.

Er konnte das nicht ertragen; es war, als verdeckte eine große, dunkle Wolke die Sonne. Er wollte keine große dunkle Wolke sein. Natürlich freute er sich. Natürlich war er aufgeregt. Er spürte es in der Brust und im Kopf. Alles an ihm vibrierte. Er würde den Rest seines Lebens mit dieser Frau verbringen, sie würden eine Familie haben, sie würden eine Familie *sein*. Das war etwas Großes, etwas Überwältigendes. Ein bisschen beängstigend. Elf Wochen. Aber großartig. Hauptsächlich großartig. Das hier war aufregender, als bei der Arbeit in einer Expertenkommission zu sitzen oder der Trauzeuge auf der Hochzeit eines Freundes zu sein, das hier war wirklich … Er zögerte, das Wort zu bilden. Es war wirklich erwachsen.

»Natürlich freue ich mich. Das ist eine fantastische Neuigkeit!«

»Und findest du, wir sollten es tun? Also, wenn die Location wirklich schön ist. Sollen wir dann einfach zuschlagen?«

»Glaubst du, du kannst in so kurzer Zeit alles organisieren?« Sie überlegte kurz. »Ich denke schon. Wo ein Wille ist, ist auch ein Weg. Da ganz in der Nähe steht eine wunderschöne kleine Kirche. Ich habe die zuständige Pfarrerin schon angerufen und ihr erklärt, dass ich aus Übersee komme und hier deshalb keine Kirchengemeinde habe. Sie schien ziemlich locker zu sein und trifft sich gerne mit uns. Ich bin sicher, dass sie die Trauung vornehmen wird.«

»Gut.«

»Ist das nicht eine großartige Nachricht?«

Ja. Sicher. Natürlich. »Dann also los!« Er zog sie an sich und küsste sie. »Komm, lass uns jetzt zum Pub gehen. Darauf köpfen wir eine Flasche Schampus.«

Anna hatte in den Wochen seit seinem Heiratsantrag ziemlich Geschmack daran gefunden, Champagner zu trinken. Außer der Flasche, die sie (mit etwas Unbehagen) geleert hatten, um mit ihren Eltern aus der Ferne anzustoßen, hatten sie noch mit seinen Eltern welchen getrunken (entschieden freudiger), und wann immer sie im Restaurant aßen, hatten sie ebenfalls eine Flasche bestellt; alles andere war nicht gut genug.

»Meinst du, sie haben Champagner in dem Pub?« Sie wirkte ein wenig besorgt.

Es war irgendwie niedlich, dass sie nie etwas als selbstverständlich annahm, ein bisschen traurig allerdings auch. Er hoffte, sie würde das Leben eines Tages einfach genießen können. »Ja, ja, ganz bestimmt.«

Cai und Darragh hockten an einem kleinen, wackeligen Tisch und waren sprachlos, als Nick und Anna verkündeten, dass sie den Hochzeitstermin festgelegt hatten und dass dieser schon in ein paar Wochen sein würde. Sie hatten gerade erst die Nachricht von der Verlobung verdaut und konnten kaum fassen, dass Nick wirklich Ernst gemacht hatte. Aber, typisch Mann, hielten sie es für unangebracht, sich groß in seine Entscheidungen einzumischen.

»Du bist erwachsen genug, um zu wissen, was du tust, Alter. So sehe ich das jedenfalls«, sagte Cai. Er blickte auf sein Glas Champagner. Er war nicht besonders scharf auf das Zeug. Er hätte lieber ein Bier getrunken. Champagner war etwas für

Frauen, zu prickelnd, zu klein, zu affig. Aber es war vermutlich unhöflich, das auszusprechen, also leerte er das Glas in einem Zug.

»*Deine* Freundinnen und deine Eltern flippen doch sicher total aus«, wandte sich Darragh an Anna. »Ich meine, dass ein nettes Mädchen wie du bei so einem Gauner landet.«

Sie lachten alle, wie man es von ihnen erwartete. Darragh war seit fast drei Jahren verheiratet; er wirkte jedes Mal erleichtert, wenn Freunde ihre Verlobung verkündeten. Nick glaubte insgeheim, dass sein Freund eine Bestätigung für seine Entscheidung brauchte, eine Art Verstärkung. Früher hatte er das erbärmlich gefunden. Inzwischen war er da wesentlich nachsichtiger. Natürlich wollte ein verheirateter Mann seine Freunde ebenfalls verheiratet sehen. Nicht weil er verzweifelt nach Solidarität suchte, sondern weil er wusste, dass es die beste Wahl war und seinen Freunden dasselbe wünschte. Cai war zurzeit Single, ein Zustand, in dem er sich häufiger befand. Was ganz allein seine Schuld war. Das Hindernis bestand nicht etwa darin, dass er hässlich gewesen wäre (wenngleich auch nicht bildhaft schön, aber das sahen Frauen einem Mann nach), es lag eher daran, dass er ein bisschen langweilig wirkte.

Keiner von Nicks Freunden konnte den Blick von Anna abwenden. Nick beobachtete, wie ihre liebenswürdige Art sie faszinierte, ihr ansteckendes Lachen, ihre umwerfende Figur. Er genoss ihren Neid, er machte ihn stolz.

»Wo habt ihr euch denn kennengelernt?«, erkundigte sich Darragh, nachdem sie sich darüber ausgetauscht hatten, wie es auf der Arbeit lief und an welcher Position ihre Fußballmannschaften gerade auf der Tabelle dümpelten.

»Im Internet«, antwortete Anna mit einem zaghaften Achselzucken.

Nick überlegte, ob sie sich vielleicht etwas anderes hätten ausdenken sollen. Seine Freunde kannten seine Beweggründe fürs Onlinedating. Darragh und Cai grinsten sich kurz an, was ihm natürlich unangenehm war.

Anna ertappte sie dabei und sprach sie darauf an. »Was denn? Ist da irgendwas dabei?«

»Nein, überhaupt nicht. Wir haben uns bloß gefragt, warum eine so attraktive Frau wie du sich online umsieht.«

»Aus demselben Grund wie Nick. Meine Beziehungen, die auf normalem Weg entstanden waren, endeten jedes Mal mit Kummer. Wart ihr denn nicht diejenigen, die ihn zum Onlinedating ermutigt haben?«

Darragh und Cai wirkten leicht verwirrt, also ergriff Nick rasch das Wort. »Nein, die beiden nicht. Das waren ein paar andere Freunde. Vor allem ihre Frauen.«

Anna strahlte. »Ich freue mich schon darauf, sie kennenzulernen, dann kann ich ihnen für ihre guten Ratschläge danken.« Sie beugte sich zu Nick und gab ihm einen Kuss. »Ich gehe mal an die Bar und bestelle uns noch eine Flasche, ja? Die hier ist ja schon fast leer.« Sie lächelte. »Oder möchte vielleicht jemand etwas anderes?« Sie warf Cai einen Blick zu, der ihn dazu veranlasste, es einzugestehen.

»Ich hätte, ehrlich gesagt, lieber ein Bier«, sagte er.

»Kein Thema. Bin gleich zurück!« Sie warf Nick eine Kusshand zu.

Während sie sich durch den überfüllten Pub schlängelte, hefteten sich die Blicke aller drei Männer auf ihr wohlgeformtes Hinterteil. Nick überkam eine Welle von Stolz. Sie war einfach wunderbar.

Kaum war sie außer Hörweite, ließ Darragh einen leisen Pfiff los. Nicht anzüglich, eher erstaunt. »Ich hätte nie gedacht, dass ich den Tag mal erlebe.«

Cai schüttelte, ebenfalls baff, den Kopf.

Nick grinste. Er nahm sein Champagnerglas und trank einen Schluck. »Na ja, wer hätte das schon?«

»Tolle Frau, Kumpel, auf jeden Fall«, versicherte Darragh ihm. »Aber –«

»Aber?« Nick sah seinen Freund fragend an. Wie konnte es da ein Aber geben?

Darragh warf Cai einen Blick zu und wartete nervös auf Unterstützung.

»Das ging so verdammt schnell«, stellte Cai pflichtschuldig fest. »Da kann ich nur annehmen, dass sie eine Granate im Bett ist. Der absolute Knaller, was?«

Nick beschloss, diese Frage nicht mit einer Antwort zu honorieren. Schließlich sprachen sie von seiner Verlobten, nicht von irgendeinem One-Night-Stand. Sicher, früher hatten sie genau diese Art Unterhaltung über so gut wie jede ihrer flüchtigen Bekanntschaften geführt, aber jetzt kam ihm das irgendwie falsch vor. Außerdem war sie das nicht. Eine Granate im Bett. Eher ein Tischfeuerwerk. Das wollte er aber nicht zugeben.

Cai erwartete zum Glück keine Antwort. Er sprach einfach weiter. »Ich meine, das muss sie doch sein, um dich bei der Stange zu halten.«

»Was soll denn das heißen?« Nick war in dem Moment nicht wirklich ehrlich zu sich selbst. Wer ist das schon immer? Er verstand genau, was Cai meinte.

Cai antwortete nicht, jedenfalls nicht direkt. »Nette Story, wie ihr euch kennengelernt habt«, frotzelte er stattdessen.

Nick zuckte mit den Schultern.

»Wieso denkt sie eigentlich, wir sind dafür verantwortlich, dass du dir eine flotte Biene übers Internet suchst?«, fragte Darragh.

Manchmal war seine Ausdrucksweise peinlich unpassend. Wer sagte heutzutage schon noch »flotte Biene«? Jedenfalls ohne eine gewisse Ironie. Darragh machte häufig den Eindruck, als sei er ein bisschen von gestern. Jetzt fragte Nick sich zum ersten Mal, warum. Lag das etwa am Eheleben?

»Ach, das. Sie glaubt, ich war auf der Datingseite, weil meine Freunde sich nach einer schmerzhaften Trennung Sorgen um mich machten«, erklärte Nick.

»Ehrlichkeit, dein höchstes Gut«, witzelte Darragh.

»Ach, komm schon, bist du denn immer hundertprozentig ehrlich zu Bree?«

»Ich versuche es zumindest.«

Nick sah ihn skeptisch an.

Darragh verdrehte die Augen nach rechts oben, wie immer, wenn er über etwas nachdachte. »Ich würde sagen, ich bin neunzig Prozent der Zeit hundert Prozent ehrlich.«

»Und die restlichen zehn Prozent?«, erkundigte sich Cai interessiert.

»Manchmal sage ich ihr, ich müsste sonntagnachmittags noch arbeiten, wenn ich einfach keine Lust habe, ihre Familie zu besuchen. Ich erzähle, ich sei länger im Fitnesscenter und kürzer im Pub gewesen, als ich es in Wirklichkeit war. Kleinigkeiten, die unnötigen Streit vermeiden. Ich tue uns einen Gefallen.«

»Und genau das habe ich auch getan. Unmut vermieden. Außerdem habe ich fest vor, von jetzt an mindestens zu neunzig Prozent ehrlich zu sein. Wenn nicht sogar fünfundneunzig«, sagte Nick.

Weder Cai noch Darragh wirkten überzeugt. Keiner sagte mehr etwas. Sie nippten verlegen an ihrem Champagner. Ohne Anna schien er nicht mehr so spritzig. Nick fragte sich, ob sie nicht merkwürdig aussahen, drei Champagner trinkende Männer im Pub und nicht eine einzige Frau zum Ausgleich.

»Du hast also vor, von jetzt an treu zu sein?«, fragte Cai.

»Natürlich.« Nick wirkte empört, was seine Freunde keineswegs bremste, sondern nur zum Lachen brachte. »Was?«

»Na ja, heißt es nicht, Abwechslung tut gut?«

»Was willst du damit sagen?«

»Ich will sagen, dass du dein ganzes Leben noch nicht treu gewesen bist.«

»Ist das nicht ein bisschen heftig?« Nick reagierte mit einem gequälten Grinsen. Diese Späße waren typisch für sie, aber sie waren nicht das, was er an diesem Abend hören wollte. Er hatte Glückwünsche erwartet, Freude. Nachdem er in den letzten Monaten die meiste Zeit mit Anna verbracht hatte, war er es nicht mehr gewohnt, Sticheleien und dumme Sprüche als Unterhaltung zu betrachten.

»Heftig, aber wahr.«

»Nein, nicht wahr.« Nick blickte von einem Freund zum anderen, aber sie schienen fest überzeugt.

»Also gut, sag uns, wann du das letzte Mal einer Frau, mit der du zusammen warst, absolut treu gewesen bist.«

»Na ja, es ist schon eine Weile her, dass ich eine Beziehung hatte, die das erfordert hätte.«

Seine Freunde seufzten, und Nick merkte, dass die Sache einer ausführlicheren Erklärung bedurfte.

»Die Zeiten haben sich geändert, Darragh. Man hat heute lockere Bekanntschaften, während mehrere Möglichkeiten parallel laufen, und irgendwann wählt man dann vielleicht eine aus und bewegt sich Richtung Treue.«

»Aber selbst wenn du mal eine feste Freundin hattest, bekamst du irgendwann immer ein Problem mit der Treue.«

Nicks Freunde kannten ihn zu gut, also wechselte er die Argumentationsschiene. »Das ist genau der Punkt. Keine von diesen Frauen war die Richtige für mich. Aber Anna ist es. Seit wir uns kennengelernt haben, habe ich nicht mal einen Blick an eine andere verschwendet.«

»Ganze drei Monate lang.«

»Es ist Sommer, da draußen laufen jede Menge Frauen in kurzen Röcken herum. Ich werde auf meinen Datingprofilen immer noch ständig angezwinkert, aber ich reagiere nicht darauf.«

Seine Freunde waren nicht überzeugt. »Du hast immer noch Profile online?«

»Ich bin bloß noch nicht dazu gekommen, sie zu löschen.« Plötzlich fragte Nick sich, warum er das eigentlich noch nicht getan hatte. »Ich hatte viel zu tun.«

»Aber Zeit genug, um reinzuschauen, hattest du?«

»Ich war damit beschäftigt, ein großes Geschäft abzuschließen. Meine Mutter war krank.« Er merkte selbst, wie lahm und peinlich seine Entschuldigungen klangen. »Hört mal, es ist, wie Paul Newman schon sagte: ›Warum sollte ich mich mit einem Hamburger zufriedengeben, wenn ich zu Hause jederzeit Steak haben kann?‹«

»Freut mich für dich, Kumpel. Du hast offenbar die Monogamie entdeckt. Gratuliere. Wenn du es sagst, dann will ich dir mal glauben«, kommentierte Darragh und sah dabei aus, als glaubte er ihm kein Wort.

Cai hatte noch nie ein Blatt vor den Mund genommen. »Also ich nicht«, sagte er. »Es sind gerade mal drei Monate, das ist nichts. Glaubst du, du schaffst auch drei Jahre oder drei Jahrzehnte? Kannst du mit deiner ausgeprägten Vorliebe für Abwechslung dir vorstellen, nie wieder mit einer anderen Frau zu schlafen?«

Es ärgerte Nick besonders, dass es Cai war, der diese Frage stellte, denn Cai war Single und musste häufig monate-, wenn nicht jahrelang ohne Sex auskommen. Er bekam nicht oft die Gelegenheit. War er vielleicht neidisch? Wahrscheinlich. Was sollte es schon für ein Problem sein, einer schönen, intelligenten, liebevollen Frau wie Anna treu zu bleiben? Gar keins.

Gerade als er das entgegnen wollte, sprach Darragh plötzlich weiter. »Denn genau das heißt Ehe, mein Junge. *Nie* wieder mit irgendeiner anderen Frau schlafen.«

Nick gab auf. Er konnte sie sowieso nicht überzeugen. Darragh hatte anscheinend gerade seine eigenen Probleme. Vielleicht war er genervt, weil er selbst die Zügel der Ehe spürte. Bree war aber auch ziemlich bestimmend und herrschsüchtig. Das fand Nick schon immer. Anna war da ganz anders. Und Cai? Was wusste der schon? Warum sollte er überhaupt auf einen von den beiden hören? Am schnellsten ließe sich diese Unterhaltung sicher beenden, wenn er das Ganze mit Humor abtat. Mit irgendeinen dummen Machospruch, um anschließend noch eine Runde auszugeben.

»Ach, was soll's. Wahrscheinlich habt ihr recht. Vielleicht sollte ich diese Datingprofile doch noch nicht löschen. Zum Glück laufen sie ja alle unter falschem Namen. So kann ich regelmäßig Steak haben und mich ab und zu doch wegschleichen, um mal einen Burger zu essen, wenn mir danach ist.«

»Fast Food mag schließlich jeder von Zeit zu Zeit.« Cai lachte.

»Auch wenn man weiß, dass es nicht gut für einen ist«, ergänzte Darragh und erhob sein Glas.

Sie stießen an und leerten ihre Gläser. Auch die Flasche war leer. Nick blickte auf und sah, wie Anna mit einer neuen Flasche Champagner und Cais Bier auf sie zusteuerte. »Super Timing, mein Engel. Du bist einfach perfekt!«, rief er und war erleichtert, dass man sie nicht einen Moment früher bedient hatte. Sonst hätte sie womöglich noch ihre verräterische Unterhaltung gehört.

»Worüber habt ihr Jungs denn gerade gesprochen?«, fragte sie, als sie bei ihnen ankam.

»Ach, nichts Besonderes.«

»Was denn nichts Besonderes?«

»Nur Belanglosigkeiten.« Nick legte ihr den Arm um die Schulter und gab ihr einen Kuss.

Er hatte ein schlechtes Gewissen, was eigentlich dumm war, oder? Schließlich hatte er das nur so dahingesagt. Leere Worte, damit Cai und Darragh die Klappe hielten. Er hatte es nicht wirklich so gemeint, trotzdem kam er sich ein bisschen treulos vor. Er konnte sich tatsächlich nicht vorstellen, dass es einmal eine Zeit geben könnte, in der er Annas überdrüssig wurde. Zugegeben, in der Vergangenheit war er ein Aufreißer gewesen, und wenn er ehrlich mit sich war – das durfte er nur nie jemandem sagen, vor allem nicht Anna –, hätte es ihm schon gefallen, wenn es bei ihnen im Bett ab und zu ein bisschen schmutziger zuginge. Aber das würde sicher noch kommen. Ganz bestimmt, sobald sie sich noch etwas vertrauter mit ihm fühlte. Es war ja erst der Anfang ihrer Beziehung. Alles andere war wundervoll. Ihre Unterhaltungen, Annas Humor, ihre Klugheit, ihre Herzlichkeit. Sie war so perfekt, dass seine Eltern sie am liebsten selbst geheiratet hätten.

Irgendetwas änderte sich an der Atmosphäre des Abends. Plötzlich schien ein Hauch von Betrug in der Luft zu hängen. Nicks Freunde versuchten weiter, seine Aufmerksamkeit zu erregen, warfen ihm immer wieder ein vielsagendes Grinsen zu, wenn Anna nicht hinsah. Sie interessierten sich nicht sonderlich für die Hochzeitsvorbereitungen, und als sie ein paar oberflächliche Fragen zu ihren Plänen nach der Hochzeit stellten, antwortete Anna eher kühl. Ja, sie würde zu Nick ziehen, ihre Wohnung war ja nur gemietet. Nein, sie hatten sich noch nicht überlegt, wohin die Hochzeitsreise gehen sollte.

»Hast du irgendein Traumziel?«, fragte Darragh.

Sie schüttelte den Kopf.

»Europa? Amerika? Eine Safari vielleicht?«

»Ich habe wirklich noch nicht darüber nachgedacht.« Anna gähnte und gab sich kaum Mühe, es hinter vorgehaltener Hand zu verbergen.

Nick fragte sich, ob sie seine Freunde mochte. Sie war eindeutig stiller als sonst. Ihre Reserviertheit machte ihm bewusst, wie sehr er sich schon an ihr fröhliches und interessantes Geplauder gewöhnt hatte. Er wollte nicht mehr länger bleiben.

Er wollte mit Anna nach Hause und sie zur Bestätigung sanft und zärtlich lieben. Wer genau Bestätigung brauchte und warum, war ihm nicht so ganz klar. Zum ersten Mal, seit sie sich kennengelernt hatten, harmonierten sie nicht, und er fühlte sich dafür verantwortlich. Noch bevor die zweite Flasche Champagner geleert war, sagte er, sie müssten jetzt gehen.

»Aber es ist noch nicht mal halb zehn«, erwiderte Darragh.

»Früh geht er, früh steht er«, sagte Cai kichernd und mit einem nicht gerade unauffälligen Zwinkern.

Es war nur ein harmloser Witz, einer, wie Nick sie schon seit Jahren kannte, einer, wie er ihn selber oft genug machte, aber er ließ ihn zusammenzucken. »Ich will dich jetzt für mich allein haben«, flüsterte er Anna ins Ohr. Er versuchte, ihren Körper sanft an seinen zu ziehen, aber sie blieb starr und auf Abstand.

Entschlossen sah sie auf die Champagnerflasche im Kühler. »Ich trinke noch.«

Er wartete weitere qualvolle fünf Minuten, während sie an ihrem Glas nippte, dann stand er auf und zog sie an der Hand. Sie folgte ihm widerwillig.

Auf dem Weg zur U-Bahn sagte Anna immer noch kaum etwas. Er fragte sich, ob sie womöglich plötzlich Zweifel an der bevorstehenden Hochzeit hatte. Vielleicht machte ihr der Schwall Ungläubigkeit, der ihnen heute Abend entgegengeschlagen war, zu schaffen. Der Gedanke, sie würde ihre Entscheidung, im August zu heiraten, vielleicht bedauern, oder, schlimmer noch, sie könnte ihre Einwilligung zur Hochzeit ganz zurückziehen, verursachte Nick körperlichen Schmerz. Er fühlte ihn im Bauch. Nein, höher. Mein Gott, sein *Herz* tat ihm weh. Er schlug vor, noch ein bisschen Champagner zu kaufen, um ihn zu Hause zu zweit zu trinken. Sie schüttelte den Kopf, sagte, sie hätte schon genug gehabt. Er fühlte sich benommen, hilflos. Er war es eigentlich gewohnt, schwierige Situationen mit Frauen zu meistern. Mit seiner charmanten einfühlsamen Art war er bis jetzt immer irgendwie durchgekommen. Plötzlich lief ihm ein kalter Schauer über den Rücken. Hatte sie ihn womöglich doch mit seinen Freunden über Steaks und Burger reden hören? Das würde ihre Reserviertheit erklären. Er sollte sie direkt danach fragen. Wie ein erwachsener Mensch. Sich entschuldigen. Alles erklären. Sie um Verzeihung anflehen, wenn es sein musste. Und die Sache dann vergessen. Er konnte nicht.

Die Worte brannten ihm in der Kehle. »Wenn ich mit meinen Kumpels zusammen bin, sage ich manchmal unbedachte Sachen. Das hat überhaupt nichts zu bedeuten«, war alles, was er herausbekam.

Anna wandte sich ihm zu. Ihr Blick war kühl. Nicht vorwurfsvoll, aber auch nicht liebevoll. Er wurde nicht ganz schlau daraus.

»Wie kann denn das, was du sagst, nichts bedeuten?«, fragte sie ruhig, ohne sich anmerken zu lassen, ob sie verstanden hatte, was er meinte.

Nick erschrak über die Härte in ihrer Stimme. Er konnte sich nicht erinnern, bisher irgendetwas anderes als sanfte, verständnisvolle oder unbeschwerte, glückliche Laute von ihr gehört zu haben. Vielleicht bildete er es sich auch nur ein. Sein eigenes Unbehagen beeinflusste seine Wahrnehmung. Er hätte den Mumm haben sollen, Cai und Darragh zu sagen, dass er sich überhaupt nicht vorstellen konnte, Annas jemals überdrüssig zu werden. Er bedauerte sein Verhalten im Pub.

»Taten sagen mehr als Worte, Anna«, sagte er in einem Versuch, die Sache irgendwie geradezubiegen. »Davon bin ich überzeugt.« Er hob ihre Hand an seine Lippen und küsste ihren Finger gleich neben dem glitzernden Brillantring, den er ihr erst vor ein paar Wochen angesteckt hatte. »Das weißt du doch, oder?«

Anna seufzte. »Ja, das weiß ich.«

141

18

Anna

Anna hatte nicht vor, irgendwem zu erzählen, was sie im Pub mitgehört hatte. Nicht Vera und ganz sicher nicht Zoe. Zoe würde ausflippen. Sie würde Nick jedes Körperteil einzeln herausreißen und sein bestes Stück abhacken wollen. Sie würde von ihr verlangen, die Hochzeit abzusagen. Anna wollte den Abend mit Cai und Darragh einfach vergessen. Nick hatte ihr versichert, es hätte nichts zu bedeuten, Taten sagten mehr als Worte.

Ihre Gedanken zu steuern erwies sich jedoch als schwieriges Vorhaben.

Sie hatten die Macht einer trojanischem Armee und stürmten immer wieder auf sie ein, um sie mit beunruhigenden Fragen zu überfallen. Konnte sie ihm vertrauen? Hatte sie sich zu schnell für ihn entschieden? Was wusste sie eigentlich wirklich über ihn? Die ganze Nacht schossen ihr unbequeme, unwillkommene Fragen durch den Kopf, selbst nachdem sie miteinander geschlafen hatten. Sie schaffte es nicht, sie loszuwerden, als sie mit der U-Bahn zur Arbeit fuhr, nicht einmal, als die ersten Besucher im Hilfszentrum eintrudelten. Während sie versuchte, wie immer fröhlich zu sein, brodelte in ihrem Inneren die Wut. Und sie war froh, als sie irgendwann Dampf ablassen konnte. »Was haben Sie gesagt?«, fragte sie den Boten, der einen Packen Schriftstücke zu einem ihrer Anwälte bringen sollte. Sie war sich ziemlich sicher, ihn richtig verstanden zu haben, wollte ihm jedoch die Chance geben, sich zu korrigieren.

»Ich mein ja nur, keine Ahnung, wie Sie das den ganzen Tag aushalten, umgeben von diesen ganzen Spinnern und Versagern.« Er war mindestens eins achtzig, breit wie hoch, überall tätowiert und glatzköpfig.

Vera, die in Brixton aufgewachsen war, hielt sich für ziemlich abgebrüht, doch bevor sie auch nur den Kopf heben konnte, um diesem Idioten einen ihrer tödlichen Blicke zuzuwerfen, die bei ihren Söhnen immer wirkten, legte Anna schon los.

»Nur zu Ihrer Information: Die Gäste dieses Zentrums sind großartig. Sie kämpfen gegen Dämonen, die Sie sich nicht einmal vorstellen können, geschweige denn verstehen.«

Der Bote war zu jung und zu dumm, um zu wissen, wann es Zeit war zu gehen. Er verdrehte die Augen, was Anna nur noch mehr aufbrachte.

»Rick da drüben war mal Soldat. Während er einem Land diente, das Sie wahrscheinlich nicht mal auf der Karte finden würden, bekam er eine Kugel ins Bein. Er leidet an posttraumatischer Belastungsstörung. Haben Sie jemals für Ihr Land gekämpft?«

Der fette Bote schüttelte den Kopf.

»Dachte ich mir«, antwortete Anna. Sie erhob sich von ihrem Stuhl. Sie reichte ihm nur bis zur Brust und überragte ihn auf gewisse Weise dennoch. »Und die Frau, die da drüben versucht zu lesen, kämpft mit Depressionen, ausgelöst, als eins ihrer Kinder an Knochenkrebs starb. Und sie hat noch eine Tochter mit derselben Diagnose. Ihr Mann hat sich aus dem Staub gemacht und alles ihr überlassen. Die paar Stunden, die sie hier hat, sind wahrscheinlich die einzigen in der ganzen Woche, in denen sie mal Luft holen kann. Versorgen Sie vielleicht rund um die Uhr irgendwen? Füttern ihn, baden ihn, kümmern sich um Medikamente und Arzttermine?«

Der Bote sah auf seine Füße. In seinem Nacken entwickelten sich Schweißperlen.

»Dachte ich mir. Und der Mann, der da in der Ecke Schach spielt. Der ist hier, weil er um seine Frau trauert, mit der er zweiundsechzig Jahre verheiratet war. Er ist einsam. Ich nehme an, Sie hatten noch nicht mal eine Beziehung, die zweiundsechzig Tage gedauert hat, stimmt's?«

Der Bote bewegte den Kopf in einer Art Schütteln. Sein T-Shirt war unter den Achseln schweißnass.

»Dachte ich mir«, murmelte Anna mit grimmiger Zufriedenheit. »Schach spielen können Sie garantiert auch nicht. Sie Arschloch. Raus hier. Und von jetzt an denken Sie vorher darüber nach, was Sie sagen, während ich darüber nachdenke, ob ich Sie melde, damit man Sie feuert.« Damit sackte sie zurück auf ihren Stuhl, und ihre Brust hob und senkte sich vor Aufregung.

Vera bot an, ihnen beiden eine Tasse Tee zu machen, und verschwand in der Küche. Als sie zurück zur Empfangstheke kam, telefonierte Anna. Man konnte ihrem Teil der Unterhaltung entnehmen, was da gerade passierte.

»Du hast ihn wirklich gemeldet?«

»Jawoll. Ich habe einen ziemlich ausgeprägten Sinn für gerechte Bestrafung.«

»Wird er jetzt entlassen?«

»Ja, er ist nicht fest angestellt. Sie können leichter auf ihn verzichten, als zu riskieren, den Anwalt als Kunden zu verlieren. Ich habe nämlich gedroht, ihn zu informieren, falls sie den Typen nicht feuern.«

»Oha.«

Vera staunte. Anna blitzte sie an.

»Was?«, fragte sie.

»Ich hätte nicht gedacht, dass du so weit gehst.«

»Aber es kann dir doch unmöglich gefallen haben, was er gesagt hat!« Annas Stimme klang vor Empörung ganz schrill.

»Nein, ganz und gar nicht, aber du hast ihm ja die Leviten gelesen, ich dachte, das reicht.«

»Er war gefühllos.«

»Ich würde sagen dumm. Er musste mal zurechtgewiesen werden, aber gleich seinen Job verlieren?«

»Die Leute sollten eben aufpassen, was sie sagen, ganz einfach.«

Vera sah Anna eindringlich an und schlürfte ihren Tee. Anna versuchte, beschäftigt zu wirken.

»Und sonst hast du nichts auf dem Herzen?«

»Nein.«

»Sicher?«

»Ja.«

Manchmal fand Anna es ein wenig anstrengend, mit einer Psychologin zusammenzuarbeiten. Vera achtete ständig darauf, ob bei ihr oder sonst irgendwem irgendwelche Gemütsschwankungen auftraten. Anstatt sie zu beruhigen, machte Veras Fürsorge sie ganz nervös. Anna wusste, dass Vera, genau wie Zoe und ihre Eltern, nicht viel von ihrer schnellen Entscheidung, Nick zu heiraten, hielt. Dieses Wissen machte es unmöglich, mit ihr darüber zu sprechen, was Nick im Pub gesagt hatte.

»Ich glaube, unser Neuzugang, Mrs. Delphine, möchte ihre Medikamente mit mir durchsprechen. Also, wenn du nicht mit mir darüber reden willst, was dich bedrückt, dann muss ich jetzt weitermachen.« Vera setzte sich geschäftig in Bewegung, blieb aber noch einmal kurz stehen, um Anna die Schulter zu drücken und ihr zu versichern: »Wenn du aber *doch* reden willst, bin ich jederzeit ganz Ohr.«

Vielleicht hätte Anna die Gelegenheit nutzen und sich ihr anvertrauen sollen. Vera hätte wenigstens versucht, besonnen zu reagieren. Sie war darin ausgebildet, nicht über die Menschen zu urteilen; ihre Rolle war die der Zuhörerin. Aber Anna behielt stur alles für sich. Es war einfach zu peinlich. Schließlich war Vera auch nur ein Mensch. Wahrscheinlich würde so etwas wie Erleichterung in ihrem Blick aufflackern, dass Anna nun

145

endlich bereit war, über ihre überstürzte Verlobung zu sprechen. Vielleicht sogar Genugtuung? Jedem gefiel es schließlich, gebraucht zu werden. Womöglich käme noch so etwas wie *Ich habe dich gewarnt*. Das könnte Anna gar nicht ertragen.

Nick war eben ein Mann, den sie kaum kannte. Ein Mann, den sie für wunderbar hielt.

Ein Mann, der gesagt hatte, Treue sei ihm nicht wichtig. Was aber nur ein dummer Scherz unter Freunden war!

Ein Mann, der ihr Vertrauen missbraucht hatte. Ein Mann, mit dem sie sich großartiger gefühlt hatte als je mit einem Menschen seit vielen, vielen Jahren, vielleicht sogar überhaupt.

Die Gedanken drehten sich in ihrem Kopf wie Kleider in der Waschmaschine, purzelten durcheinander, verflochten und verhedderten sich.

Natürlich konnte sie es Zoe nicht verschweigen.

»Dieser *Mistkerl*.«

»Na ja, nein.«

»Dieser *verfluchte* Mistkerl!«

»Er hat doch im Grunde gar nichts verbrochen.«

»Das ist nur eine Frage der Zeit.«

»Nicht unbedingt. Er hat mir versichert, es hätte nichts zu bedeuten. Es war nichts weiter als ein dummer Spruch vor seinen Freunden. Er hatte ein bisschen was getrunken, ich glaube wirklich nicht, dass er gemeint hat, was er sagte«, beschwor Anna sie. Es war das, was sie glauben wollte. Das, was sie *glaubte*. Beinahe. Nicht ganz.

»Also kannst du ihm jetzt nichts mehr glauben?« Zoe war wütend.

»Wenn du ihn kennen würdest, wie ich ihn kenne, würdest du ihn lieben. Das verspreche ich dir.«

»Nein, würde ich nicht, weil wir unterschiedlich ticken.«

Das stimmte. Bei Anna drehte sich alles um Liebe, Vertrauen, Hoffnung. Bei Zoe ging es immer um Hass, Misstrauen und Wut.

»Hör mal, vergiss es einfach, bitte. Es ist alles in Ordnung.«
Schlimmstenfalls gab es etwas, das nicht hundertprozentig
in Ordnung war. Schließlich hatte sie ihn nicht in flagranti mit
einer anderen erwischt. Es waren ja nur Worte. Nicht gerade
schön, aber auch nicht der Weltuntergang.

»Warum musst du ständig alles schlechtmachen?«

»Anna, ich bin hier nicht dein Feind.«

»Warum redest du von Feinden?«

Immer musste Zoe alles so aufbauschen. Das war seit jeher
ihr Problem. Total unnötig. Wenn sie doch nur gelassener bleiben könnte. Beherrschter.

»Ich vertraue ihm.«

»Tust du das?« Zoe schrie diese Frage. Ihrem Mund entwich
Speichel.

»Ja.«

»Tust du das? Voll und ganz? Immer und ewig?«

Anna zögerte. »Ja«, antwortete sie dann und klang ein bisschen weniger sicher.

»Also, ich nicht. Dieser Scheißkerl.«

19

Zoe

Im Zweifel für den Angeklagten, würde ich Anna zuliebe gerne sagen. Nur dass es keinen Zweifel gibt. Leider. Es ist wieder so ein verlogenes Arschloch. Natürlich. Anna wird magisch von denen angezogen. Bestimmt hat sie auch ihre Zweifel. Warum sonst hätte sie mir davon erzählt? Sie bittet mich um Hilfe. Sie wollte es nur nicht direkt aussprechen. Aber eigentlich will sie, dass er auf die Probe gestellt wird.

Dabei geht es nicht um einen echten Test. Das Wort »Test« impliziert Unsicherheit, einen Bestandteil, der sich erst noch erweisen muss. Für mich steht aber schon fest, wie die Sache ausgeht. Er wird meinen Test nicht bestehen. Er wird nicht treu sein. Keine Chance auf Glanz und Gloria. Nur Enttäuschung. Kummer und Leid. Es ist zum Kotzen.

Trotzdem, besser Kummer und Leid kommen vor Kosten und Aufwand einer Hochzeit als hinterher. Anna würde wie ein Volltrottel dastehen, wenn sie offenen Auges in diese blödsinnige, unüberlegte Hochzeit schlidderte, nur um, sagen wir mal innerhalb eines Jahres, durch seine Untreue bloßgestellt zu werden. Wir wissen doch alle, dass so etwas vorkommt. Und dann hat die gehörnte Ehefrau nur eine ziemlich miese Wahl, nämlich im Prinzip keine. Entweder sich scheiden zu lassen und sich dem Spott für ihr schlechtes Urteilsvermögen auszusetzen – oder zu bleiben, zu schweigen und diesem Schuft die Socken zu waschen, das Essen zu kochen, die Kinder zu gebären, während er jede vögelt, die ihm vor die Flinte kommt. So etwas passiert.

Aber ich lasse nicht zu, dass es Anna passiert. Nicht noch einmal. Auf keinen Fall. Ich kann sie beschützen. Ich kann sie retten.

Und das werde ich.

20

Nick

Die Tage sausten, vollgepackt mit Arbeit und Hochzeitsvorbereitungen, heiß und hektisch vorbei. Die langen Frühsommerabende vergingen im Gegensatz dazu angenehm langsam. Sie nutzten die Gelegenheit und liefen oft Hand in Hand durch die Straßen, anstatt einfach aus dem stickigen Büro in die übervolle U-Bahn zu wechseln und von da aus in ein klimatisiertes Restaurant. Sogar in London rochen die Straßen manchmal nach Blumen. Die Rosen und Lilien in den Eimern vor den hübschen Marktständen dufteten am stärksten. Der unerwartete Wohlgeruch kämpfte gegen den Gestank von Diesel und zuweilen Müllwagen an. Gerüche, die wie Boxer ihr ganzes Gewicht in den Ring warfen und darum rangen, die Oberhand zu gewinnen. Manchmal hatte Nick das Gefühl, als warteten sie beide darauf, dass etwas passierte, dann besann er sich kurz, und ihm fiel wieder ein, dass schon etwas passiert war. Er hatte einen Heiratsantrag gemacht, es würde eine Hochzeit geben. Ihre Hochzeit. Bald schon. Zehn Wochen.

Heute Abend hatten sie sich entschieden, an der Themse entlangzuschlendern. Es war Annas Vorschlag gewesen, und Nick musste lächeln, weil sie zu denjenigen gehörte, die daran glaubten, dass die gute, frische Luft gesund sei. »Wirkt entspannend bei Stress«, versicherte sie. Nick gestand nie ein, dass er Stress hatte. Er vertrat die Ansicht, dass an jemandem, der tough genug war, um seinen Job zu erledigen, jeglicher Stress abprallte.

Anna nahm ihm das jedoch nicht ab. Sie behauptete, jeder Mensch leide zu einem gewissen Maß unter Stress. »Mag sein,

150

dass es ein paar wenige gibt, die dann erfolgreicher arbeiten. Einige verwechseln dauerndes Unter-Strom-Stehen aber auch mit Angst, wahrscheinlich bist du einer von denen, Nick. Ich akzeptiere jedenfalls nicht, dass du immun dagegen bist. Hochzeitsvorbereitungen sind anstrengend, deine Mutter muss noch weiter genesen, du hast eine Menge um die Ohren.« Sie hielt kurz inne. »Außerdem ist es nicht nur *dein* Stress, den ich in Grenzen halten muss.«

»Was ist denn los?«

»Erkläre ich dir, wenn wir uns sehen.«

Sie spazierten von seinem Büro aus zu dem angesagten Hochhausrestaurant, in dem er einen Tisch am Fenster mit grandiosem Ausblick auf London reserviert hatte. Nick legte Anna den Arm um die Schulter und zog sie an sich. So waren sie kaum ein paar Schritte gegangen, da sagte Anna, es sei unbequem und nahm stattdessen seine Hand. Ihm fiel auf, dass sie nicht wie sonst die Finger zwischen seine schob, und er fragte sich, warum. Es fehlte ihm.

Viele Menschen waren unterwegs. Manche tranken ein Glas Wein an Tischen, die man hastig hinausgestellt hatte, weil der Sommer gekommen war. Andere scharten sich um Straßenkünstler. Sie blieben stehen, um einem jungen Studenten zuzuhören, der auf seinem Saxofon spielte. Die Noten schwebten durch die Luft in den Himmel wie eine sanfte Brise. Nick warf ein paar Münzen in seinen zerbeulten Filzhut. Der Student honorierte die Gabe mit einem kurzen Kopfnicken. Nick lauschte den ausgelassenen Gesprächen und dem Gelächter der anderen Leute, einem entfernten Zug auf der anderen Seite der Brücke, den vorbeisausenden Skateboards. Da fiel ihm auf, dass Anna ganz still war.

Er seufzte. Er war schon öfter in seinem Leben mit Schweigen gestraft worden. Seiner Erfahrung nach konnten Frauen genauso mürrisch und wortkarg sein wie Männer, wenn sie wollten. Aber das war der Unterschied – sie *wollten* es. Normalerweise saß er das aus, tat so, als merke er die Verstimmung nicht, denn wenn er eine Frau fragte, was denn los sei, würde sie es ihm wahrscheinlich sagen, was zu Auseinandersetzungen, Meinungsverschiedenheiten oder Entschuldigungen führte. Gewöhnlich war ihm das Ganze nicht wichtig genug, um sich diesem Stress auszusetzen. Aber mit Anna war das anders. Wenn sie etwas bedrückte, dann wollte er das wissen, damit er das Problem lösen konnte. Seit dem Abend mit seinen Freunden letzte Woche war sie nicht mehr wirklich sie selbst. Er musste von der realen Möglichkeit ausgehen, dass sie den Unsinn gehört hatte, den er seinen Kumpels gesagt hatte. Er hätte sich in den Hintern treten können. Er hatte nicht vor, sich auf einen Burger davonzuschleichen. Es war gemein und idiotisch von ihm gewesen, so etwas zu behaupten. Aber hatte sie ihn wirklich gehört? Wäre sie nur eine Freundin gewesen, würde das erklären, warum sie ihm die kalte Schulter zeigte, aber für eine Verlobte war das nicht die angemessene Reaktion. Wenn eine Verlobte etwas so Scheußliches mitbekommen hätte, dann würde sie ihn doch sicher zur Rede stellen, ihn fragen, ob er das ernst gemeint hatte. Er wünschte, das würde Anna tun, denn dann könnte er ihr antworten, dass er das natürlich nicht hatte. Dass er ein unreifer Trottel war und dass es ihm leidtäte.

Denn er war sich ziemlich sicher, dass er es nicht ernst gemeint hatte.

Jetzt blieb ihm nichts anderes übrig, als die Sache selbst anzusprechen, sich dafür zu entschuldigen, dass er so ein Idiot gewesen war, und zu hoffen, dass sie ihm schnell verzieh. Damit sie dieses Missverständnis möglichst schnell vergessen konnten. Es wäre die Auseinandersetzung wert, denn diese abgekühlte Stimmung belastete ihn. Außerdem, könnte der Versöhnungssex reizvoll werden. Womöglich beförderte das

Ganze sie ja in neue Gefilde, die sie erst noch gemeinsam entdecken mussten. Was er sich sehnlichst wünschte.

Er wandte sich zu Anna. »Ist alles in Ordnung?«

»Zoe hat sich gemeldet.«

Seine erste Reaktion war Erleichterung. Zoe. Puh. Zoe war das Problem, nicht er. Er war aus dem Schneider. Großartig. Als Zweites dachte er krampfhaft nach. Er war sich beinah sicher, dass Zoe ihre Schwester war. Irgendwann gelangte man in einer Beziehung an den Punkt, an dem man nach so etwas nicht mehr fragen durfte. Spätestens, als er ihr den Heiratsantrag machte, war dieser Punkt erreicht. Anna gehörte nicht zu den Frauen, die ständig von ihrer Familie sprachen. Offensichtlich waren sie sich nicht besonders nah, weder physisch noch mental, worüber er, ehrlich gesagt, froh war. Er heiratete eine Frau, die auf eigenen Füßen stand, und kein Mädchen, das bei jeder Gelegenheit seine Eltern um Rat fragte. Annas Eltern lebten in den USA, also nicht um die Ecke, folglich war ihr Einflussbereich natürlich begrenzt. Ihm fiel wieder ein, dass Anna ihre Schwester einmal erwähnt hatte, als Rachel sich so danebenbenahm. Sie hatte gesagt, er habe nicht das Monopol auf schwierige Schwestern. Ach. Er hatte genug Freundinnen gehabt, um zu wissen, dass ein zu dominanter oder ständig störender Bruder Ärger bringen und eine klammernde oder eifersüchtige Schwester tödlich sein konnte. Aber Anna war nicht nur seine Freundin, er würde sie heiraten. Diese Schwester würde dann auch seine Verwandte sein. Deshalb war er fest entschlossen, von Anfang an alles richtig zu machen. Er hatte ein schlechtes Gewissen wegen der Sache im Pub und wollte sich mit der Schwester gut stellen, Anna zuliebe eine gute Beziehung zu ihr aufbauen.

»Wie geht es ihr?«, fragte er.

»Ihr neuer Vertrag führt sie für eine Weile hierher.«

»Nach London?«

»Ja. Aus heiterem Himmel.«

»Das ist doch großartig«, antwortete Nick begeistert.

»Hmmm.«

»Du klingst ja nicht so überzeugt.«

»Ich freue mich immer, sie zu sehen. Schließlich ist sie meine Schwester.« Anna seufzte und warf ihm einen nervösen Blick zu. »Sie will dich unbedingt kennenlernen.«

»Also, ich freue mich auch, sie kennenzulernen. Das wird sicher nett.«

»Nicht unbedingt.« Anna blickte hinaus auf die Themse, wo die Vergnügungsdampfer entlangschipperten. »Ich meine, vielleicht wird es wirklich nett. Sie kann unheimlich lustig sein.«

»Aber?«

»Sie ist irgendwie das schwarze Schaf der Familie. Ehrlich gesagt sprechen meine Eltern gar nicht mehr mit ihr. Sie sprechen noch nicht einmal *über* sie«, erklärte Anna hastig.

Er hatte das Gefühl, sie wollte sich im Voraus für etwas entschuldigen.

»Weil sie Zoe nicht akzeptieren, ist meine Beziehung zu ihnen etwas angespannt. Das hast du ja sicher gemerkt.« Sie schämte sich offensichtlich.

Sie tat ihm schrecklich leid. Am liebsten hätte er die Arme um sie geschlungen und alles in Ordnung gebracht. Obwohl er sich nicht einmal sicher war, was genau in Ordnung gebracht werden musste. »Warum reden sie denn nicht mehr mit ihr? Was hat sie verbrochen?«

»Sie ist süchtig.«

Nick gab sich alle Mühe, sich nichts anmerken zu lassen. Nicht schockiert oder besorgt auszusehen. Er versuchte, nicht *Gott, was für ein Albtraum* zu denken. *Ist das womöglich erblich?*

Anna sah ihm forschend ins Gesicht. Aber wonach suchte sie? Nach Ekel etwa? Nach Enttäuschung? Nach Betroffenheit?

Er wusste, dass er jetzt keine Miene verziehen durfte. »Wonach ist sie denn süchtig?«, fragte er vorsichtig.

»Alkohol hauptsächlich. Früher auch mal Drogen. Sie ist von Natur aus anfällig für Abhängigkeiten, außerdem hat sie Probleme mit ihrem Selbstbewusstsein.« Anna seufzte und blickte auf ihre Hände. Sie hatte die Finger fest verschränkt. »Sie fing schon an, in Clubs zu gehen, als sie noch sehr jung war. Wilde Partys zu feiern, oft und lange.« Anna wirkte bedrückt angesichts der Erinnerung. »Ich weiß nicht.« Sie zuckte kaum merklich mit den Schultern, fingerte nervös am Griff ihrer Tasche herum. Nick spürte ein sonderbares Ziehen in der Brust. »Ich weiß nicht, wie ich es erklären soll. Ich habe viel darüber gelesen, Seminare besucht, mit zahllosen Ärzten und Psychiatern gesprochen, aber ich verstehe es einfach nicht. Wie kann es sein, dass einer Jahre damit zubringt, sich zu betrinken, ohne dass er irgendwelche langfristigen Schäden davonträgt, während es andere total kaputtmacht?«

Sie hob langsam wieder den Blick. Er war ängstlich, flehend. Offensichtlich erwartete sie wirklich eine Antwort. Er fühlte sich hilflos, weil er keine hatte. Er war völlig überfordert.

Sie sprach weiter. Falls sie enttäuscht von ihm war, ließ sie es sich nicht anmerken. »Weißt du, sie hatte schon immer ein zwanghaftes Verhalten. Schon in der Highschoolzeit war sie viel öfter auf Partys als ich.«

Das glaubte Nick sofort. Snoopy war ein größerer Partylöwe als Anna.

»Ihre Schulnoten wurden schlechter, weil sie ständig müde oder verkatert war. Meine Eltern hofften, es wäre nur eine Phase. Sie schaffte es an die Uni, allerdings nicht auf eine der Elitehochschulen, wo sie sicher hätte landen können, wenn sie sich mehr angestrengt hätte. Es war furchtbar, ihre Chancen schon so früh schwinden zu sehen, aber sie sah das anders. Für sie zählte nur die nächste Party, der nächste Drink. Bitten, in eine Entzugsklinik zu gehen oder zu den Anonymen Alkoholikern, empfand sie als Beleidigung. Sie hat nie wirklich akzeptiert, dass sie suchtkrank ist. Sie meinte immer, sie hätte alles unter Kontrolle.«

»Aber das war nicht so?«

»Nein, an der Uni wurde alles noch schlimmer. Sie war die meiste Zeit sternhagelvoll. Es fand sich immer jemand zum Trinken, und es störte sie nicht, wenn es jedes Mal ein anderer war. Ihr Körper gewöhnte sich immer mehr daran, sodass sie schließlich immer größere Mengen Alkohol brauchte, um den Rauschzustand zu erreichen, den sie wollte. Dann begann sie, mit Drogen zu herumzutüfteln. So nannten es die Leute. ›Tüfteln‹, was für ein harmloses Wort. Völlig unangebracht. Gleichzeitig auftretende Begleiterkrankungen sind weit verbreitet.« Annas Augen waren feucht vor Tränen, trotzdem zuckte ihr Blick hektisch zu ihm. Sie wollte feststellen, wie er reagierte.

»Es ging weiter bergab mit ihr, bis sie schließlich mit dem Gesetz in Konflikt kam. Sie konnte sich das Ganze nämlich nicht leisten und musste ein paar schlimme Sachen machen, um an Geld zu kommen.«

»Was meinst du damit?«

Anna wurde plötzlich ganz blass. Ironischerweise wünschte Nick, sie hätten beide gerade ein Glas Alkohol in der Hand, das ihnen durch diese unangenehme Situation half.

»Die Leute, mit denen sie sich abgab. Na ja, das waren ziemlich miese Typen. Sie nutzten sie aus. Wenn sie betrunken oder auf Drogen war, war sie leicht zu manipulieren. Sie konnte an nichts anderes denken als daran, wie sie an das Geld für den Stoff kam, den sie brauchte.«

Was sollte das heißen? Hatte sie etwa gestohlen? Sich prostituiert? Nick fragte nicht weiter nach. Er war sich nicht sicher, wie viel er überhaupt noch hören wollte. Was für eine tragische Geschichte. Unvorstellbar. Natürlich kannte auch er genug Trinker und Junkies, aber dass jemand, der Anna so nahestand – Anna, dem Inbegriff von Reinheit und Glück –, in einem so schrecklichen Schlamassel steckte, war einfach unglaublich.

»Jetzt bist du wahrscheinlich schockiert«, sagte Anna, als könnte sie seine Gedanken lesen.

Das war er. »Nein, nein. Ich verurteile niemanden. Mit Anfang zwanzig habe ich gesoffen wie ein Kesselflicker. Vielen meiner Freunden und Kollegen, vielleicht sogar mir selbst, hätte es genauso ergehen können.«

»Ist es aber nicht.«

Schulterzucken. »Nein.«

»Nein, weil die meisten von uns einfach einen Gang runtergeschaltet haben. Kapiert, dass es die Sache nicht wert ist. Wir haben aufgehört, weil es Dinge in unseren Leben gab, die uns wichtiger waren. Unsere Familie, unsere Arbeit, unsere Freunde. Zoe interessierte sich nie für etwas anderes. Sie brachte sich selbst in schreckliche Schwierigkeiten. Versäumte unzählige Vorlesungen, und wenn sie doch einmal auftauchte, dann war sie meistens betrunken. Logischerweise flog sie von der Uni. Dad verschaffte ihr einen Job bei einem seiner Freunde, ohne das vorher wirklich durchdacht zu haben.«

»Was war das für ein Job?«

»Sie arbeitete als Kellnerin in einem vornehmen Restaurant in der Innenstadt. Das passte zu ihr.«

»Lass mich raten, sie hat ihre Weinvorräte getrunken und wurde gefeuert.«

»Sie hat die Weinvorräte getrunken, stimmt. Der Koch ertappte sie dabei, da hat sie mit ihm geschlafen, damit er den Mund hält. Genau genommen wurde sie gefeuert, als sie *dabei* erwischt wurde. Es war am Spätnachmittag, kurz bevor die ersten Gäste zum Abendessen kamen, genau die Zeit, zu der die Schulen aus hatten. Sie machten nicht einmal Pause, um die

Rollläden herunterzulassen. Der Restaurantchef wurde aufmerksam, als sich vor dem Restaurant eine Traube Schulkinder bildete, um sich an der kostenlosen Peepshow zu erfreuen. Zoe war so betrunken, dass sie sich nicht mal schämte.«

»Nicht zu fassen.« Nick war entsetzt. Hätte er diese Geschichte in einer Bar oder auf der Arbeit gehört, hätte er sicher gelacht, aber jetzt konnte er nachfühlen, was Anna und ihre Familie durchgemacht hatten, und es tat ihm in der Seele weh.

»Die klassische Suchtkranke. Alle drei Merkmale dieser lebenslangen Krankheit vorhanden. Das Verlangen nach dem Suchtmittel, der Kontrollverlust und der fortgesetzte Konsum trotz fataler Folgen.«

Das war alles ziemlich heftig. Nick wusste nicht recht, was er sagen sollte. Anna, sein kleiner, süßer Sonnenschein Anna, hatte jahrelang mit so etwas fertigwerden müssen. Das war wirklich schlimm und ergab andererseits natürlich Sinn. Deshalb war sie so gut in ihrem Job. Sie hatte nicht nur Mitleid, sie konnte sich in die Hilfsbedürftigen, die Verzweifelten und die Helfer hineinversetzen. Deshalb hatte sie so wunderbar mit dem medizinischen Personal umgehen können, das sich um seine Mutter kümmerte. Sie kannte die Abläufe im Krankenhaus, sie wusste, auf welche Fragen es ankam.

Nick ergriff ihre Hand und drückte sie fest. »Es tut mir so leid.«

Sie erwiderte den Händedruck und setzte eines ihrer strahlenden Lächeln auf. »Aber die gute Nachricht ist, im Moment ist sie trocken. Es ist zwar schwer, von einer Sucht loszukommen, aber es ist möglich. Sie hat ihr Zwölf-Schritte-Programm abgeschlossen. Schon vor vier Jahren.«

»Das ist großartig.« Nick konnte seine Erleichterung nicht verbergen.

»Das ist es! Keinerlei Alkohol oder Drogen in der ganzen Zeit. Traurig ist nur, dass meine Eltern ihr nicht verziehen haben.« Anna seufzte. »Ich glaube, sie trauen sich nicht, sie zu lieben.«

»Sie trauen sich nicht?«

»Aus Angst, sie könnte sie wieder enttäuschen. Sie haben wohl das Gefühl, sie könnten das nicht noch einmal durchstehen.«

»Ist es denn wahrscheinlich, dass sie das tut?«

»Ich weiß es nicht. Es heißt ja: einmal süchtig, immer süchtig. Ich habe schon von Leuten gehört, die nach zwanzig Jahren wieder rückfällig wurden.«

»Ja, aber man darf doch niemanden zwanzig Jahre lang bestrafen, schon gar nicht für etwas, das vielleicht gar nicht passiert.«

»Genau. Deshalb muss ich an sie glauben, Nick. Ich muss daran glauben, dass es ihr jetzt besser geht. Ich hatte gehofft, dass du es so siehst. Ich glaube, meine Eltern waren zu streng mit Zoe. Versteh mich nicht falsch. Ich liebe sie und verstehe völlig, woher das kommt. Ich bin nur nicht ihrer Meinung. Außerdem ist es für mich etwas anderes. Sie denken vielleicht, sie als Eltern müssten energisch auftreten, aber ich bin ihre Zwillingsschwester.«

»Zwillingsschwester?« Obwohl er diese schlimme Geschichte erst einmal verdauen musste, konnte Nick seine Überraschung nicht verbergen.

»Ja.« Anna lächelte. »Habe ich das nicht erwähnt?«

»Nein!« Nick war sich sicher, dass er sich daran erinnern würde.

Jetzt lachte Anna. »Das hätte ich dir schon lange erzählen sollen«, antwortete sie. »Männer sind immer ganz begeistert von Zwillingen.«

Nick hätte gern gefragt, ob sie eineiig waren, hielt sich aber zurück. Bei dieser Frage könnte Anna annehmen, dass er sich eine Nummer zu dritt vorstellte. Und tatsächlich überkam ihn diese Vorstellung kurz. Er verdrängte den Gedanken. So flüchtig er war, er schämte sich dafür. Anna erzählte ihm gerade etwas ziemlich Wichtiges, das sollte er nicht mit einer Schuljungenfantasie unterbrechen.

»Sie kann es jedenfalls kaum erwarten, dich kennenzulernen, und ich würde euch einander gerne vorstellen. Ich glaube, das ist für uns alle ein guter Zeitpunkt, um einen Neuanfang zu machen. Wenn du Zoe mit offenen Armen empfängst, verbessert sich vielleicht auch das Verhältnis zwischen ihr und meinen Eltern.«

»Kommt sie denn zur Hochzeit?«

»Natürlich will ich sie dabeihaben. Sie soll möglichst meine Brautjungfer sein, aber zuerst musst du sie kennenlernen. Du sollst dich auf jeden Fall damit wohlfühlen.«

Das klang verdächtig. Welche Schwierigkeiten brachte das wohl mit sich?

»Ist es ein Problem für sie, wenn um sie herum Alkohol getrunken wird? Machst du dir deshalb Sorgen?« Nick dachte an die Hochzeitsfeier, bei der schon am Nachmittag der erste Champagner fließen würde. Und für den Abend plante er, jemanden aus einer Bar in Hoxton zu engagieren, der Cocktails für sie mixte. Er hoffte inständig, Anna würde jetzt keine alkoholfreie Hochzeit vorschlagen.

»Ach, das bekommt sie schon hin. Also, zumindest hat sie es unter Kontrolle, leicht ist es sicher nicht. Aber vermutlich wird sie mit ein oder zwei deiner Trauzeugen durchbrennen.«

»Ich kann mir nicht vorstellen, dass die etwas dagegen hätten«, antwortete Nick lachend.

Anna wirkte beunruhigt. »Nein im Ernst, das wird sie. Wahrscheinlich sogar mit allen. Das ist typisch für Suchtkranke. Durch ihre gestörte Persönlichkeit ist Zoe immer auf der Suche nach dem nächsten Kick. Wenn sie den nicht durch Alkohol oder Drogen kriegt, dann eben durch Sex.«

»Also, Darragh ist verheiratet, und seine Frau ist auf der Hochzeit, bei ihm sind wir schon mal auf der sicheren Seite. Für die anderen lege ich allerdings nicht die Hand ins Feuer.«

»Wird Darragh dein Trauzeuge?«

»Ja, ich dachte, ich frage ihn.«

»Das können wir ja noch mal besprechen.«

Nick hatte keine Ahnung, was das heißen sollte, aber bevor er danach fragen konnte, sprach sie schon weiter. »Ihre Probleme sind vielschichtig. Aber das mit dem Sex war das endgültige Aus für die Beziehung zwischen Mom und Dad und ihr. Sie hat mit einem von Moms Kollegen geschlafen und anschließend versucht, ihn zu erpressen. Und sie war mit Dads bestem Freund im Bett, woraufhin dessen langjährige Ehe in die Brüche ging.«

»Verstehe.« Nick versuchte, diese Informationen zu verarbeiten. Anna war so schüchtern und zurückhaltend, da fiel es ihm schwer, sich ihre Schwester völlig anders vorzustellen.

»Es ist einfach eine weitere Sucht. Die sie zur totalen Schlampe macht.«

Er hüstelte. »Verstehe.«

»Aber im Grunde ihres Herzens ist sie ein liebenswerter Mensch.«

Nick nickte und versuchte, unbeeindruckt zu wirken. In dieser Hinsicht war er weder zimperlich noch voreingenommen. Er hatte im Laufe der Zeit intime Bekanntschaft mit so mancher Schlampe gemacht. Er hatte selbst nie etwas anbrennen lassen. Zumindest bis vor Kurzem. Seine Schwägerin war womöglich sexsüchtig. Damit kam er schon klar.

»Ich liebe sie abgöttisch. Typisch Zwilling. Da empfindet man die gegenseitige Zuneigung noch viel stärker.«

»Sicher.«

»Egal wie heftig du streitest, du weißt immer, dass diese wahnsinnige Bindung zwischen dir und deinem Zwilling nie zerstört wird und dass du ihm lebenslang nah sein wirst. Wahrscheinlich habe ich deshalb auch das Gefühl, dass ich daran schuld bin.«

»Du? Warum denn das?«

»Als wir noch klein waren, haben wir allen möglichen Unsinn zusammen getrieben. Dumme Streiche, die Kinder so machen, weißt du. Fische aus Teichen geholt, um zu sehen, ob sie im Pool vom Nachbarn überleben.«

»Ich nehme an, das haben sie nicht.«

»Sie haben es noch nicht mal bis zum Pool geschafft. Wir kletterten auf Bäume, um Obst zu klauen, und fuhren mit unseren Rädern weiter, als wir durften, aber das war egal, weil wir alle diese Risiken gemeinsam eingingen. Wir hielten zusammen, und du kannst darauf wetten, dass wir nie verraten haben, wessen Idee es war, wenn sie uns erwischten. Dann wurde plötzlich alles anders. Sie fing an, sich alleine fortzuschleichen, sich mit Jungen zu treffen, Alkohol zu trinken. Offenbar suchte sie früher andere Gesellschaft als ich.«

»Wann war das?«

»Ich weiß nicht mehr genau. Sie war vielleicht ungefähr dreizehn. Wir hatten uns damals angewöhnt, einander zu decken. Ich habe nur das Gefühl, ich habe sie zu lange gedeckt. Zuerst war ich ihre Verbündete, dann ihr Alibi, und ehe ich mich's versah, wachte ich eines Morgens auf und war ihre Helferin. Ich mache mir Vorwürfe, weil sie so weit vom Weg abkam.«

»Das ist doch verrückt.«

»Nein, ist es nicht. Wenn ich früher etwas gesagt hätte, als sie anfing, Alkohol von meinen Eltern zu stehlen, dann hätten sie vielleicht dafür sorgen können, dass man ihr hilft.«

Nick wollte Anna nicht enttäuschen, sie sah ihn mit so großen, erwartungsvollen Augen an. »Ich würde Zoe sehr gerne kennenlernen. Arrangier doch etwas. Wir drei werden uns bestimmt prima verstehen.«

Anna schlang ihm die Arme um den Hals und küsste ihn lange und innig. Normalerweise war sie ziemlich zurückhaltend, was öffentliche Liebesbekundungen betraf. Sie musste unglaublich erleichtert sein. »Danke, ich wusste, dass du es verstehen würdest«, sagte sie, als sie sich schließlich von ihm löste.

»Wann kommt sie denn in England an?«

»Nächste Woche, Mittwoch oder Donnerstag, glaube ich. Bei Zoe kann man das nie genau wissen. Sie legt sich ungern fest.«

»Vielleicht könnten wir am Wochenende zusammen ausgehen?«

»Ich finde mal raus, ob sie schon etwas vorhat.« Anna strahlte.

Nick war unglaublich erleichtert, dass er sie hatte beruhigen können.

Und dass Anna seine unüberlegte Unterhaltung mit Darragh und Cai doch nicht mitbekommen hatte.

21

Alexia

Wir waren so froh, als wir endlich Namen gefunden hatten. Anna und Zoe. A und Z. Die entgegengesetzten Enden des Alphabets, um auszudrücken, dass sie miteinander verbunden waren und sich doch unterschieden. Tatsächlich war es genau umgekehrt.

Bald schon erfuhren wir die Vorteile, die es mit sich brachte, so etwas Außergewöhnliches wie Zwillinge zu haben. Eltern zu werden ist ein Wunder. Immer. Niemand versteht das, bevor er nicht selbst die Erfahrung macht. Eltern von Zwillingen zu werden übertrifft das Ganze noch. Wir kamen uns vor wie Berühmtheiten. Wo immer wir hinkamen, hielt man uns auf der Straße an. »Sind die beiden nicht niedlich?«, sagten die Leute. Die Mädchen liebten es, fingen wie auf Kommando an zu lächeln, posierten, verteilten Luftküsschen, machten im Prinzip alles, was gewünscht wurde. Vor allem Anna wollte es allen immer recht machen. Ja, auch Zoe stand gerne im Mittelpunkt, aber sie hatte andere Wege, um dorthin zu gelangen.

Ich war ein bisschen in Sorge. Ich wollte keine Mädchen großziehen, die glaubten, hübsch auszusehen wäre genug. Ich gab mir Mühe, der unverdienten Anerkennung, mit der sie überschüttet wurden, nur weil sie hübsch waren, etwas entgegenzusetzen. »Ja, niedlich und *so lieb*«, antwortete ich beflissen. Obwohl das eigentlich nur auf Anna zutraf. »Sehr strebsam und wissbegierig.« Wieder Anna. »Sie haben offenbar ein sportliches Talent.« Was das betraf, hatte Zoe die Nase vorn. Anna schien zu verstehen, was ich meinte. Es gefiel ihr, wenn die Leute sie hübsch fanden – welchem Mädchen gefiele das nicht? –, aber noch lieber mochte sie es, wenn sie sie für klug hielten und für gut in der Schule. Ich glaube, da hatte sie immer einen kleinen Vorsprung. Oft nahmen die Leute an, Zoe sei die Ehrgeizigere von beiden, weil sie lauter und selbstbewusster war. Das verbindet man meistens mit Erfolg, obwohl das nicht immer der Fall ist. Tatsächlich war Zoe ein bisschen fauler als Anna. Und um erfolgreich zu sein, bedarf es einer Menge Anstrengung, da darf man sich nichts vormachen. Eine Studie besagt, wenn man zehntausend Stunden Übung in etwas steckt, wird man zum Experten, auch wenn man keine natürliche Begabung dafür hat. Man muss nur die Zeit investieren. Selbst gut zu lügen erfordert eine gewisse Entschlossenheit und Anstrengung. Zoe merkte recht schnell, dass es ihr schwerer fiel, all das in der Schule zu leisten, was Anna leistete. Sie lernte langsamer zu schreiben und zu rechnen. Trotzdem lag sie in der Klasse noch über dem Durchschnitt, auch sie hätte eine sehr gute Schülerin sein können, aber sie gab auf, bevor sie überhaupt richtig angefangen hatte. Zoe hasste es generell, bei irgendetwas die Zweite zu sein. Da verließ sie lieber erst gar nicht die Startlöcher.

Die Unterschiede zwischen beiden wurden langsam größer. Sie sahen zwar immer noch gleich aus, aber es war bald einfacher, sie auseinanderzuhalten. Wenn eine von ihnen sich danebenbenahm, dann war es immer Zoe. Wenn beide sich daneben benahmen, dann war es Zoes Idee. Zoe war anstrengend. Sie durchlief alle schwierigen Phasen, und ich meine *alle*. Sie hatte eine Kritzel-die-Wand-voll-Phase, eine Beiß-Phase, die endlose Phase des wiederholten Warum-Fragens, ohne sich die Antwort anzuhören. Sie brauchte länger, um trocken zu werden. Ich glaube bis heute, dass sie es begriff, als auch Anna so weit war, und einfach keine Lust hatte, zur Toilette zu gehen. Ich erinnere mich daran, noch ihre Windel gewechselt zu haben, als sie schon drei war, vielleicht sogar vier. Sie sah mich jedes Mal seelenruhig an, als wollte sie sagen: *Selber schuld, wenn du immer noch meinen Dreck wegmachst.*

Anna gewöhnte sich an, hinter Zoe herzuräumen. Sie ging nie schlafen, ohne ihre Spielzeuge, Malstifte, Bücher und Knete wegzupacken. Anna machte es Spaß, im Haushalt zu helfen. Sie wischte gerne Staub, legte Socken zu Paaren und strich morgens die Decken auf Zoes und ihrem Bett glatt, seit sie ungefähr fünf war. Sie machte gerne kleine Besorgungen. Wenn ich mich vor dem Fernseher niederließ und mich beklagte, dass ich meine Brille oben vergessen hätte, sprang sie auf. »Kann ich sie bitte holen, Mummy?« Als täte ich ihr einen Gefallen. Sie musste nie dazu aufgefordert werden, Bitte oder Danke zu sagen, zu teilen oder sich mit anderen abzuwechseln. Was dazu führte, dass sie bei allen gern gesehen war. Sie gehörte zu den Kindern, die die Leute gerne als Freundin ihrer eigenen Sprösslinge hatten. Oft wurden die beiden jedoch nach Hause geschickt, weil Zoe die Beherrschung verloren und in die Bücher anderer Kinder gekritzelt oder die Stühle unter ihnen weggetreten hatte. Ich war enttäuscht und verärgert, aber hauptsächlich traurig. Ich habe nie verstanden, warum Zoe sich das Leben so viel schwerer machte als nötig. Nicht selten wurde ich in die Schule zitiert. Die Standpauken, die man mir dort hielt, waren ziemlich schwer zu ertragen, und ich konnte mir lebhaft vorstellen, wie es für Zoe sein musste, wenn ausnahmslos jedes Gespräch mit einem Kopfschütteln endete. »Kein Vergleich zu ihrer Schwester, nicht wahr? Anna ist ja so ein liebes Mädchen.«

Seit sie ungefähr acht waren, kleideten sie sich nur noch selten gleich. Anna hätte es wohl noch länger gemacht, aber Zoe war entschlossen, eine eigenständige Person zu sein. Sie wollte partout nicht mehr das anziehen, was ich für sie herauslegte, jedenfalls nicht, wenn es die gleichen Sachen waren wie Annas.

Ich glaube, das verletzte Anna. Selbst damals hatte sie wohl schon das Gefühl, Zoe wollte sich von ihr lösen. Anna war glücklich damit, als untrennbare Einheit gesehen zu werden, Zoe hingegen nicht. Sie wollte Individualität, um jeden Preis. Die Sache war klar. Anna war so lieb und gut und hilfsbereit, dass es nur noch eine Richtung gab, in die Zoe sich bewegen konnte. Lieber ein furchtbares Ganzes als eine etwas schlechtere Hälfte.

Wir dachten, nach Amerika zu gehen wäre für sie beide gut. Zoe hätte, wenn sie gewollt hätte, noch einmal neu anfangen und ein angenehmerer Mensch werden können. Anna hätte ein bisschen von ihrem Hang abbauen können, immer anderen gefallen zu wollen, um stattdessen ein bisschen selbstbewusster zu werden. Keines der Mädchen änderte sich. Ihre Persönlichkeiten standen fest. Yin und Yang, Kopf und Zahl. Sie gaben einander Halt. Während sie aufwuchsen, wurde deutlich, dass sie sich in sehr vieler Hinsicht unterschieden und sich zugleich doch schrecklich nahe waren. Man musste Zoe zugutehalten, dass sie Anna ihren Erfolg und ihre Beliebtheit nie übel nahm. Sie war nicht eifersüchtig, sondern im Gegenteil eher fürsorglich. Zoe war realistisch genug, um zu wissen, dass Annas Naivität eine Gefahr sein konnte. Für Anna war die Schule ein großer Spaß. Sie dachte, sie hätte viele Freundinnen. Zoe bedauerte sie, weil Anna angeblich nicht merkte, dass alle sie nur ausnutzten.

»Was meinst du damit?«, fragte ich besorgt.

»Sie lässt die anderen ihre Hausaufgaben abschreiben.«

»Ich helfe eben gern«, sagte Anna ruhig.

»Warum bringst du ihnen dann Mathe nicht lieber bei, anstatt ihnen einfach die Lösungen zu geben?«, schlug ich vor.

»Sie verschenkt ihre Kekse.«

»Es ist doch gut, wenn man teilt«, entgegnete Anna und lächelte.

Ich wusste nicht, was ich sagen sollte. War es möglich, dass jemand zu gut war? Schließlich würde Anna nicht gleich verhungern, wenn sie ihren Pausenimbiss opferte.

»Ein Glück, dass du mich hast, um auf dich aufzupassen«, sagte Zoe düster.

Während ich dachte, dass es ein Glück war, dass wir Anna hatten, um auf Zoe aufzupassen. Ich war fest überzeugt, dass es gut für sie sein musste, mit Anna zusammen zu sein. Und sie war gern mit ihr zusammen. Anfangs glaubte ich, es sei hauptsächlich, weil sie ein bequemer Sündenbock für Zoe war, wenn sie selbst Unsinn anstellte, und später, weil sie immer bereit war, sie zu decken, aber vermutlich war es noch mehr als das. Ich glaube und muss weiter glauben, dass Zoe ihre Schwester liebte. Ganz doll. Für immer und ewig.

Das war ihr Spruch. »Ich hab dich lieb«, sagte die eine zur anderen, als sie noch klein waren.

»Ganz doll«, antwortete dann die andere, worauf, wer immer mit der Liebesbekundung angefangen hatte, mit »für immer und ewig« schloss.

Es war hinreißend. Da waren sich alle einig. Als die Jahre vergingen, hörten sie auf »Ich hab dich lieb« zu sagen, sondern beschränkten sich auf die Kurzform.

»Ganz doll.«

»Für immer und ewig.«

Ich horchte aufmerksam, und irgendwann bemerkte ich eine Veränderung. In Annas Tonfall lag plötzlich die Andeutung einer Frage. Als würde sie nicht mehr ganz daran glauben. Das machte mir Sorgen. Man sorgt sich ja über vieles als Mutter, nicht wahr?

22

Nick

Es erforderte zehn Tage und eine Menge E-Mails, bis Anna und Zoe sich auf einen Termin einigten, an dem sie alle Zeit hatten, um sich zu treffen. Nick hatte den Eindruck, dass Zoe zwar unbedingt wollte, andererseits aber Wert darauf legte, dass alles nach ihren Vorstellungen ablief. Sie bestand darauf, Anna zuerst allein zum Mittagessen zu treffen. Er hatte Verständnis dafür, dass die beiden etwas Zeit zu zweit brauchten. Die Schwestern hatten sicher eine Menge zu bereden, gerade als Zwillinge mit ihrer ganz besonderen Verbindung. Da wollte er nicht stören. Andererseits schienen die Planungen so kompliziert, als berufe man ein Gipfeltreffen von Spitzenpolitikern ein. Die normalerweise so gefasste Anna war wegen dieser Kennenlernsache ganz von der Rolle. »Vielleicht sollten wir uns die Mühe gar nicht machen«, sagte sie mehr als einmal zu Nick. Dann war er derjenige, der das Vorhaben vorantrieb. Schließlich war ihr die Beziehung zu Zoe wichtig, und deshalb war sie auch wichtig für ihn. Er schlug vor, sich im Savoy Grill zu treffen. Das war ein Restaurant, in das man Leute ausführte, um Eindruck zu machen, und Nick wollte seine zukünftige Schwägerin beeindrucken. Obwohl ihr düstere Vorwarnungen vorauseilten – sie schien im Prinzip eine laufende, sprechende, tickende Zeitbombe –, war sie das erste Mitglied von Annas Familie, das er persönlich kennenlernen würde. Ihr Urteil bedeutete ihm viel. Aber Anna sagte, das Savoy sei zu gefährlich.

»Wie meinst du das?«, fragte er.

»Zu exponiert«, murmelte sie traurig. »Wir brauchen etwas Kleineres. Im Savoy könnte Zoe der Versuchung nicht widerstehen, eine Show abzuziehen. Da ist es doch sehr offen, oder? Ehe du dichs versiehst, würde sie nackt auf dem Dessertwagen sitzen und an den Tischen vorbeirollen.«

Bei dieser Vorstellung hätte Nick beinah laut losgelacht, aber Annas besorgter Blick hinderte ihn daran. »Du warst also schon mal im Savoy?«, fragte er stattdessen. »War das eine deiner Verabredungen, bevor du mich getroffen hast?«

»Schön wär's, nein. Ich habe Fotos im Internet gesehen. Du kennst das, wenn du diese Werbe-E-Mails bekommst, in denen drei Gänge zum Festpreis angeboten werden, aber wenn du das Angebot annimmst, gibst du hinterher doppelt so viel aus, weil du dazu verleitet wirst, lauter Extras zu bestellen.«

»Extras?«

»Gemüsebeilagen, Kaffee.«

»Die sind doch inbegriffen.«

»Sie kosten zusätzlich.« Anna wirkte verlegen.

Sie hatten sich noch nie direkt über ihre Gehälter unterhalten. Er wusste nicht genau, was sie verdiente, und sie konnte sich vermutlich nicht einmal vorstellen, was er verdiente. Sie arbeitete für eine Wohlfahrtseinrichtung, er für eine Investmentbank.

»Ich lade dich mal dorthin ein.«

»Das wäre schön«, antwortete sie und ließ ihn ihre Bedenken fortküssen.

Schließlich wählte Anna das Restaurant aus. Er erwartete nichts Großartiges. Sie würde sicher etwas Nettes und Günstiges aussuchen, vielleicht eins der Lokale, in dem Studenten eine Gebühr zahlten, um ihren eigenen Wein mitbringen zu dürfen, was sie auch in reichlichen Mengen taten, um den Geschmack des schrecklichen Essens zu überdecken. Nur dass sie wegen Zoes Problemen wahrscheinlich keinen Alkohol mitbringen dürften und sich das schlechte Essen ganz ohne schützenden Rausch hineinquälen müssten. Er freute sich nicht gerade darauf, mischte sich jedoch nicht ein. Wie sich herausstellte, hätte er sich gar keine Gedanken machen müssen. Anna reservierte einen Tisch in einem eleganten, intimen Restaurant in einem kleinen Boutique-Hotel, das sich hinter einer schwarz glänzenden Tür in einer der gepflegten, ruhigen Straßen im West End versteckte, die Touristen nie entdeckten.

Während die Innenstadt vollgestopft mit Menschen war, bot die Hotellobby einen ruhigen Rückzugsraum mit Klimaanlage. Überall standen tiefe Ledersessel, die gerade im richtigen Maß abgewetzt waren. Genug, um zu vermitteln, dass das Hotel Tradition hatte, aber nicht so viel, dass man auf Geldprobleme hätte schließen müssen. Er wurde an einen Tisch geführt, an dem sechs Personen hätten sitzen können, der aber nur für drei gedeckt war. Der Kellner entfernte rasch das Reserviert-Schild. Die Wein- und Cocktailkarte war lang und kompliziert, eigentlich genau die Sorte, die Nick immer mit Genuss studierte. Heute klappte er sie jedoch nach einem kurzen Blick gleich wieder zu. Er überlegte, ob er sich einen Aperitif bestellen sollte; gab es da wohl bestimmte Regeln, wenn Zoe dabei war? Schließlich ging er auf Nummer sicher und orderte ein Bitter Lemon. Er zupfte an der Ecke der gestärkten blau-weißen Leinenserviette und beobachtete, wie der Minutenzeiger auf der Wanduhr langsam im Kreis kroch. Sie waren für halb acht in dem Restaurant verabredet. Nick war direkt von der Arbeit hergekommen, während Anna erst noch nach Hause wollte, um sich umzuziehen.

»Ich erscheine da auf keinen Fall in meinen Arbeitsklamotten«, hatte sie erstaunlich entschieden verkündet. »Zoe wird sich total aufdonnern und super aussehen. Dagegen bin ich sowieso eine graue Maus, egal was ich mache, aber ich werde mir zumindest Mühe geben.«

Er hatte ihr Geständnis unheimlich liebenswert und ehrlich gefunden, aber er glaubte, dass sie sich irrte. Er konnte sich nicht vorstellen, dass Zoe Anna in den Schatten stellen könnte. Obwohl sie Zwillinge waren. Nick war überzeugt, dass jeder das Gesicht bekam, das er verdiente: Annas war hell und offen, strahlend und schön. Zoe dagegen würde man ihr leidvolles Leben sicher ansehen.

Er war zehn Minuten zu früh da gewesen. Anna und Zoe waren inzwischen zehn Minuten zu spät. Es war nicht Annas Art, ihn warten zu lassen. Sie war normalerweise sehr pünktlich. Von Zoe glaubte er das eher nicht. Ihre Verspätung bewegte sich natürlich noch im akzeptablen Rahmen, war aber besonders unerfreulich, weil er selbst so überpünktlich gewesen war. Es war ihm unangenehm, alleine dazusitzen. So musste es sich anfühlen, wenn man bei einer Verabredung versetzt wurde; nicht dass ihm das jemals passiert wäre. Sein Handy klingelte, und er kramte danach, um ranzugehen. Anna. Ein Glück. Sicher rief sie an, um ihm zu sagen, dass sie gleich da wäre. Dann würde sie es auf jeden Fall noch vor Zoe schaffen. Es war verrückt, er hatte schon Handelsbosse aus der ganzen Welt getroffen, schwierige Pressekonferenzen geleitet, vor zweihundert Elftklässlern in seiner alten Schule gesprochen – er war also nicht so leicht zu verunsichern –, aber mit Zoe wollte er nicht alleine sein.

»Es tut mir so leid, Schatz. Ich habe hier einen ganz schlimmen Tag bei der Arbeit.«

Ihm gefiel das Wort »habe« nicht, er verstand sofort, was das hieß. Sie war außer Atem und klang eindeutig besorgt. Wenn Anna unter Druck stand, dann schrie oder weinte sie nicht, wie viele andere das taten. Sie ging auf bewundernswert ruhige Art damit um, nur ihr Atem wurde etwas flacher.

»Was ist denn los?«

»Ivan ist durchgedreht.«

»Der Typ mit dem Tourette-Syndrom?«

»Ja, der. Er hat mit Stühlen und Tischen geworfen. Die anderen Besucher sind total erschrocken, kannst du dir ja vorstellen. Wir versprechen ihnen eine ruhige, sichere Umgebung, und dann fängt Ivan plötzlich an, die Möbel in alle Richtungen zu schleudern.«

»Was hat ihn denn so aufgebracht?«

»Eine weitere Absage auf eine seiner Bewerbungen. Und dann hatte Mrs. Skarvelis noch einen kleinen Unfall.«

»Was denn für einen Unfall?« Nick dachte an Schnittwunden und aufgeschlagene Knie.

»Sie hat sich eingenässt. Sie traute sich nicht an dem Tumult vorbei, obwohl sie mal zur Toilette musste. Sie blieb einfach in ihrem Sessel in der Leseecke sitzen. Und hat sich natürlich zu Tode geschämt.«

Nick schüttelte den Kopf. Die Leute dachten immer, sein Job, in dem er mit Hunderttausenden, oft sogar Millionen von Pfund jonglierte, sei stressig, aber er war heilfroh, dass er nicht mit so etwas konfrontiert wurde.

»Ein paar von den älteren Herrschaften sind beleidigt gegangen. Ich bin mir nicht sicher, wann die sich ein Herz fassen und zurückkommen, was wirklich schade ist, denn gerade die älteren Menschen sind einsam und brauchen Gesellschaft.«

»Und wie ist die Lage jetzt?«

»Na ja, Ivan beruhigt sich langsam, obwohl er noch immer ziemlich gereizt ist. In der ganzen Aufregung hat er sich an der Hand verletzt. Ich muss ihn zur Notaufnahme bringen.«

Nick seufzte.

»Vera kann das nicht übernehmen, weil heute Elternabend in der Schule ihres jüngsten Sohnes ist. Außerdem«, fuhr sie fast schon schuldbewusst fort, »habe ich versprochen, alles wieder in Ordnung zu bringen und den Bericht zu schreiben.«

»Ja, das verstehe ich natürlich.« Nick hatte selbst einen Job, der regelmäßig seine Freizeit zunichtemachte, er konnte Anna nicht vorwerfen, dass sie genauso engagiert war. »Wir lassen das Abendessen einfach ausfallen und machen etwas Neues mit Zoe aus.«

»Na ja, das war auch mein erster Gedanke, aber irgendwie ist es albern, wo Zoe doch oben sitzt. Sie würde sich etwas vom Zimmerservice bestellen. Aber das ist doch Unsinn.«

»Sie ist oben?«

»Ja, sie wohnt in dem Hotel. Hatte ich dir das nicht erzählt? Eigentlich wollte ich sie von der Rezeption aus anrufen, wenn ich ankomme.«

Nick hörte schon die Frage in ihrer Stimme, noch bevor sie sie überhaupt stellte.

»Ich habe überlegt, ob ihr vielleicht schon einmal ohne mich anfangen könnt? Ich komme dann nach, falls ich früh genug fertig bin.«

Ihm war klar, dass das nicht so schnell sein würde. »Soll ich nicht lieber zu dir kommen? Ich könnte Ivan ins Krankenhaus begleiten, während du den Bericht schreibst. Dann wird es nicht so spät.«

»Seeehr verlockend! Aber ich habe schon mit Zoe gesprochen, und sie würde gerne mit dir zu Abend essen. Ist das in Ordnung für dich?«

»Natürlich, warum nicht?«

»Du bist der Beste.«

»Gibt es, ähm, muss ich irgendwas –?«

»Du kriegst das schon hin. Pass nur auf, dass sie keinen Alkohol trinkt.«

Er fragte sich, wie er das hinbekommen sollte. Etwa, indem er ihr das Glas wegnahm?

»Also, hör zu, ich muss Schluss machen. Ivan ist immer noch ziemlich durch den Wind. Zoe hat gesagt, sie ist gleich da. Hab dich lieb.«

174

Er konnte kaum dasselbe sagen, da hatte Anna auch schon aufgelegt. Er seufzte, schob das Handy in seine Hosentasche und blickte sich in dem Restaurant um.

Donnerwetter.

Das war sie, ohne jeden Zweifel. Nicht nur ein Zwilling, sondern ein eineiiger Zwilling. Die gleiche Statur, die gleichen Haare, die gleichen Augen, und doch irgendwie ganz anders. Zoe trug High Heels, einen hautengen Rock und ein Top, das transparent und edel zugleich war. Während sie sich im Lokal umsah und in Ruhe die Umgebung auf sich wirken ließ, fiel Nick auf, dass ihre Bewegungen selbstsicher und zielstrebig waren, eindeutig darauf ausgelegt, Aufmerksamkeit auf sich zu ziehen. Ihre äußere Ähnlichkeit war wirklich unglaublich, aber Zoes auffällige Art unterschied sich deutlich von Annas zurückhaltender. Anna schien ihre Schönheit manchmal fast peinlich zu sein; Zoe dagegen schwelgte darin. Anna würde bei jedermann als schöne Frau gelten, aber diese Frau hier hatte viel mehr Ausstrahlung. Verblüffend.

Sie entdeckte ihn, fixierte ihn mit dem Blick auf seinem Platz und schlenderte dann lässig auf ihn zu. Mit schwingenden Hüften, wallenden Haaren und – kaum merklich, aber unübersehbar – wippenden Brüsten. Er konnte den Blick einfach nicht abwenden.

»Du musst Nick sein.« Sie stand vor ihm, aufrecht, atemberaubend, stolz. »Und das da ist sicher mein Platz.«

Sie blieb stehen, bis er aufsprang und den Stuhl für sie zurückzog. Sie bedankte sich nicht, setzte sich einfach nur hin, wie eine Königin, die ihren Thron einnimmt.

In der Grundschule hatte Nick eineiige Zwillinge in der Klasse gehabt. Wie alle Kinder hatten die beiden auch Nick fasziniert. Zugleich war er ein bisschen neidisch auf sie gewesen. Als Junge stellte er es sich immer großartig vor, jederzeit einen Kumpel zu haben, mit dem man Pferde stehlen konnte.

Als Erwachsener dachte er, es müsste der ultimative Kick für ein übersteigertes Ego sein, einen Doppelgänger zu haben, den man beobachten konnte. Nicht etwa, dass Anna ein übersteigertes Ego gehabt hätte, Zoe vielleicht aber schon. Er war mit den Jungen nicht richtig befreundet gewesen und konnte sie nicht auseinanderhalten, was ihn verunsicherte. Er wusste gerne, woran er war. Jetzt wurde er einen Moment lang nervös, weil er sich fragte, ob er wohl in der Lage sein würde, Zoe und Anna auseinanderzuhalten, wenn sie beide hier wären. Die Zwillingsjungen in der Schule damals mussten die gleiche Uniform tragen, was noch zusätzlich für Verwirrung sorgte. Zoes Kleidungsstil unterschied sich, wenig überraschend, immerhin deutlich von Annas. Aber was, wenn sie beide nackt vor ihm stünden? Bei dem Gedanken durchzuckte ihn ein Stechen aus Furcht und Erregung. Wieso dachte er so etwas? Er würde Zoe natürlich nie nackt sehen. Wovor hatte er Angst? Was erregte ihn? Zoe bewegte kaum merklich den Kopf, beziehungsweise nicht den Kopf, sondern nur ihre Augen. Die Geste zitierte den Kellner herbei, als würde er durch den Ruf einer Sirene Richtung Tisch gezogen. Anna machte Kellner immer mit ihrem strahlenden Lächeln und einem freundlichen Winken auf sich aufmerksam. Ja, er würde sie auseinanderhalten können. Er war erleichtert.

Trotzdem konnte er den Blick nicht von ihr wenden. Es war, als betrachtete er Anna, nur … mehr. Sie sah aus, wie Anna aussehen könnte, wenn sie sich einem komplett neuen Styling unterzöge, so wie Frauen das manchmal für Zeitschriften machten oder für diese eher primitiven Fernsehsendungen. Zoe war nicht unbedingt attraktiver als Anna, sie war einfach anders. Es war faszinierend. Sie hatten beide volle, wohlgeformte Brüste, aber Zoe trug ein Oberteil, das aus Brüsten Titten machte. Eine dünne schwarze Bluse, an der ein Knopf zu viel offen stand. Und deren tiefer Ausschnitt und hauchdünner Stoff dazu gedacht war, einen aufregenden orangefarbenen Spitzen-BH zu offenbaren. Anna trug weiße oder hautfarbene Unterwäsche, grundsätzlich aus Baumwolle. Sie besaß auch zwei Sets aus Spitze – eins in Puderrosa, eins in Hellblau – aber er hatte sie noch in keinem davon gesehen. Er wusste nur, dass es sie gab, weil Anna ihn einmal gebeten hatte, in ihren Wäscheschubladen nach einem Paar Sportsocken zu suchen. Er fand das sehr schade, denn sie hatte einen wunderschönen Körper und sollte selbstbewusst genug sein, um das Beste daraus zu machen. Was sie leider nicht tat.

Sie kleidete sich zwar gut, in der Regel auch geschmackvoll, aber meistens waren ihre Sachen praktisch, bequem und zweckmäßig. Für Zoe hingegen war Selbstvertrauen offensichtlich kein Problem. Er konnte sich kaum etwas Praktisches oder Zweckmäßiges in ihrem Kleiderschrank vorstellen, er sah eher haufenweise seidige, hauchzarte Stoffe vor sich, leuchtende Rottöne, Leopardenmuster, tiefe Ausschnitte und kurze Rocksäume. Der Gedanke ließ ihn zu seinem Glas greifen und einen Schluck Wasser trinken.

Zoe legte die Ellbogen auf den Tisch und drückte (absichtlich?) ihre Brüste zusammen, sodass sie vor seinen Augen hervorquollen. Ihr Teint war ebenso zart wie Annas. Sie schlug ihre muskulösen Beine übereinander. Genau wie Anna hatte sie dunkle, glänzende Haare, aber seit ihren ersten Treffen hatte Nick kaum mehr gesehen, dass Anna ihre offen trug. Sie nahm sie normalerweise zu einem Pferdeschwanz zusammen, weil das bei der Arbeit praktischer war. Er mochte Pferdschwänze, Frauen wirkten damit sportlich und beherzt. Aber lange Haare, die einer Frau in dunklen, glänzenden Locken auf die Schulter fielen, nun ja, das war sexy und sinnlich. Und sexy und sinnlich war sportlich und beherzt in den meisten Männerfantasien überlegen. Nick rief sich in Erinnerung, dass Männerfantasien etwas für unreife Jungen waren, die sich dabei einen runterholten, sie waren weder real noch wichtig. Anna trug kaum Make-up. Nick bewunderte das. Sie war eine natürliche Schönheit und brauchte sich mit so etwas gar nicht abzugeben. Zoe war praktisch damit zugekleistert. Aber er musste zugeben, dass sie es sehr gekonnt aufgetragen hatte. Es betonte ihre Gesichtszüge. Es fiel schwer, den Blick von ihren üppigen, geschwungenen Wimpern abzuwenden. Ihr tiefroter Mund war bezaubernd. Feuchte Lippen. Glänzend. Eine Öffnung in ihrem Gesicht. Verlockend.

»Was trinkst du?« Sie nahm die Wein- und Cocktailkarte zur Hand und fing an, sie durchzublättern.

Er war hingerissen. Und wusste nicht wirklich, warum. Er hatte schon oft schöne Frauen gesehen. Sie besessen. Viele von ihnen. Schöne, sexy, Muss-ich-haben-Frauen. Aber Zoe unterschied sich von allen anderen, ironischerweise weil sie einer so sehr glich. Weil sie Anna war, und doch kein bisschen Anna.

»Bist du sicher, dass du Alkohol trinken möchtest? Nicht vielleicht lieber etwas anderes?«, fragte er und gab sich Mühe, Annas Anweisung zu befolgen. Er verhaspelte sich beinah, es war peinlich. »Ich trinke Bitter Lemon.«

Zoe lachte, ein hartes, provozierendes Lachen. »Wie langweilig! Wer bist du? Meine Mutter?«

Er schüttelte den Kopf. »Machst du nicht gerade dieses Programm?«, flüsterte er.

»Hat sie dir von dem ganzen Scheiß erzählt, ja? Was für ein Klatschmaul.«

Nick war an Annas Stelle beleidigt. »Sie macht sich nur Gedanken um dich.«

»Soll ich dir ein Geheimnis verraten?«

Nick war unentschlossen. Er hatte das Gefühl, die Geheimnisse dieser Frau zu kennen würde auf direktem Weg zu Schwierigkeiten führen, doch bevor er sie daran hindern konnte, sagte sie schon: »Ich habe bereits vor einem halben Jahr wieder angefangen zu trinken. Anna habe ich nichts davon gesagt, sie würde ausflippen, aber es geht mir bestens damit. Ich habe alles unter Kontrolle.«

Nick wollte schon sein Handy herausholen und Anna anrufen. Das war doch eine Katastrophe, oder? Er kannte nicht wirklich viele Alkoholiker. Handfeste Trinker? Ja, haufenweise. Aber das war ja nicht dasselbe. Er war sich ziemlich sicher, dass trockene Alkoholiker nie mehr etwas trinken durften. Er zögerte. Was könnte Anna in dem Moment schon tun? Sie war mit Ivan im Krankenhaus. Sie würde sich nur aufregen.

»Sie haben die Sache mit meinen Trinkgewohnheiten immer unnötig aufgebauscht«, unterbrach Zoe seine Gedanken.

»Sie?«

»Meine Eltern. Anna. Sie hat dir garantiert erzählt, ich sei abhängig.«

»Na ja, ja.«

»Bin ich nicht. Sehe ich etwa aus wie eine Alkoholikerin?«

Sie breitete die Arme aus, und er merkte, dass er auf ihr Dekolleté starrte. Sie sah Nick weiter fragend an. Sie wirkte wie die Gesundheit in Person. Alkoholiker hatten raue, gelbliche oder gerötete Haut, ihre war glatt und goldbraun. Er bemerkte weder ein Händezittern, noch waren ihre Augen blutunterlaufen oder ihr Blick getrübt. Sie sah absolut nicht wie eine Alkoholikerin aus. Anna sorgte sich gern. Er war geneigt zu glauben, dass sie unbeabsichtigt übertrieben hatte. Zoe war erwachsen, er konnte ihr nicht vorschreiben, was sie zu tun oder zu lassen hatte.

Der Kellner wartete.

»Ich nehme einen Wodka Orange, aber nur, wenn die Orange vor meinen Augen ausgepresst wird. Ich kann dieses Zeug nicht ab, das als ›frisch gepresst‹ verkauft wird und es nicht ist. Die Welt ist ja so enttäuschend voll von Dummschwätzern. Ohne Eis.«

Der Kellner nickte, eifriger als nötig.

»Bringen Sie zwei«, trug sie ihm auf, ohne Nick überhaupt zu fragen.

23

Zoe

Kaum dass sein Blick auf mich fällt, weiß ich, dass er meinen Test nicht bestehen wird. Irgendwas an der Art, wie er mich ansieht, drückt seine Absicht aus: lange, intensiv, ein bisschen schuldbewusst und zugleich erregt. Fast mache ich auf dem Absatz kehrt, ich habe meine Antwort. Aber Anna noch nicht. Sie braucht den eindeutigen Beweis. Wirklich erbärmlich, seine Reaktion. Vorhersehbar. Seine Zunge hängt praktisch auf dem Boden. Männer sind so dämlich. Das größte Ärgernis ist, dass sie noch immer die Welt regieren, in der wir leben. Trotzdem bleibe ich. Ich muss. Ich muss es wissen. Anna muss es wissen. Sie glaubt immer an das Beste in den Menschen, im Zweifel für den Angeklagten. Es darf keinen Zweifel geben. Ich bewege mich auf ihn zu. Spinne mein Netz, in das er, das Insekt, hineinkrabbeln wird.

Ich verschwende keine Sekunde an den Gedanken, Zurückhaltung zu zeigen. Das ist es sicher nicht, was er von mir will. Und er will etwas von mir, ob er es schon weiß oder nicht, ob er sich jetzt eingesteht oder überhaupt jemals. Ich ziehe alle Register: schwinge die Hüften, spiele mit meinen Haaren, presse meine Brüste zusammen, während ich mich vorbeuge und die Ellbogen auf den Tisch lege (kein Benehmen!), ab und zu seine Hand berühre, während ich eine lustige Geschichte erzähle, den Kopf zurückwerfe und überschwänglich lache. Ich fahre mir mit der Zunge über die Zähne, fülle sein Glas auf, schiebe mein Knie neben seines. Alles offensichtliche, altbekannte Tricks. Und er springt sofort darauf an. Als wäre er noch nie in seinem Leben einer Frau begegnet.

Wirklich frustrierend. Schlimm für Anna.

Ich hatte recht. Er findet den Sex mit ihr, sagen wir angenehm? Nett? So lala? Nicht wirklich zufriedenstellend. Das gibt er mir gegenüber natürlich nicht zu, aber ich gehe davon aus, weil er fast schon kommt, wenn er nur über Sex spricht, und natürlich konzentriere ich mich den ganzen Abend über genau darauf. Ich will ihn möglichst heißmachen, ich muss sehen, wie weit er geht. Also lenke ich die Unterhaltung trotz seiner schwachen Versuche, über meine Arbeit und meine Reise aus den Staaten (gähn) zu reden, immer schnell wieder zurück auf das, was zählt. Sex. Als er die Speisekarte nimmt, um einen Blick darauf zu werfen, zum Beispiel.

»Auf was hast du Lust?«, fragt er.

»Auf einen Adonis mit geschickter Zunge«, scherze ich.

Er wird rot und zeigt auf die Karte. »Zu essen?«

»Oh, ich nehme die Austern mit Chili-Salsa.« Jeder weiß, was man über Austern sagt, unnötig, es zu erwähnen also. »Und du?«

Er fingert verlegen an seinem Kragen, während er verarbeitet, dass ich das Aphrodisiakum gewählt habe. »Ich nehme einen Salat«, sagt er und trinkt einen großen Schluck von seinem Wodka Orange.

»Der Salat ist doch eher was für Frauen.«

Er hebt vorgeblich erstaunt die Brauen. »Ist das nicht ein bisschen sexistisch?«

»Ich denke da nicht etwa an die Kalorienaufnahme. Da sind Avocados und Spargel drin. Weißt du denn nicht, dass das Vitamin E in dem Grünzeug den Körper anregt, Östrogen und Progesteron zu produzieren, die dann im Blut zirkulieren und sexuelle Reaktionen stimulieren?« Ich lächle unschuldig, als würden wir lediglich übers schlechte Wetter reden. »Es lässt vor allem die Klitoris anschwellen und sorgt für eine feuchte Vagina.«

Er verschluckt sich tatsächlich an seinem Getränk.

»Bin ich etwa die Einzige, die so etwas weiß?« Ich versuche, aufrichtig verwirrt zu wirken. »Vermutlich«, fahre ich schulterzuckend fort. »Das wird wohl der Grund für die positiven Rückmeldungen meiner Liebhaber sein.« Ich zwinkere ihm zu. Was ich da mache, ist kein Flirten. Flirten impliziert ein gewisses Feingefühl.

Ich bestelle die Austern als Vorspeise. Danach Steak mit dem geilen Salat als Beilage. Er müsste taub und blind sein, wenn er die Botschaft nicht verstünde. Nach meinem kleinen Vortrag über Ernährung schaltet er auf Vermeidungstaktik und bestellt Würstchen, was mich innerlich zum Kichern bringt. Ich bestelle auch noch eine Flasche Wein und registriere, wie er unruhig auf seinem Platz hin und her rutscht, aber er traut sich nicht, weitere Einwände zu erheben.

»Du bist also keine Vegetarierin wie Anna?«

»Wenn ich die Wahl hätte, würde ich darum bitten, mir Fleisch zu servieren, das noch blökt.« Ich beiße mir auf die Lippe. »Oder spricht.«

Während wir auf unser Essen warten, fragt er mich eher ratlos, was ich so in meiner Freizeit mache. Ich erwähne, dass Anna und ich als Kinder beide geturnt haben, und dass ich im Gegensatz zu ihr, die mittlerweile offenbar keine Zeit mehr für Hobbys hat, gerne beweglich bleibe. »Ich bin ein ziemlicher Yoga-Fan.«

»Ach, wirklich, welche Art?«

»Da bin ich nicht wählerisch. Ashtanga. Hatha. Am liebsten ist mir Hot Yoga.«

»Davon habe ich schon gehört.«

»Im Prinzip ist das einfach Yoga in einem sehr warmen Raum. Ungefähr siebenunddreißig Grad. Stell dir einfach eine tropische Insel ohne jedes Lüftchen vor.«

»Interessant.«

»Wenn du Yoga in einem geheizten Raum praktizierst, erhöht das die Herzfrequenz und verlangt dem Körper mehr ab. Das ist ganz schön anstrengend. Trotzdem mag ich es. Es kräftigt die Muskeln, macht beweglich und strafft den Körper.« Ich sitze kerzengerade da. Er weiß, dass ich gestrafft bin. »Außerdem unterstützt die Hitze beim Entspannen, verbessert die Atmung und hilft, seine innere Mitte zu finden.«

»Alles sehr positiv.«

»Ja, allerdings nichts für Zimperliche. Es geht ziemlich zur Sache. Hauptsächlich geht es darum, Giftstoffe auszuschwitzen. Ich bin immer innerhalb von Minuten klatschnass. Der Schweiß rinnt mir in jede Spalte, und ich muss das Verlangen unterdrücken, mich auszuziehen.« Ich zupfe an meiner Bluse, als würde ich in diesem Moment auch schwitzen und müsste mich gleich entblößen. Ich lege eine Unterhaltungspause ein. Die Leute unterschätzen immer die Bedeutung dessen, was ungesagt bleibt. Meiner Meinung nach ist das genauso wichtig wie das, was man ausspricht. Ich lasse seinem inneren Auge Zeit, sich das Bild vorzustellen. »Und du?«

»Was?« Er wirkt ein bisschen verstört.

»Treibst du irgendeinen Sport?«

»Ich spiele manchmal Rugby.«

»Ach.« Kurze Pause. »Oberschenkel.« Mehr brauche ich nicht zu sagen. Ich erlaube dem Moment, sich kurz zu setzen. Er stellt sich ein heißes, schwitzendes Yoga-Häschen vor. Ich tue so, als stellte ich mir seine starken, muskulösen Oberschenkel vor, und um die Sache einfacher zu machen, tue ich das wirklich.

Wir sitzen schweigend da, bis der Kellner unsere Vorspeise bringt. Schweigen ist wirkungsvoll. Manchmal wirkungsvoller als Schreien.

Nick versucht es noch einmal mit einem neuen Thema. »Anna hat mir erzählt, du bist wegen eines bestimmten Auftrags hier.« Goldig, wie er immer wieder versucht, Anna ins Gespräch zu bringen. Mich und sich selbst daran zu erinnern, dass es sie gibt.

»Das ist richtig.« Ich spiele mit meiner Liebesknotenkette, um seine Aufmerksamkeit auf mein Dekolleté zu lenken – obwohl das kaum nötig ist, er hat bisher kaum irgendwo anders hingeschaut. Es ist wirklich köstlich, ihm dabei zuzusehen, wie er Mühe hat, den Blick oben zu halten.

»Und was arbeitest du?«

»Hat sie dir das nicht gesagt? Ich bin Fotomodell.«

»Ach.«

»Du scheinst überrascht.«

Er betrachtet meine Lippen, während ich kaue. Offensichtlich gefällt ihm mein guter Appetit.

»Überhaupt nicht, du bist schön. Ihr seid beide schön«, fügt er rasch noch hinzu und wird rot.

Es ist fast schon süß, wie er stammelt.

»Aber Modeln hast du jetzt nicht erwartet?«

»Auf jeden Fall würde ich mich daran noch erinnern, wenn Anna es erwähnt hätte.« Er lacht.

Jede Wette. Ich beschließe, ihn vom Haken zu lassen. »Ehrlich? Wahrscheinlich hat sie das nicht. Anna spricht nicht oft über meinen Modeljob. Sie ist nicht ganz damit einverstanden. Sagen wir's mal so, ich bin ein bisschen zu üppig für den Laufsteg, deshalb muss ich beim Großteil meiner Aufträge meine besonderen Vorzüge einsetzen.« Ich schmolle ein wenig. Ich bin außerdem zu alt für den Laufsteg, sehe aber keine Notwendigkeit, das extra zu erwähnen. »Na ja, ich bin jedenfalls hier, um Aufnahmen für einen Dessouskatalog zu machen.« Ich nenne ihm die Marke. »Kennst du die Firma?«

Er schüttelt den Kopf.

»Das überrascht mich nicht. Es sind ehrlich gesagt ganz schön nuttige Sachen.«

185

Ich sehe ihm praktisch an, wie er sich dagegen wehrt, einen Steifen zu kriegen, während er diese Info sacken lässt.

»Ich war den ganzen Tag damit beschäftigt.«

»Du hast heute gearbeitet – Modell gestanden?«

»Es ist anstrengender, als die Leute sich vorstellen, weißt du, so viel Beugen und Strecken.« Ich lasse ihn auch hierüber eine Weile nachdenken. »Außerdem ist es kalt, ich meine, wir haben natürlich nicht viel an.«

»Nein.«

»Und dann ständig eine Windmaschine, damit unsere Haare wehen. Außerdem will der Aufnahmeleiter, dass unsere Nippel stehen.« Als ich das sage, berühre ich mit dem Zeigefinger meine Brustwarzen und mache eine kleine Bewegung, um ihm zu demonstrieren, wie sie hervorstehen.

Er beißt sich fast auf die Zunge.

»Wir Mädels müssen uns fast aneinanderschmiegen, um ein bisschen Körperwärme abzukriegen. Das kannst du dir sicher vorstellen.«

»Ja, das kann ich.« Seine Stimme ist ganz heiser vor Lust. Er hustet und füllt unsere beiden Gläser auf, verwundert, dass die Flasche schon leer ist.

Ich rufe den Kellner und bestelle eine zweite. Nick protestiert halbherzig. Wieder übergehe ich seine Einwände. Es ist fast schon zu einfach. Dann denke ich an die Versprechen, die er Anna gegeben hat, und spüre eine Welle von Wut. Sie brennt mir in der Kehle, und ich kann die Austern nicht genießen.

Während des Hauptganges mache ich im gleichen Stil weiter. Fülle regelmäßig sein Glas, berühre ihn am Arm, sehe ihn mit laszivem Augenaufschlag an. Locke ihn mit jeder Silbe, die ich ausspreche, mit jedem Zucken des Kopfes, mit jedem Seufzen. Darin habe ich Übung. Manchmal ist es wirklich langweilig, wie einfach es ist, Männer aufzureißen. Wenigstens fällt der heutige Abend etwas aus dem Rahmen. Ich muss mir Mühe geben. Und das tue ich. Ich bin wie Quecksilber: gestaltlos, glänzend, gefährlich. Ich kann viele Formen gleichzeitig annehmen, und ich weiß, dass er alle aufregend findet und zugleich beängstigend.

»Du hast also vor, meine Schwester zu heiraten?«, frage ich.

»Das ist der Plan.«

Ich vermeide jeglichen Anschein, meine Gefühle mit freundlichem Small Talk zu überdecken. »Erstaunlich.«

Er trinkt einen Schluck Wein. »Warum sagst du das?«

»Du wirkst nicht wie ein Mann, der heiraten will.«

»Nicht?«

»Nein.«

»Zu welcher Sorte gehöre ich dann?«

»Du scheinst mir eher einer zu sein, der auf den schnellen Fick steht.«

Er hustet, als er das Wort so direkt ausgesprochen hört und garantiert auch in der Hose spürt. »Die Zeiten habe ich hinter mir«, beteuert er.

Ich schaue ihn fragend an, dabei weiß ich schon längst, woran ich bei ihm bin. »Welch kühne Behauptung.« Ich nehme die Flasche und fülle unsere Gläser auf.

Ich achte darauf, ihn zu überraschen. Ich erzähle keine lustige, peinliche und letzten Endes doch schmeichelhafte Begebenheit über Anna, wie eine liebende Schwester es vielleicht tun würde. Ich mache keine spitze Bemerkung oder falle ihr in den Rücken, wie eine eifersüchtige Schwester es vielleicht tun würde. Ich frage ihn nicht nach seinen beruflichen Aufstiegschancen, wie eine besorgte Schwester es vielleicht tun würde. Ich erwähne Anna kaum. Ob er sie wohl vergisst?

Ich frage mich, wie weit ich gehen muss. An welchem Punkt ich entscheide, dass es nun reicht. Was ist Untreue? Ist es, mit mir bei diesem Abendessen über Sex zu reden? Ist es, wenn er versäumt, seinen Fuß wegzuziehen, wenn meiner »zufällig«

an seinen stößt und dort verharrt? Ist es, wenn er über meine schmutzigen Witze lacht? Oder ist es ein Kuss? Wer weiß das schon. Das ist eine der philosophischen Fragen unserer Zeit. Wie weit muss ich gehen, um Anna zu beweisen, dass dieser Mann nicht vertrauenswürdig ist, genau wie alle anderen Männer, mit denen sie zusammen war? Ich denke, wenn er mich von hinten fickt und wir uns dabei im Spiegel betrachten, dürfte die Sache wohl klar sein.

24

Nick

Nick hatte sich immer für ziemlich versiert im Flirten gehalten. Aber Zoe spielte in einer völlig anderen Liga. Im Vergleich zu ihr kam er sich vor wie ein Schuljunge. Sie benahm sich überhaupt nicht, als wäre sie Annas Schwester, es war fast, als wäre Anna ihr völlig egal. Sie benahm sich, als hätten sie sich gerade in einer Bar oder einem Nachtclub getroffen, und er hätte sie auf einen Drink eingeladen und nach ihrer Nummer gefragt. Sie benahm sich, als fühlte er sich von ihr angezogen und als wäre das völlig normal. Sie war umwerfend, zweifellos. Sie war sicher viel Aufmerksamkeit gewohnt, aber einfach davon auszugehen, dass der Verlobte ihrer Schwester sie heiß finden würde, hatte etwas Geschmackloses.

Geschmacklos und zutreffend.

Nick entschuldigte sich, hastete zur Toilette. Er wollte Anna anrufen. Er schloss sich verunsichert, beinah verzweifelt, in einer der eleganten Mahagoniholzkabinen ein und starrte auf sein Handy. Er hatte sich noch nicht richtig überlegt, was er ihr sagen sollte. *Du hast recht, deine Schwester ist eine Nymphomanin und macht sich gerade an mich ran. Hilfe!*, war das Erste, was ihm spontan in den Sinn kam. Er war überfordert, steckte in der Klemme. War er in Gefahr? Das Wort schoss ihm durch den Kopf, aber er schob es beiseite. Was für ein lächerlicher Gedanke. Er war ein erwachsener Mann, in welcher Gefahr sollte er sein?

Trotzdem.

Leider erreichte er nur Annas Mailbox. Natürlich, sie saß ja mit Ivan in der Notaufnahme. Ihre heitere, unbeschwerte

Stimme schallte ihm beruhigend ins Ohr: »Hallo. Leider kann ich diesen Anruf gerade nicht entgegennehmen. Hinterlassen Sie mir eine Nachricht, und ich rufe so schnell wie möglich zurück.« Sie trällerte die Worte beinah.

»Hallo, Liebling, ich bin's.« Er wusste nicht, was er sagen wollte, und doch wollte er etwas sagen. Er musste. Er wollte die unsichtbaren Bande zwischen ihnen stärken, Versprechen bekräftigen, zärtliche Gedanken raunen. »Ähm, ich bin mit Zoe zusammen.« Ach, Mist. Er hielt inne. Das klang merkwürdig. Zweideutig. Durch Zoes ständige Anspielungen fühlte er sich irgendwie schmutzig, kam sich vor wie ein Komplize. Er hatte schon unzählige Verabredungen mit scharfen, schamlosen Frauen gehabt und sich dabei nie unsicher oder eingeschüchtert gefühlt. Noch ein paar Monate zuvor hätte dieses Treffen als Traumdate gezählt. Doch jetzt glich es eher einem Albtraum. Das erste Mal, seit er Anna kannte, wurde er auf die Probe gestellt. Auf die Probe gestellt und –

In Versuchung geführt.

Natürlich war ihm klar, dass er dieser Versuchung nicht nachgeben durfte. Von jetzt an würde er solchen Versuchungen nie mehr nachgeben. Steak, wann immer er wollte. Für den Rest seines Lebens. Nur einer Frau treu. Das war es, was Anna gesucht hatte. Das war es, dem er zugestimmt hatte.

Ganz ehrlich gesagt ein etwas deprimierender Gedanke.

Aber Anna war es schließlich wert, oder? Unbegrenzte Vielfalt verlor (paradoxerweise) irgendwann ihren Reiz, und deshalb hatte er eine Entscheidung getroffen. Und wenn er je auf Abwege geriete (was nicht passieren würde, aber falls doch), dann ergab es überhaupt keinen Sinn, das mit Zoe zu tun, Annas *Schwester*. Ihre Zwillingsschwester sogar! Was für eine Show zog sie da nur ab? Lag es an ihrer Krankheit? An ihrer Sexsucht? Anders konnte es nicht sein. So unwiderstehlich er sich auch fand, sie benahm sich völlig übertrieben. Er war noch nie jemandem begegnet, der so unverfroren war, so sehr von sich überzeugt, so –

Unwiderstehlich.

Plötzlich merkte er, dass er immer noch Annas Mailbox in der Leitung hatte. »He, Anna, komm her, so schnell du kannst, ja? Es ist alles in Ordnung, aber sie ist ein bisschen anstrengend.« Er lachte wenig überzeugend. »Du hast mich ja gewarnt, stimmt's? Ich weiß nicht recht, ob ich das hier richtig hinkriege.« Dann fügte er, weil es ihm wichtig war »Ich liebe dich« hinzu. Nick sprach diese drei kleinen Worte, die zugleich die größten Worte überhaupt waren, nicht oft aus. Meistens sagte er etwas wie »Hab dich lieb, Schatz« oder einfach »Ich dich auch« als Antwort auf Annas Liebesbekenntnis. Heute Abend wollte er, dass sie es wusste.

Er überlegte gerade, ob diese Nachricht klug war oder sie sich nur sorgen würde, als eine automatisierte Stimme ertönte: »*Wenn Sie mit Ihrer Nachricht zufrieden sind, legen Sie bitte auf. Wenn Sie eine Neuaufnahme machen möchten, drücken sie die Drei.*« Die Stimme klang kühl und geschäftsmäßig und ein bisschen streng.

Plötzlich fand Nick sein Verhalten dumm und unangebracht. Anna hatte heute Abend schon genug um die Ohren. Zoe war nur ein bisschen anstrengend, das war alles, er würde das schon schaffen. Es gab keinen Grund, gleich durchzudrehen. Er konnte nicht klar denken. Das war der Alkohol. Er hatte zu viel getrunken und sich eingeredet, damit Zoe davor zu bewahren, zu viel zu trinken. Was natürlich nicht funktioniert hatte. Außer dem Wodka Orange hatten sie inzwischen schon die zweite Flasche Wein fast geleert. Voller Panik drückte er auf die Drei. Hustete. »Hallo, Anna. Ich wollte dich nur wissen lassen, dass Zoe und ich uns blendend verstehen. Sie ist sehr unterhaltsam. Ich hoffe, bei dir renkt sich alles wieder ein und Ivan geht es gut. Schade, dass du es wohl nicht mehr herschaffst. Wir sehen uns dann sicher morgen. Hab dich lieb, Schatz.«

Anschließend spritzte er sich Wasser ins Gesicht und ging zurück zum Tisch. Zu Zoe.

Wahrscheinlich wäre es das Beste, so schnell wie möglich aufzuessen, die Rechnung zu bezahlen und zu gehen. Er durfte diese Unterhaltung nicht ernst nehmen, auf keinen Fall. Anna hatte ihm gesagt, dass sie süchtig war. Das war eine Krankheit. Welcher Mann ließ sich denn durch eine Krankheit scharfmachen? Herrje, es stimmte, er war scharf auf sie. Wie konnte das sein? Gestörte und komplizierte Frauen waren immer tabu für ihn gewesen. Kein Interesse. Das Leben war zu kurz für solchen Stress. Mit Zoe jedoch war das etwas anderes. Er fand es merkwürdig, sie anzuschauen, sie beinah zu kennen und gleichzeitig gar nicht zu kennen. Sie sah genauso aus wie Anna, sie hatte deren strahlendes Lächeln und deren großartige Figur. Sie schien auch genauso klug zu sein, obwohl Zoes Gedanken und Gespräche sich um ganz andere Themen drehten. Keine Rede von Politik oder seelischer Gesundheit, vom Einfluss Delacroix' auf die moderne Kunst oder gar von Hochzeiten. Sie sprach überhaupt nicht über Ernsthaftes. Sie war unanständig, heiter und amüsant. Direkt und ohne jede Scham, nicht gefesselt durch irgendwelche gesellschaftliche Regeln und moralische Maßstäbe. Kein Vergleich mit seinem ersten Abend mit Anna. Ja, auch Zoe und er aßen in einem gehobenen Restaurant zusammen zu Abend. Aber damit hörten die Gemeinsamkeiten schon auf. Es gab kein schüchternes oder zurückhaltendes Lächeln, kein gegenseitiges Herzausschütten. Obwohl er sich trotzdem entblößt fühlte. Das Essen war auch kein Vergleich mit irgendeiner der oft mehr oder weniger langweiligen Verabredungen, die Nick in der Vergangenheit gehabt hatte. Heute Abend hatte er das Gefühl, splitternackt auf Messers Schneide zu stehen. Zoe besaß irgendwie die Macht, ihn aufzuschlitzen.

»Erzähl mir ein bisschen mehr über dich«, forderte sie ihn auf, als er zurück an den Tisch kam.

Er verspürte Erleichterung. Das war kein Problem. Das war eine ganz normale Bitte. »Ich bin Investmentbanker und arbeite für große Firmen. Ich bin in Bath geboren und aufgewachsen und habe an der London School of Economics studiert.«

»Bla, bla, bla.« Sie verdrehte die Augen. »Das weiß ich doch alles. Anna hat mir jede Kleinigkeit berichtet. Lass mal etwas Wichtiges hören.«

»Ist das alles denn unwichtig?«

Sie zuckte mit den Schultern. Demütigte ihn. Er fühlte sich beleidigt und herausgefordert zugleich. Ihm gefiel die Herausforderung.

»Erzähl mir etwas Neues.« Sie beugte sich näher und flüsterte: »Erzähl mir etwas, das Anna mir nicht erzählen kann.«

Nick zuckte innerlich zusammen. Er wusste, worauf diese Bitte abzielte. »Was meinst du?«

Zoe antwortete mit einem Lächeln. Es fing im einen Mundwinkel an, während der andere aussah, als würde er gegen seinen Willen nach oben gezogen. Dieses widerwillige Lächeln hatte etwas Aufregendes. »Du weißt genau, was ich meine. Erzähl mir etwas, das du ihr verschwiegen hast.«

»Warum sollte ich?«

»Ihr etwas verschweigen? Ach, komm schon, ich nehme dir den einfachen, netten Kerl von nebenan nicht ab. In dir steckt mehr als das.«

Sie hatte seine Nummer durchschaut. Es war beunruhigend und doch irgendwie schmeichelhaft. Sie schien tiefer in sein Inneres zu blicken als je irgendein anderer, tiefer vielleicht sogar als er selbst. Er war tatsächlich ein netter Kerl, vor allem seit er Anna getroffen hatte, aber er war natürlich auch noch mehr als das. Nett war nur einen Schritt entfernt von langweilig, wer wollte das schon sein? Er hatte das Gefühl, dass Zoe das verstand. Er kam sich seltsamerweise vor, als würde sie ihn kennen. Plötzlich nahm er es Anna irgendwie übel, dass sie ihn nicht weiter erforscht hatte. Hätte sie nicht mehr Interesse zeigen müssen? Natürlich hatte er Geheimnisse. Ein oder zwei. Nichts Weltbewegendes, nichts polizeilich Verbotenes. Während des Studiums hatte er mit Darraghs Freundin geschlafen. Er war betrunken gewesen, und es war einfach passiert. Er hatte es für sich behalten, denn es zu erzählen hätte mehr Ärger gebracht, als es wert war. Der Sex war schlecht gewesen, und inzwischen konnte er sich nicht einmal mehr an den Namen des Mädchens erinnern. Darragh wahrscheinlich auch nicht. Er hatte gelogen, was seine Abiturnoten betraf. Nicht bei Bewerbungen, was vermutlich gesetzeswidrig war, sondern Leuten gegenüber, die er danach kennengelernt hatte. Er hatte seinen Durchschnitt ein bisschen gepusht. Er wusste nicht wirklich, warum eigentlich. Mit einundzwanzig hatte er eine Affäre mit einer verheirateten Frau. Sie war deutlich älter als er. Nur ein paar Jahre jünger als seine Mutter. Alles war so ziemlich wie in *Die Reifeprüfung.* Sie war die Frau seines Chefs. Sein Chef war ein Schwachkopf. Nick war auf keines dieser Vorkommnisse sonderlich stolz, obwohl er sich auch nicht direkt dafür schämte. Er würde Anna davon erzählen, wenn sie danach fragte. Doch das würde sie nicht. Solche Dinge könnte sie sich nie vorstellen. Warum hielt Anna ihn nicht für ein bisschen komplizierter? Für ein bisschen verdorbener? Nicht nur für nett und charmant. Zoe schien sowohl alles Glanzvolle zu sehen, das er zeigte, als auch das Düstere, das er verbarg.

Trotzdem war es nicht richtig. Dass diese Schwester mehr wusste als die andere. Es war verkehrt herum. »*Falls* ich Geheimnisse hätte, warum sollte ich sie dir erzählen und nicht Anna?«

»Weil ich zu den Frauen gehöre, die Geheimnisse verstehen.«
Sie sah ihm direkt in die Augen.

Ihre Augen hatten dieselbe Farbe und Form wie Annas, aber sie hatten nichts von einem King Charles Spaniel. Wenn Zoe ein Tier wäre, dann wäre sie ein Panther, ein einsamer Jäger mit langen Klauen. Sie goss ihnen beiden noch etwas Wasser und Wein nach. Sie spielte langsam mit dem Stiel ihres Glases, ihre Nägel waren tiefrot lackiert. Nick trank große Schlucke und lachte, dieses hohe, hilflose Lachen, das die Leute von sich geben, wenn sie verlegen sind.

»Sie weiß nicht, was ich für uns als Hochzeitsreise plane.« Es war ein verzweifelter Versuch, sie zufriedenzustellen.

»Langweilig. Erzähl mir, warum du gelogen hast, als sie dich fragte, wieso du auf einer Datingseite bist.«

»Wie bitte?«

»Hast du ihr etwa nicht irgendeinen Schwachsinn darüber erzählt, dass deine Freunde sich nach einer gescheiterten Beziehung um dich gesorgt und dich ermutigt hätten, im Internet nach der wahren Liebe zu suchen?«

»Na ja.« Nick war heiß und kalt auf einmal. Er wusste nicht, was er antworten sollte.

»Ich habe dich gegoogelt. Ich weiß, dass du außer bei C-Date auch noch bei Tinder, Zoosk, Match und Elite registriert bist. Ziemlich untypisch für einen schüchternen Sitzengelassenen, der sich zögerlich zurück in die Welt der Partnersuche tastet.«

Sie hatte ihn ertappt.

»Abgesehen davon, sieh dich doch an. Allein schon der Gedanke, du hättest es nötig, auf einer Datingseite nach der Liebe zu suchen, ist lächerlich.«

Das Kompliment kam bei ihm an. Das sollte es auch.

»Außerdem weiß ich, dass du deine Profile erst nach dem Heiratsantrag gelöscht hast.«

Wieder geriet er ins Straucheln. Mit ihr zusammen zu sein war, als liefe man auf einer sich abwärts bewegenden Rolltreppe nach oben. Irritierend, man hatte Mühe, aufrecht stehen zu bleiben.

»Das stimmt nicht.«

Sie legte den Kopf zur Seite. Es stimmte, und sie wussten es beide.

»Und wo das mit deinem Antrag so unglaublich schnell ging, hätte man doch erwarten können, dass du das vorher erledigst, nachdem du dich für eine entschieden hattest. Falls du dich für eine entschieden hattest.«

»Natürlich hatte ich das, habe ich das«, stotterte er, unsicher, welche Zeitform er benutzen sollte. »Schließlich habe ich ihr einen Heiratsantrag gemacht.«

»Ja, das hast du.« Zoe wirkte einen Moment lang verwirrt.

»Ich bin nur nicht dazu gekommen, die Profile zu löschen. Ich habe mich nicht einmal mehr eingeloggt und die Sache komplett vergessen.«

»Natürlich hast du das.« Plötzlich lachte sie. Es klang schroff, ein bisschen hysterisch. »Schau mich nicht so besorgt an. Ich kann Geheimnisse bewahren.«

»Das ist kein Geheimnis.« Wie dumm von ihm, das zu sagen. Allerdings war es eins.

»Ach? Anna weiß davon?«

»Nein, aber …« Er gab auf. Er wollte das Thema wechseln. »Hör zu, das ist albern.«

»Ich versuche nur, dich kennenzulernen. Richtig kennenzulernen. Ist es nicht das, was du willst?«

Das war es. Merkwürdigerweise. Sie war ziemlich unverfroren. Sie ließ sich nicht beirren, sie war klug, spröde und verführerisch, alles zugleich. Er wollte sie beeindrucken, weil, nun ja, weil sie ihn beeindruckte.

»Stehst du auf Dreier?«, fragte sie.

»Was? Nein!«

Tatsächlich war das sein erster Gedanke gewesen, als Anna erzählte, dass sie eine Zwillingsschwester habe. Kein ganz ausgebildeter Gedanke, keine Absicht, nur irgendetwas, das vielleicht zwei Sekunden durch sein Hirn schwebte. Wie konnte Zoe das wissen?

»Ich frage ja nur, weil das ganz sicher nicht Annas Ding wäre.«

»Nein, nein. Ich mag das auch nicht.«

»Schade.«

Was sollte das heißen?

Sie sah ihn weiter an. »Hattest du schon mal Sex mit einem Mann?«

»Ist das dein Ernst?«

»Ich schockiere dich. Wie witzig. Bist du plötzlich prüde geworden? Hat Annas Sittsamkeit etwa abgefärbt? Also gut, fangen wir langsam an. Warst du jemals nackt schwimmen?«

»Diese Unterhaltung ist lächerlich. Warum kannst du nicht über etwas Normales mit mir reden?«

»Sex ist normal. Und abartig und wunderbar und schmutzig. Hast du das alles schon vergessen?« Sie fing an, leise vor sich hin zu summen. Er musste sich nah zu ihr beugen, um die Melodie zu erkennen. Sie war alt, er kannte sie aus seiner Kinderzeit. *Money Makes the World Go Round*. Liza Minelli in *Cabaret*. Das war es. Jetzt fing sie an, mit leiser Stimme zu singen, aber sie hatte den Text verändert.

»Sex makes the World go around, the world go around, the world go around.« Dabei machte sie riesengroße Augen und klimperte theatralisch mit den Wimpern. »Ein Bums, ein Fick, ein Koitus, Stöhnen bis zum letzten Schluss. Sex makes the world go around, the world go around, the world go around.«

Er blickte sich erschrocken in dem Restaurant um. »Hör auf, die Leute können dich hören.«

Sie lachte ihn aus, und er kam sich dumm und langweilig vor.

»Bist du jetzt mein Vater oder was?«

»Du benimmst dich jedenfalls wie ein kleines Kind.«

»Dann würdest du mich bestimmt gern übers Knie legen.«

Er schauderte und fühlte sich doch nicht abgestoßen, obwohl er das wollte, obwohl er das sollte. »Du bist ja völlig von Sinnen.«

»Was du nicht sagst.«

Sie war völlig von Sinnen. Ja, gefährlich sogar. Und trotzdem, während er das feststellte, merkte er, dass er erregt war, erfasst von einem schwindelerregenden Rausch aus Gefahr und Verlangen. Das war sicher der Alkohol. Vielleicht auch die Frau. Ihm fehlten die Worte. Seit ihre Lippen das Wort »Sex« geformt hatten, war sein Hirn wie leer gefegt. Bis auf den Gedanken daran, wie sie, womöglich mit nacktem Hintern, über seinem Knie lag und seine Hand ihre weiche Haut berührte. Die Luft war plötzlich von etwas erfüllt, das er beinah schmecken konnte. Etwas, das er besitzen wollte. Ein greifbares Gefühl der Lust. Greifbar und tödlich. Diese Frau brachte Ärger. Diese Frau war die Schwester seiner Verlobten.

Diese Frau war heiß.

Er fühlte sich gefangen von ihren Brüsten, ihrem Verstand, ihren Worten. Er spürte ihre prickelnde Nähe, als läge sie bereits nackt unter ihm. Auf ihm. Eng mit ihm umschlungen. Irgendwie war sie in sein Innerstes gedrungen.

Der Kellner kam mit den Dessertkarten an ihren Tisch. »Darf ich Ihnen ein Dessert oder einen Café anbieten?«

Nick sah sie an. »Nein, einfach die Rechnung, bitte.« Er nahm sich vor, den Abend rasch zu beenden. Er würde nach Hause gehen, eine kalte Dusche nehmen, wieder klar im Kopf werden und schnellstens mit Anna reden.

Ein anderer Teil seines Hirns – derjenige, der durch Gewohnheit programmiert war oder durch Lust, den vielleicht die

Abwechslung reizte oder die Angst vor verpassten Gelegenheiten – wusste, dass er um die Rechnung bat, weil er tatsächlich schnell handeln musste. Er wollte keinen Moment nachdenken, denn wenn er das täte, würde er sich versagen, das zu tun, was er ganz sicher tun wollte. Zoe dachte offensichtlich dasselbe.

»Schreiben Sie es auf mein Zimmer. Nummer 101.«

»Du machst Witze, oder?« Nick fühlte sich zwar benebelt vom Alkohol, aber er war immer noch in der Lage, den Bezug zu *1984* zu bemerken.

»Überhaupt nicht. Verrückt, oder? Erinnert ziemlich an Orwell, stimmt's?«

Sie las also. Es war nicht nur ihr sexy Aussehen. In ihr steckte etwas Tiefgründigeres, Machtvolleres, oder bildete er sich das nur ein? Wünschte es sich? Warum wollte er bloß unbedingt glauben, dass es mehr war?

»Zimmer 101. Die Folterkammer des Ministeriums für Liebe.« Er kicherte angesichts der Ironie. Es war ein törichter, schnaubender Laut, voll von Nervosität und einer Spur Selbstverachtung. Denn er wusste es. Wusste, wohin das führen würde.

Zoe nickte. »Wo die Partei versucht, die Gefangenen ihren schlimmsten Albträumen oder Ängsten auszusetzen.«

»Mit dem Ziel, ihren Widerstand zu brechen.« Jetzt hörte er auf zu kichern. Das war keine schöne Vorstellung. »Zimmer 101, sagst du?«

»Vorsehung, meinst du nicht?«

»Ich glaube nicht an Vorsehung.«

»Ich auch nicht. Ich bin eher ein Zufallsmensch. Anna ist diejenige, die an Schicksal und so etwas glaubt.«

Ja, ja, und an Ritter in glänzender Rüstung, Liebe auf den ersten Blick, das ewige Glück. Anna. Anna. Ihr Name schallte ihm durch den Kopf wie eine Glocke. Keine klare Kirchenglocke. Ein Alarm. Ein kreischender, irritierender Alarm. Zoe

199

lächelte. Kein Vergleich mit Annas offenem Strahlen. Ihr Lächeln zeigte kein bisschen Wärme und Herzlichkeit. Es war ein Lächeln, das einen Mann komplett verschlang.

»Und an was glaubst du, Nick?«

Nick wusste nicht, was er antworten sollte. In diesem Moment glaubte er an gar nichts.

25

Zoe

Kommen wir gleich zu den Entschuldigungen. Es spielt sowieso kaum eine Rolle. Ihr könnt mich nicht leiden. Nicht nötig, dass mich jemand leiden kann. Alles gut also.

Trotzdem, ich war betrunken. Ich hatte nicht damit gerechnet, dass es so weit gehen würde. Ich wollte Anna mit dem Test eigentlich einen Gefallen tun. Ist das klar? Ich wollte sie warnen. Sie davor bewahren, dass man ihr wehtut.

Wir standen am Aufzug. Es war die Rede von einem Schlummertrunk, davon, meine Minibar zu plündern. Dabei hätten wir einfach etwas in der Hotelbar trinken können, wäre es darum gegangen. Es war aber kein Drink, worauf er aus war. Das wussten wir beide.

Ein Kuss. Und damit gut. Der eindeutige Beweis für Anna. Aber.

Die Aufzugtür öffnete sich. Ich glaube, er zögerte. Ungefähr eine Millisekunde. Einen Wimpernschlag lang, den Bruchteil eines Herzschlags. Nicht lange genug. Im Aufzug sagten wir kein Wort zueinander. Das konnten wir wohl nicht riskieren. Das falsche Wort hätte jeden von uns zur Vernunft bringen können; das wollten wir nicht. Ich hielt den Blick gesenkt, kramte in meiner Tasche nach der Schlüsselkarte. Sein Blick ruhte auf mir. Ich spürte ihn.

Ich gab ihm noch eine letzte Chance. Ich gab Anna eine Chance. Als ich die Karte durch das Schloss zog, halb in der Hoffnung, sie würde nicht funktionieren und ich müsste zurück zu Rezeption, um eine neue zu holen, was uns Bedenkzeit verschafft hätte, drehte ich mich um und fragte: »Bist du sicher?«

Er hätte einen Rückzieher machen können, irgendwas davon faseln, er hätte mich nur zur Tür bringen wollen und sich damit entschuldigen, dass er am nächsten Morgen früh raus müsse.

»Es ist doch nur ein Drink«, antwortete er stattdessen. Obwohl wir beide genau wussten, dass es das nicht war.

Das kleine grüne Licht blinkte auf. Am Türschloss. In meinem Kopf.

Mein Hotelzimmer ist traumhaft. Hohe Decke, bodentiefe Fenster, Unmengen von Kissen. Das volle Programm. Ich übernachte immer in luxuriösen Räumen. Knauserigkeit ist was für Leute mit schwachem Geldbeutel oder mit schwachem Selbstwertgefühl. Das Zimmer ist komplett in dunklen Grau- und Kupfertönen gehalten, alles ist seidig, üppig, verschwenderisch, die Wände, das Bett, die Bezüge. Alles wirkt vornehm orientalisch. Es gibt einen Balkon, was bei Nichtraucherzimmern sehr nützlich ist. Der Ausblick ist nicht besonders. Eine kleine Seitenstraße, aber schließlich sind wir in London. Da ist eben alles dicht beieinander.

Ich hatte darauf geachtet, das Zimmer aufgeräumt zu verlassen, nur für den Fall, dass ich einen Gast haben würde. Das (riesige) Bett war noch gemacht, wenn auch die Kissen in Unordnung waren und die Tagesdecke etwas zerknautscht. Absichtlich, natürlich. Er sollte sehen, dass ich dort gesessen hatte. Gelegen. Er sollte es sich vorstellen. Sex endet im Bett, beginnt aber im Kopf. Auch bei Männern. Es ist ein Fehler, zu glauben, dass bei ihnen alles nur in der Hose passiert. Er blickte sich auf der Suche nach einer Sitzgelegenheit um. Es gab nur einen Stuhl. Auf dem ich absichtlich einen knappen schwarzen Spitzen-BH liegen gelassen hatte. Es sah aus, als hätte ich ihn über die Rücklehne geworfen, nachdem ich ihn ausgezogen hatte. Der passende Slip lag auf dem Boden. Ich hatte ihn gerade abgestreift. Nick hatte drei Möglichkeiten: Er konnte den BH weglegen, so tun, als sähe er ihn nicht, und sich einfach draufsetzen oder sich auf dem Bett niederlassen. Egal was, ich hatte ihn. Er nahm den BH in die Hand und strich kaum merklich mit dem Daumen über den Stoff. Er hielt ihn fest und setzte sich hin. Breitbeinig. Die Spitze seiner glänzenden Schuhe nur Millimeter von meinem schmutzigen Slip entfernt. Ich wusste, er hätte auch den gerne aufgehoben. Um daran zu riechen vielleicht. Um mich zu riechen.

»Etwas zu trinken?«

»Ja.«

»Whisky?«

»Gern.«

Seine Stimme war schwierig zu deuten. Sie klang schroff und trotzdem verführerisch. Er wollte nicht hier sein. Und gleichzeitig doch.

Ich öffnete die Minibar, nahm zwei Portionsflaschen Jack Daniel's heraus und warf ihm eine davon zu. Er fing sie mühelos mit der linken Hand, ohne den schwarzen BH loslassen zu müssen. Mit einer lässigen Bewegung des Daumens drehte er den Verschluss auf. Ich muss zugeben, sein Geschick gefiel mir. Eigentlich hätte ich gerne meine Ankle Boots ausgezogen, entschied mich aber, sie anzulassen. Männer. High Heels.

Ich setzte mich aufs Bett, positionierte mich so, dass meine straffen, gebräunten Beine gut zu sehen waren. Ich umschloss den Hals der Miniaturflasche mit den Lippen. Leerte sie auf ex. Sieh nur, was ich kann. Er starrte auf meine gebräunten Beine, meine roten Lippen, meinen weißen Hals. Ich beobachtete ihn, wie er mich beobachtete. Ich habe schon mit unzähligen Männern geschlafen, ich habe buchstäblich den Überblick verloren. Ein paar von ihnen waren erbärmliche Exemplare, die nach Schweiß, Schnaps, Kotze oder irgendeiner Kombi daraus stanken. Andere waren echte Prachtstücke. Muskulös, aufmerksam, attraktiv. Ich hatte schon Sex in Betten, in Wäschekammern, auf Stühlen, an Wänden, auf Fußböden. Ich habe mich aufgehübscht, fesseln lassen, mich mit allem möglichen Spielzeug beschäftigt. Ich habe es schon in Flugzeugen, in Zügen, im Stehen, im Sitzen, vornübergebeugt getrieben. Ich habe ihre Namen geschrien, ich habe ihre Namen vergessen, einige Namen habe ich nie gewusst. Der Punkt ist, es ist mir egal. Sie sind alle gleich für mich.

Nick ist mit Anna verlobt. Das ist ein Unterschied.

Anna liebt seine strahlenden Augen, seine breiten Schultern, seine pechschwarzen Haare, sein ausgeprägtes Selbstbewusstsein, seine Entschlossenheit, seinen Humor, seine Klugheit. Ich bin eine Touristin, nur auf der Durchreise. Und genieße die Aussicht.

Trotzdem war meine Kehle eng und trocken.

Der Abstand zwischen uns betrug ungefähr einen Meter, vielleicht anderthalb, und doch erschien er plötzlich unüberwindbar. Wie sollte er von dort drüben zu mir kommen? Würde er das je tun? Einen kurzen Moment dachte ich, er würde seinen Whisky leeren und dann gehen. Er würde den Test bestehen. Und ich war froh. Ehrlich, ich freute mich riesig für Anna. Für diesen kurzen Moment glaubte ich auch an diesen ganzen Quatsch über den Mann fürs Leben, die Ritter in glänzender Rüstung, die ewige Liebe. Jede verdammte Art von Liebe. Und es war wunderbar. Ein großartiger, ergreifender, hoffnungsvoller Moment. Doch dann stand er plötzlich auf. Knapp zwei Meter Sex erhoben sich über mir. Seine Lippen Millimeter vor meinen. Er sah mir in die Augen, fragte mich wortlos, wie er dorthin gekommen war. Als hätte ich all die Antworten darauf.

Ich küsste ihn zuerst. Damit muss ich nun leben. Für immer und ewig.

Er erwiderte meinen Kuss. Das war sein Fehler.

Wir fingen an, die Kleider des jeweils anderen zu packen und uns schnell gegenseitig auszuziehen. Wir sind beide ge-

204

übt, also öffneten wir Bluse, Hemd, Rock und Hose, ohne
ungeschickt mit den Händen aneinanderzustoßen. BH-Ver-
schlüsse schnappten in Gemeinschaftsarbeit auf, Unterwäsche
glitt Oberschenkel hinab. Eine gut einstudierte Vorstellung,
als würden wir einander kennen. Ihr wisst schon. Wer was wo.
Ich habe nicht vor, das ganze Befingern, Befummeln, Begrap-
schen zu beschreiben. Ihr könnt euch das begierige Küssen, das
schamlose Lecken, das wilde Scharfmachen vorstellen. Das un-
ablässige Streicheln, Lutschen und schließlich In-Besitz-Neh-
men. Das schnelle Auf und Ab, rein und raus, wieder und wieder. Dann tiefer und langsamer. Er stöhnte, zuckte, glitt über,
unter, auf und in mich. Ich bebte, zitterte, öffnete mich und
keuchte für ihn.

Ich glühte, eine heftige, blutrote Mischung aus schmerzhaf-
ter Trauer und grenzenlosem Verlangen.

Wir sprachen kein Wort. Es gab Laute. Animalisches Stöhnen und Keuchen und Schreien. Aber keine Worte.

Schließlich ließen wir vom geschmeidigen, schweißnassen
Körper des anderen ab, während die Ekstase ein wenig abflaute,
die Begierde kurzzeitig befriedigt war. Meine Haare waren
feucht vor Schweiß und klebten mir an Hals und Schultern.
Ich rutschte von ihm weg, in Richtung Bettkante, wo die Laken unberührt und kühler waren. Wir lagen auf dem Rücken
und starrten an die Decke, warteten, bis unsere Atmung sich
beruhigte, atmeten beide gleichzeitig ein und aus. Er lag direkt
neben mir, aber ich vermisste ihn schon. Mein Körper sehnte
sich nach seiner Berührung. Körper können das. Unseren Verstand und vielleicht sogar unsere Herzen verraten. Ich glaube,
er fühlte dasselbe, denn er streckte die Hand nach mir aus, legte
sie auf meinen Bauch und fing an, ihn zärtlich zu streicheln.

Ich wartete darauf, dass er sagte, es sei ein Fehler gewesen.
Dass es nie wieder vorkommen dürfe. Ich wartete darauf, dass
er mir womöglich drohte. Dass er aufstand und ging.

Er drehte sich zu mir um und zog mich an sich, so eng, dass wir quasi miteinander verschmolzen. »Es tut mir leid«, flüsterte er.

Dann schlief er ein. Männer können das. Sie ficken jemanden, den sie nicht ficken dürften, und schlafen trotzdem. Ich lag wach und starrte an die Decke. Tief bestürzt. Zumindest bis ich mich auf die Seite drehte, meinen Hintern in seinen Schritt und meinen Rücken an seine Brust schob und meine Beine mit seinen verschränkte. Dann schlief auch ich ein.

Ich werde nicht behaupten: *Es war anders* oder *Er war anders.* Das sagt sich jedes verblendete, dumme Weibsstück früher oder später, und ich weiß, dass es nicht stimmt. Denn ich habe *schon immer* gewusst, dass sie alle gleich sind.

Aber.

Er *war* anders.

Und aus all diesen Gründen habe ich mich bis jetzt nicht bei Anna gemeldet, um ihr zu erzählen, wie der Abend genau verlief. Ich warte ab, was er tut.

26

Nick

Er wachte um fünf Uhr auf. Mit pochendem Kopf, pelziger Zunge, begierig nach einem Glas Wasser. Er hatte viel zu viel getrunken, und das auch noch unter der Woche. Dumm. Sein Körper schmerzte. Vor Überanstrengung. Als wäre er durch die Clubs gezogen. Aber nein, das war es nicht. Einen kurzen Moment dachte er, er hielte Anna im Arm, eine Millisekunde, in der er glaubte, die Welt wäre in Ordnung. Aber warum waren sie in einem Hotel? Dann schaltete sein Hirn auf Realität. Nicht Anna, Zoe. Mist.

Im Schlaf ähnelte sie Anna noch mehr als wach, denn dann waren ihre Coolness, ihr Bedürfnis zu schockieren und herauszufordern nicht da. Wären da nicht ihre lackierten Nägel und die viele Wimperntusche gewesen, die um ihre Augen verschmiert war und sie ein bisschen verbraucht und verlottert wirken ließ, hätte er sich fast etwas vormachen können. Ihre Füße ragten aus dem Bett. Mein Gott, sie hatte ja immer noch ihre Schuhe an. Wie konnte sie darin nur schlafen? Trotzdem musste er ihre Mühe einfach bewundern. Ihre Beine sahen gut aus, straff und sexy. Sein Schwanz zuckte.

Er wusste nicht, was er tun sollte. Seine innere Stimme riet ihm, vorsichtig aus dem Bett zu kriechen, ganz langsam, um sie nicht zu wecken, und so schnell wie möglich zu verschwinden. Nach Hause zu fahren. Es von sich abzuwaschen. Zur Arbeit zu gehen. So zu tun, als wäre nichts passiert. Aber. Wie würde Zoe reagieren? Würde sie wütend werden, Anna anrufen, ihr alles erzählen? Während er überlegte, ob es Zoe erzürnen und zu einer direkten Konfrontation mit Anna führen würde, wenn er sich einfach fortschlich, sagte ihm eine andere innere Stimme – eine leise, aber hartnäckige, auf die er eigentlich nicht hören wollte –, dass er Zoe nicht mehr wiedersehen könnte, wenn er sich einfach aus dem Staub machte. Na ja, jedenfalls nicht so. Sie hatten keine Telefonnummern getauscht, keine weiteren Verabredungen getroffen. Er wusste nicht, was er tun sollte. Er saß in der Klemme. Er wagte es nicht, sich zu rühren, aber auch seine völlige Reglosigkeit weckte sie irgendwie.

»Morgen«, murmelte sie. Ihre Stimme klang heiser und sexy. Sie streckte sich, breitete Arme und Beine aus. Verlockend.

Er fing an, sie zu küssen. Fiel praktisch über sie her. Er hatte es nicht vorgehabt, aber er hielt plötzlich ihr Gesicht zwischen den Händen und küsste ihre warmen, prallen Lippen. Sie schmeckte nach Alkohol und roch nach Sex. Es war schmutzig und doch irgendwie rein, ein Betrug und ehrlich zugleich. Seine Finger rochen nach ihr, salzig. Sie hielt Arme und Beine gespreizt, herrlich und nackt. Sie umarmte ihn nicht, erwiderte jedoch seine Küsse. Zögerlich löste er sich von ihr. »Ich sollte lieber gehen.«

»Ja.« Sie widersprach weder, noch drängte sie ihn zu bleiben.

Er wünschte, sie täte es. Er war froh, dass sie es nicht tat. Es war kompliziert. Aus der Zeit vor Anna war er an schnelle Abgänge am Morgen danach gewöhnt – wenn er überhaupt je so lange blieb. »Wir sind uns doch einig, ja?«, sagte er dann, was tatsächlich einem Schlussmachen gleichkam. Keine Frau konnte etwas dagegen einwenden, ohne klammernd und bedürftig zu wirken, und keine moderne Frau wollte das. Außerdem war es eine absichtlich schwammige Aussage. Wer immer das sagte, hatte die Freiheit, es auszulegen, wie er wollte. *Wir sind uns doch einig, weil du nichts weiter als eine schnelle Nummer erwartet hast,* oder *wir sind uns doch einig, weil du mich ja morgen anrufen und zum Essen einladen kannst.* Der

Unterschied zwischen dem, was gesagt, und dem, was gemeint war, dämmerte meistens nur langsam. Nur dass sie sich nicht einig waren – Zoe und er – ganz und gar nicht. Und er wagte es nicht, unbestimmt zu bleiben. Sich einfach davonzuschleichen war keine Option.

»Wir müssen hierüber reden«, sagte er.

»Ja.«

»Am Telefon.«

Sie sollten sich nicht mehr treffen. Er wusste, was dann passieren würde. Und doch.

»Gut.«

Er nahm sein Handy. »Gibst du mir deine Nummer?« Er kam sich dumm vor, danach zu fragen. Aber wie sollte er sie sonst erreichen?

Sie beäugte ihn kritisch, wog zweifellos seine Absichten ab.

Einen schrecklichen Moment lang dachte er, sie würde sich vielleicht weigern, ihm ihre Nummer zu geben. Hätte womöglich kein Interesse, über das hier oder über sonst irgendetwas mit ihm zu reden. Er fürchtete eine Zurückweisung. Und es tat jetzt schon weh.

Da griff sie nach ihrem Handy, das neben dem Bett lag.

Erleichterung.

»Wie ist deine Nummer? Ich schicke dir eine Nachricht.«

Er nannte sie ihr und fühlte kurz darauf das beruhigende Vibrieren seines Handys in der Hand. Er sah auf das Display. *Ich hatte sie geschrieben.*

»Ich rufe dich an.«

Sie zuckte mit den Schultern, als glaubte sie ihm nicht. Als wäre es ihr so oder so nicht wirklich wichtig.

Er stürzte hastig aus dem Zimmer und sammelte dabei die Überbleibsel ihrer verbotenen Nacht vom Boden ein. Seine Kleider waren mit ihren verschlungen, als würden ihre farbigen Schatten noch immer miteinander schlafen. Er machte einen

209

Schritt über die Kondompackung, zertrat fast die leeren Whiskyfläschchen; ihres zierte der Abdruck ihres dunkelroten Lippenstifts. Das Zimmer schien ihm schmutzig, verdorben. Und gleichzeitig aufregend. Erregend.

An der Tür blieb er stehen und wandte sich zu ihr. »Bitte sag nichts zu Anna, bevor wir nicht beide Zeit hatten, ernsthaft über die Sache nachzudenken und darüber zu sprechen.«

Sie sah ihn nicht an. »Was sollte ich denn sagen?«

Er schloss fest die Tür hinter sich. Ja, was eigentlich? Als er zum Aufzug ging, schienen die Wände sich auf ihn zuzubewegen, nichts war mehr, wie es sein sollte. Er überlegte, wie er ihre Nummer speichern sollte. Er glaubte nicht, dass Anna jemals sein Handy angefasst hatte, außer um es ihm zu geben. Aber was, wenn sie es doch einmal in die Hände bekam? Na ja, war es nicht die normalste Sache der Welt, dass er die Nummer ihrer Schwester hatte? Bald schon würde Zoe seine Schwägerin sein. Oh Gott. Zoe würde bald seine Schwägerin sein.

Er speicherte ihre Nummer unter *Joe*.

Er nahm ein Taxi nach Hause. Die Straßen waren noch leer genug, damit es nicht unvernünftig teuer war. Aber er bereute seine Wahl, als der Fahrer ihn vielsagend ansah und einen Witz darüber machte, dass es wohl »eine erfolgreiche Nacht« gewesen sei. Nick blickte aus dem Fenster. Er wusste nicht, was er antworten sollte. Er dachte an Cais und Darraghs Sticheleien. Sie hatten nie geglaubt, dass er treu sein könnte. Es war nur Sex. Nichts als Sex. Aber Nick war ehrlich genug (zumindest zu sich selbst), um zu wissen, wann er log. An dieser Sache gab es kein »nur«. Es war der unglaublichste Sex, den er je gehabt hatte. Sie zu spüren, sich zu spüren, wie er in sie hineinglitt. Er schüttelte den Kopf. Diese Gedanken waren nicht gerade hilfreich. Den Rest der Taxifahrt verbrachte er damit, auf seinem Handy Finanzanalysen zu lesen.

Zu Hause duschte er lange und suchte sein frischestes Hemd und seinen zuletzt gereinigten Anzug heraus. Er wollte sich so wenig schmutzig wie möglich fühlen. Dann fuhr er zur Arbeit, früh und zielstrebig.

Den ganzen Vormittag über hielt der den Blick auf den Bildschirm gerichtet. Er antwortete freundlich, aber kurz, wenn ihn jemand etwas fragte, arbeitete konsequent und systematisch. Bis elf Uhr hatte er drei Tassen Kaffee getrunken. Er gab sich größte Mühe, sich so normal wie möglich zu verhalten.

Dabei dachte er die ganze Zeit nur an Zoe. Ihre Lippen, ihre Brüste, ihre Schenkel, ihre Augen. Er versuchte, sich einzureden, er würde an Anna denken – schließlich waren sie sich unheimlich ähnlich –, aber er wusste, dass es nicht Anna war. Anna würde niemals ihre Lippen dorthin legen, sich so hinsetzen, sich so bewegen. Zoe machte Yoga, stand Modell für Dessous, mochte Geheimnisse, kannte nun ein paar von seinen. Diese Gedanken reichten, um seine Fantasie wachzuhalten, er dachte kaum darüber nach, wie wenig er doch über sie wusste. Er war erfüllt von dem sinnlichen Genuss, den er mit ihr verband. Er brauchte nicht zu wissen, welches ihr Lieblingsfilm war, wie das Haustier ihrer Kindheit hieß oder ob es ein Land gab, in das sie besonders gerne einmal reisen würde.

»Was ist denn mit dir los?«, fragte Hal.

»Nichts.« Nick zwang sich zu lächeln.

Sein Freund war nicht überzeugt. »Klar ist irgendwas. Hattest du Streit mit Anna?«

»Nein, wie kommst du darauf?« Nick merkte, dass er gereizt klang.

»Ich dachte nur, vielleicht ist ja gestern mit der trinkenden Junkie-Schwester was schiefgelaufen.«

»Nein«, blaffte Nick.

Hal honorierte Nicks schlechte Laune mit gehobenen Brauen und arbeitete unbeeindruckt weiter. »Also sind sie genau identisch?«, fragte er noch.

»Ja, zumindest äußerlich.«

»Krass. Du Glückspilz.«

Nick war klar, welche Vorstellung Hal da gerade abrief. Diese Fantasie war – neben dem Wunsch, James Bond zu sein und am Strand mit einer reinen Frauenmannschaft Volleyball zu spielen – in jedem Männerhirn abgespeichert. Da sie für Nick nun Realität geworden war, stand ihm nicht der Sinn danach, mit seinem Freund darüber zu witzeln.

»Werd erwachsen, Hal.«

»Was habe ich denn Falsches gesagt?«

»Ich habe etwas gegen das, was du denkst. Anna ist schließlich meine Verlobte, klar?« Was war er nur für ein Heuchler.

»Ja, ja. Nichts für ungut. Aber mal im Ernst, wie war es denn, mit beiden zusammen auszugehen? Sie haben sicher Aufsehen erregt.«

»Anna musste lange arbeiten, und am Ende war ich mit Zoe allein.«

»Ist sie wirklich so anstrengend, wie Anna gesagt hat?«

»Anstrengender.«

»Stellst du mich ihr vor?«

»Sehr witzig.«

»Du könntest sie also unterscheiden?«

»Ja. Sie verhalten sich unterschiedlich. Und Zoe ist, glaube ich, ein bisschen größer.« Die anderen Unterschiede erwähnte er lieber nicht. *Zoe ist direkter, selbstbewusster, charismatischer. Irgendwie mehr.*

In der Mittagspause verschwand Nick von seinem Schreibtisch, ohne etwas zu sagen. Hal hätte sicher mitkommen wollen. Und Nick wollte hauptsächlich allein sein. Er brauchte Raum zum Nachdenken.

Das Handy klingelte drei-, vier-, fünfmal. Er fürchtete das Klicken, das ihn zur Mailbox durchstellen würde. Wenn das passierte, müsste er auflegen. Er würde keine Nachricht hinterlassen. Zum Glück ging sie beim sechsten Klingeln ran.

»Hi.«

»Hallo.«

Er hörte nicht die Spur von Wiedererkennen oder Freude.

»Hier ist Nick«, fühlte er sich betreten gezwungen zu sagen.

»Tut mir leid, wer?«

Es war entsetzlich. Niemand vergaß Nick.

Er hustete. »Nick Hudson.«

Ihm wurde klar, dass das womöglich nicht die gewünschte Klarheit bringen würde – hatte er ihr überhaupt seinen Nachnamen genannt? Anna hatte das doch bestimmt. Es kam immer noch keine Antwort.

»Annas Verlobter«, fügte er schließlich verzweifelt hinzu.

»Ach, hallo.«

Noch immer lag keine Herzlichkeit in ihrer Stimme. Wut allerdings auch nicht. Er hatte entweder das eine oder das andere erwartet. So etwas wie Enttäuschung huschte ihm durch die Brust.

»Ich dachte, wir sollten reden.«

»Dachtest du das?«

»Ja, denkst du nicht?« Er wechselte unauffällig die Zeitform. Er hätte sich mit der Vergangenheit zufriedengeben sollen, aber das konnte er nicht.

»Was möchtest du mir denn sagen, Nick?«

Er hätte einen ruhigeren Ort für diesen Anruf suchen sollen. Alles und jeder bewegte sich mit unaufhaltsamer Eile. Er sprang von links nach rechts, in die Schatten der riesigen Bürogebäude hinein und wieder heraus, um den hektisch schreitenden Menschen mit ihren Sandwiches und Wasserflaschen aus dem Weg zu gehen.

Er legte die Hände wie einen Trichter um das Handy. »Tut mir leid wegen gestern Nacht.«

»Welcher Teil?«

Das war eine gute Frage. Er hatte gehofft, seine vage, alles umfassende Entschuldigung würde reichen.

»Tut es dir leid, dass du mit mir geschlafen hast?«

»Na ja, ja«, murmelte er.

»Wie nett von dir anzurufen, um mir das mitzuteilen.« Ihre Stimme war eiskalt vor Ironie.

»Nein, nein, so habe ich das nicht gemeint. Ich bedaure nicht, mit dir geschlafen zu haben«, sagte er schnell. Es war gar nicht wirklich möglich, das zu bedauern. Er wünschte, das wäre es.

»Tust du nicht?« Jetzt klang sie neugierig.

»Nun ja, irgendwie schon, schließlich bist du die Schwester meiner Verlobten. Aber.« Er wusste nicht, wie er es erklären sollte. Es war der beste Sex seines Lebens gewesen. Er hatte den ganzen Tag an sie gedacht. Wenn er das jedoch eingestand, dann flog ihm die ganze Sache wahrscheinlich um die Ohren. »Es tut mir leid, was ich Anna angetan habe«, sagte er vorsichtig.

»Verstehe. Hast du vor, es ihr zu sagen?«

»Nein, nein«, antwortete er panisch. »Du etwa?«

Sie seufzte und antwortete langsam: »Ich wüsste nicht, was das bringen sollte.«

»Gut.« Er versuchte, sie seine Erleichterung nicht durch die Leitung spüren zu lassen. Das wäre ziemlich unangebracht. Aber es war eine Erleichterung. Er hatte an diesem Vormittag nicht viel an Anna gedacht, seine Gedanken waren mit Zoe beschäftigt gewesen. Außerdem fühlte er sich jedes Mal gemein und erbärmlich, wenn Anna es schaffte, in sein Bewusstsein zu dringen. Er wollte sie nicht verletzen. Er wollte sie nicht verlieren.

»Wie soll es denn jetzt zwischen uns weitergehen?«

»Wir machen also weiter? Da ist etwas zwischen uns, ja?«

Am liebsten hätte er sich auf die Zunge gebissen. »So habe ich das nicht gemeint. Ich meine nicht, wir sollten weitermachen oder es wiederholen.«

»Verstehe.«

»Ich meinte, wie sollen wir mit der Situation umgehen?«

Ein Mann auf einem Fahrrad wich aus, um Nick nicht umzufahren, der ziellos den Gehweg auf und ab lief.

»Ich weiß es nicht. Hast du eine Vorstellung?«, fragte Zoe.

»Anna hat den ganzen Vormittag versucht, mich zu erreichen. Sie will sicher wissen, wie es gestern war.«

»Ja, bei mir hat sie es auch versucht.« Manchmal verfluchte er die moderne Welt, in der es tausend Möglichkeiten gab, miteinander zu kommunizieren. Dadurch wurde es unmöglich, mal eine Auszeit zu nehmen, um in Ruhe nachzudenken. Irgendwann hatte er Hal dazu bewegen können, ranzugehen und ihr zu sagen, er sei den ganzen Tag in einer Besprechung.

»Also, was soll ich ihr sagen?«, beharrte Zoe.

»Ach, komm schon, Zoe. Tu nicht so, als könntest du nicht lügen.«

Er wollte nicht schroff klingen, aber nach der Femme-fatale-Nummer gestern war es schwer vorstellbar, dass sie in der Hinsicht zimperlich war. Sie hatte sicher Übung in dieser Art Doppelspiel.

»Du bittest mich nicht darum, einfach irgendwen anzulügen.«

»Nein, natürlich.«

Nun ja, vielleicht nicht genau in *dieser* Art Doppelspiel. Das hier war viel schlimmer. Nicht irgendwen. Eine Schwester. Ihre Zwillingsschwester. Seine Verlobte.

»Ist es das, was du willst, ja? Dass ich lüge?«

»Es geht nicht anders«, antwortete er. Er konnte nicht Farbe bekennen. Er konnte einfach nicht – Anna würde ihm nie verzeihen.

»Sei wenigstens ehrlich zu *mir*, Nick.«

»Ja, das ist es, was ich will.«

Es war grausam, aber befreiend. Er war egoistisch. Er bat Zoe, mit ihm gemeinsame Sache zu machen, um eine Beziehung zu schützen, die er nicht verdiente.

Sie seufzte wieder. Dieses Mal eher zustimmend. »Also, was genau sagen wir ihr? Wir müssen unsere Geschichten abstimmen.«

»Keine Ahnung.« So weit hatte er nicht gedacht. »Dass wir zusammen zu Abend gegessen haben. Dass wir uns ganz gut verstanden haben.«

»Sie wird dich fragen, wie verrückt du mich fandest.«

»Das fragt sie nicht.«

»Doch.«

Er meinte Verletztheit in ihrer Stimme zu hören, aber das konnte nicht sein. Zoe war doch tough. Nick betrachtete die Werbung auf einem vorbeifahrenden Bus. Sie war für den Sommer-Blockbuster. Er hatte vor, ihn mit Anna anzusehen. Sie würden mit gebildetem Sinn für Ironie in der letzten Reihe sitzen, über die lächerliche Handlung kichern und Hotdogs und Popcorn essen. Er drehte sich um und betrachtete das Werbeplakat an der Bushaltestelle. Eine Bikini-Schönheit aalte sich am Strand. Sie hatte eine Flasche Parfum in der Hand. Er stellte sich Zoe mit der Parfumflasche vor, wie sie sich im Sand räkelte.

»Ich werde ihr sagen, dass wir einen schönen Abend hatten.«

»Hattest du das denn?« Ihr Tonfall änderte sich. Jetzt war er mehr wie am Abend zuvor. Angenehm, verführerisch. »Hattest du einen schönen Abend, Nick?«

Er beschloss, so ehrlich zu sein, wie die Situation es zuließ. »Wunderbar, ehrlich gesagt.«

»Ich auch.«

Es war das Mindeste, das zuzugeben, schließlich hatte er den

Mund zwischen ihren Schenkeln gehabt, und sie ihren zwischen seinen. Er konnte nicht so tun, als wäre das nicht passiert, als wäre da nichts weiter gewesen. Merkwürdig, denn bisher hatte er das immer geglaubt. Sex. Nichts weiter als ein Sport. Bis zu Anna.

Und jetzt Zoe.

Dabei waren es zwei völlig unterschiedliche Erfahrungen. Das eine war Liebe. Das andere war ... was? Nicht nur Lust. Das hatte er hinter sich. Das hier ging tiefer. Es war unvorsichtig, ungeheuerlich, unvergesslich. Er hatte nicht vorgehabt, es auszusprechen, er konnte einfach nicht anders.

»Es tut mir nicht leid, dass ich mit dir geschlafen habe.«

»Verstehe.«

Und dann: »Was machst du gerade?«

»Ich bin in der Regent Street.«

»Arbeitest du?«

»Heute nicht. Ich gehe gleich zurück in mein Hotel. Ich bin müde. Ich muss schlafen.«

»Ich kann in einer Viertelstunde da sein«, sagte er, ohne nachzudenken.

»Nein.«

»Nein?«

»Nein, nicht jetzt. In drei Tagen. Wenn du in drei Tagen noch genauso fühlst, dann ruf mich an. Triff dich zuerst mit Anna, verbring das Wochenende mit ihr.«

Diese Zurückweisung frustrierte Nick. Er sehnte sich nach ihr. Hatte das Gefühl, keine Luft mehr zu bekommen, wie ein ungezogener Hund, der an der Leine zieht. Trotzdem bewunderte er ihre Beherrschtheit. Ihren Sinn für Anstand. Die Tatsache, dass sie einen Plan hatte. Die Büroangestellten eilten weiter an ihm vorbei, sprachen in ihre Handys, rauchten Zigaretten, unterhielten sich mit ihren Kollegen, nichts ahnend, welchen Weg er gerade eingeschlagen hatte.

Ja, das Wochenende mit Anna verbringen. Den Kopf frei bekommen.

Dann Zoe anrufen.

Oder auch nicht.

Wahrscheinlich schon.

Obwohl er nicht sollte.

27

Anna

Anna und Nick planten, am Samstag bei seinen Eltern zu Mittag zu essen. Anna hatte seit Pamelas Sturz und ihrer Verlobung dafür gesorgt, dass daraus eine Gewohnheit wurde. Sie wollte, dass die Familie enger verbunden war, dass die Fäden sich verflochten, bis ein regelmäßiges, hübsches Muster entstand, aus dem schließlich eine behagliche Decke wurde, unter die jeder von ihnen schlüpfen konnte, wenn er Trost und Aufmunterung brauchte.

Sie freute sich immer sehr darauf, die Hudsons zu besuchen: Pamela, herzlich und aufgeschlossen, George, mürrisch, aber ehrlich. Sie hatte sich an die Möbel und den Nippes gewöhnt, an die Zeitungsstapel und die Bücherregale. Die Hudsons waren zwar nicht direkt sammelwütig, aber ihr Haus war auf jeden Fall voll. In jeder Ecke befand sich irgendein Zierrat, lag ein zerlesenes Buch oder ein randvoller Ordner. Manchmal fiel Anna ein kleines Spielzeug in die Hände, das sicher einmal Nick oder Rachel gehört hatte, ein einzelner Legostein oder die Handtasche einer Barbie, die in irgendeiner Schale oder auf einem Regal liegen geblieben waren, weil niemand es übers Herz gebracht hatte, sie wegzuwerfen. Obwohl es jetzt warm war – der Sommer strömte durch die offenen Fenster herein –, lagen überall Kissen und Decken, die darauf hindeuteten, dass sie im Winter dazu benutzt wurden, es sich gemütlich zu machen. Das Geschirr und die Bettwäsche, sicher schon in den Achtzigern gekauft und inzwischen vom vielen Spülen und Waschen ganz verblichen, waren ziemlich aus der Zeit gefallen, aber ihr altmodisches Aussehen vermittelte Anna eine gewisse Beständigkeit und Sicherheit. Sie misstraute Wohnungen, die allzu aufgeräumt und modern waren, in denen es keine Anzeichen von Leben gab. Dass in diesem Haus eine Familie gelebt, gelacht, gestritten und gefeiert hatte, war unübersehbar. Manchmal hatte Anna sogar das Gefühl, das pulsierende Leben dieses Ortes noch zu spüren.

Ihre bescheidene Zweizimmerwohnung, die sie von einem anonymen Vermieter gemietet hatte, schien dagegen öde und leer. Ein unscheinbarer Kasten. Die Ikea-Regale waren zu aufgeräumt und bei Weitem nicht voll, obwohl sie sich für eine eifrige Leserin hielt; ein einzelner Mensch brauchte Jahre, um ein Bücherregal zu füllen. Ihr Sofa, ihr Bett, ihre Stühle, ihr Schrank waren allesamt notwendige, praktische Gegenstände, die der unbekannte Vermieter zur Verfügung gestellt hatte, denen jedoch jeglicher Charme und Stil fehlte. Sie hatte es versucht, sie hatte Lichterketten gekauft und überall Fotos verteilt, aber gegen die erdrückende Nüchternheit konnte das wenig ausrichten. Jeder x-Beliebige hätte in ihrem Apartment leben können. Das weitläufige Zuhause der Hudsons jedoch hatte etwas Besonderes. Es war freundlich und unverfälscht und groß genug, um auch sie aufzunehmen. Ihr Geborgenheit zu geben.

Außerdem war es eine Freude, die Hudsons zu besuchen, weil Pamela sich sehr für die Hochzeitsvorbereitungen interessierte. Sie wurde einfach nie müde, mit Anna den Ablauf der Zeremonie, die Schriftart auf den Einladungen oder das Farbthema für die Feier zu besprechen.

Die Brautjungfern. Bei dem Gedanken seufzte Anna. Bei allem anderen, was die Hochzeit betraf, war sie so entschlossen gewesen, nur bei diesem Punkt nicht. Sie hatte Nick gesagt, dass sie gern Zoe als eine der Brautjungfern hätte, doch tief in ihrem Inneren wusste sie, dass das nie passieren würde. Und wahrscheinlich müsste sie Rachel fragen. Das gehörte sich so. Pamela erwartete es bestimmt, aber der Gedanke erfüllte Anna auch nicht gerade mit Begeisterung. Vera hatte ihr kategorisch mitgeteilt, dass Brautjungfer nicht ihr Ding sei. Sie wollte ganz sicher nicht in pfirsich-, pink- oder rosafarbene Rüschen und Schleifen gesteckt werden. Außerdem musste sie ein Auge auf die Jungen haben und könnte nicht ganz für Anna da sein. Ihre Freundinnen in den Staaten schienen Anna zu weit weg, um sie zu bitten, jetzt diese Pflicht zu übernehmen. Räumlich, zeitlich und emotional. Sie hatte diese Freundschaften vernachlässigt. Es war schade, aber wahr. Außerdem waren viele von ihnen gerade schwanger oder stillten noch. Sie hatten bestimmt keine Lust, durch die Gegend zu rennen, um einen Junggesellinnenabschied zu organisieren oder sich am Hochzeitstag zu bücken, um ihr Schleppe oder Schleier zu richten. Anna beschloss, das Problem vorerst zu vertagen. Sie würde später darüber nachdenken. Manchmal war es gut, einfach mal abzuschalten.

Diese Woche hatte Nick angeboten, nach Bath zu fahren. Ihr fiel unweigerlich auf, dass er besonders nett zu ihr war, fast so, als würde er sich extra Mühe geben. Er kam am Freitagabend mit einem üppigen Strauß violetter Rosen, blauer Hortensien und Lilien zu ihr. Sie hatte nicht einmal eine Vase, die groß genug dafür war, und musste die Blumen aufteilen. Sie waren wundervoll. Dufteten köstlich. Es tat ihr leid, sie in der Wohnung zurücklassen zu müssen. Sie wünschte sich wirklich, er hätte damit bis nach dem Wochenende gewartet.

Er sagte, er wolle sie zum Essen ausführen, um den verlorenen Abend davor wiedergutzumachen. Sie konnte sich nicht entscheiden, was sie anziehen sollte (ihr neues zartrosa Blümchenkleid oder einfach eine Hose und ihr blaues T-Shirt mit der aufgedruckten Ananas). Während Nick auf ihre Entscheidung wartete, öffnete er das Fenster, um ein bisschen frische Luft in die Wohnung zu lassen, die ihm irgendwie muffig vorkam. Er nahm ihre Wäsche aus der Maschine, steckte sie in den Trockner und dachte sogar daran, ihre heiß geliebte Leinenhose ausgebreitet hinzulegen, weil die im Trockner eingegangen wäre. Sehr aufmerksam. Er schaute sich ihre Fotos an. Er nahm sie der Reihe nach in die Hand und betrachtete sie mit so viel Interesse, wie er es noch nie gezeigt hatte. Eins von Alexia und David, eins von Zoe, als sie ungefähr zweiundzwanzig war und ausnahmsweise einmal einen Tennisschläger und keine Flasche in der Hand hielt, ein paar von den Hochzeiten und Kindern ihrer Freundinnen. Die übliche Auswahl an Fotos, die Menschen Sinn und Trost spendete, die weit weg von ihrer Familie in Übersee lebten. Anna ging zu ihm und sah über seine Schulter auf das Foto, das seine Aufmerksamkeit am längsten fesselte. Es zeigte sie und Zoe mit ungefähr sieben am Strand, wie sie stolz neben einer riesigen Sandburg standen. Beide Mädchen waren sonnengebräunt und trugen Rattenschwänze, und an ihren nassen, dünnen Beinchen klebte lauter Sand. Wenn sie die alten Fotos betrachtete, fiel es selbst Anna manchmal schwer, zu unterscheiden, wer sie und wer Zoe war.

»Ich weiß gar nicht, wie ich das hier vorher übersehen konnte«, murmelte Nick.

»Es ist neu. Ein Geschenk von Zoe. Sie hat es mir mitgebracht. Ich habe jede Menge Fotos von uns beiden, aber nicht dieses hier. Zoe hat das Original. Sie hat mir einen Abzug gemacht und ihn eingerahmt. Nett von ihr, nicht? Ich habe mich sehr gefreut. Ich habe ein ganzes Album mit alten Bildern. Du kannst es dir ansehen, während ich mich fertig mache, wenn du magst. Und beim Essen kannst du mir dann alles über gestern Abend erzählen.«

Sie kramte das Album unter ihrem Bett hervor und reichte es ihm. Sie brauchte ihm nicht über die Schulter zu sehen. Der Inhalt war ihr so vertraut, dass sie genau wusste, welches Foto auf welches folgte, um ihrer beiden Kindheit festzuhalten, anzuordnen und nicht zu vergessen. Ein Bild nach dem anderen zeigte Anna und Zoe eng umschlungen, Hand in Hand, wie sie sich am Tisch aneinanderlehnten oder an einem Torpfosten oder einer Wand; wie sie sich gegenseitig stützten, als könnte oder wollte keine von ihnen alleine stehen. Beim Fernsehen schauen, in der Badewanne, auf dem Trampolin. Zahnlückengrinsend, mit glänzenden Augen, kurz geschnittenen Ponys. Es gab mehrere Fotos der beiden, wie sie eng aneinandergekuschelt schliefen, Arme und Beine und Haare verschlungen. Auf einem nuckelten sie am Zeigefinger der jeweils anderen. Beide Mädchen völlig identisch, unmöglich zu unterscheiden, nur dass das eine in Rosa, das andere in Blau gekleidet war.

»Du bist vermutlich die in Rosa?«, rief Nick Anna zu, während sie gerade das geblümte Kleid anzog.

»Ja, immer. Sie mussten eine Möglichkeit finden, uns auseinanderzuhalten, also haben wir verschiedene Farben getragen. Zoe mochte Rosa nie, aber ich habe es geliebt.«

Anna seufzte und versuchte, den Anflug von Melancholie zu vertreiben, der sie jedes Mal überkam, wenn sie an Zoe als kleines Mädchen dachte. Während alle anderen sie für einen Plagegeist hielten, hatte Anna ihre Schwester als stets gelaunt und für alles zu haben in Erinnerung, und vor allem als ihre größte Verbündete. Zoe hatte sie immer heftigst beschützt, wobei die Betonung auf heftigst lag. Einmal schubste sie einen Jungen rückwärts über die Mauer, auf der er gerade saß, und er landete mit einem dumpfen Schlag auf der Asphaltstraße dahinter, nur weil er gesagt hatte, Anna dürfe nicht bei ihrem Spiel mitmachen. Er musste genäht werden, und es war wochenlang das Gesprächsthema in ihrem Viertel. Bei einer anderen Gelegenheit kippte Zoe in der Schulcafeteria das Tablett eines Mädchens um, weil das einen abfälligen Kommentar über Annas Modegeschmack gemacht hatte, beziehungsweise über das Fehlen desselben. Dann war da noch das eine Mal, als sie einem

Lehrer Kaffee über seinen Laptop schüttete, einen Tag nachdem dieser Anna eine Zwei gegeben hatte. Anna, die gewöhnlich nur Einsen mit nach Hause brachte, hatte sich furchtbar über die Note aufgeregt und vor Sorge die ganze Nacht nicht geschlafen. Keiner konnte je beweisen, dass Zoe das Getränk absichtlich umgestoßen hatte, aber nach diesem Vorfall hatte ihr Vater Anna gebeten, vorsichtig zu sein, wenn sie sich vor Zoe über etwas beklagte. »Sie meint es sicher nur gut, aber sie merkt nicht, wenn sie es zu weit treibt«, hatte er gesagt.

Anna beschloss, Nick nichts von diesen Erinnerungen zu erzählen. Sie blieb besser bei den angenehmeren Geschichten, zum Beispiel der, wie Anna Zoes Klassenarbeiten schrieb, um ihre Noten zu verbessern.

In dem Album waren auch noch Fotos von ihnen als Teenager. Deutlich weniger allerdings. Das Erkennungsmerkmal der verschiedenfarbigen Kleider hatten sie irgendwann aufgegeben, aber da die anderen Unterschiede nun deutlicher wurden, war es leichter, sie auseinanderzuhalten. Sie hatten unterschiedliche Haarschnitte, Körperhaltungen, Gesichtsausdrücke. Anna lächelte. Zoe machte ein finsteres Gesicht. Aber die Arme hatten sie noch immer eng umeinandergeschlungen.

Beim Abendessen fragte Nick zwei- oder dreimal, wie es bei der Arbeit liefe, wie die Sache mit Ivan ausgegangen sei. Als sie dasselbe Interesse auch für seinen Tag zeigte, ging er jedes Mal über ihre Fragen hinweg und lenkte die Aufmerksamkeit wieder zurück auf sie. Als spielte sie die Hauptrolle. Dabei interessierte sie natürlich am meisten, wie der Abend mit Zoe gewesen war.

»War es sehr anstrengend?«, fragte sie mitfühlend.

Er lachte, nervös und ein bisschen verlegen. Anna verstand das.

»Nein, nein. Sie war sehr –« Er suchte nach dem richtigen Wort.

Anna musste sich beherrschen, um ihm nicht weiterzuhelfen. Schwierig? Unangenehm? Peinlich?

Nick entschied sich für »amüsant«.

»Ach.« Anna versuchte, ihre Überraschung zu verbergen. »Auf eine positive oder eine negative Art?«, forschte sie nach.

»Positiv.« Er langte über den Tisch und drückte kurz Annas Hand. »Also, sollen wir das Schnuppermenü nehmen? Das ist doch spannend, findest du nicht?«

Sie überlegte, was er wohl mit »amüsant« meinte, und stimmte dem Gericht zu. Sie waren in einem exklusiven mexikanischen Restaurant. Anna hatte in der Sonntagsbeilage darüber gelesen und Nick gegenüber erwähnt, dass sie es gerne einmal ausprobieren würde. Es gefiel ihr, dass sie jetzt die eine Hälfte eines Paares war, das Restaurants besuchte, die in Hochglanzmagazinen besprochen wurden. Der Kritiker hatte recht, es war laut und quirlig, und die Margaritas ließen sich gut trinken – das fand sie wenigstens. Nick nippte nur an seinem.

»Du trinkst ja kaum etwas, schmeckt dir die Margarita nicht?«

»Doch, alles prima.«

»Wir können morgen auch den Zug nehmen, dann kannst du dir auch noch ein Bier bestellen und ein bisschen entspannen.«

»Es macht mir nichts aus, mal einen Tag keinen Alkohol zu trinken.« Ein Lächeln schlich sich auf sein Gesicht, und er hielt es krampfhaft dort fest. »Mir geht's prima«, sagte er noch einmal, obwohl sie gar nicht danach gefragt hatte. »Bin nur ein bisschen müde.«

Eigentlich wirkte er, als sei er verkatert. »Hast du denn viel getrunken, als du gestern Abend mit Zoe essen warst?« Anna hoffte, sie würde nicht vorwurfsvoll klingen, obwohl ihr schon danach war, ihn zu tadeln.

»Nein, nicht besonders viel.«

Sie beobachtete Nick genau. Er fühlte sich offensichtlich

nicht wohl dabei, über das Zusammentreffen mit Zoe zu sprechen. Das fühlte sich nie jemand. Vielleicht war eine Autofahrt doch eine gute Idee, dann könnten sie sich währenddessen in Ruhe unterhalten. Vielleicht würde es ihnen guttun, dem Lärm, der Enge und der drückenden Hitze der Stadt mit all ihren Ablenkungen zu entfliehen.

Dann sprach er es aus. »Ich dachte, trockene Alkoholiker dürften keinen Tropfen mehr trinken.«

»Dürfen sie auch nicht.«

»Hast du nicht gesagt, Zoe wäre seit vier Jahren trocken und hätte sogar eine Anerkennungsmedaille der Anonymen Alkoholiker dafür bekommen?«

»Ja.«

»Hast du sie schon mal gesehen?«

»Was?«

»Diese Medaille.«

»Das ist eine merkwürdige Frage. Nein. Habe ich nicht. Hat sie sie dir gezeigt?«

»Nein.«

Anna wartete ab. Fragte sich, was er wohl noch zu sagen hatte.

Eine leicht überdrehte Kellnerin kam an ihren Tisch. Sie erkundigte sich, ob sie schon einmal in dem Lokal gewesen wären, und begann, bevor sie überhaupt antworten konnten, die komplizierten Namen sämtlicher Tagesangebote herunterzuspulen. Nick versuchte zweimal vergeblich, sie zu unterbrechen.

»Wir nehmen das Schnuppermenü«, sagte er, als sie endlich einmal Pause machte, um Luft zu holen.

Mit einem kurzen Nicken und einem Lächeln (es war das teuerste Essen auf der Karte, also erwartete die Kellnerin ein dickes Trinkgeld) nahm sie die Speisekarten an sich und verschwand.

Nick fing an, fast genauso hektisch wie die Kellnerin über die Innendekoration zu sprechen. Er fragte Anna, ob sie je in Mexiko gewesen sei, während sie in den USA lebte. »Ist das nicht ein beliebtes Touristenziel?«

»Ja.«

»Also warst du da?«

»Ja, zweimal.«

Er fragte nicht, wo sie genau gewesen war oder wie es ihr gefallen hatte. Stattdessen überlegte er plötzlich laut, ob sie seine Eltern am nächsten Tag wohl zu einem kleinen Spaziergang überreden könnten. Als die Unterhaltung darüber jedoch ziemlich bald ins Stocken geriet, tat es ihm offensichtlich leid, das Thema Mexiko so schnell beendet zu haben. Sie saßen schweigend da, bis das Essen kam. Zum Glück konnten sie dann beide Bemerkungen darüber machen, wie lecker es aussah.

»Hast du denn gar keine Fragen dazu, wie es ist, ein Zwilling zu sein?«, fragte Anna schließlich.

Nick wirkte erstaunt, erschrocken.

»Das interessiert die Leute meistens.«

»Ach ja?«

»Ja. Sie wollen wissen, ob wir gegenseitig unsere Gedanken lesen können oder ob wir den Schmerz der jeweils anderen spüren. Ob wir dasselbe Essen mögen.«

»Ich weiß schon mal, dass ihr verschiedenes Essen mögt«, antwortete Nick. »Sie ist keine Vegetarierin.«

Anna wartete ab.

»Ihr seht euch wirklich unglaublich ähnlich. Das hat mich überrascht«, fuhr er schließlich fort.

»Zwillinge sind praktisch genetische Klone. Verrückter Ausdruck, was? Ganz schön Science-Fiction-mäßig, denke ich immer. Wusstest du, dass Zwillinge sich genetisch näher sind als ihren Eltern oder sogar ihren eigenen Kindern? Ziemlich krass, wenn man mal darüber nachdenkt, oder?«

»Stimmt.«

Anna überlegte, was sie fragen sollte, wie viel sie wirklich wissen wollte. Es war nicht zu übersehen, dass Nick sich unwohl fühlte. »Hat Zoe getrunken, während ihr zusammen wart?« Sie gab sich Mühe, keinen Vorwurf in der Frage mitschwingen zu lassen. Er würde niemals ehrlich zu ihr sein, wenn er das Gefühl hätte, ihm stünde eine Standpauke bevor.

Nicks Blick schweifte durch den Raum. Zuerst dachte sie, er hätte sie wegen der Musikgruppe, die laut Ranchera spielte, nicht gehört. Wäre da nicht dieser trübe, fast schon hilflose Ausdruck in seinem Gesicht gewesen. Sie beobachtete, wie er sich entschied.

Sich entschied, die Wahrheit zu sagen. Sich entschied zu lügen.

»Nein, nein, hat sie nicht. Ich muss mal zur Toilette. Entschuldige mich kurz, ja? Bestellst du schon mal die Rechnung?«

Anna sah auf den Tisch. Die Hälfte des Essens war noch unberührt. »Willst du kein Dessert?«

»Nein, ehrlich gesagt nicht.«

»Aber Churros gehören zum Menü.«

Er strich sich über den flachen Bauch. »Ich bin pappsatt.« Beim Aufstehen fügte er hinzu: »Aber nur zu, wenn du möchtest.«

Anna aß nicht gerne alleine Nachtisch, das wusste er ganz genau. Dann kam sie sich so gefräßig vor. Also sagte sie der Kellnerin, sie würden aufs Dessert verzichten und hätten einfach gern die Rechnung.

Er begleitete sie zurück zu ihrer Wohnung, sagte aber dann, er käme nicht mit rauf. Sie war ein bisschen beleidigt, verletzt. Natürlich hatte sie angenommen, er würde über Nacht bleiben und sie würden am nächsten Morgen gemeinsam von ihr aus nach Bath aufbrechen.

»Keinen Kaffee?«

Er war praktisch süchtig nach Kaffee. Eins der ersten Geschenke, die er ihr gekauft hatte, war eine gute Espressomaschine gewesen.

»Lieber nicht. Es geht ja früh los morgen. Ich muss nach Hause und packen.«

»Packen? Wir fahren doch nur für den einen Tag.«

»Also, na ja, alles vorbereiten. Ich muss noch ein Buch raussuchen, das mein Vater gerne lesen möchte.« Er gab ihr einen Kuss auf die Stirn, winkte und war schon halb die Straße hinunter, bevor sie auch nur ihren Schlüssel aus der Tasche gekramt hatte.

Hielt er sie etwa für blöd? Er wich ihr aus. Es fühlte sich an, als hätte sie Betonschuhe an den Füßen, während sie sich die Treppe hinauf in ihre Wohnung im zweiten Stock schleppte. Jeder Schritt erforderte fast übermenschliche Anstrengung. Drinnen angekommen, nahm sie sich ein Glas Leitungswasser. Normalerweise dachte sie daran, den Wasserfilter aufzufüllen, der im Kühlschrank stand. Aber im Moment war nichts normal. Er sagte ihr nicht alles. Er hatte heute Abend ausreichend Gelegenheit gehabt, mit ihr zu sprechen, aber er verbarg etwas vor ihr.

Dass Zoe trank? Dass Zoe sich an ihn rangemacht hatte?

Es war ein furchtbarer, hässlicher, schmutziger Gedanke, wenngleich sie schon Schlimmeres über Zoe gedacht hatte. Nick hatte ihr nicht alles über ihren gemeinsamen Abend erzählt, so viel stand fest. Sie nahm zwei Schmerztabletten, um die Spannung zu lösen, die sich in ihrem Kopf aufbaute. Um den Schmerz in ihrem Herzen zu betäuben, gab es keine Tabletten.

28

Nick

Nick konnte während des ganzen Mittagessens nicht den Blick von Anna wenden, er wagte es nicht. Komisch, denn während der Autofahrt, als sie beide alleine waren, hatte er stur auf die Straße geschaut und vermieden, dass sich ihre Blicke trafen. Pamela fiel auf, dass er seine Verlobte ständig ansah, und sie machte einen Witz darüber, wie vernarrt er wohl sei. Anna lachte mit, machte aber keine Anstalten, ihn dabei anzusehen. Sie war nicht so bei der Sache, wie er erwartet hätte. Bildete er sich das ein, oder verhielt sie sich merkwürdig? Kühl. Was wusste oder vermutete sie? Sie wirkte blass, ihr Blick war vor Müdigkeit ganz trüb. Oder vor Traurigkeit. Ganz anders als Zoes, deren Augen vor Übermut und neckischen Hintergedanken strahlten. Ahnte Anna etwas? Bei der Vorstellung wurde ihm ganz übel. Wahrscheinlich sah er Gespenster. Das schlechte Gewissen machte ihn unsicher und misstrauisch. Im Innersten seines Herzens hielt er es wahrscheinlich für richtig aufzufliegen, also bildete er sich ein, er sei es schon. Er stellte sich – keineswegs logisch – das Schlimmste vor, um genau das abzuwenden.

Er beruhigte sich, indem er sich sagte, dass Anna gar nichts wissen konnte. Er glaubte Zoe, dass sie ihrer Schwester nichts sagen würde. Sie hatte genauso viel zu verlieren wie er, und er war sich ziemlich sicher, dass sie Anna, trotz ihres Auftritts als die Supertoughe, tief in ihrem Inneren liebte. Zoe wollte Anna nicht verletzen. Er wollte Anna nicht verletzen. Und doch hatten sie Sex miteinander gehabt, wie die Tiere. Warum?

Er warf wieder einen verstohlenen Blick auf seine Verlobte, die ihren stur auf ihre Lachsquiche gerichtet hielt, als wäre die unheimlich interessant. Ihm fiel auf, dass sie kaum etwas gegessen, sondern hauptsächlich die Butterkartoffeln mit der Gabel auf ihrem Teller hin und her geschoben hatte. Sie konnte es nicht wissen, aber spürte sie es womöglich irgendwie? War das vielleicht so ein Ding zwischen Zwillingen? Oder sah man ihm seinen Betrug an? Umgab ihn womöglich irgendeine Aura, die ihn verriet? Es klang verrückt, aber er hatte das Gefühl, das könnte sein. Er kam sich vor, als wäre er nicht mehr wirklich er selbst. Nicht mehr ganz aus Fleisch und Blut. Er war plötzlich weniger körperlich, eher etwas Vergängliches. Es war total irre, so etwas zu denken, aber er fragte sich, ob Zoe ihn vielleicht verhext hatte. Absurd, oder? Natürlich. Trotzdem konnte er nicht klar denken, geschweige denn klar sehen.

Sie ging ihm einfach nicht aus dem Kopf.

Die Fahrt nach Bath war die Hölle gewesen. Statt des gewöhnlichen Plauderns, das sonst die Zeit und den Raum zwischen ihm und Anna füllte, hatten sie Höflichkeiten über die Einstellung der Klimaanlage ausgetauscht. Die ganze Zeit war Radio 1 gelaufen, und der DJ hatte die Gesprächsführung übernommen. Nick hatte beschlossen, nicht an Zoe zu denken. Kein bisschen. Er würde nicht daran denken, wie sie ihm im Bett auf Händen und Knien stolz ihren runden, verführerischen Hintern entgegenstreckte. Er würde nicht an ihre wohlgeformten Brustwarzen denken, die die Farbe roten Weins hatten. Oder an ihr schmutziges, übermütiges Lachen. Oder an ihren Mund. Er würde kein bisschen an ihren Mund denken. Er würde nicht zulassen, dass die Gedanken an sie seinen Kopf und seine Hose füllten. Das Problem war nur, wenn er Anna ansah, dann sah er Zoe. Annas Haare waren zu einem hübschen, beinah steif wirkenden Knoten hochgesteckt, er aber dachte an Zoes Haare, wie sie sich wild und zerzaust über die Kissen breiteten. Sie hatten beide ungefähr das gleiche Gewicht, sie hatten eine ganz ähnliche Figur, nur dass Zoe viel lockerer war. Anna wirkte heute streng und verkrampft. Seltsam, denn er hatte sie nie als verkrampft empfunden, nur als ordentlich und gewissenhaft. Er hatte ihr tadelloses gepflegtes Äußeres immer gemocht. Was hatte sich geändert? Hatte sich etwas geändert? Er wusste es nicht genau. Er konnte seinem eigenen Urteil nicht trauen. Und doch schien Anna, mit der er eine so schnelle und erfreuliche Verbindung eingegangen war, zu wissen, dass etwas anders war.

»Was macht die Arbeit?«

Die Frage seines Vaters durchdrang den Nebel in seinem Kopf, nicht etwa weil sie sonderlich originell war, sondern angenehm vertraut. Er und sein Vater unterhielten sich immer über die Arbeit. George, ein pensionierter Ingenieur, fand Nicks Beruf zugleich unanständig und genial. Unanständig, nun ja, all dieses Geld. Das in so riesigen Mengen floss. Und von dem ein nicht geringer Teil in der Tasche seines Sohnes landete. Und genial aus genau demselben Grund. George bemühte sich, die Märkte zu verstehen und auf dem Laufenden zu bleiben, was das Geschehen im Londoner Finanzviertel betraf. Deshalb waren ihre Gespräche stets für beide gleichermaßen befriedigend. Und selbstgefällig. Vater und Sohn, die sich gemeinsam im Erfolg des Sohnes sonnten. Heute jedoch wehrte sich irgendetwas in Nick, auf die Nachfrage zu antworten. Sein Hirn war wie leer gefegt von allen Zahlen, Prognosen und Berechnungen. Es war voll von – ihr.

»Ähm, ja. Prima. Gut.«

George sah ihn, die Gabel auf dem Weg zu seinem Mund, erwartungsvoll an.

Als deutlich wurde, dass Nick nicht vorhatte, dem noch etwas hinzuzufügen, schaltete Pamela sich ein. »Und wie geht es mit den Hochzeitsvorbereitungen voran?«

Trotz allem Bemühen seiner Eltern, sich immer gerecht und

politisch korrekt zu verhalten, richtete sich diese Frage an Anna. An einem anderen Samstag hätte Nick das vielleicht geärgert. Er hätte statt ihrer geantwortet, um sein Interesse an der Hochzeit zu demonstrieren, oder er hätte über Annas Arbeit gesprochen, um seine Eltern daran zu erinnern, dass ihre zukünftige Schwiegertochter in Yale studiert hatte und sich für mehr interessierte als Blumenarrangements und Tischordnungen. Aber heute fehlte ihm die Energie. Er wartete darauf, dass Anna etwas sagte.

»Ähm, ja. Prima. Gut«, antwortete sie.

Pamela wirkte besorgt. Angesichts dieses offensichtlichen Mangels an Begeisterung schloss sie wahrscheinlich, dass sie Streit gehabt hatten. Sicher über irgendetwas Lächerliches wie die Ausgaben für den Junggesellenabend oder wen sie bitten könnten, bei der Zeremonie etwas vorzutragen.

»Wir haben uns so gefreut, als eure Einladung kam«, fuhr sie entschieden fort.

»Ich war mir nicht ganz sicher, wie man es damit hält«, antwortete Anna. »Ob es vielleicht merkwürdig ist, euch eine schriftliche Einladung zu schicken, weil ihr natürlich wisst, dass ihr eingeladen seid. Und den genauen Ablauf kennt ihr ja auch. Aber ich dachte, ihr möchtet vielleicht eine haben, um sie aufzubewahren.«

»Auf jeden Fall«, antwortete Pamela überschwänglich. Ihr Blick wanderte zum Kaminsims, wo tatsächlich die cremefarbene Karte prangte.

Da stand es, schwarz auf weiß. Na ja, schiefergrau auf creme, um genau zu sein: Nicholas Angus Hudson und Anna Claire Turner würden am 19. August heiraten. In nur acht Wochen. Trotzdem hatte Nicholas Hudson gerade Sex mit Zoe Irgendwas Turner (verdammt, er wusste nicht mal, ob sie einen zweiten Vornamen hatte) gehabt, und zwar am Donnerstag, erst vorgestern also.

Und schlimmer noch, er würde es gerne wieder tun.

Was allerdings nicht passieren würde. Nein, nein, auf gar keinen Fall. Zoe hatte ihn zu Recht gestern davon abgehalten, ins Hotel zu kommen. Sie hatte zu Recht eine Abkühlphase gefordert. Nicht etwa, dass er auch nur im Geringsten abkühlen würde. In Wahrheit fand er, dass ganz im Gegensatz zu *Aus den Augen, aus dem Sinn* das alte Sprichwort *Mit der Ferne wächst die Liebe* zutraf. Oder vielleicht auch das Organ südwestlich seines Herzens. Trotzdem durfte er Zoe nicht wiedersehen. Er musste auf kalten Entzug gehen, hoffen, sie würde ihr Versprechen halten, nichts über ihre gemeinsame Nacht zu verraten, und weiterleben.

Sich auf die Zukunft konzentrieren. Er sah noch einmal zu Anna, die in diesem Augenblick den Kopf hob. Ihre Blicke trafen sich. Einen kurzen Moment hatte er das Gefühl, als schössen Eiszapfen in seine Richtung. Himmel, sein Gewissen machte ihm zu schaffen. Am Morgen hatte er kaum in den Spiegel sehen können; hatte aufs Rasieren verzichten müssen. Er liebte Anna. Er war sich ganz sicher. Sie war schön. Er schätzte alles an ihr, was ein Mann an einer wunderbaren Freundin nur schätzen konnte: ihre Brüste, ihre schlanken Beine, ihren prallen Po. Und ihm gefiel noch mehr. Sie hatte fein geformte Füße, hübsche Hände und einen süßen Bauchnabel. Das war doch Liebe, oder?

Natürlich besaß auch Zoe all das.

Er liebte es, wie Annas Haare glänzten und wie sie den Kopf schüttelte, wenn sie abends ihr Haargummi löste und sie offen herunterfallen ließ. Sie dufteten wunderbar, ihre Haare. Nach Shampoo – irgendwie zitronig.

Zoe benutzte ein anderes Shampoo. Es roch teuer.

Nick schüttelte im Geist den Kopf. Das hier war nicht richtig. Er musste an Anna denken, nur an Anna. Er liebte Annas sanft hervorstehenden Hüftknochen und wie sie fast stöhnte, wenn er sie dort küsste.

Sie mochten es beide, an der Stelle geküsst zu werden. Zoes Freudenbekundung war nur lauter.

»Schaffst du es, jeden Tag deine Übungen zu machen, Pamela?«, fragte Anna, ohne den Blick von ihm abzuwenden. »Du weißt, wie wichtig das ist.«

»Ich schaffe es, und ich weiß es«, antwortete Pamela mit einem Lächeln, das ihre Freude darüber ausdrückte, dass sich das Gespräch zur Abwechslung um sie drehte. »Ich bin fest entschlossen, für die Hochzeit so fit wie möglich zu werden. Ich möchte die Fotos ja nicht mit einem Gehstock verschandeln.«

Nick war froh, als Anna seine Mutter schließlich ansah und ihr Gesichtsausdruck sich ein bisschen entspannte.

»Ein Stock würde die Fotos doch nicht verschandeln, das ist doch Unsinn. Halt dich einfach an das Tempo, das die Ärzte dir raten. Deine Gesundheit ist uns wichtiger als so ein paar Fotos«, sagte sie und ergriff die Hand seiner Mutter, um sie zu drücken. »Du musst uns versprechen, auf dich aufzupassen. Wir haben dich alle sehr lieb, weißt du.«

Pamela strahlte. Annas Jahre in Amerika hatten offensichtlich ihre Wirkung hinterlassen. Nick konnte sich nicht daran erinnern, dass jemals das L-Wort bei ihnen am Esstisch gefallen wäre, obwohl seine Eltern es zu sich und zu ihm und seiner Schwester relativ regelmäßig sagten. Pamela sah aus wie ein Schulkind, das gerade ein doppeltes Sternchen vom Direktor bekommen hat. Das war Annas Verdienst. Sie machte die Menschen glücklich. Ihn, seine Eltern, die Leute, mit denen sie arbeitete. Er hatte sie nicht verdient.

George erhob sich und fing an, den Tisch abzuräumen. Anna sprang auf, um zu helfen, und Nick bot sich eine Sekunde zu spät ebenfalls an.

»Nein, nein, ihr zwei bleibt sitzen und unterhaltet euch mit Pamela. Ich bringe schnell die Töpfe in die Küche und hole das Eis aus dem Gefrierschrank. Wir haben geschummelt und uns einfach für Häagen-Dazs entschieden. Cookies and Cream. Was Desserts wie Apple Pie und Eton Mess betrifft, kann ich mit eurer Mutter nicht mithalten.«

»Ihr braucht euch doch für nichts zu entschuldigen«, sagte Anna. »Das war ein köstliches Mittagessen. Vielen Dank.«

Trotz gegenteiliger Anweisung stapelte sie die benutzten Teller und Schüsseln und trug sie in die Küche. Nick hörte, wie sie etwas zu seinem Vater sagte und er antwortete. Irgendetwas darüber, was er im Garten pflanzen wollte. Seine Mutter sah ihn erwartungsvoll an. Er hätte natürlich eine Unterhaltung anfangen sollen, aber ihm war weder nach ehrlichen Geständnissen noch nach belanglosem Geplauder zumute.

»Entschuldige mich einen Augenblick, ja?«

Er schloss fest die Tür der Gästetoilette hinter sich, die sich günstigerweise im vorderen Teil des Hauses befand, weit entfernt von Wohnzimmer und Küche. Er kannte ihre Abmachung. Er sollte drei Tage warten. Montag. Er konnte nicht. Einfach unmöglich. Er musste sie vorher sehen. Er wählte »Joes« Nummer. Wie gestern klingelte es dreimal, viermal, fünfmal, sechsmal. Er stellte sich vor, wie seine Nummer auf ihrem Display aufleuchtete. Ob sie sie wohl erkannte? Hatte sie seinen Namen in ihrem Handy gespeichert? Ignorierte sie ihn absichtlich, oder war sie nur beschäftigt? Beschäftigt mit wem?

Schließlich ging sie ran. »Warum rufst du mich an?«

Sie hatte ihn in ihrem Handy gespeichert!

Vor lauter Erleichterung überhörte er ihren verärgerten Tonfall, er war wie berauscht. »Ich muss dich sehen«, platzte er heraus.

»Das haben wir so nicht ausgemacht.«

»Ich brauche nicht bis Montag zu warten, um zu wissen, was ich fühle. Ich weiß es jetzt schon.« Ihm war bewusst, dass er ein bisschen verzweifelt klang und dass Verzweiflung nicht gerade eine attraktive Eigenschaft war. Was zum Teufel war nur los mit ihm? Er versuchte zurückzurudern, wollte irgendetwas sagen, wovon er dachte, sie würde es gern hören. »Es ist doch nur ein bisschen Spaß. Du hattest doch Spaß, Zoe?«

Sie schwieg. Er fragte sich, ob sie wohl gleich auflegen würde. Und anschließend Anna anrufen. Hatte er es vermasselt?

»Komm morgen zu mir ins Hotel.«

»Sonntag?«

Sie antwortete nicht, und er kam sich vor wie ein Idiot. Morgen war Sonntag, da bedurfte es keiner weiteren Erläuterungen. Was er nicht ganz verstand, war die Tatsache, dass sie vorschlug, sie an einem Tag zu treffen, von dem sie wissen musste, dass er Anna gehörte. Geliebte akzeptierten so etwas gewöhnlich stillschweigend.

»Sonntag ist schwierig. Anna.« Er brachte es nicht fertig, sich deutlicher auszudrücken. War das wirklich nötig?

»Na ja, wenn es nur darum geht, mich zu sehen, kann ich meiner lieben Schwester ja vorschlagen, dass wir uns alle drei treffen.« Ihr spöttischer Ton erschreckte ihn.

»Nein.«

Sie seufzte. »Am Montag arbeite ich, und am Dienstag fliege ich zurück.«

»Wirklich?« Er war froh und bestürzt zugleich. Es war gut, dass sie das Land verließ. Dann würde diese schreckliche Zerrissenheit aufhören, bestimmt. Aber er konnte sie nicht gehen lassen, ohne sie vorher noch ein letztes Mal zu sehen. Er musste sein Verlangen noch einmal stillen. Sie hatte ein Bedürfnis in ihm geweckt, von dem er nicht einmal etwas geahnt hatte. Etwas Tiefes, Dunkles. »Ja, ja, einverstanden.«

»Mein Hotelzimmer. Punkt zwei.« Sie legte auf.

Nick sah auf seine Uhr. Jetzt war es halb drei. Weniger als vierundzwanzig Stunden. Er konnte es kaum erwarten.

29

Zoe

Ich hatte nicht vor, es noch einmal zu tun.

Aber was soll's, so was kann passieren, oder?

Ich sage dem Portier, dass ich um zwei einen Gast erwarte. Ich zögere keine Sekunde, ich zweifle nicht, dass er auftaucht. Dann gehe ich direkt auf mein Zimmer und warte. Ich frage mich, ob ich einen Drink an der Bar hätte vorschlagen sollen. Ich habe es nicht getan, weil Zeit an der Bar ihm Zeit geben würde, über sein Tun nachzudenken. Ich will die wertlosen Entschuldigungen für seine Betrügerei nicht hören, denn genau die wird er loslassen, wenn wir ein paar Cocktails trinken. Falsche Adresse, mein Herr. Ich habe kein Interesse daran, sein Gewissen zu erleichtern. Mit einem Drink an der Bar würden wir uns nur etwas vormachen. Darüber sind wir hinaus. Wir sind schon mehr als das. Ja, wir. Denn das ist auch für mich kein Nullachtfünfzehn-Ding. Das hier ist nicht wie damals, als ich mit diesem langweiligen Abklatsch von Mann geschlafen habe, den mein Vater seinen besten Freund nennt (na gut, nannte). Es ist nicht mal mit dem Sex zu vergleichen, den ich auf dem Schreibtisch meiner Mutter hatte, zwischen ihren ganzen verstaubten Büchern und Papieren, mit ihrem ziemlich attraktiven Kollegen – wie war noch mal sein Name? Diese Affären waren verboten und spannend, ungezogen und falsch. Das stimmt. Aber kein Vergleich mit Nick.

Er klopft an die Tür, und ich mache auf. Wir sehen uns eindringlich an. Ich weiß um das Risiko, dass ich ihn in diesem Moment verliere. Er könnte plötzlich von Schuldgefühlen über-

238

mannt werden. Also lege ich ihm schnell meine Hände in den Schritt und beuge mich vor, um ihn zu küssen. Er drückt mich gegen die Wand und tritt die Tür hinter sich zu. Seine begierigen Küsse regnen auf mich nieder, fest, lüstern, unersättlich. Ich schlinge mein linkes Bein um seine Beine, mein Schuh rutscht mir vom Fuß. Ich würde am liebsten lachen, weil das hier so ganz und gar nicht wie Aschenputtel ist, aber ich küsse ihn zu heftig, um auch nur ein Kichern rauszubekommen. Er packt meinen Hintern, und ich springe wie ein Äffchen hoch, nun beide Beine eng um ihn geschlungen. Er hält mich, als wöge ich nichts. Seine Kraft und seine Entschiedenheit sind beeindruckend. Ich ziehe an seinem T-Shirt, streife es ihm über den Kopf, meine Hände erkunden seinen straffen, angespannten Körper. Die Wand und seine Kraft stützen mich, während ich an seinem Gürtel ziehe, an seiner Hose. Zum Glück gibt es kein heuchlerisches Zögern.

Nach ein paar Minuten ist es vorbei. Ich sinke die Wand hinab. Er kniet sich hin, gibt seiner Müdigkeit nach und rollt sich auf den Boden, liegt still da, hält mich noch immer am Fuß, als könnte er mich nicht loslassen. Ich lausche, wie sein schwerer, schneller Atem sich auf ein vernünftiges Maß verlangsamt. Plötzlich überkommt mich die Vorstellung, dass hinter der Tür alles schwindet. Als wären wir auf einem Floß und trieben immer weiter weg von der Realität. Von Anna, von den Hochzeitsvorbereitungen, seinen Eltern, unseren Jobs. Wir sind allein. An einem unendlichen Ort ohne Grenzen, an dem Zeit keine Rolle spielt. Dann gerät alles ins Wanken, bricht auseinander, und da sind nur noch wir. Dieser Mann mit seiner Hose um die Knöchel, diese Frau mit seiner Lust, die zwischen ihren Schenkeln herausgleitet. Ich fühle mich, als wäre ich betrunken oder high, obwohl ich keines von beiden bin. Ich fühle mich glücklicher als je zuvor, und ich fühle mich krank und verzweifelt, weil ich akzeptieren muss, dass zwischen uns eine tiefe Verbindung besteht. Wunderbar und zerstörerisch zugleich. Ich bezweifle, dass ich es schaffe, ihrer Kraft zu widerstehen. Ich glaube nicht einmal, dass ich das will. Er schnappt nach meinen Zehen und küsst sie, saugt daran. Seine Lippen, feucht und weich und heiß, umschließen sie.

Ich weiß, er spürt es auch.

Später tun wir es noch einmal, langsamer diesmal und auf dem Bett. Noch später schlägt er vor, wir sollten den Zimmerservice rufen. Die Luft ist feucht, unsere Körper sind klebrig. Unsere Seelen satt.

»Lass uns lieber draußen essen«, schlage ich vor. »Ein bisschen frische Luft schnappen.«

Er zögert. »Was, wenn uns jemand zusammen sieht?«

»Das tut niemand, und wenn, dann wird er denken, ich wäre Anna.«

Er streckt die Hand aus, schiebt mir ein paar Haare hinters Ohr. Ordentlich, wie Anna es trägt. Ich mache sein Werk auf der Stelle zunichte und ziehe mir die Haare wirr ins Gesicht.

Er gibt so etwas wie ein Schnauben von sich, ein kurzes verlegenes Lachen, als verstünde er, was er da gerade unbewusst getan hat, und bedauerte es. Dann spielt er mit meinen Haarspitzen, betrachtet sie, während er sagt: »Ich muss bald gehen. Anna erwartet mich.«

Ich kann nicht so tun, als schmerzte es nicht ein bisschen, nur ein kleines bisschen. »Ach ja, natürlich, du arbeitest ja gerade. Sie hat angerufen und gefragt, ob wir uns treffen wollen, vielleicht eine Galerie besuchen.«

Nick wirkt erschrocken. »Was hast du gesagt?«

»Dass ich schon etwas vorhätte.«

Ich frage mich, ob er wohl Mitleid mit Anna hat, die jetzt Däumchen drehen muss und nichts zu tun hat am Sonntagnachmittag in dieser riesigen Stadt. Wie trostlos. Dann lieber in einem abgelegenen Nest sitzen, wo man die Langeweile auf die geografische Lage schieben kann. »Sie kommt morgen kurz bei meinem Fotoshooting vorbei, um sich zu verabschieden, bevor ich wieder nach Amerika fliege.«

Er rollt sich auf die Seite und sieht mich an, während seine Finger langsam an meiner Brustwarze spielen. Mein Körper regt sich.

»Wann genau fliegst du?«

»Mit dem ersten Flug am Dienstag.«

Er wirkt traurig. Sehr schön.

»Es war eine tolle Reise«, sage ich. »Ich hatte Glück, dass der Kunde mich noch übers Wochenende bleiben ließ. Die anderen Models mussten schon am Freitag zurückfliegen.«

»Wie hast du das denn hingekriegt?« Er küsst jetzt meine Schulter.

»Ich habe beim Marketingchef einen Stein im Brett. Ich bin sein Lieblingsmodel.« Ich setze ein verführerisches, vielsagendes Lächeln auf.

Nick ist nicht dumm, er blinzelt, fragt sich offensichtlich, wie die Freundschaft zwischen mir und dem Marketingchef wohl genau aussieht. Wie kommt es, dass das Budget genug für meinen Hotelaufenthalt an diesem Wochenende hergab? Warum habe ich am Montag noch ein Einzelshooting? Ich lasse ihn im Unklaren.

»Und was dann?«

»Nun ja, am Mittwoch melde ich mich bei meiner Agentin. Schaue, ob sie noch was für mich zu tun hat.«

Ich bekomme zwar regelmäßig Aufträge für Katalogaufnahmen, aber Angebote für die lukrativere Print- und Fernsehwerbung kommen seltener. Ich hatte nie den großen Durchbruch, den ich eigentlich verdiene. Es ist ungerecht, ärgerlich, und ich möchte nicht darüber reden.

Das muss ich auch nicht, denn Nick fragt nicht nach meiner Arbeit. »Nein, ich meine, was wird dann aus uns?« Er schaut auf seine Finger, während er die Frage stellt.

Ich auch. Er hat gepflegte Nägel. Die weißen Halbmonde suggerieren eine körperliche Gesundheit, die ich bezweifle. Es ist schon komisch, wie etwas so kleines wie Fingernägel einen trügen können.

»Uns?« Ich tränke das Wort mit Unverständnis.

Er wird tatsächlich rot. Äußerst befriedigend, wenn man Männer gerne in die Knie zwingt, und wir wissen alle, dass ich das liebe. Seine Scham wird jedoch rasch von so etwas wie Ärger überdeckt. Nicht schnell genug allerdings. Menschen, die sich selbst etwas vormachen, sind sozusagen mein Spezialgebiet. Ich betrachte sein hübsches Gesicht. Es ist nicht seine Schuld. Er ist nur einer von diesen unglaublich gut aussehenden Männern mit Geld, die clever genug sind, um jedes Mal ungeschoren davonzukommen. Er ist es gewohnt, das Spiel zu gewinnen, aber ihm ist anscheinend nicht bewusst, dass es Regeln gibt.

»Du hast recht, es gibt kein ›uns‹«, zischt er, offensichtlich wütend auf sich selbst.

»Das habe ich nicht gesagt.«

Er sieht mich an, unsicher, was er als Nächstes sagen oder tun soll. Es ist immer am besten, sie im Zustand der Unsicherheit zu lassen. Wie Laborratten, die nicht wissen, woher der nächste Brocken Käse kommt. So behält man sie unter Kontrolle.

»Lass uns zum Essen ausgehen. Komm schon, zieh dich an«, sagt er.

Na also.

Es ist ein lauer Sommerabend. Die Menschen sind draußen und besetzen Bistrotische oder lehnen an Pubwänden. Die Straßen riechen nach Bier und Zigarettenrauch. Mir gefällt das. Noch bevor ich irgendetwas getrunken habe, fühle ich mich ein wenig berauscht.

Es ist ein eleganter Stadtteil. Nick scheint genau zu wissen, wohin er will, denn er schreitet zielstrebig vorwärts. Wir essen in einem von diesen Grillrestaurants, die heißer sind als die Kochvorrichtung, auf der sie die Steaks flambieren. Es ist voll mit Food-Bloggern, die Fotos von ihrem Bestellten machen. Ich kann mir die dankbare Kundschaft vorstellen, die von weither gekommen ist und wochenlang gewartet hat, um sich einen Tisch zu sichern. Wir bekommen sofort einen, denn wir sind kein Paar, das man abweist. Man gibt uns sogar einen Fensterplatz. Wie vorherzusehen fühlt Nick sich unwohl. Er fragt, ob wir nicht in eine Ecknische umziehen können. Ich komme mir vor, als wollte er mich verstecken. Wahrscheinlich sollte mich das mehr stören, aber die Heimlichtuerei gefällt mir. Das gehört zum Ungezogensein. Das Untertauchen, das Verkriechen, die Angst, entdeckt zu werden.

Es ist einfacher für mich, wenn ich nicht allzu genau darüber nachdenke, was hier gerade passiert. Am Anfang wollte ich Anna eigentlich nur zeigen, dass Nick genau wie jeder andere in der zugegeben kurzen, aber verhängnisvollen Reihe von verlogenen Losern ist, mit der sie in der Vergangenheit zusammen war. Ich denke, das habe ich eindeutig bewiesen. Und trotzdem bin ich noch hier. Ihn überkommt offensichtlich auch immer wieder das schlechte Gewissen. Ich beobachte, wie er sein Handy checkt, nervös mit dem Besteck spielt, seinen Aperitif zu schnell hinunterkippt. Ich frage mich, ob ich mir in meinem tiefsten Inneren nicht wünsche, dass er plötzlich aufsteht, die Sache beendet, mir mitteilt, dass er jetzt zu Anna fährt und ihr alles gesteht. Er tut nichts von alledem. Dann bleibt mir wohl nichts anderes übrig, als dafür zu sorgen, dass er sich in mich verliebt, oder?

Wir essen Räucherlachs, der mit fein gehackten Schalotten und dicken Kapern serviert wird, danach gemischte Grillplatte mit Kalbsleber, Rinderherz und Lammnieren. Ich rieche Blut in der Luft.

Ich frage ihn nach seiner Familie, aber er will nicht über sie reden. Sein Blick wandert über meinen Kopf hinweg. Anna steht seinen Eltern sehr nahe, vermutlich denkt er, das sei ihr Revier. Vielleicht überlegt er auch, was sie dazu sagen würden. Lieber nicht darüber nachdenken. Für seine Freunde, seine Arbeit oder seine Wohnung interessiere ich mich nicht. Ehrlich gesagt ist das alles Annas Revier. Kann sie gerne haben. Diesen ganzen langweiligen Alltagskram, von dem wir uns einbilden, er sei wichtig, weil das irgendwie beruhigt, aber in Wirklichkeit ist er stinklangweilig. Ich konzentriere mich stattdessen darauf, Spaß zu haben. Wir reden über Musik, Fernsehsendungen und Filme. Ich erzähle von lustigen Erlebnissen bei meinen Modeljobs und von berühmten Leuten, die ich durch meine Arbeit kennengelernt habe. Nur sehr wenige dieser Geschichten sind wahr, aber das macht nichts. Schließlich ist das hier kein gegenseitiges Kennenlernen. Nicht wirklich. Wir haben keine Zukunft. Da kann ich doch in der Gegenwart so unterhaltsam wie möglich sein.

Wir sprechen auch viel über Sex – das ist es schließlich, was wir gemeinsam haben. Wir vergleichen Häufigkeit und Orte, reden über unsere Volltreffer und Flops. Ich merke, dass er erregt und eifersüchtig zugleich ist. Er will hören, was ich mit wem wo getan habe. Es törnt ihn an. Und stößt ihn ab. Es schüchtert ihn ein. Bestimmt hat er das Gefühl, neben mir brav zu wirken. Ich spiele mit ihm. Fasse ihn an Ellbogen, Knie, Kinn. Ich spiele mit mir selbst. Berühre meine Haare, meinen Hals, mein Ohr. Alles altbewährt. Funktioniert immer.

Es gibt nur einen düsteren Moment, der mich stört.

»Was tun wir hier nur?«, fragt er. »Warum?«

Ich beschließe, auf seine Frage zu antworten, anstatt vorzugeben, ich verstünde ihn nicht. »Wir tun das, weil wir es können. Wenn ich mit dir zusammen bin, kann ich ganz mein fantastisches und furchtbares Ich sein, in dem sicheren Wissen, dass du mich schätzt, aber nie zu viel von mir erwartest. Und du kannst ganz dein ganzes fantastisches und furchtbares Ich sein, in dem Wissen, dass ich *gar nichts* von dir erwarte.«

Er nickt erleichtert, beruhigt.

Ich bin allerdings verärgert, weil er meine lustigen Geschichten unterbrochen hat und mit den Gedanken nicht bei der Sache bleibt.

Ich bestrafe ihn, indem ich frage: »Und nach der Hochzeit willst du dann treu sein?«

Er wird blass. Sieht mich betroffen an und weiß nicht, was er antworten soll. Also, ich bin ja ein großer Fan von Nicholas Hudson, aber im Moment sieht er ziemlich dämlich aus. Jemanden mit seiner eigenen Schrecklichkeit zu konfrontieren, hat immer diesen Effekt.

»Na ja, darüber habe ich noch nicht nachgedacht.«

»Du hast noch nicht darüber nachgedacht?«

»Nicht wirklich.«

»Du hast nicht über Treue nachgedacht, obwohl du vorhast, Schneeweißchen zu heiraten?«

Er sieht mich finster an. Ich weiß nicht genau, auf wen er böse ist. Auf mich oder auf sich selbst. Auf sie?

Er versucht, es zu erklären. »So meine ich das nicht. Ich dachte, ich würde treu sein. Ich dachte, es sei einfach.« Er sieht hinunter auf seinen Teller. »Dann habe ich dich getroffen.«

Es ist fast schon rührend.

»Du kannst jederzeit einen Schlussstrich unter die Sache ziehen«, versichere ich ihm. »Du hast mich angerufen, erinnerst du dich? Ich kann es auch einfach sein lassen.«

Sein Kopf schnellt hoch, und er sieht mich flehentlich an. Er will nicht, dass ich es sein lasse. Er will nicht hören, dass ich das so einfach kann.

»Und du meinst, das sollte ich tun? Einen Schlussstrich ziehen?«

245

Ich zucke gleichgültig mit den Schultern. »Das wäre sicher das Vernünftigste.«

Er wirkt hilflos. »Wann? Wann sollen wir einen Schlussstrich ziehen?«

Es hätte mir besser gefallen, wenn er *wie* gefragt hätte. Das klingt irgendwie dramatischer. Liebe unter einem schlechten Stern und so. Aber wie könnte ich die Sache überhaupt sein lassen? Trotzdem, man kann nicht alles haben. Auch er nicht.

Ich setze das geniale Gesicht von jemandem auf, den das alles überhaupt nicht kümmert. »Heute, gleich jetzt. Wir sollten sofort einen Schlussstrich darunter ziehen. Ich fliege übermorgen zurück in die Staaten. Ich komme zur Hochzeit zurück. Dann fangen wir noch mal von vorne an und tun so, als sei diese ganze Sache nie passiert.«

Ich beobachte, wie er das aufnimmt, darüber nachdenkt. Ist das machbar, möglich, wahrscheinlich? Ich kann beinah hören, wie sich seine Hirnrädchen drehen. Ich habe ihm eine Du-kommst-aus-dem-Gefängnis-frei-Karte angeboten und warte mit klopfendem Herzen. Wird er sie nehmen?

»Warum willst du so schnell zurück in die Staaten?«

»Ich wohne da.«

»Ich weiß, aber du hast in den nächsten Wochen doch keinen Job in Aussicht, warum bleibst du nicht noch?«

Er nimmt sie also nicht.

Ich würde am liebsten die Faust in die Luft stoßen. Er hat sich für mich entschieden! Für mich statt für Anna. Die verdorbene, sexy, wilde, freie Zoe.

Ich würde ihm am liebsten die Faust ins Gesicht stoßen. Er hat sich für mich entschieden statt für Anna. Die liebe, bescheidene, immer freundliche Anna.

Ich tue keines von beidem.

»Warum sollte ich das tun?«, frage ich stattdessen.

»Ein bisschen Urlaub machen?«

246

»Wenn ich Urlaub machen will, fliege ich nach Miami oder Kalifornien. In die Sonne.«

Die Hochzeit ist in acht Wochen. Das ist uns beiden bewusst. Es ist, als leuchte die Zahl wie ein großes blinkendes Neonschild zwischen uns auf. Ich warte. Zähle bis zehn. Zwischen uns schreiende Stille.

Ich halte es nicht aus. »Entschuldige, ich verschwinde mal kurz.«

Die Toilette ist vom Boden bis zur Decke mit schillernd schwarz-goldenen Mosaikfliesen ausgestattet. Die Türen der Kabinen sind aus glänzend schwarzem Kunststoff. Neben den Waschbecken stehen Plastikorchideen. Der Innendekorateur wollte wohl in Richtung fernöstlicher Luxus gehen, herausgekommen ist eher postkoloniales Bordell. Ich halte die Handgelenke unter den Wasserhahn. Kühlendes Nass trifft auf meine dunkelroten Adern. Meine Haut wirkt dünn und blass in dem grellen Licht. Ich denke darüber nach. Es ist riskant.

Sehr riskant. Kompliziert. Grausam.

Als ich zum Tisch zurückkomme, schaut Nick gerade auf sein Handy. Er steckt es schnell weg, aber vorher erhasche ich noch einen Blick auf das Display.

»Anna?«

»Ja.«

»Sie findet es doch sicher merkwürdig, dass du so lange im Büro bist.«

Er wirkt gequält. Ich habe den Nagel auf den Kopf getroffen.

»Tu das nicht«, sagt er.

»Was denn genau? Dich daran erinnern, dass Anna deine Verlobte ist, du aber mich vorhin mit deinem Gürtel ans Bett gefesselt hast?« Ich spreche nicht leiser.

Das Paar am Nebentisch ist entzückt. Die beiden sagen nichts, haben dafür aber schon mehrfach die Brauen hochgezogen.

247

»Zoe, bitte.«

Er flüstert. Wahrscheinlich in der Hoffnung, ich würde dann ebenfalls meine Stimme senken. Er hat nicht den Mut, mir zu sagen, dass ich still sein soll. Er stürzt sich auf mich, küsst mich. Bringt mich mit dem Mund zum Verstummen, mit seinen Lippen, seiner Zunge. Seine Küsse sind heftig, intensiv, fordernd. Er berührt meinen nackten Arm, streichelt mich, liebkost mich. Jeder Millimeter meines Körpers und meines Geistes reagiert. Ich würde mich am liebsten an ihn schmiegen. Ich zwinge mich dazu, mich nicht zu rühren. Nicht darauf einzugehen. Ich sehne mich nach ihm. Ich will ihn. Kann ich das hier aufgeben? Ihn aufgeben? Ich habe damit gedroht, aber kann ich es? Ich seufze.

Als er sich wieder von mir löst, zucke ich mit den Schultern.

»Ein bisschen Urlaub ist wahrscheinlich keine schlechte Idee.«

Dabei ist es eine schlechte Idee. Die schlechteste überhaupt.

30

Alexia

Wir bekamen eine Einladung, als wären wir nichts weiter als normale Gäste. Nicht ihre Eltern, nicht irgendwie wichtig oder besonders. Das tat weh. Merkwürdig, denn Anna war nie diejenige, die anderen Schmerz zufügte. Auf sonderbare Weise war ich froh, dass es wehtat. Die meiste Zeit habe ich das Gefühl, keinen Schmerz mehr empfinden zu können. Zoe hat mich gefühllos gemacht. Mich von innen her zerfressen und ein großes Loch hinterlassen, wo eigentlich Mutterliebe sein sollte. Sieben Wochen. Sie heiratet schon in sieben Wochen. Diesen Mann, von dem wir so gut wie nichts wissen.

David hat versucht, mich zu trösten. »Es ist ihr Leben, Alexia. Sie ist eine erwachsene Frau.«

Dasselbe sagte er immer über Zoe, wenn sie sich bewusstlos trank, in irgendwelchen Bruchbuden schlief, mit weiß Gott wem zusammen war. Ich hasse ihn dafür. Für seine Untätigkeit. Seine Akzeptanz. Ich wollte, dass er gegen die Ungerechtigkeit wettert. Gegen die Sucht anbrüllt. Über den Verlust heult. Steine schleudert, Bomben wirft.

Stattdessen gehen wir zu Psychotherapeuten, trinken Tee und reden mit leisen Stimmen.

Das nächste Mal, als sie mit uns skypt und fragt, ob wir die Einladung bekommen haben, höre ich mich sagen: »Es erscheint uns nur ein bisschen voreilig, mein Schatz. So bald schon.«

»Nicht.« Sie hebt die Hand vor den Bildschirm. »Ich will nicht darüber reden. Das steht nicht zur Debatte.«

Ihre Worte sind beißend und ernst, obwohl sie lächelt. Ich glaube meinen Ohren mehr als meinen Augen.

»Ich werde Nick im August heiraten. Das steht fest.«

Sie sitzt vor mir, die Ellbogen auf den Knien und die Hände vor sich gefaltet. Ihre Nägel sind kurz und eckig. Gepflegt. Klarer Lack. Meine Tochter. So akkurat. So korrekt. So hilflos. So stur.

Ich stupse David in die Rippen, aber er sieht nur auf seine Schuhe.

Sie fängt an, davon zu erzählen, dass sie bald ein Hochzeitskleid kaufen gehen will, dass sie das lieber mit mir zusammen tun würde, aber dass sie sich beeilen muss; die Zeit rast. Ich möchte Interesse zeigen, aber ich möchte ihr auch gern sagen, dass das Wahnsinn ist.

»Habt ihr schon Flüge gebucht?«, fragt sie dann.

Und mir bleibt keine Wahl.

»Wir haben mit unserem Familientherapeuten gesprochen, und er meint, dass wir dein unvernünftiges Verhalten noch unterstützen, wenn wir zur Hochzeit kommen.«

»Entschuldigung, das mit dem Familientherapeuten verstehe ich nicht. Ich lebe nicht in New York. Ich lebe hier in England, und ihr erwähnt normalerweise nicht mal Zoes Namen. Mit welcher Berechtigung geht ihr zu einem Familientherapeuten?«, will Anna wissen.

»Bitte versuche, ruhig zu bleiben, Schatz.«

»Also, was sagt ihr?«

»Wir werden wohl nicht zu deiner Hochzeit kommen können.«

»Natürlich könnt ihr!«

»Wir denken, wir sollten nicht kommen.«

»Ich will euch aber hier haben. Ihr müsst doch dabei sein«, sagt sie unter Tränen.

Ich knicke fast ein. Ich bin ihre Mutter. Sie braucht mich. Aber die Worte unseres Therapeuten schwirren mir durch den

Kopf. Er sagt, ich hätte Zoes selbstzerstörerisches Verhalten ihr ganzes Leben lang erst möglich gemacht. Unnötig, dass er hinzufügte: »Sie wissen ja, wohin das geführt hat.« Als lebten wir nicht ohnehin schon mit der Schuld und der Trauer, jeden Tag, in unseren Köpfen und in unseren Herzen. Ich sage das nicht zu unserem Therapeuten. Er mag solche Gefühlsausbrüche nicht, er glaubt nicht, dass das hilft. Er sagt, ich müsse tapfer sein. Stark. Entschieden. Für Anna. Das schulde ich ihr. Wenn wir uns weigern, zur Hochzeit zu kommen, nimmt sie sich vielleicht etwas Bedenkzeit.

»Wir können nicht, mein Schatz«, flüstere ich, und es klingt wie eine Entschuldigung.

»Wir bemühen uns«, fügt David hinzu.

»Aber ihr bemüht euch nicht genug«, zischt Anna und legt auf.

Sie hat sicher eine Riesenwut im Bauch. Wenn sie sich als Kind über irgendetwas aufregte, bekam sie jedes Mal Magenschmerzen. Sie fraß immer alles in sich hinein. Zoe war viel extrovertierter, wenn sie zornig war. Warf eher mit einem Buch oder einem Teller, knallte die Tür. Ihre Wutanfälle waren heftig, zerstörerisch, Furcht einflößend. Mir ist nach Weinen, obwohl ich nie mehr weine. Meine Tränen sind versiegt. Anna würde jetzt sicher am liebsten hören, wie Zoe über uns stöhnt. Sich darüber beschwert, dass wir sie nicht verstehen und unterstützen. Dass wir sie im Stich gelassen haben. Ich muss diese Unterhaltung nicht mit anhören, um zu erraten, wie sie sich abspielen würde. Zoe würde nie etwas so Harmloses sagen wie »nicht genug bemühen«. Sie würde unsere elterlichen Anstrengungen erbärmlich nennen.

Und ich fürchte, sie hätte recht.

31

Anna

Anna wartete vor dem Brautmodengeschäft. In der gleißenden Sonne leuchtete der Gehweg wie aus Silber. Sie vermisste ihre Sonnenbrille. Ungeduldig trat sie von einem Fuß auf den anderen. Wo blieb Zoe nur? Auch wenn Zoe nicht gerade begeistert davon gewesen war, mit ihr auf Brautkleidsuche zu gehen, hoffte Anna, dass sie noch auftauchen würde. Sie hatte sogar gehofft, dass Zoe in England blieb, um bei den Hochzeitsvorbereitungen zu helfen, doch das hatte sich als Irrtum erwiesen. Es war purer Zufall, dass sich Zoes Zeitplan mit der Hochzeit überschnitt. Dass Zoe keine Lust hatte, Torten zu testen, leuchtete Anna ein (ihre Schwester stand eher auf Salzig), und zu den Champagner- und Weinproben hatte sie sie gar nicht erst eingeladen (aus naheliegenden Gründen), aber jetzt wünschte sie sich sehnlichst, dass Zoe kommen würde. Die Brautkleidsuche war einfach kein Einzelsport.

Anna gehörte zu den Frauen, die schon immer von diesem Augenblick geträumt hatten: das perfekte Brautkleid auszuwählen, das mehr sagte als alle Worte und einem schlichtweg den Atem verschlug. Sie wollte in eine wunderschöne Robe nach der anderen schlüpfen und unter den Ah- und Oh-Rufen ihrer Lieben vor dem Spiegel umherstolzieren. Denn Anna wusste genau, wie dieser Tag eigentlich abzulaufen hatte: Sowohl ihre Mutter als auch Zoe müssten sie begleiten, dazu vielleicht noch eine Freundin oder zwei und alle weiblichen Angehörigen aus Nicks Familie. Aber leider würde es dazu ja nicht kommen. Anna schluckte und schob das Kinn

252

vor. Egal. So war es nun mal. Ins Ausland zu gehen hatte eben Konsequenzen. Natürlich hatte sie sich in den letzten Jahren hin und wieder einsam gefühlt – wenn man die Heimat verließ, war das nicht zu vermeiden –, aber jetzt hatte sie Nick, und bald würde sie Mrs. Hudson sein und nie mehr einsam.

Anna schaute noch einmal auf die Uhr. Inzwischen hatte Zoe schon eine Viertelstunde Verspätung. Sie seufzte. Wahrscheinlich sollte sie hineingehen und alleine anfangen. In Läden wie diesem musste man einen Termin vereinbaren, um sich die Kleider überhaupt ansehen zu können, und sie wollte keinen schlechten Eindruck machen.

Anna schob die Ladentür auf, und sofort kündigte ein lautes Klingeln ihr Kommen an. Sie fühlte sich fast wie bei der Ankunft in einer Zauberwelt. Als ihre Schuhe in dem hellen, weichen Teppichboden versanken und sie die endlosen Reihen von fließenden weißen und cremefarbenen Kleidern sah, deren symbolische Reinheit offenbar immer noch geschätzt wurde (wenn auch nur als optische Demonstration), wünschte sie sich einmal mehr, Zoe wäre bei ihr. Sie war an einem Ort gelandet, an dem im wahren Leben unabhängige Frauen mit Blumen in den Armen herumwirbeln und hinter zauberhafter Spitze verschwinden konnten, ohne dabei ihre Würde zu verlieren. Feminin und stark, anmutig und doch im Scheinwerferlicht. War das nicht ein Wunschtraum?

Anna stand wie angewurzelt da, vollkommen überwältigt. Samt, Seide und hauchzarte Spitze bewegten sich sanft und verlockend in der kühlen Luft der Klimaanlage. Ein bekanntes Liebeslied aus den Siebzigern lief im Hintergrund und verkündete etwas von Vögeln, die plötzlich auftauchten, von Sternen, die vom Himmel fielen, und Träumen, die in Erfüllung gingen. Fast schon benommen von so viel romantischen Versprechungen tippte Anna mit dem Fuß den Takt und summte leise mit. Sie kannte den ganzen Text auswendig. Es war schön, in diese Fantasiewelt einzutauchen und die Realität hinter sich zu lassen.

Vorsichtig näherte sie sich einem der Kleider, die in Reichweite hingen, und wollte gerade nach dem gepolsterten Bügel greifen, da tauchte wie aus dem Nichts plötzlich die Brautmodenverkäuferin auf.

»Miss Turner?«, fragte sie, und Anna nickte. »Oder darf ich Anna zu Ihnen sagen?«

Jeder Satz endete von nun an mit ihrem Vornamen, wenn er nicht schon damit angefangen hatte. Vermutlich hatte die Verkäuferin gerade einen Leitfaden für Kundenbetreuer gelesen. Sie hieß Isobel und war ungefähr so alt wie Anna. In ihrem Stretchkleid wirkte sie äußerst adrett. Makellos. Sie trug einen Verlobungsring von der Größe eines Hühnereis, und es dauerte nur wenige Minuten, da wusste Anna, dass Isobel Anfang September des nächsten Jahres ihren Adrian heiraten würde. Er war »irgendetwas in einer großen Bank. Fragen Sie mich nur nicht, was genau.«

Anna spürte eine Welle der Freude, den Ball gleich zurückspielen zu können: »19. August, Nick, ebenfalls Banker, Equity Capital Markets.«

Sichtlich begeistert über so viel Gemeinsamkeit strahlte Isobel übers ganze Gesicht.

Anna lächelte zurück. Sie wusste die Liebenswürdigkeit zu schätzen, aber das ungute Gefühl, das Zoes Abwesenheit in ihr hervorrief, ging davon leider nicht weg.

Isobel fing an, einige ihrer Lieblingsmodelle herauszusuchen. Wie Trophäen hielt sie die Kleider hoch und legte sie, sobald Anna Interesse erkennen ließ, über die Lehne des rosaroten Chaiselongues.

»Anna, ich bin wirklich froh, dass Sie diesen Termin fast vierzehn Monate vor Ihrer Hochzeit vereinbart haben. Das war sehr vernünftig, Anna«, sagte Isobel ernst und berührte sanft ihren Arm, um ihre Anerkennung zu unterstreichen.

Anna genoss die Geste – schließlich hatte sie lange darauf gewartet, in den heiligen Club der Verlobten aufgenommen zu werden – und hatte fast ein schlechtes Gewissen, zugeben zu müssen: »Also, eigentlich heirate ich schon diesen August.«

Isobels Augen weiteten sich. »Sie meinen in sechs Wochen, Anna?«

»Ja, ähm, sechseinhalb.«

»Oh mein Gott, Anna!« Isobel sah aus, als hätte man sie gerade geohrfeigt. »Was haben Sie sich dabei gedacht?«, fragte sie. »Anna, warum haben Sie so lange mit dem Kauf des Kleides gewartet? Sind Sie etwa schwanger? Haben Sie ihr erstes Kleid abbestellt? Heiraten Sie in Las Vegas?« Und dann, völlig entnervt: »Haben Sie überhaupt irgendeine Ahnung von Hochzeitsplanung, Anna?«

Die Fragen prasselten so empört auf Anna nieder, dass sie nicht davon ausging, dass Isobel wirklich eine Antwort erwartete, und selbst wenn, sie hatte das Gefühl, dass alles, was sie sagen könnte, es nur noch schlimmer machen würde, denn, nein, sie war nicht schwanger, sie hatte kein Kleid abbestellt, sie heiratete nicht in Las Vegas, und ja, sie wusste alles, was man über die Planung einer Hochzeit wissen musste.

Schließlich, als Anna schon überlegte, irgendeine Entschuldigung zu murmeln und sich im Internet umzuschauen, fing Isobel sich wieder. »Nun gut, sehen Sie all diese wunderbaren Kleider hier, Anna?« Sie machte eine ausholende Handbewegung, die ungefähr neunundneunzig Prozent der ausgestellten Kleider umfasste.

»Ja.« Anna seufzte leise. Sie konnte es kaum erwarten, sie anzuprobieren.

»Nun, die können Sie alle vergessen.«

»Oh.« Die Enttäuschung war niederschmetternd.

»Die Vorlaufzeit für die individuellen Änderungen beträgt acht Monate, Minimum.« Wieder schüttelte Isobel traurig den Kopf.

»Haben Sie vielleicht trotzdem etwas, das ich mir anschauen könnte?«, fragte Anna zaghaft.

Isobel überlegte. Abgesehen von der Provision, die sie für jeden Verkauf kassierte, war sie gut in ihrem Job und hatte den Anspruch, für jede Braut eine Lösung zu finden, auch für eine so planlose, die sich erst ein paar Wochen vor dem großen Tag um ihr Kleid kümmerte.

»Nun ja.« Sie musterte Anna. »Sie haben die perfekte Figur für unsere Ausstellungsstücke. Vielleicht habe ich ja wirklich etwas.« Sie verschwand eilig hinter einer Tür, und Anna musste unwillkürlich an das weiße Kaninchen aus *Alice im Wunderland* denken. »Das ist jetzt aber wirklich alles, was ich Ihnen zeigen kann, Anna«, warnte Isobel, als sie kurz darauf mit vier Kleidern im Arm wieder zurückkam. »Es tut mir sehr leid.«

Sie geleitete Anna in die Umkleidekabine, wo sie die vier Modelle vorsichtig aufhängte. Der Raum war riesig, fast so groß wie Annas Schlafzimmer: jede Menge Platz für die Kleider, die Braut und ihre interessierten Familienmitglieder und Freundinnen. Wieder musste Anna ein heftiges Gefühl der Einsamkeit unterdrücken. Sie wünschte sich sehnlichst ihre Schwester herbei. Natürlich wusste sie, dass Zoe ihr nicht mit klassischen Freundinnen-Ratschlägen und oder mit pseudo-mütterlicher Begeisterung dienen würde. Stattdessen würde sie die Augen verdrehen und bissige Kommentare über die Kleider, die Ehe und Isobels unterwürfiges Getue machen. Aber Anna wollte ihre Schwester trotzdem dabeihaben, mehr als alles auf der Welt. Einen Moment lang versank sie in Selbstmitleid und hätte Isobel am liebsten hinausbugsiert.

»Ich hole Ihnen mal ein Gläschen Champagner, Anna, wenn Sie möchten.«

Das Champagnertrinken gehörte offensichtlich zu diesem Ereignis dazu, jedenfalls seit amerikanische Frauenfilme nicht mehr das Leben imitierten, sondern eine zu imitierende Welt erschufen. Jetzt fragte Anna sich allerdings etwas besorgt, ob das so allein nicht ein bisschen trostlos aussehen würde. Aber wäre es nicht noch trostloser, gar keinen Champagner zu trinken? Also nickte sie, wenigstens hätte Isobel dann etwas zu tun.

Sie zog sich langsam bis auf ihren weißen Baumwollslip und ihren schlichten weißen BH aus. Beim ersten Durchschauen der Kleider fiel ihr Blick sofort auf ein langärmeliges Modell aus elfenbeinfarbener Spitze mit V-Ausschnitt und kurzer Schleppe. Der absolute Kate-Middleton-Schnitt. Oben eng, unten ausgestellt. Es war eines jener Kleider, die man wie einen Hula-Hoop-Reifen auf den Boden legen musste, um dann hineinzusteigen. Gerade als sie das getan hatte und sich fragte, wie sie es zubekommen sollte, streckte plötzlich Zoe den Kopf durch die Samtvorhänge.

»Siehst gut aus, Schwesterchen.«

»Du bist doch gekommen!« Anna wollte Zoe überglücklich in die Arme schließen, aber ihre Schwester wich rasch aus. »Du willst doch kein Make-up auf das Kleid bekommen.«

Während Anna selbst sich dauernd Gedanken über solche Dinge machte, überraschte sie diese Vorsicht bei Zoe. Diese unerwartete Rücksichtnahme war irgendwie rührend. Plötzlich spürte Anna eine Veränderung, sie fühlte sich besser, unbeschwerter. Zoe war hier. Genau wie sie es sich gewünscht hatte.

»Was meinst du?«, fragte Anna. Sie wandte sich wieder ihrem Spiegelbild zu und drehte sich raschelnd von links nach rechts.

»Hmm.« Zoes Antwort ließ keinen Zweifel daran, dass sie alles andere als euphorisch war. »Ich dachte mir, dass dir so etwas gefallen würde.«

Anna ließ sich nicht beirren. »Ja! Warum auch nicht?«, strahlte sie. »Es ist umwerfend.«

Zoe bewegte den Kopf, es war weder ein Nicken noch ein Kopfschütteln. »Eine ziemlich sichere Wahl. Aber lange Ärmel? Darin schwitzt du dich tot.«

»Die Ärmel sind doch aus Spitze, und ich finde, es sieht sehr edel aus.«

»Ich würde eher sagen unauffällig. Wenn nicht sogar bieder.«

Anna spürte, wie ihre Begeisterung für das Kleid langsam schwand. Es war ziemlich widersinnig, dass sie sich ihre Schwester herbeigesehnt hatte, wo sie doch genau wusste, dass es nicht die geringste Hoffnung gab, dass sie den Termin ohne Diskussion überstanden. Sie hatte immer von so einem Kleid geträumt. Aber es stimmte natürlich, dass es ein ungewöhnlich heißer Sommer war. Widerstrebend begann sie, sich aus dem Kleid zu schälen. Sie hatte es gerade wieder an den Bügel gehängt, da kam Isobel mit einem Sektkühler, Gläsern und einer Flasche Champagner zurück. Sie machte ein Riesentrara ums Einschenken, bestand darauf, einen Toast auf das glückliche Paar auszubringen, und wollte, dass Anna den Korken aufbewahrte. »Das bringt Glück.«

Anna war nicht abergläubisch und bezweifelte, dass das Aufbewahren eines Korkens Einfluss auf das Glück eines Menschen haben konnte, doch sie war Isobel dankbar, dass sie die Anprobe zu einem unvergesslichen Erlebnis machen wollte – auch wenn letztlich nur vier Kleider zur Auswahl standen. Aber unvergessliches Erlebnis hin oder her, in einem blieb Anna hart: Mit einem diskreten Kopfschütteln bedeutete sie Isobel, ihrer Schwester keinen Champagner einzuschenken. Wenn Zoe sich hier betrank, würde die Anprobe ganz bestimmt in unvergesslicher Erinnerung bleiben, nur nicht in positiver.

Zoe zuckte schmollend mit den Schultern, bestand jedoch nicht darauf.

Anna probierte das zweite Kleid an. Es war wunderhübsch und hätte mit Sicherheit viele Bräute glücklich gemacht, aber für sie war es nichts. Es hatte eine so enge Taille, dass sie darin keinen Bissen hinunterkriegen würde, und sie wollte ihren großen Tag schließlich genießen. Außerdem war es trägerlos, und Anna wusste jetzt schon, dass sie ständig gegen die Versuchung ankämpfen würde, das Mieder hochzuziehen. Als Zoe »Nein, bloß nicht!« rief, widersprach sie deshalb nicht.

Während sie langsam aus dem Kleid stieg – sie ließ sich extra Zeit, um den Moment zu genießen –, sagte Zoe plötzlich leise: »Ich werde nicht zu deiner Hochzeit kommen.«

»Was?« Nur in ihrer Unterwäsche und den High Heels, die Isobel ihr geliehen hatte, fühlte Anna sich verletzlich und außerstande, dieses Gespräch genau in diesem Moment zu führen.

»Ach, komm schon. Du weißt doch selbst, dass es nicht geht.« Zoe sah sie durchdringend an; kein bisschen zerknirscht oder gar bedauernd, nein, sie blitzte Anna fast streitlustig an, wie sie es immer tat, wie sie es immer getan hatte, um jeden und alles kleinzukriegen. »Der Tag würde komplett in die Hose gehen. Kannst du dir Mums und Dads Reaktion vorstellen? Meine Anwesenheit würde alles verderben. Das weißt du selbst am besten.«

Anna wusste es, aber sie wollte es nicht wahrhaben. Sie wollte in einer Welt leben, in der es möglich war, dass ihre Schwester zu ihrer Hochzeit kam, möglich und eine wunderbare Sache.

»Mum und Dad kommen nicht.«

»Was?« Obwohl Zoe gerade selbst ihre Teilnahme an der Veranstaltung abgesagt hatte, schien sie empört, dass ihre Eltern sich davor drückten. »Warum? Meinetwegen? Sag ihnen, dass ich nicht komme.«

»Nein, nicht deinetwegen. Jedenfalls nicht direkt. Sie halten es für eine falsche Entscheidung, dass ich Nick heirate, weil ich ihn erst so kurz kenne.«

»Also, ich sage das zwar ungern, aber damit könnten sie recht haben.«

»Weißt du was, Zoe, es wird dich wahrscheinlich überraschen, aber *du* bist der Grund, warum ich weiß, dass diese Ehe gelingen wird. Warum ich mir so sicher bin, dass ich das schaffe.«

»Ich?«

»Genau. Das, was dich am meisten an mir nervt – mein grenzenloses Vertrauen in die menschliche Natur und meine Sehnsucht nach Partnerschaft und nach unbedingter, uneingeschränkter Treue –, kommt nämlich daher, dass ich ein Zwilling bin. De facto bist also du daran schuld.«

»Wie meinst du das?«

»Ich bin es gewohnt, Teil eines Teams zu sein. Ich wurde ja in eins hineingeboren. Ich brauche einen Partner, der mir beisteht. Deshalb halte ich die Ehe für eine gute Idee. Ich teile mein Leben gerne mit jemandem. Ich brauche das.«

Ausnahmsweise widersprach Zoe nicht. Sie schwieg. Erst nach einer Weile brummte sie: »Du willst die Eltern wirklich gern dabeihaben, stimmt's?«

»Ich will euch *alle* gern dabeihaben.«

»Du weißt, das kann nicht sein.«

»Ja, ich weiß«, seufzte Anna traurig.

»Hör zu, wenn du mit ihnen redest, sag ihnen, dass du ihnen garantieren kannst, dass ich nicht auftauche, vielleicht überlegen sie es sich dann noch einmal.«

»Vielleicht.« Anna bezweifelte das. Ihre Mutter hatte ziemlich entschlossen geklungen. »Dich werde ich trotzdem vermissen. Du gehörst an meine Seite.«

Zoe zuckte mit den Schultern. »Ist doch keine große Sache, Anna, ich kann Hochzeiten sowieso nicht leiden.«

»Ich wollte, dass du Nicks Familie kennenlernst.«

»Dazu wird es nie kommen«, entgegnete Zoe bestimmt. »Das ist *dein* Ding. Ich bin viel zu unkonventionell, um mit irgendwelchen Ruheständlern Small Talk zu machen. Außerdem würden die mich sowieso nicht mögen. Ich würde sie bestimmt irgendwie beleidigen oder schockieren. So bin ich nun mal.«

Letzteres war wirklich mehr als wahrscheinlich, also widersprach Anna dem einzigen Teil von Zoes Äußerungen, dem sie widersprechen konnte: »Es sind nicht *irgendwelche* Ruheständler. Ich werde bald mit ihnen verwandt sein.«

»Ja, dann sind sie deine Familie.« Das klang weder verbittert noch gereizt, womit Anna eigentlich gerechnet hätte. Es klang eher bewusst hintergründig, als wollte Zoe ihrer Schwester noch mehr entlocken, das Versprechen vielleicht, dass ihre angeheiratete Familie ihre echte Familie niemals ersetzen würde.

Aber Anna war nicht in der Stimmung, ihrer Schwester nach dem Mund zu reden. »Ich muss mich ja schließlich nicht zwischen ihnen entscheiden«, murmelte sie trotzig.

»Ich glaube, das machst du aber«, sagte Zoe nachdenklich. Und dann tat sie etwas so Untypisches, dass sie Anna damit beinahe zum Weinen brachte. Sie beugte sich vor und küsste ihre Schwester sanft auf die Stirn. »Ich glaube, wir alle müssen jetzt schwere Entscheidungen treffen. Es kann nicht so bleiben, wie es ist.«

Wahrscheinlich fühlte Anna sich so benebelt und verwirrt, weil sie erst einmal verarbeiten musste, dass nun ihre ganze Familie der Hochzeit fernbleiben würde; außerdem hatte sie den Champagner ein bisschen zu schnell hinuntergekippt und war noch immer auf der Suche nach ihrem Hochzeitskleid, Herrgott. Dem Symbol dafür, dass sie aus ihrem alten Leben in ein neues trat.

Erwartungsgemäß holte Zoe sie auf den Boden der Tatsachen zurück: »Und jetzt sei mal ehrlich, ein kleines bisschen erleichtert bist du schon, dass ich nicht komme.«

»Nein, das stimmt nicht. Ich würde alles dafür tun, dass du zu meiner Hochzeit kommst«, flüsterte Anna.

Aber Zoe kannte sie besser. In Wahrheit war sie erleichtert. Dass Zoe nicht zu ihrer Hochzeit kam, war für Anna schmerzhaft und befreiend zugleich. Zoe legte Anna den Arm um die Taille, und sie standen nebeneinander vor dem Spiegel und sahen sich gegenseitig darin an. Zwei Schwestern, so ähnlich und doch so verschieden.

»Es tut mir leid«, murmelte Zoe. »Alles.«

»Ich dachte immer, du würdest meine Brautjungfer sein.« Anna hätte am liebsten geweint.

»Weiß ich doch, Baby. Ich kann aber nicht.«

»Was soll ich ohne dich nur machen?«

»Warum fragst du nicht Nicks Schwester?«

»Rachel? Ich weiß nicht recht.«

»Es ist das Richtige. Das weißt du auch. Du solltest versuchen, ihr näherzukommen. Nick würde sich bestimmt freuen.«

Anna traute ihren Ohren kaum. Seit wann trat Zoe für Frieden und Versöhnung ein? Was war denn plötzlich in sie gefahren?

»Na ja, wenn du es für das Beste hältst, dann überlege ich es mir.« Anna wusste nicht einmal, ob Rachel Ja sagen würde; sie hatte sich schließlich ziemlich viel Zeit gelassen, sie zu fragen.

Kürzlich war sie sogar so verzweifelt gewesen, dass sie darüber nachgedacht hatte, eine professionelle Brautjungfer übers Internet anzuheuern. Es klang verrückt, aber so etwas gab es. Die kamen komplett ausgestattet und mit einer überzeugenden Hintergrundgeschichte. Rachel zu fragen war vermutlich die bessere Idee.

Anna probierte das dritte Kleid an. Dafür, dass sie für die Ausstellungsstücke angeblich Idealmaße hatte, saß es erstaunlich weit und würde noch einiges an Änderungen erfordern. Isobel bestand darauf, dass Anna aus der Umkleide kam und sich einmal drehte. Das Modell hatte einen herzförmigen Ausschnitt und war mit Unmengen von Perlen verziert. Isobel sparte nicht mit begeisterten Ohs und Ahs, aber Anna ließ sich nicht überzeugen. Ihr Herz hing an dem ersten Kleid.

»Glauben Sie, mir wäre in dem Spitzenkleid mit den langen Ärmeln zu heiß?«, fragte sie Isobel in der Hoffnung auf Unterstützung gegen Zoes ablehnende Haltung.

»Na ja, wir könnten die Ärmel für Sie ändern, Anna. Dafür reicht die Zeit gerade noch. Schlüpfen Sie doch einfach noch mal rein, ich schaue es mir an.«

Aufgeregt zog Anna wieder ihr Lieblingskleid an.

Isobel bestärkte sie. »Ich glaube wirklich, dass wir etwas daraus machen können. Die Ärmel zu kürzen ist kein Problem. Was meinen Sie? Wäre das eine Lösung?«

»Das ist eine großartige Idee!«

»Sie müssen sich nämlich sicher sein. Es ist ein Ausstellungsstück, und wenn wir es umarbeiten lassen, können Sie es nicht mehr zurückgeben.«

»Ich könnte mir kein schöneres vorstellen.«

Zoe verdrehte die Augen. Und als Isobel sich auf die Suche nach einem passenden Schleier machte, sagte sie: »Du solltest das vierte Kleid anprobieren. Das ist garantiert der Knaller. Komm schon, nur so zum Spaß. Wenn es dir nicht gefällt, kannst du dich in deiner Entscheidung bestätigt fühlen. Und wenn es dir gefällt, habe ich dich davor bewahrt, einen Fehler zu machen.«

»Hm, ich weiß nicht.«

Zugegeben, Zoe hatte einen tollen Geschmack; es war eben nur nicht Annas Geschmack.

»Klar weißt du es, jetzt gib dir mal einen Ruck.« Glücklicherweise sagte Zoe nichts weiter, als Isobel mit einem Schleier zurückkam und Anna im Kleid ihrer Träume damit ausstattete.

Sie betrachtete Annas Spiegelbild und seufzte zufrieden. »Ich rufe mal eben bei der Schneiderin an und frage, wann sie zum Abstecken kommen kann. Je schneller, desto besser. Die Zeit drängt.«

Anna zog das Kleid wieder aus, hängte es an den Bügel und wollte schon wieder ihre normalen Sachen anziehen, da hielt ihr Zoe das vierte und letzte Kleid hin. »Komm schon, Anna, für mich!«

Die Aussicht, den Moment noch ein bisschen länger auszukosten, gab letztlich den Ausschlag dafür, dass Anna auch dieses Kleid noch anprobierte. Tatsächlich passte es gut, es saß sogar perfekt, aber es war einfach nicht ihr Ding. Dieser tiefe Rückenausschnitt, diese hauchdünnen Träger. Dagegen war Annas Nachtwäsche geradezu sittsam. Unter diesem Kleid konnte man nicht mal einen BH tragen.

Offenbar hatte Zoe sofort denselben Gedanken, denn im Handumdrehen hatte sie Annas Büstenhalter aufgeknipst und zog die Träger herunter. »Zieh ihn aus!«, sagte sie.

Anna würde dieses Kleid definitiv nicht nehmen, doch um ihrer Schwester einen Gefallen zu tun, streifte sie den BH ab. Ihr Spiegelbild ließ sie erröten. Das war zu viel. Man konnte sogar ihre Brustwarzen durchschimmern sehen.

»Ich glaube, das passt besser zu dir als zu mir«, sagte sie.

»Ein Brautkleid, das zu mir passt? So etwas gibt es nicht«, witzelte Zoe.

»Warum nicht?«

»Weil ich das ganze Theater für Schwachsinn halte.«

»Das sagst du jetzt, aber eines Tages wirst du dich verlieben und deine Meinung ändern«, antwortete Anna leichthin.

Das hätte sie so gerne geglaubt, obwohl sie große Zweifel hatte. Würde sich Zoe jemals verlieben? Dafür musste man bereit sein, einem anderen Menschen zu vertrauen, die Bedürfnisse des anderen über die eigenen zu stellen oder zumindest auf eine Stufe mit ihnen. Letztlich musste man einen Teil von sich selbst aufgeben. Natürlich war es das wert, denn gleichzei-

264

tig wuchs man ja in etwas Großes, Wunderbares hinein, wenn man einen anderen Menschen von Herzen liebte. Durch die Liebe wurde man stärker, leidenschaftlicher, mutiger. Bei diesem Gedanken warf Anna ihrer Schwester einen vorsichtigen Blick zu. Zoe hatte ohnehin schon ungeheuer viel Kraft; Anna konnte nur erahnen, wozu sie imstande wäre, sollte sie sich irgendwann tatsächlich leidenschaftlich verlieben.

»Eines Tages wirst du deinen Nick finden, da bin ich mir sicher.«

»Nein, werde ich nicht!«, rief Zoe in einem aggressiven Ton, der in keinem Verhältnis zu Annas scherzhafter Bemerkung stand.

»Nicht so laut«, zischte Anna.

»Warum flüsterst du?«

»Weil wir in einem Brautmodengeschäft sind.«

»Du sagst es, in einem Brautmodengeschäft und nicht in der verdammten Kirche. Man darf hier in normaler Lautstärke reden.«

»Dann tu das auch, und hör auf zu schreien. Es gibt keinen Grund, sich so aufzuregen. Ich habe nur gesagt, dass du dich auch verlieben könnest.«

»Eher würde ich sterben.«

Anna wünschte, Zoe würde nicht solche schrecklichen Dinge sagen. Warum musste sie immer alles so dramatisieren? Sie schlüpfte aus dem Kleid und zog sorgsam ihre eigenen Sachen wieder an. Isobel streckte den Kopf durch den Vorhang und sagte, sie habe die Schneiderin erreicht, und wenn Anna am Nachmittag gegen fünf noch einmal käme, könnten sie die Änderungen mit ihr besprechen.

Zoe rümpfte die Nase. »Du machst einen Fehler.«

Anna ignorierte sie und rechnete es Isobel hoch an, dass auch sie Zoes Grummeln einfach überhörte; wahrscheinlich hatte sie schon Schlimmeres erlebt. Immerhin schien Zoe doch etwas

265

zerknirscht, denn während Anna zur Kasse ging, um Isobel ihre Adresse zu geben und eine kleine Anzahlung zu leisten, sammelte sie von sich aus alle Kleider ein und hängte sie zurück auf die Bügel.

Sie verließen das Geschäft gemeinsam, gingen dann aber in verschiedene Richtungen. Anna schlug zwar vor, zusammen einen Kaffee zu trinken, aber Zoe sagte, sie hätte keine Zeit, wenngleich sie im Unklaren ließ, was sie so Dringendes zu erledigen hatte. Bevor die beiden sich trennten, ergriff Zoe plötzlich den Arm ihrer Schwester. Sie hielt ihn fast schon ein bisschen zu fest.

»Bist du dir sicher, Anna?«, fragte sie.

»Mit dem Kleid? Ja, es ist wunderschön.«

»Nein, nicht mit dem Kleid. Mit der Hochzeit. Mit dem Mann.«

»Natürlich. Warum fragst du das?«

»Weil, so ungern ich es auch sage, Mum und Dad recht haben. Das geht alles viel zu schnell. Nur sechs Monate zwischen Kennenlernen und Altar.«

»Ich liebe ihn.«

»Deine Erfolgsbilanz bei der Beurteilung von Männern ist nicht gerade überragend. Kennst du ihn überhaupt? Ich meine, richtig?«

»Ja. Das tue ich.«

Zoe sah ihre Schwester lange an. Anna rechnete damit, dass sie noch etwas sagen würde, und verspürte aus unerklärlichen Gründen den Drang, sich die Ohren zuzuhalten und *lalala* zu brüllen, wie früher als Kind, wenn sie etwas nicht hören wollte.

Doch Zoe sagte nichts mehr, sie zuckte nur mit den Schultern und murmelte: »Tja, dann.«

32

Nick

Nick verstand selbst nicht, warum er sie gebeten hatte zu bleiben. Denn es stand außer Frage, dass sie abreisen musste. Und zwar schnellstens. Das war das Vernünftigste. Leider musste er feststellen, dass das, was er wollte, und das, was die Vernunft ihm sagte, überhaupt nicht zusammenpassten. Die Vorstellung, dass sie ins Flugzeug stieg, war unerträglich. Dass sie England hinter sich ließ. Ihn hinter sich ließ. Wie konnte sie das nur sagen? So beiläufig, als wäre es ein Klacks für sie. Er fühlte etwas anderes. Was genau, wusste er nicht, und er brachte es auch nicht über sich, dem nachzugehen, aber er wusste, dass er diese Frau noch etwas länger in seiner Nähe haben musste.

Jedes Mal, wenn er sie traf, kollidierten tiefe, widersprüchliche Gefühle in ihm. Zum einen dieser heftige Drang, ihr nah zu sein. Er wollte sie am liebsten packen, festhalten, verschlingen. Er gab sein Bestes. Sie hatten Sex, der ihn Schweiß und Anstrengung kostete. Er erkundete jeden Winkel ihres Körpers. Schob seine Zunge in ihren Mund, ihre Ohren, in jede Öffnung. Und seine Finger. Er hatte das Verlangen, sie mit Haut und Haaren zu besitzen. Und fühlte sich dennoch immer hilflos und enttäuscht, denn selbst wenn er in ihr war, hielt sie ihn irgendwie auf Abstand. Blieb fremd und unergründlich.

Das zweite Gefühl, das ihn nicht minder heftig überkam, war der Wunsch, vor ihr wegzulaufen. Er traute ihr nicht. Manchmal mochte er sie nicht einmal. Trotzdem faszinierte sie ihn. Ließ ihn nicht los. Er war nicht verliebt in sie. Verliebt war er in Anna.

Trotzdem.

Inzwischen war es eine Affäre. Nicht mehr dieser schreckliche, einmalige Fehler im Alkoholrausch. Jetzt war es etwas, das kontinuierlichen, wohldurchdachten Betrug erforderte: Lügen, Pläne, Ausreden. Es war furchtbar. Aber auch aufregend. Anna sagte er, er würde gerade an einem riesigen, unglaublich wichtigen Projekt arbeiten und müsste viele Überstunden machen – die alte Leier. Sie nickte verständnisvoll, murmelte liebe Worte und nahm ihm das Versprechen ab, sich nicht zu sehr zu stressen. Um sie bräuchte er sich keine Sorgen zu machen, sie müsse ja die Hochzeit vorbereiten und habe auch sonst alle Hände voll zu tun. Außerdem habe Zoe beschlossen, noch eine Weile in London zu bleiben, wegen irgendeinem potenziellen Jobangebot – war das nicht toll? Sie hatte gestrahlt, als sie ihm von der Neuigkeit erzählte.

Zoe wohnte weiter in dem Hotel. Zu Nicks Entsetzen hatte Anna ihrer Schwester angeboten, zu ihr zu ziehen, aber Zoe hatte natürlich darauf bestanden, dass sie eine zentraler gelegene Unterkunft bräuchte. Seit ihrer ersten Begegnung waren fast drei Wochen vergangen. Die Zeit war im Nu verflogen und hatte sich gleichzeitig hingezogen. Er hatte im Hotel Bescheid gegeben, dass er das Zimmer auf unbestimmte Zeit benötigte. Scheiß auf die Kosten. Zoe hatte sich nicht mehr dazu geäußert, wann sie abreisen würde. Es gab die stillschweigende Übereinkunft, dass sie bleiben würde, bis ... Ja, bis wann? Bis zur Hochzeit? Bis irgendwann. Wenn er sie fragte, ob sie Zeit hätte, machte sie es fast immer möglich. Das größte Problem bestand eigentlich darin, dass Anna sich, wenn er bei der »Arbeit« war, häufig bei Zoe meldete, um etwas mit ihr zu unternehmen. Deshalb musste Zoe sich oft Ausreden einfallen lassen. Manchmal in seinem Beisein.

»Tut mir wirklich leid, Schwesterchen. Ich würde dich so gern sehen«, säuselte sie ins Telefon. »Im Moment sind mir bloß leider die Hände gebunden. Im wahrsten Sinne des Wortes.« Dabei sah sie Nick an, der, wie sie verlangt hatte, gerade die Seidenschals stramm zog. Sie liebte es, ans Bett gefesselt zu werden, es schien fast so, als fürchtete sie, andernfalls abzuheben. Nick wurde rot. Vor Scham wegen der Lüge oder vor Erregung angesichts ihrer schlanken, gefesselten Knöchel? Wahrscheinlich beides.

Zwischen ihnen gab es diese wunderbare und schreckliche Leidenschaft, die über jede Logik und jede Vernunft hinausging. Wenn er sie sah – oder besser noch, sie berührte –, überkam ihn die Lust mit solcher Wucht, dass ihm davon fast übel wurde.

Sie war gefährlich. So viel war klar. Sie war nicht nur unnahbar, sie war auch falsch. Er hatte ständig das Gefühl, dass sie ihm etwas vorspielte. Ihre ganze Art war irgendwie unnatürlich, gewollt. Er redete sich ein, dass das daran lag, dass sie Model war, nicht daran, dass sie andere täuschte und man ihr nicht trauen konnte, obwohl er genau wusste, dass beides zutraf. Er hatte ja miterlebt, wie entspannt sie ihre Schwester anlog – natürlich konnte und würde sie auch ihn anlügen, falls nötig und vielleicht auch einfach nur so. Er beschloss, darüber hinwegzusehen. Vermutlich war er genauso verlogen. Was er ebenfalls ignorierte. Manchmal hatte er das Gefühl, nur eine Art Publikum für Zoe zu sein. Seltsamerweise wehrte er sich kaum dagegen. Er wollte einfach nur mit ihr zusammen sein. Und so trat alles andere in den Hintergrund – zum Beispiel die Versprechen, die er Anna gemacht hatte oder das Ticken der Uhr, während sein Hochzeitstag näher und näher rückte.

Es war unmöglich gewesen, sich Hal nicht anzuvertrauen. Schon allein weil Hal kein Idiot war. Er saß jeden Tag neben Nick und merkte natürlich, dass sein privates Handy dauernd vibrierte. Und dass Nick jedes Mal sofort danach griff. Nick hatte erwartet, dass sein Freund mit machomäßigem Gejohle

269

und schmutzigen Anspielungen auf sein Geständnis reagieren würde. Stattdessen sah er Fassungslosigkeit und Bestürzung.

»Warum tust du das, Kumpel?«, fragte Hal. »Nach allem, was du erzählt hast, scheint Anna doch ein tolles Mädchen zu sein.«

Dass die beiden sich noch nicht kennengelernt hatten, war ein eindeutiger Beleg für das Tempo, in dem diese Beziehung auf Verlobung und Hochzeit zugerast war. Und für Nicks Zerrissenheit. Welche der beiden Frauen hätte er Hal überhaupt als Erste vorstellen sollen?

»Ich dachte, du wärst in Anna verliebt. Deshalb hattest du es doch so eilig, ihr einen Heiratsantrag zu machen. Du hast gesagt, die Sache mit ihr wäre anders als alles, was du bisher erlebt hast.«

»Ich … das war es auch … also … ist es auch«, stammelte Nick. Er war ein bisschen enttäuscht von Hals offenkundiger Missbilligung, ihm war nicht klar gewesen, wie sehr er darauf gehofft hatte, dass ihm sein Freund die Absolution erteilen würde. Das mit Anna war wirklich anders gewesen – bis Zoe aufgetaucht war – und das mit Zoe dann noch einmal anders. Er versuchte, es zu erklären. »Es ist, als hätte ich mich in zwei Teile geteilt, als wäre ich plötzlich zwei Menschen. Ich bin wirklich glücklich, wenn ich mit Anna zusammen bin – ich fühle mich wohl, verstehst du?«

Hal verzog das Gesicht zu einem Ausdruck, der *Warum dann?* fragte.

»Mit Zoe ist es anders.« Nick hielt einen Moment inne, dann gab er sich einen Ruck: »Bei ihr fühle ich mich wie berauscht.« Wäre Nick klug gewesen, hätte er es dabei belassen, doch stattdessen schwärmte er weiter: »Es ist wie Fliegen. Nicht wirklich angenehm, aber doch fantastisch. Trotzdem muss ich zugeben, dass ich auch irgendwie Angst habe.«

»Vor der Bruchlandung?«

»Ja, vielleicht.« Plötzlich fühlte er sich hilflos.

»Warum machst du es dann?«

»Ich kann nicht anders.«

Hal nahm seinen Füller vom Tisch und fing an, ihn geschickt durch die Finger zu drehen. Das tat er immer, wenn er mit einem Problem kämpfte. »Musste es denn unbedingt ihre Schwester sein?«

»Das habe ich nicht gewollt.«

Hal verdrehte die Augen angesichts dieser abgedroschenen Floskel.

In der Hoffnung, doch noch die unmögliche Absolution zu bekommen, fuhr Nick mit seinen Erklärungen fort: »Es sind zwei voneinander getrennte Welten, und in beiden geht es mir ziemlich gut.«

»Sie sind natürlich *nicht* voneinander getrennt«, seufzte Hal und lehnte sich auf seinem Stuhl zurück.

»Ich füge Anna keinen Schaden zu.«

»Oh doch, das tust du.«

»Sie hat keine Ahnung.«

»Sie wird es rauskriegen. Sie kriegen es immer irgendwann raus.«

Irgendwo in den hintersten Ecken seines Hirns hielt auch Nick das für möglich, vielleicht sogar für wahrscheinlich – eine schreckliche Vorstellung, die er schnell wieder ausblendete.

Aus alter Freundschaft und aus Männer-Solidarität bemühte sich Hal trotz allem, Verständnis zu zeigen und irgendwie zu helfen. »Wenn du Anna nicht mehr liebst, dann solltest du dich von ihr trennen. Vor der Hochzeit. Tu ihr und dir diesen Gefallen.«

»So einfach ist das nicht. Ich brauche auch Anna. Ich brauche beide. Jede von ihnen gibt mir etwas anderes.«

Langsam fing Nick an, sich über Hal zu ärgern. In letzter Zeit ärgerte er sich mehr oder weniger über jeden. Über den Sicherheitsmann unten am Empfang, der jedes Mal darauf bestand, seine Karte zu sehen, obwohl sie sich gut genug kannten, um auf solche Formalitäten zu verzichten; über die lethargische Bedienung bei Starbucks, die gar nicht zu merken schien, wenn die Kunden es eilig hatten; über seine Mutter, die jedes Gespräch mit einer Frage zu seiner Hochzeit anfing, als hätte es in den letzten dreißig Jahren nie ein anderes Thema zwischen ihnen gegeben; und über Anna, die arglos jede noch so faule Ausrede von ihm akzeptierte.

Außer Zoe nervte ihn anscheinend jeder.

Das Zusammensein mit ihr hingegen war wie die Fahrt auf einem Riesenrad, bei der es immer weiter nach oben ging, höher und höher. Er war nicht dumm. Er wusste, dass er vom höchsten Punkt aus wieder nach unten befördert werden würde. Und wahrscheinlich würde er abstürzen. Doch es gelang ihm nicht, sich im Augenblick wirklich Sorgen darüber zu machen. Er war so gefangen im Jetzt, dass die Zukunft keine Bedeutung hatte. Alles, was nach Zoe kommen würde, war irgendwie bedeutungslos. Alles, was vor ihr war, zählte nicht. Wenn er mit ihr zusammen war, schien sein ganzes Leben innezuhalten. Und doch schien es nur dann überhaupt stattzufinden.

»So kann es nicht bleiben«, stellte Hal nüchtern fest.

»Nein, wahrscheinlich nicht.«

»Du musst dich entscheiden.«

»Ich weiß aber nicht, wie.«

Hal schien die Hoffnung langsam aufzugeben.

»Ich liebe Anna.« Nick klang ein bisschen erbärmlich.

»Du vögelst ihre Zwillingsschwester«, stellte Hal fest. »Nach Liebe hört sich das für mich nicht an.«

Also gut, er liebte Anna in gewisser Weise. Nicht mehr so rein und unverfälscht wie vorher. Das hatte die Affäre mit Zoe zerstört. Es machte ihn traurig, aber was er für Zoe empfand – oder besser gesagt, was er empfand, wenn er bei ihr war –, wog in seinen Augen alles auf.

272

»Beende die Sache, Kumpel. Das ist das einzig Anständige, was du tun kannst.«

Der nüchterne Rat seines Freundes enttäuschte Nick. Er hatte gehofft, Hal würde die Zwischentöne und die Schwierigkeiten verstehen.

»Was würde das bringen? Glaubst du, ich könnte mit Zoe in den Sonnenuntergang reiten?«

»Ist es denn das, was du willst?«

»Vielleicht.«

Er wollte es mehr, als er es nicht wollte. Aber er konnte es sich nicht vorstellen. Nicht wirklich. Zoe war nicht der Glücklich-bis-ans-Ende-ihrer-Tage-Typ, und selbst wenn, er könnte wohl kaum einfach einen Zwilling gegen den anderen tauschen. Wie sollte ihre Familie das je verkraften? Nein, das war keine Lösung. Es gab keine Lösung.

Wenn er mit Zoe zusammen war, versuchte er, vernünftig zu sein und klar zu denken. Er suchte nach einem Grund, die Sache zu beenden. Na ja, vielleicht eher nach einer Gelegenheit. Einem Weg. Aber dann entdeckte er plötzlich wieder ein neues Gebiet auf der Karte ihrer Haut, unberührt und unerforscht, und vergaß darüber das Denken. Er fühlte nur noch. Fühlte sich wunderbar. Sie konnten sich nicht oft den Luxus einer ganzen Nacht oder selbst eines Nachmittags leisten. Sie trafen sich auch mal für zwanzig Minuten in seiner Mittagspause, fielen von ihrem Verlangen getrieben in Tiefgaragen, Restauranttoiletten oder finsteren Seitengassen übereinander her. Rock hoch, Slip runter, Reißverschluss auf und rein damit. Kaum Zeit, auch nur Höflichkeiten auszutauschen.

Er konnte einfach nicht von ihr lassen.

33

Anna

Als Anna das Brautmodengeschäft betrat, spürte sie die veränderte Atmosphäre sofort. In so etwas war sie ziemlich gut – schließlich machte sie schon ihr Leben lang Zoes Stimmungsschwankungen mit, die sich meistens auf das gesamte Umfeld auswirkten. Wobei man in diesem Fall kein Sherlock Holmes sein musste, die Atmosphäre war so frostig wie in einer kalten Leichenhalle. Das Klingeln der Ladenglocke, das ihre Ankunft verkündete, war zwar noch dasselbe, und auch der dicke Teppich und die wallenden Seiden- und Satinstoffe waren nicht anders als am Vormittag, aber Isobels Lächeln und zuvorkommendes Auftreten hatten sich komplett verflüchtigt. Neben ihr auf der blassrosa Chaiselongue saß eine andere Frau. Sie sah nicht so gepflegt wie Isobel aus und wirkte irgendwie ernst und abgearbeitet. Da sie ein Maßband um den Hals trug, vermutete Anna, dass es sich um die Schneiderin handelte. Annas Brautkleid lag zwischen den beiden. Kaum hatte Anna einen Fuß in den Laden gesetzt, sprang Isobel auf.

»Guten Abend, Miss Turner.«

Anna fragte sich, was geschehen war, dass sie sich plötzlich wieder auf so förmlichem Gelände bewegten.

»Es tut mir leid, Ihnen sagen zu müssen, dass wir die besprochenen Änderungen an dem Spitzenkleid nun doch nicht vornehmen können. Wobei Sie das ja nicht überraschen dürfte.«

Es überraschte Anna allerdings, was man an ihrem Gesichtsausdruck deutlich ablesen konnte.

»Das Kleid ist kaputt«, fügte Isobel hinzu und konnte ihre

Empörung nicht verbergen. »Im Grunde nicht mehr zu gebrauchen.«

Sie sah Anna vorwurfsvoll an, während die Schneiderin traurig das Brautkleid umdrehte. In einer der Rockbahnen auf der Rückseite fehlte ein großes Stück Stoff, vielleicht zehn Quadratzentimeter. Anna konnte sich nicht vorstellen, wie ein solches Loch hätte versehentlich in das Kleid geraten können. Es sah eindeutig so aus, als wäre der Stoff absichtlich herausgeschnitten worden.

»Das muss Ihnen doch aufgefallen sein, als Sie es anprobiert haben«, sagte Isobel.

»Nein, das ist es nicht. Da war das Kleid noch ganz«, murmelte Anna.

»Ach ja? Das dachte ich mir.«

Anna wurde puterrot, als sie begriff, was ihr da unterstellt wurde. »Jemand muss es noch nach mir anprobiert haben«, sagte sie auf der Suche nach einer rationalen Erklärung.

Das Kleid war völlig in Ordnung gewesen. Einfach perfekt.

»Nein, das hat niemand, ich habe es sofort weggehängt, als Sie fort waren«, erwiderte Isobel resolut.

Anna hatte keinen Grund, daran zu zweifeln.

»Aber –« Ihr fehlten die Worte. Sie stand da wie ein begossener Pudel. Scham und Enttäuschung überkamen sie.

»Ich dachte, Sie hätten es vielleicht versehentlich beim Ausziehen zerrissen«, meinte die Schneiderin freundlich.

Sie sah Anna mit ihren großen braunen Augen an, und Anna wusste, dass sie sich das zwar wünschte, aber nicht daran glaubte. Anna sah die Menschen, die ins Drop In kamen, auch manchmal so an, wenn sie ihr Lügen darüber erzählten, dass sie ihre Tabletten genommen, ihre Rechnungen bezahlt und schon lange nichts mehr getrunken hätten.

Die Schneiderin schaute wieder auf das kaputte Kleid.

»Wobei –«

Was hier passiert war, ließ sich wirklich nicht als Missgeschick verkaufen. Es sah eindeutig so aus, als hätte sich jemand mit der Schere an dem Kleid zu schaffen gemacht. Anna wurde übel. Zoe.

»Vielleicht ist es ja doch bei der Anprobe passiert«, stammelte sie. Was hätte sie sonst sagen sollen?

»Wir haben schon damit gerechnet, dass Sie so etwas sagen würden«, erwiderte Isobel verärgert. »Nun ja, das müssen wir dann wohl so stehen lassen, oder? Leider haben wir ja keine Überwachungskameras in den Umkleidekabinen.« Es war offensichtlich, wie gern sie Anna direkt beschuldigt hätte, doch so weit konnte sie nicht gehen.

Annas Gesicht war rot vor Scham. »Sie können doch nicht glauben, dass ich das getan habe«, brachte sie mühsam heraus.

»Irgendwer hat es getan«, erwiderte Isobel finster.

»Aber aus welchem Grund sollte ich ein Kleid kaputt machen, das ich wunderschön finde und kaufen will?«

»Vielleicht sollte es nur ein kleiner Riss werden, damit Sie einen Preisnachlass verlangen können. Hier sind schon seltsamere Dinge passiert.«

»Nein!«, rief Anna entsetzt. »An dem Kleid muss jetzt eine ganze Stoffbahn erneuert werden, warum sollte ich so etwas tun?«

»Vielleicht konnten Sie sich nicht bremsen.«

Anna konnte sich immer bremsen. Zoe dagegen handelte grundsätzlich impulsiv. Anna fragte sich, ob sie vorschlagen sollte, das Kleid zu kaufen, so unbrauchbar es in diesem Zustand auch war. Man war hier eindeutig der Ansicht, dass sie dafür die Verantwortung trug, und das stimmte ja auch in gewisser Weise, denn schließlich hatte sie Zoe mit in den Laden gebracht. Ihr wurde klar, dass ihr keine Wahl blieb. Sie fühlte sich moralisch verpflichtet, den Schaden wiedergutzumachen.

»Lässt sich das denn irgendwie wieder beheben? Da es anschei-

276

nend keine andere Erklärung gibt, als dass ich den Stoff beim Ausziehen versehentlich zerrissen habe, komme ich selbstverständlich für die Kosten der neuen Spitze und der anfallenden Arbeitszeit auf, um das Kleid wieder in Ordnung zu bringen.«

Isobel trat von einem Fuß auf den anderen. Würde sie bei diesem Vorschlag mitspielen, oder hatte sie vor, trotzdem eine Riesenszene zu machen? »Nein. So einfach nicht, jedenfalls nicht bis zu ihrer Blitzhochzeit.«

»Und ich nehme auch noch eins der anderen Kleider, denn, na ja, ich brauche natürlich eins.«

Bei der Aussicht auf ihre Provision erhellte sich Isobels Gesicht. »Und welches, Anna?«, fragte sie nun wieder deutlich freundlicher.

»Also, das eine war mir in der Taille zu eng, und in dem anderen bin ich fast ertrunken«, überlegte Anna. »Ich denke, dann bleibt nur noch das rückenfreie.«

Das Kleid, das Zoe gewollt hatte.

34

Nick

Letzte Nacht war Zoe zum ersten Mal in seiner Wohnung gewesen. Das war riskant. Die Gefahr, dass Anna unangemeldet bei ihm hereinspazieren würde – sie hatte einen eigenen Schlüssel –, war gegeben, aber nicht groß, da er sich gestern ausnahmsweise einmal keine Ausrede hatte ausdenken müssen. Anna war bei einem Vortrag in der Conway Hall zum Thema *Wege zum Glück*. Sie hatte ihm ganz aufgeregt davon erzählt: »Es geht darum, wie man psychische Widerstandskraft aufbaut und sein seelisches Wohlbefinden steigert. Ich werde sicher ein paar tolle Tipps mit nach Hause nehmen, die ich an die Leute weitergeben kann, die ins Drop In kommen.«

»Ganz bestimmt!«, hatte er erwidert. Seltsamerweise war der Umgang mit Anna weiterhin kein Problem; natürlich nicht, sie war ja auch noch genauso liebenswert und positiv wie früher.

»Du könntest mitkommen.«

Trotzdem fiel es ihm schwer, sich mit ihr auf etwas festzulegen, weil er permanent Zoe im Hinterkopf hatte. »Ach nein, ich glaube nicht, dass das etwas für mich ist.«

»Wahrscheinlich nicht.« Anna hatte sich auf die Zehenspitzen gestellt und ihm einen Kuss auf die Wange gegeben.

Eine unausweichliche Folge seiner aufregenden erotischen Beziehung mit Zoe war, dass sein – seit jeher nicht besonders prickelndes – sexuelles Verhältnis mit Anna zunehmend abflaute. Wenn sie über Nacht bei ihm blieb, kuschelten sie meistens nur noch und schliefen aneinandergeschmiegt ein. Eine gut eingespielte Annehmlichkeit, wie man sie eher bei einem seit

278

Jahren verheirateten Paar mit kleinen Kindern erwarten würde. Bei den selteneren Gelegenheiten, wenn sie doch einmal miteinander schliefen, ging es sachte, artig, fast schon keusch zu.

»Ich hoffe, du wirst dich nicht einsam fühlen«, hatte Anna noch gesagt. »Arbeite nicht wieder so lange. Du weißt doch: Arbeit allein macht auch nicht glücklich.«

Für einen kurzen Moment hatte er sich gefragt, ob das ein Vorwurf sein sollte. Langweilte er sie womöglich? Während er seine Schokoladenseite für Zoe aufhob? Ein Funken schlechtes Gewissen durchzuckte ihn.

Aber Anna hatte ihn beruhigend angelächelt. »Ich mache mir Sorgen um dich. Du siehst erschöpft aus.«

Was stimmte, allzu viel Schlaf bekam er wirklich nicht.

Zoe hatte mitbekommen, dass Anna beschäftigt war, und die Gelegenheit genutzt. Als sie ankam, trug sie einen Trenchcoat und vorne offene Ankle Boots, wie an dem Abend, als sie sich kennengelernt hatten. Als er die Tür öffnete, hielt sie ihren Mantel weit auf. Und war darunter splitternackt. Atemberaubend.

»Bist du etwa so mit der U-Bahn gekommen? Ohne etwas drunter?«

»Ja.« Sie legte ihm die Hand auf die Brust und schob ihn rückwärts Richtung Schlafzimmer, während er sie gierig küsste und berührte. Er fiel rücklings aufs Bett, und sie stieg auf ihn. Er schälte sie langsam aus dem Mantel, konnte ihren Schweiß und ihre Lust riechen. War sie auf dem Weg zu ihm nervös gewesen? Bestimmt. Selbst Zoe. Und trotzdem hatte sie es getan. Für ihn. Es war aufregend. Unwiderstehlich. Er hatte das Fenster offen gelassen, denn es wurde heiß – feucht und heiß. Die Geräusche der Straße – ein heulendes Martinshorn, Verkehr, Gelächter – drangen herein, und die kühle Luft überströmte sie. Er schauderte vor Erregung. Er konnte alles von ihr verlangen. Sie würde alles tun.

Als es vorbei war, kramte sie – erschöpft, verschwitzt und mit noch gespreizten Beinen – in ihrer Handtasche und holte eine Schachtel französischer Zigaretten heraus.

»Du rauchst?«, fragte er überrascht. Weniger darüber, *dass* sie rauchte, sondern dass sie es noch nie in seiner Gegenwart getan hatte. Es irritierte ihn, wie wenig er von ihr wusste. Eigentlich hätte es schön sein sollen, neue Seiten an der geliebten Frau zu entdecken, doch in Zoes Fall hatte er bei jeder Entdeckung das Gefühl, sich auf dünnem, rissigem Eis zu bewegen.

»Manchmal. Ich bin ein oral fixierter Mensch und kann ja schlecht die ganze Zeit mit deinem Schwanz im Mund herumlaufen. Und alles, was sonst noch gut schmeckt, hat zu viele Kalorien, insofern ist das die einzige Alternative.« Sie zuckte mit den Schultern und zündete ihre Zigarette an, ohne ihn um Erlaubnis zu fragen.

In seiner Wohnung herrschte eigentlich Rauchverbot. Bei angeheiterten Gästen hatte er durchaus schon leichte Verärgerung ausgelöst, wenn er sie bat, zum Rauchen nach draußen zu gehen. Er selbst hatte nur in Studienzeiten hin und wieder zur Zigarette gegriffen, bis er irgendwann den Mut besaß, offen einzugestehen, dass ihm die ganze Coolness egal war. Rauchen führte zu einem langsamen, qualvollen Tod, darauf hatte er keine Lust. Als ihm Zoe jedoch jetzt eine Zigarette hinhielt, zögerte er nicht, zündete sie an und nahm einen tiefen Zug. Wie ein hilfloser, dummer Teenager. Die Wirkung des Nikotins war wie ein Schlag vor den Kopf. Plötzlich waren die wohl unvermeidlichen, quälenden Skrupel da – immerhin würde er in vier Wochen die Schwester dieser Frau heiraten.

»Hast du eigentlich nie ein schlechtes Gewissen?«, fragte er. »Du?«

Mit ihrer Gegenfrage hatte sie ihm geschickt den Schwarzen Peter zugeschoben. Er wusste nicht, was er sagen sollte. Sie sah ihn an. Vorwurfsvoll. Wie lange konnte diese Sache noch

280

weitergehen? Wie sollte sie enden? Er hatte nicht die leiseste Ahnung.

»Wir stecken doch alle ständig den Kopf in den Sand, Nick«, bemerkte sie. »Wie sollten wir sonst funktionieren?«

»Wie meinst du das?«

»Na ja, die Welt ist voll von schrecklichen Wahrheiten. Alle zwanzig Sekunden wird in den USA eine neue Krebserkrankung diagnostiziert.« Sie zog trotzig an ihrer Zigarette. Dann griff sie nach dem Kissen, stopfte es sich in den Rücken und richtete sich auf, nackt, aber nicht entblößt, einfach nur großartig. »Menschen sterben, weil es an Impfstoffen fehlt, die ein paar Dollar kosten – aber die zwei Coffee-to-go pro Arbeitstag, die man sich hier im Westen in aller Bescheidenheit gönnt, summieren sich im Laufe eines Berufslebens auf fünfundsiebzigtausend Dollar. Wer denkt denn darüber nach?« Sie starrte ihn fast schon feindselig an. »Alle zwei Minuten wird in Amerika jemand sexuell missbraucht. Zwölfjährige werden als Soldaten rekrutiert. Ich könnte immer so weitermachen.« Sie ratterte, ohne Luft zu holen, die Fakten herunter und ließ keinen Raum für Mitleid oder gar Entsetzen. »Das Leben ist nicht gerecht, und wir müssen alle sterben, Nick. Darüber können wir nicht nachdenken, und das tun wir auch nicht. Wir können nur zusehen, dass wir so viel Spaß wie möglich haben. Das ist erbärmlich, aber etwas anderes bleibt uns nicht.«

Nick war verblüfft. Sie ähnelte ihrer Schwester doch mehr, als er gedacht hätte. Mit solchen Fakten hätte auch Anna um sich werfen können. Vielleicht nicht gerade über Krebs und Impfstoffe – Annas Sorge galt in erster Linie missbrauchten Ehefrauen, Obdachlosen und Menschen mit psychischen Erkrankungen –, aber sie waren beide sensibel für das Elend dieser Welt. Nur dass sie völlig gegensätzlich darauf reagierten. Während Zoe das Übel der Welt resigniert in Kauf nahm und einen genussvollen Lebensstil verfolgte, versuchte Anna, zu helfen, wo sie nur konnte. Wer von beiden der bessere Mensch war, lag klar auf der Hand. Und er fühlte sich zu Zoe hingezogen, weil er selbst kein guter Mensch war. Jedenfalls kein besonders guter. Ja, bei den Wohltätigkeitsgalas seiner Firma beteiligte er sich mit verschwenderischen Summen, und wenn er betrunken zur U-Bahn-Station ging, steckte er auch schon mal einen Zehner in den Pappbecher des Obdachlosen, der an seiner Straßenecke schlief. War es eigentlich immer derselbe? Er war sich nicht sicher. Er hinterzog weder Steuern, noch betrog er die Versicherung. Er überließ anderen Autofahrern häufig die Vorfahrt und zeigte nur selten den Stinkefinger. Kein schlechter Mensch also.

Aber auch kein guter.

Er stieg aus dem Bett und ging in die Küche, um Kaffee zu kochen. Die abendliche Hitze drang durch die Wände, die Böden, die Vorhänge. Er konnte ihren Sex förmlich riechen. Wenn sie wieder weg war, würde er die Bettwäsche wechseln müssen. Dann duschen und aufräumen, um alle ihre Spuren zu beseitigen. Ob Anna den Rauch später noch riechen würde? Wie sollte er ihr das erklären? Nick seufzte. Was tat er hier bloß?

Er fragte Zoe nicht, er wusste, dass sie einen doppelten Espresso mit Unmengen Zucker wollte, also machte er ihr einen. Sie konnten den Koffeinkick jetzt beide gebrauchen. Sie kam hinter ihm in die Küche, immer noch nackt. Anna schnappte sich immer seinen Bademantel, sobald sie das Bett verließ; legte ihn sogar schon bevor sie miteinander schliefen dafür zurecht.

Zoe öffnete mehrere Schränke, bis sie fand, was sie suchte. »Whisky?« Ohne auf seine Antwort zu warten, nahm sie zwei Gläser.

Nick zögerte. Wenn Zoe trank, wusste er nie wirklich, wie er reagieren sollte. Anna sagte, sie wäre Alkoholikerin, aber eigentlich schien sie souverän mit dem Trinken umzugehen. Sie verfiel nicht in hässliche Zustände von Benommenheit, und sie fing auch keinen Streit mit ihm oder Fremden an. Wenn sie betrunken war, verhielt sie sich beim Sex vielleicht noch ein bisschen gewagter – fing zum Beispiel an, ihm im Kino einen zu blasen –, aber sexuelle Risiken ging sie auch ein, wenn sie nüchtern war. So war sie nun mal. Er fragte sich, ob die sittenstrenge Anna am Ende nicht übertrieben hatte. Natürlich nicht absichtlich oder aus Boshaftigkeit, sondern nur, weil sie selbst so gemäßigt war. Hatte sie vielleicht ein paar berauschte Nächte oder auch Jahre als Alkoholismus missdeutet, während es eigentlich nur Ausdruck von Lebensfreude war und ganz normal für die meisten Menschen in den Zwanzigern? Oder war Zoe doch eine Alkoholikerin, die ihren Umgang mit dem Alkohol nur momentan gut im Griff hatte und irgendwann wieder in etwas Dunkles, Zerstörerisches abgleiten würde? Er wusste es nicht, und er wusste auch nicht, wie er darüber mit ihr reden sollte, ohne Anna zu erwähnen.

Er nahm den Whisky. Trank ihn schlückchenweise, genauso wie Zoe, die dabei in der Küche herumlungerte und seine Sachen unter die Lupe nahm. Er versuchte, das lähmende Gefühl eines Grundschullehrers abzuschütteln, der sich gerade der gefürchteten Prüfung des Schulamts unterziehen muss. Seine Schwester hatte ihm einmal davon erzählt. Oder fühlte er sich doch eher wie ein Teenager, dessen Musiksammlung gerade vom coolsten Mädchen seines Jahrgangs inspiziert wurde? Gefiel ihr sein Geschmack? Es war ihm wichtig, obwohl er sich wünschte, es wäre nicht so. Es *durfte* ihm nicht wichtig sein, weil *sie* ihm nicht wichtig sein durfte. Aber sie war es trotzdem.

Ihre schlanken Finger mit den rot lackierten Nägeln griffen nach der grünen Art-déco-Vase auf dem Tisch. »Die ist hübsch.«

Er sah zu, wie sie über das matte Glas strich, es beinah streichelte. »Hergestellt von der Firma Bagley. Entworfen von Alexander Hardie Williamson, würde ich sagen. Und ich würde mein Geld darauf verwetten, dass es eine frühe Arbeit ist. Aus den Dreißigern, oder?«

Nick wusste nicht, was er antworten sollte. Das musste so ein Zwillingsding sein. Die Vase war ein Geschenk von Anna – sogar das erste Geschenk, das sie ihm gemacht hatte. Wusste Zoe das etwa? Vielleicht hatte Anna ja mit ihr darüber gesprochen.

Tatsächlich schien sie die Herkunft der Vase zu ahnen, denn sie fügte hinzu: »Anna ist wie besessen von grünem Glas. Sie hat mich auf endlose Flohmärkte geschleppt. Das hier ist ein besonders tolles Exemplar.«

»Ich kenne mich damit nicht aus«, erklärte Nick verlegen.

Es war ihm unangenehm, dass dieses Symbol von Annas Zuwendung so deutlich sichtbar zwischen ihnen stand. Ungeschützt. Zerbrechlich.

»Wir sollten uns mal alle zusammen treffen«, sagte Zoe plötzlich.

»Das ist keine gute Idee.«

»Warum nicht? Ich kann aufpassen. Sie würde nichts merken.«

Nick starrte sie ungläubig an.

»Hör zu, sie findet es komisch, dass wir uns noch nie zu dritt getroffen haben. Sie glaubt, wir beide hätten uns bisher nur dieses eine Mal gesehen. Und bestimmt denkt sie, ich hätte dich irgendwie beleidigt.«

»Dann lass sie das denken. Ist doch am sichersten so.«

»Hat sie dir gegenüber denn nichts erwähnt?«

Nick zuckte mit den Schultern. Anna hatte schon mehrmals gesagt, dass sie das gemeinsame Abendessen, zu dem es ja leider nicht gekommen war, gerne nachholen würde. Er hatte sie jedes Mal mit dem Hinweis auf seine viele Arbeit sanft abgewimmelt.

»Also, mich nervt sie ständig damit«, fuhr Zoe fort. »Wir müssen das irgendwie mal hinbekommen.« Sie inspizierte ihre

Fingernägel, als verdiente dieses Gespräch nur ihre halbe Aufmerksamkeit. »Und wir sollten es noch vor der Hochzeit machen.«

Die Hochzeit. Nick konnte sich diesen Tag einfach nicht vorstellen. Aus tausend Gründen. »Warum denn? Sie hat gesagt, du würdest nicht kommen.« Dann sagte er beinah vorwurfsvoll: »Das macht ihr wirklich zu schaffen.«

»Tut mir leid, Nick. Wäre es dir lieber, ich würde kommen? Und meine Pflicht als Brautjungfer wahrnehmen?« In Zoes Stimme lag beißender Spott.

Die Antwort erübrigte sich.

»Wohl eher nicht. Ich tue dir einen Gefallen. Ich will da nicht auftauchen und dich durcheinanderbringen.«

Ihm schwirrte der Kopf. »Wir werden uns nicht zu dritt treffen.«

»Irgendwann müssen wir. Was wird nach der Hochzeit? Dann müssen wir schließlich einen Weg finden, miteinander auszukommen.«

»Sei nicht so grausam«, sagte er mit versteinerter Miene. »Sie ist deine Schwester.«

»Und deine Verlobte.«

Zoe setzte sich auf einen der Barhocker; mit leicht gespreizten Beinen, um das Gleichgewicht zu halten. Sie saß da wie eine Göttin und war doch aus Fleisch und Blut. Nick kam nicht umhin, ihr zwischen die Schenkel zu schauen.

»Dann wirst du dir wohl eine neue Ausrede einfallen lassen müssen. Anna wird langsam misstrauisch. Kein Terminkalender ist so voll.«

»Kannst du ihr nicht sagen, dass du zurück in die Staaten musst?«

»Willst du denn, dass ich wieder in die Staaten gehe?«

»Nein, du sollst es nur sagen. So tun, als hättest du England verlassen.« Er wusste, wie verzweifelt das klang.

285

»Und mich dann vor ihrer Nase hier verstecken? Toll.«

»London ist eine große Stadt.«

»Und wenn sie mit meinen Eltern spricht, die denken, ich wäre hier? Und ihnen sagt, ich wäre in New York?«

»Das wird nicht passieren. Eure Eltern reden nie über dich.« Er bereute seine Bemerkung, kaum dass sie ihm herausgerutscht war.

Zoe war plötzlich außer sich und zeigte eine Verletzlichkeit, die Nick bei ihr nie für möglich gehalten hätte. Wie von Sinnen griff sie nach der Vase und schleuderte sie durch die Küche. Das kostbare Geschenk, das sie eben noch fast zärtlich in Händen gehalten hatte, lag nun in tausend Teile zersplittert auf dem Küchenboden. Zoe erschrak und schien es sofort zu bereuen. Entsetzt stürzte sie sich auf die Scherben und fing an, sie mit bloßen Händen aufzuklauben. Blut quoll ihr an etlichen Stellen aus der Haut wie winzige rote Blumen, die im Frühling aus der Erde brachen.

»Es tut mir leid, es tut mir leid. Annas Vase. Arme Anna, ihre Vase.« Sie fiel zwischen den Scherben auf die Knie, die auch zu bluten begannen.

Nick zog sie vom Boden hoch, schüttelte fassungslos ihre blutigen Hände, damit das Glas abfiel, und hielt sie anschließend unters laufende Wasser, um die Wunden zu reinigen. Zum Glück waren die meisten Schnitte nicht tief. Er holte ein sauberes Handtuch und tupfte sie vorsichtig trocken. Zoe weinte jetzt leise, war überhaupt nicht mehr sie selbst. Die Wimperntusche lief ihr übers Gesicht und ließ sie ausgelaugt aussehen. Ihre Augen und ihre Nase waren rot. Sie war beinahe hässlich. Mit einem Mal spürte er das heftige Verlangen, ihrer Schwäche und Verletzlichkeit etwas entgegenzusetzen. Er packte ihre Haare am Hinterkopf. Presste seine Lippen auf ihre und küsste sie fest. Als sie sich von ihm löste, schien sie ihre Fassung wiedergewonnen zu haben.

»Wir müssen uns zu dritt treffen«, flüsterte sie. »Wir müssen es schaffen, uns in ihrer Gegenwart normal zu verhalten. Du wirst es nicht glauben, aber ich versuche, sie zu schützen.«

»Indem du mit ihrem Verlobten schläfst?«

»Entschuldige mal, aber du brauchst hier wohl am allerwenigsten den Moralapostel zu spielen.«

Er zuckte mit den Schultern, nicht gleichgültig und auch nicht bedauernd, eher resigniert. Sie hatte ja recht.

Zoe seufzte, als hätte sie Mitleid mit ihm. »Ihr erster Mann war genauso.«

»Was?« Er hatte sie wohl falsch verstanden.

»Larry. Diese jämmerliche Karikatur eines Ehemanns war genauso. Er konnte den Schwanz nicht stillhalten, hat aber dauernd geschworen, dass er ihr nicht wehtun will. Nicht dass *ich* mit ihm geschlafen hätte, nur dass das klar ist. Nein, das hat ihre angeblich beste Freundin erledigt.«

»Anna war nie verheiratet.«

Zoe lächelte, aber es war ein Lächeln, das die Augen nicht erreichte und nur eine kühle Botschaft senden wollte. »Doch, war sie. Hat sie nichts davon erzählt? Nein, deinem Gesicht nach zu urteilen wohl eher nicht.«

»Ich glaube dir nicht.« Eine Mischung aus Wut und Angst stieg in ihm hoch, und seine Hände ballten sich zu Fäusten. Er blitzte Zoe an. Das konnte nur eins ihrer Spielchen sein.

»Ich gebe dir nicht die Schuld. Aber du kennst sie nicht. Kein bisschen.«

»Ich liebe sie.«

»Und warum klebt dann dein getrocknetes Sperma an meinem Oberschenkel?«

Wenn sie so etwas sagte, wurde sein Verlangen noch dringender. Fieberhaft, beinah unerträglich. Er blickte auf seine geballten Fäuste, die vor Anspannung rot gefleckt waren, und wollte Zoe plötzlich aus den Augen haben. Sie war verrückt.

Gefährlich. Brachte Ärger. Er hatte es von Anfang an gewusst. Warum hatte er sich dazu verleiten lassen, es zu vergessen?

»Ich glaube, du solltest jetzt gehen.« Es schaffte es, seine Stimme ruhig zu halten, obwohl sein Herz raste und ihm der Kopf schwirrte.

»Also gut.« Sie nickte, akzeptierte seine Zurückweisung mit kühlem Desinteresse, das ihn schmerzte.

Es war ihr egal. Er riskierte so viel, und es war ihr völlig egal. Er kam sich total dämlich vor.

»Ich muss nur noch mal für kleine Mädchen.«

Er begann, im Schlafzimmer die Spuren ihres Zusammenseins zu beseitigen. Die Manschettenknopfdose, die Zoe zum Aschenbecher umfunktioniert hatte, die Kondompackung, Zoes Ankle Boots, von denen er einen unter dem Bett wiederfand und den anderen unter der Kommode neben dem Fenster. Er sah sich nach ihren Kleidern um, bis ihm wieder einfiel, dass sie ja nackt gekommen war. »Ich kann dir für den Heimweg ein Hemd und eine Boxershorts geben. Ich rufe dir ein Taxi.«

»Ich verstehe dich nicht. Komm doch mal her.«

Wie ferngesteuert setzte er sich in Bewegung und öffnete verlegen die Toilettentür. Er konnte ihren Urin riechen. Süß und ein bisschen wie Essig. Es hätte ihn eigentlich abstoßen müssen, stattdessen zog es ihn an. Er sank auf die Knie und fing an, sie zwischen den Schenkeln zu küssen. Sie stöhnte, ließ es geschehen. Sie legte ihm ihre verletzte Hand auf den Kopf. Er blickte auf, um zu sehen, ob es ihr gefiel. Er wollte, dass es ihr gefiel. Sie belohnte ihn mit einem kühlen, sinnlichen Lächeln.

Und jeglicher Gedanke an das Taxi war vergessen.

35

Anna

»Was ist denn mit dir los? Du siehst ja furchtbar aus.« Wie immer nahm Vera kein Blatt vor den Mund. »Als hättest du zwölf Runden mit Mike Tyson hinter dir«, witzelte sie.

Annas Schulterzucken war so schwach, dass man es kaum sah. An diesem Morgen hatte sie sich schon beim Aufwachen schrecklich gefühlt. Rasch hatte sie nachgerechnet, ob ihre Periode fällig war; aber nein. Dabei wäre das die einzige Erklärung für ihre hartnäckige Niedergeschlagenheit gewesen. »Ich habe nicht gut geschlafen.«

»Nein, nein, nein!«, rief Vera und warf die Hände in die Luft. »Du willst mir jetzt hoffentlich nicht erzählen, dass du die ganze Nacht fantastischen Sex mit deinem Verlobten hattest. Vergiss nicht, dass es Leute gibt, deren Liebesleben ein Trauerspiel ist.« Vera war inzwischen vier Jahre Single. Normalerweise störte sie das nicht, denn sie hatte zwei Söhne, die genug Liebe und Testosteron für einen Haushalt lieferten, vielen Dank auch. Trotzdem, niemand in ihrer Situation hörte sich gerne Details aus dem Sexleben anderer Leute an.

»Ich habe Nick gestern gar nicht gesehen«, erwiderte Anna.

»Ach, darum diese Trauermiene. Du vermisst ihn.« Vera ließ sich neben Anna in einem der Sessel nieder, die im Eingangsbereich standen.

Es war noch früh. Das Drop In hatte schon auf, obwohl die meisten Besucher nicht vor zehn kamen – bis auf ein oder zwei ihrer regelmäßigen Gäste, die auf der Straße schliefen und manchmal früh hereinschneiten, um zu duschen.

»Es geht mir gut, wirklich«, log Anna. Sie rang sich eins ihrer strahlenden Lächeln ab. Vera konnte man nicht so leicht etwas vormachen, aber genau das versuchte sie. »Ich war bei einem Vortrag in der Conway Hall. Sehr interessant und so viele Denkanstöße, mir hat noch die ganze Nacht der Kopf geschwirrt. Deshalb konnte ich nicht schlafen. Jetzt bin ich ein bisschen übernächtigt.«

Es war mehr als das, aber Anna wusste nicht, wie sie es Vera sagen sollte. Seltsamerweise war sie seit ihrer Verlobung mit Nick nicht mehr so offen zu ihr wie vorher. Leider. Von der Sache mit dem Hochzeitskleid zum Beispiel hatte sie Vera nichts erzählt, obwohl sie in den letzten Wochen oft daran gedacht hatte. Auch Nick hatte sie nichts davon gesagt. Es würde sowieso keiner verstehen. Genauso wenig hatte sie es fertiggebracht, Vera zu erzählen, was sie Nick im Pub zu seinen Freunden hatte sagen hören, diesen ganzen verletzenden Unsinn über Treue. Wahrscheinlich hätte sie es einfach sagen sollen, anstatt es in sich hineinzufressen. Vera hätte ihr sicher einen guten Rat gegeben, doch sie hatte geschwiegen, und jetzt war es zu spät. Anna wollte gar nicht so verschlossen sein, aber sie hatte irgendwie das Gefühl, als müsste sie eine Grenze zwischen sich und Vera ziehen, um Nick nah zu sein. Das war schade, denn hätte sie mit Vera gesprochen, dann hätte sie vielleicht nicht den Drang gehabt, Zoe ihr Herz auszuschütten, was sie inzwischen sehr bereute.

Zoe war ausgerastet. Anstatt sie, wie Anna gehofft hatte, in irgendeiner Weise zu beruhigen, hatte Zoe alles getan, um ihre Unsicherheit noch zu verstärken, indem sie behauptete, Nick würde sich garantiert als treuloser Weiberheld erweisen und sie würde ihre Wahl früher oder später bereuen. Allerdings musste sie sich eingestehen, dass es angesichts ihrer Erfahrungen mit Zoe blauäugig gewesen war, darauf zu hoffen, dass ihre Schwester etwas anderes tun würde, als sie nur noch mehr zu beunru-

290

higen. Manchmal hatte Anna das Gefühl, dass es besser wäre, Zoe einfach zu ignorieren.

Aber egal, das hatte sie jetzt alles abgehakt.

Fast jedenfalls.

Sie hatte Vera auch verschwiegen, dass weder ihre Eltern noch ihre Schwester zur Hochzeit kommen würden. Es hätte so erbärmlich geklungen. Anna konnte nicht begreifen, warum ihre Eltern nicht einfach kamen, Lächeln aufsetzten und es hinter sich brachten. Es gab viele Eltern, denen die Entscheidungen ihrer Kinder nicht gefielen, aber sie unterstützten sie trotzdem. Ihre hatten das nie getan.

Traurig überflog Anna die Antworten auf ihre Hochzeitseinladungen. Bis auf Vera, ihre Söhne, ein paar Leute aus dem Drop In und ein paar Frauen aus ihrem Spanischkurs würde von Annas Seite niemand in der Kirche sitzen. Ihre Großeltern lebten nicht mehr; es gab zwar entfernte Verwandte in Manchester, aber die hatte Anna seit ihrer Kindheit nicht mehr gesehen und hätte es komisch gefunden, ihnen aus heiterem Himmel eine Einladung zu schicken, zumal sie dann sicher fragen würden, warum ihre Eltern nicht kamen. Von ihren Freundinnen in Amerika hielt es offenbar niemand für nötig, Tausende von Dollars für Flugtickets hinzublättern, nur um Anna vor den Altar treten zu sehen. Sie hatte ein Dutzend höflicher Absagen bekommen, in denen von beruflichen Verpflichtungen die Rede war, von längst gebuchten Urlauben und Problemen, die Kinder unterzubringen.

Vera wusste nicht genau, was Anna so traurig machte, aber sie merkte, dass etwas nicht stimmte. Sie tätschelte Annas Hand. »Hochzeitsvorbereitungen, Vorträge, deine Arbeit hier, ist wohl alles ein bisschen viel, was?«

Anna betrachtete die Hand ihrer Freundin, die warm und dunkel auf ihrer kühlen, blassen lag. Sie hätte sich ihr gerne anvertraut. Ihr alles erzählt.

»Wir haben im Moment wohl beide ziemlich viel um die Ohren. Die Hochzeitsplanungen machen mir natürlich viel Freude, aber es ist alles sehr zeitaufwendig, und Nick hat so ein Riesenprojekt am Laufen.«

Genaueres hatte er nicht dazu gesagt. Und da war noch etwas, das Anna nicht über die Lippen brachte: Auch wenn sie mit Nick zusammen war, fragte sie sich manchmal, ob er sich ihr gegenüber im Vergleich zu früher nicht ein bisschen kühler verhielt. Fast schon distanziert. Aber das bildete sie sich wahrscheinlich nur ein. Oder?

»Und wie geht's deiner Schwester? Wann schaut sie denn mal bei uns vorbei und sagt Hallo?«

Anna wusste, dass es dazu nicht kommen würde. Nur über ihre Leiche würde Zoe an einen Ort wie diesen kommen. Anderen Menschen etwas zurückgeben war nicht ihr Ding. Eigentlich hatte Anna gar nicht vorgehabt, Vera von Zoe zu erzählen. Trotz aller Schwesternliebe war sie nicht so dumm, nicht zu wissen, dass Zoe nur Ärger machen würde, sobald sie irgendwo auftauchte. Man musste schon sehr tolerant und verständnisvoll sein, um Zoe zu ertragen. Vera war beides. Trotzdem, das Leben, dass sie sich hier gerade aufbaute, unnötig komplizieren machen? Zoe hatte in der Vergangenheit schon genug Schaden angerichtet. Es ging Anna nicht um Schuldzuweisungen. Natürlich hielt sie weiter zu ihrer Schwester, aber wegen Zoe hatte sie Freunde, Jobs und sogar familiäre Beziehungen verloren. Es war ein enormes Risiko gewesen, sie Nick vorzustellen. Aber was hätte sie tun sollen? Zoe war ein Teil von Anna. So war das bei Zwillingen eben. Zwischen ihnen bestand eine ganz besondere, untrennbare Verbindung.

Vera hatte nur durch Zufall von Nick erfahren, dass es Zoe überhaupt gab. Vor ein paar Wochen hatte er, als Anna gerade in der Mittagspause war, wegen irgendeiner Sache angerufen und dann kurz mit Vera geplaudert. In diesem Gespräch hatte er Zoe erwähnt. Natürlich.

Anna zuckte mit den Schultern. »Ich weiß es wirklich nicht. Sie scheint ziemlich beschäftigt zu sein.«

Zoe hatte in der Tat im Moment fast genauso wenig Zeit wie Nick. Abgesehen von dem Besuch im Brautmodengeschäft hatten sie sich kaum gesehen, was angesichts dessen, was dabei herausgekommen war, vielleicht auch besser war. Anna hatte eigentlich damit gerechnet, dass Zoe sich permanent in ihr Leben einmischen würde, an ihr herumnörgeln, sich über sie lustig machen und sie kritisieren. Und dass sie von ihr erwarten würde, ihr ständig aus irgendeiner Klemme zu helfen. Denn so war es immer gewesen. Stattdessen war Zoe seit ihrer Ankunft auf Abstand geblieben, was Anna als befreiend und irritierend zugleich empfand. Sosehr sie sich früher eine gewisse Unabhängigkeit von Zoe gewünscht hatte, die überraschende Funkstille verunsicherte sie.

Es schien etwas mit ihrer Verlobung mit Nick zu tun zu haben. Als würden sich dadurch ihre Wege trennen. Obwohl Zoe in London war, fand Anna es plötzlich schwieriger, mit ihr ins Gespräch zu kommen. Lag es vielleicht an ihr? War es möglich, dass sie nicht nur Vera, sondern auch Zoe unbewusst auf Abstand hielt? Sich von ihr entfernte, um Nick näher zu sein?

Oder war Zoe diejenige, die eine Mauer um sich zog? Anna erinnerte sich noch gut daran, wie einsam und ausgeschlossen sie sich gefühlt hatte, als Zoe plötzlich anfing, sich mit Jungen zu verabreden – falls man das überhaupt so harmlos ›verabreden‹ nennen konnte. Vielleicht fühlte Zoe sich jetzt genauso. Oder es lag einfach nur daran, dass Zoe sich schon gut in London eingelebt und sogar schon Freundschaften geschlossen hatte. Wann immer Anna sich mit ihr treffen wollte, war sie schon verabredet. Trotzdem wusste Anna, dass irgendetwas nicht stimmte. Zoe hatte bisher immer die falschen Leute kennengelernt und die falschen Entscheidungen getroffen. Womöglich trank sie wieder oder nahm Drogen. Wenn sie doch einmal redeten, wirkte Zoe verschlossen. Sie verbarg etwas vor ihr.

Eigentlich hatte Anna Zoe auf die Sache mit dem Brautkleid ansprechen wollen, aber sie konnte nicht. Es war so demütigend gewesen. Dieses Gefühl konnte und wollte sie nicht an ihre Schwester weitergeben, obwohl sie sich sicher war, dass Zoe das Kleid kaputt gemacht hatte. Um so etwas zu tun, musste man verrückt sein. Verrückt oder zerfressen von Eifersucht. Dabei war das Kleid nicht im Zorn zerstört worden, jemand hatte vorsätzlich und in aller Ruhe ein Stück herausgeschnitten. Jemand wollte verhindern, dass Anna ihr Lieblingskleid bekam. Man konnte es drehen und wenden, wie man wollte – die ganze Sache war zu schrecklich, um darüber nachzudenken, geschweige denn zu reden.

Zoe und Anna hatten in ihrem Leben schon viele schwierige Gespräche und Situationen durchgestanden. Sie hatten sich beide von ihren unangenehmsten Seiten kennengelernt. Mehrfach hatte Anna ihre Schwester in ihrer eigenen Pisse und Kotze liegen sehen. Einmal hatte sie die schreiende, kratzende, um sich tretende Zoe aus dem Haus ihres Dealers geschleift und anschließend endlose Schimpftiraden über sich ergehen lassen, in denen Zoe sie im Drogenrausch mit den ekelhaftesten Vorwürfen überschüttete. Aber Anna hatte das alles erduldet, weil Zoe umgekehrt auch für sie da war. Als sie sich wie ein erbärmliches Häufchen Elend aus Yale nach Hause geflüchtet hatte, war Zoe im Grunde der einzige Mensch gewesen, dem Anna unter die Augen treten konnte. Es hatte gutgetan, dass Zoe weder dumme Sprüche losließ noch irgendwie über sie urteilte. John Jones würde seine gerechte Strafe kriegen, das war alles, was sie sagte.

Wenn alle anderen genervt und enttäuscht von ihnen waren, hatten die Zwillinge immer noch einander gehabt. Für immer und ewig.

Jetzt aber hatte sich etwas verändert. Anna hatte das Gefühl, als hätte ein neuer Abschnitt in ihrer Beziehung begonnen.

»Wirklich schade, dass sie nicht bei dir wohnen wollte«, bemerkte Vera.

»Ich habe sowieso nicht genug Platz, sie hätte auf dem Sofa schlafen müssen. Und ihr Kunde zahlt das Hotel, da wäre es doch dumm gewesen, sich all diese Annehmlichkeiten entgehen zu lassen.«

»Verständlich, ich kann absolut nachvollziehen, dass man saubere Laken und Minibar-Pralinen der Familie vorzieht«, sagte Vera feixend, weil sie natürlich an ihre heiß geliebten Söhne dachte und daran, was sie selbst für eine Nacht allein in einem Luxushotel gegeben hätte.

»Wahrscheinlich würden wir uns nur gegenseitig auf die Nerven gehen, nachdem so lange jede von uns für sich war. Trotzdem komisch, denn früher waren wir immer unzertrennlich. Als wir nach Amerika gezogen sind, hatten wir ein Zimmer zusammen, obwohl jede ihr eigenes Zimmer hätte haben können. Aber wir wollten es so. Sie haben uns ein Etagenbett gekauft. Ich musste unten schlafen, Zoe hat sich das obere Bett geschnappt. Aber wir merkten schnell, dass wir so nicht schlafen konnten.«

»Warum? Wolltest du auch oben schlafen?«

»Nein, wir wollten nebeneinander schlafen. So wie vorher. Als wir Einzelbetten hatten, schliefen wir immer einander zugewandt und streckten nachts manchmal sogar die Hand aus, um uns zu vergewissern, dass die andere noch da war. Also fanden uns meine Eltern jeden Morgen, wenn sie in unser neues Zimmer kamen, zusammen in einem der beiden Etagenbetten.«

»Ach, wie herzallerliebst. Und in welchem?«

»Mal oben, mal unten. Wir sagten immer, wir würden uns mal ein Haus zusammen kaufen, wenn wir älter wären.«

»Aber das habt ihr nie gemacht?«

»Nein, nie.« Anna hoffte, sie würde nicht so wehmütig klingen, wie sie sich fühlte.

»Es wäre vielleicht schön gewesen, wenn sie es wenigstens für ein oder zwei Nächte ausprobiert hätte.«

»Sie hat gesagt, sie müsse mitten im Geschehen sein. Meine Wohnung liegt ja ein bisschen außerhalb. Zone drei. Und sie hatte wohl auch keine Lust, rund um die Uhr von mir mit den Hochzeitsvorbereitungen gelangweilt zu werden.« Anna zuckte mit den Schultern, als wollte sie das Thema damit beenden.

Den restlichen Vormittag verbrachte sie damit, Bürokram zu erledigen und weiteren bohrenden Fragen von Vera aus dem Weg zu gehen. Kurz vor dem Mittagessen erhielt sie einen Anruf.

»Nick!« Sie war froh und ein bisschen überrascht.

Er hatte sie schon seit Wochen nicht mehr angerufen, um ihr vorzuschlagen, mittags zusammen ein Sandwich zu essen – weil er so viel zu tun hatte natürlich. Als sie merkte, dass er ihre Freude offenbar nicht teilte, wurde ihr ein bisschen bange.

Er wirkte angespannt. »Können wir uns zum Mittagessen treffen? Ich muss mit dir über etwas reden.«

Sie überhörte absichtlich den verdächtigen Unterton in seiner Stimme.

»Villandry St James, dreizehn Uhr.«

Genau dort hatten sie sich zum ersten Mal getroffen. Hatte das etwas zu bedeuten? Oder schlug Nick es nur vor, weil es sein Lieblingsrestaurant war? Seit ihrem traumhaften ersten Date hatte Anna das Villandry auch zu ihrem Lieblingsrestaurant auserkoren. Dieser Ort sollte nicht befleckt werden, und plötzlich befürchtete Anna, Nicks Bedürfnis zu reden könnte

genau das zur Folge haben. Die drei Worte »Wir müssen reden«
bildeten einen der schlimmsten Sätze in der Geschichte der
Liebe, dicht gefolgt von »Lass uns Freunde bleiben«.

»Ach, es ist so heiß heute, ich glaube, da halte ich es im Restaurant nicht aus.«

»Es ist doch klimatisiert«, antwortete er ungewohnt kühl.

»Trotzdem, hast du nicht Lust, ein bisschen frische Luft
zu schnappen?« Was auch immer er ihr mitteilen wollte, die
Anwesenheit von potenziellen Zuhörern an Nachbartischen
würde es nicht besser machen. »Ich bereite uns ein kleines Picknick vor«, versuchte sie, ihn zu locken.

»Na gut. Dann gehen wir in den Green Park.«

Die Sonne verbrannte ihr langsam Arme und Schultern; ein
Nachteil von Trägerkleidern, so hübsch sie auch waren. Die
Hitze war fast unerträglich. Unter Annas Achseln, an ihrem
Rücken und sogar über ihren Brauen sammelten sich Schweißperlen. Vielleicht hätten sie doch in das klimatisierte Restaurant gehen sollen. Sie seufzte tief; so eine Hitze war nur dann
schön, wenn man gut eingecremt an irgendeinem Strand lag.
Ihr Kopf begann schmerzhaft zu pochen. Zur Ablenkung beobachtete sie kleine Kinder, die sich mit ihrem Eis beklecker-
ten, total süß. War es denn wirklich so falsch, sich danach zu
sehnen? Nach einem Ehemann und ein paar rotbackigen, nase-
weisen Sprösslingen? Alle anderen bekamen das doch offenbar
problemlos hin. Ihr fiel auf, dass manche der Kleinen still da-
saßen, während andere kreischend um ihre Buggys herumflitz-
ten und die halbherzigen Ermahnungen ihrer Eltern, ›schön zu
spielen‹, ignorierten.

Sie fühlte sich an Zoe und sich erinnert, als sie noch klein waren. Sie selbst war immer vorsichtig, aufmerksam und freundlich gewesen. Zoe dagegen ganz die Draufgängerin. Dickköpfig,
egoistisch, ungestüm. Während man in Bezug auf Anna meis-

tens »Was für ein liebes Mädchen« sagte, fiel bei Zoe häufig der Satz: »Mit der wird es noch böse enden.« Anna fragte sich manchmal, ob solche Prognosen der Erwachsenen, die auf sie beide niederregneten wie Konfetti, ihr Schicksal irgendwie beeinflusst hatten. Hatte man sie womöglich auf vorgezeichnete Wege gedrängt, die Anna zaudernd beschritt, während Zoe so blind voranstürmte, dass sie stolpern und sich eine blutige Nase holen musste? Anstatt jeder von ihnen zu erlauben, ihren eigenen Weg zu finden?

Obwohl sie sich vor dem Treffen fürchtete, wünschte sie, Nick würde sich beeilen, doch ein Blick auf die Uhr sagte ihr, dass er erst zwei Minuten zu spät war. Anna war immer überpünktlich. Sie kam sogar meistens zu früh. Was sich negativ auf ihr Lebensgefühl auswirkte, weil so der Eindruck bei ihr entstand, dass alle anderen immer zu spät kamen, ihnen mit anderen Worten die eigene Zeit wichtiger war als Annas.

Die Henkel der Papiertüte aus dem Feinkostladen gruben sich in ihre Hände. Sie hatte ein paar nette Leckereien besorgt: knuspriges Brot, Hummus, Möhrensticks zum Dippen, etwas kalten Braten und Käse, dazu eine Flasche Mineralwasser. Sie hatte überlegt, auch noch eine kühle Flasche Wein zu kaufen, die Idee dann aber doch verworfen. Zugegeben, bei einem Glas Chardonnay waren ernste Gespräche meist erträglicher, aber meist auch emotionaler. Außerdem mussten sie später wieder arbeiten, da war es unvernünftig, Alkohol zu trinken. Und wenn Anna eins war, dann vernünftig.

Sie sah ihn auf sich zukommen. Ohne sein Jackett, das sicher im Büro über der Rücklehne seines Stuhls hing. Seine hochgekrempelten Ärmel gaben den Blick auf seine muskulösen Unterarme frei. Die lässige Kleiderwahl stand allerdings im Widerspruch zu der angespannten Miene, die er aufgesetzt hatte.

Anna holte tief Luft.

36

Nick

Er war sich nicht sicher, in welcher Absicht er sie an diesem Vormittag angerufen und darauf gedrängt hatte, sich zu treffen. Er hatte es spontan getan – wie fast alles, was er derzeit tat. Er wusste, dass er sie sehen und mit ihr reden musste, wobei er nicht das Gefühl hatte, in der Lage zu sein, ein komplettes Geständnis zu machen. Im Laufe der Jahre war ihm aufgefallen, dass untreue Frauen sehr viel schneller als untreue Männer dazu standen, dass sie sich in einen anderen verliebt hatten, um dem Betrug ein Ende zu setzen. Männer dagegen wollten sich und allen anderen ihre Treulosigkeit nicht eingestehen. Sie versuchten in der Regel, sich herauszureden. »Es liegt nicht an dir, sondern an mir.« »Ich brauche mehr Raum.« »Ich liebe dich, ich bin nur nicht mehr in dich verliebt.« Er hatte das alles schon gesagt. Es hatte immer unbeholfen und keineswegs überzeugend geklungen, doch das war ihm relativ egal gewesen. Wenn der Punkt erreicht war, an dem diese Phrasen nötig wurden, wollte er nur noch weg. So schnell und so weit wie möglich.

Nie hätte er sich vorstellen können, dass er eines Tages auch Anna irgendeine dieser schwachen Ausreden auftischen würde.

Aber ihr die Wahrheit zu sagen – Gott, nein, das war unmöglich.

Die Luft war schwül, und er war völlig durchgeschwitzt. Das gefiel ihm nicht. Er wollte kein nervöser, schweißnasser Mann sein. Als ihn noch zehn Meter vom Parkeingang trennten, entdeckte er sie. Schlank und anmutig in ihrem hübschen Sommerkleid. Auch sie sah ein bisschen erhitzt und ängstlich aus. Anna war eine hochintelligente Frau, was ihre wissenschaftliche Ausbildung betraf, war sie ihm weit überlegen, aber Tatsache war auch, dass sie ziemlich naiv war. Trotzdem musste sie merken, dass zwischen ihnen etwas nicht stimmte. Ihr Sexleben, das noch nie berauschend gewesen war, dümpelte nur noch müde vor sich hin. Dass dies für ein frisch verlobtes Paar nicht normal war, wusste sicher auch sie. Anfangs hatte er sich vorgestellt, dass er sich Zeit mit ihr lassen würde, auf ihre Wünsche eingehen, ihr Vorschläge machen und sie so nach und nach aus der Reserve locken, aber das erforderte Ehrlichkeit. Die Chance dafür hatte er selbst zerstört. Sie sprachen nicht einmal mehr richtig miteinander. Natürlich nicht. Was sollte er ihr anderes erzählen als Lügen?

Er fühlte sich schrecklich.

Die klare Trennlinie zwischen beiden Frauen, zwischen beiden Leben wurde immer unschärfer und verschwommener. Aber er konnte sich nicht entscheiden. Noch so ein Klischee, an das er bisher nicht geglaubt hatte. Ja, er liebte sie beide, nicht die eine mehr oder die andere weniger, nur unterschiedlich. Die eine voller Zuneigung, die andere wie im Rausch. Anna wollte er wertschätzen, Zoe in sich aufsaugen. Die beiden Frauen sprachen unterschiedliche Seiten seiner Männlichkeit an. Es war frustrierend, aber das hieß, er war nur ein halber Mann, ganz gleich, mit welcher Frau er gerade zusammen war.

Ganz verstehen konnte er keine der beiden. Intellektuell hängte Anna ihn ab. Für sie war fast alles von tiefer Bedeutung, während er manchmal einfach nur lachen und seinen Spaß haben wollte. Vergangene Woche zum Beispiel hatten sie sich in Somerset House zusammen ein experimentelles Theaterstück angeschaut. Die Schauspieler sprachen verschiedene Fremdsprachen, es wurde viel geschrien, und irgendwann rissen sich alle die Kleider vom Leib. So standen sie dann auf der Bühne, stellten ihre Brüste, Penisse und Vaginas zur Schau und diskutierten weiter auf Chinesisch, Italienisch und Schwedisch. Es war witzig, aber Anna sah ihn fast mitleidig an, als sie sein unterdrücktes Prusten hörte.

»Es geht um den Turmbau zu Babel, oder?«, fragte er schnell, um verlorenen Boden gutzumachen.

Sie schüttelte den Kopf auf eine Art, die weder Widerspruch noch Zustimmung signalisierte.

Später erzählte er Zoe davon. Zufälligerweise hatte sie die Inszenierung auch gesehen. Natürlich, das Stück wurde ja überall besprochen, es war gerade der Renner in London.

»Was für ein Schwachsinn, oder?«, sagte Zoe. »Wenn ich gewusst hätte, dass Anna es gut findet, wäre ich nie im Leben hingegangen. Eine Empfehlung von Anna ist für mich das absolute Ausschlusskriterium.« Sie hatte schallend gelacht und ihm dann ein Kompliment dafür gemacht, wie gut er im Vergleich zu all diesen nackten Männern doch bestückt sei.

Danach hatte er sich deutlich besser gefühlt. Es war typisch für Zoe, dass sie schockierte, überraschte, täuschte und verwirrte, aber er verstand sie besser, als sie vielleicht glaubte. Wahrscheinlich ähnelte er eher ihr als Anna. Dabei war sie manchmal wirklich furchtbar und erschreckte ihn mit ihrer Unberechenbarkeit. Es kam zum Beispiel vor, dass sie direkt nach dem Sex darauf bestand, Anna anzurufen. Warum machte sie das? Um ihn zu demütigen? Um ihm Angst einzujagen? Es war riskant. Es war grausam.

Als er Anna im Park entdeckte, winkte er matt und ging zu ihr. Sie stellte sich lächelnd auf die Zehenspitzen und beugte sich in Erwartung eines Kusses zu ihm hin. Ihre Beziehung war schon so keusch geworden, dass sie ihm automatisch die Wange hinhielt. Er küsste sie trotzdem auf den Mund. Überrascht und erfreut sah Anna ihn an, und auch er wandte den Blick nicht ab. Sie küssten sich so lange weiter, dass die Leute sich an ihnen vorbeischlängeln mussten, was sie mit einem Lächeln auf den Lippen taten. Liebende sieht man doch immer gern.

Anna löste sich als Erste. »Ich habe uns ein Picknick mitgebracht«, sagte sie strahlend und hielt die braune Papiertüte hoch, die inzwischen hier und da ein paar Fettflecken hatte.

Er nahm ihr die Tüte ab, und sie machten sich auf die Suche nach zwei freien Liegestühlen. Als sie sich niedergelassen hatten, packte Anna das mitgebrachte Essen aus. Obwohl sie nur Sachen gekauft hatte, die er gerne aß, fiel ihm das Kauen und Schlucken schwer. Er suchte hoffnungsvoll nach Alkohol, fand aber keinen. Anna plauderte über dieses und jenes. Über den interessanten, anregenden Vortrag des gestrigen Abends, über die Schwierigkeiten, für jemanden, den sie im Drop In vertrat, endlich die Rückmeldung eines Vermieters zu bekommen, über eine wichtige, von der Regierung in Auftrag gegebene Studie zum Verhältnis zwischen Obdachlosigkeit und psychischen Störungen. Alles, was sie sagte, war wichtig und bedeutungsvoll. Doch er hörte sie kaum.

Er dachte darüber nach, dass er es am Abend zuvor nicht geschafft hatte, Zoe gehen zu lassen. Sie war absolut willens und bereit gewesen, ihn zu verlassen. Aber er hatte sie dazu gebracht, zu bleiben. Die Vorstellung, dass ihm mehr an ihr lag als ihr an ihm, versetzte ihn in Panik und Wut. Sein Hirn war wie fremdgesteuert, während er mit all seinen Sinnen wieder Zoe wahrnahm. Ihre Glieder, von seinen umschlungen; ihren Geruch, warm und schwül und schwer parfümiert; ihren salzigen Geschmack. Sein ganzer Kopf war voll davon.

Er musste Anna verlassen.

Es war schrecklich, es war niederträchtig, doch es war das Einzige, was er jetzt noch tun konnte. Er würde mit Zoe zusammen sein. Und dann? Nun ja, ein gemeinsames Leben, wie er es sich mit Anna vorgestellt hatte, würden sie nicht haben, das war nicht Zoes Ding. Er konnte sich nichts Dauerhaftes mit ihr vorstellen, aber genauso wenig konnte er sich vorstellen, die Sache zu beenden. Er würde sich mit ihr ins Feuer stürzen und sehen, was passierte. Seine bisherigen Bedenken wegen Annas Familie hatten keine Bedeutung mehr. Familie, das war nicht Zoes Welt. Die Zustimmung ihrer Eltern war überflüssig. Mr. und Mrs. Turner, David und Alexia, wollten offenbar ohnehin nichts mehr mit Zoe zu tun haben – und hatten im Übrigen auch mit ihm und Anna wenig zu tun. Er hatte sie bisher nicht einmal kennengelernt, also war er ihnen auch nichts schuldig. Die wenigen, ehrlich gesagt steifen Skype-Gespräche zählten nicht.

»Ich habe heute mit deiner Mutter gesprochen«, sagte Anna.

»Wie?«

»He, du Tagträumer, wo bist du denn mit deinen Gedanken?« Anna lächelte ihn geduldig an.

»Im Büro«, log er und seufzte. Ach ja, seine Mutter. Anna lebte in einer Welt der Familien, und in seine war sie schon ziemlich integriert.

»Ach, du Ärmster. Im Moment arbeitest du wirklich zu viel.«

Er bewegte den Kopf, es war kein eindeutiges Nicken, weil er es nicht fertigbrachte, ihr ungerechtfertigtes Mitleid anzunehmen, es aber auch nicht wagte, ihr reinen Wein einzuschenken. *Keine Eier in der Hose*, hörte er Hals Stimme. »Du hast also mit meiner Mutter gesprochen?«

»Ja, ich wollte nur mal hören, wie es ihr geht, weil gestern ihr erster Termin bei dem neuen Physiotherapeuten war und sie sich ein bisschen gesorgt hatte.«

»Oh.« Er spürte einen Anflug schlechten Gewissens. Das hatte er ganz vergessen.

»Schau nicht so beunruhigt, es ist alles prima gelaufen. Sie haben ihr gesagt, sie würde große Fortschritte machen. Und deine bezaubernde Mutter meint, das läge vor allem daran, dass ich mich bei den ersten Terminen für die richtige Behandlung eingesetzt und genau die richtigen Fragen gestellt hätte.«

»Da hat sie wahrscheinlich recht.«

Anna lächelte bescheiden. »Ach was, es liegt an der hervorragenden Arbeit der Therapeuten und daran, dass deine Mutter so gut mitmacht.«

Ihre Liegestühle standen so dicht, dass sie einander nicht ansahen. Nick war froh. Es war leichter, andere Leute zu beobachten, als Anna in die Augen zu sehen. Im Laufe des Vormittags hatten Mütter mit Babys und Kleinkindern weite Teile des Parks okkupiert und bunte Picknickdecken ausgebreitet, die jetzt mit Lerntassen und Plastikspielzeug übersät waren. Hin und wieder wurde das Geschnatter der Mütter von Kinderstimmen übertönt, die um ein Eis bettelten. Er dachte an die Parkausflüge mit seiner Mutter und Rachel in seiner eigenen Kindheit zurück. Sorglos. Unbeschwert. Seine Mutter, die heute so vernarrt in Anna war. Es waren auch Paare im Park, die eng umschlungen im Gras lagen. Er versuchte, nicht hinzuschauen. Stattdessen konzentrierte er sich auf die Büroangestellten, die mit ihren Sandwiches auf der Wiese saßen und etwas Sonne tankten. Schweigend vertilgten Anna und er das Picknick, das deutlich mehr Begeisterung verdient gehabt hätte.

»Anna –«

»Übrigens, ich habe gute Neuigkeiten«, fiel sie ihm ins Wort. »Ich weiß ja, dass sich eigentlich der Bräutigam um die Autos für die Hochzeit kümmert.«

»Ach ja?«

»Ja, das habe ich dir doch schon gesagt. Es steht auf der Liste, die ich dir gegeben habe, erinnerst du dich?«

Vage.

»Die hast du doch noch, oder?«

Wahrscheinlich, irgendwo. Anna hatte in den letzten Wochen viel Zeit damit verbracht, in Brautmagazinen und auf einschlägigen Webseiten Informationen zu sammeln, die sich in endlosen Listen niederschlugen. Dass er nicht der Typ war, der allen Ernstes an Torten-Verkostungen teilnehmen würde, fand er in Ordnung, aber dass ihn inzwischen bei dem bloßen Gedanken an die Hochzeitspläne nur noch Panik und Selbstekel überkamen, war mehr als traurig.

»Aber weil ich weiß, dass du im Moment wirklich viel zu tun hast, habe ich mich darum gekümmert«, fuhr Anna fort. »Und rate mal, was ich uns organisiert habe!«

Von ihm aus konnte es Apollo 13 sein. »Keine Ahnung.«

Sie boxte ihn scherzhaft in den Arm. »Würdest du mir glauben, dass ich für meine Fahrt zur Kirche und unsere gemeinsame Fahrt von der Kirche zum Empfang einen weißen Pierce-Arrow reserviert habe, in dem tatsächlich schon mal Präsident Hoover gefahren ist?«

»Prima.« Er rang sich ein anerkennendes Lächeln ab.

Es war schon ein seltsames Geschäft mit diesen Hochzeiten. Dass er und Anna mit diesem Auto fahren würden, war ohne Frage spannend, aber welches kleine Mädchen träumte denn davon, eines Tages in einer Retrokarosse zum Altar kutschiert zu werden, in die einmal ein Präsident seinen Arsch gebettet hatte? Das klang noch nicht mal für Anna glaubwürdig. Wenn er die Hochzeit jetzt stoppte, würde er dann wirklich einen Traum platzen lassen? Oder nur einen Haufen geschickt vermarkteter Ideen, aus denen erst kürzlich etwas geworden war, das Anna mit einem Traum verwechselte?

»Und das ist noch nicht alles.« Ihre Stimme überschlug sich fast. »Es war ein bisschen kostspielig, aber ich dachte mir, was soll's, es ist doch unser großer Tag.«

Eigentlich war Geld kein Problem für sie. Aber obwohl Nick genug verdiente, um ihnen alles zu ermöglichen, was für einen unvergesslichen Tag dazugehörte, drehte Anna jeden Cent dreimal um. Sie hatte ein bewundernswert ausgeprägtes soziales Gewissen und klare Vorstellungen, was das richtige

305

Preis-Leistungs-Verhältnis anbetraf. Umso überraschter war er, als sie sagte:

»Für die Flitterwochen habe ich uns einen Lamborghini Veneno gebucht.«

Er schnappte nach Luft. »Du machst Witze.«

»Ich habe ehrlich gesagt noch nie ein Auto gesehen, das weniger nach Hochzeitsreise aussieht, aber ich fand, es musste sein.« Sie strahlte ihn schulterzuckend an.

Einen Lamborghini Veneno. Sein absolutes Lieblingsmodell. Er träumte wirklich davon, eines Tages so einen Wagen zu besitzen. Ziemlich unwahrscheinlich, da er kein Ölscheich war. Aber was für eine fantastische Aussicht, einmal einen zu fahren, und sei es auch nur für kurze Zeit.

»Wow, ich weiß nicht, was ich sagen soll.«

»Die Versicherung kostet fast so viel wie mein Kleid.« Anna lachte. »Aber das ist es doch wert, oder?« Plötzlich wirkte sie ernst. »Ich weiß, dass ich die meisten Entscheidungen getroffen habe, was unsere Hochzeit anbetrifft, und du hast mich immer gelassen. Ich wollte einfach, dass auch für dich etwas Besonderes dabei ist.«

Wäre alles noch so wie früher gewesen, bevor Zoe in seinem Leben aufgetaucht war, wäre er darauf angesprungen und hätte gesagt, dass er ja *sie* habe – das allein sei fantastisch und alles andere unwichtig. So etwas Großes hätte sie verdient. Schließlich hatte sie heute Morgen seine Mutter angerufen, sie hatte sein Traumauto gemietet, sie war einmalig. Einfach wunderbar.

Aber er schwieg.

»Vorausgesetzt, du hast eine Hochzeitsreise für uns gebucht«, fragte sie schließlich in die Stille hinein. »Das hast du doch, Nick, oder?«

Hatte er nicht.

»Weißt du, das wird zeitlich langsam eng. Es ist nur noch ein knapper Monat.«

Jetzt. Jetzt sollte er es ihr sagen, genau in diesem Moment. Es konnte keine Hochzeit geben. Er war nicht der Mensch, für den sie ihn hielt. Schlimmer noch, er war sich nicht einmal sicher, was für ein Mensch er überhaupt war. Er fühlte sich wie benebelt. Er bekam kaum noch Luft. Diese Hitze. Sein Hemd war schweißdurchnässt. Er sollte es ihr sagen. Er musste. »Wollen wir uns mal ein bisschen die Beine vertreten und einen Eiswagen suchen?«, fragte er stattdessen.

Nick hasste solche Gewissenskämpfe und fühlte sich erbärmlich, wenn er im Unrecht war. Generell war es ihm deutlich lieber, wenn er in seiner Geschichte der Held war und nicht der Bösewicht. Während sie für ein Eis anstanden, überlegte er, ob nicht vielleicht Anna schuld an seiner misslichen Lage war, zumindest teilweise. Schließlich war *sie* es gewesen, die so rasch einen Hochzeitstermin festlegen wollte. Ob er sich wohl unterbewusst gegen das absurde Tempo auflehnte, mit dem sie auf diese gewaltige Verpflichtung zurasten? Außerdem war Anna diejenige gewesen, die darauf gedrängt hatte, dass er und Zoe und sich kennenlernten. Sie hätten das erste Treffen verschieben sollen, als Anna absagen musste. Dann wäre das Ganze nicht so kompliziert geworden. Anna hatte doch gewusst, dass Zoe schwierig war, sie hatte ihn gewarnt, ihn dann aber nicht davor bewahrt.

Es war kindisch, ihr die Schuld in die Schuhe zu schieben. Das wusste er selbst, und es trug nicht dazu bei, seine düstere Stimmung zu heben.

Er dachte daran, was Zoe ihm letzte Nacht gesagt hatte, dass Anna schon einmal verheiratet gewesen wäre. Blödsinn natürlich, aber er wurde den Gedanken trotzdem nicht los. So gut kannte er sie wirklich nicht.

Als sie an der Reihe waren, verlangte er ein Magnum. Anna entschied sich für ein Softeis, das sie bedächtig zu essen begann. Schon bei ihrem ersten Date war Nick aufgefallen, dass sie genauso sorgsam und gewissenhaft aß, wie sie auch alles andere tat. Zoe dagegen aß mit Leidenschaft und großem Appetit. Er sah gern zu, wie sie dabei die Lippen bewegte, und genau daran dachte er jetzt. Zoes Lippen. Manchmal ließ sie Soße über ihr Kinn laufen und sah ihn provozierend an, wartete darauf, dass er sie ableckte.

Sie schlenderten ein wenig umher, mussten Skateboardern, Radfahrern und Joggern ausweichen. Anna scherzte, sie komme sich vor wie beim Grand Prix in Monaco und nicht wie bei einem Spaziergang im Park.

»Ich muss dich etwas fragen. Wahrscheinlich ist es albern, aber ich muss es loswerden«, brach es plötzlich aus Nick heraus.

Sie sah ihn fragend an.

Er kam sich lächerlich vor. »Du warst doch noch nie verheiratet, oder?«

Sie erstarrte.

Für den Bruchteil einer Sekunde glaubte er, Panik in ihrem Blick zu lesen. Nein, Panik konnte es nicht sein. Wohl eher Verwirrung. Bestimmt fragte sie sich, wie er auf eine so verrückte Frage kam.

Sie leckte weiter an ihrem Eis. »Hat Zoe dir das gesagt?«

»Also … ja.« Warum stritt sie es nicht ab?

»Als ihr euch gesehen habt?«

Jetzt geriet *er* kurz in Panik, doch dann wurde ihm klar, dass sie ihr erstes Treffen meinte, die geplatzte Verabredung zu dritt, das einzige Treffen zwischen Zoe und ihm, von dem Anna wusste. »Ja.«

»Darum warst du in letzter Zeit so komisch.«

Es war ihr also aufgefallen. Natürlich, sie war ja nicht dumm. Er wusste nicht, was er sagen sollte; brachte ein verhaltenes »Na ja« heraus, mit dem er sein merkwürdiges Verhalten weder bestätigte noch leugnete. Er hatte nicht vor, hier irgendetwas zuzugeben.

»Ich war so verunsichert. Ich dachte schon, du liebst mich nicht mehr oder hättest es dir anders überlegt.« Sie kicherte verlegen. »Jetzt verstehe ich, dass du dir *deshalb* Gedanken gemacht hast. Warum hast du mich nicht gleich danach gefragt?«

Sie sagte das in einem so vernünftigen Ton, dass er sich ein bisschen töricht vorkam. Er konnte sich ja schlecht rechtfertigen, indem er sagte: *Ich frage dich ja gleich, ich habe es nämlich erst letzte Nacht erfahren, nachdem ich Sex mit deiner Zwillingsschwester hatte.*

»Ich dachte, es wäre irgendeine verrückte Erfindung. Du hattest mich ja vor ihr gewarnt«, sagte er.

»Das habe ich also?« Sie sah ihm tief in die Augen.

Ihr Blick war so eindringlich, dass er es kaum aushielt. Er wollte sein halb gegessenes Eis wegwerfen, er hatte wirklich keinen Appetit. Anna bemerkte, wie er sich suchend umsah, und zeigte auf einen Mülleimer. Er wusste nicht, wie sie das machte. Anscheinend konnte sie Gedanken lesen und seine Wünsche erahnen. Wie einfach und angenehm sein Leben mit Anna doch wäre, dachte er. Sie wäre eine wunderbare Ehefrau. Und sicher eine liebevolle, gewissenhafte Mutter, eine umsichtige, aufmerksame Gastgeberin und eine fürsorgliche Schwiegertochter. Er geriet wieder ins Schwanken. Er konnte sich Anna doch nicht einfach durch die Lappen gehen lassen. Er wäre ja verrückt. Seine erfolgreiche Karriere in der Finanzwelt beruhte darauf, Risiken einzugehen, natürlich, aber erst nachdem er sorgfältig das Für und Wider gegeneinander abgewogen hatte. Wenn er Anna und Zoe gegeneinander abwog, war die Wahl einfach. Zoe würde eine anstrengende, unberechenbare Ehefrau sein, falls sie überhaupt jemals bereit wäre, Ehefrau zu werden. Und Mutter? Gastgeberin? Schwiegertochter? Unvorstellbar.

Zoe war diejenige, die er verlassen musste.

Kaum hatte er diese Entscheidung getroffen, breitete sie sich in seinem Kopf aus und erfüllte ihn mit Optimismus und Erleichterung. Es war immer noch möglich: eine vernünftige, glückliche Zukunft mit dieser fürsorglichen, ehrlichen Frau. Er musste sich nur von der schwindelerregenden Ekstase, dem Nervenkitzel und dem Chaos lösen, das Zoe ihm bot. Alles konnte noch gut werden. Mit Anna hatte er festen Boden unter den Füßen. Ehrlichkeit war so wichtig.

»Ja, ich war schon einmal verheiratet.«

Plötzlich begann alles wieder zu kippen.

»Was?« Er sah alles, was er wusste, was er geglaubt hatte, plötzlich davongleiten. Er kam sich vor wie in einem Puppenhaus, das von einem Kind auf den Kopf gestellt wurde. Die sorgsam arrangierten Möbel fielen um, rutschten weg und purzelten wild durcheinander, bis sie in einem einzigen Chaos auf einer Decke oder Wand landeten. Er hatte fest damit gerechnet, dass Anna seine Frage verneinen würde und dass Zoe sich das nur ausgedacht hätte. Er blieb stehen und starrte Anna an, die aber ging einfach weiter und schleckte an ihrem Eis. »Wann? Wo? Wie lange?«, wollte er wissen. »War das der Typ aus Yale, von dem du mir erzählt hast?«

Sie schüttelte den Kopf. »Nee.«

»Wer dann? Du hast sonst niemanden erwähnt, mit dem es dir ernst war.«

»Na ja, du schienst mir niemand zu sein, der Lust hatte, sich allzu viele Details über meine Verflossenen anzuhören.«

Womit sie absolut richtiglag. Seltsamerweise fiel es Nick gerade deshalb umso schwerer, das Argument gelten zu lassen. Ärger stieg in ihm hoch. Das würde er nicht auf sich sitzen lassen. »Ich *hätte* sie mir angehört.«

»Nein, du hättest das Weite gesucht. Stell dir bloß vor, ich hätte bei unserem ersten Date beiläufig erwähnt, dass ich geschieden bin.« Sie sah ihn eindringlich, fast flehentlich an.

Er holte tief Luft. »Jetzt höre ich zu.«

Ganz ruhig, als ob es keine große Sache wäre, begann sie ihm alles zu erklären. »Als die Sache anfing, war ich dreiundzwanzig. Eigentlich hätte ich es von vornherein lassen sollen, weil ich noch in John Jones verliebt war. Das war der Typ aus Yale.« Der lockere Tonfall, in dem sie sprach, hätte eher zu einem ersten Date gepasst. »Im Grunde habe ich nur eingewilligt, weil es einfacher war, als Nein zu sagen. Er war der Sohn eines Freundes der Familie. Harvard-Absolvent. Meine Eltern waren hin und weg von ihm. Jeder war hin und weg von Larry Morgan. Nur ich nicht.«

»Aber du hast ihn geheiratet!«

»Ja. Ich habe damals als Sekretärin bei einer Teppichreinigungsfirma gearbeitet.«

»Was?« Das war nicht gerade die klassische Karriere einer Yale-Absolventin.

»Ich hatte ja das Studium geschmissen – das hat meine Möglichkeiten ziemlich beschränkt.«

»Du hast das Studium geschmissen?«

»Habe ich dir das nie erzählt?«, fragte Anna leichthin. »Meine Zukunft schien nicht gerade rosig. Ich glaube, ich habe in diesem Mann so etwas wie eine Lösung gesehen.«

»Dann war es also überstürzt und hat nicht lange gehalten?«

Er war sich nicht sicher, was er als Antwort auf die Frage hören wollte. Einerseits hätte es ihn gefreut, wenn sie diese Ehe als kurz und bedeutungslos abgetan hätte, denn das hätte auch erklärt, warum sie sie ihm gegenüber nicht erwähnt hatte. Andererseits, war die Sache mit ihnen nicht auch etwas überstürzt? War sie vielleicht auch kurz und bedeutungslos?

»Nein. Wir waren ein Jahr zusammen und dann anderthalb Jahre verlobt. Eine respektable Zeitspanne, würde ich meinen.«

»Es war dir also wirklich ernst mit ihm.«

Sie zögerte, legte den Kopf zur Seite. Ließ ihren Blick langsam von links nach rechts wandern, als wägte sie die Frage ab und suchte nach einer möglichst ehrlichen Antwort. »Nein. Oder ja. Er schien nett zu sein. Ein anständiger Kerl. Ich dachte, er wäre zuverlässig. Ich hätte es schlechter treffen können, sagten alle. Rückblickend wurde mir klar, dass das ein ziemlich vernichtendes Urteil war.« Sie zuckte mit den Schultern. »Wahrscheinlich glaubte ich, er wäre zu langweilig, um gemein zu sein.«

Das alles musste Nick erst einmal verdauen. Er blickte sich um. Die Leute machten genauso weiter wie vorher: fuhren Rad, fütterten Enten, fläzten sich müde in der Hitze. Seltsam. »Wie lange wart ihr verheiratet?«

»Drei Jahre.«

Scheiße. Er rechnete. Sie waren also fünfeinhalb Jahre zusammen gewesen. Deshalb die große Lücke in ihrer Beziehungsbiografie. Er hatte gedacht, sie wäre in dieser Zeit einfach nur wählerisch gewesen – dabei war sie verheiratet.

»Was ging schief?«

»Das Übliche. Er hatte eine Affäre.«

Dann hatte Zoe ihm also die Wahrheit gesagt. Er bemerkte, dass Annas Eis geschmolzen und ihr auf die Hand getropft war. Sie schauten beide darauf. Sie schien erstaunt. Sie mochte es nicht, sich vollzukleckern. Sie ging zurück zum Mülleimer, warf das klebrige Hörnchen hinein und kramte in ihrer Tasche nach einem Papiertaschentuch. Sorgfältig säuberte sie damit ihre Finger.

»Warum hast du mir nie davon erzählt?«

»Es ist kompliziert«, seufzte sie.

»Nein, ist es nicht.«

»Ich habe irgendwie nie den richtigen Moment gefunden.« Sie streckte die Hand aus, als wollte sie seinen Arm berühren, aber dann hielt sie plötzlich inne.

Er war sich nicht sicher, ob sie sich wegen ihrer klebrigen Finger sorgte oder ob sie ihn gar nicht mehr anfassen wollte. »Und das war's?«, fragte er. »Er hatte eine Affäre, du hast ihn verlassen.«

»So ungefähr.« Sie zuckte fast beiläufig mit den Schultern. Die Frau, in die Nick sich verliebt hatte, mit ihrer alles umfassenden Ehrlichkeit, Aufrichtigkeit und Naivität, begann vor seinen Augen zu schwinden. Er sah sie an, konnte aber nicht mehr jede Einzelheit erkennen. Wie auf den Fotos seiner Mutter, die auf der Anrichte standen und über die Jahre hinweg durch die Sonne verblasst waren. Er zwang sich, seine Gedanken neu zu ordnen. Eine weniger perfekte Anna wäre letztlich viel zugänglicher, viel realer. Oder?

»Also hast du dich letztes Jahr scheiden lassen? Als du nach England kamst?«

»Ich habe mich schon vor drei Jahren scheiden lassen. Die Ehe wurde am 17. April 2014 beendet. Bis der Papierkram durch war, sind noch ein paar Monate vergangen, aber das war der Tag, an dem sie vorbei war.« Ihre Augen verengten sich, und ihr Atem stockte einen Moment.

Er war irritiert. So eine präzise Antwort, und doch stimmte die Rechnung nicht. »Aber du hast ihn doch mit dreiundzwanzig kennengelernt, und ihr wart fünfeinhalb Jahre zusammen.«

»Ach.« Sie nickte kurz. »Ich weiß, warum du stutzig wirst. Ich bin nicht neunundzwanzig, Nick, das habe ich nur in mein Profil geschrieben, weil Zoe meinte, die Männer würden nicht darauf anspringen, wenn sie wüssten, dass ich schon einunddreißig bin.«

»Du bist einunddreißig?« Anna nickte.

Sie war einunddreißig. Also ein Jahr älter als er. An sich spielte das keine Rolle, ihr Alter war ihm egal. Aber es war eine weitere Lüge.

»Im September zweiunddreißig. Ich bin wirklich froh, dass wir die Hochzeit durchziehen, bevor ich noch mehr Kerzen auspusten muss«, fügte Anna munter hinzu. »Ich hatte total vergessen, dass ich in meinem Profil geflunkert habe.«

»Ich fasse es nicht.«

»Wirklich, Gus?« Jetzt lachte sie, nicht hämisch, sondern amüsiert, als wäre das Ganze für sie nur eine lustige, vielleicht sogar etwas verrückte Geschichte. »Ich bin so froh, dass ich das gemacht habe. Gib's zu, Nick, du hättest mich weggeklickt.«

Er hätte es gern abgestritten, doch sie hatte recht. Er hätte ihr Profil nicht einmal gesehen, weil sein automatischer Filter alle Frauen jenseits der dreißig ausgeschlossen hatte.

Jetzt nahm sie seine Hand, obwohl ihre immer noch klebrig vom Eis war und seine verschwitzt. »Ich bin froh, dass alles raus ist. Es geht mir so viel besser, jetzt, wo wir keine Geheimnisse mehr haben. Dir nicht auch?«

Er konnte nicht mehr klar denken. Es war alles zu viel. Zu viel Chaos auf einmal. »Ist Zoe wirklich Alkoholikerin?«, platzte es aus ihm heraus.

Es war dumm, ihr diese Frage zu stellen. So aus dem Zusammenhang gerissen, musste sie sogar bei der naiven, arglosen Anna Verdacht erregen. Aber war Anna denn tatsächlich so arglos? Jedenfalls eindeutig nicht so ehrlich, wie er geglaubt hatte. Auch wenn sie ihn aus reinem Misstrauen gegenüber den männlichen Nutzern von Datingportalen getäuscht hatte (zugegebenermaßen berechtigt), war es immer noch Täuschung. Die Welt um ihn herum geriet ins Wanken. Stimmen hallten und wurden undeutlich. Es war, als wäre er in ein Becken mit eiskaltem Wasser gesprungen und zu weit untergetaucht. Nur mit Mühe kam er wieder an die Oberfläche.

»Sie trinkt auf jeden Fall gerne«, erwiderte Anna. Sie wirkte verwirrt. »Warum fragst du? Hat sie sich an dem Abend, an dem ihr euch getroffen habt, betrunken? Hat sie mal wieder

ihre Show abgezogen?« Anna sah ihn erschrocken an. »Sie hat
sich doch nicht etwa an dich rangemacht?«

»Nein, natürlich nicht, nein. Wie kommst du darauf?« Nick
versuchte, Annas aufkeimenden Verdacht zu zerstreuen. Hätte
er Zoe doch nur nicht erwähnt!

»Das sähe ihr wieder mal ähnlich. Sich erst betrinken und
dann Dummheiten machen.«

»Nein«, sagte Nick mit fester Stimme. »Ich wollte es nur
wissen. Erst hast du behauptet, sie wäre Alkoholikerin. Jetzt
sagst du, sie trinkt gerne. Das ist ein großer Unterschied.«

»Was soll ich dir sagen?« Der Kummer stand Anna ins Gesicht geschrieben. »Ich glaube schon, dass Zoe Alkoholikerin
ist. Und viele Experten würden mir zustimmen. Aber sie behauptet, es wäre nicht so.«

»Du hast mir erzählt, dass sie zu den Anonymen Alkoholikern geht.«

»Das hat sie mir gesagt.«

»Ich habe mal gegoogelt. Wenn man am Zwölf-Schritte-
Programm der Anonymen Alkoholiker teilnimmt, darf man
keinen Tropfen Alkohol trinken.«

»Stimmt.«

»Aber das macht sie. Hat sie gemacht. An dem Abend, an
dem wir zusammen essen waren.« Nick wusste nicht genau,
warum er so darauf herumritt. Er hätte sich lieber weiter an
seine Strategie halten sollen, Zoe grundsätzlich nicht zu erwähnen. Jetzt bewegte er sich auf gefährlichem Terrain, aber
er musste es einfach wissen, und Anna war die Einzige, die er
fragen konnte. Von Zoes Freunden und Kollegen hatte er bisher niemanden kennengelernt. Zoe und er verbrachten ihre gemeinsame Zeit wie in einer geschlossenen Kapsel, wo niemand
sie stören konnte.

Anna schien untröstlich. Ihre ganze Fröhlichkeit war dahin. »Es tut mir wirklich leid, das zu hören. Ich wünschte, du

hättest mir sofort davon erzählt.« Sie antwortete völlig ruhig. Ohne jeden Vorwurf. Ohne jeden Zorn. Nur voller stiller Enttäuschung.

Ja, er hatte sie enttäuscht. Natürlich. Niemand wusste das besser als er. Auf noch viel schlimmere, gemeinere Art enttäuscht, als Anna ahnte.

»Das ist etwas Gravierendes. Du hättest es mir sagen sollen. Dass sie jetzt noch länger in England bleibt, könnte damit zusammenhängen, dass sie wieder trinkt. Ich bezweifle, dass sie hier zu den Treffen geht. Mit dem Alkohol fängt es an, und dann …« Sie verstummte. Es war zu schmerzhaft, es auszusprechen.

Die Tatsache, dass Anna mit einem Mann namens Larry Morgan verheiratet gewesen war, schien plötzlich vergessen. *Das* war anscheinend nichts Gravierendes. Nick war verbittert und enttäuscht. Zu seiner Unsicherheit und seinem permanent schlechten Gewissen kam nun auch das noch hinzu. Das Wirrwarr schrecklicher Gefühle wollte ihn von innen heraus zerfressen.

Wie ein Geschwür.

37

Zoe

Er ist schon da, als ich ankomme. Natürlich. Deshalb bin ich ja zu spät, habe ich mich gezwungen, noch zweimal um den Block zu gehen – damit er auf mich warten muss. Trotz meiner mörderischen Absätze und obwohl mich ein paar Typen mit so derben Sprüchen angemacht haben, dass es schon nicht mehr schmeichelhaft war, sondern nur noch beleidigend. Wie kommen die überhaupt darauf, so eine Anmache könnte irgendwas anderes sein?

Das Zuspätkommen ist eine wichtige Botschaft. Er wartet auf mich. Ich warte auf niemanden. In dem Augenblick, als ich ihn so neben der Tür zur Bar stehen sehe, scheint die Welt stehen zu bleiben. Er bemerkt mich auch, lächelt, und die Welt ruckelt weiter. Dreht sich wieder. Ist das nicht verrückt? Jedes Mal erschrecke ich wieder darüber, welche Wirkung er auf mich hat. Dass er so Besitz von mir ergreift. Ich fühle mich ausgeliefert. Hilflos. Und frage mich, was das eigentlich ist. Was da zwischen uns läuft. Ich weiß es wirklich nicht. Das gefällt mir nicht. Normalerweise bin ich immer einen Schritt voraus. Inzwischen treffe ich ihn nicht mehr, um ihn für Anna auf die Probe zu stellen. Dieses Experiment hat ja zu einem eindeutigen Ergebnis geführt. Ich hätte nur Anna dazu bringen sollen, der Wahrheit ins Gesicht zu sehen, mit ihm Schluss zu machen und alles hinter sich zu lassen. Habe ich aber nicht. Ich wollte, dass er sich in mich verliebt. Glaube ich. Glaubte ich. Hat er das? Vielleicht. Und noch etwas anderes ist passiert. Etwas viel Riskanteres und Gefährlicheres. Ich will damit nicht sagen, dass ich mich auch in ihn verliebt habe, auf keinen Fall. So etwas passt nicht zu mir, das ist Annas Ding. Liebe, Vertrauen und so weiter.

Aber.

Er sieht ziemlich gut aus, da würde mir niemand widersprechen, doch es ist mehr als das. Er ist auch ziemlich intelligent. Interessant? Natürlich. Kompliziert? Ohne jeden Zweifel. Aber nichts davon ist so selten, wie die Frauen immer behaupten, solche Männer hatte ich schon jede Menge. Von ihm fühle ich mich viel mehr angezogen, kann mich nicht entziehen. Er hofft auf eine tiefere Beziehung zu mir, und ich merke, dass ich wider besseres Wissen darauf eingehe. Er will, dass ich alles an ihm kenne und akzeptiere, seine ganze Größe und auch seine schändlichen Geheimnisse. Bei mir sucht er Nervenkitzel, aufregenden Sex und schließlich Vergebung. All das, was Anna ihm nicht geben kann oder will. Und ich gehe darauf ein. Ich will ihm das alles geben. Das und noch viel mehr. Alles. Ich will seine Bedürfnisse stillen wie ein Holzscheit dem Feuer Nahrung gibt. Ich bin bereit, von diesem Feuer verzehrt zu werden. Das ist krank. Er ist meine neue Sucht, und das liebe und hasse ich am meisten an ihm.

Zur Begrüßung küsst er mich auf den Mund; ein gieriger, fast unanständiger Kuss. Dann geht er hinein, und ich folge ihm, eine ungewohnte Reihenfolge. Er sieht sich selbstsicher um. Die Bar ist natürlich cool und angesagt. Später wird sie sich in einen Ort verwandeln, an dem die Luft mit Lust und Luxus, Gefahr und Erregung geschwängert ist. Ich weiß, dass er mit Anna in Pubs und hübsche Künstlercafés geht oder zum Picknicken in den Park. Da sitzen sie dann mit ihren mitgebrachten Speisen zwischen Spaziergängern, trinken neben Frauen mittleren Alters Tee, die ihre Ansichten über Annie Leibovitz teilen (welche hundertprozentig von irgendwelchen Sonntagsbeilagen geprägt sind), oder essen inmitten von jungen Müttern mit Buggys und quengelnden Kleinkindern Sandwiches aus dem Feinkostladen. Mit mir würde er nie auf die Idee kommen, Orte aufzusuchen, an denen die Welt dermaßen in Ordnung ist. Wir gehen in Bars, Restaurants und Nachtclubs. Orte, wo man Pakte mit dem Teufel schließt. Dunkle Treffpunkte, wo man sich an Drogen und Reichtum berauscht, wo Nachtschwärmer tanzen, bis sie schwitzen, und die Leute trinken, bis sie kotzen. Wir suchen uns dunkle Ecken, in denen wir uns unserem eigenen hemmungslosen Verlangen hingeben, uns einander hingeben. Meistens gefallen mir die Bars, die er auswählt. Die Bar heute hat allerdings etwas Unangenehmes. Ein bisschen zu viel Gold und Leder; und das Lachen der Frauen ist nicht kokett, sondern rau. Und die Frauen selbst sind viel zu dürr, sie wirken ausgehungert, krank. Sie stolzieren durch den Raum, als wäre das hier ein Viehmarkt.

Nichtsdestotrotz suchen wir uns ein paar freie Hocker an der Bar und setzen uns hin. Ich mit übereinandergeschlagenen Beinen, durchgedrücktem Rücken, herausgestreckter Brust. Er mit gespreizten Beinen mir gegenüber. Er sieht unglaublich gut aus, nein, fantastisch. Das fällt mir immer wieder auf. Macht mich sprachlos. Wir sind ein Traumpaar. Männer werfen unauffällige, aber neidische Blicke zu uns herüber, registrieren sofort die Klasse von Nicks Anzug und meiner Figur. Sie suchen meinen Blick, aber ich wende meinen nicht von Nick ab. Falls er merkt, wie sie um uns herumschleichen, lässt er sich nichts anmerken. Er lässt sich davon nicht beeindrucken. Seine Arroganz erregt mich. Ich sehe, dass ihm andere Frauen bewundernde Blicke zuwerfen, und verscheuche sie mit einem langsamen, geringschätzigen Lidschlag. Die weniger Selbstbewussten sind vernünftig und huschen davon; die echten Schlampen reagieren rabiater, zeigen mir nicht selten den Mittelfinger. Ich demonstriere meine Verachtung, indem ich sie routiniert anblitze. Meistens reicht das.

Heute Abend jedoch besitzt eine magere, verbraucht ausse-
hende, vom Alkohol aufgekratzte Frau die Frechheit, sich vor
meiner Nase zwischen Nicks Beine zu schieben. »Wenn du sie
leid bist, ruf mich an«, lallt sie ihm ins Gesicht und grabscht
erfolglos nach dem Handy in seiner Hosentasche, wahrscheinlich um ihre Nummer einzugeben. Sie verfehlt nur knapp seinen Schritt, was in meinen Augen kein Zufall ist. Nick lächelt
halbherzig und wartet darauf, dass sie wieder geht.

Als ich sehe, dass sie nicht die Absicht hat, das zu tun, beuge
ich mich vor und flüstere ihr von hinten etwas ins Ohr.

Erschrocken dreht sie sich zu mir um. Überlegt einen Moment und trollt sich. Um anderswo zu nerven, da bin ich mir
sicher.

Nick lacht. »Was hast du ihr gesagt?«

»Dass wir verlobt sind«, erwidere ich lächelnd.

»Wirklich?« Er lacht immer noch, sieht aber etwas betreten
aus. Immerhin ist er verlobt. Nur nicht mit mir.

»Nein. Ich habe ihr gesagt, dass ich ein Glas in ihrem Gesicht
zerschmettere, wenn sie noch einmal mit dir redet.«

Er starrt mich fassungslos an, unsicher, was er glauben soll.
Unsicher, welche Variante ihm unangenehmer ist.

Er bestellt zwei Wodka. Gut, dass er gleich mit etwas Här-
terem anfängt. Am Anfang hatte er Bedenken, mir Alkohol anzubieten. Annas Schauergeschichten über meinen Leichtsinn,
meine Hemmungslosigkeit und meine Sucht hatten ihm offensichtlich Angst gemacht. Inzwischen ist er wohl zu dem Schluss
gekommen, dass ich besser zurechtkomme, als sie behauptet.
Oder aber – und dieser Gedanke schmeichelt mir besonders –
er ist gerne bereit, meinen Leichtsinn, meine Hemmungslosigkeit und meine Sucht zu akzeptieren.

Macht sie sich vielleicht sogar selbst ein bisschen zu eigen.

Oder er braucht jetzt einfach einen kräftigen Schluck.

»Hast du heute mit Anna gesprochen?«, frage ich.

Er nickt steif.

»Über ihre Ehe?«

Wieder ein Nicken. Verhalten, traurig.

»Warum hat sie mir bloß nichts davon erzählt?«, fragt er schließlich.

Ich zucke mit den Schultern. Vermutlich hat sie nie den richtigen Moment erwischt, vermutlich war es ihr so wichtig, einen guten Eindruck auf ihn zu machen, dass nichts diesen trüben sollte, vermutlich fand sie es dann, je mehr Zeit verging, immer schwieriger, die Sache noch anzusprechen. Aber es ist nicht meine Aufgabe, sie zu verteidigen. Das kann sie ihm alles selbst erzählen, wenn sie will.

»Es tut mir leid«, flüstere ich und beuge mich zu ihm. Küsse ihn langsam auf den Mund. Lasse dabei meine linke Brust seinen Arm streifen.

Er reagiert, indem er mir sanft in die Lippe beißt.

»Wie war es heute im Büro?«, frage ich strahlend, als ich mich von ihm löse.

Er wirkt überrascht, solches Interesse zeige ich selten.

»Ehrlich gesagt ziemlich furchtbar. In letzter Zeit fällt es mir schwer, mich richtig zu konzentrieren.«

Ich gebe ein verständnisvolles »Hmmm« von mir. Ich frage mich, wie viele Millionen ihm wohl durch die Finger gerutscht sind, seit er mich kennt. Es berührt mich nicht. Das sind keine realen Zahlen. Nur Ziffern auf einem Bildschirm – Wünsche, Versprechungen, Pläne, die jemand anders verfolgt.

»Ich schaffe es kaum noch, mit den Gedanken bei meiner Arbeit zu bleiben«, fährt er fort, kippt seinen Wodka hinunter und gibt dem Barkeeper ein Zeichen, uns noch zwei einzuschenken.

Es schmeichelt mir, dass ich ihn so ablenke, aber ich möchte ihm eigentlich nicht die Karriere ruinieren. Sein Erfolg und sein Elan sind Teil seiner Attraktivität, sowohl für mich als auch für Anna, so viel haben wir gemeinsam. Bisher hat er seine Sache gut gemacht. Auch wenn er – weiß und mit Hochschulab-schluss – nicht gerade als Außenseiter gestartet ist, er hat sich seine Position hart erarbeitet. Hat gebüffelt, statt zu saufen oder zu kiffen, besitzt diese Anpackermentalität, spricht mit den richtigen Leuten, schüttelt Hände, kriecht in Ärsche, gibt nie auf. Und passt sich trotzdem nicht an, sondern macht sein eigenes Ding. Das gefällt mir. Aber weil er die Arbeit im Moment anscheinend stressig und wenig erfüllend findet, wechsele ich lieber das Thema.

Die Gesprächsthemen gehen uns nie aus. Nachdem wir uns kennengelernt hatten, ist mir schnell klar geworden, dass er sich im übertragenen Sinne gerne mal die Schuhe von den Füßen kickt, im Sand herumläuft und mit den Zehen darin gräbt. Im Herzen ein Rebell, so sieht er sich. Natürlich, warum säße ich sonst hier vor ihm? Während er auf das Jawort zuschlingert, auf eine Hypothek, mehrere Kinder und Labrador, blickt er über die Schulter auf sorglosere Tage voller Lebensfreude zurück. Ich lasse ihm Zeit, über seine Gedanken, Erfahrungen und Vor-stellungen zu sprechen. Ich merke, dass sie frisch und laut und aktuell sind, alles andere als überholt oder verbraucht.

Um die Stimmung zu heben, lenke ich das Gespräch ge-schickt in eine andere Richtung und erzähle von einer längst vergessenen Urlaubsbegegnung mit irgendeinem Kerl auf Ja-maika. Natürlich eine sexuelle. Er mag es, wenn ich von meinen früheren Eroberungen erzähle. Er berichtet mir auch von sei-nem Liebesleben – vor Anna. So draufgängerisch, wie er es gern sehen würde, war es allerdings nicht. Im Wesentlichen hat er mit einigen hübschen Frauen geschlafen, na gut, mit ziemlich vielen, aber es ist nicht wirklich ein Novum, dass ein gut aussehender, wohlhabender, humorvoller Mann junge, attraktive Frauen ab-schleppt. Ich schwanke, ob ich mich, um ihn bei der Stange zu halten, interessiert oder gelangweilt geben soll. Er weiß nicht, was ich eigentlich will, deshalb tischt er mir sämtliche Geschichten mit all den Frauen auf, deren Namen er nicht einmal mehr weiß. Er will mir beweisen, was für ein toller Kerl er ist. Ich höre ihm aufmerksam zu, weil ich merke, dass ich gerne wüsste, ob es einen Namen gibt, der hängen geblieben ist. Annas vielleicht? Ist sie wirklich so anders? Oder meiner? Das interessiert mich brennend. Er redet auch über Geld. Die großen Summen, die er für sich und andere verdient hat. Die noch größeren Summen, die er in Zukunft verdienen wird. Dazu äußere ich mich nicht. Zu viele Männer halten zu viele Frauen für käuflich. Mich kann niemand kaufen. Selbst wenn ich ihnen erlaube, mir etwas auszugeben, Wodka zum Beispiel oder ein Abendessen. Trotzdem weiß ich zu schätzen, dass er mich beeindrucken will.

Er bringt mich zum Lachen. Habe ich das schon erwähnt? Humor setzt Selbstbewusstsein voraus, und ich mag alles, was Ausdruck von Selbstbewusstsein ist. Wenn ich mit ihm zusammen bin, bin ich auch gut gelaunt. Wir lachen zusammen, und das fühlt sich gut an. Ich finde vieles an ihm anziehend. Wenn ich schwärmerischer wäre, mehr so wie Anna, würde ich vielleicht sagen, dass ich all die Dinge, die mich an ihm anziehen, gar nicht mehr zählen kann. Sein Mut zum Beispiel. Die ständige Demonstration seiner Männlichkeit (nicht verurteilen, ist halt so, Alphamännchen, Darwin lässt grüßen) oder seine Bewegungen beim Tanzen und beim Sex, der Schnitt seiner Anzüge, der Duft seines Aftershaves und sogar sein lästiges, unterschwelliges Pflichtgefühl. Ich glaube, dieses Pflichtgefühl gehört sogar zu den Eigenschaften, die ich am faszinierendsten finde. Anna zu betrügen trifft ihn mehr, als er gedacht hätte. Es ist ein Kampf. Und Kämpfe sind spannend. Ich mag das. Aber den Krieg muss ich gewinnen.

Es gefällt mir, dass er so eine Wirkung auf mich hat. Das haben nicht viele Männer. Ausgenommen wahrscheinlich Dealer, aber das ist ein anderes Kapitel. Er erregt mich. Er will originell sein, doch das meiste, was er zu mir sagt, habe ich schon einmal gehört. »Du betörst mich. Du verblüffst mich. Du bist etwas ganz Besonderes.« Der Unterschied liegt darin, dass ich es jetzt zum ersten Mal glauben will.

Er denkt, er kriegt mich. Er hat ja keine Ahnung.

Wir trinken mehr, als vernünftig ist, was wir beide noch als ungenügend empfinden. Das Licht wird gedimmt, die Atmosphäre wird gespannter. Noch nie habe ich Nick so betrunken gesehen. In seinem alkoholisierten Zustand fasst er mich an, wie er es in der Öffentlichkeit sonst nie tut. Seine Hand liegt schwer auf meinem Schenkel. Er schiebt sie weiter mein Bein hinauf, mit dem Feingefühl eines Mannes, der in wenigen Stunden so viel getrunken hat wie sonst in einer Woche. Ich schiebe sie nicht sofort weg, weil ich alles, was jetzt ungefiltert aus seinem Mund kommt, hören will. Ich frage mich, ob er mir heute Nacht seine Liebe erklären wird. Möglich ist es, denn Annas Geheimniskrämerei hat ihn schockiert und verletzt. Er fühlt sich ausgetrickst und will nun seinerseits punkten. Den Paaren ist es in der Regel nicht bewusst, aber im Grunde sind Beziehungen ein ständiges, endloses Gegenrechnen: Addition, Subtraktion, Übertrag. Komplimente, bereitwillig erledigte Hausarbeit, verdientes Einkommen und versorgte Krankheiten stehen auf der einen, Lügen, Untreue, verjubeltes Geld und zunichtegemachte Hoffnungen auf der anderen Seite der Rechnung. Er hat dies gesagt. Sie hat jenes getan. Er hat dies verdient. Ihr steht jenes zu.

Wenn er mir heute sagt, dass er mich liebt – ob er es dann auch wirklich so meint?

Diskretion ist für ihn plötzlich kein Thema mehr, er greift mir an die Brust, hier in der Bar, und streichelt sie. In Lokalen wie diesem lässt sich niemand, dem so etwas auffällt, etwas anmerken. Sein Mangel an Diskretion überrascht mich, stört mich aber nicht. Ich schiebe seine Hand nicht weg. Angesichts seines auffallend leichtsinnigen Verhaltens frage ich mich, ob er es darauf anlegt, erwischt zu werden. Will er das etwa? Wir brauchen jetzt unbedingt einen ungestörteren Ort. Ich bin nicht verklemmt, aber ich habe keine Lust, wegen Exhibitionismus verhaftet zu werden. Nick ist inzwischen so betrunken, dass er unvernünftig wird. Er kippt alles auf ex in sich hinein und weigert sich, zwischendurch auch mal Wasser zu trinken. Wenn ich mich nicht beeile, ist bei ihm heute Nacht nichts mehr zu holen. Also nehme ich entschlossen seine Hand und führe ihn in die Damentoilette; Sex vor einem stinkenden Pissoir kommt für mich nicht infrage. Zwei Frauen, die gerade Lippenstift auftragen, starren uns mit offenen Mündern an.

»Ihr geht jetzt wohl lieber«, sage ich.

Schockiert gehorchen sie.

Die Nummer ist geil und schnell. Er hat mir schon viel erzählt, und ich glaube, mit Fug und Recht sagen zu dürfen, dass die hier unter die Top Drei seiner Verrücktheiten fällt. Er zeigt vollen Einsatz und ist dankbar. Anschließend halten wir einander umschlungen, warten, dass unser Atem sich beruhigt, und hören, wie die Tür auf- und zugeht. Eine Gruppe junger Frauen kommt herein. Wir hören sie schwatzen, anderen hören wir beim Pinkeln zu. Wir verhalten uns ruhig und schmiegen uns aneinander. Dann wird es still. Wir sind allein.

Normalerweise spricht er nicht über Anna, aber heute Abend geht sie ihm offenbar nicht aus dem Kopf. Mit wem soll er auch über sie reden, wenn nicht mit mir?

»Es war schrecklich, sie nach ihrer Ehe zu fragen«, flüstert er mir ins Ohr.

»Das kann ich mir vorstellen.«

»Ich hätte das doch wissen müssen.«

Ich löse mich etwas von ihm, sehe ihm in die Augen und frage: »Hat sie dir von ihren Kindern erzählt?«

»Kinder? Verdammt, machst du Witze?« Er wird ganz bleich.

Ich lache leise. »Ja, mache ich. Sie hat keine Kinder.«

Er beißt sich auf die Lippe. Wütend auf mich und auf sich. Was unfair ist, eigentlich müsste er auf Anna wütend sein. Ich sitze jetzt auf dem Toilettendeckel. Ich will hier raus. Wir sollten wieder ins Hotel gehen. Er muss nüchtern werden. Ich muss schlafen.

Nick schüttelt den Kopf, als wollte er einen Gedanken vertreiben. »Ich habe das Gefühl, ich kenne sie gar nicht.«

Seien wir mal ehrlich, er kennt sie wirklich nicht. Das Problem ist, dass er für den Rest seines Lebens Steak auf dem Teller haben wollte und ihm jetzt klar wird, dass er sich mit Aufschnitt zufriedengegeben hat – mit abgepackter Wurst aus dem Supermarkt. Natürlich ist er enttäuscht. Ein Schwall laute Musik dröhnt zu uns herein, als wieder jemand die Toilette betritt. Den Stimmen nach würde ich sagen zwei oder drei Frauen. Sie unterhalten sich. Eine rüttelt an der Tür unserer Kabine. »Besetzt!«, rufe ich. Wir warten, während sie die anderen Toiletten benutzen, ihr Make-up auffrischen, über ihre Chefs und ihre Liebhaber reden und schließlich gehen. Wieder kurz laute Musik, anschließend wieder Stille.

»Ich vertraue ihr nicht mehr«, murmelt er traurig.

Was aus seinem Mund, hier mit mir in dieser Damentoilette, wie ein Witz klingt, aber ich ziehe meinen Slip hoch und sage nichts. Anna ist dabei, ihn zu verlieren. Ich muss ihn dafür jetzt umso fester halten. Er scheint dasselbe zu empfinden, denn er nimmt zärtlich mein Gesicht in beide Hände. Verzweifelt und dennoch entschlossen.

»Ich weiß nicht mehr, wo ich stehe, Zoe. Ich bin total durcheinander.«

»Ich weiß, Liebling.« Ich küsse ihn sanft auf die Stirn.

»Die Hochzeit. Wir sind schon so weit mit den Planungen. Und sie hat dieses Auto gemietet, einen Lamborghini.«

»Nett von ihr. In dem könnten doch wir davonbrausen, du und ich. Einfach über alle Berge.«

Er sieht mich verdutzt an. Er ist sich nicht sicher, ob ich mich über ihn lustig mache oder ob ich es ernst meine. »Willst du damit sagen, dass ich mich entscheiden soll?« Als wäre ihm dieser Gedanke gerade zum ersten Mal gekommen. Dass er möglicherweise wählen muss. Sich entscheiden. Auf Dauer kann man eben nicht alles haben.

Vermutlich hatte er gehofft, dass nicht er den entscheidenden Schritt tun müsste, dass stattdessen irgendetwas passieren würde, mit ihm, mit uns, mit ihnen. »Du weißt, dass du das früher oder später musst«, flüstere ich.

Er verzieht gequält das Gesicht. »Ich kann nicht.« Seine Augen sind feucht.

Will ich ihn weinen sehen, will ich Tränen der Scham und des Zauderns über seine Wangen kullern sehen? Oder lieber nicht?

»Soll ich die Entscheidung für dich treffen?«, frage ich sanft.

Die Luft zwischen uns ist heiß und verbraucht.

Er wirkt erleichtert. »Ja. Ja, machst du das? Ich will einfach, dass es aufhört.«

Aufhört. Ich nicke. Nur einmal.

Ich sage Nick, dass er die Rechnung begleichen und ein Taxi rufen soll. Dass wir uns draußen vor der Bar treffen. »Ich habe noch etwas zu erledigen.«

Als ich zu ihm komme, wirkt er schon um einiges nüchterner, und auf dem Taxameter ist bereits eine horrende Summe aufgelaufen. Ich entschuldige mich nicht, er kann es sich leisten. Ich steige ein und setze mich auf die Rückbank.

Er klettert hinter mir in das Taxi und zieht die Tür zu.

»Du hast gerade einen Riesentumult hier draußen verpasst«, sagt er. Seinen quasi-hysterischen Zustand von vorhin hat er offensichtlich überwunden, hat mir wie ein Kind sein Problem vor die Füße gelegt und fühlt sich nun nicht mehr zuständig.

»Ach ja?«

»Erinnerst du dich noch an die Frau, die mir am Anfang des Abends ihre Nummer geben wollte?«

Mir fällt auf, dass er aufgewühlt und ein bisschen verlegen ist. Ich tue so, als müsste ich nachdenken. »Ach ja«, sage ich schließlich, »ich glaube schon.«

»Die ist gerade von einem Türsteher rausgetragen worden. Er hat sie in ein Taxi gesetzt. Sie sah ziemlich übel aus.«

»Betrunken?«

»Nein, verletzt. Ihr Gesicht war ganz blutig. Ihre Nase, vielleicht auch die Wange, war aufgeschlitzt. Vermute ich. Die muss mit irgendwem aneinandergeraten sein.« Plötzlich fällt sein Blick auf meine Hände.

Sie sind sauber.

»Wahrscheinlich hat sie jemanden wütend gemacht«, antworte ich trocken.

Dann gebe ich dem Fahrer die Adresse des Hotels, und wir fahren los.

38

Anna

Der Gedanke, dass sie bald mit Nick zusammenleben würde –
als seine Ehefrau –, ließ Anna erschaudern. Vor Aufregung. Das
sagte sie sich jedenfalls selbst. Nicht vor Angst. Warum auch?
Es war doch genau das, was sie wollte. Sie würde ihren Traum
leben. Als Ehefrau! Nicks Ehefrau! Sie würden sich alles teilen,
von den Rechnungen bis zur Fernbedienung. Sie würden von
der Arbeit nach Hause kommen und einander erzählen, wie
der Tag gewesen war, von ihren Freuden, Sorgen, Triumphen
und Enttäuschungen berichten. Sie würden sich eine gemeinsame Zukunft aufbauen, eine Familie gründen. Denn das stand
als Nächstes an. Nur dass Anna es sich manchmal nicht mehr
ganz so deutlich vorstellen konnte wie am Anfang, vor Nicks
Heiratsantrag. Was äußerst unlogisch war.

Heute Morgen war Anna nur schwer aus dem Bett gekommen und hatte sich matt gefühlt. Gar nicht wie eine zukünftige
Braut. Sie hätte doch vor Lebenslust sprühen müssen. Wahrscheinlich lag es an der drückenden Hitze. In England gab es
ja kaum klimatisierte Räume; es war verrückt, aber die Briten
rechneten einfach nicht mit Hitze, nicht einmal im August.

Ja, das war alles. Die Hitze.

Es war zu heiß, um zu essen, zu heiß, um zu schlafen. Letzte
Nacht hatte sie sich von einer Seite auf die andere gewälzt,
hatte durch ihr Schlafzimmerfenster die Sonne untergehen und
irgendwann wieder aufgehen sehen. Sie fühlte sich erschöpft.
Ihre Augen brannten. Ein Sturm hätte Abhilfe geschafft, ja genau, ein schöner, kräftiger Sturm. Im wörtlichen, aber auch im

übertragenen Sinn. Natürlich war Anna glücklich, wenn sie an die Hochzeit dachte und daran, in Nicks schöne Wohnung einzuziehen und in das gemeinsame Leben zu starten. Im Grunde ihrer Seele. Es war nur so, dass diese lähmende Hitze auch ihre Gefühle ein wenig gedämpft hatte.

Anna war inzwischen eine Meisterin der Schauspielkunst geworden. Unermüdlich spielte sie den Leuten in ihrem Umfeld die Rolle der ewig gut gelaunten Amerikanerin vor, die vor Optimismus und Zuversicht überschäumte – sich selbst allerdings konnte sie nichts vormachen. Jedenfalls nicht bei diesem Thema. Sie versuchte wirklich, sich über alles zu freuen, was mit Blick auf die Hochzeit gut lief. Rachel hatte zugesagt, ihre Brautjungfer zu werden – das war gut. Pamela und Anna telefonierten jetzt fast täglich, um vor dem näher rückenden Datum letzte Details zu regeln – das war auch gut. Und letztes Wochenende hatten Anna und Nick die Pfarrerin getroffen, was ebenfalls gut war.

Aber es gab ein Problem zwischen ihr und Nick – und das war gar nicht gut.

Alles nur wegen Zoe.

Wobei es eigentlich nicht Zoes Schuld war. Im Grunde konnte sich Anna nur selbst die Schuld geben. Sie hätte von Anfang an offen und ehrlich mit Nick über ihre Zwillingsschwester reden sollen. Aber Nick war ein so geradliniger Mensch, so aufrecht. Sie hatte einfach nicht gewusst, wie sie ihm dieses Chaos vermitteln sollte. Also war sie unehrlich zu ihm gewesen, und das war unverzeihlich. Darauf ließ sich keine Ehe gründen. Sie hatte gedacht, dass sie ihm nach und nach von Zoes Dummheiten erzählen könnte, aber da hatte sie sich getäuscht. Inzwischen war Anna klar, dass sie damit nur Verwirrung gestiftet hatte; wie ein Keil hatte sich Zoe zwischen Nick und sie geschoben.

Diese Sache mit Larry! Das war wirklich gemein. Schrecklich. Was hatte sich Zoe nur dabei gedacht? Und Nick hatte so toll reagiert, war ihr nicht mit Schuldzuweisungen gekommen und hatte das Ganze seitdem nicht einmal mehr erwähnt. Was sie eigentlich überrascht hatte. Es wäre absolut verständlich gewesen, wenn er nachgebohrt hätte. Aber sie war froh, dass er ihr das erspart hatte. Es war eine schlimme Zeit gewesen, lieber nicht daran zurückdenken. Oder darüber reden. Die Zukunft war das, was zählte! Doch die Voraussetzung dafür war, dass zwischen ihr und Nick alles stimmte. Anna fragte sich, ob Nick ihr noch so vertraute wie anfangs. Er hatte offensichtlich das Gefühl, sie doch nicht so gut zu kennen, wie er dachte.

Aber sie würde das wieder in Ordnung bringen. Ganz sicher! Anna wusste, was zu tun war. Es würde allerdings nicht leicht werden, sich ihm ganz zu öffnen. Aber es musste sein. Anna blickte in den Spiegel. Sie sah furchtbar aus mit ihrem verschwitzten Gesicht und ihren ungepflegten Haaren – überhaupt nicht wie eine strahlende zukünftige Braut. Auch das musste sie in Ordnung bringen. Aber die Hitze lag wie eine schwere Decke auf ihr. Tage wie diesen konnte man eigentlich nur im Freien genießen, stattdessen hockte sie in ihrer Wohnung und hoffte, dass Zoe auftauchen würde. Sie hatte sie mehrmals angerufen und eine Nachricht hinterlassen, sie gebeten vorbeizukommen.

Anna öffnete ein Fenster. Die abendliche Brise wehte sanft in das stickige Zimmer. Und gerade, als sie schon fast zu glauben begann, von ihrer Schwester nie wieder etwas zu sehen oder zu hören, erschien Zoe plötzlich in der Tür. Sie trug knappe Shorts, ein beneidenswert schönes Top aus Lochstickerei, eine riesige Sonnenbrille und einen breitkrempigen Sonnenhut. Verschwitzt oder ungepflegt sah sie nicht im Entferntesten aus. Manchmal war es motivierend, wenn die Zwillingsschwester besser aussah als man selbst, manchmal aber einfach nur peinlich. Anna wünschte, sie hätte wenigstens schon geduscht. Aber egal, darum ging es jetzt nicht.

»Zoe! Wie schön, dich zu sehen!« Sie ging auf ihre Schwester zu, um sie zu umarmen.

Doch Zoe wich einen Schritt zurück. »Fass mich bloß nicht an. Für Körperkontakt ist es viel zu heiß.«

In ihrer Kindheit gab es eine Zeit, in der sie praktisch an den Hüften zusammengewachsen waren. Ihre Haare, ihre Glieder, ihre Gedanken waren ständig ineinander verschlungen. Damals hätte sie so etwas wie Schweiß nicht gestört. Anna wollte nicht daran denken. Auch nicht daran, dass Zoe ihr ausgewichen war, dass sie sich weigerte, zu ihrer Hochzeit zu kommen, und erst recht nicht daran, dass sie ohne jeden Zweifel das Brautkleid ihrer Wahl zerschnitten hatte. Die Freude, sie zu sehen, war einfach zu groß.

»Du hast meine Nachrichten also doch bekommen. Nick hat sein Junggesellenwochenende, und ich wusste irgendwie nicht, was ich mit mir anfangen sollte.«

»Tja, was soll man auch schon mit sich anfangen, wenn man in London lebt. Einer der kulturellen Metropolen dieser Welt, in der man shoppen kann bis zum Umfallen.«

Falls Anna Zoes Spott hörte, beschloss sie, ihn zu ignorieren.

»Ja, ganz genau.« Sie lachte. »Ich hatte sogar schon ernsthaft überlegt, das Badezimmer zu putzen. Komm, ich mach uns einen Tee. Oder willst du etwas Kaltes trinken?«

»Tee ist gut. Warum willst du die Wohnung putzen? Erwartest du Besuch?«

»Nein. Ich dachte nur, vielleicht fange ich schon mal mit dem Saubermachen an, ich will ja meine Kaution zurückbekommen.« Sie ging die paar Schritte in die winzige Küche und stellte den Wasserkocher an.

»An so einem Tag? Du weißt wirklich, wie man es sich gut gehen lässt.« Zoe ließ sich an dem kleinen Küchentisch nieder. Sie begann, in aller Ruhe in den Hochzeitsmagazinen zu blättern, die darauf lagen. »Machst du eigentlich keinen Junggesellinnenabschied?«

332

»Kannst du dir mich vorstellen, wie ich an Schokoladenpenissen knabbere und mit einem Stripper auf dem Schoß Schnaps trinke?«, fragte Anna lachend, während sie das Tablett für den Tee vorbereitete.

Zoe schüttelte den Kopf. »Nein, leider nicht. Aber ich dachte, du würdest vielleicht einen schicken Nachmittagstee im Dorchester veranstalten. Hübsche Kleider, nette Frauengespräche. So etwas.«

Anna hätte liebend gern einen Nachmittagstee im Dorchester veranstaltet, und am tollsten hätte sie es gefunden, wenn Zoe ihr angeboten hätte, das für sie zu organisieren. Aber das hatte Zoe nicht, und Anna hatte es nicht geschafft, sich selbst darum zu kümmern.

Weil Zoe wie immer Gedanken lesen konnte, seufzte sie genervt. »Jetzt schieb es nicht mir in die Schuhe. Du hättest wissen müssen, dass ich keine Einladung zu Tee und Gebäck anleiere. Du hättest es ohne mich veranstalten können.«

»Und mit wem?«

»Mit Pamela und Rachel, mit deiner Chefin, deinen Freundinnen aus dem Spanischkurs.«

»Pamela ist noch nicht fit genug, Rachel lebt in Edinburgh, und Vera muss am Wochenende das Fußballtraining und die Hausaufgaben ihrer Jungs beaufsichtigen. Ich hatte einfach nicht das Gefühl, dass ich so viele Leute zusammenkriege, dass es auch lustig wird.«

Zoe verdrehte die Augen. Über Annas Mangel an sozialen Kontakten hatten sie schon oft geredet. Anna wusste, wie enttäuscht Zoe war, dass sie nicht mehr Freundinnen hatte, aber sie hatte das nie gebraucht, sie hatte ja immer Zoe gehabt.

Sie fummelte nervös am Gürtel ihres Morgenrocks herum. Hätte sie sich doch wenigstens richtig angezogen. »Außerdem wäre es ohne dich nicht dasselbe«, sagte sie.

»Mein Gott, Anna. Du kannst auch ohne mich Spaß haben.

Du musst es einfach mal versuchen.«

Anna wusste nicht, was sie dazu sagen sollte. Sie war sich nicht sicher, ob Zoe recht hatte. Anna brauchte Zoe. Schon immer. Alle dachten, Zoe sei die Hilfsbedürftigere, aber die Sache beruhte auf Gegenseitigkeit. Anna brauchte Zoe, und sei es nur, um selbst das Gefühl zu haben, gebraucht zu werden. Sie war genauso auf Zoe angewiesen wie Zoe auf sie. Sie waren eine untrennbare Einheit. Daran wollte zumindest Anna immer noch glauben. Dabei war es inzwischen schwer vorstellbar, dass Zoe sie brauchte. Immerhin war sie imstande, wochenlang komplett aus Annas Leben zu verschwinden, obwohl sie nur ein paar Kilometer entfernt wohnte.

Anna versuchte, ihren Schmerz zu verstecken; wenn sie sich von ihrer verletzlichen Seite zeigte, reagierte Zoe immer verärgert. »Außerdem habe ich so einen Junggesellinnenabschied schon gehabt«, sagte sie deshalb. Luftschlangen, Kuchen, Ansprachen, Toasts, das volle Programm.

»Stimmt, und ich habe ihn versaut«, bemerkte Zoe.

Nun ja. Zoe hatte auf den Tischen getanzt, gegrölt, gekotzt, ihre Brüste durchs Fenster des Minibusses gestreckt und »das volle Programm« ganz neu definiert. Bei der Hochzeit mit Larry Morgan hatte Anna sechs Brautjungfern gehabt, einschließlich Zoe. Damals hatten sie sich alle ewige Freundschaft geschworen und dass sie zur selben Zeit Kinder bekommen würden. Doch dann war alles anders gekommen. Zoe vergraulte die Leute. Im Grunde war das alles total deprimierend. Zerrissene Bande, zerbrochene Freundschaften, heiße Schwüre, die zu lahmen Ausreden erloschen. Anna beschloss, lieber nicht darüber nachzudenken. »Der Junggesellinnenabschied ist mir sowieso nicht wichtig.«

»Sicher.«

Anna holte tief Luft und nahm zwei Tassen aus dem Schrank. »Ich bin zwar sehr traurig darüber, dass du nicht zur Hochzeit kommst und Mum und Dad auch nicht, aber es ist nicht schlimm«, sagte sie, während sie Milch in ein Kännchen goss. »Es geht ja nicht um diesen einen Tag.«

»Klar.«

Anna drehte sich zu Zoe um. »Nick ist wichtig. Er allein. Meine Zukunft mit ihm ist das, was zählt, nicht meine Vergangenheit.«

Zoe starrte sie an. Ungläubig. Spöttisch.

»Ich weiß, was du jetzt denkst«, sagte Anna, die schon wieder in die Defensive geriet.

»Ach ja?«

»Du denkst, dass ich bei der Wahl meiner Männer kein gutes Händchen habe.«

Das Wasser hatte zu kochen begonnen, und sie wandte sich erleichtert wieder ihrem Tee zu. Plötzlich machten sich die Namen ihrer Verflossenen in ihrem Kopf breit. Keiner dieser Männer hatte Anna Glück gebracht, nur Kummer, Scham und Hass auf sich selbst.

John Jones, dann Larry Morgan. Die Liebe ihres Lebens und der vermeintlich sichere Hafen. Beide so verschieden, und am Ende dasselbe Ergebnis. Der letzte Mann vor Nick, den sie in ihr Bett gelassen hatte, hieß Kelvin Manner. Nach ihrer Ankunft in England war sie drei Monate mit ihm zusammen gewesen. Er war derjenige, an den sie so selten wie möglich zurückdachte, denn wie dieser Mann sie getäuscht hatte, das war wirklich der Gipfel. Er war *verheiratet* gewesen! Wovon Anna natürlich nichts gewusst hatte. Er gehörte zu den Männern, die ihren Ehering auszogen, bevor sie einen Pub betraten. Anna kam erst dahinter, als ihnen in einer Bar eine Freundin seiner Frau über den Weg lief. Allein schon wie diese Person sie ansah! Es war grauenhaft. Nie hätte Anna gedacht, dass man durch bloßes Verziehen des Gesichts »Du Schlampe!« sagen konnte. Die Frau verurteilte Anna. Und dieser Mann war schuld daran.

335

Das war das Widerwärtigste an ihm. Durch ihn war sie plötzlich »so eine« geworden. Wie erniedrigend!

Was für hässliche Gedanken. Untreue hatte etwas Zerstörerisches. Es war wie ein Krebsgeschwür. John Jones, Larry Morgan, Kelvin Manner. Alle gleich.

Doch jetzt Nick Hudson.

»Ich habe in der Vergangenheit falsche Entscheidungen getroffen, das gebe ich zu. Aber mit Nick ist es anders. Ich heirate ihn.«

»Du hast schon mal ein Arschloch geheiratet.«

Vorsichtig stellte Anna das Tablett mit der Teekanne auf den Küchentisch und zählte innerlich bis zehn. Bei Zoe war es wichtig, ruhig zu bleiben. Eine musste ja vernünftig sein. Trotzdem – selbst wenn sie bis tausend gezählt hätte –, diese eine Frage hätte sie sich nicht verkneifen können. »Warum musstest du ihm das mit Larry sagen?«

»Na, weil du es von dir aus nicht gesagt hättest.«

»Eben.«

»Ich habe dir damit einen Gefallen getan, Anna. Du kannst doch nicht einfach eine Ehe verheimlichen.«

»Was für eine Ironie.«

»Wieso?«

»Ausgerechnet du erzählst mir hier was von nichts verheimlichen. Du bist doch in deinem ganzen Leben nicht ein einziges Mal ehrlich gewesen.«

»Ziemlich unverschämt, was du da sagst«, erwiderte Zoe, widersprach ihr aber nicht.

Anna goss den Tee durch ein altmodisches Sieb. Sie mochte das Ritual, lose Teeblätter aufzubrühen, es dauerte zwar etwas länger, aber »was lange währt, wird endlich gut«, davon war Anna zutiefst überzeugt. Zoe hatte schon ungeduldig die Hand nach der Tasse ausgestreckt.

»Außerdem habe ich meine erste Ehe nicht verheimlicht, ich

fand nur, dass es nicht wichtig war, sie zu erwähnen«, erklärte Anna.

»Doch, du hast sie verheimlicht«, beharrte Zoe.

»Na, und wenn schon. Es war *meine* Entscheidung.«

Zoe warf ihr einen vernichtenden Blick zu. »Also doch nicht nur eitel Sonnenschein. Du hast also auch gern Geheimnisse, stimmt's, Anna?«

Anna schluckte. »Nein, eigentlich nicht. Du hast recht. Es ist besser, dass Nick jetzt über Larry Bescheid weiß. Wir sollten keine Geheimnisse voreinander haben.«

»Interessant.« Zoe nahm ihre Tasse und schaufelte vier Löffel Zucker hinein.

Wahrscheinlich ist sie verkatert, dachte Anna und überlegte, was ihre Schwester am Abend vorher wohl gemacht hatte, fragte aber nicht nach. Bei Zoe war es manchmal besser, nicht alles zu wissen.

»Ich glaube, ich sollte wirklich für klare Verhältnisse sorgen«, fuhr sie fort.

»Aha?«

»Auch mit dir.«

»Mit mir?«

Die Blicke der beiden Frauen trafen sich. Wie schon so oft in ihrem Leben blickten sie einander auf den Grund ihrer Seele. Es war merkwürdig, die eigene Zwillingsschwester anzustarren. Als blickte man in einen Spiegel. Und auch wieder nicht, denn man hatte keine Kontrolle über die Mimik des vermeintlichen Spiegelbildes.

Anna nickte. Sie hatte lange nachgedacht und war zu der Überzeugung gelangt, dass zwischen Zoe, Nick und ihr Eintracht herrschen musste, damit es für sie und Nick weitergehen konnte. Nick musste alles über Zoe wissen und alles verstehen – auch wenn er es noch so schwierig oder befremdlich finden würde. Nur so konnten Anna und Nick als Ehepaar funktionieren. Zoe und all ihre Verrücktheiten machten einen zu großen Teil von Annas Leben aus, um ignoriert zu werden.

»Ich habe lange überlegt, und ich will wirklich, dass wir drei uns treffen. Ich habe das Gefühl, dass wir nicht an diesem Punkt stehen bleiben dürfen.«

»Ich kann auf keinen Fall zulassen, dass es dazu kommt«, erwiderte Zoe kühl. Sie war eindeutig nicht in der Stimmung, Anna entgegenzukommen. War sie das überhaupt jemals?

»Was redest du da? Natürlich wird es dazu kommen. Wir heiraten bald.«

»Das hat nichts mit mir zu tun. Ich komme ja nicht mal zur Feier.«

»Und nach der Hochzeit? Du hast doch wohl vor, weiterhin ein Teil meines Lebens zu sein, oder?«, erwiderte Anna entnervt.

Zoe schüttelte den Kopf. Das war nicht unbedingt die Antwort auf Annas Frage, aber was hätte sie sagen sollen? »Ich denke nicht gern zu weit in die Zukunft, das weißt du genau.«

»Hör auf mit dem Quatsch, Zoe.«

»Ich habe im Moment viel um die Ohren. Ich wüsste nicht mal, wann wir es hinkriegen sollten.«

»Warum hast du das Kleid kaputt gemacht?«, schoss es plötzlich aus Anna heraus.

»Ich fand, es war keine gute Entscheidung.«

»Du gibst es also zu?«

»Anna, dieses Kleid war fast identisch mit dem, das du anhattest, als du Larry geheiratet hast«, sagte Zoe.

»Nein, das stimmt nicht.«

»Doch, das stimmt wohl.«

Anna überlegte. Eine gewisse Ähnlichkeit gab es vielleicht schon. Beide Kleider waren aus Spitze, beide hatten schmale Taillen und weite Röcke, und auch der Ausschnitt war ähnlich. »Dieser Stil steht mir eben«, murmelte sie.

»Mag ja sein, aber in dem anderen siehst du heiß aus«, antwortete Zoe mit vielsagendem Lächeln.

»Nein, *du* würdest heiß darin aussehen.«

»Das ergibt keinen Sinn. Wir sind Zwillinge.«

»Dieses Kleid ist einfach nicht meins«, beharrte Anna.

»Wird es aber jetzt wohl sein müssen, oder?«

»Sieht so aus.« Anna wollte wütend auf ihre Schwester sein, aber Zoe hatte ihr gewinnendstes Lächeln aufgesetzt. Vielleicht würde Anna in dem Kleid ja wirklich ... nun ja, heiß aussehen. Heiß auszusehen war zwar nicht gerade das, was ihr vorgeschwebt hatte, aber vielleicht könnte sie sich eine Stola aus Pelzimitat kaufen und ihre Schultern damit bedecken, dann würde sie sich wohler fühlen. »Hör zu, ich will einfach nur, dass alles gut ist.«

Zoe nickte, ihre Miene wurde ernster. »Anna, ich glaube nicht, dass große Enthüllungen irgendjemandem nützen.«

»Wie meinst du das?«

»Es ist nicht nötig, Nick alles zu sagen. Und jetzt verschwinde ich.«

»Nein! Das ist mal wieder typisch, dass du dich dem Streit einfach entziehst!«

»Haben wir Streit? Ist mir gar nicht aufgefallen.«

»Also gut, eine Meinungsverschiedenheit. Du weißt genau, was ich meine.«

»Ich entziehe mich keinem Streit und auch keiner Meinungsverschiedenheit. Ich verschwinde aus deinem Leben, diesem Land und deiner Gedankenwelt.«

»Zoe!«

Zoe stand auf. Sie beugte sich zu ihrer Zwillingsschwester und küsste sie auf die Stirn. Es war eine bedeutsame, symbolträchtige Geste. Wie ein Abschied für immer. Ein Segenswunsch. »Vertrau mir, Anna, ich tue dir damit einen Gefallen.« Sie drehte sich um und ging zur Tür.

Anna sprang auf und packte sie am Handgelenk. »Wie kannst du mir einen Gefallen damit tun, dass du mich verlässt? Mich aufgibst? Ich liebe dich doch. Ganz doll! Haben wir uns nicht ›für immer und für ewig‹ geschworen?«, fragte sie bestürzt.

»Ja, als wir Kinder waren. Aber die Dinge haben sich geändert, Anna.«

Und damit knallte Zoe die Tür hinter sich zu.

39

Nick

Noch nie hatte Anna so viel Entschlossenheit und Sturheit an den Tag gelegt. Bisher hatte sie diese Eigenschaften unter jeder Menge Freundlichkeit und Liebreiz verborgen. In dieser Sache jedoch blieb sie eisern: »Wir werden uns zu dritt treffen und damit basta.« Zoe hatte Anna mitgeteilt, dass sie in die Staaten zurückkehren würde, und Anna bestand darauf, ein Abschiedsessen zu geben. »Das ist ja wohl das Mindeste!«

Aber Zoe kehrte nicht in die Staaten zurück, sie hatte sich das nur ausgedacht, um künftige Treffen zu dritt zu verhindern. Es war eine Ironie des Schicksals, dass genau das nun ein solches herbeiführte.

Nick hatte es mit der üblichen Arbeitsausrede versucht, doch davon wollte Anna diesmal nichts hören. Sie rief einfach seine Sekretärin an und erfuhr, dass am Mittwochabend nichts in seinem Terminkalender stand.

»Übrigens hat sie gesagt, du hättest auch sonst nicht viele Termine«, merkte Anna an.

»Termine nicht – keine Meetings oder Geschäftsessen –, aber ich sitze an einem Riesenprojekt, da habe ich im Büro jede Menge zu tun.«

»Der Tisch ist für sieben Uhr reserviert, Nick. Entweder du kommst, oder die Hochzeit ist geplatzt.« Dabei lachte sie zwar, aber beinah glaubte er es.

Vielleicht wäre das ja sogar die Lösung? überlegte er. Denn wenn Anna die Hochzeit abblasen würde, wäre er nicht der Buhmann, der ihr das Herz gebrochen hätte.

Aber er *wollte* Anna ja heiraten.

Obwohl er mit ihrer Schwester schlief.

Es war kompliziert.

Seine ganzen Hoffnungen ruhten nun darauf, dass Zoe einfach nicht auftauchen würde. Sonst wäre das Spiel aus, da war er sich sicher. Es gäbe eine Szene. Er würde Anna verletzen. Bei der Vorstellung zog sich sein Magen zusammen. Nur mit Mühe setzte er einen Fuß vor den anderen, als er auf das Restaurant zuging. Mit Rücksicht auf Zoe hatte Anna in der Nähe des Hotels einen Tisch reserviert. Es war ein Restaurant, in dem er und Zoe schon mehrfach gegessen hatten. Würde man sie wohl wiedererkennen und als Stammgäste begrüßen? Das wäre fatal. Nick kam sich vor wie jemand, der zu weit hinausgeschwommen war und nun fürchtete, die starke Strömung würde ihn mitreißen. Als einziger Ausweg war ihm eingefallen, Rachel mit einzuladen. Sie war zwar nicht das Rettungsboot, das ihn auffischen würde, aber vielleicht wenigstens ein Rettungsring, an den er sich klammern könnte.

Zoe hatte ihm versichert, dass sie durchaus in der Lage war, sich in Gegenwart von Anna nichts anmerken zu lassen, aber konnte *er* das auch? Und überhaupt, was war das für ein finsteres Versprechen. So unwiderstehlich Nick es auch fand, dass sie immer alles so leicht nahm und sich nie für etwas schämte, es ärgerte und verunsicherte ihn. Ziemlich widersprüchlich, dass er vor Zoes Gelassenheit, die ja in dieser Situation absolut notwendig war, fast so etwas wie Abscheu empfand. Hatte sie eigentlich je so etwas wie Gewissensbisse? Immerhin war Anna ihre Schwester. Aber genau das machte Zoe so anziehend: Sie entzündete seine Leidenschaft mit gegensätzlichen Gefühlen. Sie war wie eine Rakete, die irgendwo abseits des Feuerwerks unkontrolliert losging – gefährlich, außergewöhnlich, faszinierend. Was war das nur für eine Frau, die es fertigbrachte, ihre eigene Zwillingsschwester derart zu hintergehen? Wollte er so eine Frau? Er kannte die Antwort auf diese Fragen, noch bevor er sie sich wirklich gestellt hatte: Zoe war nicht irgendeine Frau. Zoe sprengte alle Kategorien. Sie war einzigartig, sie war sensationell, und ja, er wollte sie. Ganz egal wie.

Nick hatte Rachel spontan eingeladen, die Idee war ihm erst am Nachmittag gekommen, als er mit seiner Schwester telefonierte und erfuhr, dass sie gerade im Zug nach Bath saß, auf dem Weg zu ihren Eltern. Sie musste in London umsteigen, also hatte er die Gelegenheit beim Schopf ergriffen.

»Diese Zwillingsschwester scheint ja ziemlich gefährlich zu sein, wenn du sogar Verstärkung brauchst«, hatte Rachel amüsiert gesagt.

Sie hatte ja keine Ahnung. »Das ist sie.«

»Gut, dann sehen wir uns im Restaurant. Ich bin aber nicht besonders schick, ich habe nur Jeans an.«

»Kein Problem.«

»Natürlich, ich hatte auch nicht gedacht, dass *dich* das stören würde.«

Die Botschaft war angekommen. »Anna macht es auch nichts aus.«

»Und was ist mit ihrer furchterregenden Schwester? Vielleicht ist sie ja ein intoleranter Dresscode-Freak?«

»Ich habe nicht gesagt, dass sie furchterregend ist. Ich sagte, es gäbe vielleicht Probleme.«

»Ist ja auch egal.«

»Aber komm nicht zu spät. Mit Unpünktlichkeit *hat* Anna ein Problem.«

»Ich werde der Bahn klarmachen, dass sie mit Rücksicht auf deine Verlobte auf äußerste Pünktlichkeit zu achten hat. Ich rede gleich mit dem Schaffner.«

»Sehr witzig. Tu einfach dein Bestes.«

Es hatte gutgetan, Rachels frotzelnde Stimme zu hören und zu wissen, dass sie im Restaurant dabei sein würde. Durch

343

ihren scherzhaften Ton war Nick erst klar geworden, wie wenig normal sein derzeitiges Leben war. Er stand momentan eigentlich dauernd unter Strom. Zoe war immer herausfordernd. Sie flirtete, provozierte, schmeichelte, verblüffte. Aber nur selten wusste er, woran er war. Normalität gab es nie. Gleichzeitig schien ihm alles, was er mit Anna unternahm, unehrlich und falsch zu sein. Die Besuche bei seinen Eltern, die Spaziergänge im Park, die Verabredungen im Biergarten. So gut wie alles, was er ihr sagte, war eine Lüge. Abgesehen davon hatte auch sie sich verändert. Seit der Verlobung schien sie in eine andere Welt abgedriftet zu sein, in der es nur noch ein Thema gab: ihr zukünftiges, gemeinsames Liebesglück. Nie hätte er gedacht, dass es so kommen würde, aber Annas permanente Heiterkeit überforderte ihn. Er kam da nicht mehr mit und reagierte genervt. Merkte sie denn gar nichts von den Schuldgefühlen, die auf ihm lasteten? Hätte sie nicht spüren müssen, dass er nicht mehr derselbe war? Dass mit ihm etwas nicht stimmte? Wobei es ziemlich unfair war, ihr vorzuwerfen, dass sie den Betrug nicht witterte – immerhin tat er alles, um diesen zu vertuschen. Doch obwohl er sich seiner Gemeinheit bewusst war, schaffte Nick es nicht, etwas an der Situation zu ändern.

Sein Leben kam ihm vor wie ein kompliziertes Lügengeflecht, in dem er sich verfangen hatte wie ein Insekt in einem Spinnennetz. Hal hatte keinen Hehl aus daraus gemacht, wie sehr ihm Nicks Affäre missfiel, weshalb Nick lieber davon absah, sich auch Darragh und Cai anzuvertrauen. Sie würden sich ohnehin nur über ihn lustig machen. Folglich waren auch die Gespräche mit seinen Freunden angestrengt und drehten sich nur noch um Themen wie Sport und Urlaubspläne. Sich seinen Eltern anzuvertrauen war Nick nicht in den Sinn gekommen – guter Gott, nein! Er wollte nicht auch noch für zwei Herzstillstände verantwortlich sein. Und so fühlte er sich, obwohl er eine Verlobte und eine Geliebte hatte, ziemlich allein. Einsam sogar. Nicht dass er jammern wollte. Er hatte es sich ja selbst so ausgesucht. Trotzdem. Es war schön, an diesem Abend Rachel an seiner Seite zu wissen.

Er traf etwas zu früh im Restaurant ein. Zum Glück schien der Oberkellner ihn nicht mehr zu kennen, und von irgendwelchem anderen Personal, das ihn und Zoe bedient hatte, war nichts zu sehen. Er war froh, dass Rachel kurz nach ihm auftauchte, und als Anna um Punkt sieben das Restaurant betrat, hatte er das Gefühl, wenigstens diese erste, kleine Prüfung bestanden zu haben.

Erst recht, als Anna strahlend »Wie schön, du bist pünktlich!« rief.

Er küsste sie auf beide Wangen wie eine gute Bekannte. Rachel warf ihm einen überraschten Blick zu, dann folgte sie seinem Beispiel.

»Nicht dass ich die totale Pünktlichkeitsfanatikerin wäre«, wandte Anna sich an Rachel, »aber in letzter Zeit hat Nick so viel gearbeitet, dass er es nicht ein einziges Mal rechtzeitig zu unseren Verabredungen geschafft hat. Ich bin wirklich froh, dass er sich heute Abend freischaufeln konnte.«

Es folgte ein kurzes Hin und Her, weil sie entscheiden mussten, wo Zoe sitzen würde. Nick wollte nicht, dass sie ihm gegenüber und eigentlich auch nicht, dass sie neben ihm saß. Womöglich fände sie es noch lustig, ihm unter dem Tisch in den Schritt zu fassen – in Anwesenheit von Anna und Rachel, nein, auf keinen Fall. Irgendwie bekam er es schließlich hin, dass der Stuhl schräg gegenüber von ihm frei blieb. Er fragte sich, ob er so gestresst aussah, wie er sich fühlte. Seine Handflächen waren verschwitzt, fast wäre ihm das Buttermesser aus der Hand gerutscht. Er brauchte einen Drink. In letzter Zeit trank er ziemlich viel. Aber das war normal im Sommer, oder? Heiße Nächte machten durstig.

345

Anna hatte ihre Mimik eigentlich immer ziemlich gut im Griff. Ihm war aber aufgefallen, dass ein Hauch von Enttäuschung über ihr Gesicht huschte, als sie Rachel sah. Nick wusste, dass die beiden nicht gerade dicke Freundinnen waren, aber im Moment war das seine geringste Sorge. Wenigstens gaben sie sich Mühe. Rachel hatte höflich-distanziert auf die Nachricht von Nicks Verlobung reagiert. Aus Respekt und Taktgefühl gegenüber ihrem Bruder hatte sie jedoch eine Glückwunschkarte und sogar Blumen geschickt. Zugegeben, der Text auf der Karte hätte begeisterter klingen können. *Herzlichen Glückwunsch zu Eurer Verlobung, Rachel* stand da, mehr nicht. Aber Anna hatte es nach ihrer etwas komplizierten ersten Begegnung im Krankenhaus als Friedensangebot verstanden. Schon vorher war sie über diese Begegnung nachsichtig hinweggegangen: Rachel habe aus Sorge um ihre Mutter einfach nicht klar denken können. Später hatte sie Nicks Schwester gebeten, ihre Brautjungfer zu werden. Und Rachel hatte zugesagt, obwohl es nun wirklich nicht ihr größter Traum war, mit einem altrosa Organzakleid ausstaffiert zu werden und sich von der ganzen Verwandtschaft anhören zu müssen, dass sie die Nächste sein würde. Sie tat es für Nick und für ihre Eltern, sie tat es, um die Form zu wahren, und wahrscheinlich auch für Anna. Niemand konnte verstehen, warum Annas Zwillingsschwester sich nicht nur weigerte, Brautjungfer zu sein, sondern der Hochzeit sogar ganz fernblieb, und das wollten Anna zuliebe alle ein bisschen wiedergutmachen.

Nun ja, einen gab es, der es schon verstehen konnte, nämlich Nick.

»Ich freue mich riesig, dass du gekommen bist, Rachel«, sagte Anna jetzt. »Wirklich.«

Nick fiel auf, dass ihre Miene nicht zu dem passte, was sie sagte. Auch sie wirkte nervös und angespannt. Sie spielte mit ihrer Serviette und ihrem Besteck. Einen Moment lang saßen alle schweigend da. Jemand machte eine Bemerkung über das ungewöhnlich heiße Wetter. Dann wurde weiter geschwiegen, bis Rachel aufstand und sich entschuldigte, sie müsse mal zur Toilette.

Kaum war sie außer Hörweite, griff Nick nach Annas Hand. »Tut mir leid, dass ich dich mit einem weiteren Gast überfallen habe.«

»Nein, nein, das ist doch nett.« Sie würde nie einen Oscar gewinnen.

»Komm schon, was ist los?«

Anna wirkte verlegen. »Ich bereue, dass ich mich Zoe anvertraut habe, als ich noch dachte, dass Rachel mich nicht besonders mag.«

»Warum ist das ein Problem? Inzwischen kommt ihr doch gut miteinander aus.«

»Na ja.« Anna zögerte. »Zoe ist manchmal ein bisschen überfürsorglich. Sie ergreift gern Partei. Ich habe Angst, sie könnte unhöflich zu Rachel sein. Unhöflichkeit wäre ehrlich gesagt die harmlosere Variante, es könnte auch eine glatte Kriegserklärung werden. Und ich will doch nur, dass sich alle verstehen.« Anna sah geknickt aus. »Warum muss nur alles so kompliziert sein?« Sie lehnte sich auf ihrem Stuhl zurück, und Nick musste ihre Hand loslassen. »Ich mache dir keinen Vorwurf, dass du Rachel eingeladen hast, aber das Letzte, was wir an diesem Tisch gebrauchen können, sind weitere Schwierigkeiten.«

»Ich glaube nicht, dass du dir darüber Gedanken machen musst.« Nick wusste, dass Zoe an diesem Abend Wichtigeres zu tun hatte. Annas und Rachels Beziehung hatte sie bestimmt nicht auf dem Radar. Wobei er nicht garantieren konnte, dass Feindseligkeiten damit grundsätzlich ausgeschlossen waren. »Ach, übrigens, die Larry-Morgan-Sache habe ich meiner Familie gegenüber nicht erwähnt«, fügte er hinzu. *Deine erste Ehe* brachte er nicht über die Lippen.

»Ach so, okay. Hättest du aber ruhig sagen können. Ist ja kein Geheimnis.«

Nick verschlug es kurz die Sprache. Schließlich war es die ganze Zeit ein Geheimnis gewesen. »Also, ein bisschen schockierend oder zumindest überraschend wird es schon für sie sein, so kurz vor der Hochzeit«, antwortete er schließlich. Er wusste, dass die Neuigkeit seine Mutter ziemlich aus der Fassung bringen würde. Nicht die Tatsache, dass Anna schon eine Ehe hinter sich hatte, sondern dass es nicht früher, am besten gleich bei ihrer ersten Verabredung, zur Sprache gekommen war.

»Also gut. Dann erzählen wir es ihnen eben nach der Hochzeit«, schlug Anna vor.

»Ja.« Er wusste nicht recht. Nach der Hochzeit ... das war eine andere Dimension, jedenfalls aus seiner Sicht.

»Es sei denn, Zoe erzählt es Rachel heute Abend«, fügte Anna hinzu.

Mist. Der Gedanke war ihm noch gar nicht gekommen.

»Verstehst du jetzt, was mein Problem war, Nick? Wenn man eine Sache erst mal verschwiegen hat, ist es total schwer, den passenden Moment zu finden, um doch noch damit herauszurücken.«

Nick zögerte. »Hm, ja.« Er wusste natürlich genau, was sie meinte. Es war extrem schwer, den passenden Moment zu finden, um reinen Tisch zu machen. Praktisch unmöglich.

Rachel kehrte zu ihnen zurück. Anscheinend hatte sie sich zur Erfrischung Wasser ins Gesicht gespritzt, an ihrem Kinn hingen noch ein paar Tropfen. Anna beugte sich zu ihr und tupfte sie mit ihrer Serviette ab.

»Oh«, sagte Rachel verdutzt. War das jetzt eine kritische oder eine freundlich gemeinte Geste?

Anna lächelte. »Es sah so aus wie Schweiß. Ich weiß natürlich, dass es Wasser war«, fügte sie rasch hinzu. »Aber trotzdem.«

348

Die beiden Frauen lächelten sich etwas unbehaglich an.

Dann kam der Kellner und erkundigte sich nach den gewünschten Getränken. Nick ließ ihn wissen, dass sie noch auf jemanden warteten.

»Ich muss mich jetzt schon für meine Schwester entschuldigen«, sagte Anna mit einem unechten Kichern. »Zoe ist schrecklich unpünktlich. Sie kommt oft Stunden zu spät, manchmal Tage.« Sie sah Rachel an. »Ich weiß nicht, ob Nick es dir schon gesagt hat, aber ehrlich gesagt ist Zoe eine ziemliche Chaotin.«

»Ich mag sie jetzt schon«, sagte Rachel und dann, an den Kellner gerichtet: »Für mich bitte einen Gin Tonic.«

Die anderen bestellten das Gleiche, Nick allerdings einen doppelten. Ob das klug war, wusste er nicht, aber es war nötig; irgendwie musste er den Abend ja überstehen. Bis der Kellner mit den Aperitifs kam, sagte keiner ein Wort, dann stießen sie an und tranken. Nick zermarterte sich das Hirn, aber ihm fiel absolut nichts ein, was er hätte erzählen können. Da saß er nun, steif und stumm im Kreis seiner Lieben, ausgerechnet er, der sonst in Gesellschaft so locker und souverän war. Er wünschte, sie hätten das Wetterthema nicht so früh abgehandelt.

Rachel war schließlich diejenige, die das Eis brach. »Und wieso ist deine Schwester eine Chaotin? Komm schon, klär mich doch mal auf.«

Es war das erste Mal, dass Rachel in Annas Anwesenheit ganz natürlich wirkte: interessiert und offen für jeden Tratsch. Nick hätte heilfroh sein müssen, doch er wünschte sich, Rachel hätte sich ein anderes Thema ausgesucht, um mit Anna ins Gespräch zu kommen. Die Vorstellung, über Zoe reden zu müssen, war schrecklich. Er kam sich schlecht dabei vor. Trotzdem war auch er neugierig. Er hielt die Luft an und wartete gespannt darauf, was Anna antworten würde. Er wusste längst nicht genug über Zoe. Wahrscheinlich würde er nie genug wissen.

»Also, ich will mal so sagen: Sie ist ein Partygirl und hat nie gelernt, zum richtigen Zeitpunkt aufzuhören.« Anna gab einen tiefen Seufzer von sich. »Manchmal habe ich das Gefühl, dass ich ständig nur damit beschäftigt bin, das Chaos zu beseitigen, das meine Schwester hinterlässt. Aber sie ist nun mal meine Schwester, versteht ihr?« Sie lächelte tapfer. »Sie hat auch viele gute Seiten, man muss nur danach suchen.« Sie verdrehte wie zum Scherz die Augen und fügte hinzu: »Und zwar ziemlich lange.«

Es klang einstudiert, fand Nick. Humor war offensichtlich ihre Bewältigungsstrategie. Rachel blieb stumm, was Anna dazu veranlasste weiterzureden.

»Ich möchte, dass ihr beide sie mögt, wirklich. Es ist nur so, dass alle unsere Freunde und sogar unsere Eltern immer wieder Grund hatten, sich von Zoe verletzt zu fühlen und sie abzulehnen.«

»Warum denn?«

Annas Blick wanderte nervös zwischen Rachel und Nick hin und her. Wahrscheinlich fragte sie sich, ob er schockiert sein würde. Nick dachte daran, was Zoe so alles zu ihm gesagt und mit ihm gemacht hatte. Er bezweifelte, dass ihn noch irgendetwas schocken konnte.

»Hm, das ist gar nicht so einfach zu sagen. Irgendwie scheint sie das Pech anzuziehen. Es ist frustrierend, weil sie andererseits auch so viel Gutes hat, aber irgendwie besitzt sie eine selbstzerstörerische Ader. Man kann jedenfalls sagen, dass ihr Wesen die Sache nicht einfacher macht.« Anna nickte dem Kellner zu. »Können Sie meinem Verlobten noch einen Gin Tonic bringen?«

Nick war überrascht, dass sein Glas schon leer war. Die anderen hatten noch lange nicht ausgetrunken.

»Möchtest du jetzt vielleicht die Weinkarte haben?«, fragte Anna ihn.

Ja. Ja, das wollte er. Und wie.»Ja, gut, ich werfe mal einen Blick darauf«, antwortete er betont neutral.

Rachel wandte sich wieder zu Anna.»Was meinst du damit, dass ihr Wesen die Sache nicht einfacher macht?«

»Also, wir sehen gleich aus. Das sind wir aber nicht. Kein bisschen. Sie ist jemand …«, Anna suchte nach der passenden Formulierung,»… der andere Menschen fasziniert.«

Wahrscheinlich hätte Rachel an der Stelle etwas Nettes über Anna sagen sollen, dachte Nick. Rachel oder er. Aber es war zu spät, Anna sprach schon weiter.»Die Leute mögen sie, verlieben sich in sie. Obwohl eigentlich ein Warnhinweis wegen möglicher Gesundheitsrisiken an ihr kleben müsste. Aber jeder will mit ihr befreundet sein und ihr Vertrauen gewinnen. Jeder will etwas Besonderes für sie sein.«

Nick hustete. Wahrscheinlich die Klimaanlage.

»Ich glaube, in gewisser Weise hat das ihren Charakter verdorben. Die Leute überschlagen sich ihr gegenüber vor Hilfsbereitschaft, aber von ihr kommt nichts zurück.« Anna unterbrach sich und sah Nick fest in die Augen:»Nie. Und gar nicht so sehr aus mangelnder Dankbarkeit, sondern weil sie andere überhaupt nicht wahrnimmt.«

»Wie meinst du das? Nenn mal ein Beispiel.«

Nick war froh, dass Rachel die Frage gestellt hatte. Er gab vor, völlig vertieft in die Weinkarte zu sein, dabei galt seine ganze Aufmerksamkeit Anna. Jedenfalls jetzt, da sie über Zoe redete.

»Also, jemand stellt sie zum Beispiel als Homesitter ein, um ihr mit einem kleinen Job unter die Arme zu greifen. Und was macht sie? Schmeißt eine Party und verwüstet das Haus. Oder jemand ist bereit, ihr Geld zu leihen, und während er nach dem Scheckbuch greift, stiehlt sie sein Tafelsilber. Sie hat schon Freunden Geld geklaut, Eltern von Freunden und sogar unseren Eltern. Sie akzeptiert nie, dass etwas jemand anderem gehört.«

Der doppelte Gin Tonic musste besonders stark gewesen sein. Er war sicher betrunken, oder warum überkam Nick sonst das merkwürdige Gefühl, dass Anna ihm durch die Blume etwas sagen wollte? Wobei das eigentlich nicht Annas Art war. Sie war geradeheraus; wenn sie etwas zu sagen hätte, würde sie es einfach tun.

Allerdings hatte sie über ihre erste Ehe auch nicht gesprochen.

Aber das war etwas anderes. Nein, er drehte langsam durch. Das ganze Gerede über Zoe – dass sie nicht wusste, was ihr gehörte und was nicht – passte so seltsam perfekt zu seiner Situation, dass offensichtlich die Fantasie mit ihm durchging. Da meldete sich wohl sein schlechtes Gewissen. Oder der Alkohol vernebelte ihm den Blick. Der Kellner schenkte ihm etwas Wein zum Probieren ins Glas. Ungeduldig kippte Nick alles auf einmal hinunter und gab dem Mann ein Zeichen nachzuschenken. Bis zum Rand.

Rachel wirkte ein wenig überrascht. »Sollen wir jetzt vielleicht das Essen bestellen?«

Anna sah auf ihr Handy. Es war schon gleich halb acht. Aber keine Nachricht von Zoe. »Vielleicht etwas Brot und Oliven. Ich hoffe ja, dass Zoe noch kommt – das sollte schließlich ihr Abschiedsessen werden. Sie ist doch der Ehrengast.«

Eine Weile redeten sie über andere Themen. Unweigerlich auch über die Hochzeit. Anna hatte Rachels Brautjungfernkleid im Internet bestellt und es direkt nach Edinburgh schicken lassen. »Gefällt es dir denn auch?«, fragte sie besorgt.

»Ja, es ist sehr hübsch«, beruhigte Rachel sie.

Anna machte ein langes Gesicht. »Hübsch?«

Nick sah Rachel an, dass sie sich Mühe gab.

»Es ist zauberhaft.«

»Und passt es?«

»Ja, perfekt.«

Er kannte seine Schwester gut genug, um zu ahnen, dass sie das Kleid noch gar nicht anprobiert hatte.

»Und hast du schon über Schuhe nachgedacht? Ich meine, Nude würde gut passen. Hast du nudefarbene Schuhe?«

»Ähm, ich bin mir nicht sicher. Eher nicht.«

»Also, falls du dir welche kaufen musst, gebe ich dir natürlich das Geld zurück. Aber du musst die Schuhe zum Kleid anprobieren.«

»Ja, sicher.«

Nick bewunderte seine Schwester dafür, dass sie Interesse vortäuschte.

»Und du solltest sie möglichst bald besorgen. Vielleicht kannst du ja in Bath danach schauen.«

»Das ist eine gute Idee.«

»Soll ich Pamela schreiben, damit sie dich daran erinnert?«, fragte Anna und gab sich Mühe, nicht penetrant zu sein, was aber leider scheiterte.

»Kannst du gerne machen, aber ich werde wahrscheinlich daran denken.«

»Ich schreibe ihr trotzdem, dann sind wir auf der sicheren Seite.«

»Wenn du willst.« Inzwischen brauchte auch Rachel ein Glas Wein.

»Und falls irgendetwas an dem Kleid geändert werden muss, komme ich natürlich dafür auf.«

»Ach, das geht schon in Ordnung«, sagte Rachel. *Was* nun eigentlich in Ordnung ging – die Passform des Kleides oder die Kostenübernahme –, blieb unklar.

Einen Augenblick lang geriet das Gespräch ins Stocken, dann beschlossen sie, doch schon zu bestellen, und anschließend sprang Rachel in die Bresche und erzählte von der neusten Doku-Soap, die sie gut fand.

Anna stellte viele Fragen, hatte aber selbst noch keine Folge

353

davon gesehen. »Das hole ich nach, versprochen«, sagte sie.

Zwischendurch sah Anna immer wieder nervös auf ihr Handy, aber Zoe meldete sich nicht. Unter dem Vorwand, er warte auf eine geschäftliche Nachricht, sah Nick nach, ob sie vielleicht *ihm* geschrieben hatte – irgendetwas, eine Erklärung, eine Entschuldigung, ein kurzes Update. Aber da war nichts. Er war erleichtert. Sie würde also nicht kommen. Sie tat ihm diesen Gefallen. Das Essen wurde gebracht, und Nick bestellte in Feierlaune eine zweite Flasche Wein. Der Alkohol, so schoss es ihm plötzlich durch den Kopf, hatte eine ähnliche Wirkung auf ihn wie das Zusammensein mit Zoe: Alles verlangsamte sich, eine immense Trägheit erfasste ihn, und gleichzeitig war er zu klaren, präzisen Gedanken fähig. Während er zusah, wie Anna und Rachel auf eine gelungene Form des Miteinanders hinarbeiteten, konnte er sich mit einem Mal vorstellen, wie seine Zukunft aussehen würde. Fröhliche Weihnachtsfeste im Kreis der Familie, ein Haus in einem belebten Teil Londons, Kinder auf einer vornehmen Privatschule, Anna tatkräftig engagiert in der Elternvertretung, die Sprösslinge glänzend in allen Disziplinen – ob Sport, Mathe oder Musik –, vielleicht würden sie nach Oxbridge gehen, Enkel würden kommen. Er und Anna würden gemeinsam alt werden.

An diesem Abend würde es keine Konfrontation geben. Er war noch mal davongekommen.

Die Unterhaltung war kein reißender Fluss, aber sie plätscherte angenehm dahin und wurde nur durch Annas nervöses Hantieren mit dem Handy in der Hoffnung auf eine Nachricht von Zoe immer wieder kurz unterbrochen. Rachel zeigte sich von ihrer besten Seite und bewies fast die ganze Zeit das gleiche höfliche Interesse, das sie vermutlich auch ihren Schülern entgegenbrachte, wenn die von ihren Pokémon-GO-Abenteuern erzählten. Anna wiederum überschlug sich vor Liebenswürdigkeit; glatte elf von zehn Punkten für ihre interessierten Fragen nach Rachels Arbeit, ihrer Wohnung, ihren Freunden und sogar ihrer Katze. Er selbst trank nur.

Und verlor den Mut.

Plötzlich fehlte ihm jede Energie, um sich auch nur irgendwie in das Gespräch einzubringen. Warum eigentlich über die Hochzeit reden? Würde, könnte, sollte sie überhaupt stattfinden? Die fröhlichen Weihnachtsfeste im Kreis der Familie, die er sich eben noch so freudig ausgemalt hatte, mutierten zu einem unerwarteten Horrorszenario. Scheiß Privatschule, scheiß Elternvertretung, und die fabelhaften Kinder ein Haufen arroganter Nervensägen. Wie gut, dass Zoe heute Abend nicht aufgetaucht war. Ein Streit wäre entsetzlich gewesen, ausgerechnet hier in diesem Restaurant mit seinen diskreten Kellnern, dem exzellenten Essen, dem umwerfenden Dekor und Nicks schöner Verlobten.

Aber er vermisste sie.

Plötzlich kam ihm das Essen wieder hoch.

Er schluckte es wieder hinunter; nein, er würde sich nicht auf diese weiße Leinentischdecke übergeben. Aber die Wucht der Erkenntnis war erschütternd. Jetzt war ihm alles klar. Zoe hatte sich entschieden, hatte ihre Wahl getroffen. Sie war gegangen. Hatte ihn verlassen, hatte England verlassen. Was sie Anna gesagt hatte, war keine bequeme Methode, sich und ihm Ruhe vor ihrer Schwester zu verschaffen, sie hatte es ernst gemeint. Er dachte an das Gespräch über seine Unfähigkeit, sich zu entscheiden, zurück. Er hatte sie gebeten, es für ihn zu tun.

Und das hatte sie.

Sein ganzes Innenleben geriet in Aufruhr. In seiner Brust wütete ein wilder Schmerz. Er sah alles so klar und deutlich vor sich: wie sie in der Schlange am Check-in-Schalter stand. Wie sie in der Wartehalle saß. Wie sie an Bord des Flugzeugs ging. Sie hatte alles hinter sich gelassen. Sie würde heute Abend nicht kommen, aber es war keine Strategie, sondern ein Abschied.

Die Leute verliebten sich in sie, aber von ihr kommt nichts zurück. Nie. Er sah zu Anna. Sie unterhielt sich mit Rachel und trommelte dabei mit den Fingern auf den Tisch. Er hatte Mitleid. Alles war seine Schuld. Ihre Schwester kam nicht zu ihrer Hochzeit, ihre Schwester verließ das Land. Bestimmt vermisste Anna sie. Er konnte das verstehen. Mehr als jeder andere. Das hatten sie und er gemeinsam und konnten doch nie darüber sprechen.

»He, du hast dir ja die Nägel machen lassen«, sagte er plötzlich zu Anna. Seine Bemerkung kam unerwartet und etwas zu laut. Er musste dringend ein Glas Wasser trinken.

Die Leute am Nachbartisch warfen ihm jene Blicke zu, mit denen Londoner ihr Missfallen äußern. Anna wedelte lächelnd mit ihren lackierten Fingernägeln.

»Du hast Farbe drauf«, lallte er fast.

»Mal was anderes«, sagte Anna und dann, zu Rachel gewandt: »Sonst nehme ich immer Klarlack.«

Rachel nickte anerkennend. »Das Blau gefällt mir. Es wirkt sehr sommerlich.«

Anna freute sich über das Kompliment. Sie strahlte. »Es war Zoes Idee. Sie lässt sich immer die Nägel machen. Wir haben beide die gleiche Farbe genommen, sie hat mich beschwatzt.«

»Etwas Altes, etwas Neues, etwas Geborgtes und etwas Blaues – ist das die Botschaft?«, fragte Rachel.

»Vielleicht.«

Dass Rachel so nett den Bogen zu ihrer Hochzeit spannte, brachte Anna noch mehr zum Strahlen. Der Kellner erschien wieder, erkundigte sich nach Dessertwünschen, bot Kaffee oder einen Digestif an.

Anna schaute wieder auf ihr Handy. »Du meine Güte, ich sollte lieber gehen. Es ist schon fast zwanzig vor zehn.«

»Gehen? Wohin denn?«, fragte Nick verwirrt.

»Nach Zoe schauen natürlich.«

»Bist du etwa ihre Babysitterin?«, fragte Rachel lachend.

Anna lächelte freundlich. »Ich weiß, es hört sich verrückt an, aber ich bin fünf Minuten älter als sie. Und als große Schwester muss ich mich um Zoe kümmern, auch wenn sie nicht will, dass man sich kümmert. Das musst du doch verstehen, Nick, du hast doch auch eine Schwester.«

»Er soll sich um mich kümmern? Keine Chance.« Rachel grinste. »Irgendwann, wenn wir mehr Zeit haben, erzähle ich dir mal, wie er mich im Urlaub auf Malta fast im Pool ertränkt hätte.«

»Das war ein Unfall!«

»Sagt er. Oder wie oft er mich auf Bäumen zurückgelassen hat, nachdem er mich dazu ermunterte hinaufzuklettern.«

»Das diente deiner Charakterbildung.«

Anna lächelte höflich. »Das klingt nach Abenteuern.«

Obwohl vom Alkohol benebelt, fiel Nick dennoch auf, dass Anna nicht so interessiert war, wie er erwartet hätte. Seine Eltern quetschte sie ständig nach Geschichten aus seiner Kindheit aus, aber jetzt wollte sie weg. Er fragte sich, ob sie dieselbe Schlussfolgerung gezogen hatte wie er. Befürchtete auch sie, dass Zoe schon abgereist war?

»Ich denke nur, wenn jemand, ohne irgendwie Bescheid zu geben, bei einer Einladung nicht auftaucht, bedeutet das nichts Gutes. Wer schwänzt denn seine eigene Abschiedsfeier?« Anna griff nach ihrer Handtasche und fing an, sie nach ihrem Portemonnaie zu durchwühlen. Eigentlich nur, um gegenüber Rachel nicht unhöflich zu erscheinen, denn sie wusste, dass Nick die Rechnung wie immer gern bezahlen würde. Aber sie wollte nicht den Eindruck erwecken, dass sie es als selbstverständlich betrachtete.

»Geh du nur und sieh, was los ist. Ich übernehme das hier.« Er schlug ihr lieber nicht vor, sie zu begleiten, womöglich würde sie sein Angebot noch annehmen. »Aber melde dich, ja?«

»Ist gut.« Sie umarmte Rachel und beugte sich zu ihm.

Er rechnete damit, dass sie ihm die Hand drücken oder ihm einen Kuss auf die Wange geben würde, aber sie küsste ihn direkt auf den Mund. Vor Rachels Augen. Ohne jede Scham. Absolut untypisch für Anna. War es Einbildung? Ganz sicher, denn er glaubte sogar, ihre warme, feuchte Zunge zu spüren, die für einen kurzen, diskreten Moment ihren Weg in seinen Mund fand. Anna verströmte einen schwülen Geruch. Ihren frischen, blumigen Duft hatte die Hitze ausgelöscht. Es gefiel ihm und irritierte ihn zugleich.

Anna löste sich von ihm und sah Rachel an. »Ich hoffe, ich habe dir heute Abend kein allzu schlechtes Bild von Zoe vermittelt. Wenn sie sich Mühe gibt, kann sie wirklich reizend sein. Stimmt's, Nick? Ach, was rede ich da. Du hast sie ja erst einmal gesehen. Du kennst sie ja kaum.«

»Ich bin mir sicher, dass sie reizend ist«, sagte Rachel taktvoll.

Nick wusste nicht, was er sagen sollte.

»Ich bin fest davon überzeugt, dass sie nur ein bisschen Verständnis braucht.«

»Genau.«

»Es kann nur sein, dass ich gleich in ihr Hotelzimmer komme und Kotze aufwischen muss oder –« Sie verstummte. »Wisst ihr, ich rechne immer mit dem Schlimmsten. Es ist schwierig. Ich habe mein Leben lang das Gefühl gehabt, dass meine Zwillingsschwester auf eine Katastrophe zurast und es in meiner Verantwortung liegt, diese Katastrophe zu verhindern.« Sie zuckte hilflos mit den Schultern. »Auf Wiedersehen.«

Und noch ehe Nick einen Ton sagen konnte, war Anna aus dem Restaurant gestürmt.

40

Nick

Nick und Rachel sahen Anna nach. Einen Moment herrschte Schweigen, das Nick brach, indem er das Einzige sagte, was ihm einfiel:»Nimmst du ein Dessert?«

»Ich brauche jetzt einen Schnaps«, antwortete Rachel. Nick überhörte den Unterton in ihrer Bemerkung und bestellte zwei Whiskys.

»Seit wann trinkst du denn Whisky?«, fragte Rachel.

»Das ist ziemlich neu«, antwortete er seufzend.

Sie blieben eine Weile mit ihren Gedanken bei sich, dann sagte Rachel:»Hör zu Nick, ich möchte nicht, dass wir uns verkrachen wegen dem, was ich jetzt gleich sage.«

»Wenn du denkst, das könnte passieren, dann sag es nicht.«

Rachel war überrascht, dass er ihr so schnell das Wort abschnitt, aber er meinte es ernst, er wollte nichts hören. Er brauchte nicht noch mehr Ärger.

Rachel ließ sich nicht so leicht den Mund verbieten. Sie kannten sich zu gut, und sie liebte ihren Bruder zu sehr.»Ich muss aber.«

Sie sahen einander eindringlich an. Es war unangenehm. Rachel holte tief Luft, ihre Nasenflügel zitterten leicht. Es war ulkig, was einem mit der Zeit an einem Menschen so auffiel, wenn man sich vertraut war. Rachels Nasenflügel zitterten immer, wenn sie nervös war.

»Bist du dir sicher mit dieser Hochzeit? Willst du Anna wirklich heiraten?«

»Rachel!«

Sie ließ sich nicht beirren. »Ich weiß, Mum und Dad lieben sie und halten sie für so was wie Florence Nightingale und Mutter Teresa in einer Person, aber ich habe einfach das Gefühl, dass sie völlig verrückt ist.«

Nick musste ungewollt lachen. Seine Schwester nahm nie ein Blatt vor den Mund.

»Ich kann mir überhaupt nicht vorstellen, wie ihre Schwester erst drauf ist, wenn sie die Gesunde von beiden sein soll.«

Nick seufzte, wusste aber nicht, was er sagen sollte.

»Du merkst das gar nicht, oder?«

»Nein.«

»Sie steckt so tief in ihrer Märchenwelt, dass ich dauernd singende Mäuse und Vögel erwarte, die ihr das Brautkleid machen.«

»Viele Frauen verlieren sich in den Hochzeitsvorbereitungen. Deshalb sind sie noch lange nicht verrückt.«

»Und warum lässt sie sich dieses unverschämte Verhalten von ihrer Schwester gefallen?«

Er antwortete nicht. Er konnte nicht.

»Ich gebe ja zu, sie ist eine Schönheit«, fügte sie in dem Versuch, ihn irgendwie versöhnlich zu stimmen, hinzu.

»Sie ist ein wunderbarer Mensch«, stellte er klar.

»Ja, es scheint so.« Rachels Antwort klang matt und wenig überzeugt.

»Das ist sie wirklich«, beharrte er.

»Nick, so wunderbar kann niemand sein. Sie ist wie Mary Poppins auf Happy Pills! Irgendwas stimmt da nicht. Alles wirkt so gezwungen. Tu nicht so, als hättest du das nicht gemerkt. Du stehst doch selbst völlig neben dir.«

Nick merkte, wie ihn eine Welle schlechten Gewissens überkam. Über ihm zusammenschlug und ihn niederdrückte. Anna war nicht schuld an der angespannten Atmosphäre des Abends. Er war es. Einzig und allein er. Weil er Anna auf schlimmstmög-

360

liche Weise betrog, indem er mit ihrer Schwester schlief. Was er Rachel allerdings nicht sagen konnte. Sie kannten sich zwar gut, sie hatte eine realistische Vorstellung davon, wie er lebte, aber sie wäre empört, wenn sie wüsste, was er die letzten Wochen getan hatte. Wer wäre das nicht? Er fühlte sich schrecklich, weil Rachel Anna für die angespannte Stimmung verantwortlich machte. Weil sie nicht erkennen konnte, wie großartig Anna eigentlich war, weil er so viel Verwirrung gestiftet hatte.

Betrug folgte auf Betrug.

Ihm war ganz übel vor Scham.

Oder war es vielleicht der Alkohol?

Das musste aufhören. Zoe war wahrscheinlich fort, und das war gut so. Sie hatte eine Wahl getroffen, und zwar die richtige. Sie hatte es für ihn und Anna getan. Er hätte so nicht weiterleben können. Das war nicht wirklich er. Er würde die Sache mit Anna in Ordnung bringen. Er musste. Es würde nicht leicht sein, aber er würde sich Mühe geben. Die liebe, kluge, ehrliche Anna war die Richtige für ihn. Jeder Mann würde sich glücklich schätzen, sie seine Frau nennen zu dürfen. Er dachte noch einmal an die potenziellen hübschen Kinder. Er stellte sie sich auf Fotos erholsamer Urlaube vor, bei faulen Tagen im Garten, interessanten Besuchen im Museum, beim Planschen in Felsentümpeln und beim Bauen von Sandburgen. All das war nur mit Anna möglich. Das war überhaupt nicht Zoes Ding. Was hatte er sich nur gedacht? Dass er seine Zeit mit Zoe zusammen in Nachtclubs verbringen würde, bis sie in Rente gingen? Dass sie sich über ihren Rollator beugen würde und er sie von hinten nahm? Lächerlich! Lächerlich und dumm!

»Rachel, bitte hör auf. Ich will nichts mehr hören«, sagte er entschieden. »Anna ist ein wunderbarer Mensch. Eigentlich verdiene ich sie gar nicht.«

Rachel sah misstrauisch aus. »Seit wann stört es dich, dass du mehr bekommst, als du verdienst? Du bist der Kerl, der einmal seine Geburtstagstorte rundherum abgeleckt hat, damit kein anderer mehr ein Stück davon will.«

»Da war ich acht, Rachel, lass es gut sein.«

»Du warst elf, und ich glaube insgeheim, dass du immer noch ein egoistischer Mistkerl bist. Ein gut aussehender, ziemlich überzeugender, aber trotzdem ein Mistkerl. Oberhalb deiner Liga zu spielen ist ganz sicher nicht deine wirkliche Sorge.« Rachel verstummte. Sie hoffte offensichtlich, er würde sich ihr anvertrauen.

Er konnte nicht.

Vor allem nicht, als sie hinzufügte: »Du weißt, ich hab dich lieb. Wir haben dich alle lieb. Ich will nicht, dass du einen Fehler machst.«

Zu spät. Er hatte einen schrecklichen Fehler gemacht. Er hatte die Reinheit, die Unschuld und die Ehrlichkeit zwischen Anna und ihm zerstört. Ihre aufregende, romantische Liebe war durch sein abscheuliches Verhalten beschmutzt worden, und er bezweifelte, dass er jemals wieder dieses ursprüngliche Gefühl der Sicherheit wiederfinden würde. Aber er wusste, dass er die Sache mit der Hochzeit durchziehen musste. Anna zu diesem späten Zeitpunkt sitzen zu lassen und ihr das Herz zu brechen wäre unverzeihlich. Zoe liebte ihre Schwester genug, um ihn aufzugeben. Also musste er ebenso viel Anstand aufbringen.

»Ich werde Anna heiraten. Ich hoffe, du kannst meine Entscheidung respektieren. Ich bin dir wirklich dankbar, dass du dich heute Abend so bemüht hast.« Er war sich nicht sicher, wen er eigentlich überzeugen wollte, sich selbst oder seine Schwester, trotzdem war er froh, dass er vernünftiger klang, als er sich fühlte.

»Na ja«, sagte Rachel und zuckte mit den Schultern. »Wenn du dir sicher bist, und wenn du glücklich bist.«

Er sah auf den Tisch hinunter.

»Bist du das, Nick?«

»Was?«

»Glücklich?«

»Natürlich bin ich das. Ich bestelle die Rechnung. Wir müssen uns ein bisschen beeilen, wenn du den Zug um Viertel nach zehn noch kriegen willst.« Er blickte sich nach dem Kellner um.

»Wenn ich verspreche, kein Wort mehr über Anna zu sagen, bekomme ich dann doch noch einen Nachtisch?«, fragte Rachel, weil ihr klar war, dass er nicht weiter über die Sache reden würde, sie aber dennoch ein bisschen bleiben wollte. »Ich kann ja den späteren Zug nehmen.«

Nick grinste. »Wenn das in Ordnung für dich ist? Dann bist du nicht vor ein Uhr früh in Bath.«

»Ich bin schon ein großes Mädchen, und ich hätte gerne das Omelette Surprise. Das kann sich hier bestimmt sehen lassen.«

Nick winkte den Kellner heran und bestellte das Dessert mit zwei Löffeln und noch einen weiteren Whisky.

»Kauf dir dein eigenes Omelette Surprise«, sagte Rachel. »Ich will nicht, dass du meins ableckst.«

Viel später, als der Kellner mit der Rechnung kam, reichte Nick ihm die Kreditkarte, ohne auf den Betrag zu schauen. »Das geht auf mich«, erklärte er.

Rachel hatte nichts dagegen. Ein Lehrerinnengehalt im Vergleich zu einem Bankergehalt ließ keine Einwände zu.

»Also gut. Taxi oder U-Bahn?«, fragte er.

»Die U-Bahn ist schneller.«

»Ich bringe dich zur Station.«

Das Wetter hatte sich plötzlich geändert, und draußen war es so kalt wie schon seit Wochen nicht mehr. Der Wind fegte Abfälle am Straßenrand entlang, der Himmel besaß ein tiefes, dunkles Blau. Durch die frische kühle Luft fühlte Nick sich jedoch nicht nüchterner, sondern spürte nur noch mehr, wie betrunken er war. Der Abend war eine emotionale Achterbahnfahrt gewesen. Natürlich hatte er zu viel getrunken. So konnte man nicht leben. Es war alles andere als vernünftig. Es musste sich etwas ändern.

»Ein Unwetter zieht auf«, sagte Rachel mit verstellter Horrorfilm-mäßiger Stimme.

Nick nickte und wollte gerade den Arm um sie legen, um sie zu wärmen und seine brüderliche Zuneigung zu beweisen, da summte sein Handy. Er rechnete mit einer Nachricht von Anna. Er glaubte nicht, dass sie Zoe noch getroffen hatte. Die wähnte er inzwischen schon halb über dem Atlantik. Er hoffte, Anna wäre zu sich nach Hause gefahren. Er würde sie lieber dort treffen. Ihre Wohnung lag zwar etwas weiter draußen, aber sie war einer der wenigen Orte, die er noch als unbefleckt empfand. Nach der Hochzeit würde er seine Wohnung verkaufen. Er konnte nicht mehr das Badezimmer betreten, ohne an Zoe zu denken: nackt, schamlos, schön. Und er durfte nicht an Zoe denken. Er stellte sich einen kurzen Augenblick vor, wie er unter Annas saubere Bettdecke schlüpfte, die immer nach Weichspüler duftete. Dann sah er auf sein Handy.

Es war eine Nachricht von »Joe«: *Es ist vorbei. Komm lieber her.*

Was sollte das heißen? Heftige Panik breitete sich in seinem ganzen Körper aus. Hatte sie etwa alles gestanden? Wusste Anna Bescheid? Oder sollte er ins Hotel kommen, weil es ein Problem mit der Rechnung gab?

Beide Szenarien waren vorstellbar. Zoe war kryptisch wie immer. Er fühlte sich, als hätte er beim Monopoly die Zurück-auf-Los-Karte gezogen. Es wäre besser gewesen, wenn Zoe schon im Flugzeug säße.

Trotzdem würde er zu ihr gehen. Er beugte sich rasch vor und umarmte seine Schwester. »Drück die Eltern für mich. Ich muss jetzt schnell los.« Damit ließ er sie kurzerhand an der U-Bahn-Station stehen.

»Dann nehme ich an, wir sehen uns bei der Hochzeit?«, rief sie noch. Doch der Wind packte ihre Worte und wehte sie ungehört davon.

41

Nick

Nick rannte Richtung Hotel. Dort musste sie doch sein, oder? In dem Hotel, das er bezahlte. Oder war sie irgendwo anders? Er bekam das Bild von ihr am Flughafen nicht aus dem Kopf. Er hatte es an diesem Abend schon so oft vor Augen gehabt, dass es ihm real erschien. Trotzdem war es nur eine Vermutung. Es machte ihn wahnsinnig, dass er nicht wusste, wohin er da eigentlich gerufen wurde. Wieder mal typisch Zoe. Er blieb stehen und rief sie an. Mailbox. Er rief Anna an. Es klingelte und klingelte, bis auch ihre Mailboxansage kam. Zoe nahm öfter Anrufe nicht an oder schaltete ihr Handy einfach aus, aber Anna ließ ihres immer an, für den Fall, dass jemand aus dem Hilfszentrum sie erreichen musste. Es war ein schlechtes Zeichen, dass sie den Anruf nicht annahm. Sie wusste es. Der Gedanke war ihm unerträglich. Als er den fröhlichen Klang ihrer Stimme hörte, erinnerte ihn das an den Abend vor einigen Wochen, als er Zoe kennengelernt und Anna völlig verwirrt von der Toilette aus angerufen hatte. Anders als damals hinterließ er jetzt keine Nachricht. Wozu auch?

Stattdessen schrieb er Zoe. *Wo bist du? Ich muss dich sprechen.*

Kaum hatte er auf *Senden* getippt, klingelte sein Handy.

»Was ist los?«, fragte er, unfähig, seine Aufregung zu verbergen.

»Sie weiß es. Wir hatten einen Streit.«

»Was? Mist!« Der Worst Case, das Unvermeidbare war eingetreten. Er hatte damit gerechnet, er hatte es gefürchtet, aber am meisten von allem hatte er gehofft, es zu verhindern. »Wo bist du jetzt?«, fragte er.

»Auf dem Weg nach Heathrow. Ich fliege zurück nach Amerika.«

Also hatte er recht gehabt, sie verließ ihn.

Da sagte sie plötzlich etwas Unerwartetes und Wunderbares: »Du solltest auch kommen.«

»Was?«

»Setz dich in die U-Bahn. Ich weiß, dass du deinen Reisepass immer dabeihast.«

Das hatte er in der Tat, für den Fall, dass er unvorhergesehen einen Nachmittagsflug zu einem Kunden auf dem europäischen Festland machen musste. Das kam durchaus vor. Er war immer gerne auf alles vorbereitet.

»Worauf wartest du noch?«, fragte sie.

Er war sprachlos. Das war verrückt. Was für ein Vorschlag. Er hatte sehr viel getrunken, es fiel ihm schwer, angemessen zu reagieren. Er fing an zu kichern. Das war auf keinen Fall angemessen. »Ich kann nicht einfach nach Amerika fliegen.«

»Warum denn nicht?« Zoe klang belustigt.

Aus ungefähr tausend Gründen: Anna, seine Arbeit, seine Eltern, Rachel, seine Kumpels Darragh, Cai und Hal. Er würde sie vermissen. Bat sie ihn etwa ernsthaft, alles und jeden für sie aufzugeben? Zog er es etwa ernsthaft in Erwägung?

»Was ist mit meiner Arbeit?«, stammelte er. Irgendwie hatte er das Gefühl, das wäre das unverfänglichste Argument, das er Zoe entgegensetzen konnte. Auf seine Arbeit konnte sie nicht eifersüchtig sein.

»In Amerika gibt es auch Banken, Nick. Große sogar.« Sie zog ihn auf wie ein kleines Kind, das von nichts eine Ahnung hatte. »Außerdem fliegen wir sowieso erst morgen früh. So spät geht kein Flug mehr. Wir übernachten im Flughafenhotel.«

»Das ergibt doch keinen Sinn. Warum denn heute Abend zum Flughafenhotel fahren, anstatt einfach eine Nacht länger in dem Hotel in der Stadt zu bleiben?«

»Das ergibt eine Menge Sinn, glaub mir. Jetzt hör auf zu quatschen und nimm die nächste U-Bahn«, antwortete sie im Befehlston.

Er zwang sich, es auszusprechen. Er wollte nicht einfach so vor ihr buckeln. Wenn er das täte, hätten sie keine Chance. »Und was ist mit Anna?«

»Über die brauchst du dir keine Gedanken mehr zu machen. Du liebst sie nicht, Nick. Du kannst vielleicht dir selbst etwas vormachen, aber nicht mir. Wir sehen uns am Flughafen. Ich habe dir eine E-Mail mit den Einzelheiten zu dem Hotel und den Flugtickets geschickt. Du bist schon eingecheckt.« Zoes Stimme hatte all ihre Heiterkeit verloren.

»Was? Du hast mich mit eingecheckt?« Sie war davon ausgegangen, dass er mit ihr kam. Natürlich. Trotzdem. »Ich kann nicht einfach so fortgehen. Ich muss zuerst mit ihr reden.« Überlegte er wirklich, das zu tun? Er war sich nicht sicher. Es war zu plötzlich. Zu verrückt. Eigentlich undenkbar. Wenn er mit Anna spräche, würde er wenigstens ein bisschen Zeit gewinnen. Den Kopf frei bekommen.

»Kommt nicht infrage. Das Angebot gilt jetzt oder nie«, antwortete Zoe todernst.

Um Nick herum begannen dicke Regentropfen zu fallen. Es war, als wäre das ein Zeichen aus dem All. Plötzlich war alles anders. »Ich muss mit ihr sprechen«, antwortete er entschieden.

»Nein, du musst mit mir weggehen, sofort.«

Er blieb standhaft. Er war niemand, den man so einfach herumkommandierte, und er wusste, dass Zoe, so unbequem sie das fand, sich von dieser Eigenschaft auch angezogen fühlte. »Wo hattet ihr euren Streit?«

»Im Hotel. Sie ist zu mir gekommen.«

»Und wo ist sie jetzt?«

»Ich habe sie dort zurückgelassen. Aber du willst da nicht hingehen, Nick.«

Er antwortete nicht, weil sein trunkenes Hirn über etwas anderes stolperte. »Wie hast du denn die Tickets gekauft?«

»Habe ich nicht. Du warst das. Ich habe deinen Computer und deine Kreditkarte für die Buchungen benutzt.«

»Was? Wie? Wann?«

»Ich habe Annas Schlüssel heimlich nachmachen lassen. Ich wusste, das würde mir eines Tages nützlich sein. Als du vorgestern bei ihr übernachtet hast, bin ich rein. Ich habe die Flüge mit deiner Visacard gebucht.« Sie klang vorwurfsvoll.

Was lächerlich war. Er hatte schließlich jedes Recht, bei Anna zu übernachten. Anna hatte an dem Abend zufällig lange arbeiten müssen, und er hatte in ihrer Wohnung für sie Abendessen gemacht. Zoe dachte sicher, sie hätten heißen Sex gehabt, tatsächlich hatten sie kalte Gazpacho zu nachtschlafender Zeit. Und sie hatte gerade Einbruch und Betrug gestanden. Wenn überhaupt, hatte er das Recht, vorwurfsvoll zu klingen.

Als er weiter schwieg, fing sie an zu lachen. »Ach, komm schon. Anna hat dir doch sicher erzählt, wozu ich fähig bin.«

Sie akzeptiert nie, dass etwas jemand anderem gehört.

»Nick, komm jetzt mit mir, versuche nicht erst, sie im Hotel zu finden. Glaub mir, du wirst es bereuen. Komm zu mir.«

Vermutlich war Anna sowieso längst zu Hause, aber das Hotel lag nur fünf Minuten entfernt. Es war einen Versuch wert. Er konnte nur vermuten, in welcher Verfassung sie sein würde, betrogen von der eigenen Schwester und vom eigenen Verlobten. Am Boden zerstört, wütend, hysterisch? Eine Mischung aus allem wahrscheinlich. Er war nicht gerade stolz auf sich. Anna würde ihn sicher hassen.

Er schuldete ihr eine Erklärung, eine Entschuldigung. Zumindest musste er ihr in die Augen schauen und aushalten, was immer sie ihm entgegenschleudern würde: Beschimpfungen, Vorwürfe, Entsetzen.

»Ich muss es tun, Zoe.«

»Tu es nicht.«

Er legte auf.

42

Zoe

Dummer, dummer Kerl. Vorhersehbar allerdings. So was von. Wenn er doch bloß zugestimmt hätte, gleich zum Flughafen zu kommen. Das wäre viel einfacher gewesen und irgendwie ein Triumph für mich. Endlich eine eindeutige Entscheidung. Der Weg, den er jetzt gewählt hat, ist viel schwerer und komplizierter. Herzzerreißend sogar. Es wird ihm noch leidtun. Ich habe ihn gewarnt. Das hat er sich allein selbst zuzuschreiben. Ich mag ja, wie gesagt, Leute, die zu ihrem eigenen Mist stehen. Ich war natürlich darauf vorbereitet, dass es so oder so laufen könnte. Ich bin nicht diejenige, die es am Ende erwischt. Ich habe alles voll durchgeplant. Bin immer einen Schritt voraus. Ich weiß, er wird mich in fünf Minuten anrufen, was mir genug Zeit verschafft, um im Flughafenhotel einzuchecken und Plan B in Gang zu setzen. Die ganze Sache war natürlich bedauerlich und ziemlich grauenhaft, aber abgesehen davon freue ich mich beinah darauf, es ihm zu offenbaren. Es ist einfach brillant durchdacht, genial und endgültig.

Endlich endgültig.

Er war unvernünftig, er hat zu viel von mir und Anna verlangt. Obwohl ich nur wenig Mitleid mit ihr habe. Sie war immer so schwach, was Männer anbetraf, stets darauf versessen, zu besänftigen, zu beschwichtigen, den lieben Frieden zu wahren. Verdammter Dummkopf. Ließ sich immer wie den letzten Dreck behandeln. Kommen Sie doch rein, mein Herr, demütigen Sie mich, das mögen Sie doch, oder? Ich dagegen gebe mich nicht mit dieser Unentschlossenheit zufrieden, das muss Nick lernen.

Die Lektion wird ihm jeden Moment knallhart erteilt.

Ich checke ein und benutze Annas Reisepass, um mich auszuweisen. Ich wusste, dass sie danach fragen würden, weil die Buchung online durchgeführt wurde und sie in Flughafenhotels ein bisschen strenger auf so etwas achten. Es hat etwas Unterhaltsames, sie zu spielen. Es macht irgendwie Spaß. Ich habe das nicht mehr gemacht, seit ich ungefähr sieben war. Als Mädchen haben wir gerne so getan, als wären wir die jeweils andere, wie alle Zwillinge. Aber irgendwann fing es an, mich zu langweilen. Ich spielte nicht gern das brave Musterkind. Sie konnte nicht richtig ungezogen sein. Sie verriet sich, indem sie den Müll von anderen auflas oder dem Lehrer die Tür aufhielt. Da wussten sie sofort, dass sie es war. Dummkopf. Armer Dummkopf.

An der Hotelrezeption setze ich ein Lächeln auf und plaudere ein bisschen. Ich beginne eine freundliche Unterhaltung mit der Empfangsdame, damit sie sich auf jeden Fall daran erinnert, dass ich eingecheckt habe, falls irgendwer danach fragt. Ich sage, sie müsse sicher müde sein, und sie gesteht es ein. Ich kommentiere mitfühlend, dass es sicher anstrengend sein muss, nachts zu arbeiten, und vermutlich ziemlich schlecht fürs Sozialleben. Als ich die Anmeldung unterschreibe, bemerkt sie meinen (Annas) Verlobungsring (natürlich, ich habe ja auch auffällig genug damit herumgefuchtelt). Ich kichere und frage, ob sie ein Geheimnis bewahren kann. Sie macht einen Witz über die Fernsehserie *The Night Manager* und erklärt, es sei Teil ihrer Stellenbeschreibung, diskret zu sein. Ich erzähle ihr, dass mein Verlobter und ich durchbrennen.

Sie bekommt vor Aufregung große Augen. »Wirklich?«

Ich kichere übertrieben – typisch Anna – und erzähle ihr, dass uns die ganzen Vorbereitungen für den großen Tag einfach zu viel wurden und dass meine Eltern nicht zur Hochzeit nach England kommen könnten. Also hätten wir uns kurzerhand entschieden, sie zu überraschen, zurück in die Staaten zu fliegen und dort zu heiraten.»Wir nehmen gleich den ersten Flug morgen. Und haben uns entschieden, uns eine Nacht im Hotel zu gönnen, anstatt in aller Herrgottsfrühe aufzustehen. Es wäre furchtbar, wenn wir unseren Flieger verpassen würden.«

»Du meine Güte, wie romantisch!«, schwärmt die Empfangsdame.

Da ist es wieder. Dieses Wort. Romantisch. Als würde das alles rechtfertigen. Ich frage mich, wie sie wohl reagieren würde, wenn ich ihr sagte, dass Nick in Wirklichkeit gar nicht der romantische Typ ist und eher auf Frauen mit schmutzigen Sprüchen steht. Nicht besonders positiv, könnte ich mir vorstellen.

»Aber was ist mit den Eltern Ihres Verlobten? Sind die nicht traurig, wenn sie nicht dabei sein können?«

»Das bricht mir tatsächlich das Herz.« Ich mache ein betrübtes Gesicht. »Sie sind so reizende Menschen. Leider hat seine Mutter kürzlich eine neue Hüfte bekommen. Sie darf nicht fliegen. Nick bringt ein riesengroßes Opfer für mich. Seine Eltern müssen zurückstehen, damit meine an unserem großen Tag, der nun eigentlich eher ein kleiner sein wird, dabei sein können.« Ich kichere so, wie Anna kichern würde, charmant, ein bisschen anbiedernd.

»Toll. Das ist wirklich großzügig von ihm.« Dann beugt sich die Empfangsdame konspirativ vor und flüstert mir ins Ohr: »Aber schließlich wissen wir ja alle, dass der Tag letztlich der Braut gehört.«

Anna wird Nick nicht heiraten. Ich werde Nick nicht heiraten. Aber sollte ich je in Versuchung geraten, rufe ich mir diese fest gegründete Ungleichbehandlung ins Gedächtnis, was die gleiche Wirkung haben wird wie der Schlag ins Gesicht des Hysterikers oder der Eimer kaltes Wasser kurz vorm Orgasmus.

Mein Handy klingelt. Nick.

Ich grinse die Empfangsdame an. »Das ist er.«

Sie flüstert mir zu, sie könne jemanden rufen, um mir mit dem Gepäck zu helfen, aber ich schüttele den Kopf und gehe Richtung Aufzug.

»Hallo, Liebling«, sage ich laut. Das gilt der Empfangsdame und verwirrt Nick bestimmt völlig, weil ich sonst nie Kosenamen benutze.

»Was zum Teufel ist hier passiert?«, fragt er ohne Einleitung.

»Ich habe dir doch gesagt, wir hatten einen Kampf.«

»Du hast gesagt, ihr hattet einen Streit.«

»Anfangs war es ein Streit, dann wurde es hässlich.«

»Da ist überall Blut.«

»Ja.«

»Im Bad. Auf der Marmorablage neben dem Waschbecken und überall auf dem Fußboden.« Er klingt schockiert.

Nun ja, es ist schockierend.

»Wessen Blut ist das, Zoe?«

Er weiß es.

»Sie ist gestürzt. Hat sich den Kopf aufgeschlagen.« Ich betrete den Fahrstuhl. »Ich bin jetzt im Fahrstuhl. Kann sein, dass gleich der Empfang weg ist … Bleib einen Moment dran.«

Unfassbar, er tut, was ich sage. Das gefällt mir. Es ist ein gutes Zeichen. Ich gebe ihm einen fortlaufenden Bericht, was ich gerade tue, wie die Leute das idiotischerweise oft tun, wenn sie gerade telefonieren und demjenigen am anderen Ende der Leitung versichern wollen, dass sie noch dran sind. Obwohl es viel kultivierter wäre, einfach einen Moment still zu sein. Ich würde normalerweise geheimnisvoll schweigen. Heute Abend ist jedoch nichts normal.

»Da sind wir. Dritter Stock. Ich gehe gerade den Flur entlang. Ja, da ist es. Zimmer 306. Dritter Stock, gut.«

Ich ziehe die Karte durch das Schloss, grünes Licht. Ich schließe die Tür hinter mir, schiebe meinen Koffer an die Wand, kicke meine Schuhe von den Füßen. Meine Fußballen schmerzen, weil ich Manolo Blahniks trage; ich gehöre zu den Frauen, die wissen, wie wichtig fantastische Schuhe sind. Meine Schläfen und mein Rücken schmerzen auch, weil es ein sehr anstrengender Abend war. Ich sage ihm nichts von alldem. Ich brauche einen Moment. Zum Durchatmen. Zum Nachdenken. Das Zimmer ist sauber und schlicht. Keine Spur von dem Luxus der Hotels, die ich gewohnt bin, des Hotels, aus dem ich gerade komme. Aber ich bin froh. Ich wollte nicht, dass die Zimmer sich irgendwie ähneln. Ich seufze. Mir war gar nicht aufgefallen, dass ich die Luft angehalten hatte. Ich setze mich aufs Bett. Mein Rücken krümmt sich. Ich kann einfach nicht gerade sitzen bleiben. Dann lege ich mich hin. Ich kann mir keine Unsicherheit leisten. Wenn ich innehalte und auch nur einen Moment zweifle, dann bin ich verloren. Erledigt. Ich muss – wir müssen weitermachen.

»Gut.«

»Wo ist Anna, Zoe?« Seine Stimme bebt.

Er muss sich unheimlich anstrengen, um ruhig zu bleiben.

»Ich weiß es nicht«, antworte ich wahrheitsgemäß.

»Ich fahre zu ihrer Wohnung.«

»Da ist sie nicht.«

»Woher weißt du das, wenn du gerade gesagt hast, du wüsstest nicht, wo sie ist?«

»Sie ist tot, Nick.«

Die Worte lösen sich von meinen Lippen und bohren sich in sein Bewusstsein. Es ist ein widerlicher, entscheidender Satz. Einer, der nicht zurückgenommen werden kann. Einer, für den ich mich nie entschuldigen kann. Einer, den er nie wiedergutmachen kann, oder einfach ignorieren. Das ist der Punkt. Er kann das nicht einfach ignorieren.

»Was zum Teufel? Du bist verrückt.« Er fängt an zu lachen, ein hässliches, höhnisches, ungläubiges Lachen.

Ich lasse ihn. Es steht ihm zu.

»Was sagst du da?«, fragt er, als ich nicht antworte. »Was für eine schwachsinnige Behauptung.«

Er flucht viel. Er klingt, als sei er betrunken. Und als hätte er Angst.

Ich wünschte, ich wäre betrunken. »Ich sage dir nur die Wahrheit.«

»Ich glaube dir nicht.«

Also muss ich es erklären, so einfach und deutlich wie möglich. »Sie kam in mein Hotel, um mich zu fragen, warum ich nicht bei dem Abendessen war. Aber ich konnte es ihr doch nicht sagen, oder, Nick? Ich habe meine Koffer gepackt, und sie hat sich immer mehr aufgeregt. Sie sagte dauernd, sie könnte nicht verstehen, warum ich abreisen würde. Auch dafür konnte ich ihr keine vernünftige Erklärung liefern. Sie hat es einfach erraten, Nick. Sie beschuldigte mich plötzlich, dich verführt zu haben. Ihre Worte.«

»Hast du es abgestritten? Warum hast du es nicht abgestritten?«

Ich glaube, er sieht noch nicht das große Ganze. Schock, Ungläubigkeit, Nichtwahrhabenwollen.

»Ich wollte ja, aber dann dachte ich, wozu? So etwas kommt am Ende doch immer raus, oder? Das weißt du. Das hast du immer gewusst. Wir sind ein Risiko eingegangen. Es war entsetzlich. Wie sie mich beschimpft hat. Sie hat die Beleidigungen nur so rausgebrüllt. Ich bin schon früher so bezeichnet worden, nur nicht von ihr. Es war merkwürdig, so etwas aus ihrem Mund zu hören. Volle Lautstärke. Total untypisch und doch total verständlich.« Ich seufze. Stoße einen langen Atemzug aus. Aber der Druck liegt weiter auf meiner Brust.

Er unterbricht mich nicht mehr.

»Sie hing wirklich an dir. So viel steht fest. Ich habe versucht, sie zu beruhigen, dann sie zu ignorieren. Da fing sie an, nach mir zu grapschen, meine Arme, meine Schultern, ist mir vom Schrank zum Bett hinterher, wo mein fast fertig gepackter Koffer lag. Wenn du es doch bloß geschafft hättest, sie noch zwanzig Minuten länger in dem Restaurant festzuhalten, Nick.« Ich frage mich, was er wohl jetzt denkt. Wahrscheinlich denkt er gar nicht. Fühlt nur. Spürt Angst. Schrecken. »Sie kam mir ins Bad hinterher, wo ich meine Kosmetiksachen zusammengesucht habe. Und hat mich ständig nur angeschrien. ›Schlampe, Nutte, du hast meine Beziehung zerstört!‹ Immer wieder und wieder. Sie ist komplett durchgedreht. Da habe ich es getan. Ich habe sie geschubst. Nur einmal. Sie ist ausgerutscht, nach hinten gefallen und mit dem Kopf auf das Marmorwaschbecken geknallt.« Ich stelle mir vor, wie er jetzt den Kopf dreht und auf das Blut starrt. Da war viel. Rund um das Waschbecken, Spritzer auf dem Spiegel, auf dem Fußboden, wohin sie gestürzt war. Hauptsächlich dort. Es fällt mir schwer, daran zu denken. »Ich habe ihr den Puls gefühlt. Sie war tot, als ich weg bin.«

Er schweigt. Ich höre ihn atmen.

»Ich glaube dir nicht«, sagt er schließlich. »Du willst mir nur Angst machen.«

Ich höre die Panik in seiner Stimme. Er glaubt mir weder ganz, noch zweifelt er wirklich an dem, was ich sage. Ich frage mich, ob er jetzt gerade auf die Stelle am Waschbecken starrt, wo ihre Haare und ihr Blut verschmiert sind.

»Du denkst dir das nur aus. Du bist betrunken. Wenn sie tot ist, warum ist ihre Leiche dann nicht hier?«

»Ich kenne Leute, die Leute kennen, die sich um so etwas kümmern. Ich habe jemanden angerufen, damit er sie wegschafft. Hat eine ziemliche Stange Geld gekostet. Zum Glück hatte ich noch deine Kreditkarte.«

Ich stelle mir vor, wie er nach seiner Brieftasche fingert und zum ersten Mal feststellt, dass eine seiner zahlreichen Kreditkarten fehlt. Irgendwann war er mal zu betrunken, um seine PIN-Nummer einzugeben, als er die Getränke in einem Club bezahlen wollte. Er nannte mir die Kombination, damit ich sie eintippen konnte.

»Du redest Unsinn. Das ist lächerlich, Zoe. Hör auf damit.« Seine Stimme klingt heiser, wütend.

Ich fange an zu weinen. Ich bin genauso überrascht wie er mit Sicherheit. Das gehörte nicht zu meinem Plan. Ich wollte völlig gefasst, überaus cool und kontrolliert bleiben. Heulen war immer eher Annas Ding. Sie konnte jederzeit auf die Tränendrüsen drücken, wenn es nötig war. Freudentränen, Tränen der Trauer. Ehrlich gesagt war es zum Heulen langweilig. Trotzdem nimmt mich der Gedanke daran, was ich gerade tue, ziemlich mit.

Daran, was ich getan habe.

Ich weiß, dass es der einzige Weg war, aber es ist einfach zu schlimm. Entsetzlich. Ich ringe nach Luft. »Sie ist tot, Nick. Meine Schwester ist tot. Nur noch ich bin übrig«, stammele ich und wiederhole es wieder und immer wieder. Es ist ein jämmerlicher, furchtbarer Satz, den ich da ausspreche. Ich kann mich nicht mehr zurückhalten. Der Gedanke, an ihren toten kalten Körper ist unerträglich. Meine Hände zittern. Ich stehe unter Schock. Es ist scheußlich. Es ist vorbei. Ich weine jetzt richtig heftig. Mir kommt der Gedanke, dass er mich zwar vor Leidenschaft stöhnen gehört hat und lachen und scherzen und schimpfen, dass dies aber die ehrlichsten Laute sind, die er je von mir wahrgenommen hat. Pure Verzweiflung. Unendliches Leid.

»Zoe, Zoe, beruhige dich. Du musst ruhig bleiben.«

Lustig, das Einzige, was ich nicht geplant hatte – ein hysterischer Anfall –, hat ihn überzeugt.

»Tief durchatmen«, sagt er. »Wir müssen Ruhe bewahren.«

Er hat »wir« gesagt. Das hilft. Ich hole tief Luft, dann noch

378

einmal. Ich höre auf zu reden, bleibe ganz still. Lasse ihn nachdenken.

»Moment mal, was meinst du mit, du hast jemanden angerufen? Jemanden bezahlt, damit er sie wegschafft. Wie hattest du dafür überhaupt Zeit? Anna ist erst vor ein paar Stunden aus dem Restaurant weg.«

Ich hatte nicht damit gerechnet, dass er an der Stelle so genau sein würde. Ich dachte, der Alkohol und der Schreck würden mir ausreichend Raum verschaffen, um die ersten paar Stunden zu überstehen. Ich hatte gehofft, er würde meinen Anweisungen folgen, und ich könnte zu einem späteren Zeitpunkt alles richtig erklären. Ich seufze. Wahrscheinlich muss ich ihm jetzt ein bisschen mehr liefern, aber es ist nicht der richtige Moment, um ihm schon alles zu sagen. Wenn er vermutet, dass das alles geplant war, dann kommt er nicht mit mir. Er muss mit mir kommen. Ich habe das alles nicht getan, um ihn jetzt noch zu verlieren. Ich muss ihn anlocken, vorsichtig wie ein wachsames Tier. Und dann die Käfigtür hinter ihm zuschlagen.

»Ein Wunder, dass du ihnen nicht begegnet bist«, flüstere ich. »Sie sind wahrscheinlich gerade erst weg, als du ankamst. Vielleicht hast du sie ja gestört. Womöglich haben sie deshalb keine gründliche Arbeit geleistet.«

»Ich glaube dir nicht. Du redest Blödsinn. Sie ist nicht tot. Wenn du jemanden fürs Saubermachen bezahlt hast, warum haben sie es dann nicht getan? Da ist alles voller Blut.«

Das Problem ist, er will mir nicht glauben.

»Das sind ein paar Kokser, keine Leute vom Geheimdienst.« Er soll merken, dass ich verärgert bin. »Mistkerle, nutzlose Mistkerle …« Ich zögere einen Moment. »Du wirst da sauber machen müssen, Nick.«

»Was? Nein!«

»Doch. Doch, du musst.«

»Aber wenn ich das Blut aufwische, vertusche ich ein Verbrechen.« Er verkraftet es offensichtlich nicht.

»Wenn du das Blut aufwischst, dann gab es kein Verbrechen.« Ich lasse diesen Gedanken bei ihm sacken. »Wie viel Blut ist es? Könnte es vielleicht so aussehen, als hätte sich nur jemand beim Rasieren geschnitten?«

»Zoe. Scheiße. Nein, auf keinen Fall. Dazu ist es viel zu viel.«

»Wo ist denn das Blut, Nick?«

»Auf dem Waschbecken, außerdem eine breite Spur, die aus dem Bad hinausführt. Sie müssen sie gezogen haben. Herrgott, Zoe.«

Langsam dringt es in sein Bewusstsein.

»Ist auch welches auf dem Teppich im Zimmer?«

Das würde sich auf keinen Fall entfernen lassen. Ich warte kurz, während er nachsieht.

»Nein.«

»Ist da irgendwo ein Läufer?«

»Nein, kein Läufer.«

»Darin haben sie sie sicher weggeschafft. Wahrscheinlich über die Feuertreppe.«

»Ich kann das nicht fassen, Zoe. Ist sie wirklich tot? Was hast du nur getan?«

43

Nick

Seine Körperhaare hatten sich aufgerichtet. Er schwitzte, seine Haut war feucht und heiß und gleichzeitig eiskalt. Er streckte die Hand aus, um sich abzustützen. Seine Handfläche auf dem Spiegel. Seine Hand in ihrem Blut. Ein perfekter Abdruck. Mist. Er griff nach dem Wasserglas, in dem wahrscheinlich noch vor Kurzem Zahnbürste und Zahncreme gestanden hatten. Das hier war nicht real. Unmöglich, dass das gerade passierte. Er füllte das Glas mit Wasser aus dem Hahn, es war lauwarm. Er kippte es herunter, aber seine Kehle blieb trotzdem ganz trocken. Zugeschnürt. Es war, als schluckte er Sand. Er sank auf den Badezimmerboden, mit dem Hintern in ihr Blut.

»Sie ist einfach gestürzt?«

»Ungeschickt. Unglücklich. So etwas kommt vor.«

Nein, nein, nicht sie, das hatte sie nicht verdient. Nicht er. So etwas passierte jemandem wie ihm doch nicht. Er war ein ganz normaler Mann: Er arbeitete hart, er trank gern mal ein paar Gläser mit seinen Kumpels, er würde nächste Woche eine reizende Frau heiraten. Er war ein guter Mensch. Oder zumindest ein ziemlich guter. Das hatte er jedenfalls immer geglaubt.

Aber er gehörte auch zu denen, die auf Datingseiten logen, um sich eine schnelle Nummer zu erschleichen, er hatte schmutzigen Sex in Hotelzimmern, in Seitengassen, auf Toiletten. Er fesselte seine Geliebte. Und die war die Schwester seiner Verlobten.

Er wusste nicht, was für ein Mensch er war. Vielleicht passierte so etwas doch Menschen wie ihm. Menschen, die eben nicht gut genug waren. Wahrscheinlich. Man konnte es in der Zeitung lesen. Zweifelhafte Typen, die in unmöglichen Situationen landeten.

»Was sollte ich denn tun? Die Polizei rufen und sagen, ich hätte gerade meine Schwester umgebracht?«, fragte Zoe.

»Ja, ja, wenn das so war.«

Er glaubte es noch immer nicht. Nicht wirklich. Obwohl da überall so viel Blut war. Seine Gedanken wollten sich nicht schärfen, nicht klarer werden. Sie waberten ihm durch den Kopf. Er roch das Eisen in ihrem Blut. Er starrte auf seine Hand. Die damit bedeckt war.

Zoes Stimme drang durch seinen Taumel. »Du hättest nicht da hingehen sollen. Aber vielleicht ist es ja ein Glücksfall, dass du da bist.«

»Was?«, fragte er ungläubig.

»Du kannst sauber machen, und dann musst du ganz schnell von dort verschwinden, Nick.«

Anna war tot. Jetzt glaubte er es. Das hier war kein übler Scherz von Zoe. Es war die Wirklichkeit. Irgendwie wusste er es einfach. Er spürte es: Sie war tot.

»Nein, ich rufe die Polizei.«

»Und erzählst ihnen was?«

»Ich sage ihnen alles, was du mir gesagt hast. Dass du sie im Streit geschubst hast.«

»Rede keinen Unsinn, Nick. Ich gehe dafür nicht ins Gefängnis.«

»Das würdest du wahrscheinlich nicht. Es war ein Unfall.«
Sein Kopf fühlte sich schwer und träge an, er wünschte, er hätte beim Abendessen nicht so viel getrunken. Er musste klar denken, jetzt mehr als je zuvor in seinem Leben.

»Denkst du, irgendwer würde wirklich glauben, dass es ein

382

Unfall war?«, fragte sie. »Ich habe sie absichtlich geschubst, und ich schlafe mit ihrem Verlobten. Das sähe nicht gut aus. Für keinen von uns beiden.«

Eine Tote. Ein Motiv. Sie würden annehmen, dass es Mord war, kein Unfall.

Er rappelte sich hoch, wandte sich dem Waschbecken zu, das mit ihrem Blut verschmiert war, und übergab sich. Zoe hörte bestimmt, wie er spuckte und hustete. Sie sprach ungeachtet dessen einfach weiter, und irgendwie war er nicht fähig, das Handy wegzulegen, sondern hielt es die ganze Zeit ans Ohr.

»Du wolltest doch, dass ich die Situation für uns kläre. Du hast gesagt, du wolltest am liebsten, dass es mit ihr vorbei ist.«

»Nein, ich habe nie gesagt …«

Das schicke, kleine Becken mit dem schmalen Abfluss war für so etwas nicht gemacht. Sein Erbrochenes blieb darin stehen, er erkannte die Überreste des Abendessens. Spinat. Möhren. Wie konnte es sein, dass er noch die Mahlzeit verdaute, die sie zusammen gegessen hatten, während sie schon tot war? Er musste seinen Mageninhalt mit den Fingern wegschieben, den Hahn laufen lassen. Unwillkürlich fing er an, das Wasser über das Becken zu spritzen und auch ihr Blut abzuwaschen. Währenddessen sprach Zoe weiter.

»Vielleicht hast du auch gesagt, du wolltest, dass *es* aufhört. Vermutlich das Dilemma, in dem wir uns befanden. Das kommt aber auf dasselbe heraus.«

»Nein, nein, kommt es nicht. Und selbst wenn, ich sagte etwas von aufhören, nicht *umbringen*.«

»Meinetwegen.«

»Hör auf, Zoe. Hör sofort auf.« Er war wütend, die Wut brachte ihn zum Schäumen und zum Weinen. Ja, weinen. Ihm liefen die Tränen. Es war so furchtbar.

»Reiß dich zusammen. Ich habe alles durchdacht. Du musst sauber machen. Gründlich. Entferne das ganze Blut. Spüle alles weg. Du darfst keine Spur auf einen Tatort hinterlassen. Morgen kommen dann die Putzfrauen. Keiner wird etwas merken, solange bis dahin niemand Alarm schlägt – was nicht passieren dürfte, wenn wir nicht totales Pech haben und irgendwer ihren Krawall gehört hat. Oder schlimmer, mitbekommen hat, wie sie weggeschafft wurde.«

»Scheiße, Zoe.«

»Hörst du mir zu? Geh nach unten und bezahl die Rechnung. Deine Kreditkartennummer haben sie sowieso schon. Sie können dich also aufspüren. Daran können wir nichts ändern, wir müssen das Beste daraus machen. Es wirkt verdächtig, wenn du verschwindest, ohne das ordnungsgemäß zu erledigen. Mach ein bisschen Small Talk mit der Empfangsdame. Erzähl ihr, du und deine Verlobte hätten die verrückte Idee, durchzubrennen. Danach ist es wahrscheinlich schon zu spät für die U-Bahn. Nimm dir ein Taxi. Verschwende keine Zeit damit, noch mal zurück in deine Wohnung zu fahren. Es wird bestimmt alles gut, falls diese Dummköpfe ihre Leiche nicht an irgendeinem unsinnigen Ort abgelegt haben, wo sie auftaucht, bevor wir weg sind.«

»Ihre Leiche.« Was für ein grässlicher Gedanke. Sie war jetzt eine Leiche.

»Hör mir gut zu. Wir nehmen den Flug nach New York morgen früh. Ich benutze Annas Reisepass. In ein paar Tagen rufe ich dann Veronica an.«

»Wen?«

»Veronica. Die Frau, mit der Anna in diesem beschissenen kleinen Gesundheitszentrum für Bekloppte gearbeitet hat.«

Sie hatte gerade in der Vergangenheitsform von Anna gesprochen. Das hier war real.

»Ihr Name ist Vera. Und es ist ein Hilfszentrum für psychisch Kranke und Wohnungslose.«

»Meinetwegen. Was die Einzelheiten betrifft, kannst du mich

ja instruieren. Ich melde mich bei Vera und kündige, ich sage ihr, wir sind spontan nach Amerika.«

»Was, wenn ich nicht mit dir kommen will? Wenn ich bei deinem Plan nicht mitmache?«

Zoe schwieg einen Moment. Aber nicht etwa, weil ihr die Worte fehlten, er spürte ihre Macht und Bedrohung in diesem Schweigen.

»Dann werde ich nicht vorgeben, die quicklebendige Anna in Amerika zu sein, und dann sitzt du bis zum Hals in der Scheiße. Liegt ganz bei dir. Du hast das Hotel gebucht. Deine Verlobte wird vermisst. Wir wissen, dass sie tot ist. Früher oder später finden sie wahrscheinlich ihre Leiche. Vielleicht halten diese Dummköpfe, die ich engagiert habe, am Ende nicht mal ihre Klappe. Deine DNA ist überall in dem Hotelzimmer.«

Er sah auf das Glas, das er in der Hand hielt. Seinen Handabdruck auf dem Spiegel.

»Keiner weiß, dass ich überhaupt in England war.«

»Deine DNA ist doch auch im Zimmer.«

»Die ist mit Annas identisch.«

Die Wahrheit ihrer Worte grub sich ihm in den Schädel ein wie eine Wärmesuchrakete, die gleich explodieren würde. Sie meinte es ernst. Sie dachte sich das nicht aus, um ihm eine Lektion zu erteilen oder ihm Angst einzujagen.

Trotzdem hatte er Angst. Eine Scheißangst sogar.

Sie legte auf.

Er brauchte einen Moment. Nur einen kurzen Moment, um sich zu entscheiden. Zoes Worte wiederholten sich wieder und wieder in seinem Kopf. Sie hatte das alles durchdacht. Sie hatte ein Flugticket für ihn gekauft, mit seiner Kreditkarte, an seinem Computer, ein paar Tage zuvor. Er war eingecheckt. Vermutlich wollte sie nur, dass er mit ihr kam, nicht dass er auf der Flucht wäre, aber er wirkte total schuldig. Er steckte in der Sache mit drin. Es war seine Verlobte, die verschwunden war. Von Zoe wusste überhaupt keiner etwas. Jeder, der sie zusammen gesehen hatte, würde annehmen, es wäre Anna gewesen. Ob Barkeeper, ob Kellner, wenn man sie fragte, würden sie alle Anna identifizieren. Er konnte nicht zur Polizei gehen. Man würde ihm nie glauben. Wenn er blieb, wäre er ruiniert.

Wenn er blieb, würde sie nicht wieder lebendig. Es war furchtbar, an Anna zu denken. Er versuchte, es nicht zu tun.

Nur für den Fall.

Für den Fall, dass es ihm zeigen würde, wie sehr er sie noch immer liebte. Wundervoll, wunderschön und betrogen, wie sie war.

Er hatte keine Wahl. Er musste bei Zoes Plan mitmachen. Er war ein Mensch, der allzu oft die Wahl gehabt hatte und plötzlich so tief gefallen war, dass ihm nun keine mehr blieb.

44

Zoe

Letzte Nacht hatten wir keinen Sex. Aus Respekt vor meiner toten Schwester. Ich war einfach nicht in Stimmung. Genauso wenig wie er. Das war eine Premiere für uns, das erste Mal, dass wir mehr als zwanzig Minuten zusammen verbrachten, ohne uns gegenseitig die Kleider vom Leib zu reißen. Eine ziemlich deprimierende Premiere.

Manchmal törnt der Tod die Leute an. Mich hat schon mal ein Typ von der Beerdigung seines Vaters aus angerufen, um sich zum Sex zu verabreden. Er kam praktisch direkt vom Grab. Wir trafen uns und trieben es, während die anderen beim Leichenschmaus Ei-Sandwiches aßen. Er sagte, er müsse das Leben spüren. Bei Nick hat der Tod offensichtlich nicht diese Wirkung.

Es war zwei Uhr früh, als er im Flughafenhotel ankam. Die Dame vom Empfang rief mich an.

»Entschuldigen Sie die Störung, Miss Turner, aber Sie haben sicher nichts dagegen. Ich habe hier an der Rezeption eine nette Überraschung für Sie.«

Ich hatte etwas dagegen. Ich war gerade eingeschlafen – eine beachtliche Leistung unter den gegebenen Umständen –, und ich mochte dieses vieldeutige Kichern in ihrer Stimme nicht. Dann rief ich mir in Erinnerung, dass Anna erfreut wäre, und schlüpfte schnell in ihre Rolle.

»Ist es etwa Nick? Ist es mein Verlobter?«, flüsterte ich aufgeregt, als wäre er gerade aus dem Krieg zurückgekehrt.

»Genau so ist es, hier steht ein Nicholas Hudson und fragt

387

nach einem Zimmerschlüssel. Habe ich die Erlaubnis, ihm einen auszuhändigen?«, fragte sie gespielt schüchtern.

»Natürlich«, kicherte ich. »Der Arme muss völlig erschöpft sein. Er kommt direkt aus dem Büro.« Es konnte nichts schaden, ihm ein Alibi für die Zeit zwischen dem Abendessen mit seiner Schwester und jetzt zu verschaffen. Ich sprach extra laut, in der Hoffnung, er würde mich hören und mir dankbar sein. Der Gedanke, dass er zuhörte, reizte auch das Biest in mir. »Er ist ja so pflichtbewusst«, konnte ich mir nicht verkneifen hinzuzufügen. »Er wollte erst alles in Ordnung bringen und nicht andere mit dem Schlamassel sitzen lassen.« Er würde die Anspielung verstehen.

»Aha.« Ich hörte praktisch das Lächeln in ihrer Stimme. Was ich mir doch für einen ehrgeizigen und verlässlichen Kerl geangelt hatte, würde sie denken. Einen Partner, wie sie auch gern einen hätte.

»Und ich darf die Gelegenheit nutzen, Ihnen zu Ihren Sicherheitsmaßnahmen zu gratulieren«, füge ich noch hinzu.

»Das gehört zu unserer Firmenphilosophie.« Sie war geschmeichelt. Das war immer Annas Art. Hier und da Komplimente verteilen, die Leute glücklich machen, dafür sorgen, dass sie sie mochten.

»Also, ich weiß das wirklich zu schätzen. Und jetzt ja, lassen Sie ihn um Himmels willen hier hinauf!«, sagte ich neckisch.

Wir kicherten beide.

Nick betrat das Zimmer. Ich blieb im Bett. Lag auf der Seite. Beobachtete ihn, wie er mich beobachtete. Er schob sich so vorsichtig durch die Tür, als glitte er in ein Haifischbecken – was in gewisser Weise zutraf. Er hielt sich mit dem Rücken ganz dicht an der Wand. Es hatte ihn schwer getroffen, er wirkte gequält, ausgemergelt. Er musste Anna mehr geliebt haben, als ihm bewusst war. Schade dass sie das nie glauben konnte.

»Alles erledigt?«, fragte ich.

Er nickte. »Das wird nicht funktionieren«, sagte er. »Damit kommen wir nie durch.«

Seine Stimme war leise und verlangsamt. War er womöglich noch betrunken? Ich hatte gedacht, durch das Kotzen wäre er ausgenüchtert.

»Doch, das werden wir«, zischte ich. Ich war nicht in der Stimmung für seine Selbstzweifel und sein Selbstmitleid.

»Niemand wird dir glauben, dass du Anna bist. Du hörst dich nicht so an. Du klingst viel amerikanischer. Du hast nicht dieselben Kleider.«

Es ärgerte mich, dass ihm fast die Stimme versagte. Er vermisste sie. Zu spät.

»Herrgott, Nick. Ich bin ausgebildete Schauspielerin. Na ja, nicht direkt ausgebildet, aber ich bin durchaus in der Lage, Annas Akzent zu imitieren. Es ist einfach eine etwas britischere Version von meinem, ein bisschen gemäßigter, mit weniger Flüchen. Und weniger klaren Äußerungen, was sie denkt. Kleider kaufe ich neue.«

»Aber was soll ich machen? Was wird aus mir?«

Ich musste mich schwer zusammenreißen, um nicht seinen weinerlichen Ton nachzumachen. *Was wird aus mir?* Ich hatte ihn für stärker gehalten. »Du kannst dir jederzeit einen anderen Job suchen. Dir steht doch sicher noch Urlaub zu, oder? Nimm doch erst mal den.«

»Urlaub muss man beantragen, man kann nicht einfach bei Nacht und Nebel verschwinden.«

»Hoffen wir einfach, dein Chef hat eine romantische Ader.«

»Hat er nicht.«

»Trotzdem. Das ist die Sache wert. In den Staaten sind wir sicherer, wenn ihre Leiche auftaucht.«

Er schwankte, lehnte sich an die Wand.

»Warum?«

»Weil ich einen amerikanischen Pass habe. Logisch. Falls das Verbrechen ans Licht kommt, kann man mich aus den USA schwerer vorladen.«

»Aber ich habe nicht die amerikanische Staatsbürgerschaft.«

»Nein. Aber das spielt alles sowieso keine Rolle.« Ich wollte nicht, dass er länger darüber nachdenkt. »Wenn du die Sache nicht meldest, wie sollte dann jemand rausfinden, wer sie ist? Sie werden sie nicht suchen. Und uns auch nicht.«

»Es gibt sicher irgendwelche Akten. Zahnärztliche Unterlagen oder so.«

»Anna hatte immer eine Riesenangst vorm Zahnarzt. Ich glaube nicht, dass sie in England je bei einem war. Wenn sie etwas an den Zähnen zu machen hatte, ist sie immer zurück nach Amerika gekommen. Wir sind Lichtjahre voraus, was so etwas betrifft. Wenn erst mal ein bisschen Gras über die Sache gewachsen ist, kann ich wieder meine eigene Identität annehmen, und wir können weitermachen wie vorher.«

»Was ist mit deinen Eltern? Meinen Eltern. Sie werden Anna vermissen.«

Langsam hatte ich genug. »Ach, scheiße, Nick. Keine Ahnung. Du kannst deinen Eltern sagen, du hättest dich schließlich doch von ihr getrennt. Und mit meinen Eltern initiiere ich einen Streit. Oder Anna verschwindet einfach. Was auch immer. Hör zu, wir müssen jetzt nur diese schwierige Anfangssituation überstehen.«

»Du wirst nie wieder Zoe sein können.«

War das sein Ernst?

»Du musst für den Rest deines Lebens Anna bleiben.«

»Auf keinen Fall. Kannst du dir etwa vorstellen, dass ich den Rest meines Lebens Little Miss Sunshine spiele?«

Das konnte er nicht. »Das wirst du vielleicht müssen. Zoe wird niemand vermissen, aber –«

»Das ist, offen gesagt, eine ziemliche Beleidigung.«

»Du weißt, was ich meine.«

»Na ja, dann behalte ich eben ihren Pass und meine Persönlichkeit. Was hältst du davon, Nick? Das Beste aus beiden Welten«, zischte ich.

»Sie wird nie eine Beerdigung bekommen. Keiner wird sie in Ehren halten und sich an sie erinnern. Was ist mit Ivan, Mrs. Delphine, Rick?«

»Wem?«

»Den Menschen aus dem Hilfszentrum, in dem Anna gearbeitet hat. Sie werden sich verabschieden wollen. Sie haben ein Recht darauf.«

»Vielleicht würden sie lieber glauben, sie sei gar nicht gestorben. Dass sie quicklebendig mit ihrem Ehemann in Amerika wohnt. Haben sie nicht alle schon genug gelitten?«

»Ich schlafe im Sessel«, war alles, was er antwortete.

»Meinetwegen.«

Ich würde ihn sicher nicht bitten, zu mir ins Bett zu kommen. Das hatte ich noch nie nötig. Ich drehte mich auf die andere Seite und tat so, als würde ich rasch einschlafen. Der wirkliche Schlaf folgte kurz darauf. Es war schließlich ein langer Tag gewesen.

Heute Morgen ist alles ein bisschen entspannter, hauptsächlich, weil wir beide so viel zu tun haben. Betriebsamkeit mindert das Bedürfnis zu reden. Wir müssen um halb sieben am Flughafen sein, und obwohl es nur fünf Minuten mit dem Shuttlebus sind, befinden wir uns im Wettlauf mit der Zeit. Ich weiß nicht, was ich anziehen soll. Ich habe keine Kleider von Anna dabei, und Nick hat recht, die meisten meiner Klamotten sind viel zu auffällig. Schließlich entscheide ich mich für Jeans und ein lockeres T-Shirt. Normalerweise würde ich die hautenge Hose mit einem ärmellosen Top tragen und das weit geschnittene T-Shirt mit einer winzigen Jeansshorts. Dieses Outfit passt allerdings zu Anna, und ich bin zufrieden. Ich vervollständige es mit Turnschuhen statt mit High Heels. Nick sage ich, er bräuchte eine Rasur, und bestelle ihm ein englisches Frühstück. Er rührt es nicht an.

»Dann eben nicht. Du bekommst ohnehin im Flugzeug etwas«, sage ich. Ich bin mir nicht sicher, ob er mich beim laufenden Wasserhahn hört; er antwortet nicht. Ich esse Naturjoghurt mit frischen Früchten.

Es ist entscheidend, die Rolle gut zu spielen, also beschließe ich, sowohl in der Öffentlichkeit als auch wenn wir allein sind so zu tun, als wären wir das aufgeregte Liebespaar, das gemeinsam durchbrennt. Es ist zu anstrengend, dauernd die Rollen zu wechseln. Da würde ich den Faden verlieren. Am sichersten ist es, so zu tun, als liebte ich ihn, so wie sie ihn liebt. Liebe. Bei dem Gedanken zieht sich etwas in mir zusammen, als würden meine inneren Organe zusammengepresst, wie Papier, das man zerknüllt, um es in den Papierkorb zu werfen. Es ist ein schreckliches Gefühl. Es schwächt mich. Ich schiebe es weg.

Nick agiert völlig mechanisch. Er antwortet nicht auf mein Geplauder. Offensichtlich bekommt er nichts weiter hin, als seinen Namen zu sagen und einsilbige Antworten wie »ja« oder »nein« zu murmeln. An der Sicherheitskontrolle vermittelt er den Eindruck, als habe er Feuerwerkskörper, Flüssigstickstoff *und* eine Autobatterie im Handgepäck, so merkwürdig verhält er sich. Er hat keine Lust, sich in den Duty-free-Shops umzusehen, obwohl die in Heathrow hervorragend sind. Ich besorge ihm rasch ein sauberes Hemd, Unterwäsche und eine Hose, alles in verschiedenen Läden, weil das vermutlich weniger auffällt. Ich bestehe darauf, dass er auf die Toilette geht und sich umzieht.

»Wirf deine Sachen aber nicht weg. Steck sie in diese Tüte. Wir vernichten sie später. Deine Jeans ist voller Blut.«

Er sieht aus, als fiele er gleich in Ohnmacht, als ich das sage, aber er gehorcht ohne Widerworte. Wenn er denkt, ich sähe nicht hin, hält er misstrauisch den Blick auf mich gerichtet. Er beobachtet mich wie einen Gegner beim Schachspiel, versucht, meinen nächsten Schritt vorauszusagen. Wenn ich ihn ansehe, wendet er sich schnell ab. Er will meinem Blick nicht begegnen. Wir können einander nicht mehr in die Augen schauen. Wir haben beide Angst vor dem, was wir da sehen könnten.

Zuerst hatte ich uns etwas Gutes tun und Erste Klasse buchen wollen, aber dann entschied ich mich dagegen, weil Nick seine Arbeit verlieren würde und wir vielleicht eine Weile kürzertreten müssten. Jetzt bin ich froh, dass wir im belebteren Teil des Fliegers sitzen, denn es ist irgendwie beruhigend, Menschen um uns zu haben. Andere Leute bei ihrem ganz normalen Leben zu beobachten – wie sie sich um Plätze zanken, über die enge Kabine aufregen, lautstark Getränke bestellen – gibt uns Halt. Nick schweigt immer noch wie ein Grab. Vermutlich würde niemand, der uns beobachtet, jemals glauben, dass wir ein Liebespaar sind. Ich kann nur hoffen, dass uns keiner genauer ansieht. Erst als wir unsere Plätze eingenommen haben, die Triebwerke laufen und die Stewardess vergeblich versucht, die Aufmerksamkeit aller Anwesenden auf das Sicherheitsvideo zu lenken, beugt Nick sich zu mir herüber. Er kommt mit dem Mund ganz nah an mein Ohr, sodass ich seinen Atem spüren kann, und niemand sonst hört, was er sagt. »Hattest du die ganze Zeit schon vor, sie umzubringen?«, flüstert er. Das ist eine mutige Frage. Ich hätte nicht gedacht, dass er sie stellen würde. »Du hast die Flugtickets und das Hotel schon im Voraus gebucht. Du hast auffällig schnell jemanden gefunden, der ihre Leiche wegschafft.« Ihm versagt die Stimme. »Hast du es geplant, Zoe?«

Ich drehe mich mit erstauntem Blick zu ihm um. »Nick, wie kannst du so etwas nur denken? Ich dachte, es würde einen

Streit in dem Restaurant geben. Ich dachte, es wäre eine gute Idee, vorher diese Flüge für uns zu buchen, damit wir, wenn nötig, einen Ort haben, an den wir uns zurückziehen können.«

Einen Moment lang wirkt er erleichtert. Er brauchte diese Bestätigung. Ein tragischer, furchtbarer Unfall, mit dem er zu leben lernen würde. Alles andere wäre unvorstellbar, unverzeihlich. Die Furche zwischen seinen Augen entspannt sich. Er lehnt sich auf seinem Sitz zurück und greift nach dem Kopfhörer, doch plötzlich erstarrt er. Sämtliche Farbe entweicht aus seinem Gesicht. Er hat vorher schon grau ausgesehen, jetzt ist er blau, nein, farblos. Wie der Himmel im Winter. Seine Kinnlade erschlafft, aber seine Hände umklammern die Armlehnen des Sitzes.

Er öffnet die Augen und starrt mich an. »Aber du hast die Flüge unter ihrem Namen gebucht. Du wusstest, dass du ihren Pass benutzen würdest.«

Wahrscheinlich war es nur eine Frage der Zeit. Ich hatte gehofft, sein Kater, sein schlechtes Gewissen und der Schreck würden es länger hinauszögern. Ich versuche zu bluffen. »Ich dachte, es wäre eine gute Idee, wenn ihr beide eine kleine Reise machen würdet, falls du dich für sie entschieden hättest. Ich dachte, dann wäre es gut für dich, mit ihr nach Amerika zu fliegen, um Mom und Dad kennenzulernen«, antworte ich rasch.

Er schüttelt den Kopf. Ich glaube, ihm wird wieder schlecht. »Du erwartest, dass ich dir glaube, du würdest die Niederlage einfach so hinnehmen? Keine Chance, Zoe. Du hast die ganze Zeit damit gerechnet zu gewinnen, falls es zu einem Entscheidungskampf kommt. Verlieren kommt für dich nicht infrage. Du hast immer geglaubt, du würdest diejenige sein, auf die meine Wahl fällt. Du hast ihr gesagt, du würdest abreisen. Du wusstest, dass du in diesem Flugzeug sitzen würdest.«

Er hat recht. Ich hatte keine Ahnung, dass er mich so gut kennt.

»Trotzdem hast du auf ihren Namen gebucht.«

Was soll ich antworten? Ich überlege kurz und komme zu dem Schluss, dass mir nichts anderes übrig bleibt, als die Wahrheit zu sagen. Das ist ziemlich untypisch für mich, aber was soll's? Ich drehe mich zu ihm um. Beuge mich zu ihm, bis unsere Lippen nur noch Zentimeter voneinander entfernt sind. Wenn ich jetzt die Zunge herausstreckte und lang machte, könnte ich sie ihm in den Mund stecken. Würde er mich wohl lassen? Würde es ihm gefallen?

Stattdessen sage ich: »Alles, was ich getan habe, habe ich für dich getan.«

45

Nick

Scheiße, scheiße, scheiße. Er wusste nicht, was er tun sollte. Wo war das Handbuch für so etwas? Scheiße. Er wünschte, das Wort würde ihm nicht dauernd durch den Kopf schwirren. Es half nicht. Er wusste, dass es ziemlich primitiv war, aber ihm fiel einfach kein anderer Ausdruck ein, der den gleichen Zweck erfüllte. Dieses Wort zu wiederholen betäubte ihn irgendwie. Es beruhigte ihn nicht – er konnte sich nicht vorstellen, dass irgendetwas das könnte –, aber es versetzte ihn in eine Art übersinnlichen Dämmerzustand. Er hatte keine Ahnung, wie er einen Acht-Stunden-Flug durchstehen sollte. Neben ihr. Einer Mörderin.

Es war wie ein böser Traum. Er hatte von dem Moment an gezweifelt, als sie ihm von dem Sturz erzählte. Gestern Abend war er nicht in der Lage gewesen, das Ganze richtig zu durchschauen. Erst als sie den Pass vorzeigte, Annas Pass, fiel es ihm wie Schuppen von den Augen. Es ergab absolut Sinn, das Land als Anna zu verlassen, um Annas Tod zu vertuschen – aber wie hatte sie das schon wissen können, als sie das Flugticket buchte? Zoe hatte es geplant. Sie hatte geplant, ihre Schwester umzubringen. Für ihn.

Der Gedanke erschütterte ihn zutiefst. Er stellte sich die Szene vor. Er wollte das nicht, es war das Letzte, was er wollte, aber er konnte nicht anders. Brutale Bilder überfielen ihn. Wenn es absichtlich passiert war, dann war es unwahrscheinlich, dass Annas Tod durch einen einzigen Schubser herbeigeführt worden war. Das wäre zu unsicher gewesen. Womöglich hatte Zoe einen Gegenstand benutzt, quasi als Waffe. Sie musste mit irgendetwas auf Anna eingeschlagen haben, um sicherzugehen, dass sie zu Boden ging. Nicht ein Hieb und ein tödliches Ausrutschen, eher eine ganze Reihe von Schlägen, immer und immer wieder. Er schloss die Augen, aber er sah es noch immer. Blut überall auf dem Spiegel, Blut auf dem Waschbecken und auf dem Fußboden. Blut an seinen Händen.

Ihre »Ich habe es für dich getan«-Nummer schmeichelte ihm nicht im Geringsten. Glaubte sie das etwas wirklich? Er war angewidert, verzweifelt. Verloren. Während des ganzen Fluges saß er völlig reglos da. Er wollte weg von ihr. Am liebsten wäre er aufgestanden, hätte die Tür aufgerissen und sich Tausende Meter in die Tiefe gestürzt, aber er konnte nicht. Der einzige Weg, ihr zu entkommen, bestand darin, zu schweigen, sich völlig in sich zu kehren und selbst seine physischen Bedürfnisse zu ignorieren. Er aß weder noch schlief oder sprach er. Er ging noch nicht einmal zur Toilette.

Sein erster Gedanke war, einfach eine Stewardess herbeizurufen und ihr die Situation zu erklären. Seinen Anteil daran uneingeschränkt einzugestehen. Aber wie die richtigen Worte finden? Was genau war sein Anteil an der Sache? Er hatte einen Mord gedeckt. Er war das Motiv für einen Mord. Seinetwegen war jemand gestorben. Der Gedanke war wie ein Schlag in den Magen. Er war schuld, dass Anna tot war.

Er war nur einmal in seinem ganzen Leben in eine Schlägerei geraten. Mit sechzehn, als er mit seinen drei Freunden auf dem Heimweg vom Kino war. Sie waren einer Meute aggressiver älterer Jungen über den Weg gelaufen. Einer seiner Freunde legte sich mit ihnen an. Nick konnte sich nicht mehr erinnern, worum es ging, falls er das überhaupt jemals wusste. Sein Freund hatte jedenfalls etwas gesagt, was einem der Jungen nicht passte, und das Nächste, woran er sich erinnerte, war, dass die Fäuste flogen. Er wurde dreimal ziemlich heftig getroffen, zweimal im Magen und einmal an der Schulter. Ihm blieb vor Schmerz die Luft weg. Es war nicht verwegen und glanzvoll, wie er es sich immer vorgestellt hatte. In eine Schlägerei verwickelt zu werden war grausam, hässlich, würdelos. Er hatte gedacht, er würde zurückschlagen. Tat er aber nicht. Er zog den Kopf ein. Zwei von ihnen gingen auf ihn los, beide größer, älter, stärker. Er konnte nichts machen. Er versuchte, sich zusammenzukauern. Er erinnerte sich noch genau an jeden Schlag, der ihn traf, obwohl es schon eine Ewigkeit her war. Er wusste noch, wie aufgebracht er gewesen war und wie ohnmächtig.

Genau wie jetzt.

Er beäugte den Knopf, mit dem man die Stewardess rufen konnte, aber er drückte ihn nicht. Was würde das bringen? Er würde nur die Leute um sich herum erschrecken. Nein, er würde warten, bis sie in Amerika waren, und sich dann dort den Behörden stellen. Der Gedanke jagte ihm riesige Wellen der Angst durch den Körper. Amerikanische Polizisten trugen Waffen, und in manchen Staaten gab es die Todesstrafe. Nicht in New York, da war er sich ziemlich sicher, aber jahrelanges Anschauen von amerikanischen Filmen hatte ihn zu der Überzeugung gebracht, dass die Polizisten in diesem Land knallhart waren. Was würden sie wohl mit ihm machen? Würden sie ihn einsperren und später an England ausliefern? Oder würde er in Amerika vor Gericht gestellt und ins Gefängnis gesteckt?

Er warf verstohlen einen Blick auf Zoe. Sie schlief. Unglaublich. Wie konnte sie schlafen? Hatte sie denn weder Herz noch Gewissen? Anna hatte so viel von beidem gehabt, dass Zoes Mangel daran noch mehr auffiel. Anna hatte einmal gesagt, Zoe sei das Yin zu ihrem Yang. Er dachte an die Kinderfotos in ihrer Wohnung und an die Geschichten darüber, wie sehr sie immer zu ihrer Schwester gehalten hatte. Anna hatte ihre Schwester so sehr geliebt. Sie hätte sicher geschworen, dass das auch umgekehrt galt. Was offensichtlich nicht stimmte. In der Hinsicht hatte sie sich geirrt. Schwer sogar. Zoe war geisteskrank, das war die einzige Erklärung. All die Drogen hatten sicher ihre Auswirkungen auf sie gehabt. Er ging ihm einfach nicht in den Kopf, dass Zwillinge, die sich früher gegenseitig in den Schlaf gelullt und dabei am Daumen der jeweils anderen genuckelt hatten, so enden konnten. Indem eine die andere umbrachte.

Sie war unberechenbar. Egoistisch. Das wusste er schon immer. Was, wenn sie ihre Drohung wahr machte und behauptete, sie hätte nichts mit der Sache zu tun? Dass er Anna getötet hätte, den Tatort gereinigt, die Flucht vorbereitet. Was wäre dann? Er käme für Annas Mord in Gefängnis. Sehr lange.

Oder sie könnte an der Geschichte festhalten, sie sei Anna. Wie sollte er dann beweisen, dass überhaupt irgendetwas von alldem passiert war? Schließlich gab es keine Leiche. Es würde sich anhören wie das wirre Geschwätz eines Verrückten. Dann käme er nicht ins Gefängnis, sondern in psychiatrische Behandlung. Er würde das Geheimnis bis ins Grab nur mit Zoe teilen. Er würde in ihrer Schuld stehen. Nicht die Hölle, sondern das Fegefeuer also. War das ihr Plan?

Zoes Gesicht war schön. Wenn sie schlief, war die Ähnlichkeit mit Anna noch frappierender. Arme, arme Anna. Er hätte ihre Hand nehmen und sie nie mehr loslassen sollen. Was wäre einfacher als das gewesen? Eine Welle der Trauer und der Sehnsucht überkam ihn. Er vermisste sie. Ihren Optimismus, ihren Glauben an das Gute auf der Welt, ihr Geplapper über Hochzeitstorten. Er dachte daran, wie sie bei einer ihrer ersten Verabredungen Hip-Hop-Karaoke gesungen hatte, schüchtern, aber dennoch begeistert. Er erinnerte sich an ihre Kätzchenschlafanzüge und wie behutsam sie seiner Mutter im Krankenhaus Socken über die Füße gezogen hatte. Als sei das völlig selbstverständlich.

Doch selbst während er diese Gedanken hatte, wusste er, dass er sich etwas vormachte. Anna war nicht so ehrlich und aufrichtig, wie sie ihn hatte glauben machen wollen – wie er gern geglaubt hätte. Wer war das schon? Jeder hatte seine Geheimnisse, erzählte Lügen, gab sich Mühe, seine Schwächen zu verbergen und seine Stärken zu betonen. Sie hatte ihm Zoe anfangs verschwiegen, weil Zoe Ärger bedeutete. Sie hatte gelogen, was ihr Alter anbetraf. Sie hatte ihm nicht genug vertraut, um ihm von ihrer unglücklichen ersten Ehe zu erzählen. Über all diese Lügen war er wütend gewesen. Er hatte sie benutzt, um seine eigenen Lügen und sein betrügerisches Verhalten zu rechtfertigen, aber jetzt, als er nüchtern und ohne Unmut darüber nachdachte, wurde ihm klar, dass Annas Unehrlichkeiten ihre Großartigkeit nicht schmälerten. Sie machten sie nur menschlicher, nahbarer. Zumindest hätten sie das, wenn sie mehr Zeit gehabt hätten. Die meisten ihrer Probleme resultierten daher, dass sie ihm nicht genug vertraute.

Zu Recht offensichtlich.

Was hatte er ihr nur angetan? Warum hatte er diese Affäre mit Zoe überhaupt angefangen? Er wusste es nicht mehr. Es war nur Sex. Das sagten die Leute doch immer, oder? *Nur Sex.* An dem Sex, den er und Zoe hatten, gab es kein »nur«. Ihr Sex erinnerte ihn daran, dass Sex Leben war. Sex war buchstäblich der Punkt, an dem das Leben anfing. In seiner besten Form war er aufregend, überwältigend, unwiderstehlich. Jetzt bereute er ihn trotzdem mit jeder Faser seines Körpers. Warum bloß hatte er sich nicht mit einer Frau zufriedengeben können?

Na ja, wahrscheinlich weil eine von ihnen nicht genug für ihn war. Ganz einfach. Er brauchte sie beide, nur zusammen ergaben sie für ihn ein Ganzes.

Da bemerkte er es plötzlich. Eine dicke Träne kullerte Zoes Gesicht hinunter. War sie wach oder weinte sie etwa im Schlaf?

Die Träne blieb an ihrem Kinn hängen. Er müsste sie hassen. Was sie getan hatte, war widerwärtig, fürchterlich, eine Tragödie. Er hasste sie.

Und gleichzeitig auch wieder nicht. Nicht wirklich.

46

Zoe

Arme Anna. Ich fühle mich entsetzlich, wenn ich an sie denke. Nicht etwa, dass ich ein schlechtes Gewissen hätte. Ich glaube, ich habe ihr sogar irgendwie einen Gefallen getan. Eine Last von ihr genommen. Ihr einen Ausweg verschafft. Nein, ich fühle mich schlecht, wenn ich an sie denke, weil sie meiner Meinung nach ihr ganzes verdammtes Leben verschwendet hat. Ihr unermüdlicher Glaube an den Traumprinzen und an ein seliges Ende hat sie so viel Energie gekostet. Wenn sie sich doch nur entschlossen hätte, sich auf etwas anderes zu konzentrieren.

Es ist komisch, alle dachten immer, wir wären unterschiedlich wie Tag und Nacht, unsere Charaktere stünden völlig im Gegensatz zueinander. Aber wenn man so darüber nachdenkt, sind wir uns gar nicht so unähnlich. Was nicht lustig ist, eher schrecklich, wenn man bedenkt, wie meine Eltern mich immer behandelt haben, weil ich gerne feiere oder, um ihre Worte zu benutzen, süchtig nach Partys bin. Ich bin also süchtig, na gut, ich habe eben gern Spaß. Na und? Anna war dagegen immer ihr kleines Schätzchen. Die ewig bedürftige und verletzliche Anna, die ihr Mitleid, ihre Zuwendung und ihr Verständnis brauchte. Die reizende, liebenswerte Anna. Ach wirklich? Die grausame Wahrheit ist, dass auch sie süchtig war, süchtig nach diesem Ammenmärchen.

Ich meine, die Leute verlieben sich an der Uni und werden verlassen. So etwas passiert eben. Es tut weh, aber man sollte in der Lage sein, darüber hinwegzukommen. Aufstehen,

Krönchen richten, weitergehen. Das ist eine Lehre fürs Leben. Warum hatte sie bloß das Gefühl, sie müsste John Jones' ewiges Opfer sein? Er schlief also mit einer anderen. Nicht schön, aber hätte sie ihn nicht einfach in die Wüste schicken können? Yale zu schmeißen, diese ganzen Chancen einfach so aufzugeben, das kotzte mich richtig an. Sie hatte sich in der Schule so abgerackert, alle hatten so große Hoffnungen in sie gesetzt. Wir waren so stolz auf sie. *Ich* war so stolz auf sie. Und sie warf das alles wegen eines Mannes einfach so weg.

Und dann stürzte sie sich in diese furchtbare Ehe mit diesem langweiligen, arroganten Typen, nur um mit ihren Freundinnen mithalten zu können, die mit ihren Uni-Liebschaften vor den Traualtar traten. Angeblich fanden alle Larry Morgan toll. Aber selbst wenn das stimmt, keiner fand ihn so toll wie er sich selbst. Wir waren natürlich nie einer Meinung. Er hatte etwas gegen die Beziehung zwischen Anna und mir. Es gefiel ihm nicht, dass wir uns so nahestanden. »Was will die schon wieder hier?«, fragte er dauernd. »Warum musst du der schon wieder aus der Patsche helfen?« Er war wie eine hängende Schallplatte, die immer wieder »Nimm mich, nimm mich« forderte. Ich glaube, er hatte bloß eine Affäre, um ihre Aufmerksamkeit zu kriegen. Schwachkopf.

Trotzdem entschied sie sich für ihn. An jenem Abend, am 17. April 2014. Und das änderte alles zwischen uns. Davon haben wir uns nie wieder richtig erholt. Wenn ihr mehr über diesen Abend wüsstet, würdet ihr mich besser verstehen und vielleicht ein bisschen weniger hassen.

Wir haben nie darüber gesprochen, Anna und ich. Wir konnten einfach nicht.

Ein anderer würde vielleicht unseren Eltern die Schuld geben. Ich meine, wenn man die Sache aus der Perspektive eines Außenstehenden betrachtet, könnte man zu dem Schluss kommen, dass wir beide mehr oder weniger verkorkst endeten und dass jede auf ihre Weise ziemlich abhängig war. Sie brauchte immer einen Traumprinzen, ich brauchte Alkohol oder ein paar Pillen. Und jetzt Nick.

Ich brauche Nick.

Traurig, was mir da klar geworden ist. Einen Menschen zu brauchen ist tatsächlich das Schlimmste, denn einen Menschen kann man nicht kaufen. Man findet niemanden, der einen mit ein paar Gramm davon versorgt. Einen Menschen muss man erobern und dann behalten, das ist schwer. Es ist anstrengend. Unglaublich anstrengend. Diese Erkenntnis gab mir ein tieferes Verständnis für Annas Persönlichkeit, als ich bisher hatte.

Ich verstehe jetzt also, dass Annas Sehnsüchte in verschiedener Hinsicht schwieriger zu befriedigen sind. Menschen sind kompliziert, unzuverlässig, launenhaft. Es ist schon komisch, aber der Moment in meinem Leben, in dem ich Anna am allerbesten verstand, war der, in dem ich anfing, sie zu betrügen. Hemmungslos.

Bis dahin hatte ich sie beschützt. Vielleicht sah es nicht so aus, weil stets sie diejenige war, die meinen Schlamassel in Ordnung brachte, aber es beruhte viel mehr auf Gegenseitigkeit, als die Leute glaubten. Sie wusste das. Sie wäre die Erste, die das zugeben würde. Wahrscheinlich wäre sie sogar die Einzige, die es zugeben würde. Sie brauchte mich immer genauso sehr wie ich sie. Sie brauchte es, gebraucht zu werden. Wäre ich nicht so verdorben gewesen, hätte sie nicht so gut sein können. Das Problem fing erst an, als wir auf eine Gemeinsamkeit stießen. Nick. Von da an funktionierte die Sache nicht mehr. Wir gerieten aus dem Gleichgewicht.

Es gibt eben immer nur Platz für zwei.

Ich habe mich nicht in sie verwandelt, diesen Gedanken könnt ihr gleich vergessen. Keiner könnte Nick meinen Traumprinzen nennen. Dieser Fantasie hänge ich nicht nach. Aber ich will ihn. Mehr als alles andere.

Mehr als Anna.

Und damit meine ich, ich will ihn mehr, als Anna ihn will, und ich liebe ihn mehr, als ich Anna liebe.

So ist es nun mal.

47

Nick

Schließlich durchbrachen sie die Wolkendecke, und das graue Rollfeld tauchte unter ihnen auf. Die Räder rumsten auf die Landebahn, und trotz gegenteiliger Anweisungen fingen die Passagiere sofort an, ihre Sicherheitsgurte zu lösen und nach ihrem Handgepäck zu greifen. Nick und Zoe gehörten zu den Ersten, die das Flugzeug verließen.

Nick lief, so schnell er konnte, durch den Flughafen. Zoe hielt mit ihm Schritt, sprach aber nicht mit ihm, genauso wenig wie er mit ihr. Man hörte das Klackern ihrer Absätze auf dem gebohnerten Fußboden, obwohl die Ankunftshalle voller Menschen war. Nick fühlte sich bloßgestellt. Kam sich vor wie ein bunter Hund in der Menge. Er stellte sich einen Scheinwerfer vor, der sie anstrahlte. Nein, keinen normalen Scheinwerfer, einen Suchscheinwerfer. Er rechnete damit, jeden Moment eine schwere Hand auf der Schulter zu spüren, in Handschellen gelegt und abgeführt zu werden. Seine Augen brannten vor Schlafmangel und seelischem Schock. Er roch seinen eigenen Körper und war angeekelt. Er hielt den Blick nach vorne gerichtet und ging zügig weiter.

Den größten Teil des achtstündigen Fluges hatte er darüber gegrübelt, was wohl als Nächstes passieren würde. Seine Vorstellung, die eher durch Film und Fernsehen als durch eigene Erfahrung geprägt war, führte ihn in einen Verhörraum, eine Gefängniszelle, auf eine Anklagebank und wieder zurück in eine Zelle. Er stellte sich das Entsetzen und die tiefe Enttäuschung seiner Eltern und seiner Schwester vor. Würden sie ihm jemals verzeihen können? Er malte sich die Erschütterung und Sprachlosigkeit seiner Freunde und aus. Würden sie ihm beistehen?

Trotzdem wurde ihm zum ersten Mal seit Monaten etwas klar. Er verdiente es, bestraft zu werden.

Der Gedanke erschreckte ihn. Machte ihm Angst. Verursachte ihm Übelkeit. Aber es gab keine andere Möglichkeit. Er konnte die Sache nicht wieder in Ordnung bringen, aber er würde nicht kneifen. Er würde sich stellen. Man würde seiner Darstellung glauben oder nicht. Das spielte in dem Moment keine Rolle. Alles, was zählte, war, dass er gestand, dass er bereute. Anders könnte er nicht weiterleben. Bevor er jedoch zur Polizei ging, musste er Alexia und David aufsuchen. Er war ihnen die Wahrheit schuldig. Sie mussten erfahren, wie es wirklich gewesen war. Er hatte nicht wirklich mit ihnen warm werden können, da sie ihm gegenüber sehr kühl und förmlich gewesen waren, aber keine Eltern der Welt hatten es verdient, diesen Albtraum durchleben zu müssen. Die Nachricht, dass eins ihrer Kinder das andere umgebracht hatte, war so unfassbar schlimm, dass es einen bestimmt in den Wahnsinn treiben konnte.

Und er war schuld daran. Er hatte zwar Anna nicht geschlagen oder geschubst, aber vielleicht hatte er Zoe dazu getrieben.

Er erinnerte sich daran, dass Anna ihm erzählt hatte, sie seien eine ganz besondere Art von Zwillingen: monochorial-monoamniotische Zwillinge. Die Art, die sich schon vor der Geburt alles teilte. Er hätte nicht erwarten dürfen, dass sie auch ihn teilten. Er hatte Zoe ausgenutzt. Er hätte stärker sein und sie an diesem ersten Abend zurückweisen müssen, als sie anfing, mit ihm zu flirten. Er hatte gewusst, dass sie krank war, schwach. Anna hatte ihn gewarnt, aber er war betrunken gewesen, geschmeichelt, fasziniert, magisch angezogen. Er musste zu ihren Eltern, erklären, so viel er konnte. Es würde eine abscheuliche,

407

grausame Geschichte werden, und das Schlimmste, was sie je zu hören bekämen, aber er hatte die Pflicht, die Sache klarzustellen. Wenn er das nicht täte, würden sie nur einzelne Brocken aus der Sensationspresse erfahren, wenn die über seine Festnahme und anschließende Gerichtsverhandlung berichtete. Sie müssten sich mühsam durch Fakten, Spekulationen, Anklagepunkte und Lügen arbeiten. Das wäre einfach unzumutbar. Er hatte so viel Schmerz verursacht. Er würde ihnen gegenübertreten, wie er Anna nie gegenübergetreten war. Ihnen die ganze grauenhafte Geschichte erzählen, und dann konnten sie die Polizei rufen, um ihn verhaften zu lassen.

Abgesehen davon, dass er glaubte, den Turners die Wahrheit schuldig zu sein, trieb noch ein anderer Gedanke Nick dazu, ihnen einen Besuch abzustatten. Er war zwar fest überzeugt, dass er selbst bestraft werden musste, aber er war sich nicht sicher, ob das auch für Zoe galt. Für sie wäre es Strafe genug, für den Rest ihres Lebens jeden Morgen mit der Gewissheit aufzuwachen, dass sie ihre Schwester umgebracht hatte.

Zoe war offensichtlich nicht richtig bei Sinnen. Die traurige Wahrheit war, dass er das innerhalb kürzester Zeit gemerkt hatte, der Tatsache aber nicht ins Auge sehen wollte. Da waren graue Nebel gewesen, und er hatte sich darin versteckt, obwohl er wusste, dass übertriebene Exzentrik an gefährliche Geisteskrankheit grenzte. Er hatte die Augen vor der Realität verschlossen, weil ihm das gelegen kam, weil er einen Vorteil davon hatte. Zoe brauchte Hilfe. Würde sie die bekommen, wenn er sich stellte und damit auch sie verriet? Die Turners waren ziemlich wohlhabend. Sie würden sicher einen guten Anwalt bekommen, wenn sie wollten. Einen Anwalt, der Zoes Suchtkrankheit erklären konnte, der um Milde bitten würde. Um Gnade. Aber würden ihre schwierige Beziehung zu Zoe und die Enttäuschungen aus der Vergangenheit sie vielleicht daran hindern, ihr beizustehen? Womöglich begriffen sie gar nicht, dass sie Hilfe brauchte. Vielleicht hassten sie sie nur dafür, dass sie ihnen Anna genommen hatte.

Er wusste es nicht, aber er musste es versuchen. Er war es Anna schuldig, das Richtige zu tun. Und Zoe auch. Inzwischen hatte er herausgefunden, was für ein Mensch er war. Er war ein Mensch, der Fehler machte. Furchtbare, unverzeihliche Fehler. Er war aber auch ein Mensch, der wenigstens die Verantwortung dafür übernahm.

Nick und Zoe wurden zu verschiedenen Warteschlangen dirigiert, um die Sicherheitskontrolle zu passieren. Ihre war die für amerikanische Staatsbürger und deutlich kürzer. Sie verkündete ihm fröhlich, sie würde ihn an der Gepäckausgabe treffen, wo sie ihre Koffer abholen musste. Er selbst hatte nur Handgepäck dabei.

»Ich bin hier ruckzuck durch, und du brauchst sicher eine Ewigkeit, aber spätestens am Gepäckband holst du mich wieder ein«, sagte sie und stellte sich auf die Zehenspitzen, um ihm einen Kuss auf die Wange zu drücken.

Sie spielte Anna.

Eine Welle von Schmerz, Trauer und Liebe überkam ihn. Und er wusste nicht, für wen.

Als Nick durch die Passkontrolle war, nutzte er seine Chance. Er stürmte zum Ausgang. Zum Glück kam er gleich zu den Taxis und hatte Zoe im Labyrinth des Flughafens abgehängt. Sie würde ihn sicher anrufen, sobald sie es bemerkte. Im Moment war er sie jedoch erst einmal los. Zum ersten Mal, seit er sie kennengelernt hatte, war er wieder Herr seiner selbst. Er drehte sich nicht um. Er wollte nicht riskieren, auch nur einen einzigen Blick auf sie zu erhaschen.

Nur für den Fall.

Nur für den Fall, dass ihm klar wurde, dass er sie immer noch liebte. Sie war verrückt, böse und eine Gefahr für jeden, der sie kannte, trotzdem wusste er, dass das nicht auszuschließen war.

»Wohin soll's denn gehen, Sir?«, fragte der Taxifahrer.

Nick suchte auf seinem Handy Alexias und Davids Adresse heraus.

»Bridgeport ist aber ziemlich weit draußen. Das wird teuer.«

Nick nickte.

Das spielte keine Rolle. Nichts spielte mehr eine Rolle.

48

Pamela

Rachel schlief genüsslich aus und erschien gerade rechtzeitig zu einem frühen Mittagessen aus ihrem Zimmer. Obwohl sie eigentlich gekommen war, um sich um ihre Eltern zu kümmern, hatte keiner etwas gegen ihren gemütlichen Tagesanfang einzuwenden. Sie hatte den letzten Zug aus London zwar bekommen, war aber leider erst kurz vor zwei in der Nacht zu Hause gewesen, weil der Verspätung gehabt hatte. Ihre Eltern hatten beide noch wach gelegen und darauf gewartet, sie hereinkommen zu hören, allerdings so getan, als würden sie schlafen. Es war eine Sache, sich um seine siebenundzwanzigjährige Tochter zu sorgen, aber eine andere, es sie wissen zu lassen.

Jetzt aßen sie Rührei und geräucherten Lachs auf Toast. Die Unterhaltung plätscherte locker dahin. Pamela und George freuten sich zu hören, dass Rachel eine späte Einladung zu einem Vorstellungsgespräch als stellvertretende Schulleiterin erhalten hatte.

»Normalerweise wäre der Posten schon vergeben gewesen, aber der Bewerber, dem sie ihn angeboten hatten, zieht jetzt plötzlich nach Aberdeen, deshalb suchen sie erneut. Ich denke, ich habe eine ganz gute Chance.«

Sie waren auch erfreut zu hören, dass Rachel ihre Anreise unterbrochen hatte, um den Abend mit Anna und Nick in London zu verbringen. Sie hörten es gerne, dass ihre Kinder Kontakt pflegten. Es erinnerte sie irgendwie an vergangene Zeiten, als die beiden noch Monopoly miteinander gespielt hatten.

»Schickes Restaurant, oder?«, fragte George.

»Sehr.«

»Was hast du gegessen?«

George hörte immer gern, ob irgendetwas besonders köstlich oder besonders enttäuschend gewesen war. Rachel tat ihm den Gefallen. Als er indirekt gesättigt war und auch sein wirkliches Mittagessen beendet hatte, zog er sich in den Wintergarten zurück, um die Zeitung zu lesen. Rachel und Pamela blieben noch am Tisch sitzen, um Kaffee zu trinken und einen Keks nach dem anderen darin einzutauchen.

»Eigentlich hätte Annas Zwillingsschwester auch mit uns zu Abend essen sollen, aber sie kam nicht«, erzählte Rachel.

»Ach, wie schade. Ich habe langsam den Eindruck, Anna hat es nicht leicht mit Zoe.«

Rachel nickte. »Findest du es nicht seltsam, dass weder ihre Schwester noch ihre Eltern zur Hochzeit kommen wollen?«

»Familien sind seltsam, Liebling.«

»Wir nicht«, entgegnete Rachel vehement.

»Nun ja, in unseren Augen vielleicht nicht, aber für andere bestimmt.«

»Warum denn?«

»Dein Vater und ich puzzeln gern.«

»Das ist keineswegs seltsam.«

»Ich häkele Toilettenpapierhüte in Form von Cupcakes.«

»Das ist doch sehr kreativ.«

Pamela lächelte. Sie wollte ungern über andere tratschen. Ihre Tochter war ihre Tochter. Nichts würde etwas an dieser engen, wunderbaren Beziehung ändern, aber sie mussten nun auch Raum für Anna, eine Schwiegertochter, finden. Es kam ihr nicht sonderlich nett vor, dazusitzen und Spekulationen darüber anzustellen, warum ihre Familie sich entschieden hatte, der Hochzeit fernzubleiben.

»Was denkst du, warum sie nicht kommen wollen?«, fragte Rachel, die da offensichtlich anderer Meinung war. Für sie gehörte ein ordentlicher Tratsch zum Leben dazu.

»Na ja, Anna meinte, für ihre Eltern sei es eine finanzielle Frage.«

»Aber sie sind doch recht wohlhabend, oder? Und außerdem hätte Nick ja bezahlt«, antwortete Rachel mit dem Mund voller Kekse.

Beinah hätte Pamela ihre Tochter ermahnt, nicht mit vollem Mund zu sprechen, aber sie verkniff es sich. Das stand ihr schon seit Jahren nicht mehr zu. »Vielleicht war es auch wegen der Arbeit, ich habe es vergessen.«

»Und findest du es gar nicht komisch, dass ihre Schwester so kurz vor der Hochzeit das Land verlässt? Warum bleibt sie nicht noch ein bisschen, wo sie doch schon so lange hier ist?«

»Das geht uns wirklich nichts an.«

»Natürlich geht es uns etwas an«, empörte sich Rachel. »Schließlich heiratet Nick in diese Familie ein. Wir haben ein Recht, zu wissen, was da los ist.«

Pamela stammte aus einer anderen Generation. Einer, in der man nur das zu wissen erwartete, was einem erzählt wurde. Und sie erwartete nicht besonders viel. »Hattet ihr denn Spaß gestern Abend?«, antwortete sie in dem Versuch, der Unterhaltung eine andere Wendung zu geben.

»Es war ganz nett. Obwohl Anna ziemlich ausgeflippt ist, als Zoe nicht auftauchte.« Rachel verstummte.

Pamela hatte gehofft, ihrer Tochter würde die Vorstellung, dass Nick heiratete, gefallen. Und sie würde das Gefühl haben, eine Schwester dazuzugewinnen, nicht, einen Bruder zu verlieren. Doch anscheinend war das nicht der Fall. Rachel wirkte ehrlich besorgt wegen irgendetwas. Etwas Gravierenderes als die Tatsache, ein Brautjungfernkleid tragen zu müssen.

»Nick schien gar nicht er selbst gestern.«

»Wie meinst du das?«

»Er war irgendwie abgelenkt, unruhig.«

»Er ist sicher ein bisschen nervös vor der Hochzeit.«

»Glaubst du, er überlegt es sich noch mal?« Rachel klang fast erfreut.

»Nein! Das wollte ich damit nicht sagen, Rachel. Ich meinte die ganz normale Anspannung, die einen überkommt, wenn man sich auf so etwas Bedeutsames wie eine Hochzeit einlässt.«

»Aber er wirkte, als hätte er vor irgendetwas Angst.«

Pamela wusste nicht, was sie darauf antworten sollte. Wovor sollte Nick Angst haben? Er war schließlich ein erwachsener Mann. Ein besonders erfolgreicher noch dazu, der vorhatte, eine ganz reizende junge Frau zu heiraten. Ihm lag die Welt zu Füßen.

»Hatte es vielleicht etwas mit seiner Arbeit zu tun? Er trägt ziemlich viel Verantwortung.«

»Das glaube ich nicht.« Rachel schwieg einen Moment, konnte es schließlich aber doch nicht für sich behalten. »Meinst du nicht, es ist ein bisschen zu schnell, Mum?«

»Nun ja …« Pamela wusste nicht, was sie darauf antworten sollte.

Sie hatte, ganz ehrlich gesagt, auch nicht damit gerechnet, dass sich alles so schnell entwickeln würde, als sie ihrem Sohn den dezenten Hinweis gab, er solle doch etwas ernsthafter mit Beziehungen umgehen. Es vergingen gerade mal fünf Stunden von diesem Telefongespräch bis zu seinem Heiratsantrag. Sie wusste gar nicht, dass sie einen solchen Einfluss auf ihn ausübte. Früher hatte sie ihn immer zigmal bitten müssen, sein Zimmer aufzuräumen. Nicht etwa, dass Pamela ein Problem damit gehabt hätte, dass Nick Anna einen Antrag machte. Ganz im Gegenteil. Dennoch, na ja, die Eile, mit der es passierte, war schon erstaunlich. Sie war immer noch ein bisschen überwältigt davon. Vermutlich waren sie das alle.

»Ich bin überzeugt, dass Nick das Richtige tut, Liebling. Darauf habe ich immer vertraut, und er hat immer das Richtige getan. Ich denke nicht, dass wir uns wegen irgendetwas sorgen müssen.«

49

Nick

Nick stolperte aus dem Taxi. Er roch das Flugzeug an seinen Kleidern. Er roch seine Fehlbarkeit, seinen Atem, seinen Schweiß. Dagegen konnte er jetzt nichts tun. Er reichte dem Taxifahrer seine Kreditkarte, denn er hatte nicht daran gedacht, Bargeld am Flughafen abzuheben. Dann stand er auf dem Gehweg und blickte Richtung des Hauses, des Zuhauses, in dem Anna und Zoe zusammen aufgewachsen waren. Anna hatte ihm alles darüber erzählt. Sie hatte es geliebt. Nick schüttelte den Kopf. Er konnte sich einfach nicht daran gewöhnen, in der Vergangenheitsform von ihr zu sprechen oder zu denken. Was hatte Zoe nur getan? Woran hatte er Mitschuld? Anna hatte ihm die alten Bäume beschrieben, auf die sie geklettert waren, und dass einer davon – eine Ulme hinter dem Haus – die Initialen der Zwillinge in die Rinde geschnitzt trug. Dort würde er auch den Pool finden, in dem sie geschwommen waren, und die beiden Schaukeln, die sie geschenkt bekommen hatten, als sie zehn wurden. Zoe hatte gesagt, sie seien zu alt für so etwas, aber dann hatten sie an den heißen Sommertagen und bis in die kalten Winterabende hinein stundenlang darauf geschaukelt. Das Haus sah genau so aus, wie er es sich nach ihren Beschreibungen vorgestellt hatte: groß, weiß, aus Holz, mit einem Lattenzaun und einer Veranda. Die bescheidene Anna hatte ihm verschwiegen, wie eindrucksvoll das Heim ihrer Kindheit war. Nick schätzte, dass es zur Zeit der Stadtgründung erbaut worden war. Er blickte zu den Fenstern hinauf und fragte sich, in welchem Zimmer sie als Mädchen wohl geschlafen hatten.

Dann fiel ihm wieder ein, dass es im hinteren Teil des Hauses lag. Zoe hatte das ausgenutzt und war als Teenager das Regenrohr hinuntergerutscht, um sich heimlich auf Partys zu schleichen. Das war das Einzige, was Zoe ihm je über ihr Zuhause erzählt hatte.

Der Rasen war kurz geschnitten, aber die Farbe am Holz blätterte, und auf dem Dach wuchs Moos. Das Gebäude wirkte ein bisschen vernachlässigt. Er ging den Weg zur Haustür hinauf und betätigte die Klingel, die laut durch das wartende Haus schallte.

»Ich geh schon.« Eine Männerstimme.

Die Tür wurde mit einem Schwung aufgerissen, der fast schon herausfordernd wirkte.

»Ich bin Nick.«

»Ja, ich weiß. Ich erkenne Sie vom Skypen«, antwortete David sofort. Er spähte über Nicks Schulter und hielt Ausschau nach Anna.

Nick hätte am liebsten geheult. Wäre sie doch nur an seiner Seite gewesen und sie beide nur hier, um ihre Eltern zu überreden, zur Hochzeit zu kommen. Warum hatte er das bloß nie vorgeschlagen? Das tat ihm leid. Das und noch so vieles mehr. Er spürte sein Herz im Brustkorb schlagen, spürte es so durch den Körper pulsieren, dass seine Zähne klapperten. Er fragte sich, ob David es merkte. Aber der Vater suchte seine Tochter.

Das Taxi fuhr davon, und sie war nirgends zu sehen.

»Stimmt irgendetwas nicht?«, fragte David.

»Darf ich reinkommen?«

Sie standen im Flur. Alexia tauchte von irgendwoher auf. Es gab eine Reihe von Türen, die in andere Räume führten, Bilder an den Wänden, Fotos auf einer Konsole, eine leere Blumenvase, eine Fußmatte. Er wischte sich die Füße darauf ab. Langsam. Sorgfältig. Mehr Eindrücke konnte er nicht aufnehmen. Er musste es einfach aussprechen, aber er wusste nicht, wo er anfangen sollte. Niemand umarmte ihn, niemand schüttelte ihm die Hand. Das kam ihm merkwürdig vor. Sie wissen es schon, dachte er. Sie müssen es wissen. Alexia hatte den einen Arm um ihren Körper geschlungen, eine Hand an der Kehle. Davids Stirn war gerunzelt, sein Blick zornig. Zornig über das, was er gleich hören würde. Sie wussten etwas.

»Anna ist tot«, sagte Nick.

Denn sonst gab es nichts zu sagen.

»Nein, nein, nein.« Alexia sackten die Knie weg.

David reagierte blitzschnell und fasste sie am Ellbogen. Beide Männer führten sie in ein Zimmer, in dem sie auf ein Sofa sinken konnte. Sie saß auf der Kante und wiegte sich vor und zurück. Sie hielt sich den Kopf und raufte sich die Haare.

»Nein, nein, nein.« Es war ein Stöhnen, ein Heulen. Ein urtümlicher Laut.

»Wie?«, fragte David.

»Zoe hat sie getötet. Sie hat sie geschubst, glaube ich. Sie sagte mir, es sei ein Unfall gewesen, aber ich glaube, dass es vielleicht geplant war.« Die Worte sprudelten nur so aus ihm heraus.

Alexia hörte auf zu jammern und starrte Nick an. Ihr Mund stand vor Erstaunen weit offen. Auch David wirkte perplex. Nick sprach weiter. Er wollte nicht – am liebsten wäre er vor ihrem Schrecken und ihrem Schmerz davongerannt –, aber wenn er jetzt nicht spräche, könnte er es nie mehr.

»Es ist alles meine Schuld«, stammelte er. »Ich hatte eine Affäre mit Zoe. Ich glaube, sie hat es für mich getan, das hat sie zumindest gesagt. Es tut mir leid. Es tut mir so leid.«

Seine Worte klangen armselig. Nichts, was er sagte, würde den Strom des Leids stoppen können, der jetzt durch ihre Adern floss. Er fing an zu weinen, dicke Tränen rannen sein Gesicht herab. Er traute sich nicht, sie wegzuwischen. Das würde irgendwie jämmerlich wirken.

»Es ist meine Schuld. Mir ist klar, was jetzt passieren muss. Ich weiß, Sie müssen die Polizei rufen, aber ich bin hergekommen, weil Zoe Ihre Hilfe braucht.«

»Nein, nicht Zoe. Anna«, sagte David.

»Für Anna ist es zu spät.« David stand sicher unter Schock. Nick musste ihm unmissverständlich klarmachen, was passiert war. »Es tut mir leid. Ich weiß, das ist eine grauenhafte Nachricht. Und vielleicht hassen Sie Zoe jetzt. Ich kann das verstehen, aber –«

»Was Sie uns da erzählen, ist unmöglich.«

»Natürlich möchten Sie das gerne glauben, aber es stimmt.« David legte Nick die Hand auf die Schulter.

Nick hätte am liebsten laut geschrien. Sie schmerzte. Die Scham, sich von diesem Mann trösten zu lassen.

»Nick, Junge, Zoe kann Anna gar nicht umgebracht haben. Zoe ist seit drei Jahren tot.«

50

Alexia

Irgendwie weißt du schon, dass du dein Kind verloren hast, bevor man es dir sagt. Du spürst es im Bauch, im Herzen, im Unterbewusstsein. So war das jedenfalls bei mir. Ohne dass es wissenschaftlich erklärbar wäre. In der Seele spürst du es allerdings nicht, denn in dem Moment, in dem du ein Kind verlierst, zweifelst du an der Existenz einer Seele oder eines Gottes oder der Gerechtigkeit oder des Friedens. Trotzdem versuchst du zu handeln, bittest um Zeit, damit es rückgängig gemacht werden kann, bietest dich selbst anstelle deines Babys an. Deines erwachsenen Babys. Aber immer noch dein Baby.

Als ich erfuhr, was passiert war, brüllte ich vor Schmerz. Ich schrie so laut und so lange, dass mein Hals noch eine Woche später wehtat. Ich schrie und schlug und trat im Krankenhausflur um mich. Sie versuchten, mich festzuhalten. Ganz fest, damit ich keinen Schaden anrichtete. Mir selbst keinen Schaden zufügte. David und eine Schwester hielten mich, aber ich kämpfte und wehrte mich. Ich wollte bloß auf dem Boden liegen und mit den Fäusten darauf einschlagen oder gegen Wände treten oder Fenster zertrümmern. Ich hasste sie dafür, dass sie mich zurückhielten. Ich brüllte und schrie, weil ich versagt hatte. Ich hatte in der einen Sache versagt, die für eine Mutter zählt. Ich hatte sie nicht beschützt. Ich wollte am liebsten sterben. Noch viele Monate danach wollte ich sterben. Sie mussten mich ruhigstellen, mit Drogen betäuben. Welche Ironie, wo doch der kalte Körper meiner Tochter in der Leichenhalle des Krankenhauses lag, weil sie zu viele Drogen genommen hatte.

Wir hatten es immer befürchtet. Von dem Zeitpunkt an, als wir zum ersten Mal Stoff in ihrem Zimmer fanden, als sie vierzehn war. So etwas befürchtet man bei einem Kind wie Zoe – dass es eines Tages tödlich endet. Zoe war nie für ein langes Leben bestimmt. Ich brüllte, denn wozu war ich noch nütze? Eine Mutter, die ihr Kind verloren hatte.

Keine Mutter, kein Vater sollte jemals eine solche Nachricht erhalten müssen. Keine Mutter sollte ihr Kind überleben. Das ist wider die Natur. Entsetzlich. Verkehrt herum. Meine Welt brach zusammen. Der Schmerz zerrte an mir. Die meisten Frauen kennen den Geburtsschmerz. Aber der Schmerz, das eigene Kind zu verlieren, ist hundertmal, tausendmal schlimmer. Die Trauer war so tief, dass sie mich lähmte.

Aber da war noch Anna. Sie war der Grund, warum ich weitermachte.

Anfangs sagten die Leute, es würde irgendwann einfacher, die Zeit würde alle Wunden heilen, zumindest bis zu einem gewissen Punkt. Das war eine Lüge. Es wird nie einfacher. Der Schmerz verfolgt dich wie ein dunkler Schatten. Und selbst heute kann ich noch nicht wieder zu mir selbst finden. Ich bin kein Ganzes. Deshalb verstehe ich Anna und was sie getan hat.

Einen Moment lang dachte ich, ich müsste das alles noch einmal durchmachen. Nick sagte, Anna sei tot. Zuerst Zoe, jetzt Anna. Noch einmal würde ich das nicht schaffen. Aber das müsste ich auch nicht, niemand könnte das von mir erwarten. Niemand würde erwarten, dass ich jeden Tag aufstehe, wenn beide nicht mehr lebten.

Doch er hat sich geirrt.

Es ist schwer zu sagen, wer verwirrter ist. Nick sieht uns an, als wären wir verrückt.

»Zoe ist nicht tot«, beharrt er.

»Ist sie doch«, antworte ich seufzend.

»Überdosis. 17. April 2014«, erklärt David. Er sieht auf seine Hände. Es wird nie einfach sein, das auszusprechen.

»Aber, aber ich hatte … ich …« Nick schwankt, wird bleich, stolpert rückwärts und sinkt auf einen Sessel.

David und ich zählen rasch eins und eins zusammen. Wir wechseln Blicke. Er sagte, er hätte eine Affäre mit Zoe gehabt. Arme Anna. Ich bin wütend auf diesen zusammengesackten Mann vor mir. Ich mag ihn nicht, aber er tut mir auch leid. Offenbar wurde er zum Narren gehalten. Anna hat mit ihm gespielt.

Bevor ich jedoch versuchen kann, es zu erklären, muss ich mir absolut sicher sein. »Haben Sie eine unserer Töchter kürzlich noch gesehen?«, frage ich in der verzweifelten Hoffnung auf Bestätigung, dass nicht wirklich alles aus ist. »Eins unserer Mädchen lebt also noch?«

Er nickt stumm. Hustet und bringt schließlich heraus, dass er sich am Flughafen von ihr getrennt hat. »Von Zoe, vor ein paar Stunden erst.«

»Anna lebt«, stelle ich entschieden fest.

»Aber ich habe das Blut gesehen. Da war Blut, und ich habe es aufgewischt«, stammelt er.

»Zoe ist in der Wohnung ihres Freundes gestorben, wenn man ihn überhaupt ihren Freund nennen kann – eher ihres Dealers«, erklärt David.

Ich habe ihn das schon Dutzende Male sagen hören. Er hat eine Art, es auszudrücken, die würdevolle Akzeptanz suggeriert. Aber ich weiß, dass er in seinem Inneren wütet. Kämpft.

»Ein widerwärtiger Mensch«, zwinge ich mich zu sagen. »Als er sie fand, war sein erster Gedanke nicht etwa, den Krankenwagen zu rufen, sondern wie er sich selbst retten sollte.«

Sie lag auf kalten Fliesen, während ihr Herz vergeblich versuchte, Blut durch ihren Körper zu pumpen, das stattdessen zurück in ihre Lunge floss und einen Herzanfall auslöste.

»Er verschwendete Zeit, indem er zuerst die anderen Dro-
genabhängigen aus der Wohnung schaffte und seine Gerät-
schaften versteckte.«

Nick blinzelt langsam. Versucht, mir zu folgen.

»Erst danach kümmerte er sich darum, Hilfe zu holen. Zu
spät. Für sie. Für ihn ging alles gut aus. Die Polizei konnte ihm
kaum etwas nachweisen. Was sie an Beweismaterial fanden,
reichte gerade einmal, um ihn zu drei Monaten gemeinnütziger
Arbeit zu verurteilen. Das war alles. Ein Vierteljahr lang eine
Stunde pro Woche Müll aufsammeln. Für das Leben meiner
Tochter.«

»Ich verstehe das nicht«, murmelt Nick. »Ich kenne Zoe
doch. Ich war mit ihr zusammen.«

Ich schüttele den Kopf. Damals war ich nicht in der Lage,
das alles zu begreifen, die Sache mit ihrem nutzlosen Liebhaber, der sie einfach sterben ließ. Ich brauchte Monate, um das
wirklich zu verarbeiten, denn anfangs war ich so am Boden
zerstört, dass es mir egal war. Nichts konnte sie mir zurück-
bringen, also spielte auch nichts eine Rolle. Dieser Nebel hat
sich für mich bis heute nicht richtig gelichtet. Aber eins weiß
ich.

»Zoe ist tot«, wiederhole ich noch einmal.

Nick sieht mich verständnislos an.

Ich beginne zu erklären. »Wie Sie sich vorstellen können,
nahm Anna es sehr schwer. Zwillinge werden von extrem tie-
fer Trauer ergriffen, wenn einer von beiden stirbt. Nachdem
Zoe starb, war Anna furchtbar einsam. Ihr Leid war unendlich.
Sie kam zur Gerichtsverhandlung und wollte unbedingt hö-
ren, dass der Dealer verurteilt würde, dafür bezahlen müsste.
Auch wenn sie wusste, dass er nie genug dafür bezahlen würde.
Nach der Verhandlung verschlimmerten sich ihre Trauer und
ihre Wut noch. Sie fühlte sich von der Polizei und der Justiz im
Stich gelassen – obwohl sie mit dem bisschen, was ihnen zur

Verfügung stand, ihr Möglichstes getan hatten. Für sie gab es eine ganze Liste von Leuten, die Zoe im Stich gelassen hatten. Der Mistkerl von Liebhaber, der sie mit der schmutzigen, tödlichen Dosis versorgt hatte, aber nicht den Notarzt rief. Die erbärmliche Truppe, mit der Zoe herumgezogen war und die sie für ihre Freunde gehalten hatte, während deren einzige Sorge darin bestand, ihre eigenen Ärsche zu retten. David und mich, aus so vielen Gründen ...« Ich verstumme, verloren in der Erinnerung.

Tatsache ist, wie viele Gründe Anna auch vorbrachte, mir fielen immer noch mehr ein. Schuldgefühle und Trauer sind kannibalische Bettgenossen. Eins nährt sich vom anderen. Wächst und gedeiht durch das andere. Ich fühle mich schuldig, weil ich Zoe zu streng bestraft habe, als sie anfing, Dummheiten zu machen. Oder weil ich sie womöglich nicht streng genug bestraft habe, denn vielleicht hätte ich verhindern können, dass alles so aus dem Ruder lief. Ich fühle mich schuldig, weil ich ihr Hausarrest erteilt und es nicht hinbekommen hatte, dass sie ihn auch einhält. Weil ich sie zu Ärzten und Selbsthilfegruppen gebracht und darauf vertraut hatte, dass sie auch weiter hingeht, während sie das nicht tat. Und schließlich fühle ich mich schuldig, weil ich immer nur auf die Symptome ihrer Sucht reagiert hatte, ohne je die Ursache zu kennen.

Ich seufze und komme zum entscheidenden Punkt. »Anna gab sich die Schuld, weil sie nicht ans Telefon gegangen war.«

In den drei Jahren vor ihrem Tod wurde Zoe fünfmal wegen Drogen oder Alkohol ins Krankenhaus eingeliefert. Ich erinnere mich noch an jedes einzelne Mal, wie ich atemlos durch die Flure rannte, hilflos, hoffnungslos. Anna war immer schon an ihrer Seite. Immer. Als ihre nächste Verwandte und als die Erste, die informiert wurde, hätte sie Berge versetzt, um ihrer Schwester zu helfen.

Bis auf dieses letzte Mal.

»Anna hat Zoes Anruf ignoriert. Sie hatte gerade die SMS ihres Mannes an seine Sekretärin entdeckt. Fotos, eindeutig, schockierend. Unwiderlegbar. Wieder ein Betrug. Es war nicht ihre Art, aber an diesem Abend war sie so sehr in ihrer eigenen Welt gefangen, dass sie keine Zeit für Zoe hatte. Sie sah Zoes Nummer auf dem Display und hatte einfach nicht die Kraft ranzugehen. Sie schaltete ihr Handy aus.«

Sie konnte nicht für jemand anderen da sein. Dieses eine Mal nicht. Zoe rief sie dauernd an, als wäre sie ihr Taxiservice. Wenn sie stockbetrunken irgendwo in der Stadt festsaß, nahm kein Taxi sie mehr mit, also rief sie Anna an. Wenn sie irgendwie von der Polizeistation nach Hause kommen musste, genau dasselbe.

»Larry, Annas Mann –«

Nick nickte. Er wusste offenbar, wer Larry war. Immerhin.

»Nun ja, er beschwerte sich ständig, dass Zoe sie ausnutzte. In Wahrheit war er eifersüchtig. Die Beziehung der beiden Schwestern war so eng. So ausschließlich. Vielleicht hatte er genug davon, die zweite Geige zu spielen, vielleicht war das der Grund, warum er diese Affäre hatte. Der Zeitpunkt, an dem Anna es herausbekam, hätte jedoch schlechter nicht sein können.

Niemand konnte Anna einen Vorwurf machen. Das tat auch keiner, nur sie selbst gab sich die Schuld. Als sie Zoes Leiche abholten, hielt sie noch ihr Handy umklammert. Sie hatte sieben Mal die Wahlwiederholung für Annas Nummer gedrückt. Sie hätte auch den Notruf wählen können …«

Ich unterbreche die Geschichte. Es ist zu schwer, sie zu erzählen, zu schwer, ihr zuzuhören, ohne eine Verschnaufpause einzulegen. Ich höre die Wanduhr ticken. Ich hasse tickende Uhren, die die Zeit herunterzählen, aber Davids Mutter hat sie uns zur Hochzeit geschenkt, und er hängt daran. Er versteht nicht, warum ich sie am liebsten los wäre, genau wie alle

425

anderen Uhren. Uhren und Kalender. Sonnenauf- und -untergänge. Alles, was mich weiter von der Zeit wegträgt, in der ich noch zwei Töchter hatte.

»Ich brauche ein bisschen Wasser.«

David steht auf, geht in die Küche und kommt mit einem Glas Wasser zurück. Er hat nicht daran gedacht, Nick auch etwas anzubieten. Es gibt kein Eis und keine Zitrone, es ist schlicht und einfach ein Glas Wasser. So viel von dem, was wir tun, ist einfach nur zweckmäßig. Wir zünden keine Duftkerzen mehr an oder dekorieren Geschenke mit Schleifen. Wir leben das Leben nicht, wir stehen es durch, kommen irgendwie zurecht. Und es ist nicht nur Zoe, um die wir trauern.

David erzählt weiter, und ich bin ihm dankbar.

»Wie schrecklich das Ganze auch für uns war, für sie war es noch schlimmer. Unser zwillingsloser Zwilling. Die Psychologen sind sich einig, dass es keinen vergleichbaren Schmerz gibt. Als Zoe starb, fing Anna an zu verschwinden. Ohne ihre Schwester fühlte sie sich nicht mehr ganz. Sie hatte das Gefühl, ihr würde eine Hälfte fehlen. Als hätte man sie in der Mitte durchtrennt.«

Gespalten. So beschrieb sie es selbst. Sie vermisste Zoe so sehr, dass sie möglichst einen Teil von ihr behalten wollte.

»Sie fühlte sich so schuldig. Weil sie nicht ans Telefon gegangen war und noch viel mehr, weil sie lebte und Zoe nicht«, fügt David traurig hinzu. »Ihre Trauer war unendlich.«

Nick zittert. Im Zimmer ist es warm, doch ihn fröstelt. Der Schock wahrscheinlich. Was wir ihm da erzählen, ist unfassbar. Ich sehe David an. Wir haben uns tapfer geschlagen. Es ist schwer und erbarmungslos, nach einem solchen Ereignis eine Ehe weiterzuführen, aber wir haben aneinander festgehalten. Wir wussten beide, dass wir eine Pflicht hatten: Anna zu stützen. Und wir haben es versucht. Wir haben es so sehr versucht.

Vergeblich offenbar.

David legt mir die Hand auf den Rücken und macht eine kleine Kreisbewegung. Er weiß, dass mein Rücken immer schmerzt, wenn ich über Zoe rede. Die Ärzte können keine medizinische Ursache dafür finden.

»Die Psychologen sagten, dass Anna nach Zoes Tod offensichtlich das Bedürfnis hatte, für zwei zu leben und das zu tun, was Zoe einmal mochte und nun nicht mehr tun konnte. Das ist keine ungewöhnliche Reaktion auf den Tod eines Zwillings. In Zoes Fall hieß das jedoch Drogen, Alkohol, Sex. Doch die aufrichtige und zurückhaltende Anna brachte so etwas nicht über sich. Zumindest nicht als Anna. Dazu musste sie wirklich Zoe *sein*.«

Nick wird blass. »Wie meinen Sie das?«

»Ich denke, das wissen Sie«, antwortet David.

»Was? Ist sie bipolar? Schizophren?«

»Sie ist traurig, Nick.«

»Aber es muss doch eine Bezeichnung dafür geben.«

Er will einen Namen, damit er nach einer Heilung suchen kann. David versucht, es vorsichtig zu erklären. »Wissen Sie, diese ganzen Begriffe werden häufig falsch verwendet. Die Leute wissen so wenig darüber, was es heißt, schizophren zu sein. Am ehesten trifft es zu, wenn man sagt, sie hat eine psychische Störung. Eine Identitätsstörung. Und dass sie unter vorübergehenden psychotischen Episoden leidet. Wahnvorstellungen.«

»Kann man etwas dagegen tun?«

»Sie war schon bei Ärzten und Psychologen. Es gibt Tabletten. Die sie nicht gerne nimmt. Haben Sie sie regelmäßig Medikamente einnehmen sehen?«

David konzentriert sich immer gern auf die medizinische Seite der Dinge. Er empfindet das irgendwie als beruhigend und nachvollziehbar.

Nick schüttelt den Kopf. »Warum nimmt sie denn ihre Tabletten nicht, wenn sie ihr helfen? Das ist doch verrückt.« Er merkt, was er da gerade gesagt hat, und wird rot. Ich kenne ihn nicht gut genug, um zu erkennen, ob aus Scham oder Enttäuschung.

»Sie ist eben traumatisiert«, antworte ich. »Sie wünscht sich so sehr, dass Zoe lebt. Also sorgt sie dafür. Auf die einzige Weise, die ihr möglich ist.«

»Die Psychologen sagten, sie habe sich nach Zoes Tod fremd in dieser Welt gefühlt. Nicht mehr wirklich hier, weil ihre Schwester fort war.«

Natürlich ist auch das etwas, weswegen ich mich schuldig fühle. Noch etwas. Ich bin voller Schuldgefühle. Ich frage mich die ganze Zeit, ob wir die Tatsache, dass sie Zwillinge waren, zu sehr in den Vordergrund gestellt haben.

Nick blickt sich verunsichert im Zimmer um. »Sie tut also, als wäre sie Zoe?«

»Nicht ganz. Sie glaubt, sie *wäre* Zoe, und sie glaubt, sie *wäre* Anna.«

So sieht es also aus. Eine Tochter tot, die andere ein psychisches Wrack.

Anna war so voller Trauer und so voller Schuldgefühle. Und schon immer schrecklich sensibel. Sie kam einfach nicht darüber hinweg. Sie glaubte, sie hätte etwas daran ändern können, wenn sie nur ans Telefon gegangen wäre. Sie redete sich ein, dass Zoes Tod ihre Schuld war. Was nicht stimmte. Bis zu dem Zeitpunkt war Zoe schon weit fortgeschritten auf dem Pfad ihrer Zerstörung. Wäre es nicht in dieser Nacht passiert, dann eben in einer anderen. Anna hätte sie niemals zurückholen können. Anna hätte sie niemals retten können.

Aber sterben lassen konnte Anna sie auch nicht.

Und sie war die Einzige, die sie am Leben halten konnte.

51

Nick

Sein Kopf war ganz leer. Er wusste nicht, was oder *wie* er denken sollte.

»Es fing damit an, dass sie in Zoes Wohnung, in Zoes Bett übernachtete. Sie hatte gerade ihren Mann verlassen, da erschien uns das nicht seltsam. Dann holte sie lange ihre eigenen Kleider nicht ab und trug Zoes. Wir hielten das immer noch für eine normale Reaktion auf ihre Trauer. Auf diese Weise konnte sie Zoe näher sein und weitere Auseinandersetzungen mit Larry vermeiden. Als Nächstes begann sie, sich genau so zu schminken, wie Zoe das getan hatte, was sich −«

»Was sich ziemlich von Annas Art, sich zu schminken, unterscheidet«, unterbrach Nick Alexia.

»Genau.«

David hustete und fuhr mit der Erklärung fort. Es war wie ein perfekt abgestimmter Staffellauf. Die beiden wussten genau, wie viel der jeweils andere ertragen konnte, bis er übernahm. »Das kommt bei Zwillingen tatsächlich häufiger vor. Wenn der eine stirbt, nimmt der andere einige seiner Gewohnheiten oder Eigenschaften an. Ich habe mal von einem gelesen, der sich noch die Wunschträume seines Bruders erfüllte. Und die Leute haben es als Ehrerweisung betrachtet. Sie waren stolz auf ihn.«

Wo war die Grenze zwischen Ehrerweisung und psychischer Störung? fragte Nick sich. Wahrscheinlich war es der Punkt, an dem der noch lebende und der tote Zwilling beide mit demselben Mann schliefen.

»Drei oder vier Monate nachdem Zoe gestorben war, meldete Anna sich bei einer Modelagentur an. Davon hatte Zoe immer gesprochen, aber nie die Disziplin oder den Antrieb aufgebracht, es auch zu tun. Wir dachten nicht, dass das ein Problem sei, bis wir merkten, dass sie es unter Zoes Namen getan hatte. Damit begannen die Grenzen zu verwischen.«

»Sie fing an, in Bars zu gehen, die Zoe besucht hätte, mit Leuten herumzuziehen, mit denen Zoe Umgang gepflegt hätte. Nicht Zoes wirkliche Freunde, verstehen Sie – die wussten ja, dass sie tot war –, aber dieselbe Art Leute.«

»Hat sie auch so viel getrunken wie Zoe? Und Drogen genommen?«, fragte Nick.

»Nein, das war das Einzige, was uns tröstete. Sie lebte irgendwie Zoes Leben, nur eine bessere Version davon. Keine Drogen, Alkohol in vernünftigem Maß und eine feste Arbeit.« Alexia klang beinahe hoffnungsvoll, als wollte sie auch an diese Fantasiewelt glauben. »Es war fast, als wollte sie zeigen, was hätte sein können. Sie war plötzlich viel selbstbewusster, unbefangener. Anfangs sagten wir uns, es wäre doch kein Schaden, sondern vielleicht sogar gut für sie.«

David seufzte. »Doch dann fing sie an, mit Zoe zu sprechen.«

»Aber das tun viele Trauernde«, sagte Nick. »Wahrscheinlich tröstet sie das irgendwie.«

»Und dann begann sie, *über* Zoe zu sprechen. In der Gegenwartsform. ›Zoe möchte nur einen Salat zu Abend essen, sie muss für ihren nächsten Auftrag ein paar Pfund abnehmen‹ oder ›Zoe hat mir gesagt, ich soll die Wohnung grau streichen. Das Blau, das ich ausgesucht habe, gefällt ihr gar nicht.‹ So etwas.«

»Oh.«

»Es war die totale Verleugnung. Das war der Zeitpunkt, an dem wir sie zu ein paar Spezialisten brachten.«

Nick starrte die beiden ergrauenden, ernsten, offenbar ehrlichen und vernünftigen Menschen an. Und wusste doch nicht, wie er ihnen glauben sollte. Er hatte Zoe kennengelernt. Er hatte mit Zoe geschlafen. Sie war eine völlig andere Frau als Anna. Er konnte das beurteilen, schließlich war er mit Anna verlobt gewesen. Er wüsste es doch, wenn sie dieselbe Person wären. Bestimmt.

Und dennoch.

Es fiel ihm schwer, zu verstehen, dass er Zoe nie getroffen hatte, sondern nur eine Kopie von ihr. Er konnte nicht fassen, dass er eine Affäre mit der Frau gehabt hatte, die er eigentlich betrog. Wie war Anna nur zu einem solchen Doppelspiel fähig gewesen? Er schämte sich, weil er sich selbst eingestehen musste, dass er wirklich der Letzte war, der von doppeltem Spiel reden sollte. Er ließ den Kopf in die Hände sinken, verspürte den Drang, völlig aufzugeben, einfach auf den Boden zu gleiten, durch die Ritzen der Dielen und sich vom Erdboden unter dem Haus verschlingen zu lassen. Das erschien ihm besser als die Konsequenzen für das zu tragen, was man ihm gerade erzählt hatte. Wie hatte sie ihn nur so täuschen können? Er dachte an die lustvollen Aufschreie, die er Zoe entlockt hatte, wenn sie einen Orgasmus erlebte, und an das schüchterne Erröten, das Anna ihm schenkte, wenn es ihr im Bett gefiel. Wie konnte das sein?

Da war Blut gewesen. Es hatte nach Blut gerochen. Er hatte es selbst weggewischt. Er hatte sich übergeben müssen. Das war doch alles real.

David und Alexia wollten Annas aktuellen Geisteszustand verstehen und bestanden darauf, dass er ihnen alles erzählte, was im letzten halben Jahr passiert war. Er schuldete ihnen die Wahrheit, aber die Worte blieben ihm fast im Hals stecken. Er quälte sich langsam durch die Erzählung, in der er nicht gut wegkam. Sie hörten ihm aufmerksam zu. Alexia biss sich auf die Lippe, und David stellte fest, dass es schlimmer schien als je zuvor. Keiner von beiden sprach es aus, aber Nick spürte es. Es war offensichtlich seine Schuld, dass Anna bis ans Äußerste getrieben wurde. Es war nicht nötig, dass ihm das irgendwer sagte. Er rief sich die Abende in Erinnerung, an denen Zoe vermeintlich mit Anna telefoniert und ihn damit geärgert hatte, das Handy auf Lautsprecher stellen zu wollen. Was wäre wohl passiert, wenn er zugestimmt hätte? Der Umstand, dass sie sich nie zu dritt getroffen hatten, ergab jetzt natürlich genauso Sinn wie die Tatsache, dass Anna immer mit etwas anderem beschäftigt gewesen war, wenn er und Zoe sich heimlich sahen. Er malte sich aus, welche Mühe es Anna jedes Mal gekostet haben musste, ihre Kleider, ihre Schuhe, die Farbe ihrer Fingernägel zu wechseln. Der Aufwand für diesen ganzen Betrug war erstaunlich. Fast schon bewundernswert. Als er das David und Alexia gegenüber äußerte, sah David ihn erbost an.

»Verstehen Sie denn nicht? Es geht hier nicht darum, Ihnen etwas vorzumachen, sie macht sich selbst etwas vor. Sie hält sich für zwei Personen, und jetzt denkt sie auch noch, sie hätte ihre Schwester umgebracht und wäre Zoe. Sie ist ernsthaft krank.«

Vielleicht, vielleicht war sie aber auch nur genial.

Ein Gedanke hämmerte ihm immer wieder gegen die Schläfen und betäubte alles andere. *Anna lebt.* Wenigstens das. Obwohl Zoe tot war, wenn auch nicht die Zoe, die er liebte. Seine Anna und seine Zoe waren beide am Leben. Das war doch etwas. Daran konnte er sich klammern.

Diese Leute, die seine Schwiegereltern hätten sein können, waren gute Menschen, das merkte Nick. Er wusste nicht, was sie jetzt für ihn waren, aber nach dem, was er ihnen alles erzählt hatte, besaßen sie jedes Recht, ihn hinauszuwerfen, ihm Beschimpfungen, wenn nicht sogar Steine an den Kopf zu schleudern. Aber sie hatten schon so viel durchgemacht. Vor allem Alexia wollte ihn nicht verurteilen. Sie wusste, dass jeder Mensch schwach war.

Irgendwann überließen sie Nick seinen Gedanken. Sie verschwanden unter dem Vorwand, eine Tasse Kaffee kochen zu wollen, in der Küche. Eigentlich wollten sie natürlich über ihn sprechen.

Nick hörte sie flüstern.

»Er ist ein opportunistischer Mistkerl«, sagte David. »Er war mit Anna verlobt und dachte, er treibt es mal zwischendurch mit Zoe.«

»Ich weiß, ich weiß. Es ist kompliziert«, antwortete Alexia. »Aber wann ist es das mal nicht, wenn es um Anna und Zoe geht? Und sieh ihn dir doch an.«

Nick wusste nicht, was sie sahen, aber es war bestimmt nichts Gutes. Er war froh, als sie ihn schließlich baten, zum Essen zu bleiben. Er hatte zwar keinen Hunger, bereit, sich zu verabschieden, war er aber auch nicht. Wohin hätte er auch gehen sollen? Er war sich nicht sicher, ob sie ihm ein spätes Mittag- oder ein frühes Abendessen anboten. Er hatte völlig sein Zeitgefühl verloren. Er sah auf die Uhr. Es war vier Uhr nachmittags vor Ort, neun Uhr abends zu Hause. Er sollte jemanden anrufen. Irgendwen in der Bank oder Rachel. Er konnte nicht. Er wusste nicht, was er sagen sollte.

Nick nahm ihre Gastfreundschaft an und aß ihre Suppe, während er langsam verarbeitete, was sie ihm da erzählt hatten. Es fiel ihm schwer zu schlucken. Keiner hatte großen Appetit.

»Ich muss Anna finden«, sagte er. »Haben Sie irgendeine Vorstellung, wo sie sein könnte? Sie geht weder unter ihrer Nummer noch unter der, die sie mir als Zoes gegeben hat, an ihr Handy. Ich muss sie sehen.«

David sah ihn mitleidig an. »Sie sollten besser in ein Flugzeug nach Hause steigen. Ihr Leben weiterleben. Wir kümmern uns um die Sache. Wir rufen Ihnen ein Taxi zum Flughafen.«

»Ich bin ja so froh, dass sie nicht tot ist.«

»Ja, nun kommen Sie nicht ins Gefängnis«, antwortete David. Er legte seinen Suppenlöffel ab und blickte aus dem Fenster. Man sah ihm an, dass er am liebsten vom Tisch aufgestanden und gegangen wäre.

Nick wandte sich an Alexia: »Ich muss sie finden. Helfen Sie mir?«

52

Anna/Zoe

»Anna?«

Ich wirbele auf meinem Barhocker herum, um ihn anzuschauen. »Tut mir leid, Sie müssen mich mit meiner Zwillingsschwester verwechseln. Das passiert ständig. Ich heiße Zoe.«
Ich mustere ihn von oben bis unten, kühl und abweisend.

Er ist erschrocken über meine Zurückweisung.

Natürlich weiß ich, wer er ist, ich bin ja nicht verrückt. Ich
zeige ihm nur die altbekannte kalte Schulter. So, wie er mich am
Flughafen hat stehen lassen. Entsetzlich. Nach allem, was ich
für ihn getan habe.

Ehrlich gesagt habe ich nicht damit gerechnet, ihn noch einmal wiederzusehen. Ich dachte, er säße im ersten Flieger zurück
nach England. Ich hätte nicht erwartet, dass er mir nachläuft.
Bisher war er nicht sonderlich entschlossen. Es heißt ja immer,
besser spät als nie, aber ich weiß nicht, manchmal ist es einfach
zu spät.

Er blickt sich nervös in der dunklen, vollen Bar um. Keine
Ahnung, warum andere Leute sich hier verstecken. Es ist ein
wunderschöner Abend draußen. Man sollte ihn genießen.

»Anna, ich muss dir einiges sagen.«

Ich sehe ihn kalt an.

»Ich weiß, dass du Anna bist. Nicht Zoe, die Anna spielt.«

Wie ärgerlich.

»Weißt *du* es auch?«

Ich höre das Zögern und die Verwirrung in seiner Stimme.

»Sei nicht so verdammt fantasielos, Nick«, zische ich.

Er fährt sich mit der Hand durch die Haare. »Ich habe mit deinen Eltern gesprochen.«

»Na, großartig.« Ich spüre, wie die Wut in mir hochsteigt. Meine Eltern haben nie etwas anderes getan, als zu nörgeln und sich einzumischen. Obwohl Anna sagen würde, sie tun nur ihr Bestes und sie meinen es gut und sie sind sicher krank vor Sorge. Ich versuche, diesen Gedanken beiseitezuschieben. In meinem Kopf ist kein Platz, um darüber nachzudenken, was Anna wohl sagen würde.

Ich sehe Nick richtig an. Er sieht furchtbar aus. Es sind nicht nur die Augenringe oder der Schweiß über seiner Oberlippe. Er ist ergraut, gealtert, hat nichts Jungenhaftes mehr. Das haben wir ihm geraubt. Wenn er so ausgesehen hätte, als Anna ihn zum ersten Mal traf, hätte er wahrscheinlich auf keine von uns anziehend gewirkt. Was sage ich da? Anna mit ihrem ausgeprägten Helfersyndrom hätte ihn wahrscheinlich trotzdem noch interessant gefunden. Sie hätte sicher den Wunsch verspürt, ihn in den Arm zu nehmen und ihm zu versprechen, dass alles gut würde. Sie kann nicht anders. Sie ist einfach zu lieb.

»Was trinkst du?«, fragt er.

Ich lasse ihn einen Wodka Tonic für mich bestellen. Er nimmt unsere Drinks und nickt in Richtung eines ruhigen Tisches in der Ecke. Am liebsten würde ich ihn in Verlegenheit bringen, ihm sagen, dass er ruhig in Hörweite des Barkeepers sagen soll, was er zu sagen hat, aber ich folge ihm durch die Menschenmenge an einen ruhigeren Platz.

»Wie hast du mich gefunden?«, frage ich.

»Deine Eltern haben mir die Adressen von ein paar von Zoes alten Stammlokalen gegeben. Das hier ist die neunte Bar, in der ich suche.«

Ich hebe skeptisch die Augenbrauen. »Neun, sagst du?«

»Ja.«

»Und wie viele hättest du noch abgeklappert, bevor du aufgegeben hättest?«

»So viele wie nötig.«

Das bezweifle ich. Ich weiß, dass dieser Mann seine Grenzen hat. Deshalb dränge ich auf Konkretisierung. »Zwanzig? Dreißig?«

»Ich hätte einfach immer weiter gesucht«, antwortet er ruhig.

»Vorsicht, Nick, du läufst Gefahr, ein bisschen verrückt zu klingen.«

»Bist du schon den ganzen Nachmittag hier?«, fragt er, statt meine Aussage zu kommentieren.

»Ich bin zuerst zu meiner Wohnung, aber dieses Arschloch von Vermieter hat sie an jemand anderen vermietet. Ich bin bei dieser Frau hereingeplatzt, als sie gerade mit ihrem Personal Trainer Pilates gemacht hat. Das war vielleicht peinlich. Dabei war ich nur ein paar Monate weg. Ich zahle schließlich noch Miete.«

»Meinst du deine Wohnung in West Village?«

Ich nicke. Meine lieben Eltern haben ja wirklich alles ausgeplaudert.

»Du weißt, dass du diese Wohnung schon seit über zwei Jahren nicht mehr gemietet hast, oder, Anna? Und Zoe war schon seit drei Jahren nicht mehr dort.«

Um das zu widerlegen, halte ich die Schlüssel hoch und lasse sie baumeln, sodass sie laut klimpern.

»Die hättest du abgeben müssen, Anna«, sagt er streng.

»Anna ist tot.«

»Nein, Zoe ist tot.«

Ich wende mich von ihm ab. Das hier bringt nichts. Wir bewegen uns rückwärts.

»Es tut mir leid«, fügt er vorsichtig hinzu. »Es muss furchtbar gewesen sein, sie so zu verlieren. Deine Eltern haben mir erzählt, wie schrecklich es für dich war. Wie sehr du sie vermisst hast.«

»Das hast du falsch verstanden.«

»Nein, habe ich nicht.«

»Zoe war tot«, gebe ich seufzend zu. »Aber jetzt ist es Anna.«

Er sieht mich an, voller Sorge und Betroffenheit. Ich kenne das schon. Ärzte, Psychologen, meine Eltern, alle hatten sie schon diesen Gesichtsausdruck drauf, der in unterschiedlichem Maß Besorgnis, Angst und Kummer ausdrückt. Der mir keineswegs hilft, wie sie vielleicht annehmen, sondern mich in Wirklichkeit langweilt. Doch dann überrascht Nick mich plötzlich mit einer unerwarteten Frage, und ich erkenne eine winzige Spur des Scharfsinns, in den ich mich vor ein paar Monaten verliebt habe.

»Warum musste Anna sterben?«

Es hat keinen Sinn, ihm etwas vorzumachen. »Weil du Zoe mehr liebst.«

»Nein, ich … Ich wollte nicht …«

Wir sehen einander an. Was kann er sagen?

»Du wolltest sie mehr, also musste Anna weg. Aber Anna hatte Papiere, eine Sozialversicherungsnummer, einen Reisepass und einen Führerschein. Zoe hatte nur einen Totenschein.«

»Krass.« Er kippt seinen Drink hinunter.

Ich mache dasselbe.

»Willst du noch einen?«

Ich sage Ja, weil meine Beine plötzlich zu schwer sind, um sich zu bewegen. Außerdem sieht er aus, als könnte er Gesellschaft gebrauchen. Es ist ein warmer Sommerabend, überall auf der Welt genießen Paare ein Gläschen zusammen. Warum also nicht wir? »Ich nehme eine Limonade.« Wodka ist Zoes Gift. Ich bin nicht sicher, ob eine von uns je eine Limonade bestellt hat, seit wir zehn waren, aber ich brauche Zucker, und ich will nicht noch betrunkener werden.

Er kommt mit zwei Gläsern Limonade von der Bar zurück; sehr vernünftig und sehr erwachsen.

»Warum hast du es diesmal getan?«, fragt er, als er sie auf den Tisch stellt. »Ich verstehe, warum es das erste Mal passierte – die tiefe Trauer, der Schock, als Reaktion auf Zoes Tod –, aber warum hast du Zoe nach London geholt, um mich kennenzulernen? Wir waren doch so glücklich.«

»Waren wir das?«

»Ja!«

Ich blitze ihn an. »Ich habe dich gehört.«

»Wann gehört?«

»Mit Cai und Darragh, in dem Pub.«

Er schwankt, kaum merklich. Jeder Rest Farbe, den er noch im Gesicht hatte, schwindet. Ich sehe, wie er sich quält. Ich will nicht ungerecht sein. Ich würde sagen, es war zu sechzig Prozent seine Schuld, dass Zoe aufgetaucht ist. Es gab noch andere Faktoren, die dazu beitrugen. Ich war einsam in London. Das wirkte sich, sagen wir, zu weiteren zehn Prozent aus. Ich hatte aufgehört, regelmäßig meine Tabletten zu nehmen – vielleicht noch einmal zehn Prozent. Ich war emotional noch immer ziemlich mitgenommen – die Verletzbarkeit, die auf meine gescheiterten Beziehungen mit John, Larry und Kelvin folgte, war für die restlichen zwanzig Prozent verantwortlich.

Zoe würde sagen, ich hätte die ganze Sache zu hundert Prozent mir selbst zuzuschreiben.

Es gehörte zu ihren erstaunlichsten Eigenschaften, dass sie glaubte, jeder sei für sein eigenes Unglück selbst verantwortlich. Um mir das zu sagen, kam sie überhaupt erst zu mir zurück. Als ich mir die Schuld für ihren Tod gab, wollte sie mich wissen lassen, dass sie das nicht tat, dass sie die Verantwortung übernahm. »Ich habe mir das selbst so ausgesucht, Anna«, sagte sie mir immer wieder.

Hätte ich ihr doch nur glauben können.

Nick schnappt nach Luft, wie ein Goldfisch, der gerade aus seinem Glas gesprungen ist. »Ich habe doch nur Witze gemacht«, sagt er.

Ich wirke offenbar skeptisch.

»Irgendwie. Es war jedenfalls nicht ernst gemeint. Ich habe das nur zu meinen Kumpels gesagt, damit sie die Klappe halten.«

»Trotzdem hast du mit Zoe geschlafen. Mehrfach.«

Er wirkt verärgert, weil ich das herausgestellt habe. Wütend auf sich selbst oder auf mich? Ich bin mir nicht sicher.

»Aber du hast doch dafür gesorgt, dass ich Zoe kennenlerne. Und sie war du, nur noch mehr.«

»Mehr?«, frage ich spitz.

»Na ja, anders. Niemand sonst hätte mich in Versuchung bringen können.«

»Siehst du, Zoe gefällt dir besser.«

»Nein, wenn ich Zoe zuerst kennengelernt hätte, und dann dich, hätte ich –«

»Was? Dann hättest du eine Affäre mit mir gehabt?«

»Nein, das ist es nicht, was ich meine.«

Irgendwie ist es das doch.

Er gibt es indirekt zu, indem er sagt: »Ich habe euch beide geliebt.«

Ich sehe ihn böse an. Zoe hätte ihren Drink nach ihm geworfen. Keine von uns war ihm also genug.

Wir sitzen mitten im Schlamassel, und ich habe keine Ahnung, wie wir da wieder rauskommen.

»Du hättest einfach etwas sagen können«, sagt Nick schließlich zu mir. »Mich damit konfrontieren, mich zur Rede stellen. Das wäre die normale Verhaltensweise gewesen.«

»Ich habe nie behauptet, normal zu sein.«

Er wird blass, eine Reaktion auf die Wut, die ich nicht verbergen kann.

Männer haben mich schon auf unterschiedlichste Weise tituliert. Zoe hat man die üblichen Schimpfwörter entgegengeschleudert: Schlampe, Zicke, Luder. Anna nannte man verklemmt, eine naive Romantikerin. Und schließlich psychisch krank. Nichts davon trifft zu, aber »normal« ist sicher die am wenigsten zutreffende Bezeichnung, die er mir geben könnte. Ich bin ein Zwilling, ich bin schon immer besonders gewesen, *wir* sind schon immer besonders gewesen. Das muss er doch begriffen haben. Ein Zwilling zu sein ist, als wäre man eine Berühmtheit. Man hält sich selbst für übertrieben wichtig. Es war, als wäre alles, was wir als Zwillinge getan haben, mehr als doppelt so wichtig gewesen, und deshalb war ich nach ihrem Tod plötzlich weniger als ein halbes Ich. Es war entsetzlich. Ich habe sie so vermisst. Ich vermisse sie immer noch.

»Du gibst also zu, dass du Anna bist, sind wir uns da nun einig?«

Ich zucke mit den Schultern. »Ich weiß es nicht genau.« Ich war Anna, und ich war Zoe. Ich war Anna, die Zoe spielte, und Zoe, die Anna spielte. Ich befinde mich in einer ziemlich einmaligen Lage. Ich kann beide sein, und ich merke, ich bin noch nicht bereit zu wählen.

Er seufzt.

Ich hätte ja Mitleid mit ihm, aber he, ich schulde ihm keinerlei Gefallen. Doch ich bewundere seine nächste Äußerung, mit der er sorgfältig unsere, seien wir doch ehrlich, peinliche Lage umschifft.

»Warum hast du mir nicht einfach gesagt, dass du eine Zwillingsschwester hattest, die gestorben ist?«

Tausend Gründe.

Weil ich nicht wollte, dass sie tot ist. Selbst drei Jahre nachdem sie gestorben war, zerrissen mir die Worte noch das Herz und blieben mir wie Splitter im Hals stecken. Denn zuzugeben, dass sie tot war, hätte unweigerlich zu einer Unterhaltung darüber geführt, wie ich mit meiner Trauer umging. Ich weiß nicht recht, welcher Zeitpunkt am Beginn einer Beziehung der richtige ist, um über psychische Probleme zu sprechen. Die zweite Verabredung? Die dritte? Vor oder nach dem Sex? Schwierig, was? Ich blicke mich in der Bar um. Sie ist voll von ersten Flirtversuchen, aufregenden Dates, schmerzhaften Trennungen und vorsichtigen Versöhnungen. Ich kann mir nicht vorstellen, dass irgendjemand gerade Einzelheiten darüber ausplaudert, wie er in eine psychiatrische Klinik eingeliefert wurde. Das letzte Tabu.

»Und wie wolltest du mir die Abwesenheit deiner Schwester erklären, nachdem du mir erzählt hattest, sie sei lebendig und in London?«

Ich registriere seinen herausfordernden Tonfall. »Na ja, hättest du den Test bestanden, dann hätte ich mich dir offenbart und das Ganze aufgeklärt. Aber das hast du nicht. Du hattest eine Affäre, Nick.«

»Mit dir«, versucht er sich zu verteidigen.

»Nein, mit *ihr*.«

»Was ist der Unterschied?«

Ich weiß es nicht, also sehe ich ihn nur böse an.

Offensichtlich bedauert er es. »Es tut mir leid, Anna, es tut mir wirklich leid.«

Ich weiß, was er denkt. Er denkt an den Sex. Oh ja, Zoes und Nicks Sex. Der Wahnsinn. Buchstäblich.

»Und dann fing ich an, es zu genießen.« Ich zucke mit den Schultern. Hier meine ich größtenteils ebenfalls den Sex, aber auch das andere – leichtsinnig und unbeschwert zu sein, vorlaut und frech, das waren keine Eigenschaften, die in meiner Persönlichkeit verankert waren. »Wenn ich sie bin, dann kann ich jemand sein, der ich nicht bin. Es ist kompliziert, verstehst du. Du denkst wahrscheinlich, ich bin verrückt.« Ich spreche es aus, bevor er es tut.

»Nein, das denke ich nicht.«

»Nein?«

»Du hast eine ausgeprägte Fantasie. Jeder mag ab und zu ein bisschen Abwechslung, wir entfliehen uns selbst alle manchmal gern. Deshalb kaufen wir uns neue Kleider oder fahren in den Urlaub.«

Mit so viel Verständnis hatte ich nicht gerechnet. Ich bin so fassungslos, dass ich seiner Auffassung nur widersprechen kann. »Das ist nicht dasselbe«, erwidere ich.

»In vieler Hinsicht schon«, antwortet er ruhig.

»Sie ist keine Abwechslung. Zoe. Sie ist tot. Sie ist meine tote Schwester.«

Er wirkt zufrieden. Er betrachtet es sicher als Fortschritt, dass ich zugegeben habe, dass Zoe meine tote Schwester ist.

»Es ist ganz normal, dass Menschen mit Verstorbenen sprechen, die sie vermissen.«

»Hör auf, mich normal zu nennen!« Ich knalle die Hand auf den kleinen Holztisch zwischen uns. Unsere Drinks zittern. »Ich habe nicht bloß mit Zoe gesprochen. Ich bin Zoe *geworden*.«

»Na ja, vielleicht bist du ganz besonders normal.« Er lächelt einnehmend.

Ich glaube fast, er versteht mich. Er kapiert, dass ich nicht verrückt bin. Nicht wirklich. Ich bin veränderlich. Es ist verlockend zu glauben, dass mich jemand versteht – vor allem er. Aber es ist zu schön, um wahr zu sein.

Ich erinnere ihn daran, wie grausam ich sein kann. »Ich habe dir erzählt, ich hätte sie umgebracht.«

»Ach, im Grunde hast du mir erzählt, sie hätte dich umgebracht.« Er grinst.

Findet er das etwa lustig?

»Wie hast du eigentlich das mit dem Blut hingekriegt? Das frage ich mich schon die ganze Zeit.«

Vielleicht macht es Spaß, ihm alles zu verraten. Ich meine, schließlich war ich genial, und was nützt die ganze Genialität, wenn keiner sie sieht?

»Ich habe es übers Internet besorgt. Es ist kein richtiges Blut, sondern dieses Kunstblut, das sie im Fernsehen benutzen.«

»Aber es roch wie echtes Blut.«

»Ich habe flüssiges Eisen daruntergemischt. Das kann man in der Drogerie kaufen. Ich habe es ein bisschen verdünnt und mich darauf verlassen, dass du nicht so viel Erfahrung mit echtem Blut hast.«

»Nicht schlecht.« Er nickt anerkennend.

Ich muss unwillkürlich lächeln. »Danke.«

»Da hast du es mir ganz schön gezeigt.«

»Könnte gut sein.«

Was passiert hier eigentlich gerade? Wir flirten beinah. Okay, seien wir ehrlich, wir flirten tatsächlich. Es ist ein bisschen wie an unserem ersten Abend, als wir uns im Villandry trafen, und gleichzeitig ein bisschen wie an dem anderen ersten Abend, als sie sich im Restaurant dieses kleinen Boutique-Hotels trafen. Nur besser. Das hier fühlt sich ehrlicher an. Schwierig, peinlich, aber echt.

»Es tut mir leid, dass ich dich betrogen habe, Anna. Es tut mir leid, dass ich dir kein besserer Mann war. Ich weiß, es gibt keinen Grund, warum du mir glauben solltest oder dich überhaupt dafür interessieren, aber so etwas würde ich nie wieder tun. Niemals.«

Ich schaue ihn an und sehe nichts als Aufrichtigkeit in seinem Gesicht. Eine Aufrichtigkeit, die weder Zoe noch ich je bei ihm gesehen haben, seit er uns kennengelernt hat. Wenigstens habe ich ihm seine Unehrlichkeit ausgetrieben. Wenn man nach dem Mord an der eigenen Verlobten den Dreck wegmachen muss, kriegt man wahrscheinlich doch Zweifel, ob man das Recht hat fremdzugehen.

Er spielt mit seinem Glas, fährt mit dem Finger durch die Kondensschicht, die sich darauf gebildet hat. »Vielleicht kannst du sie ja jetzt gehen lassen«, sagt er leise.

»Bitte sag jetzt nicht so etwas Dummes wie: Sie hatte ein schönes Leben oder sie strahlte so hell.«

»Warum soll ich das nicht sagen, stimmt es denn nicht?«

»Nein, das glaube ich nicht. Ihr Erwachsenenleben war nicht sonderlich glücklich. Ich meine, wie auch? Wenn sie diese ganzen Drogen und Männer und den Alkohol brauchte. Ich denke, meine Version ihres Lebens war besser als die Wirklichkeit. Das macht mich echt fertig, Nick – diese Sinnlosigkeit.«

Nick sieht auf seine Finger – die gepflegten, sauberen Fingernägel, die ich so mochte – und fragt: »Wie viel von ihrem Leben hast du denn übernommen?«

»Viel. Sie hat seit ihrem Tod mit über zwanzig Männern geschlafen.«

»Scheiße.«

»Untersteh dich, sie zu verurteilen. Du hast kein Recht, jemanden zu verurteilen.«

»Nein, nein, das mache ich nicht«, antwortet er schnell.

»Seit ich dich getroffen habe, hat sie mit niemanden sonst geschlafen, wenn es das ist, was du dich fragst.«

»Nein, das habe ich mich nicht gefragt.«

Ich sehe ihm an, dass er das doch hat. Einen Augenblick lang spüre ich es wieder. Der Schmerz überkommt mich. »Ich kann gar nicht sagen, wie sehr ich sie vermisst habe. In meiner Seele war ein Loch. Ein riesiges, klaffendes Nichts. Ich war so einsam. Diese Männer, mit denen sie zusammen war, nachdem sie starb – das war mein Versuch, die Lücke irgendwie zu schließen. Ich weiß, dass alle anderen sie für ein schreckliches Biest hielten, aber für mich war sie ein großartiger Mensch.«

»Das verstehe ich«, sagt er leise.

»Tust du das?«

»Ja. Du hast sie für mich großartig gemacht.«

Er streckt die Hand aus und berührt mein Gesicht.

Ich bin erstaunt, dass es ganz feucht vor Tränen ist. Er löst eine mit der Fingerspitze und benetzt damit seine Lippen.

»Aber du hast mir auch gezeigt, dass sie ein Biest war.«

»Ja, nicht wahr?« Ich versuche zu lächeln.

Schweigen legt sich über unseren Tisch. Er beugt sich nah zu mir, sodass seine Stirn beinah meine berührt. Als er anfängt zu sprechen, spüre ich die Wärme seines Atems im Gesicht.

»Ich verstehe das. Ich hätte mich am liebsten auch zweigeteilt. Es war furchtbar. Beängstigend. Ich hatte das Gefühl, nicht die Kontrolle über mich zu haben.«

Ich sehe ihm in die Augen. Kann das sein? Versteht er mich wirklich?

Er weicht wieder zurück. Ich nehme an, das war es jetzt. Er hat die Antworten, die er braucht, um nachts wieder ruhig schlafen zu können. Er hat ziemlich anständig reagiert, jetzt kann er zurück nach England verschwinden und sein Leben voller sinnfreier One-Night-Stands und oberflächlicher Beziehungen weiterleben. Alles beim Alten für Nick.

»Ich liebe dich«, sagt er da.

»Du liebst eine Tote«, antworte ich traurig.

»Ich liebe *dich*.«

»Mich, während ich eine Tote spiele?«

»Ja, und dich, während du du selbst bist. Bist du nicht vielleicht beides?«

»Ich weiß nicht. Vermutlich schon.«

»Du warst richtig gut darin, böse zu sein.« Er lächelt. »Vielleicht, und jetzt lass mich bitte ausreden, vielleicht musst du gar nicht so lieb und nett sein, wie du immer glaubtest. Vielleicht war das nur eine Reaktion auf Zoes Charakter, und du hast es von klein auf getan, ohne je die Chance zu haben, eine Alternative auszuprobieren. Vielleicht kannst du jetzt ein bisschen entspannen und durchatmen. Dein reizendes Selbst sein, bloß mit ein paar Ecken und Kanten.«

Das würde ich gern. Ich selbst sein, nur lockerer, freier. Ich selbst, die von Zoe gelernt hat, die aber nicht Zoe *sein* muss.

»Denkst du, das würde gehen?«

»Vielleicht. Warum nicht?«

»Und ist es das, was du willst?«

Er streckt die Hand über den Tisch aus und legt sie vorsichtig auf meine. »Ich will dich, wer immer du bist.«

»Und du könntest damit zurechtkommen?«

»Ich weiß nicht, aber ich hätte gerne die Chance, es zu versuchen. Ich möchte, dass du gesund und glücklich bist. Darf ich dir dabei helfen?«

»Niemand kennt mich besser«, räume ich ein. »Ich will auch gesund und glücklich sein, Nick. Ich habe viel vor dir verborgen. Ich habe mich nicht getraut, es dir zu zeigen, weil ich dachte, es würde dich abschrecken, aber jetzt kennst du mich, und du bist immer noch da.«

»Klar, ich sitze dir gegenüber und trinke ein Glas Limonade«, antwortet er grinsend.

Plötzlich spüre ich die Einsamkeit, die mich seit Zoes Tod ständig umgibt, dahinschwinden, als wenn Schnee langsam schmilzt. Das riesige Meer des Alleinseins erscheint plötzlich nicht mehr so groß und tief. Ich würde gern die Arme um ihn schlingen, um diesen verlogenen, armseligen Mann, der mich liebt und mich verletzt hat, den ich liebe und den ich verletzt habe. Der sagt, er liebt mich immer noch. Den ich auf gewisse Weise immer noch liebe. Ich denke an die wunderschöne Hochzeit, die ich geplant habe, und an all die Menschen, die daran teilnehmen wollen. Sie haben bestimmt neue Kleider und Geschenke gekauft, Hotelzimmer und Taxis gebucht. Ich würde sie nie enttäuschen wollen. Ich will in einer Wolke aus Glück vor den Traualtar treten, ich will selig bis ans Ende meiner Tage leben.

Das wünsche ich mir mehr als alles andere.

Deshalb bleibt mir keine Wahl.

Ich schiebe meinen Stuhl zurück und erhebe mich. »Danke, Nick. Für alles. Aber das mit uns würde nie funktionieren. Es wird Zeit, dass ich aufhöre zurückzublicken. Ich muss anfangen, nach vorne zu schauen.«

Er wirkt schockiert, fassungslos. »Aber ich dachte, wir hätten eine gemeinsame Zukunft«, stammelt er.

»Als Zoe starb, wollte ich das nicht wahrhaben. Das war ein fataler Fehler. Ich hätte einen Weg finden sollen, sie zu betrauern und dann loszulassen. Jetzt wäre es ein Fehler, mir selbst etwas vorzumachen und zu glauben, du wärst irgendetwas anderes als ein Mann, der mich ein paar Wochen nach dem Heiratsantrag schon betrogen hat. Ich verdiene etwas Besseres. Ich verdiene mehr.«

Das Wort »mehr« schallt ihm sicher durch den Kopf. Ich war ihm nicht genug. Er brauchte uns beide. John, Larry und Kelvin haben auch mehr gewollt. Ich war ihnen nicht genug. Aber das ist nicht meine Schuld. Es ist ihre. Ich *bin* nämlich genug, und irgendwer, irgendwo wird das merken. Eines Tages.

»Anna –« Er nimmt meine Hand.

Ich will nicht lügen, bei seiner Berührung durchzucken mich heiße Funken. Ich schließe die Augen, um die Tränen zurückzuhalten.

»Du hast gerade gesagt, die Menschen machen Fehler. Ich habe einen gemacht. Kannst du mir nicht vergeben?«

»Nein, Nick. Tut mir leid. Das kann ich nicht. Ich wünsche dir alles Gute. Ich hoffe, du findest eine nette Frau, und ich hoffe, du weißt es das nächste Mal zu schätzen.« Ich schüttele seine Hand ab und gehe davon.

Und lasse einen Mann zurück, um den ich sicher trauern, den ich aber loslassen werde.

448

EPILOG

»Ich würde am liebsten nicht hingehen«, stöhnte Anna.

Vera nickte verständnisvoll. »Das verstehe ich, Schätzchen, natürlich willst du das nicht. Aber du musst«, antwortete sie mit ihrem üblichen Sinn für Vernunft. »Es ist etwas so Besonderes für unser Zentrum. Unsere allererste Firmenspende, und dazu noch eine so große. Ich habe die Organisatoren angerufen, und sie haben mir versichert, dass kein Nick Hudson auf der Gästeliste steht. Es ist eine riesige Bank, sie schienen nicht mal seinen Namen zu kennen.«

Es konnte kein Zufall sein. Von dem Moment an, als Anna den Hörer abnahm und die freundliche, geschäftsmäßig klingende Dame am anderen Ende der Leitung ihr mitteilte, Herrill Tanley sei auf der Suche nach kleineren Wohltätigkeitseinrichtungen, um sie mit ihrem gemeinnützigen Investitionsprogramm zu unterstützen, hatte sie den Verdacht, dass Nick hinter dem Anruf steckte. Er war sicher dem Wohltätigkeitskomitee beigetreten und hatte das Drop In vorgeschlagen. Wie sonst sollte eine so riesige Bank je von ihrer Existenz erfahren haben? Wahrscheinlich sollte es eine Art Wiedergutmachung sein, und vermutlich wollte er auf diese Weise wieder Kontakt mit ihr aufnehmen. Die Frau mit der forschen Stimme hatte gesagt, es gäbe einige Formalitäten zu erledigen, und dann müsste einer ihrer Kollegen das Hilfszentrum persönlich begutachten. An dem Tag war Anna vor lauter Aufregung kaum in der Lage gewesen, etwas zu essen. Sie hatte sich eigentlich freinehmen wollen, aber ihre Therapeutin hatte ihr geraten, es nicht zu tun. Anna besuchte sie regelmäßig und schätzte ihren Rat. Am Ende waren es zwei Frauen, die die Begutachtung durchführten.

Hunderttausend Pfund.

Das war eine gewaltige Summe. Lebensverändernd. Für so viele. Ein Wunder. Was sie damit alles anfangen konnten. Trotzdem wollte Anna Nick nicht begegnen. Nie wieder. Vor der Veranstaltung heute konnte sie sich aber nicht drücken. Man würde ihnen einen dieser dicken, fotowürdigen Schecks überreichen. Vera und Anna würden sechs Besucher des Hilfszentrums mitnehmen. Ihre Namen waren aus einem Hut gezogen worden, weil so ziemlich jeder Lust hatte, im Londoner Bankenviertel auf Kosten anderer Häppchen zu essen und Champagner zu trinken. Vera konnte unmöglich alle im Blick behalten und gleichzeitig den Scheck entgegennehmen.

Es war ein langes, anstrengendes halbes Jahr gewesen, seit Anna aus der Bar in New York marschiert war. Seit sie einen Teil ihres Herzens zurückgelassen hatte. Es hatte Phasen gegeben, in denen sie von den vertrauten Gefühlen der Trauer und der Einsamkeit gequält wurde. Manchmal war es sogar noch schlimmer als vorher. Jetzt vermisste sie Zoe *und* Nick. Ab und zu hatte sie sich gefragt, ob sie die richtige Entscheidung getroffen hatte, als sie ihn verließ. Hätte sie lieber bei ihm bleiben sollen? Vielleicht hätten sie es ja geschafft, einander zu verzeihen. Es gemeinsam durchzustehen. Ihre Therapeutin und sie hatten viel über gesunde, ehrliche Beziehungen und über realistische Erwartungen gesprochen. Anna arbeitete sich noch immer mühsam durch das alles hindurch. Mit ihrer Therapeutin zu reden machte längst nicht so viel Spaß wie mit Zoe, aber sie hatte immerhin den Vorteil, lebendig zu sein.

Anna war versucht gewesen, sich ganz in ihre Arbeit zu stürzen. Im Hilfszentrum fühlte sie sich sicher, gebraucht, unverzichtbar. Sie war jedoch zu der Erkenntnis gekommen, dass sie mehr als nur Arbeit in ihrem Leben brauchte. Sie hatte sich einem Netzwerk für hinterbliebene Zwillinge angeschlossen, sich für einen Spanischkurs für Fortgeschrittene angemeldet und ein paar ihrer Mitstreiterinnen aus dem Grundkurs überredet, dasselbe zu tun. Anstatt nach dem Unterricht gleich nach Hause zu eilen, gingen sie jetzt normalerweise gemeinsam Tapas essen. Einmal hatten sie einen Salsa-Club besucht, und es war sogar die Rede davon, im kommenden Frühjahr ein Wochenende zusammen nach Barcelona zu fliegen. Irgendwie hatte sie auch den Mut gefunden, an die Tür auf der anderen Seite des Flurs zu klopfen und ihre Nachbarn zum Abendessen einzuladen. Es war ein bisschen peinlich gewesen, ihnen zu erklären, dass es nicht direkt eine Dinnerparty war, zu der sie sie einlud, denn außer ihnen gab es keine weiteren Gäste. Aber sie reagierten unglaublich nett, und am Ende ließen sie sich einfach etwas zu essen liefern und verspeisten es gemeinsam vor dem Fernseher. Inzwischen war tatsächlich ein fester Termin daraus geworden. Sie trafen sich jeden Donnerstagabend, entspannt, locker, nett. Sie hatten schon die komplette Staffel *The Apprentice* zusammen geschaut. Serena und Kit hatten sie zu einer ihrer richtigen Dinnerpartys eingeladen, wo sie weitere neue Bekanntschaften machte. Eine hatte sie zum Kaffee eingeladen, und eine andere hatte sie überredet, sich mit ihr im Fitnessstudio anzumelden. Sie liebte Zumba und Kickboxen und hatte auch dort noch Leute kennengelernt. Neue Freunde zu finden schien ihr wie ein langsamer, mühseliger Prozess, aber manchmal machte es auch Spaß und war voller neuer Möglichkeiten. Außerdem stellte sie fest, dass sie jede Menge Zeit hatte, die sie in diese aufkeimenden Freundschaften investieren konnte, weil sie sich nicht wieder bei irgendwelchen Datingportalen anmeldete. Dort würde sie das Glück, das sie suchte, nicht finden.

Endlich verstand sie die Lebensweisheit, die man so häufig auf Grußkarten gedruckt, auf Sofakissen gestickt oder in Facebook-Feeds verbreitet fand. *Lerne, dich selbst zu lieben, dann lieben dich auch andere.*

»Er steckt ganz sicher dahinter«, murmelte Anna ungefähr zum fünfzigsten Mal. »Hinter der Spende und Ivans neuer Arbeit.«

Während der Begutachtung des Hilfszentrums hatten die beiden Damen von Herrill Tanley Vera und Anna auch von einem Sozialprogramm erzählt, mit dem die Bank versuchte, eine Auswahl von Menschen zu beschäftigen, die in Verbindung mit den gemeinnützigen Einrichtungen stünden. Das hatte dazu geführt, dass Ivan jetzt als Reinigungskraft bei Herrill Tanley arbeitete. Und zwar meistens während der Nachtschicht, sodass er nicht allzu vielen Menschen begegnete, und wenn, dann fielen die paar zusätzlichen Flüche in der Bank kaum auf. Anna war fast ebenso begeistert wie Ivan, dass er jetzt eine regelmäßige bezahlte Beschäftigung hatte, das konnte sie nicht verleugnen, aber es wäre ihr lieber gewesen, wenn sie ohne Nicks Zutun zustande gekommen wäre.

»Nun ja, vielleicht steckt Nick dahinter«, sagte Vera. »Aber was soll's? Offensichtlich möchte er nicht, dass jemand das weiß. Du hast doch nichts von ihm direkt gehört, oder?«

»Nein.« Genau deshalb war Anna auch wütend.

Hätte er sie angerufen, dann hätte sie einfach auflegen können. Hätte er Blumen geschickt, dann hätte sie zusehen können, wie sie verwelken und vertrocknen. Seine guten Taten waren zwar anonym, aber bedeutsam und trugen eine deutliche Handschrift. Er kannte sie gut genug, um zu wissen, dass der Weg zu ihrem Herzen über diejenigen führte, für die sie sorgte. Man konnte schlecht ablehnen, was andere brauchten. Jetzt fühlte sie sich ihm verpflichtet, obwohl sie das nicht wollte. Dafür hasste sie ihn beinah.

»Ihm ist hoffentlich klar, dass er sich mit Geld nicht bei mir einschmeicheln kann.«

»Vielleicht versucht er ja nur, etwas wiedergutzumachen«, gab Vera zu bedenken.

Vera kannte die ganze Geschichte. Anna hatte beschlossen, ihr die Wahrheit zu sagen, als sie aus New York zurückkam. Sie wollte ihre Arbeitsstelle behalten, also musste sie ihr plötzliches Verschwinden erklären. Und die Wahrheit war der einzige Weg weiterzumachen, teils, weil sie zu erschöpft war, um sich auch nur noch eine einzige weitere Lüge auszudenken, teils, weil Anna wusste, sie würde Unterstützung brauchen, wenn sie jemals wieder richtig gesund werden wollte. Und wer wäre dafür besser geeignet gewesen als Vera?

Vera nahm das Ganze mit ihrer üblichen Gelassenheit. Sie reichte Taschentücher und verzichtete auf Kommentare, bis auf gelegentliche Äußerungen wie »aha« oder »verstehe«, während Anna schamrot und mit kullernden Tränen ihre Geschichte erzählte.

»Darf ich trotzdem noch hier arbeiten?«, bat sie.

Was sie im Drop In verdiente, reichte kaum, um ihre Rechnungen zu bezahlen. Mit Zoes Modeljob hatte sie deutlich mehr verdient. Sie hätte natürlich auch als Anna für Katalogaufnahmen Modell stehen können, aber das war es nicht, was sie wollte. Sie wollte hier im Drop In arbeiten, bei Mrs. Delphine, Rick und all den anderen, die ihr wichtig waren. Sie befürchtete jedoch, ihre schwierige psychische Verfassung sei ein Problem.

»Als würde ich dich nach allem, was ich da gerade gehört habe, rauswerfen«, sagte Vera lachend und nahm sie in den Arm. Sie war dann auch diejenige, die ihr ihre Psychotherapeutin vermittelte.

Vera hielt immer zu ihr und zeigte stets Verständnis. Jetzt streckte sie die Hand über die Empfangstheke und drückte Annas. »He, denk dran, es ist nicht sein Geld. Selbst wenn er in dem Komitee sitzt, das über so etwas entscheidet, schuldest du ihm gar nichts. Diese großen Banken verschenken tonnenweise Geld. Und diesmal sind wir die glücklichen Empfänger. Wir sollten uns einfach freuen.«

Sie nahmen die U-Bahn, hasteten durch die Straßen des Bankenviertels und standen dann mit großen Augen vor dem eindrucksvollen Gebäude der Bankzentrale. Ihre Gruppe bildete einen bunten Kontrast zu den Menschen um sie herum. Zum einen trugen sie keine dunklen Designeranzüge und schritten nicht zielstrebig auf das Gebäude zu, ohne überhaupt dessen gewaltige Größe wahrzunehmen, sondern starrten es in aller Ruhe bewundernd an. Außerdem lachten und schwatzten sie, anstatt zu versuchen, mit ernsten Gesichtern möglichst vornehm und kultiviert zu wirken.

»Oha. Das ist ja fantastisch, fast schon ein bisschen Angst einflößend«, sagte Vera. Ihr Blick glitt Stockwerk für Stockwerk aus Glas und Marmor in die Höhe. »Stell dir vor, du würdest hier arbeiten.«

Anna war schon einmal hier gewesen. Na ja, eigentlich war es Zoe, die Nick mitgenommen hatte. Sie hatten Sex auf seinem Schreibtisch gehabt. Aber er hatte keine der beiden je seinen Kollegen vorgestellt. Die ganze Begebenheit war nur ein kurzer Wirbelsturm gewesen – oder genauer gesagt ein Tornado.

Sie nahmen den Aufzug in den neunzehnten Stock. Als die Aufzugtür sich öffnete, folgten sie dem Geräusch von Gelächter und klirrenden Gläsern. Jemand erbot sich, ihnen ihre Jacken abzunehmen, während jemand anderes ihnen ein Tablett mit Champagner hinhielt. Jeder nahm sich ein Glas, einige dankbar und schüchtern, andere mit gewagter Entschlossenheit. In dem Raum war es voll und laut. Man hatte ihnen gesagt, es handele sich um eine kleinere Zusammenkunft, was bei Herrill Tanley offensichtlich mindestens hundert Personen umfasste.

Anna war davon ausgegangen, dass sie in ihrer Gruppe die ganze Zeit zusammenbleiben würden, doch schon ein paar Minuten nach ihrer Ankunft wurden Vera und zwei andere vom Pressesprecher der Bank entführt, um sie einem Journalisten oder einem einflussreichen Kunden vorzustellen. Mrs. Skarvelis schob Mrs. Delphine Richtung Büfett. Rick und Ahmed gingen zum Fenster, weil sie den Ausblick bewundern wollten. Anna blieb allein zurück. Was ihr nichts ausmachte. Sie zog es vor, sich im Hintergrund zu halten. Es war eine schöne Feier. Sie war wirklich beeindruckt. Alle wirkten elegant, freudig oder stolz. Der Champagner floss reichlich, die Kanapees waren köstlich, und trotzdem konnte sie es nicht genießen. Sie überflog nervös den Raum und vermied offizielle Gespräche, indem sie die Kellner in Unterhaltungen über die hübschen kleinen Köstlichkeiten verwickelte. Der Krabbencocktail mit dem Tomatentartar hatte es ihr besonders angetan, und sie hielt gerade einen in der Hand, als –

Sie sah ihn.

Dann sah er sie.

Zwei Gesichter in der Menge. Ihre Blicke trafen sich.

Groß. Gut aussehend. Auffallend.

Er schlängelte sich entschlossen durch die Menschenmenge, wich gekonnt allen Bitten aus, sich zu kleineren Gruppen zu gesellen. Sie schluckte rasch den Rest ihres Krabbencocktails herunter und tupfte sich den Mund mit einer Serviette ab.

Sie konnte den Blick nicht von ihm abwenden. Und er seinen nicht von ihr.

»Hallo.«

»Hallo.«

»Hübsches Kleid.«

»Danke.«

»Schöne Farbe.«

Es war himbeerrot. Anna versuchte in letzter Zeit, sich auffälliger zu kleiden. Sie hatte keine Lust, den ganzen Winter über nichtssagendes Schwarz und Grau zu tragen, sie wollte nicht länger unsichtbar sein. Schon seit sie das Foto von Pamela in ihrem himbeerfarbenen Jumpsuit gesehen hatte, hatte sie heimlich von einem Kleidungsstück in dieser Farbe geträumt. Etwas

455

Leuchtendes, Luxuriöses, das ins Auge fiel. Etwas voller Leben. Dieses himbeerrote Kleid hatte sie bei Whistles entdeckt, und obwohl es mehr kostete, als sie gewöhnlich für Kleidung ausgab, hatte sie nicht widerstehen können. Jetzt war sie froh. So wie er sie ansah, war es jeden Penny wert.

»Es ist mir sofort aufgefallen. Es ist ziemlich gewagt. Aber es steht Ihnen großartig.«

Es war nicht gerade das dezenteste Kompliment, aber es war sicher positiv gemeint.

»Danke schön.« Sie klang bestimmt ruhiger, als sie sich fühlte. Hoffentlich.

»Ist das Samt?«

»Ja.«

»Ich möchte es mal anfassen.« Er wirkte überrascht, dass er das wirklich gesagt hatte.

Anna hätte am liebsten losgekichert. Es hatte etwas, wenn jemand unbeabsichtigt genau das aussprach, was er gerade dachte. Es war erfrischend. Die meisten Menschen gaben sich immer so furchtbar viel Mühe, beherrscht zu bleiben.

»Samt hat immer diese Wirkung«, antwortete sie.

»Nein, *Sie* haben diese Wirkung.«

»Netter Anmachspruch.«

Er lachte und wurde rot. »Klingt ziemlich danach, was? Aber ich meine es wirklich ehrlich.«

Sie schloss kurz die Augen. Erinnerte sich daran, zu atmen. Spürte den Moment. Schlug die Augen dann langsam wieder auf. Er war noch da.

»Darf ich Ihnen etwas zu trinken holen?«, fragte er.

Sie nickte in Richtung des Glases Champagner, das sie in der Hand hielt. »Ich habe schon etwas. Der nette Mann an der Tür verteilt die hier kostenlos.«

»Ach ja, natürlich. Entschuldigung.« Er wirkte hilflos, aber entschieden. »Hören Sie, was ich hier gerade bringe, ist wahrlich keine Glanzleistung. Normalerweise mache ich deutlich mehr Eindruck.« Er grinste etwas verlegen.

»Das glaube ich Ihnen aufs Wort«, antwortete sie und lachte freundlich.

»Sollen wir noch mal von vorne anfangen? So tun, als wären wir uns gerade erst begegnet?«

Sie überlegte kurz. Er schien ehrliche Absichten zu haben, war offenbar klug und freundlich und sah auf jeden Fall gut aus. Es gab schlechtere Möglichkeiten, einen Abend zu verbringen.

»Wenn Sie möchten.«

»Also, mit wem sind Sie hier?«, fragte er mit einem erleichterten Seufzen. »Aus welchem Grund wurden Sie eingeladen?«

»Ich arbeite für eine der gemeinnützigen Einrichtungen, die von der Bank unterstützt werden. Wir bekommen heute Abend einen dicken Scheck überreicht.«

»Ha, dafür dürfen Sie sich bei mir bedanken«, antwortete er und sah richtig zufrieden mit sich aus.

»Wirklich?«

»Na ja, nicht nur bei mir natürlich. Aber ich sitze im Wohltätigkeitskomitee. Ich hatte etwas Einfluss auf die Auswahl der infrage kommenden Einrichtungen.«

»Wonach haben Sie die ausgewählt?«

»Ein bisschen willkürlich, eigentlich. Ich habe einfach welche vorgeschlagen, von denen ich schon einmal gehört hatte. Solche, die meinen Freunden oder Freunden von Freunden am Herzen lagen. Auf diese Weise bekommt man schon einige zusammen.«

Er streckte die Hand aus, und sie schüttelte sie.

»Entschuldigung, ich hätte mich vorstellen sollen. Ich bin Hal Douglas. Ich arbeite im Equity-Capital-Markets-Team.«

»Ach.« Anna wurde blass. »Ich bin Anna Turner.«

Er schwankte. »Nicks Verlobte?«

»Also, seit einem halben Jahr nicht mehr. Aber ja.«

»Ich bin –«

»Sein Freund, ich weiß.« Sie senkte den Blick auf ihre Hände. Er hielt ihre noch immer umschlossen. Er sollte jetzt loslassen. Tat er aber nicht. Er bewegte nur den Daumen ein bisschen, wie ein unbeabsichtigtes Streicheln.

Dann hüstelte er. »Eher ein Kollege als ein Freund, würde ich sagen. Letztlich hatten wir doch nicht so viel gemeinsam. Ex-kollege, um genau zu sein. Er hat die Bank verlassen, nachdem, nun ja –« Hal sah kurz weg.

Erst jetzt unterbrach er zum ersten Mal ihren Blickkontakt, seit sie sich entdeckt hatten. Und sie merkte, dass sie wollte, dass er sie wieder ansah.

»Er hat ein Sabbatjahr genommen. Wussten Sie das?«

»Nein. Ehrlich gesagt dachte ich, wir hätten es ihm zu ver-danken, dass das Drop In diesen Scheck bekommt.«

»Nein, tut mir leid. Das war –«

»Ihr Verdienst.«

»Ja, wahrscheinlich. Ich hörte ihn über Ihre großartige Ar-beit sprechen. Wäre es Ihnen lieber gewesen, er wäre es?«

»Nein.«

Hal wirkte erleichtert.

Es stimmte, dass sie sich Nick nicht verpflichtet fühlen wollte, aber irgendwie hätte sie gern das Gefühl gehabt, dass er wenigstens Reue empfand.

Mit einer Spur Ärger in der Stimme fragte sie deshalb: »Wo verbringt er denn sein Sabbatjahr? L. A.? Monaco? Barbados?«

»Soweit ich weiß, leistet er Freiwilligenarbeit in El Salvador. Hilft, Waisenhäuser zu bauen, glaube ich.«

»Oh.«

Hal lächelte. »Eine ziemlich beeindruckende Art, zu sich selbst zu finden, meinen Sie nicht?«

»Ist es das, was er vorhat? Zu sich selbst finden?«

»Ich nehme es an. Er hat nie mit mir darüber gesprochen. Ich dachte immer, wir stünden uns recht nahe, aber es war eher wie bei so einer Jungenfreundschaft, wenn Sie verstehen, was ich meine. Nachdem er weg war, wurde mir klar, dass wir über die wirklich wichtigen Dinge nie geredet haben.« Hal zuckte mit den Schultern. »So etwas findet hier normalerweise nicht statt. Seine Entscheidung kam plötzlich und unerwartet. Ich nahm einfach an, dass Sie der tiefere Grund waren.«

Anna wurde rot. Sie nippte an ihrem Champagner. Sie hielten noch immer ihre Hände. Nicht mehr so, als schüttelten sie sie, sondern irgendwie herzlicher, vertrauter. Zärtlich. Sie sollte sich von ihm lösen. Tat sie aber nicht. Und es fühlte sich nicht so merkwürdig an, wie es eigentlich sollte.

»Hat er Ihnen erzählt, warum wir uns getrennt haben?«

Hal schüttelte den Kopf. »Er räumte einfach übers Wochenende seinen Schreibtisch leer.«

Jemand bot ihnen ein Kanapee an. Sie lehnten dankend ab, keiner von beiden wollte unterbrochen werden.

»Möchten Sie darüber reden?«, fragte Hal etwas zögerlich.

»Es war kompliziert. Meine Schwester ist gestorben.«

»Oh Gott, etwa die, mit der er eine Affäre hatte?« Hal war erschrocken.

Anna konnte nur ahnen, welche Horrorszenarien er sich jetzt vorstellte. »Bevor er die Affäre hatte«, fuhr sie deshalb schnell fort. »Eigentlich hatte er eine Affäre mit mir.«

»Was?«

»Das ist eine lange, langweilige Geschichte.«

»Das klingt aber überhaupt nicht langweilig!« Hal bekam ganz große Augen, es war fast schon lustig.

»Nein«, gab sie zu. »Eher kompliziert.«

»Ich habe Zeit, falls Sie darüber reden möchten.«

Anna blickte sich in dem lauten, überfüllten Raum um. Dies war weder die richtige Zeit noch der richtige Ort.

»Vielleicht wäre eine ruhige Bar dafür besser geeignet«, sagte Hal, als könnte er ihre Gedanken lesen.

Sie hatte keine Gelegenheit mehr zu antworten, denn in diesem Moment wurden sie durch das typische Geräusch eines Mikrofons unterbrochen, das eingeschaltet wurde. Sie lauschten den ziemlich langatmigen Reden und klatschten, als die Schecks überreicht wurden. Veras Dankesrede war kurz, freundlich und voller Begeisterung. Anna war unheimlich stolz.

Plötzlich war es Zeit zu gehen. Die leeren Gläser wurden eingesammelt, keine weiteren Kanapees herumgereicht. Die Tortur war vorbei, und es war gar keine Tortur gewesen. Anna atmete auf. Sie, Vera und die Gruppe aus dem Drop In fingen an, ihre Sachen zusammenzusuchen, und schlenderten langsam Richtung Ausgang. Da merkte sie plötzlich, dass Hal neben ihr ging.

Er schob unauffällig seine Hand in ihre. »Haben Sie jetzt vielleicht Zeit?«

Sie sah hinunter auf ihre Hände.

Hal folgte ihrem Blick und grinste. »Ich weiß, ich sollte nicht Ihre Hand halten«, räumte er ein.

»Nein«, stimmte sie ihm zu.

»Es ergibt keinen Sinn.«

»Nein.«

»Es ist wirklich vermessen. Nick sagte immer, ich sei ein romantischer Trottel«, murmelte er. »Ich sollte wahrscheinlich nicht über Nick reden.«

»Nein.«

Hal zuckte mit den Schultern und schien zu überlegen, was er als Nächstes sagen sollte. »Die Sache ist bloß, es fühlt sich richtig an. Ich sah Sie auf der anderen Seite des Raums, und irgendetwas zog mich automatisch zu Ihnen hin.« Fast entschuldigend fügt er hinzu: »Ich möchte nicht loslassen. Noch nicht.«

Vielleicht nie?

»Besteht irgendeine Möglichkeit, dass Sie wissen, worüber ich rede?«

Die bestand.

Anna nickte.

Also führte er sie durch die lärmende Menschenmenge Richtung Ausgang.

Richtung Zukunft. Richtung Neuanfang.

DANK

Danke meinem Team bei Headline. Ich weiß Euer Können und Euer Engagement über alle Maßen zu schätzen.

Ein besonderes Dankeschön meinen fantastischen, aufmerksamen, klugen Lektorinnen Jane Morpeth und Kate Byrne. Es ist eine wahre Freude, mit Euch zu arbeiten.

Es hat mir großen Spaß gemacht, meine Verlegerin Jennifer Doyle kennenzulernen und mit ihr zusammenzuarbeiten. Sie hat eine unglaubliche Ausstrahlung und einen wunderbaren Humor.

Weiterer Dank geht an Georgina Moore, Joe Yule, Yeti Lambregts, Frances Doyle, Becky Bader und das gesamte Vertriebsteam. Ihr leistet alle wunderbare Arbeit, damit meine Bücher da draußen Beachtung finden.

Danke für Deine fortwährende Unterstützung, Jonny Geller. Du bist auf jedem Schritt meines Weges stets für mich da.

Danke auch dem Team von Curtis Brown für seinen Einsatz für meine Bücher im In- und Ausland.

Wie immer danke ich meiner wunderbaren Familie, meinen großartigen Freunden, die mich ermutigen und unterstützen. Danke, dass Ihr meine Bücher in den Buchhandlungen nach vorne stellt, obwohl wir das nicht sollen. Danke, dass Ihr zu meinen Lesungen kommt und mir zuhört, wenn ich Angst habe und wenn ich in Hochstimmung bin. Danke meinen Autorenkollegen, Buchhändlern, Lesefestivalorganisatoren, Zeitschriftenherausgebern und Bibliothekaren, die sich so tatkräftig für mein Werk engagieren.

Natürlich danke ich auch meinen Lesern, ohne Euch ergäbe ja alles gar keinen Sinn.

Und schließlich danke, Jimmy und Conrad, dafür, dass Ihr versteht, dass ich ein bisschen verrückt bin und dass Ihr mich dafür liebt. Eine Autorin in der Familie zu haben erfordert einige Kompromisse, das ist mir klar. Ohne Euch, ohne Euer Verständnis und Eure Liebe würde ich es nicht schaffen. Danke, dass Ihr mich ich sein lasst. Es dreht sich alles um Euch zwei. Jetzt und für immer.